MONSIEUR X

DU MÊME AUTEUR
AU FLEUVE NOIR

COLLECTION THRILLER FANTASTIQUE
dirigée par Patrice Duvic

PETER STRAUB

MONSIEUR X

Traduit de l'anglais
par Michel Pagel

PLON

Titre original :
Mr. X

ISBN : 2-265-07718-6

Pour mes frères, John et Gordon Straub

Je ne sentais plus mon poids — Mon poids.

Ma taille semblait minuscule — pour moi — J'ai lu votre Chapitre dans l'Atlantique — et j'ai ressenti de l'honneur pour vous — J'étais sûre que vous ne rejetteriez pas une question en confidence.

Est-ce cela — Monsieur — ce que vous me demandiez de vous dire ?

E. Dickinson.

Emily DICKINSON,
Lettre à Thomas Wentworth Higginson,
25 avril 1862

1

COMMENT JE RENTRAI CHEZ MOI, ET POURQUOI

1

Imbécile que j'étais... Je retombai tout droit dans ma vieille habitude et, une semaine durant, me déguisai en cible mouvante. Dès le début, une partie de moi savait que je me dirigeais vers le sud de l'Illinois parce que ma mère était en train de rendre l'âme. Quand sa mère fait ses bagages, l'homme rentre chez lui.

Elle habitait East Cicero, avec deux frères âgés, au-dessus de leur boîte de nuit, le Panorama. Le week-end, elle y chantait, accompagnée par le trio maison — deux spectacles par nuit. Comme toujours, elle vivait sans se soucier des conséquences de ses actes, attitude qui les rend souvent plus brutales et plus rapides que pour les gens prévoyants. Quand le sentiment de fatalité qui l'habitait était devenu impossible à ignorer, elle avait dit adieu aux deux frères et s'était rendue en l'unique endroit où je pourrais la trouver.

Star m'avait eu à dix-huit ans. C'était une fille généreuse, à l'âme immense, qui, pas plus qu'un chat borgne, ne rêvait d'une vie rangée. Dès l'âge de quatre ans, j'avais fait la navette entre Edgerton et toute une série de foyers d'adoption. Ma mère était de ces artistes sans art spécifique. Elle avait étudié successivement, et à plusieurs reprises, peinture, écriture, poterie et autres disciplines, sous l'égide d'hommes qui, selon elle, les personnifiaient. Celle pour laquelle elle se révélait le plus douée étant aussi celle qu'elle estimait le moins, elle irradiait, lorsqu'elle se levait pour chanter, une aisance bon enfant, décontractée, que le public jugeait charmante. Jusqu'aux toutes dernières années de sa vie, elle avait conservé une beauté simple, discrète, qui la faisait paraître tout à la fois infantile et délurée, féline et naturelle.

J'avais vécu chez six couples différents, dans quatre villes différentes, mais ça n'avait pas été aussi désagréable qu'on pourrait le croire. Les meilleurs de mes parents d'adoption, Phil et Laura Grant, les Ozzie et Harriet[1] de Naperville, Illinois, étaient d'une bonté naturelle confinant à la sainteté. Un autre couple aurait pu leur faire de la concurrence s'il n'avait accueilli tellement d'enfants qu'il en finissait épuisé. Deux autres encore étaient assez gentils, dans le genre « Ici-c'est-chez-nous-et-telles-sont-les-règles ».

Avant d'habiter Naperville, je visitais parfois Cherry Street — où vivaient les Dunstan, dans leurs vieilles maisons respectives. Tante Nettie et oncle Clark me recevaient comme si j'avais été un bagage supplémentaire apporté par Star. Pendant un mois, voire six semaines, je partageais la chambre de ma mère, retenant mon souffle et attendant le séisme suivant. Après mon emménagement chez les Grant, ce ne fut plus le cas : Star venait me voir à Naperville. Elle et moi étions arrivés à un accord, le genre d'accord si profond qu'il n'est nul besoin de mots pour le passer.

Le cœur en était qu'elle m'aimait et que je l'aimais — tout le reste s'enroulait autour. Autant qu'elle pût m'aimer, toutefois, elle ne savait pas demeurer plus d'un an ou deux au même endroit. Quoique étant *ma*

1. Personnages d'une célèbre série télévisée mettant en scène une famille américaine typique très idéalisée. *(N.d.T.)*

mère, elle était incapable d'être *une* mère, si bien qu'elle ne pouvait m'aider à affronter l'épineux problème qui avait effrayé, troublé ou irrité mes tuteurs antérieurs aux Grant. Ces derniers, eux, m'escortèrent en un véritable pèlerinage à travers cabinets de médecins et services de radiologie, pour des analyses de sang ou d'urine, des examens du cerveau. Je ne me rappelle même pas tout.

En deux mots comme en cent : Star avait beau m'aimer, elle ne pouvait s'occuper de moi aussi bien que les Grant. Les jours où elle venait à Naperville, nous tombions dans les bras l'un de l'autre en pleurant, mais nous savions tous les deux fort bien ce qu'il en était. Elle arrivait souvent juste après Noël et presque toujours au début de l'été, une fois que j'étais en vacances. Mais elle ne se déplaçait jamais pour mon anniversaire et, à cette occasion, ne m'envoyait qu'une simple carte. C'était le jour où mon problème se manifestait. Or, ledit problème lui donnait tellement mauvaise conscience qu'elle refusait d'y songer.

Je crois l'avoir toujours compris, mais je ne le formulai pas consciemment, *utilement*, avant le surlendemain de mes quinze ans. Quand je rentrai du lycée, une enveloppe m'attendait sur la table de l'entrée, l'adresse rédigée d'une écriture inclinée en arrière — celle de Star. La lettre avait été postée à Peoria le 25 juin, date de mon anniversaire. Je l'emportai dans ma chambre, la posai sur mon bureau, mis le *Groove Blues* de Gene Ammons sur le tourne-disque et, une fois que la musique eut commencé à s'écouler dans l'air, ouvris la missive pour regarder la carte envoyée par ma mère.

Ballons, guirlandes et bougies allumées flottaient au-dessus d'une maison de banlieue idéalisée. À l'intérieur, sous le *Joyeux anniversaire !* imprimé, Star avait inscrit l'unique message qu'elle ait jamais fait figurer sur ses cartes :

Mon beau petit garçon...
Je souhaite...
Je souhaite...
Tout mon amour,
Star

Je savais qu'elle ne me souhaitait pas un bon anniversaire mais un anniversaire sans problème, ce qui aurait suffi à mon bonheur. Une demi-seconde après que cette réflexion m'eut montré la voie, la première illumination adulte de ma vie me frappa : je compris que ma mère détestait mes anniversaires parce qu'elle se reprochait ce qui m'arrivait alors. Elle estimait que je tenais cela d'elle et ne supportait pas de penser à la date de ma naissance, car elle se sentait aussitôt coupable. La culpabilité est l'émotion que les esprits libres tels que le sien supportent le moins bien.

Le « It Might As Well Be Spring » de Gene Ammons jaillissait des haut-parleurs et s'insinuait jusqu'au centre de mon corps.

Dans leur jardin, en short kaki et polo, les Grant surveillaient la croissance des herbes aromatiques et des légumes. Un instant avant qu'ils ne remarquent ma présence, je fis pour la première fois l'expérience d'une sensation qui devait se répéter souvent ce mois-là : *Quelle anomalie se cache-t-elle dans cette scène ?* La conscience instinctive de mon incongruité en ce paisible paysage de banlieue. Peur ; honte ; solitude ; vulnérabilité. Nous étions là, mon ombre et moi. Laura tourna la tête. Avant même que son regard ne s'éclairât et, d'une certaine manière, ne se fît plus perceptif, comme si elle avait su tout ce qui se déroulait au fond de moi, le malaise disparut.

— Salut, cow-boy, dit Phil.

Laura jeta un coup d'œil à la carte puis me regarda à nouveau dans les yeux.

— Star n'oublierait jamais ton anniversaire. Je peux voir ?

Tous les deux aimaient ma mère, mais de façon différente. Lorsqu'elle venait chez eux, Phil mettait en service une galanterie démodée qu'il estimait suave mais que sa femme et moi jugions hilarante. Laura s'arrangeait pour parler à Star seule à seule en l'emmenant faire du shopping pendant une heure. Je crois qu'en général, elle lui glissait aussi cinquante ou soixante dollars.

Ma tutrice sourit en découvrant l'élégante maison blanche et les fanfreluches qui ornaient la carte, puis elle releva les yeux vers moi. La deuxième illumination adulte de mon existence passa entre nous à l'instar d'une étincelle. L'image n'avait pas été choisie au hasard. Laura ne tenta pas d'éluder la question.

— Ce serait super d'avoir des lucarnes et une véranda qui ferait tout le tour de la maison, non ? Si on habitait un endroit pareil, je m'impressionnerais moi-même.

Comme Phil s'approchait, elle ouvrit la carte. Ses sourcils se froncèrent lorsqu'elle découvrit le message. *Je souhaite...*

— Je le souhaite aussi, dis-je.

— Bien sûr, opina-t-elle — elle savait de quoi je parlais.

Son mari me pressa l'épaule, passant en mode cadre supérieur. Il était gérant de production chez 3M.

— Je me fous de ce que disent ces abrutis. C'est un problème physique. Une fois qu'on aura trouvé le bon toubib, on se débarrassera de cette saleté.

« Ces abrutis » étaient mon pédiatre, le généraliste des Grant et la demi-douzaine de spécialistes qui s'était révélée incapable de mettre un nom sur mon mal. Les spécialistes avaient conclu qu'il n'était « pas d'origine physiologique », autrement dit que tout était dans ma tête.

— Tu crois que je tiens ça d'elle ? demandai-je à Laura.

— Je ne crois pas que tu tiennes ça de qui que ce

soit. Mais pour ce qui est de savoir si elle s'en veut, oui, elle s'en veut terriblement.

— Star ? intervint Phil. Il faudrait qu'elle soit folle pour se reprocher ça.

Son épouse m'observait, afin de déterminer à quel point je comprenais la situation.

— Toutes les mères voudraient assumer ce qui peut blesser leurs enfants, même les choses auxquelles elles ne peuvent rien. Ce qui t'arrive me bouleverse, moi, alors j'imagine à peine ce que ça peut faire à Star. Au moins, je te vois tous les jours. Si j'étais ta vraie mère et que ma seule chance de mettre un terme à la faim dans le monde pour mille ans soit de t'abandonner le jour de ton anniversaire, je me sentirais horriblement coupable. Je me sentirais coupable de toute façon, vraie mère ou pas.

— Comme si tu ne faisais pas le bien.

— Ta mère t'aime tellement que, parfois, elle ne supporte pas de ne pas être une fée du logis.

À l'idée que Star Dunstan pût ressembler, même de loin, à une fée du logis, j'éclatai de rire.

— On ne se sent pas obligatoirement bien quand on fait le bien, continua Laura, quoi qu'en disent les gens. Faire le bien peut faire sacrément mal. Si tu veux mon avis, elle est super, ta maman.

J'aurais éclaté de rire à nouveau, cette fois devant ses jurons de patronage, mais mes yeux me piquaient et une boule épaisse me gonflait la gorge. Tout à l'heure, j'ai dit que deux jours après mon quinzième anniversaire, j'avais appris à comprendre les sentiments de ma mère *utilement*, et c'est bien le mot qui convient. J'avais appris à poser des questions sur les choses qui font peur ; que faire le bien peut être si douloureux qu'on n'arrive plus à réfléchir correctement ; qu'une fois qu'on est soi, on n'y peut rien changer, et qu'il faut en payer le prix.

2. Mr. X

Ô Grands Anciens, lisez les mots qu'inscrit la main de Votre Dévoué Serviteur au sein de ce Journal à la reliure solide et réjouissez-Vous !

J'ai toujours aimé me promener tard, la nuit. Dans une ville douillette telle qu'Edgerton, l'énorme couverture de ténèbres étouffe jusqu'au son de ses propres pas sur le bitume. Je parcours les avenues, je passe devant grands magasins et cinémas déserts. Tandis que j'erre dans les étroites venelles de Hatchtown, je lève les yeux vers des fenêtres aux volets clos, à travers lesquels je pourrais passer en l'espace d'une seconde — ce que je ne fais pas : mon bonheur vient en partie de la pesée et de la mesure des vies qui m'entourent. Et comme tout un chacun, j'aime sortir de chez moi, échapper à cette porcherie où je me suis cloîtré. Durant mes vagabondages, j'évite les réverbères, quoique je porte en toute saison manteau et chapeau noirs — ombre mouvante dans l'obscurité, invisible.

Ou plutôt, *presque* invisible. Invisible à tous, sinon à quelques infortunés élus, dont beaucoup, je l'avoue, que je tue moins par besoin de me protéger que... par ressentiment, peut-être, ou bien par fantaisie. Il y a eu une exception.

J'ai soustrait au monde la putain dégingandée, en sandales à semelles compensées et jupe aussi minuscule qu'un gant de toilette, qui s'est jetée vers moi en sortant d'un porche de Chester Street. Elle était tellement défoncée à ce que prenaient les filles pour se distraire cette année-là qu'elle m'a empoigné le coude pour éviter de chanceler. Tout en regardant les pointes d'épingle de ses pupilles, je l'ai laissée m'entraîner vers la porte, puis je l'ai ouverte comme une boîte de sardines et lui ai brisé la nuque avant qu'elle ne se rappelle qu'elle savait crier.

J'ai accordé grosso modo le même traitement au gamin en sweat-shirt et en pantalon de treillis qui m'a remarqué parce qu'il croyait chercher quelqu'un dans mon genre, surprise, surprise, ainsi qu'à la jeune femme à l'œil poché et aux lèvres enflées qui est descendue de voiture en entendant mes pas puis a essayé d'y remonter après m'avoir vu — mais trop tard, pauvre bébé. Sans oublier le véritable bébé que j'ai trouvé abandonné au sommet d'un incinérateur à ordures et que j'ai aidé à quitter un monde inhospitalier en détachant ses jolies menottes avant d'exciser ses petits yeux outragés.

Il ne m'avait pas vu, c'est vrai. Je pense que me voir requiert un degré très élevé de chagrin ou de misère, une détresse si irréparable que le reste de l'existence sera une perpétuelle blessure — or le bébé avait simplement faim et froid.

Il y a bien longtemps, une arrestation et un emprisonnement malvenus m'ont empêché de faire subir le même sort à un autre nouveau-né, si bien que je me suis laissé emporter par la colère. Je n'ai jamais prétendu être parfait.

Le nabot bruyant, empestant le gros rouge, que j'ai tué pour me protéger s'est dressé parmi les poubelles de la ruelle qui longe le Merchants Hotel et m'a contemplé avec de grands yeux. Rares sont ceux de son espèce qui me voient, même quand ils me regardent en face, et ces rares-là ont assez de bon sens pour s'écarter. Lui était trop embrumé pour avoir du bon sens. Le pauvre éclat d'une étoile s'est reflété dans un de ses yeux.

— Tariii ! Taraaa ! Tu me fais un putain de Dracula. (Il a ricané, puis il s'est penché au-dessus des poubelles, chancelant, inspectant le ciment souillé.) Hé ! Où est passé Piney ? T'as pas vu Piney, Drac ?

Il parlait d'une version plus fonctionnelle de lui-même, un minable rebut dont je connaissais vaguement l'existence depuis fort longtemps.

— Tariii ! Taraaa ! a répété le clochard, qui aurait continué à se détruire tout seul, sans mon aide, s'il ne m'avait observé avec un hideux mélange de délice et de désorientation avant de prendre son mantra au pied de la lettre et de claironner : Hé, mec, ça faisait un sacré bail ! Je croyais avoir entendu dire que... Je pensais que t'étais... ahh...

C'était un certain Erwin « Pipey » Leake qui, une trentaine d'années auparavant, bien qu'il bût déjà sec, enseignait l'anglais à l'université d'Albertus. Un de mes satellites durant ma période bohème.

— Est-ce que Star... Star Dunstan, elle n'est pas...

Je l'ai saisi à la gorge et je lui ai cogné l'occiput contre les briques. Comme il s'agrippait à mon poignet, j'ai plaqué ma main libre sur son visage et je lui ai encore projeté la tête contre le mur à deux reprises. Ses yeux se sont révulsés. Une puanteur de poisson mort est sortie de sa bouche. Quand je l'ai lâché, il s'est effondré entre les poubelles. J'ai abattu ma botte sur son crâne, j'ai entendu les os craquer, et j'ai continué de taper jusqu'à ce que ça devienne mou.

Ces imbéciles devraient être assez malins pour la fermer.

Ô Êtres Glorieux, Vous qui, durant les ères à venir, Vous attarderez sur ces mots que rédige Votre Dévoué Serviteur, Vous seuls pouvez comprendre ma certitude qu'un grand changement est dans l'air. La culmination de la Mission Sacrée qui m'est échue et qu'a si ironiquement esquissée le Maître de Providence commence à se profiler sur la scène terrestre. Alors que je déambule dans la ville à l'insu de tous, le flot d'informations s'aiguise, s'intensifie, me promettant le destin que j'attends depuis que, encore enfant, je recevais les leçons des renards et des hiboux dans la forêt de Johnson.

Ici, dans une chambre où s'entassent fours à micro-ondes et ordinateurs portables, repose ce cambrioleur professionnel et incendiaire occasionnel qu'est Anton « Frenchy » La Chapelle, endormi entre les bras d'une certaine Cassandra « Cassie » Little, une sacrée dure à cuire. Salut, Frenchy, espèce de délicieuse petite ordure ! Tu n'en sais rien, mais je crois bien que ta vie sans objet va servir à quelque chose, finalement.

Là, au premier étage d'une pension de famille, Otto Bremen, qui gagne sa vie en réglant la circulation à la sortie d'une école communale, somnole devant son téléviseur, une bouteille de bourbon presque vide nichée entre les cuisses. Le dernier centimètre d'une cigarette se consume inexorablement en direction de l'index et du majeur de sa main droite. Ce qui, ajouté à l'occupation secondaire de Frenchy, suggère une possibilité. Mais bien des choses sont possibles, Otto, et que tu meures ou non dans un incendie — comme je crois bien que ce sera le cas — j'aimerais, avec la tendresse du marionnettiste envers ses créatures dociles et insensées, que tu connaisses une minuscule part du triomphe qui se précipite à ma rencontre.

Car dans les recoins secrets de ma ville, je distingue déjà les prémices des flammes bleues. Elles flottent au-dessus de Frenchy et de sa compagne, dévalent le bras d'Otto Bremen et se ramassent sur elles-mêmes pour un moment électrisant le long des gouttières de Cherry Street, où les derniers Dunstan étirent leur existence maudite. D'énormes forces entrent en jeu. Autour de notre minuscule plate-forme illuminée, suspendue dans les ténèbres cosmiques, les Dieux anciens, mes véritables ancêtres, se rassemblent dans un bruissement d'ailes de cuir et un crissement de griffes répugnantes afin de contempler l'œuvre de Leur arrière-petit-fils.

Il vient de se produire un événement des plus merveilleux : Star Dunstan est rentrée chez elle pour y mourir.

Tu m'entends, bave de limace ?

Écoute-moi, espèce de vieux sac de viande épuisé...

Mon plus cher désir est que ta chair se boursoufle,

que la moindre inspiration t'épuise, que tu sentes tous tes organes exploser, et ainsi de suite — que les yeux te sortent du crâne, ce genre de choses —, mais si je ne puis orchestrer ces tortures en ce qui te concerne, ma petite chérie d'autrefois, je vais faire de mon mieux pour que notre fils les connaisse.

3

Dès le début, j'eus la sensation qu'il me *manquait* une chose essentielle, sans laquelle je ne pouvais être complet. Quand j'avais sept ans, ma mère me révéla qu'aussitôt après avoir appris à m'asseoir tout seul, je me livrais souvent à une étrange manœuvre : tourner la tête afin de regarder dans mon dos. Boum, je m'étalais, mais à la seconde où je touchais le sol, je tordais de nouveau le cou pour tenter d'apercevoir le même endroit. D'après Star, tante Nettie avait déclaré : « Ce garçon doit penser que le docteur lui a coupé la queue à la naissance. » Oncle Clark en rajoutait : « On jurerait qu'il croit qu'on essaie de lui sauter dessus par-derrière. »

— Ils voulaient dire que tu n'étais pas normal, expliqua ma mère, ce qui était à prévoir, puisque tu étais mon fils. Alors, j'ai répondu : « Mon petit Neddie est malin comme un singe ; il essaie de voir si son ombre l'a suivi à la maison. » Ça les a fait taire, parce que c'était exactement l'impression que tu donnais : celle de chercher ton ombre.

J'ai peine à décrire le mélange de soulagement et de perplexité que m'inspira son récit. Elle m'avait donné la preuve que mon sentiment de manque était réel, car il m'habitait bien avant que j'aie été capable de l'inventer. Je ne savais pas encore marcher, mes pensées ne pouvaient guère consister qu'à reconnaître la faim, la peur, le bien-être ou la chaleur, que j'avais conscience de ce manque, quel qu'il fût ; quand je tentais de regarder derrière moi, c'était pour retrouver la chose absente. Et si je la cherchais à l'âge de six mois, cela ne signifiait-il pas qu'à un certain moment, elle avait été là ?

Quelques jours plus tard, je résolus d'interroger Star au sujet de ce qui me différenciait des autres enfants. Quelques détails me faisaient hésiter, comme toujours. Le fait que chacun affirme avoir un père signifiait-il que je devais en avoir un ? Quelqu'un d'autre aurait-il pu signer les papiers ou accomplir la démarche quelconque qu'accomplissaient les hommes pour être pères ? Oncle Clark ou oncle James, par exemple ? Tous deux manifestaient si peu de sentiments paternels que la simple acceptation de mon existence leur demandait un effort. Dès le début, je ne fus le bienvenu chez eux que si je me conduisais en petit ange. Les enfants sentent ces choses-là. Quand on est obligé de gagner le droit d'être présent, on le sait. En outre, je possédais déjà un sens enfantin des obligations émotionnelles, et ma mère était aussi imprévisible que le temps.

Durant l'été de ma septième année, Star se sentait à l'aise et détendue dans sa famille. Elle bougeait environ à la moitié de sa vitesse normale. Pour la première fois, j'entendis des anecdotes sur son enfance et sur le bébé que j'avais été. Elle aidait tante Nettie à la cuisine et laissait oncle Clark pérorer sans lui dire qu'il n'était qu'un *ignoramus* bourré de préjugés. Étant Star Dunstan, elle s'était inscrite à un atelier de poésie et à un cours du soir d'aquarelle à l'université d'Albertus, que Clark appelait « l'Albinos U ».

Trois jours par semaine, elle tenait la boutique de prêts sur gages appartenant à son beau-père, Toby Kraft, lequel avait épousé sa mère bien des années auparavant, en dépit de la désapprobation unanime des Dunstan — dont il avait renforcé la méfiance en installant sa femme dans l'appartement qui surmontait le magasin, au lieu de se soumettre à Cherry Street. Malgré cette aversion générale, il avait participé aux réunions de famille tant que Queenie avait vécu et continuait après sa mort — à l'occasion de laquelle j'avais été délivré de mes derniers parents adoptifs, tandis que Star revenait à Edgerton. Il ne devait pas me venir à l'idée avant bien longtemps que le décès de sa mère était à l'origine de sa décontraction nouvelle. Être débarrassée des éternels sarcasmes de Queenie lui procurait sans doute un soulagement élémentaire. Son deuxième travail consistait en ce qu'elle appelait « faire le modèle », deux soirs par semaine, à l'Albertus. Sur le moment, je n'avais pas compris qu'il s'agissait de poser nue pour des étudiants en dessin.

Notre existence ordonnée me permit de poser ma question. J'attendis que nous fussions seuls dans la cuisine, moi essuyant la vaisselle qu'elle lavait, tandis que tante Nettie jacassait avec tante May sur la balancelle de la véranda, et qu'oncle Clark et oncle James regardaient une série policière à la télévision. Star me tendit un plat, sur la surface luisante duquel je passai le torchon. Elle me décrivait un concert de jazz entendu à l'auditorium de l'Albertus un mois après ma conception.

— Au début, je n'étais même pas sûre d'aimer l'orchestre. C'était un quartet de la Côte Ouest, et je n'ai jamais été folle de ce jazz-là. Mais, brusquement, le joueur d'alto, qui ressemblait à une cigogne, s'est décollé du piano, il a embouché son sax, et il s'est mis à jouer « These Foolish Things ». (Le souvenir avait encore le pouvoir de la laisser bouche bée.) Oh ! Neddie, j'ai eu l'impression d'aller dans un endroit inconnu, où je me serais immédiatement sentie chez moi. Il n'a fait qu'effleurer la mélodie une seconde, avant de s'envoler, de grimper, de grimper, et tout ce qu'il jouait se liait, une étape après l'autre, comme une histoire. Oh, Neddie ! C'était comme entendre le monde entier s'ouvrir devant moi. Comme monter au paradis. Si je pouvais chanter de la manière dont ce type jouait de l'alto, j'arrêterais le temps et je continuerais à chanter pour l'éternité.

Elle tentait de me faire ressentir l'importance de la musique dans sa vie, mais à l'époque, je n'avais aucune idée de l'impact que ces paroles auraient sur moi. Il ne me serait certainement pas venu à l'idée qu'un jour, je trouverais le moyen d'assister à l'extase qu'elle décrivait. Tout cela me dépassait totalement, et je crus qu'elle voulait m'empêcher de l'interroger.

— Il y a quelque chose que je voudrais vraiment savoir, dis-je lorsqu'elle cessa de parler.

Elle me sourit, enthousiasmée par le souvenir et s'attendant à une question sur la musique. Puis son sourire disparut et ses mains s'immobilisèrent dans l'eau. Elle savait déjà que ce que j'allais dire n'avait rien à voir avec un solo de saxophone alto sur « These Foolish Things ».

— Quoi donc ?

Elle sortit une assiette de la mousse avec une gravité étudiée.

Je savais, moi, qu'elle allait me répondre un mensonge, que je croirais aussi longtemps que possible.

— Qui c'est, mon papa ? C'est pas oncle Clark, hein ?

Elle jeta un coup d'œil par-dessus son épaule, secoua la tête puis me sourit à nouveau.

— Non, mon chéri, sûrement pas. Si oncle Clark était ton papa, tante Nettie serait ta maman, et tu serais dans de beaux draps.

— Mais qui c'est, alors ? Où il est passé ?

Elle parut se concentrer sur l'assiette qu'elle récurait. Je sais à présent que lors du concert dont elle avait parlé, elle était assise auprès de mon père.

— Il s'est engagé dans l'armée après notre mariage. Comme il était très intelligent et très fort, ça n'a pas pris longtemps pour qu'on le nomme officier.

— C'était un militaire ?

— Un des meilleurs de l'histoire, acquiesça-t-elle, cimentant tout autant mon incrédulité que le besoin de la repousser. On l'a envoyé dans des endroits où les soldats ordinaires ne seraient jamais allés. Il n'avait pas le droit de m'en parler. Quand on accomplit une mission top secret, on ne peut pas en parler. (Elle passa l'assiette sous le robinet avant de me la tendre.) C'est ce qu'il faisait quand il est mort. Il était en mission secrète. Tout ce qu'on a pu me dire, c'est qu'il était mort en héros. Et il est enterré dans une tombe spécialement faite pour les héros, au flanc d'une montagne qui domine la mer, à l'autre bout du monde.

Je visualisai un drapeau américain sur un promontoire rocheux surmontant une eau argentée, des vagues infinies, et marquant la tombe de ce sans quoi je serais toujours incomplet.

— Je n'étais pas censée te mettre au courant, mais à présent, tu es assez grand pour garder le secret. Personne d'autre ne le sait, à part ses supérieurs.

Le reste de la vaisselle fut lavé et essuyé dans un silence tendu quoique pas désagréable. Je savais Star pressée de se changer et de partir pour sa séance de pose, mais alors qu'elle se préparait à sortir de la cuisine, elle s'arrêta et se retourna vers moi.

— Il y a autre chose que je veux que tu saches, Neddie. Tu as d'autres sujets de fierté que ton père. Notre famille était très importante, autrefois, à Edgerton. On nous a presque tout pris, mais les gens d'ici s'en souviennent. C'est pour ça que nous sommes différents de tous les autres. Tu viens d'une famille très particulière.

Assis sur le tapis du salon, je tentai de percevoir ce que mes oncles et tantes avaient de si particulier. Les policiers avaient résolu l'énigme de la semaine, et les tantes étaient rentrées voir leur émission favorite, installées sur le canapé vert. De là où je me trouvais, en contrebas, légèrement sur le côté, Nettie et May ressemblaient à des statues égyptiennes. Leurs corps massifs, revêtus de robes imprimées informes, se dressaient côte à côte au-dessus de quatre jambes colossales immobiles. Oncle Clark était vautré dans son fauteuil, en maillot de corps, ses bretelles attachées à un pantalon de gabardine fauve, sa large bouche tordue en un rictus. Oncle James, les yeux fermés, les bras croisés sur la poitrine, occupait le fauteuil à bascule. À la télévision, un homme aux cheveux blonds ondulés et au profil aristocratique cisaillait un violon.

— Mr. Florian Zabach a un don qui vient tout droit du bon Dieu, remarqua tante Nettie. Je n'ai jamais rien entendu de plus beau de toute ma vie.

— Tu te rappelles quand on est allés voir Eddie South à Chicago ? demanda oncle Clark.

— Eddie South tirait un son magnifique de son violon, admit tante May. Je me demande s'il n'était pas de notre catégorie. Je crois que bon nombre de musiciens le sont.

— Attention à ce que tu dis : ça entend tout, à cet âge-là, lui reprocha Nettie.

Oncle James ronfla, remua un peu, et les trois autres regardèrent son menton s'abaisser autant que le permettait son cou de séquoia.

— C'est pour ce son qu'on appelait Eddie South « l'Ange Noir du Violon », reprit oncle Clark. Mais si Stuff Smith revenait, il ne ferait qu'une bouchée de votre Florsheim Swayback.

— J'ai l'impression que Mr. Welk a pris un peu de poids, Nettie, enchaîna tante May.

Les paupières lourdes, je me levai avant de m'endormir dans le salon, comme oncle James

Je me réveillai quand ma mère entra dans notre chambre. J'attendis qu'elle se déshabille, qu'elle enfile sa chemise de nuit et trouve le chemin du lit. Je l'entendis relever le drap, tapoter l'oreiller. Elle avait apporté dans la pièce une odeur de fumée et de bière mêlée à celle de l'air frais, de la pluie d'été, et je tentai de trier ces traces du déroulement de sa soirée tandis qu'elle trouvait le sommeil. Son souffle se fit plus lent, plus profond. Lorsque je l'entendis se coincer dans sa gorge puis se libérer en ce qui était presque un ronflement, je quittai mon lit pour me glisser auprès d'elle. Elle me semblait énorme, gigantesque animal femelle, encore enveloppé par l'atmosphère des aventures rencontrées sur le chemin de la maison. Je calai mon dos contre le sien. Mon corps doubla instantanément de poids et commença à s'enfoncer vers le centre de la Terre, où mon héros de père était inhumé. Star frissonna et prononça un seul nom, que j'emprisonnai dans mes mains alors que la conscience me désertait doucement. *Rinehart.*

4

Comme s'élevait le bruit léger d'une couture qui cédait, je regardais par-dessus mon épaule, voyais s'enfuir une ombre le long d'une Cherry Street ensoleillée, et en tombais assis de surprise. Cela se produisait au moins une fois par semaine, durant mon enfance et mon adolescence, au moment où ma tête touchait l'oreiller. Mon ombre s'allongeait sur le trottoir blanc et se penchait de côté pour franchir un coin de rue, tandis que la terreur d'une perte irrémédiable me figeait à même le bitume chaud. Je me levais enfin et courais au carrefour pour la voir flotter telle une substance solide au-dessus du sol. Quand je me jetais en avant, le trottoir s'inclinait à l'instar d'un toboggan et les maisons familières, leurs vérandas obscures se dissipaient dans la chaleur.

Edgerton disparaissait.

Je courais sur un chemin de terre menant à une rivière étroite qu'enjambait l'arche d'un pont de bois. L'ombre dressée continuait de décamper. De l'autre côté du pont, une rangée d'arbres rabougris marquait l'orée d'une forêt. Au-dessus des cimes, j'apercevais le toit pointu et les fenêtres défoncées d'une maison abandonnée. L'objet de ma poursuite grimpait au sommet de l'arche, s'appuyait à la rampe en fer forgé et croisait les jambes. Me faisait face sans s'être retourné.

Telle une illusion d'optique, l'ombre s'éloignait, moqueuse, à chacun de mes pas vers elle. Quand j'arrivais enfin sur le pont, elle se trouvait une quinzaine de mètres plus loin, bien au-dessus de moi.

— On dirait que tu essaies de m'attraper, disait-elle.

— J'ai besoin de toi.

— Alors, tu devrais venir avec moi.

Échangeant à nouveau faces antérieure et postérieure, elle se remettait en marche.

Lorsque j'atteignais le haut de l'arche, elle avait presque achevé d'en franchir la deuxième moitié. Les planches ployaient sous mon poids. Les parapets étaient devenues fins et délicats.

L'ombre en tapotait un.

— Plus c'est long, plus ça devient fin. Comme le caramel. Ça finit par disparaître.

— Est-ce que j'arriverai à l'autre bout ?

— Peut-être. Si tu joues à faire des glissades fantaisie, sers-toi de ton élan.

— On a besoin l'un de l'autre, disais-je. On est la même chose.

— Tu es moi et je suis toi, oui, répondait l'ombre. Mais seulement au sens où nous possédons chacun des qualités qui manquent à l'autre. Hélas, les tiennes sont ennuyeuses.

— Ennuyeuses ?

— Mon Dieu, est-ce que je fais le bien ? Qu'est-ce que les autres pensent de moi ? Pourquoi est-ce qu'ils ne m'aiment pas ? (Elle agitait les mains comme pour disperser un nuage de moustiques.) Je me fous complètement de ce que les gens pensent de moi.

— Tu es une ombre, disais-je. Les gens ne pensent même pas à toi.

— Alors pourquoi vouloir me récupérer ? (Je n'avais pas de réponse à lui apporter.) Tu ne pourras même pas sortir tout seul le soir avant encore six ou sept ans. Quand est-ce qu'on fumera notre première cigarette ? Qu'on boira notre premier verre ? Quand est-ce qu'on fera l'amour pour de bon ? (Elle secouait la tête, dégoûtée.) Je veux *l'obscurité*. Je veux *la nuit*. Je veux voir un énorme steak devant moi et un whisky près de l'assiette. Je veux des cartes dans ma main, un cigare dans ma bouche et rigoler un peu comme un adulte. Avec toi, petit, ce sera vraiment trop dur d'avoir ça.

— Sans moi, tu ne l'auras pas du tout.

— Au contraire. Sans toi, je peux faire ce que je veux. Si tu m'attrapes, je serai obligé de revenir, mais m'attraper ne sera pas facile, et tu seras en grand danger pendant la poursuite.

— Quel genre de danger ? demandais-je.

— Ce genre-là, par exemple.

Elle désignait la forêt. D'imaginaires flammes bleues voltigeaient de branche en branche. Mon cœur gelait, tandis que mon esprit se changeait en pierre.

5

Quatre ans avant que ce rêve ne commence à gâcher mon sommeil deux ou trois nuits par mois, mes oncles et tantes eurent la preuve concluante que leurs doutes sur la capacité de Star à produire un enfant normal étaient fondés. J'espère qu'ils en furent ravis. Ce ne fut pas mon cas : j'avais attendu mon troisième anniversaire avec impatience.

Je me rappelle les ballons, accrochés aux cordes à

linge, qui volaient au vent, la grande échelle posée entre la maison et la table de pique-nique. Je sais aussi ce que je portais : parmi les rares affaires de ma mère que j'ai conservées, se trouve une photo de moi dans le T-shirt rayé et la salopette neuve que m'avait offerts Queenie. Soyons franc : j'étais un enfant angélique. Si je rencontrais un gamin comme ça, je lui glisserais un dollar dans la main pour la chance. La mienne, veux-je dire, pas la sienne. Toutefois, quand j'observe ce visage de chérubin, je suis contraint de me demander ce que dissimule ce petit garçon souriant.

À savoir :

Je me demande s'il sent déjà une démangeaison légère mais croissante, évoquant un courant électrique, remonter le long de ses bras et passer dans son torse. Je me demande s'il a la bouche sèche ; si, pour lui, les rayures colorées de son T-shirt, les rouges et jaunes vifs des ballons, ont commencé à luire. Cet enfant si mignon, dans sa tenue d'anniversaire, avait peut-être déjà senti se resserrer les écrous au cœur du monde, mais il n'avait aucune idée des malheurs qui se précipitaient vers lui. Il n'avait pas encore vu les premières langues agiles des flammes bleues.

Les oncles et tantes, ma grand-mère et ma mère devaient avoir passé une bonne partie de la matinée à décorer les lieux. Quelqu'un avait gonflé les ballons et s'était servi de l'échelle pour les accrocher. Une nappe en papier, imprimée de gâteaux d'anniversaire et de bougies, avait été étendue sur la table de pique-nique et parsemée d'assiettes en carton, de gobelets, de couverts en plastique. (À présent que je sais comment ils s'étaient procuré tout cela, je plains le propriétaire de l'épicerie locale.) Des pichets de citronnade fraîche et de soda à la cerise, ainsi que divers plats maintenaient la nappe. Tante Nettie avait cuisiné une cassolette de thon, tante May apporté du poulet frit et Queenie confectionné sa légendaire tarte aux patates douces. Les très secrets oncle Clarence et tante Joy avaient consenti à quitter leur maison, de l'autre côté de la rue — un bâtiment si impressionnant, où régnait une odeur si bizarre, que je redoutais d'y entrer. Clarence s'était muni de son banjo. La contribution de Joy consistait en une miche de son pain aux olives noires. Star avait préparé de la gelée au citron vert, ainsi que le gâteau : un Savoie glacé au chocolat. Je me rappelle Toby Kraft en train de faire le tour de la table en tapotant tout le monde dans le dos, le visage si blanc qu'il me faisait penser à Casper le Gentil Fantôme.

Ils durent échanger des potins, raconter des histoires et se taquiner mutuellement en attaquant le poulet frit. Je ne m'en souviens pas plus que de la catastrophe elle-même. Ce dont je me souviens — la photographie mentale la plus claire que je conserve de mon troisième anniversaire —, c'est d'une image tellement décalée qu'elle s'est imprimée en moi de manière indélébile.

Tout commença par une soudaine conscience de la lumière, sa chaleur et sa couleur, comme si je n'avais jamais vraiment remarqué auparavant cette substance riche et vibrante qui s'écoulait d'en haut pour recouvrir le monde à la manière d'un liquide. Elle formait une peau luisante sur le dos des mains de ma mère. Ensuite, la terre s'ouvrit sous moi et je m'effondrai dans ses profondeurs, trop surpris pour avoir peur. Quand je m'immobilisai, je me retrouvai dans une grande pièce en désordre. Des livres couvraient une table et s'empilaient sur le sol. Une voix amère, lointaine, parlait d'or et de fumée, avec emphase. Mes yeux se rivèrent à la cheminée, sur laquelle une fougère aux branches pendantes reposait près d'un renard empaillé, figé comme en pleine marche sous un dôme en verre. De l'autre côté de l'animal emprisonné, le balancier d'une pendule en laiton battait de droite et de gauche. J'avais été *poussé en arrière* : j'étais dans le musée du passé.

Cela prit fin si vite que je n'eus pas le temps de

réagir. En l'espace séparant deux demi-secondes, je revins à toute vitesse près de ma chaise, à la table de pique-nique. J'avais été rendu au présent. Une fraction de battement de cœur après l'instant où j'avais vu le soleil luire sur les mains de ma mère, oncle James racontait toujours la même plaisanterie à oncle Clark, tante May souriait toujours des compliments prodigués à son poulet frit — j'invente ces détails pour souligner la normalité de la scène, mais je me rappelle seulement ce que je viens de décrire. À ce moment-là, mes sensations devaient avoir atteint une intensité presque insupportable.

— Tu es descendu de ton siège, devait me dire Star à de multiples reprises, racontant l'histoire pour mieux l'exorciser. Je t'ai demandé si quelque chose n'allait pas, mais tu t'es contenté de te cacher les yeux et tu t'es mis à courir. Toby a essayé de t'attraper, tu l'as évité et tu t'es cogné à l'échelle. Elle a basculé. Je ne sais pas comment un petit machin comme toi a pu avoir une telle force. L'échelle est tombée en plein sur la table, juste à côté de ma mère. Les plats ont été projetés en l'air. Clarence était en train de se verser du soda ; le pichet lui a échappé et est retombé sur le gâteau.

« Une fois que tu as eu dépassé la table, tu es tombé de tout ton long et tu es devenu aussi rigide qu'une planche. Tu as eu des spasmes tellement forts que tu rebondissais par terre. Oncle Clark a parlé de la rage, alors je lui ai donné un coup sur la tête sans cesser de courir vers toi. Certains des autres étaient tellement occupés à s'essuyer et à s'inquiéter de maman qu'ils ne savaient pas ce qui t'arrivait. Je te jure : j'avais si peur que j'ai cru m'évanouir. Même en te prenant dans mes bras, je n'ai pas réussi à te faire tenir tranquille.

« Ensuite, quand tu es devenu tout mou, je t'ai emporté pour te mettre au lit. Au bout d'un moment, Nettie et May sont venues nous rejoindre. Elles t'ont tâté le front et m'ont parlé de tous les gens de leur connaissance qui souffraient de crises d'épilepsie. Je les ai supportées aussi longtemps que j'ai pu, et puis je les ai mises dehors à coups de pied dans les fesses.

« Le docteur a déclaré que ça pouvait être n'importe quoi. L'énervement. La déshydratation. Il t'a pris sur ses genoux, et il a dit : " D'après ta maman, Neddie, tu t'es mis les mains sur les yeux avant que les problèmes commencent. Tu as vu quelque chose qui ne t'a pas plu ? "

Quel âge avais-je quand elle ajouta ce détail ? Huit ans ?

— Ça, ça m'a frappée, parce que je me posais la même question. Tu étais trop jeune pour lui répondre, et, par ailleurs, je crois que tu ne te rappelais rien du tout. Mais tu t'es aussi bouché les yeux l'année suivante, mon chéri, et celle d'après, pour ton cinquième anniversaire. Est-ce que tu vois quelque chose qui te rend malheureux ?

Je ne révélai jamais à Star ce qui arrivait durant mes « crises ». Pendant très longtemps, je n'aurais pas su comment décrire ces visions, et ensuite, j'eus peur de passer pour fou. Il était déjà assez désagréable qu'on me voie me convulser par terre — ç'aurait été pire si on avait su ce qui se passait en moi.

Aujourd'hui encore, raconter cela par écrit revient un peu à reconstruire une mosaïque à moitié détruite. De nombreuses figures, de nombreuses images sont possibles, et lorsqu'on croit identifier le motif, on ne peut être sûr de ne pas simplement l'imposer. Les personnages, à la périphérie de l'œuvre, s''intéressent ou non à ce que représente la partie manquante. Certains sourient, d'autres semblent figés par le choc ou l'émerveillement. D'autres encore détournent le regard : choisissent-ils d'ignorer cet événement énigmatique ou bien ne l'ont-ils pas encore remarqué ?

6

L'histoire intérieure de mon troisième anniversaire ne sera jamais reconstruite. Les gens postés à sa lisière, mes oncles et tantes, ma grand-mère, Toby Kraft, contemplent le vide. Ma mère me tient dans ses bras, mais elle a détourné la tête.

Le chemin de la sagesse est une pente descendante. Quiconque décide de l'emprunter a intérêt à enfiler une armure, à ne pas oublier d'emporter une épée, et à s'habituer à l'idée que lorsqu'il reviendra, s'il revient, tous ceux à qui il parlera le prendront pour un menteur.

7

Ça ressemblerait à ceci :

À travers des murs de flammes bleues, j'ai suivi un être dans le monde ordinaire, et nous arrivons devant une maison. Un panier de basket est fixé au-dessus de la porte du garage, une bicyclette posée sur sa béquille au bord de l'allée. Les fenêtres éclairées luisent d'un vif turquoise, les autres d'une lueur bleu-noir. Il y a un chiffre sur la porte d'entrée, et je vois un panneau indiquant le nom de la rue, mais comme j'ai trois ans et que je ne sais pas lire, ce sont là des symboles dépourvus de sens. L'être qui se tient près de moi, à la fois totalement inconnu et profondément familier, est aussi terrifiant que les histoires de croquemitaine de tante Nettie. Le bord de son chapeau noir plonge son visage dans l'ombre. Son manteau touche presque le sol.

Dans ma terreur, je fais volte-face. Les formes sombres de hautes montagnes se dressent vers le ciel, tels des animaux. La lumière bleue des étoiles révèle des pics déchiquetés, se reflète sur des champs de neige verticaux. Il flotte dans l'air une odeur de sapin de Noël.

L'être s'avance, et une force évoquant la marée me pousse dans son sillage. Il se tourne vers la porte d'entrée, foule un paillasson marqué « Bienvenue ». Des flammes ardentes jaillissent autour de lui. Il passe une main sous son vêtement, appuie de l'autre sur la sonnette. Ce n'est pas nécessaire : s'il en avait envie, il pourrait traverser la porte, mais sonner l'amuse. Soudain, comme à cause de ma perspicacité, je me retrouve en lui et je regarde par ses yeux, horrifié. Une main bleu-blanc tire un couteau des profondeurs du manteau noir. Des flammèches crépitent le long de la lame. La porte close est une étoffe bleue.

De l'autre côté de ce tissu miroitant, approche un homme corpulent, en jean et en sweat-shirt. Les coins affaissés de sa bouche trahissent l'irritation. Il empoigne le bouton de porte et, tandis qu'il le tourne, s'avance de manière à bloquer le passage. Cela ne prend que quelques secondes, pendant lesquelles j'essaie de me libérer de l'être, mais une force s'abat sur moi pour me faire tenir tranquille. Devant moi, les yeux de l'homme flamboient puis s'obscurcissent. Je voudrais hurler, mais ma bouche ne m'appartient pas : elle refuse d'obéir. Nous rejoignons l'arrivant à l'intérieur de la maison, où entrent les flammes bleues, elles aussi. Une seconde durant, en une sorte de danse, la jambe droite de l'homme glisse vers l'arrière, notre jambe gauche vers l'avant, et nous bougeons tous en cadence. Quand il se penche pour s'écarter, nous nous penchons avec lui. Ses dents luisent d'un éclat bleu laiteux.

Le couteau s'enfonce dans la bande de chair visible entre le bas de son sweat-shirt et la ceinture de son jean. L'homme brise la danse en se figeant. Nous nous approchons si près de lui que notre menton frotte contre sa joue. Il émet un son, nous pose les mains sur les épaules, se redresse, puis nous retrouvons le rythme. Passant derrière lui, nous tirons le couteau vers le haut. Ses genoux fléchissent. Un jet de sang cascade sur son jean — noir sous la lumière bleue vacillante. Une corde argentée apparaît. Une autre la suit à l'extérieur du corps. Je sens un relâchement autour de moi et je me libère.

Ensuite, debout derrière l'être, je ne puis qu'assister à ce que je suis incapable de comprendre.

L'homme abaisse les mains vers les cordes et les empoigne comme pour en faire offrande. Lentement, il tente de les ramener en lui.

— Mr. Anscombe, je présume ? dit l'être.

Sa voix m'apprend que cela aussi l'amuse.

Les flammes bleues qui jaillissent le long du mur lui donnent une transparence luisante, à travers laquelle je vois une femme en chemise de nuit assise sur un lit, une petite fille sur les genoux. Elle tient un livre à la main, mais elle a cessé de lire pour regarder la portion de mur où doit se trouver la porte.

Elle ne voit pas l'homme s'efforcer de rester debout, avancer d'un petit pas puis reculer d'un autre, ni ses genoux s'affaisser, sans qu'il lève les yeux des torons gras qui glissent entre ses mains. L'être se penche, appuie avec force le couteau sur la gorge de sa victime et tire d'un coup sec. Un fluide noir se répand sur le sweat-shirt. Au centre du flot, une bosse s'élève puis retombe — plop plop plop. L'homme bascule en avant, avec une étonnante lenteur, jusqu'à ce que son front rencontre le tapis. L'être, lui, fait un pas en arrière. La plaque obscure que crée le bord de son chapeau s'interrompt pour révéler le bas de sa mâchoire.

Je comprends : c'est Mr. X.

Radieux, il se tourne afin de contempler à travers les voiles bleus la femme assise au bord du lit et la petite fille. La première caresse les cheveux de la seconde, tandis que le moribond exhale un bruit léger.

L'être s'avance avec délices, et les voiles se recomposent pour former un tunnel lumineux. Sans prévenir, le vent me pousse dans son sillage. Je sens une résistance légère, quasi nulle, comme celle d'une toile d'araignée, quand je traverse le mur invisible. De tous côtés, le passage bleu émet une vibration évoquant l'électricité. Mr. X avance encore — et vibre, lui aussi, par la grâce de sa propre électricité, qui est du plaisir. Un dernier pas l'amène dans la pièce. Quoique sa silhouette m'en cache les deux occupantes, j'entends la plus vieille hoqueter, la plus jeune se mettre à geindre : elles viennent de voir un homme vêtu d'un manteau et d'un chapeau noirs traverser le mur de leur chambre. La femme se met en branle. Je vois ses jambes nues, qui luisent d'un éclat bleu-blanc.

Serrant la fillette contre sa poitrine, elle saute de l'autre côté du lit, percute la coiffeuse. Toutes deux ont les cheveux bruns très sombres, luisants, tout juste lavés, et d'immenses yeux noirs. Ceux de la petite fille se tournent vers moi alors que je recule d'un pas, plus comme si elle me cherchait que comme si elle me voyait. Lorsque je tente de rentrer dans le tunnel, la pression, contre mon dos, me l'interdit.

La jeune mère soulève dans ses bras l'enfant qui a plaqué le visage contre sa poitrine. Elle est si jolie qu'on dirait une star de cinéma.

— Sortez d'ici immédiatement, qui que vous soyez ! ordonne-t-elle.

Dissimulant le couteau dans les plis de son manteau, l'être longe le lit. La femme s'adosse au mur et s'écrie :

— Mike !

— Aucune aide à attendre de ce côté-là, Mrs. Anscombe. Dites-moi : vous ne trouvez pas qu'on s'ennuie atrocement, ici, dans la brousse ?

— Je ne m'appelle pas Anscombe, répond-elle. Je ne connais personne de ce nom-là. Vous commettez une terrible erreur.

Il s'approche d'elle.

— Quelqu'un en a commis une, en tout cas.

Elle bondit sur le lit, mais au moment où elle va se mettre à courir, Mr. X l'attrape par une cheville. La chemise de nuit remonte au-dessus de ses hanches lorsqu'il la tire vers lui. Lâchant sa fille, elle lui crie :

— Sauve-toi, bébé ! Sauve-toi dehors et cache-toi !

L'être mystérieux tire la femme à bas du lit et lui décoche un coup de pied au ventre. La fillette le contemple avec de grands yeux. Il lui adresse un signe et elle s'avance de deux centimètres, à genoux.

— Il fait trop froid, dehors, pour un gentil bébé, dit-il. Et puis c'est dangereux. Le bébé pourrait croiser un grand méchant ours.

La mère se relève avec peine, les mains pressées sur l'abdomen. Ses yeux sont deux surfaces liquides.

— Sauve-toi, Lisa ! siffle-t-elle. Vite !

Mr. X agite le couteau vers elle, ironique. Ses dents étincellent.

— Bébé Lisa n'aime pas les ours, minaude-t-il. N'est-ce pas, Lisa ?

Bébé Lisa secoue la tête.

— Faites-moi ce que vous voulez, mais ne touchez pas à mon enfant, supplie la mère. Qui que vous soyez, elle n'a rien à voir avec la raison de votre présence ici. Je vous en prie.

— Vraiment ? déclare-t-il, avec ce qui ressemble à une curiosité non feinte. Et pourquoi suis-je ici ?

Elle bondit sur lui, mais il s'écarte de son chemin et la jette à terre. Se penchant, il l'attrape par les cheveux, la remet debout, la propulse contre le mur.

— C'est une manière de répondre, ça ? interroge-t-il.

Ensuite, le plus terrible se reproduit. Une main géante s'empare de moi et m'arrache à mon corps. Je ne suis rien, sinon un espace-ombre qui regarde par les yeux de l'être. Pris de panique, terrifié, je lutte pour m'échapper mais j'en suis incapable. C'est toujours comme ça. Les liens me connaissent, ils me retiennent en un réceptacle avisé. Par les yeux de Mr. X, je vois plus de choses que par les miens. C'est vrai : la femme est presque aussi jolie qu'une star de cinéma, mais son visage, écaillé par trop d'expérience, paraîtrait amer à l'écran. Une triste compréhension se fait jour dans son regard.

— Alors, j'imagine que c'est ce qui est arrivé aux Booker, dit-elle.

Je me ramasse sur moi-même, me détends d'un seul coup, et les liens se brisent. Sans transition, je suis de retour dans mon corps, à fixer le lit sur les couvertures duquel est agenouillée la petite Lisa.

— Est-ce que ce nom est censé me dire quelque chose ? demande Mr. X. Et par ailleurs, est-ce qu'il n'y a pas un petit garçon, dans la famille Anscombe ?

— Il est parti, affirme la femme. (Il ne réagit pas.) Je ne sais pas où. Vous n'avez aucune raison de vous en prendre à mon bébé.

— Je ne m'en prendrais jamais à un innocent. (Il fait signe à l'enfant d'approcher ; elle rampe sur la couverture et il la soulève entre ses bras.) Mais je me demande souvent pourquoi les gens les mieux placés pour savoir que ce n'est pas le cas pensent que le monde est juste.

Il la cale au creux de son coude, lui empoigne le sommet de la tête, tord... Un craquement résonne, et la fillette devient toute molle.

Je n'ai pas envie de continuer. C'est entièrement faux, de toute façon. Je n'ai pas arrêté de mélanger les détails parce que le véritable souvenir était trop douloureux. Cette-fois là, ils ne s'appelaient pas Anscombe. Les Anscombe sont venus plus tard.

8. Mr. X

Comprendre qui j'étais, *ce* que j'étais, m'a demandé un temps ridiculement long. Vous, mes Maîtres, avez eu la partie belle, par comparaison, et je Vous supplie de comprendre la nature de ma lutte.

Jusqu'à ce cataclysme qu'est l'adolescence, mon imitation d'enfant ordinaire a rencontré un succès relatif. Qu'au cours d'une bagarre dans la cour de récréation, j'en sois arrivé à cogner violemment sur le ciment la tête blonde d'un camarade de CE1, Lenny Beach, a été attribué à sa remarque selon laquelle j'étais du caca de chien. Que je sois obligé de redoubler le CE2 a été expliqué par ce que l'administration appelait mes « rêves éveillés », mon « incapacité à me concentrer pendant la classe », et ainsi de suite — une référence à mon habitude de faire mes devoirs de la manière qui me convenait, si bien que je pouvais rendre une page emplie de points d'interrogation lorsqu'on me demandait de raconter Mon Meilleur Noël, ou le dessin d'un monstre en train de dévorer un chien en réponse à une série de soustractions. Le mot *créatif* était bien pratique, mais il n'a pas suffi à apaiser les parents de Maureen Orth, une petite minable osseuse, aux incisives mal plantées, que j'ai déshabillée et attachée à un bouleau, dans la forêt de Johnson, quand nous étions en quatrième. Maureen était ravie de mes attentions jusqu'à ce que je lui rappelle que les Indiens sauvages, comme celui que je faisais semblant d'être, avaient coutume de torturer leurs prisonniers, comme celui qu'*elle* faisait semblant d'être. Les cris pitoyables déclenchés par la vue de mon canif m'ont poussé à la détacher, mais elle n'a pas voulu m'entendre quand j'ai assuré que je n'avais jamais eu l'intention de lui faire vraiment mal.

Finalement, mon père a fait un chèque de mille dollars à Mr. Orth et les choses en sont restées là — en dehors de la grogne.

Mon père a diminué de moitié mon argent de poche pour avoir, je cite, « encouragé les attentions de cette créature ». Quant à ma mère, les larmes aux yeux, elle m'a interdit de retourner dans la forêt de Johnson.

Bien entendu, je n'avais aucune intention d'obéir. Avec ses trente arpents de pins, de bouleaux, d'érables et de noyers d'Amérique, tellement denses que le soleil perçant les cimes ne jetait sur l'humus que de petites taches rondes miroitantes, la forêt de Johnson recelait — émeraude dans un bol de pièces jaunes — les ruines mystérieuses où j'aurais entraîné Maureen Orth si cette dernière avait eu assez de cran ; elle représentait pour moi une terre sacrée.

C'était tout ce qui restait d'un vaste ensemble, par ailleurs transformé en rues bordées de maisons où vivaient ceux que mon père appelait « les parvenus minables ». Cette forêt était mienne — non parce que ma famille la possédait mais parce que la première fois que je l'avais vraiment regardée, elle m'avait parlé.

J'avais dû passer des centaines de fois à proximité avant le jour où, regardant par la lunette arrière du car qui livrait au collège d'Edgerton les élèves de sixième de Pioneer Village, j'ai senti un hameçon me crocher le cœur, tandis qu'une voix, dehors ou dans ma tête, s'exclamait : *Viens à moi.* Ce genre de choses. *Tu as besoin de moi. Tu m'appartiens. Reste avec moi,* ou quoi que ce soit. L'hameçon tentait de me tirer à travers la vitre, que je me suis mis à pousser, debout sur mon siège. Mon cœur battait à tout rompre, mon visage me brûlait. Le chauffeur m'a hurlé de m'asseoir. S'attendant à un feu d'artifice, mes camarades de classe ont ricané, mais se sont tus dès que j'ai obéi. Un professeur abasourdi m'a remercié de ma coopération. Je n'étais pas coopératif : je manquais juste de force pour déloger la vitre.

Pioneer Village comprenait deux rues bordées de

chalets, la Salle de Réunion, le Temple, le Comptoir de Commerce et la Forge. Des femmes aux chapeaux à falbalas cuisinaient dans de grands chaudrons suspendus dans des cheminées. Des hommes à casquette en raton-laveur et à chemise de jute tuaient des lapins avec des mousquets. Ces gens-là faisaient pousser des légumes et fabriquaient leur propre savon. Ils avaient les cheveux graisseux et ne paraissaient pas très propres. Je pense qu'ils étaient adeptes d'une religion masochiste quelconque.

Rendant à César ce qui était à César, j'ai laissé passer la journée tant bien que mal et je suis remonté dans le car avant tout le monde. Quand on a dépassé la forêt, sur le chemin du retour, je me suis assis de travers sur mon siège pour attendre les secousses imprimées à mon être profond, la voix tonitruante que je serais seul à percevoir. Au lieu de cela, je n'ai senti qu'une chaude et puissante pulsation — ce qui m'a suffi.

Par bonheur, le lendemain était un samedi. Levé avec le soleil, j'ai tué le temps jusqu'à ce que ma mère apparaisse et prépare le petit déjeuner. Comme tous les samedis, mon père était sorti pour affaires. Avec une ruse précoce, j'ai informé ma mère que j'allais faire un peu de bicyclette. Les samedis ordinaires, j'errais dans Manor Street, désœuvré et furieux de l'être, rayant les voitures des voisins ou me cachant sous un buisson pour tirer sur les chiens avec ma carabine à air comprimé. Que je veuille me livrer à une activité aussi conventionnelle que le vélo remplissait ma mère d'un plaisir à peine gâché par ses soupçons. J'ai promis de ne pas chercher d'ennuis. Puisque je n'avais pas le choix, j'ai aussi promis de rentrer déjeuner. Je l'ai vue hésiter à m'embrasser puis y renoncer, à notre mutuel soulagement. J'ai pédalé le long de l'allée en imitant à la perfection un gamin qui n'aurait pas eu la moindre idée en tête. À la seconde même où je suis arrivé hors de vue, j'ai foncé comme un malade, debout sur les pédales.

Parvenu là où j'avais senti l'attraction, perçu la voix fabuleuse, j'ai traîné le vélo derrière un arbre et me suis redressé de toute ma hauteur, certain d'être au *bon* endroit, celui où je devais me trouver. Je me suis avancé, tremblant d'excitation anticipée. Il ne s'est rien passé. D'une certaine manière. Il ne s'est rien passé, sinon que s'est subtilement intensifiée ma conscience d'avoir atteint le lieu le plus lié aux sources secrètes de tout ce qui faisait de ma vie un enfer. Un lieu qui m'était donc plus nécessaire et qui, pour les mêmes raisons, m'apparaissait plus terrifiant que n'importe quel autre.

À cet instant, je me suis rendu compte que j'avais déjà choisi la connaissance plutôt que l'ignorance, quelles que puissent être les conséquences. Mon cœur s'est apaisé et j'ai commencé à remarquer ce qui m'entourait.

Des troncs emplissaient mon champ de vision, bruns, gris, argentés, certains presque noirs, l'écorce ridée, boursouflée ou au contraire parfaitement lisse, luisante. Des flaques de lumière vacillantes parsemaient le sol gris-vert. L'air était d'un gris argenté. Au loin, montagne de bois, se dressait un enchevêtrement d'arbres morts. Au-dessus de ma tête, des couronnes de feuilles s'entrelaçaient, des nids d'écureuils reposaient sur les branches supérieures tels des bols aux contours déchiquetés.

Soudain, il y a eu des écureuils partout, comme surgis du néant : sautant des plus hautes branches, atterrissant sur des ramilles, se balançant un instant avant de remonter, telles des flèches, en une éternelle poursuite. Des oiseaux de toutes sortes quadrillaient l'air diaphane. Un renard s'est matérialisé au sein d'un cube d'air vide, a dressé les oreilles et s'est immobilisé, une patte encore levée.

Le dernier dimanche avant les grandes vacances, alors que toute la matinée — coïncidence ou non — le chanoine Reed avait vainement tenté d'atténuer le mordant de l'Évangile selon saint Luc, chapitre 12, verset 49, *Je suis venu jeter un feu sur la terre, et qu'ai-je à désirer s'il est déjà allumé ?*, j'ai vu les premières traces ténues des flammes bleues et j'ai compris que l'été serait un temps de merveilles.

Des bandes verticales vert pâle intermittentes apparaissaient entre les arbres les plus lointains. Quand je m'en suis approché, j'ai découvert une clairière. Devant moi, s'étendait un ovale dégagé où régnait un calme inquiétant. Le soleil, que rien ne venait masquer, martelait de hautes herbes jaune-vert.

Dès que je suis sorti du couvert, la température a augmenté considérablement. Avec une telle clarté, j'y voyais à peine. Je me suis assis au centre de la clairière, les yeux juste au-dessus des herbes. Une piste aplatie menait droit vers moi. Je me suis essuyé le front en clignant des paupières pour combattre les assauts du soleil. Lorsque je respirais, la clairière respirait avec moi. Un courant électrique courait le long de mes bras, pénétrait ma poitrine.

J'éprouvais plaisir et crainte respectueuse. Je savais que les choses n'en resteraient pas là : à l'intérieur du moi présent en ces lieux, il y en avait un autre, qui avait besoin de temps pour s'habituer à ce qui l'entourait. Assis ensemble, dans nos mondes respectifs, nous nous adaptions à notre nouvel environnement. Les choses n'en resteraient pas là, mais la nature de ce qui viendrait ensuite était inconcevable.

Un rouge-gorge bleu s'est aventuré hors de la forêt, et j'ai suivi des yeux la courbe arrogante qu'il traçait dans le ciel.

Au plus profond de moi, mon identité nouvellement née s'est exprimée. J'ai projeté une pensée vers l'oiseau. En moins de temps qu'il n'en aurait fallu pour le dire, il a replié les ailes et s'est abattu, aussi inerte qu'une enclume.

En rentrant chez moi, j'ai tenté de faire subir le

même sort à la corneille qui grimaçait sur un fil téléphonique, mais cette saleté a refusé de mourir. Il en est allé pareillement de la vache qui ruminait derrière une clôture, au bord de la route, et je n'ai pas eu plus de chance avec Sergent, le vieux chien policier qui dormait d'un sommeil agité sur la pelouse de son propriétaire. On m'avait donné un outil mais pas le manuel d'instructions. J'ai supposé, tel l'enfant que j'étais, que les chapitres de ce dernier seraient régulièrement mis en place en mon être dans des délais raisonnables.

Je ne me doutais pas de ce qui allait arriver.

9

Mes résultats scolaires étonnamment bons me firent accepter par les quatre facultés auxquelles je soumis mon dossier. Ayant été élevé par une famille d'adoption, et mon unique parent gagnant si peu qu'il n'avait même jamais payé d'impôts, je bénéficiais de la gratuité des études et du logement, ainsi que de divers petits boulots, si bien que Phil Grant n'aurait pas à allonger une fortune. Si j'en avais eu besoin, il aurait hypothéqué sa maison et contracté des emprunts qui l'auraient endetté jusqu'à l'âge de la retraite. Ne pas lui coûter cet argent me faisait plaisir, mais l'essentiel de ce plaisir était en fait du soulagement.

Finalement, je me décidai pour l'université de Middlemount, décevant Phil qui, depuis l'acceptation de mon dossier, tenait presque pour acquis que je choisirais Princeton, son *alma mater*. Je ne me voyais pas du tout dans une école aussi exigeante, et l'idée d'être entouré de gosses de riches ne me souriait guère. En outre, même si je n'en fis jamais mention lors de nos conversations autour de la table du dîner, je savais que malgré les aides financières, Princeton tirerait plus d'argent que Middlemount de la poche de Phil. Partant du principe raisonnable qu'il s'agissait de ma décision et non de la leur, Laura prit mon parti, ce qui aida son mari à s'incliner. Je me rendis donc à Middlemount, Vermont, et ma vie commença à s'effilocher.

Quand l'imbécile qui partageait ma chambre manifesta son mépris instantané de tout ce que je représentais en y invitant chaque soir nombre de ses camarades, avec lesquels il se livrait à de bruyants commentaires sur les pédés, les nègres, les youpins, les accidents de voiture, les catastrophes maritimes, les reins cassés, les cous rompus, les paralysies complètes, les youpins, les pédés, les Mex et les nègres, je me plaignis assez fort pour me faire accorder une chambre particulière.

Une fois que je l'eus, je ne vis pratiquement plus personne en dehors des salles de classe. Malgré mes résultats aux tests, en dernière année de lycée, les cours de sciences et de mathématiques me paraissaient donnés dans une langue étrangère. J'étais contraint de m'épuiser au travail pour seulement me maintenir à la traîne de la classe. Parfois, à mon pupitre, il m'arrivait de lever les yeux vers une séquence de charabia que griffonnait au tableau Mr. Flagship, le professeur de mathématiques, et d'avoir l'impression de tomber dans une grande faille de la croûte terrestre. Je passai des semaines entières à ne rien faire d'autre qu'aller et venir entre le dortoir, les classes, mon travail à la cantine et la bibliothèque. Ensuite, il commença à faire froid.

L'hiver s'abattit sur le Vermont juste après la fête de l'Action de Grâces. La température tomba à – 5 °C et le gel se mit à me griffer à la manière d'une serre. À – 10°, le vent qui déboulait des montagnes menaçait de m'arracher le visage. Même dans les salles surchauffées, le froid parcourait la moelle de mes os. Pendant deux mois, le soleil resta caché derrière un rideau de flanelle grise doublé de plomb. Bientôt, des nuits sans étoiles tombèrent abruptement à dix-sept heures. Le rhume le plus carabiné de mon existence m'infligea toux et éternuements perpétuels, ainsi que des douleurs dans tout le corps. Je me traînais encore en classe, mais mon superviseur, au boulot, déclara que je faisais courir des risques à tous les employés et me mit en congé-maladie. Le soir, après m'être forcé à avaler ce que je pouvais des dîners lourds de la cantine, trop épuisé pour affronter une nouvelle expédition à la Nanook dans la toundra, jusqu'à la bibliothèque, je m'endormais sur mon bureau en tentant de faire entrer dans mon crâne stupéfié l'Introduction au Calcul Infinitésimal. De jour en jour, de seconde en seconde, je m'effaçais jusqu'à devenir une ombre.

Les seules choses m'empêchant de croire la transformation déjà avérée étaient ma guitare et ce qui se passait lorsque j'en jouais. Pour mon douzième anniversaire, lequel n'avait pas manqué d'être ponctué par l'habituel spectacle de Grand-Guignol, les Grant m'avaient offert une jolie vieille Gibson, plus ce qui avait fini par devenir des années de cours auprès d'un professeur sympathique. J'avais emporté l'instrument à Middlemount et, de temps en temps, quand ma chambre se refermait sur moi, j'allais me poster dans un coin du foyer de la Cité-U pour en jouer.

Je me contentais en général de marier vocaux et harmonies à ma manière opiniâtre, progressive, mais parfois, d'autres étudiants venaient s'installer assez près de moi et m'écoutaient. Quand je m'apercevais que j'avais un public, je jouais des morceaux tels qu'une fugue de Bach transcrite par mon professeur, un blues appris sur un disque de Gene Ammons, ou une version de « Things Ain't What They Used To Be » piquée à Jim Hall. S'il restait des auditeurs, j'ajoutais quelques chansons dont je me rappelais les accords. « My Romance », notamment, ainsi que « Easy Living », « Moonlight in Vermont » et un thème de jazz qui s'appelait « Whisper Not ». Je faisais des erreurs, je me perdais en cours de route, mais aucun de mes camarades ne s'en rendait compte avant que je ne m'arrête et n'en revienne à l'endroit où je me trouvais quand mes doigts s'étaient changés en guimauve. La moitié d'entre eux n'écoutait que les Rolling Stones, Eric Clapton et Tina Turner, quand l'autre se contentait des Carpenters, des Bee Gees et d'Elton John. (Ceux qui s'habillaient toujours en noir et préféraient Bob Dylan ou Leonard Cohen évitaient le foyer comme la peste.) Pour la plupart, ce que je jouais ressemblait à du classique mais leur plaisait néanmoins. Moi, j'aimais jouer pour eux, car cela me rappelait que je n'avais pas toujours été un ermite. L'autre effet positif de ma musique fut la rénovation de mon identité publique : je n'étais plus « Ce Mec Bizarre, Ned, Qui Ne Sort Jamais De Sa Chambre » mais « Cet Original de Ned Qui Joue Bien De La Guitare Quand Il Sort De Sa Chambre ».

Pendant les vacances de Noël, rentré à Naperville, je me conduisis comme si tout allait bien, en dehors de quelques problèmes en mathématiques. Sans proférer de vrai mensonge, je décrivis une existence difficile, faite de travail et de plaisirs occasionnels, et j'attribuai ma morosité au mal du pays. Dès que je prononçai ces mots, je me rendis compte que Naperville et les Grant m'avaient plus manqué que je n'avais voulu l'admettre. Tandis que mon rhume s'apaisait, que je partageais mon temps entre un devoir d'anglais, les révisions pour les partiels et la reprise de mes vieilles habitudes, la vie universitaire que j'avais inventée me semblait de moins en moins fictive, de plus en plus proche de la réalité que j'aurais connue si je ne m'étais pas senti aussi perdu.

Le lendemain de Noël, j'entendis une voiture arriver dans l'allée et, par la fenêtre du salon, vis Star arrêter une fort belle vieille Lincoln devant le garage. Elle en descendit, vêtue de chaussures à talons hauts, d'un chapeau élaboré et d'un manteau noir trop léger pour la saison. Star vivait à Cleveland, cette année-là, échangeant du travail dans un atelier de lithographie contre les leçons d'un artiste rencontré à l'Albertus. Le week-end, elle chantait dans une boîte qui s'appelait *Inside the Outside*, « À l'intérieur de l'extérieur ».

— Ta mère est là, Ned ! me lança Laura Grant, de la cuisine.

Boutonnant sa veste, rentrant le ventre, Phil sortit de l'alcôve qui jouxtait le salon et où il regardait la télévision.

— Ne la laisse pas geler dehors, fiston, me dit-il.

Star remontait d'un bon pas l'allée de pierres plates. Quand je lui ouvris la porte, elle glissa dans la maison tel un cygne, cachant sa nervosité derrière un large sourire. Elle m'entoura de ses bras, les Grant se mirent à parler au même moment, et je sentis qu'elle commençait à se calmer.

Le reste de la journée fut agréable, détendu. Star m'offrit un pull en cachemire, je lui offris un coffret de rééditions de Billie Holiday, et ce qu'elle reçut des Grant équilibra gentiment les petites choses qu'elle leur avait apportées. Laura nous prépara deux repas pantagruéliques. Quant à moi, je continuai à développer ma version aseptisée de la vie à Middlemount. Après le dîner, mes tuteurs nous laissèrent seuls.

— Est-ce que tu songes à devenir musicien ? interrogea ma mère. Ça me fait vraiment plaisir de savoir que tu joues pour tes amis, à l'école.

Je répondis que je n'avais jamais été assez bon à mon goût.

— Tu pourrais devenir meilleur. Et travailler, ce qui te permettrait de quitter l'université, pour peu que tu en aies envie. Si les musiciens que je connais ont des diplômes, il ne s'en vantent pas.

Surpris, je lui demandai pourquoi j'aurais souhaité quitter l'université.

— Tu sais de quoi tu as l'air quand tu parles de Middlemount ? interrogea-t-elle. De raconter un film.

— C'est une bonne école.

— Je n'en doute pas. Mais est-ce que c'est une bonne école pour Ned Dunstan ? Regarde-toi : tu as perdu six ou huit kilos, et tu manques visiblement de sommeil. La seule raison pour laquelle tu es à peu près en bonne santé, c'est la merveilleuse cuisine de Laura.

— J'ai eu un mauvais rhume, dis-je.

— Si tu veux mon avis, il n'y a pas que le rhume qui était mauvais. Je me demande si tu ne cherches pas à présenter ta vie à l'université comme plus agréable qu'elle n'est.

— Une fois les partiels passés, tout ira bien, assurai-je.

Phil et Laura vinrent nous proposer café et liqueurs. Avant d'aller au lit, nous écoutâmes tous ensemble une Billie Holiday de dix-huit ans chanter « When You're Smiling » et « Ooh Ooh Ooh, What A Little Moonlight Can Do ».

Le lendemain matin, les deux femmes allèrent faire du shopping. Ma mère rentra parée d'un manteau neuf de chez Biegelman, acheté avec soixante pour cent de réduction, car Mr. Biegelman estimait que personne d'autre ne le porterait aussi bien. Tandis que Laura racontait cette histoire, elle me jeta un regard oblique, mi-interrogateur, mi-accusateur. Star, elle, semblait éviter de poser les yeux sur moi. Quand le récit fut achevé, elle s'éclipsa pour aller pendre le manteau et, en sortant de la pièce, me lança un coup d'œil gêné. Phil ne remarqua rien, ce dont je fus soulagé.

— Vous êtes restés là pendant tout le temps qu'on était sorties ? demanda Laura.

— Et comment ! répondit son mari. On a même eu un mal de chien à mettre les danseuses dehors avant votre retour.

Ma mère revint au salon, lança un sourire dans ma direction plutôt qu'à moi, puis considéra le canapé à la manière d'un chat décidant de l'endroit où il va s'installer. Après s'être raclé la gorge, Phil lui proposa leur rituel championnat d'échecs de Noël. Elle lui sourit avec ce qui me parut être du soulagement.

Avant le début de cette tradition, j'aurais supposé que si on lui avait donné deux chances de distinguer un pion d'un fou, ma mère aurait répondu juste au moins une fois, mais en fait, elle était assez douée pour gagner environ une partie sur quatre contre Phil. Ce jour-là, dix minutes après qu'ils eurent commencé, mon tuteur fit la moue en contemplant l'échiquier et marmonna : « Deux secondes. Je ne comprends pas. » (Il s'avéra que le lithographe de Cleveland était un joueur d'échecs démoniaque.)

Je suivis Laura dans la cuisine, persuadé qu'elle partageait mon amusement devant la consternation de son mari.

— Soit elle a fait d'énormes progrès depuis l'année dernière, soit Phil ne sait plus jouer, dis-je.

Laura, appuyée à l'évier, laissa ma remarque se déliter entre nous. Le regard qu'elle me lança n'avait rien à voir avec l'amusement.

— Je pensais bien te connaître, mais je commence à me poser des questions, déclara-t-elle en croisant les bras sur la poitrine.

— À quel sujet ?

— Tu es sorti, en notre absence ? (Je secouai la tête.) Tu n'es pas allé en ville ? Ni chez Biegelman ?

— Qu'est-ce que c'est que cette histoire ? Star et toi avez l'air bizarre depuis que vous êtes rentrées.

— Ce n'est pas une réponse, dit Laura en me regardant droit dans les yeux, intensément.

— En effet, acquiesçai-je, un peu irrité. Je ne suis pas allé chez Biegelman. C'est un magasin de vêtements féminins. Je ne crois pas y avoir jamais mis les pieds. (Je me forçai à me calmer.) Qu'est-ce qu'il y a ?

— Une erreur, j'imagine, dit Laura.

Au salon, ma mère éclata de rire.

— Mais tu ne connais donc pas Capablanca, Phil ? s'exclama-t-elle.

— Il est mort, et moi aussi, remarqua son partenaire.

— Star s'en fait pour toi, reprit Laura, sans cesser de me scruter.

— Il n'y a aucune raison de s'en faire.

— Tu dors assez ? Tu ne te sens pas toujours fatigué ?

La plupart du temps, je me sentais à moitié mort.

— Il m'arrive d'être fatigué, mais ça n'est pas grave.

— Tu es heureux, à Middlemount ? Si c'est trop dur pour toi, tu peux toujours prendre un semestre de repos.

La colère montait de nouveau en moi.

— D'abord, tout le monde me pousse à aller à l'université, et maintenant, tout le monde me pousse à la quitter. J'aimerais bien que vous vous décidiez.

Laura me parut blessée.

— On t'a vraiment poussé à aller à l'université, Ned ? C'est ton impression ? (Je regrettais déjà mes paroles.) Rappelle-toi que ces écoles voulaient à tout prix t'accueillir. C'est une chance incroyable. Ne pas avoir de diplôme serait un grand handicap pour toi, plus tard. (Elle releva le menton, détourna le regard.) Mon Dieu, peut-être qu'on t'a poussé, oui, mais on ne voulait que ce qu'on croyait être ton bien. (Ses yeux se posèrent à nouveau sur moi.) Tu es seul à pouvoir dire ce qui est bien pour toi, alors tu as intérêt à être honnête. Et ne t'inquiète pas pour Phil, il pense comme moi.

Elle voulait dire qu'elle réussirait à lui expliquer les raisons de mon départ, si je décidais de quitter l'université. À l'idée de la déception qu'il ressentirait, j'avais l'impression d'être un traître.

— Je crois qu'il faudrait que j'aie des A dans toutes les matières et que je sois élu délégué de classe pour que Star et toi cessiez de vous inquiéter, dis-je.

— Hé, Ned ! appela Phil, de l'autre pièce. Ta mère

et Bobby Fischer ont été séparés à la naissance, c'est ça ?

— Très bien, reprit Laura. On verra comment tu te sentiras à la fin du semestre. En attendant, rappelle-toi qu'Alexander Graham Bell a inventé le téléphone, d'accord ?

Pendant le déjeuner, un Phil abasourdi nous expliqua les stratagèmes machiavéliques à l'aide desquels ma mère l'avait matraqué. Star mangea la moitié de ce qui se trouvait dans son assiette, consulta sa montre puis se leva de table. Un long trajet en voiture l'attendait, il était temps de partir, merci beaucoup, au revoir.

Quand je descendis ses bagages, elle serrait Laura contre elle depuis les profondeurs de son nouveau manteau. Je l'accompagnai jusqu'à la Lincoln, me demandant si elle croyait pouvoir y monter et s'en aller sans me parler.

— Maman ? fis-je, une fois arrivé devant sa portière.

Elle me prit dans ses bras.

— Viens avec moi, dit-elle. Jette deux ou trois affaires dans une valise et dis à ces deux amours que tu vas habiter chez moi pendant que tu prends le temps de réfléchir.

— Hein ?

Je me dégageai et la regardai. Elle était sérieuse.

— J'ai suffisamment de place. Tu pourrais travailler comme serveur au *Inside the Outside* jusqu'à ce qu'on te trouve quelque chose de mieux.

Si elle avait matraqué Phil, ce qu'elle était en train de me faire ressemblait à un passage à tabac.

— Qu'est-ce qui se passe ? Laura me tanne pour que je demande mon transfert ou que je prenne un congé d'un semestre ; toi, tu n'es pas fichue de me regarder en face. Vous vous conduisez toutes les deux comme si j'étais devenu quelqu'un que vous n'appréciez même pas... Je ne suis pas où je devrais être, je suis trop maigre, je mens... et d'un coup, paf ! il faudrait que je vienne à Cleveland... (Je levai les bras et secouai la tête, interloqué.) Tu veux bien m'expliquer, si tu peux ?

— Je veux te protéger, dit-elle.

Je lui ris au nez. Je fus incapable de m'en empêcher.

— Middlemount est nettement moins dangereux qu'une boîte de nuit au milieu de Cleveland.

Une pensée — une explication, une réplique violente — passa sur son visage. Elle fit un visible effort pour la repousser.

— Je n'ai jamais eu la chance d'aller à l'université, c'est vrai. Mais tu sais quoi ? Travailler au *Inside the Outside,* ce n'est pas si mal.

Je l'avais offensée. Pire encore, je l'avais insultée.

— Hé, maman, je n'ai jamais eu *envie* d'aller à Middlemount. C'est arrivé comme ça.

— Alors, monte en voiture.

— Je ne peux pas. (Face au défi colossal mais silencieux qu'elle me lançait, j'ajoutai :) J'ai eu un tas de problèmes, mais je suis capable de les résoudre.

— Oui, c'est ça, dit-elle. Avec tout ce que tu ne sais pas, on remplirait un stade de foot.

— Par exemple ? demandai-je, me rappelant le refus que je venais d'entrevoir.

— Toi et moi, mon chéri, on ne sait rien du tout.

La chaleur du manteau neuf m'enveloppa de nouveau. Quand je sentis trembler les bras et les épaules de Star tandis qu'elle m'embrassait, je faillis décider de grimper dans la vieille Lincoln et de partir avec elle. Elle me tapota la nuque une fois, deux fois, trois fois, s'interrompit, puis recommença une dernière fois.

— Rentre avant d'attraper la mort.

Je passai les jours suivants à étudier.

Les Grant bavardèrent agréablement en me conduisant à l'aéroport O'Hare, mais je sentais Laura toujours insatisfaite. Phil s'émerveillait des progrès qu'avait faits ma mère depuis leur dernier championnat. Dans le passé, il avait pu prédire ses décisions trois ou quatre mouvements à l'avance.

— Je connaissais son jeu mieux qu'elle le mien. J'étais capable de la surprendre, tandis qu'elle devait toujours prendre des risques pour me surprendre, moi.

— Tandis que ? railla son épouse.

— Oui. Normalement, quand on en arrive à ce point-là, la situation ne change plus. Mais cette année, Star a deviné mes stratégies avant même que je ne les connaisse. Elle m'a fait croire qu'elle poussait du bois jusqu'au moment où elle a commencé à virer mes pièces de l'échiquier. Elle m'a très nettement dépassé, ce qui signifie que son niveau est exceptionnel.

— Tandis que le tien est seulement supérieur à la moyenne, ajouta Laura, sur le siège arrière.

— Pourquoi tu me cherches ? Elle me cherche, Ned, non ?

— On le dirait bien, acquiesçai-je.

— Tu es de mauvaise humeur, chérie ?

— J'ai peur de perdre Ned.

Phil la regarda dans le rétroviseur.

— On ne s'en débarrassera pas aussi facilement. Il revient dans quinze jours.

— Je l'espère, oui, dit-elle.

Son mari me jeta un coup d'œil puis regarda à nouveau dans le rétroviseur.

— Quand vous êtes rentrées de votre tour en ville, toutes les deux, Star avait l'air nerveuse, presque bouleversée. Elle t'a paru bouleversée, Ned, pendant que vous vous disiez au revoir ?

— Inquiète, plutôt, déclarai-je. Elle voulait que j'aille à Cleveland avec elle.

— Oh, non ! fit Laura.

— Que tu montes en bagnole et que tu t'en ailles, juste comme ça ?

— Après vous avoir prévenus.

— Je le savais, reprit ma tutrice.

— Alors, là ! soupira Phil. (Il chercha encore sa

femme dans le rétroviseur.) Qu'est-ce que tu lui as répondu ?

— Ça n'a pas d'importance.

— Je ne sais pas. Il faut bien dire une chose à propos de ta mère, Ned, et pourtant, je l'ai toujours trouvée super...

— Sans blague, coupa Laura.

— Allons, toi aussi, tu la trouves super. Mais il faut dire une chose de Star, c'est qu'elle est imprévisible.

J'essayai de faire mes adieux aux Grant avant de franchir le contrôle de sécurité, mais ils convainquirent les gardes de les laisser passer et m'accompagnèrent à la porte d'embarquement. Nous avions environ une demi-heure d'avance. Phil s'éloigna pour explorer une boutique de cadeaux. Laura s'adossa à un pilier carré et me sourit. Son visage trahissait des sentiments complexes. Je me rappelle avoir pensé qu'elle n'avait jamais été aussi belle et que je n'avais jamais été aussi conscient de l'aimer.

— Au moins, tu n'es pas parti à Cleveland.

— J'ai été tenté, pendant une ou deux secondes, dis-je. Tu savais qu'elle allait me le proposer ?

Elle acquiesça. Son regard chaleureux croisa à nouveau le mien.

— Ta mère et moi, on a quand même un ou deux points communs. On veut toutes les deux que notre Ned soit heureux et en sécurité.

Je jetai un coup d'œil dans le couloir où Phil inspectait un présentoir de casquettes de base-ball.

— Qu'est-ce que c'est que cette histoire de Biegelman ? Quand Star et toi êtes rentrées, tu étais furieuse contre moi, et elle, elle planait complètement.

— Oublie tout ça, Ned, s'il te plaît. Je me suis trompée.

— Tu as cru me voir chez Biegelman ?

Laura plongea les mains dans les poches de son manteau et replia sa jambe droite, gainée de jean, pour planter la semelle d'une jolie bottine noire sur le pilier.

Laissant aller sa tête contre la surface plane, elle se tourna vers les gens qui remontaient ou descendaient le couloir. Un petit garçon engoncé dans une tenue de ski, gambadant devant sa poussette, lui arracha un sourire machinal.

— C'est un peu plus compliqué que ça.

Un grand espace libre s'ouvrit devant le bambin, qui se mit à courir lourdement. Emporté par son élan, il finit par s'étaler sur les dalles, bras et jambes écartés, évoquant une étoile de mer. Sans s'arrêter, sa mère se pencha, le souleva de terre et le laissa retomber dans la poussette.

— Au bout d'un moment, j'en ai eu marre de suivre Star. (Laura regardait la mère se frayer efficacement un chemin dans le couloir.) Je l'aime beaucoup, Ned, mais elle n'aide pas toujours les gens à lui donner ce dont elle a besoin. (Elle se retourna et me sourit à nouveau.) On est allées chez Biegelman, elle a vu exactement le manteau qu'il lui fallait, il était à vendre et on n'avait rien trouvé d'autre de toute la matinée ; donc, ç'aurait dû être simple. D'accord, il était un peu cher, mais pas tant que ça. Je le lui aurais acheté sans hésiter.

Je songeais : *L'histoire cache toujours une autre histoire, secrète, celle qu'on n'est pas censé connaître.*

— Seulement, elle ne voulait pas que je dépense tant que ça pour elle, alors, il a fallu qu'elle joue à un petit jeu. Le manteau n'était pas de la bonne couleur. Est-ce que le vendeur pouvait aller voir s'il y en avait un plus clair ? À l'évidence, il n'y avait que celui-là, et la seule personne susceptible de l'acheter l'avait d'ores et déjà sur le dos. Mr. Biegelman est venu à la rescousse, et je me suis éloignée un peu. Quand je me suis retournée, ta mère avait disparu. En regardant par la vitrine, je l'ai vue sur le trottoir, avec le manteau. Vous discutiez tous les deux.

— Elle et moi ?

— C'est l'impression que j'ai eue. Elle avait l'air tellement malheureuse... tellement *perturbée...* je ne sais pas... La personne que j'ai prise pour toi lui a tourné le dos et s'est éloignée. Je me dirigeais vers la porte quand Star est rentrée. Elle m'a jeté un tel regard que je n'ai pas fait de remarque. Mr. Biegelman nous a consenti une réduction supplémentaire et j'ai sorti ma carte de crédit. Sur le chemin du retour, en revanche, j'ai posé la question.

— Et qu'est-ce qu'elle a répondu ?

Laura se décolla du pilier.

— D'abord qu'elle n'avait vu personne. Ensuite, elle a dit : « Oh, j'avais oublié : un inconnu m'a demandé son chemin. » Elle ne voulait pas que je sache, et à vrai dire, j'étais nettement plus intéressée par ce que tu aurais à répondre, toi, parce que Star n'aurait rien avoué, de toute manière. Mais ce n'était pas toi. Donc, je me suis trompée. C'est l'évidence même.

— Sans doute, acquiesçai-je.

On annonça mon vol. Mon tuteur me serra contre lui en affirmant qu'il était fier de moi. Sa femme me tint enlacé plus longtemps et plus fort. Je lui dis que je l'aimais ; elle en fit autant. Mon ticket donné, je pénétrai dans le conduit menant à l'avion et regardai en arrière. Phil souriait. Laura me contemplait comme pour mémoriser mon visage. Je les saluai de la main. D'un même geste, tels des témoins prêtant serment au cours d'un procès, ils levèrent la leur. D'autres passagers s'avancèrent dans une confusion d'anoraks et de bagages à main, me poussant en avant.

10

Middlemount se referma sur moi comme une main. Durant la semaine qui précéda les partiels, je sombrai plus profondément dans ma vieille routine, courant sous des cieux métalliques entre les cours, le travail et la bibliothèque, m'endormant souvent, la tête bouillonnante, sur un livre ouvert. Parfois, il me semblait passer d'une nuit glaciale à la suivante sans voir la lumière du jour ; parfois, lorsque je regardais ma montre et que les aiguilles indiquaient quatre heures, je n'aurais su dire si je m'étais privé d'un sommeil dont j'avais terriblement besoin ou si j'avais manqué un ou deux cours et une apparition devant les fourneaux.

Le premier jour des partiels, je passai l'anglais et le français ; le deuxième l'histoire ; après une journée de repos, le quatrième jour était consacré à la chimie et le dernier aux mathématiques. Le lundi et le mardi, je me rappelle être arrivé dans les salles illuminées, m'être assis, avoir reçu copies et sujets, et m'être cru largué au point de ne même pas comprendre les questions. Finalement, les mots commencèrent à prendre un sens, les ténèbres à se lever, et, bientôt, plus comme par transmission radio que par la pensée, des phrases cohérentes à se former dans ma tête. J'écrivis sous la dictée jusqu'à ce que les copies soient remplies, puis j'arrêtai.

Le mercredi soir, je m'endormis sur mon bureau. Des coups à ma porte me réveillèrent en sursaut. Quand j'ouvris, j'eus la surprise de découvrir Simone Feigenbaum, une fille de ma classe de français — habillée, comme toujours, en noir. Simone était de Scarsdale. Elle fumait des Gitanes et appartenait au groupe Bob Dylan-Leonard Cohen. La possibilité qu'elle voulût m'emprunter un livre scolaire s'évapora dès qu'elle se glissa dans ma chambre puis m'enlaça. Au milieu d'un long baiser, elle descendit ma braguette pour y passer la main avec un air de bravade assez comique.

Mes vêtements s'éparpillèrent ; les siens s'envolèrent au-dessus de sa tête. Nous nous écroulâmes sur mon lit étroit.

Instantanément, elle se mit à butiner mon corps, dessus, dessous, des deux côtés ; j'eus ses seins sur le visage, puis son ventre, puis ses fesses, et enfin, son propre visage ; nous commençâmes tous deux à nous trémousser tels des pistons jusqu'à ce que j'aie l'impression de me retourner comme un gant. Ses seins me chatouillèrent la figure, je redevins dur sans avoir réellement ramolli, et nous reprîmes tout le processus au début, plus lentement. Et ainsi de suite, encore et encore, au point que je finis par avoir mal aux cuisses, mon pénis par agiter le drapeau blanc. J'avais dix-huit ans ; techniquement parlant, j'étais vierge.

Vers six heures du matin, Simone se glissa hors du lit et se rhabilla. Elle me demanda si j'avais un partiel, ce jour-là.

— Chimie, répondis-je.

Elle exhiba un tube de médicaments, dont elle fit glisser dans sa main un comprimé qu'elle posa sur mon bureau.

— Prends ça un quart d'heure avant le début. C'est magique. Tu vas te surprendre.

— Pourquoi es-tu venue, Simone ? demandai-je.

— Je voulais être sûre qu'on baise au moins une fois avant que tu te fasses virer.

Ouvrant la fenêtre de ma chambre, en rez-de-chaussée, elle sauta sur la croûte de neige qui séparait le bâtiment du chemin. Je refermai puis dormis deux heures.

J'avalai le comprimé en me rendant au partiel. Encore une salle illuminée, un bureau menaçant. Pendant la distribution des copies et des sujets, je n'eus pas l'impression d'avoir pris quoi que ce soit de plus fort qu'une tasse de café. J'ouvris le cahier, lus la première question, et me rendis compte que non seulement je la comprenais parfaitement, mais que je pouvais en outre visualiser les pages concernées du manuel comme s'il avait été ouvert devant moi. Au bout de l'heure impartie, j'avais rempli trois feuilles doubles et répondu jusqu'aux questions facultatives, à l'exception d'une seule. Je flottai hors de la classe et allai boire un litre d'eau froide à la première fontaine.

Il me restait vingt-quatre heures avant le partiel de maths. J'emportai ma guitare dans le hall et passai l'après-midi à jouer mieux que je ne m'en serais cru capable. Je sautai le dîner et oubliai mon travail à la cantine. En revanche, je me rappelai le pont de « Skylark » et le couplet de « But Not For Me ». Je savais qui ma mère avait rencontré sur le trottoir, devant chez Biegelman : moi, le vrai moi, celui-là. Au bout de six ou sept heures, je déclarai : « Il faut que j'aille apprendre par cœur le bouquin de maths », et je pris le chemin de ma chambre sous une nuée d'applaudissements.

Quand j'ouvris le manuel, je me rendis compte que j'en avais déjà mémorisé l'intégralité, y compris les notes en bas de page. Allongé sur le lit, je découvris que les fêlures du plafond décrivaient des symboles mathématiques. Quelqu'un hurla : « Dunstan ! Téléphone ! » Je flottai jusqu'à l'appareil pour entendre Simone Feigenbaum me demander comment je me sentais. Super. Le comprimé m'avait-il servi ? Je pensais que oui. En voulais-je un autre ? Non, mais peut-être pourrait-elle revenir me voir.

— Tu rigoles ? s'exclama-t-elle en riant. J'ai encore mal partout. En plus, il faut que je révise pour mon dernier partiel. Ensuite, je rentre chez moi, mais on se verra après les vacances.

Je lévitai à nouveau jusqu'à ma chambre et m'étendis. Le sommeil refusa de me prendre avant sept heures du matin, moment où une obscurité absolue s'écoula de tous les murs, de tous les angles, pour m'escorter dans l'inconscience.

Quelqu'un qui était peut-être moi, mais peut-être pas, avait eu la présence d'esprit de régler le réveil pour qu'il sonne une heure avant le partiel. Le même quelqu'un avait posé ledit réveil sur mon bureau, afin de me contraindre à me lever si je voulais l'arrêter.

Une fois debout, je titubai jusqu'aux douches, où je demeurai un long moment sous une eau alternativement brûlante et glacée, réalisant que j'avais sauté petit déjeuner et repas de midi, séchant par la même occasion deux apparitions devant les fourneaux, et qu'il me faudrait survivre au partiel de mathématiques avant de pouvoir me rassasier. Les tiroirs de mon bureau me livrèrent après exploration un demi-paquet de M&Ms, un pot entier de beurre de cacahuète, et des restes verdâtres, parsemés de grains de sel, au fond d'un paquet de chips. Je me fourrai toutes ces saletés dans la bouche en me rendant à l'examen. Mr. Flagship passa de table en table pour distribuer d'épais blocs de papier couverts de formules mathématiques.

— Il s'agit d'un questionnaire à choix multiples, annonça-t-il. Cochez les bonnes réponses et servez-vous des copies pour les calculs. (À mon intention, il ajouta :) Je vous souhaite bonne chance, Mr. Dunstan.

Il me semble avoir vaguement compris de quoi parlaient les premiers problèmes. Tous les autres étaient rédigés en un mélange d'islandais archaïque et de basque. Je n'arrêtais pas de m'endormir pendant deux ou trois secondes, couvrais parfois une page de gribouillis ou griffonnais les mots sans suite qui se bousculaient à la surface de mon esprit. À la fin de l'heure, je jetai sujets et copies en vrac sur le bureau, puis je quittai le campus pour aller me gorger de bière dans un bar à étudiants jusqu'à ce que la conscience me revienne.

Mon rêve récurrent s'abattit à nouveau sur moi.

Le lendemain, je restai au lit, à écouter claquer des portières et résonner des cris d'adieu. Ne me rappelant pas être allé au bar, j'ignorais avoir la gueule de bois. Comment aurais-je pu l'avoir ? Je ne buvais presque jamais. En supposant que j'aie été capable de penser, je pensais avoir été frappé par une nouvelle variété de grippe spectaculaire.

Les souvenirs me revinrent par images brèves,

comme dans un rêve. J'observais ma main ajouter une caricature de Mr. Flagship à un corps de lion aux ailes atrophiées, aux gros seins et au pénis distendu. Simone Feigenbaum faisait pivoter au-dessus de moi son petit corps superbe — et je songeai : *Hé, ça, c'est arrivé !* J'ouvrais une copie à une nouvelle page et écrivais en belles lettres capitales : LA PRINCIPALE CAUSE DES PROBLÈMES, C'EST LES SOLUTIONS. Je me rappelai avoir jeté mon œuvre sur le bureau du professeur et, des heures plus tard, vu un barman raide et désapprobateur essuyer quinze centimètres d'acajou poli avant d'y poser un verre couronné de mousse. Je réalisai où je me trouvais, ce que j'avais fait. On était le samedi suivant les partiels ; le campus était empli de parents venus chercher leurs fils et filles. D'autres étudiants, parmi lesquels j'étais censé me trouver, prenaient le bus pour l'aéroport.

Cet univers, où les gens étaient capables de boucler leurs valises et de monter dans la voiture de leur père, me paraissait situé à une distance inimaginable du mien. Je demeurai recroquevillé jusqu'à ce que les vitres noircissent et que le dernier véhicule soit parti.

Par tradition, nos professeurs affichaient les résultats des partiels sur un panneau vitré avant que l'école ne les envoie à domicile. Après les congés, ledit panneau serait pris d'assaut par des étudiants inspectant les notes des autres. Je m'attendais à connaître mes notes d'anglais et de français le lundi suivant ; d'histoire au plus tard le mardi ; de chimie le mardi ou le mercredi. J'entretenais d'extravagants espoirs quant à ces dernières. Les résultats de maths, ceux qui me terrifiaient, n'apparaîtraient probablement pas avant le mercredi.

Les Grant viendraient me chercher à O'Hare le dimanche après-midi. Je devais les appeler le samedi pour confirmer, mais mon billet m'attendait à l'aéroport. Quand je me sentis capable de tenir des propos rationnels, j'appelai Naperville en PCV puis débitai une série de gros mensonges à propos d'une invitation à rejoindre un camarade à la Barbade, et demandai à mes tuteurs si cela les ennuyait. La sœur de mon ami ne pouvait pas l'accompagner, finalement, si bien que je prendrais sa place. Les billets étaient déjà payés, et les parents avaient donné leur accord, car je dormirais dans la même chambre que leur fils, ce qui leur éviterait d'en louer une seconde...

Les Grant déclarèrent qu'ils seraient désolés de ne pas me voir, mais que les vacances de printemps n'étaient pas si loin. Phil me demanda si mon ami ne serait pas, par hasard, de l'espèce femelle. Je répondis que non : il s'appelait Clark Darkmund — le nom d'un natif du Minnesota aux allures de chérubin, obsédé par le porno, affecté à la chambre particulière voisine de la mienne en raison d'un désaccord sur les mérites de la philosophie exprimée dans *Mein Kampf* avec son ancien colocataire : Steven Glucksman de Great Neck, Long Island. Oui, dis-je, Clark était un personnage intéressant. Et il avait une conversation brillante.

— Comment se sont passés les partiels ? demanda Phil.

— On verra bien.

— Je connais mon Ned. Tu vas te surprendre toi-même.

Ayant dîné dans un bar à étudiants, je retournai sur le campus. Quand j'atteignis l'allée de mon immeuble, Horst, un étudiant allemand qui ressemblait à un modèle d'*Esquire,* sortit de nulle part et arriva près de moi en courant. S'il avait eu des allures de chérubin, Horst aurait ressemblé à Clark Darkmund, mais il n'avait strictement rien d'angélique. Il me sourit.

— Nous revoilà seuls en ces lieux désolés. Maintenant que tu es sobre, on peut aller dans ma chambre et se déshabiller mutuellement très très lentement.

Sa proposition accentua mon humeur noire. Ma réponse me surprit encore plus que lui.

— J'ai un couteau dans la poche. Soit tu disparais

illico, soit tu te retrouves les tripes gelées avant même de t'apercevoir que tu es blessé.

Il parut abasourdi.

— Je croyais qu'on s'était compris, Ned.

— Très bien. Je compte jusqu'à trois. C'est parti. Un.

Il réussit à se parer d'un sourire charmant.

— Ce que tu as dans le pantalon est sûrement bien plus agréable à regarder qu'un couteau.

— Deux.

— Tu ne te rappelles pas notre conversation de vendredi ?

Je plongeai la main dans la poche et la refermai autour d'un reste de rouleau de confiseries.

Horst disparut dans l'obscurité avec une moue de regret.

Le lendemain matin, un soleil transparent, au milieu d'un ciel clair à l'azur agressif, inondait la terre. Les ombres anguleuses de peupliers dénudés s'étendaient sur la neige luisante.

Accompagné de ma propre ombre anguleuse, je me rendis à la ville de Middlemount où j'errai sans but en sirotant une Thermos de café et en grignotant une viennoiserie à la pomme. Les cloches des églises annonçaient le début des services religieux — ou leur fin, je ne sais pas. Je fis du lèche-vitrines et, dans l'ensemble, traînaillai pour tuer le temps. Les cloches se remirent à sonner. Je repris le chemin de la fac dans la lumière généreusement déversée par le ciel, et me trouvai bientôt à l'orée de ce qui paraissait être une forêt étendue. Sur un panneau cloué à un chêne, des lettres presque effacées par les intempéries disaient : Forêt de Jones.

Sur le moment, je n'eus conscience que d'une chose : si j'entrais dans les bois, je me sentirais mieux. Je quittai donc la route et entrai dans les bois.

Je me sentis mieux instantanément. Il me sembla être magiquement rentré chez moi — ou sinon chez moi, du moins *au bon endroit.* Marchant sur une neige craquante, tassée au point d'à peine retenir mes empreintes, j'errai entre les arbres jusqu'à un cercle d'érables, au centre duquel je m'assis, plus en paix avec moi-même que je ne l'avais été depuis mon arrivée dans le Vermont. Mes angoisses s'apaisaient ; tout irait bien. Si je devais quitter l'école, ça ne serait pas grave. Je pourrais toujours jouer les serveurs au *Inside the Outside*. Ou épouser Simone Feigenbaum et mener une existence d'homme entretenu. Des écureuils au lourd pelage d'hiver dévalaient les chênes, faisaient des glissades sur la neige gelée. Finalement, la lumière finit par s'éteindre, et les arbres se resserrèrent. Je me levai pour quitter la forêt.

Le lundi matin, je retournai en ville acheter un long salami, un morceau de cheddar, un pot de beurre de cacahuète, un pain, un paquet de chips, deux petits sachets de M&Ms aux cacahuètes, un litre de lait ainsi qu'un pack de Coca-Cola. Revenu dans ma chambre, je mangeai des tranches de salami et de cheddar glissées dans du pain, puis fis couler des cuillerées de beurre de cacahuète avec du Coca. Ensuite, j'enfilai mon manteau et me hâtai de gagner le hall pour trouver trois de mes notes affichées sur le tableau. En anglais, j'avais eu un B+ au partiel et un B+ de moyenne pour le semestre. En français, B et B : décevant mais pas totalement inattendu. L'histoire, où je croyais avoir brillé, me réservait une catastrophe : mon C du partiel abaissait ma moyenne du semestre à B-. Le financement de mes études dépendait du maintien d'un certain niveau, aussi avais-je compté sur un B en histoire pour contrebalancer des D, voire des échecs potentiels dans les deux autres unités de valeur.

En m'écartant du tableau, je surpris un mouvement sur ma gauche. Horst m'observait, caché derrière un pilier, au sommet de l'escalier menant à la bibliothèque. Son attitude patiente, quasi aristocratique, suggérait qu'il était là depuis un moment. Tirant une main gantée de la poche de son duffle-coat, il l'agita lentement, ironiquement, à mon intention. La tête basse, je pris le chemin le plus proche partant dans la direction opposée, afin de retourner *au bon endroit.*

Une fois dans la clairière, mes inquiétudes quant à mes partiels et mes moyennes se sont dissoutes dans l'air transparent. Durant un temps désincarné, je devins un œil enregistreur. Les écureuils répétaient leurs évolutions comiques. Un renard déboucha entre deux érables, s'arrêta, et recula du même pas, comme dans un film qu'on aurait rembobiné. Quand l'air s'assombrit, je me remis sur mes pieds à regret.

Le mardi matin, je restai au lit jusqu'à onze heures, terrifié et affamé. Je me levai pour boire un peu de lait, grignoter du pain et du fromage, me recouchai et passai une heure de plus en exercices de respiration profonde. Je réussis enfin à me propulser sous la douche. Il existait une infime possibilité que les notes de chimie paraissent l'après-midi même. La plupart des professeurs affichaient les résultats à quinze heures au plus tard. Peu avant, je rejoignis le hall et inspectai le panneau. Les résultats de ma section ne s'y trouvaient pas. Sur le chemin de mon sanctuaire, les poches bourrées d'aliments industriels, je pénétrai dans le cube de briques qu'était le bureau de poste de la Cité-U pour relever ma boîte aux lettres.

Coincée derrière la porte vitrée de cette dernière, attendait telle une bombe une enveloppe crème dépourvue de timbre, destinée à « Mr. Ned Dunstar ». L'adresse de l'expéditeur était celle du doyen des affaires estudiantines.

Cher Mr. Dunstar,

Je regrette de devoir vous informer d'un problème troublant récemment porté à mon attention par Mr. Roman Polk, le responsable de la cantine, qualité en laquelle il supervise notre personnel restaurateur professionnel et les membres du corps estudiantin auxquels un emploi dans les Services Alimentaires a été octroyé en échange de la gratuité de leurs études.

Mr. Polk m'informe que vous ne vous êtes pas présenté à sept sur dix de vos derniers services à la cantine, et qu'en outre, vous aviez déjà été absent pour cause de maladie en neuf occasions. Voilà qui ne laisse pas de nous inquiéter tous.

Je vous recevrai dans mon bureau, à sept heures trente du matin, le premier jour du semestre prochain, à savoir le 20 janvier, pour discuter des accusations de Mr. Polk. Vous restez un membre estimé de la communauté de Middlemount, et si, pour une raison quelconque, ce travail à la cantine ne vous convenait pas, il serait possible de vous en trouver un autre. En attendant, je vous souhaite la réussite de vos partiels.

Sincèrement vôtre,
Clive Macanudo
Doyen des Affaires Estudiantines

Lorsque j'émergeai de la petite cellule abritant nos boîtes aux lettres, qui aperçus-je, debout en plein froid, au milieu de l'allée cimentée, resplendissant dans un long manteau en loden vert forêt, les cheveux fraîchement divisés à coups de peigne ? Horst aurait aussi bien pu porter un chapeau tyrolien avec une plume plantée dans le bandeau. Il jeta un coup d'œil à la lettre qui sortait à demi de ma poche.

— Ça va ?

— Arrête de me suivre, espèce de détraqué.

Je tentai de le contourner. Il me barra le chemin.

— Excuse-moi pour l'autre soir, s'il te plaît. J'ai fait une erreur idiote. J'avais mal compris notre petite conversation de la veille.

À l'évidence, j'avais discuté avec lui au bar, le vendredi, et complètement oublié la chose. Voilà qui me convenait tout à fait. J'étais parvenu à oublier la majorité des événements de ce jour-là au moment même où ils se produisaient, et je n'avais aucune envie de me rappeler ce que j'avais pu dire à Horst.

— Très bien, déclarai-je. Mais si tu n'arrêtes pas de me suivre, je vais quand même te planter.

— Ned, vraiment, s'il te plaît ! (Il recula d'un pas et leva ses mains gantées en signe de reddition.) C'est juste que tu n'as pas l'air bien. Je te le demande en ami : est-ce que ça va ? Il y a quelque chose qui cloche ?

— Bon, c'est parti, soupirai-je. Je compte jusqu'à trois, tu te rappelles ? Un.

— Je t'en prie, Ned, tu n'as pas de couteau. En fait, tu es à peu près aussi dangereux qu'un lapin. (Il abaissa les mains, souriant.) Laisse-moi te payer un café. Tu pourras me parler de tes problèmes, je t'expliquerai comment les régler, ensuite je te ferai chier avec les miens, et puis on boira une bière et on décidera que tout ça n'est finalement pas si grave.

— Et puis on ira dans ta chambre et on réglera tes fameux problèmes chiants en se déshabillant.

— Je ne pensais pas à ça, dit Horst. Honnêtement. Je t'offre juste mon aide.

— Alors, contente-toi de te barrer de mon chemin.

Je marchai droit sur lui et il s'écarta.

Cette après-midi-là, je demeurai figé à la base d'un chêne géant, à écouter le son profond, presque inaudible, semblable à celui de quelque puissante machinerie au travail, qui filtrait à travers la neige tassée. Des bribes de musique aiguë imprégnaient l'air ou bien naissaient de son mouvement entre les branches. Cet air chargé de musique s'emplit de grains d'obscurité, les grains se soudèrent les uns aux autres et l'obscurité effaça la lumière.

Le mercredi matin, mon regard tomba sur mon étui à guitare, appuyé près de la porte de ma chambre. Cette vision m'inspira immédiatement l'idée de participer à la musique de la forêt de Jones. Je bondis hors de mon lit.

Après avoir déjeuné de lait aigre et de chips, je me glissai dans le hall, guettant Horst du coin de l'œil. Il ne se montra pas. Non plus que mon résultat en chimie, quoique les conclusions de Mr. Medley aient été affichées sur le panneau. Alors que le nom des autres élèves de ma section était suivi de lettres indiquant leurs notes, une seule mention accompagnait « Dunstan, Ned » : « Inc. », abréviation d'Incomplet. Je retournai péniblement à ma chambre et fourrai mes repas de la journée dans les poches de mon manteau, me rappelant alors la convocation reçue des Autorités. Une nouvelle fois, je pénétrai dans le sinistre bureau de poste. Une autre enveloppe officielle reposait contre la vitre de ma boîte aux lettres. Clive Macanudo II : Le Retour. Ce jour-là, le doyen avait orthographié mon nom correctement.

Cher Mr. Dunstan,

Je vous prie d'excuser l'erreur de secrétariat qui a résulté en l'écorchement de votre nom dans ma lettre d'hier.

Ce matin, Mr. Arnolf Medley, de notre Département de Chimie, m'a entretenu de vos performances dans sa classe de Chimie 1. Mr. Medley a accueilli vos résultats à son partiel avec une grande surprise. Étant donné que vous avez soumis l'unique copie parfaite de sa longue carrière de professeur, puis répondu à un certain nombre de questions facultatives, votre note a été de 127 sur 100, soit A++.

D'après Mr. Medley, un étudiant ayant d'ordinaire un niveau de C ou moins n'aurait pas pu suffisamment améliorer sa compréhension de la matière pour obtenir un A++ au partiel sans assistance extérieure. J'ai pris votre défense. Mr. Medley a admis qu'à aucun moment il ne vous avait vu tricher en aucune manière, et qu'il ne pouvait donc apporter la preuve de votre malhonnêteté. Toutefois, il jugeait ce résultat assez anormal pour justifier ses soupçons.

Nous sommes convenus de la procédure suivante : vous repasserez le partiel de Chimie 1 dans des conditions de sécurité maximum, et ce le plus vite possible, en fonction de vos disponibilités. Je suggérerais sept heures quarante-cinq, vendredi prochain, si vous êtes présent sur le campus. Dans le cas contraire, six heures trente, le 20 janvier, juste avant notre rendez-vous concernant les allégations de Mr. Polk. Le nouvel examen aura lieu dans mon bureau, en ma présence et en celle de Mr. Medley. Je prends la liberté de vous recommander de consacrer les jours qui vous restent à la préparation de cette épreuve.

Sincèrement vôtre,
Clive Macanudo
Doyen des Affaires Estudiantines.

La sensation de me trouver *chez moi* me calma les nerfs dès que j'entrai dans la forêt. Le bourdonnement de mes oreilles s'effaça devant le craquement des branches chargées de neige, le pépiement territorial des oiseaux, les cliquètements et les coups légers produits par les écureuils dans le cours de leurs missions. Au bout du compte, je commençai à entendre le tintement aigu des paillettes de glace luisante, puis le profond murmure qui résonnait sous la couche de neige, en profondeur. J'ouvris l'étui à guitare, sortis mon instrument et le calai avec respect entre mes épaules voutées et le haut de mes cuisses.

Peu après midi, le lendemain, je m'éveillai sans le souvenir d'être rentré sur le campus. Je sortis du lit, éternuai dans un bruit de tonnerre, et enfilai mes habits les plus convenables. Par la force de l'habitude, en quittant la Cité-U, je m'arrêtai à la cellule postale. Un nouveau message officiel avait été inséré derrière la vitre rectangulaire.

— Mon petit Clive chéri, dis-je en tirant la lettre de son enveloppe avec une grande curiosité.

Mr. Dunstan,

Une fois de plus, ma matinée a été troublée par la visite d'un de vos professeurs. Votre position à Middlemount se trouve désormais gravement compromise.

Mr. Roger Flagship a exigé que j'inspecte les trois copies que vous lui avez remises à la fin du partiel d'Introduction au Calcul Infinitésimal. Mr. Flagship m'a informé qu'il s'agissait d'un questionnaire à choix multiples et que les copies devaient être réservées aux calculs. Il m'a également informé qu'il comptait prendre les mesures nécessaires pour obtenir votre expulsion de la faculté de Middlemount. Non seulement vous avez échoué à l'examen en ne répondant correctement qu'à douze questions sur cent, mais vous avez tourné en ridicule et le cours et le professeur. Mr. Flagship a attiré mon attention sur diverses caricatures obscènes de sa personne dessinées sur les cahiers.

Qui plus est, Mr. Flagship assure que le soir de l'examen vous êtes apparu dans son bureau pour le supplier de vous remettre vos copies et de vous accorder la mention « incomplet » en Introduction au Calcul Différentiel, ainsi que la possibilité de redoubler cette unité de valeur. Lorsqu'il a repoussé ces extraordinaires requêtes, vous avez réagi à ses efforts pour conserver les copies — qu'il n'avait alors pas encore examinées — en le repoussant dans son fauteuil et en vous enfuyant. Ayant attribué votre conduite à une panique hystérique, il avait choisi de ne pas la porter à mon attention. Le contenu des copies l'a fait changer d'avis.

Après mûre réflexion, ayant aussi pris en considération les autres questions qui nous occupent, je vous demande d'apporter à notre réunion du 20 janvier, à l'heure originellement prévue de sept heures et demie, tous les documents susceptibles de m'aider à vous conserver votre place à la faculté de Middlemount, en particulier ceux concernant un éventuel traitement psychiatrique que vous auriez subi.

Pour faciliter la recherche de ces documents, j'envoie une copie de cette lettre à vos tuteurs, Mr. et Mrs. Philip Grant de Naperville, Illinois.

Sincèrement vôtre,
Clive Macanudo
Doyen des Affaires Estudiantines

Je me mouchai dans la lettre de Clive puis la jetai à la corbeille, plus ennuyé à l'idée qu'il l'ait envoyée aux Grant que par mon expulsion imminente. Ce que je faisais était immensément plus important que les nourritures spirituelles qu'on me servait en classe, Phil et Laura le comprendraient.

Sur le chemin du centre de l'univers, il me sembla apercevoir du coin de l'œil un manteau en loden vert et une touffe de cheveux clairs au milieu de la rangée d'arbres bordant la limite ouest du campus. Le rôdeur mort d'amour disparut à l'instant où je me tournai vers lui, et je le chassai de mon esprit.

Après une heure de méditation silencieuse qui me permit de percevoir la musique de l'air, et une autre durant laquelle je lui ajoutai ma contribution, le sentiment croissant de ne pas me trouver tout à fait *au bon endroit* me poussa à me remettre sur mes pieds et à m'enfoncer plus profondément dans la forêt, jusqu'à arriver près des ruines d'un cottage. J'en entrebâillai la porte, en observai les murs vermoulus, l'unique fenêtre brisée, le tapis de plumes, de petits squelettes et d'excréments séchés qui couvrait le sol, et je sus que c'était enfin là *le bon endroit.* Le cottage aussi était un instrument. Une musique constante y flottait, produite par le vent qui soufflait entre les rondins disjoints et la course des écureuils dans le petit espace séparant le plafond du toit. Pendant une heure de bonheur, j'y ajoutai mon modeste accompagnement. Juste avant la nuit, je courus à ma chambre prendre couvertures et provisions, puis me hâtai de revenir tant qu'il y avait assez de lumière pour que j'y voie clair.

Le cottage se découpait sur les ténèbres environnantes, dans la forêt sacrée, à la manière d'une ombre gigantesque. Le faible écho de la musique qui s'y élevait m'appelait ; je courus dans la neige ouvrir la porte grinçante. Lorsque j'entrai, il me sembla aussitôt tomber à travers le plancher vermoulu. Je ne voyais plus rien, mais je n'avais pas peur. Une longue pièce décrépite, naguère superbe, prit forme devant moi. Trop loin pour que je le voie, un homme parlait de fumée, d'or et de cadavres sur un champ de bataille. Le sang me battait les tempes ; j'avais la nausée. Sur la cheminée, reposaient une fougère de Boston presque morte, un renard empaillé sous une cloche de verre, et une pendule en laiton dont les poids tournaient de gauche à droite, de droite à gauche, de gauche à droite. C'était *à reculons*, c'était *le passé* ; j'étais déjà venu en ces lieux. Je tombai à genoux sur le tapis oriental élimé. Le monde se dissipa, redevint ce qu'il était précédemment, et le contenu de mon estomac se répandit sur le sol souillé. *Chez moi*, songeai-je.

11

Tant que j'étais encore assez présentable pour aller en ville, je stockai boîtes de conserve et matériel de camping. J'achetai un sac de couchage et une lampe à piles. Quand j'eus réalisé que je pouvais utiliser la cheminée du cottage, je me procurai aussi des sacs de charbon de bois, une hache, une provision d'allume-feu, un gril, et des paquets de viande congelée. J'enfouis cette dernière dans la neige pour la dégeler au fur et à mesure à la chaleur du bois mort que je coupais et du charbon. Certaines nuits, des ratons laveurs s'infiltraient par les trous du plancher et s'endormaient tels des chiens devant le feu mourant. Vers la fin des quarante-cinq jours que je passai dans le cottage, alors qu'aller en ville m'aurait valu d'être arrêté ou hospitalisé, je m'introduisais de nuit dans la cantine où j'avais travaillé ; j'y volais tout ce que je n'arrivais pas à engloutir sur place. La musique de la forêt, la musique de la nature, la musique de la planète absorbait le reste de mon temps. Mon coup de froid se changea en pneumonie ; j'accueillis la fièvre, la transpiration et l'épuisement comme des grâces.

Tout le monde craignait que mon futur renvoi de la faculté m'ait poussé au suicide. Phil et Laura prirent l'avion jusqu'à Middlemount pour participer aux recherches de mon hypothétique dépouille. Un Clark Darkmund livide déclara que non seulement il ne m'avait pas invité à accompagner sa famille à la Barbade, mais encore qu'il avait passé la totalité de ses vacances à Hibbing, Minnesota. La police fouilla le campus sans résultat. La ville de Middlemount fut quadrillée, presque sans résultat. La photo très réussie figurant dans l'almanach de ma dernière année de lycée rappela un de ses clients récents à un commerçant de Main Street, mais ce dernier ignorait totalement où avait pu se rendre ledit client après avoir quitté sa boutique. Ayant collé des affiches dans toute la ville et sur le campus, les Grant retournèrent à Naperville.

Horst ne songea même pas à regarder les affiches : il croyait que je l'évitais. Quand il remarqua enfin la ressemblance entre la photo et moi, il alla trouver Macanudo, le doyen. Moins d'une heure plus tard, il guidait une délégation de policiers locaux et une équipe médicale dans la forêt de Jones. On me découvrit avachi sur ma guitare tordue, à en pincer les deux dernières cordes, et on m'emporta sans cérémonie sur un brancard.

Voyant un Horst de rêve me regarder, englouti par le col relevé de son manteau en loden, je déclarai :

— Je ne sais pas pourquoi, mais j'ai l'impression que tu me suis, Horst.

— Tu m'as demandé de veiller sur toi, affirma ce produit de mon imagination.

Soudain, m'apparurent les murs branlants, les couvertures en désordre, tandis que me revenait une santé mentale dont je me serais passé. Tout cela n'avait été qu'une colossale erreur. Horst était bien réel, finalement, et je m'étais trompé. Ce cottage n'avait jamais été le *bon endroit*.

Mon premier visiteur à l'hôpital de Middlemount fut Clive Macanudo, le doyen, un diplomate très propre sur lui, dont la fine moustache et l'haleine mentholée ne parvenaient pas à masquer totalement la peur des actions que mes tuteurs ou moi pourrions juger utile d'engager contre son établissement. Il ne me vint jamais à l'idée d'attaquer l'université en justice — pas plus qu'à Laura, qui entra dans ma chambre lors de mon deuxième jour d'hospitalisation. Phil n'avait pas obtenu de congé — ce fut du moins ce qu'elle m'affirma. Même si cet état de fait nous permettait de parler plus librement, le poids de ma culpabilité changeait la présence de ma tutrice désespérée en une véritable torture. Deux jours plus tard, Laura retourna au Middlemount Inn pour y dormir un peu. Libéré de l'hôpital, je gagnai le centre-ville, dépassai l'hôtel, pénétrai dans la gare routière et pris le large.

Ensuite, je ne tins pas en place. J'occupai divers emplois dans des épiceries, des bars et des magasins de chaussures, d'autres qui m'obligèrent à me coiffer d'écouteurs pour convaincre par téléphone des inconnus d'acheter des choses dont ils n'avaient pas besoin. J'habitai Chapel Hill, Gainesville, Boulder, Madison, Beaverton, Sequim, Evanston, et de petites villes que vous ne connaissez pas à moins d'être du Wisconsin ou de l'Ohio. (Ça dit quelque chose à quelqu'un, Rice Lake ? Ou Azure ?) Je passai environ un an à Chicago, mais je ne mis jamais les pieds à Edgerton ni à Naperville. Lorsque je conservais la même adresse assez longtemps pour figurer dans l'annuaire, Star me surprit à une ou deux reprises par un coup de fil ou une carte postale. Trois ou quatre fois l'an, j'appelais les Grant afin de les convaincre que mon existence n'était pas un échec total. En 1984, Phil, qui n'avait jamais fumé de sa vie, mourut d'un cancer du poumon. J'allai à son enterrement et réintégrai mon ancienne chambre pour deux jours, me couchant tard, discutant avec Laura — qui paraissait plus belle que jamais. Parfois, serrés l'un contre l'autre, nous pleurions sur tout ce qu'il est impossible d'effacer. Deux ans plus tard, elle m'annonça qu'elle se remariait et déménageait à Hawaii. Son nouvel époux, un avocat à la retraite, possédait une grande étendue de terre sur l'île de Maui.

De temps à autre, un inconnu m'abordait, avant de s'éloigner, gêné ou contrarié de ne pas être reconnu. Ce genre de choses arrive à presque tout le monde. Un jour, au terminal des bus Greyhound d'Omaha, une femme d'une trentaine d'années frémit en me voyant, empoigna le bras de son compagnon et l'entraîna vers une porte d'embarquement. Deux ans après, une autre, plus âgée, en manteau de fourrure, vint à ma rencontre dans l'aéroport de Denver et me gifla assez fort pour laisser la marque des coutures de son gant sur mon visage. À un coin de rue, dans la Boucle de Chicago, quelqu'un m'attrapa par le col pour me sortir du chemin d'un taxi qui roulait à toute allure. Lorsque je regardai autour de moi, un gamin à casquette me déclara : « Putain, mec, ton frangin, il s'est barré à toutes pompes. » Parfait. Une autre fois, une autre année, un type rencontré dans un bar, je ne me souviens même pas où, m'assura que je m'appelais George Peters et que j'avais été son professeur d'histoire à Antioch.

Par moments, il me semble que tous les gens que j'ai connus ont eu cette sensation d'être privés d'un élément aussi mystérieux qu'essentiel, que tous désiraient trouver un endroit introuvable, *le bon endroit*, et que, depuis Adam dans le Jardin d'Eden, la vie n'est faite que de meurtrissures et de douleurs. Peu avant mes vingt-six ans, je décrochai un emploi de vendeur par téléphone dans une toute nouvelle société d'informatique, à Durham, Caroline du Nord, et je donnai assez satisfaction pour être promu à un poste qui m'obligea peu ou prou à suivre des cours de programmation à l'UNC. Dans la foulée, mon patron m'embaucha en tant que programmeur.

Durant toutes mes pérégrinations, j'évitai New York. Il me semblait que la « Pomme » me propulserait sur le bitume et m'écraserait comme une crêpe. Trois ans après m'avoir engagé, ma société déménagea à New Brunswick, New Jersey. Pour la première fois de ma vie, j'avais de l'argent sur mon compte en banque. À peine étais-je à New Brunswick que New York se mit à clignoter dans le lointain, m'invitant à me joindre à la fête. Deux ou trois soirs par semaine, je prenais le train pour la grande ville, où je fréquentais restaurants et clubs de jazz. J'assistai à un récital d'œuvres pour piano de Beethoven, par Alfred Brendel, à l'Avery Fisher Hall, et à la *Missa Solemnis* de Robert Shaw au Carnegie Hall. J'allai voir B.B. King, Phil Woods et un des derniers concerts d'Ella Fitzgerald. Je finis par contacter diverses sociétés d'informatique de New York, si bien que, deux ans après mon arrivée dans le New Jersey, je trouvai un meilleur boulot, fis mes bagages et me joignis à la fête pour de bon.

J'avais un appartement en face de l'église St. Mark,

dans la 10e Rue, un bon travail, et j'étais plus heureux que je ne l'avais jamais été. Le *bon endroit* s'était avéré être celui dont j'avais toujours eu le plus peur — ce qui me paraissait plus ou moins logique. Le jour de mon anniversaire, je me faisais porter pâle et je restais au lit.

Et soudain, au beau milieu de cette vie bien ordonnée, j'eus cette étrange sensation à propos de ma mère.

12

Tout commença par un mauvais pressentiment. Quelques mois après mon emménagement à New York, je téléphonai à tante Nettie pour lui demander si elle avait des nouvelles de Star. Non, me répondit-elle. Tu en as, toi ? Je lui appris que je m'inquiétais et lui donnai mon numéro.

— Elle est en béton, cette fille-là, me dit-elle. Au lieu de t'en faire pour elle, tu devrais t'occuper un peu de toi, histoire de changer.

Je pensais que Nettie m'appellerait s'il arrivait quoi que ce soit de grave. Adorant les catastrophes, elle se ferait un devoir de sonner l'alarme en cas de besoin. Sauf si Star ne l'avertissait pas. Lorsque je la rappelai, quelque temps plus tard, elle m'annonça que ma mère « s'éclatait avec deux vieux filous » à East Cicero. Je lui demandai leur numéro de téléphone, mais elle l'avait perdu et elle ne se rappelait pas non plus comment s'appelaient les deux vieux filous en question. Ils étaient propriétaires d'une boîte de nuit, mais elle en avait également oublié le nom.

— Ça n'a pas d'importance, assura-t-elle. Si Star a besoin d'aide, elle nous le fera savoir, et s'il nous arrive quelque chose, elle n'aura pas besoin qu'on le lui dise pour rappliquer ici le plus vite possible. Elle le saura. On a le don de double vue, chez les Dunstan, et Star en a sa part. Toi aussi, je crois.

— Double vue ? Première nouvelle.

— Parce que tu ne sais rien de rien sur ta propre famille. Il paraît que personne ne voulait jouer aux cartes avec mon père, parce qu'il voyait la main de ses adversaires.

— Tu n'y crois quand même pas vraiment ? demandai-je.

Elle eut un bref rire entendu.

— Je crois des choses qui te surprendraient.

Une nuit, je rêvai que je rejoignais ma mère au lit, dans la maison de Cherry Street, et l'entendais marmonner un nom ou un mot ressemblant à « Rinehart ». Avoir conscience de rêver — ce qui venait en partie du fait que je me rejouais un épisode de mon enfance — était partie intégrante du songe. Mes inquiétudes diminuèrent à nouveau, quoique mon anxiété sous-jacente refît surface lorsque j'étais seul dans mon appartement, en particulier si je me livrais à une activité me rappelant Star, comme laver la vaisselle ou écouter Billie Holiday sur la station WSGO. Au début de la troisième semaine de mai, je demandai à prendre mes congés en retard pour cause d'urgence familiale. Mon patron m'autorisa à rester absent aussi longtemps que nécessaire et me demanda de le tenir informé. Aussitôt rentré chez moi, je fourrai des affaires dans mon sac de voyage.

Je ne croyais pas avoir de but particulier. À aucun moment, il ne me vint à l'esprit que, sous le poids de l'anxiété, je retrouvais mes vieilles habitudes de conservation. En même temps, comme je l'ai déjà dit, je savais très exactement où je me rendais et pourquoi. Tandis que Star, de son côté, prenait un Greyhound, je me trouvais dans un camion de la Nationwide Paper, sur la route de Flagstaff, à deviser de la condition des Noirs aux États-Unis avec le chauffeur, Mr. Bob Mims. Mes défenses s'effondrèrent et la vérité m'investit. Star avait usé ses dernières forces à rentrer chez elle, et je m'y rendais également, afin d'être en sa compagnie lorsqu'elle mourrait. Quand Bob Mims sut pourquoi je voulais aller à Edgerton, il fit un détour pour me déposer au Motel Comfort, sur la route Inter-États, au sud de Chicago.

Après avoir perdu une heure à agiter le pouce sur le bas-côté, je pris une chambre au motel. Toutes les agences de location de véhicules étaient fermées pour la nuit. Au bar, je liai connaissance avec une jeune *district attorney* adjointe de Louisville, Ashleigh Ashton, qui en était probablement à son deuxième cocktail. Quand elle m'épela son nom et me demanda si je le trouvais a) prétentieux et b) trop mignon pour un *prosecutor* [1], le verre qui reposait devant elle me sembla plus sûrement être son troisième. Je lui déclarai que si elle n'aimait pas le sourire des accusés à l'énoncé de son nom, elle n'avait qu'à leur sourire en retour et à les envoyer en prison. Elle admit qu'il s'agissait d'une très bonne idée et me demanda si je voulais en connaître une autre.

Hou là, songeai-je. Voire même quatre.

— Il faut que je parte très tôt demain matin, dis-je.

— Moi aussi. Allons-nous-en. Si je reste plus longtemps, un de ces gars-là va finir par me sauter dessus.

Au bar, s'alignaient deux poids lourds à la barbe grisonnante, en blousons de motard, un jeune en T-Shirt — marqué SAC À BIÈRE —, deux types avec des chaînes au cou et des tatouages visibles sous leurs chemises à manches courtes, ainsi qu'une espèce de spectre en costume gris bon marché, qui évoquait un tueur en série marquant une pause dans son apostolat. Tous la couvaient avec des yeux de chiens affamés.

Je l'accompagnai à travers ce qui me fit l'effet d'un kilomètre de couloirs déserts. Elle m'interrogea d'un

1. Homme de loi qui tient le rôle de notre procureur durant les procès. *(N.d.T.)*

regard incertain en déverrouillant sa porte. Je la suivis dans sa chambre.

— Qu'est-ce que vous fichez là, au juste, Ned Dunstan ? s'enquit-elle. Ça m'ennuie de vous le dire, mais d'après vos vêtements, on jurerait que vous êtes venu en stop.

Je lui servis une réponse simplifiée, d'où il ressortait que j'avais appris la maladie de ma mère pendant que je faisais du stop pour le plaisir, sur un coup de tête.

— Ça m'arrivait souvent quand j'étais plus jeune, conclus-je. J'aurais dû réfléchir. Si j'avais une voiture, je pourrais être à Edgerton cette nuit.

— Edgerton ? C'est là que je vais ! (Un soupçon passa dans ses yeux, puis elle réalisa que je n'aurais pu connaître sa destination avant qu'elle ne l'annonce.) Si on se parle encore demain matin, je vous emmènerai.

— Pourquoi est-ce qu'on ne se parlerait plus ?

— Je ne sais pas, moi. (Levant les mains, elle tourna vivement la tête de droite et de gauche en ce qui n'était qu'à moitié une parodie d'accablement.) Les mecs ont horreur de se réveiller près d'une fille qu'ils ne connaissent pas, non ? Ils se dégoûtent eux-mêmes parce qu'ils la trouvent trop facile ? Pour moi, c'est un mystère. Ça fait des années que je n'ai pas fait l'amour. Treize mois, précisément.

Ashleigh Ashton, avec sa petite taille, son allure sportive, ses courts cheveux blonds luisants et son joli visage, évoquait un mannequin pour parkas dans un catalogue de vente par correspondance. Il lui avait fallu des années pour prouver à ceux qui voyaient en elle une poupée stupide qu'elle était compétente, intelligente et dure à cuire.

— Pourquoi ça ? demandai-je.

— À cause de ma charmante procédure de divorce, je suppose. Je me suis aperçue que mon mari sautait la moitié de ses clientes. (Une lueur ironique traversa son regard.) Devinez son métier.

— Avocat spécialisé dans les divorces.

Elle appuya la paume de sa main contre son front.

— Ashleigh, tu es un cliché ambulant ! Quoi qu'il en soit, je vous ai posé toutes ces questions parce que j'envisage de reprendre mon nom de jeune fille. Turner. Ashleigh Turner.

— Bonne idée, approuvai-je. (Son divorce n'était sans doute pas prononcé depuis plus d'une semaine.) Mais si vous ne cherchiez pas une aventure, pourquoi être allée au bar ?

— Je pensais vous attendre. (Elle détourna les yeux ; les coins de sa bouche se relevèrent.) Sal et Jimmy m'ont proposé de faire la tournée de leurs bars favoris — du genre où on n'entend que Sinatra. Le gamin en T-shirt, Ray, m'a invitée à prendre de la coke dans sa chambre. Il en a un vrai *paquet,* et il part pour la Floride. C'est le mauvais sens, non ? D'habitude, on va chercher de la poudre en Floride pour la ramener par ici, si je ne m'abuse ? Quant aux motards, Ernie et Choke, ils voulaient... Peu importe ce qu'ils voulaient, mais ça aurait sûrement été plein de sensations fortes.

— Si Ray a envie d'arriver en Floride, il ferait mieux de ne pas emmerder Ernie et Choke, dis-je.

Elle poussa une sorte de hennissement puis prit une mine chagrine.

— Je fais n'importe quoi, aujourd'hui, c'est tout.

— Votre divorce est tout récent, non ?

Cette fois, elle se pressa les deux mains sur les yeux.

— D'accord, vous êtes perceptif. (Baissant les bras, elle pivota d'un tour complet.) Je m'en doutais. Vraiment.

Elle s'assit au bord du lit afin d'ôter ses jolis souliers d'avocate.

— L'autre raison pour laquelle je suis d'une humeur bizarre, c'est que l'affaire dont je m'occupe est en train de partir à vau-l'eau. Tant que j'y suis à me montrer indiscrète, vous avez sans doute entendu parler du type qu'on cherche à coincer. C'est un des plus grands notables d'Edgerton.

— Probablement pas, dis-je. J'en suis parti quand j'étais gosse.

— Il s'appelle Stewart Hatch. Il a un tas de fric. D'après ce que j'ai compris, sa famille dirige plus ou moins la ville.

— On ne fréquentait pas ce milieu-là.

— Vous devriez vous en réjouir. Cela dit, je ne comprendrai jamais pourquoi un type avec autant d'atouts décide de se faire escroc.

Elle déboutonna efficacement son tailleur à fines rayures et le quitta.

Vers six heures moins le quart du matin, je bondis hors du lit avant d'être tout à fait réveillé. Le sixième sens dont m'avait parlé Nettie fonctionnait à plein régime. Mon unique pensée était que ce qui allait arriver à ma mère, quoi que ce fût, se ruait à sa rencontre — c'était *déjà en route,* et il fallait que j'arrive très vite à Edgerton. Encore un peu embrumé, je cherchais mes vêtements à tâtons lorsque je découvris sur les draps en désordre une femme nue, une jambe pliée, comme figée au milieu d'un pas. Son nom me revint et je lui posai une main sur l'épaule.

— Réveille-toi, Ashleigh, il est temps d'y aller.

Elle ouvrit un œil.

— Hein ?

— Il est presque six heures. Il se passe quelque chose : je dois me dépêcher d'aller à Edgerton.

— Ah, oui, Edgerton. (Elle ouvrit l'autre œil.) Salut...

— Je vais battre le record de vitesse de douche, me changer et payer ma note. Je repasse te prendre ?

Elle sourit.

— Me prendre ?

— Tu es toujours d'accord pour m'emmener ?

Elle roula sur sur dos et s'étira les bras.

— Retrouve-moi dehors. Désolée que tu aies reçu de mauvaises nouvelles.

Après m'être douché et rasé rapidement, j'enfilai un

pantalon kaki propre, une chemise bleue, une veste légère assortie et des mocassins. J'allais voir tous les membres de ma famille : autant pour Star que pour moi-même, je voulais avoir l'air respectable.

Espérant qu'Ashleigh ne me ferait pas attendre plus de vingt minutes, je franchis les portes à tambour avec mon sac à dos et mon sac de voyage pour sortir dans la lumière fraîche du petit matin. Une voix féminine m'appela. Ashleigh se tenait de l'autre côté du parking, près du coffre ouvert d'une petite voiture rouge vif. Vêtue d'un élégant tailleur bleu marine qui découvrait ses jambes, elle semblait avoir disposé d'à peu près le double du temps nécessaire à la plupart des gens pour avoir cette allure-là.

— Traînard, plaisanta-t-elle.

Sur la route presque déserte, elle adopta un confortable cent à l'heure, tripotant l'autoradio et laissant un routier occasionnel la doubler dans un rugissement de moteur. Nous ne savions trop que nous dire. Ayant trouvé une station FM universitaire qui diffusait un mélange de hard bop et de blues, elle abandonna le cadran digital.

— Tu as appelé l'hôpital avant de me réveiller ?

Je répondis que tel n'était pas le cas.

— Mais tu m'as dit que quelque chose était arrivé à ta mère. Tu n'as pas fait passer tes appels dans ma chambre, n'est-ce pas ? Je veux dire : ça ne me dérange pas vraiment, mais...

Mais si personne ne savait que tu étais dans ma chambre, comment a-t-on fait pour te trouver ?

— Je pense que j'ai eu une prémonition. (Elle me jeta un regard de côté.) C'est peut-être juste l'angoisse, je ne sais pas. J'aimerais pouvoir l'expliquer mieux.

J'eus droit à un nouveau coup d'œil.

— J'espère que tout se passera bien.

— Je suis content que tu aies été là.

— Moi aussi, assura-t-elle. Tu devrais passer ta vie à traverser le pays pour rendre l'espoir aux femmes déprimées. Et tu as été tellement plein de tact. Tu ne m'as jamais fait sentir que c'était arrangé à l'avance.

— Arrangé à l'avance ?

— Peut-être pas vraiment, mais enfin, à Chicago, avec ma copine avocate, Mandy...

Un panneau annonçant l'approche d'une aire de repos qui abritait station-service et restauroute flotta vers nous.

— Et si on s'arrêtait manger quelque chose ? proposai-je.

Toute l'histoire sortit pendant le petit déjeuner. Au bar d'un hôtel de Chicago, Mandy, la copine avocate, m'avait fait porter un verre. Quand je m'étais levé pour la remercier, elle m'avait invité à m'asseoir. La conversation avait tourné sur nos raisons respectives de nous trouver dans ce bar-là, ce soir-là, et j'avais mentionné le fait que je partais le lendemain pour le sud de l'État, si bien que je passerais probablement la nuit suivante dans un autre hôtel. Au grand chagrin de Mandy, j'avais semblé m'intéresser à Ashleigh Ashton plus qu'à elle. Sachant qu'après sa journée de travail du lendemain, son amie partait vers le sud, elle l'avait entraînée vers les lavabos pour lui donner quelques conseils. Peu après, Ashleigh avait glissé le nom du Motel Comfort dans la conversation. J'avais exprimé l'espoir de lui retourner l'ascenseur en lui payant un verre dans ce qui passerait là-bas pour un bar, si jamais je me retrouvais au même endroit.

— J'ai dit à Mandy que tu ne te montrerais jamais, mais elle a répondu « Va au bar une ou deux heures après être arrivée », et il te rejoindra. Je n'étais même pas sûre que ce soit toi ! À Chicago, tu étais en costume, alors que là, tu avais un jean, mais plus je te regardais, plus j'avais l'impression de te reconnaître. Et tu as eu tellement de tact. On aurait dit que tu serais venu de toute manière, pas seulement pour me voir.

— Il m'a semblé que tu n'avais pas besoin qu'on te prenne plus la tête, admis-je.

Apparemment, quelqu'un qui me ressemblait énormément, un ex-professeur appelé George Peters ou bien l'homme pour lequel on m'avait pris dans le vieil aéroport de Denver, s'était arrêté au bar d'un hôtel de Chicago. Je ne voyais aucune autre explication rationnelle. En même temps, cette coïncidence purement et simplement improbable me faisait dresser les cheveux sur la nuque. Si George Peters, ou quel que soit son nom, avait pris rendez-vous avec l'avocate, qu'est-ce qui l'avait empêché de venir ?

Durant le reste du trajet, une Ashleigh dopée à la caféine conserva sa moyenne de cent à l'heure tout en me décrivant les méfaits de son millionnaire malhonnête. J'émis des bruits approbateurs en feignant de l'écouter.

Le panneau de la première sortie d'Edgerton indiquait EDGERTON ELLENDALE.

— C'est celle-là ? demanda-t-elle.

— Celle d'après, dis-je.

Au panneau suivant, EDGERTON CENTRE, la petite voiture quitta l'autoroute. Nous traversâmes des champs vallonnés sur une route à quatre voies, puis soudain, sans transition, arrivâmes dans l'horrible frange de fast-foods, de stations-service, de motels et de centres commerciaux qui borde la plupart des villes américaines. Comme nous dépassions un nouveau panneau nous souhaitant la bienvenue à EDGERTON, LA VILLE AU CŒUR D'OR, l'air doux et ensoleillé miroita, se changea en un voile vacillant, à l'instar d'un mirage de chaleur, puis s'éclaircit à nouveau.

— J'ai le temps de t'emmener à l'hôpital, si c'est là que tu veux aller, proposa Ashleigh.

Un feu passa au rouge à une intersection que bordaient deux immeubles de bureaux en briques, assez bas, un terrain vague, et un bar appelé *The Nowhere Lounge,* Le Foyer de Nulle Part. Sous le nom de la rue, un panneau vert rectangulaire indiquait le chemin de l'hôpital Ste. Ann.

— Je crois que c'est ça, dis-je.

Quatre blocs plus loin, la voiture s'arrêtait devant l'entrée de l'établissement.

— Ashleigh..., commençai-je.

— Laisse. Tu n'auras pas le temps de me revoir. J'espère que ta mère va s'en tirer. Si tu te préparais à me demander où je descends, c'est au Merchants Hotel, mais je ne sais pas où ça se trouve.

Elle resta au volant pendant que je sortais mes bagages du coffre. J'allai ensuite l'embrasser pour lui dire au revoir.

À la réception, une femme m'annonça qu'aucune patiente ne s'appelait Star Dunstan, mais qu'une certaine Valérie Dunstan se trouvait aux Soins intensifs. Elle me donna un badge de visiteur en plastique vert et m'enjoignit de tourner à droite après la cafétéria, de prendre l'ascenseur jusqu'au troisième étage, puis de suivre les panneaux.

Étourdi par l'angoisse, j'errai à travers des couloirs défraîchis jusqu'à ce qu'une infirmière me conduise devant une porte battante et une plaque indiquant SERVICE DES SOINS INTENSIFS. Obéissant à un écriteau pendu au-dessus d'une bassine, je me lavai les mains, puis poussai une deuxième porte battante et portai mes sacs dans une longue salle à l'éclairage tamisé, sur les côtés de laquelle s'alignaient des alcôves isolées de la section centrale, plus lumineuse, par des rideaux. Face à moi, derrière un guichet, une infirmière m'étudia des pieds à la tête à la manière dont un vigile de grand magasin considère un voleur potentiel. Tout au fond de la salle, tante Nettie et tante May se tenaient devant l'une des alcôves, plus corpulentes que dans mon souvenir, les cheveux d'un blanc pur, éthéré.

L'infirmière se rapprocha un peu du guichet sur son fauteuil à roulettes.

— Je peux vous aider ? demanda-t-elle.

Un échange muet instantané m'informa que je ne ferais pas un pas de plus avant d'avoir reconnu son autorité. Sur le badge épinglé à son ample blouse verte, était inscrit : L. ZWICK, INF. RÉCEP.

— Dunstan, dis-je. Star Dunstan. Pardon : Valérie.

Elle inclina la tête pour étudier une planchette porte-papiers.

— Numéro quinze.

Déjà, Nettie se précipitait vers moi.

13. Mr. X

Ô Êtres Glorieux & Inhumains Ancêtres !

Quelques jours seulement avant que ne se referment sur moi, tels ceux d'une prison, les murs de l'académie, j'ai découvert une brèche dans les bois, un pré envahi par les broussailles, bordé de forêt des deux côtés et s'étendant jusqu'à une route que je ne connaissais pas. Entre cette dernière et les arbres, s'élevait un bâtiment de briques et de pierres aux trois quarts écroulé. Une cheminée monolithique se dressait au centre des ruines, parmi un amoncellement de gravats. Au fond, une autre cheminée et un mur noirci par le feu soutenaient les restes d'un toit à pignons qui couvraient la portion de maison demeurée debout. Des solives nues, ailleurs, pendaient au-dessus du vide. À l'instant où j'ai découvert cet endroit, le crochet fiché dans mes entrailles a failli me soulever de terre, et une voix, en moi ou au-dehors, a tonné : *Enfin, te voilà.* Quelque chose comme ça. C'était peut-être : *Tu es là !* Quoi qu'il en soit, ce timbre puissant m'a informé que nous en arrivions au fait.

Je me savais tenu d'effectuer, pour ainsi dire, un tour du propriétaire avant de me précipiter à l'intérieur afin de réclamer mon bien, aussi ai-je contourné les ruines, observant les herbes infiltrées entre les pierres, la couleur de toast brûlé conférée par le feu aux briques éparpillées, les dépressions qui marquaient l'emplacement des anciennes caves. J'ai remarqué le travail destructeur que poursuivait la gravité sur les poutres vermoulues, et l'érosion des tuiles. De la façade, ne restaient que quelques empilements de blocs jointifs, s'étendant du sol au toit, à quelque six ou sept mètres de la cheminée. Des failles rectangulaires, munies de larges appuis, dénonçaient les fenêtres du premier et du second étage. En bas, grossièrement au niveau de mon menton, des ouvertures voûtées, jonchées de fiente d'oiseaux, ouvraient sur ce qui avait été le salon. J'ai posé mes mains tremblantes sur un appui rugueux pour regarder à l'intérieur.

La lumière inondait un périmètre haut de trois niveaux, que seuls délimitaient encore deux murs. Des grains de poussière tourbillonnaient jusqu'au sol cimenté, couvert de plâtre, de tuyaux brisés, de poutres brûlées. Çà et là, l'herbe poussait dans les fêlures du ciment. Des empreintes de pattes marquaient la poussière épaisse, parsemée de plumes. Derrière, s'élevait la forêt. J'ai sauté en l'air, empoigné l'autre côté de l'appui de fenêtre et je me suis tortillé jusqu'à hisser mes jambes sur la pierre plate. Ensuite, me laissant glisser au sol, j'ai pénétré pour la première fois dans mon héritage.

Ou bien : mon héritage est entré en moi.

Vous qui lisez les mots que j'inscris sur les pages de cet agenda ou journal Boorum & Pease, à l'aide du même solide stylo-plume MontBlanc dont j'usais naguère pour rédiger mes missives d'instructions au monde, connaissez déjà l'importance de la maison en ruine pour Votre Race Suprême. C'est au sein de son périmètre sacré que les Grands Anciens ont insufflé à mes premiers tourments et humiliations la salvatrice Splendeur de la Préparation. Un Dieu Aîné s'est adressé à moi — j'ai tout appris. Sa Voix était basse, rauque, comme si elle m'avait parlé en confidence, lasse d'une autorité de toujours mais pourtant puissante, impérieuse. Elle recelait aussi une certaine dose de contentement, car mon Père Inhumain, dont j'ignorais encore la Véritable Identité, me communiquait les bases du Grand Œuvre pour lequel j'avais été placé sur cette Terre. Mon Rôle est devenu clair, ma nature m'a été expliquée. Mi-humain, mi-Dieu, j'étais le Défricheur de la Voie, et ma Tâche était l'Annihilation. Après moi, l'Apocalypse, l'irruption à travers un ciel déchiré de mes ancêtres aux ailes de cuir, griffus et affamés, les Dieux Aînés — la Destruction de l'humanité. Votre reprise de possession du domaine terrestre, attendue depuis si longtemps. Je me suis avancé à travers les décombres, j'ai ajouté mes empreintes à celles des animaux de passage et *on m'a parlé.* En raison de ma propre fragilité, je serais au bout d'un certain temps affligé d'une ombre traîtresse *qu'il m'appartiendrait d'éliminer.* (Je devais en apprendre plus à ce sujet dans l'atmosphère étonnamment appropriée de l'Académie militaire Fortress d'Owlsburg, Pennsylvanie.) Vous, les Grands Anciens, mes Pères, *dépendiez de mes efforts.* La Voix puissante a déclaré : *Nous sommes la fumée qui surgit de la gueule du canon.* J'aimais cette phrase. Elle m'évoquait l'inexorable dévastation que serait le Grand Œuvre qu'on m'avait assigné. Je me la répète comme s'il s'agissait d'un talisman : *Nous sommes la fumée qui surgit de la gueule du canon.* Ces paroles me soutiennent. On m'a appris que mes seuls plaisirs significatifs viendraient *de l'accomplissement de mon Œuvre.* Cependant, des plaisirs insignifiants, précisément ceux qui attiraient un garçon tel que moi, ne me seraient pas refusés. Au milieu des *chagrins éternels,* j'avais bien des joies en perspective.

Je n'aurais certainement jamais été inquiété si j'avais tué Maureen Orth, ce que je comptais faire une fois réglé l'aspect sexuel de la question. La seule raison pour laquelle j'ai eu des ennuis, c'est qu'elle est rentrée chez elle. Son sens de l'humour a disparu environ une minute après que je l'ai attachée, mais je ne voulais pas la tuer dans la *forêt.* Je voulais la tuer dans les *ruines.*

Je voulais voir ses yeux rapprochés s'ouvrir en grand lorsque j'aurais regardé quelque pigeon en visite, avant d'en arrêter le cœur et de le faire tomber comme une masse de son perchoir. Je désirais compléter le tableau en annonçant mon intention de léviter à vingt centimètres du sol et de demeurer ainsi le temps de compter, disons, jusqu'à dix, effort qui aurait tiré la sueur de tous mes pores. Il aurait bien sûr fallu que la gamine déclare : « C'est de la blague, personne ne peut faire ça. » Ensuite, j'aurais contemplé sa gentille petite bouille quand je lui aurais prouvé qu'elle se trompait. Puis je me serais fait un plaisir d'éblouir cette pitoyable chérie avec quelques tours supplémentaires, avant de la tuer.

Dans l'intervalle — je n'avais pas pu m'en empêcher : j'étais impulsif, je le sais —, plusieurs jeunes filles un peu coincées m'avaient accompagné dans la forêt, juste pour perdre leur vie sans objet au fond de ma salle de classe. J'avais pris la peine d'enterrer la plupart des cadavres, mais j'aurais aussi bien pu les laisser se putréfier à l'air libre : les équipes de recherches ne se sont jamais approchées des ruines. Quoi qu'il en soit, j'avais déjà dépassé cette forme d'exhibitionnisme au moment où j'ai été expulsé de l'académie.

14. Mr. X

Fondamentalement, les pensions sont toutes les mêmes, en particulier pour ceux qui sont comme la fumée surgissant de la gueule du canon et qui se retrouvent expulsés d'un trou à rats provincial après l'autre. Dans mon cas, une véritable école militaire — cette bonne vieille Fortress, d'Owlsburg, Pennsylvanie, où mon père m'a envoyé en une ultime convulsion de dégoût — a bien mieux convenu que ses imitations civiles. J'ai été informé qu'un échec de ce dernier recours aurait pour conséquence le tarissement de la vache à lait — plus de dépôt mensuel sur mon compte, pas d'héritage, pas de fonds d'épargne, *the end* —, ce qui m'a poussé à travailler au moins assez pour avoir la moyenne. La pompe froide, fasciste, de mon uniforme ne me déplaisait pas. Puisque j'étais entré en année de terminale (ou cavalerie), un de mes devoirs consistait à brutaliser les étudiants des classes inférieures : l'Artillerie, l'Intendance et particulièrement l'infanterie, dans laquelle des gamins de quatorze ans aux yeux de colombe, désespérément anxieux de satisfaire leurs supérieurs, étaient entassés telles des sardines. Nous *devions* réduire ces enfants en des amas de panique gémissants, et eux devaient tout supporter sans protester ni se plaindre.

J'ai passé dans cet endroit une des années les plus heureuses de ma jeune existence. Dès que j'ai compris le principe, je me suis arrangé pour chasser le garçon qui partageait ma chambre. Il s'était, comme moi, fait expulser d'une école préparatoire, mais ses bavardages ont lassé ma patience avant la fin de notre première journée de cohabitation. Ensuite, dans ma chambre individuelle, mon palais, j'ai fait ce que bon me semblait. Être obligé de passer les vacances de Toussaint et de Noël à l'école, en raison du refus de mes parents de me recevoir à la maison, ne me dérangeait absolument pas.

Le seul signe de difficultés en perspective s'est manifesté début mars, lorsque mon professeur de mathématiques et commandant d'unité, le capitaine Todd Squadron, m'a pris à part pour m'annoncer qu'il me rendrait visite le soir même dans mes quartiers, à vingt et une heures. J'ai estimé cette nouvelle alarmante. Squadron, un militaire standard, très à cheval sur le règlement, que j'avais dès mon arrivée bluffé au point qu'il m'admirait, était devenu dernièrement plus froid, presque agressif. Je craignais qu'il n'ait percé à jour ma petite comédie. J'espérais qu'il n'avait pas discuté de mon « cas » avec le major Audrey Arndt, une vieille peau trop perceptive, que j'évitais de mon mieux. Une autre possibilité m'inquiétait encore plus. Après son arrivée dans ma chambre, je découvris que ces deux questions, la pas si importante et la positivement grave, le préoccupaient.

Après avoir salué, je suis demeuré au garde-à-vous. Le capitaine a marmonné « Repos », et m'a fait signe de m'asseoir sur mon lit. Son attitude méfiante était imprégnée de l'hostilité que j'avais récemment perçue en lui. Lorsque j'ai été perché sur ma couche, Squadron s'est appuyé à ma table de toilette et m'a contemplé un long moment, tentant à l'évidence de me mettre mal à l'aise.

— Bon, qu'est-ce qui ne va pas, chez vous, cadet ? (J'ai demandé ce qu'il voulait dire.) Vous n'êtes pas comme les autres, d'accord ?

— J'espère pouvoir prendre ça pour un compliment, mon capitaine.

— Voilà qui illustre très bien mon propos. Au-delà de la classe d'Infanterie, la plupart des jeunes transférés ici sont des petits voyous. (Il a tiré sur sa veste d'uniforme, l'alignant avec le pantalon en un geste automatique.) Ils se sont fait expulser de tellement d'écoles que leurs parents veulent juste qu'ils se tiennent tranquilles. Même si la plupart ne sont pas très malins, ils se croient tous plus intelligents que nous. Ils ont tous, jusqu'au dernier, un énorme problème avec l'autorité.

— Pas moi, mon capitaine, ai-je dit. Je respecte l'autorité.

Il m'a lancé un regard sévère.

— Je vous suggère cordialement de cesser de vous payer ma fiole, cadet.

Nous étions tous des cadets, en quelque classe que nous soyons. J'ai envisagé de répondre : « Mon capitaine, le cadet n'est pas familier de l'expression " se payer la fiole ", mon capitaine », mais je l'ai fermée.

— Il nous appartient de faire de notre mieux pour ramener ces tristes rebelles dans le droit chemin. En règle générale, nous obtenons soixante pour cent de succès si nous les récupérons en deuxième année. S'ils arrivent en artillerie, les chances de leur mettre un peu de plomb dans la tête baissent en dessous de cinquante pour cent. En cavalerie, c'est une cause perdue. On se contente de leur apprendre à se tenir droit, à distinguer le pied droit du gauche pour participer à l'exercice, et de les pousser à travailler jusqu'à ce qu'ils aient leur diplôme et qu'ils foutent le camp. (Il fléchit la taille à la manière d'une marionnette, resserra ses lacets de chaussures, puis se redressa d'un coup.) Si on m'écoutait, on refuserait d'inscrire en cavalerie des étudiants venus de l'extérieur. À dix-huit ans, les élèves sont trop vieux pour s'adapter à notre mode de vie.

Il s'est tourné face au miroir qui surmontait ma table de toilette et a imprimé une nouvelle série de secousses précises à sa veste. Levant le menton, il a examiné le résultat.

— Ces petits comiques arrivent en rigolant, et je dois perdre un temps considérable à les convaincre par tous les moyens à ma disposition, qui sont nombreux, que nous ne sommes pas des objets de risée. (Il a croisé mes yeux dans le miroir.) En ce qui concerne cette mission-là, je pense pouvoir me vanter d'un taux de réussite de cent pour cent. Il est possible que ces minables soient encore très loin d'être des soldats quand ils franchissent nos grilles pour la dernière fois, mais je vous garantis qu'à tout le moins, il croient en l'autorité.

Il soutenait toujours mon regard.

— J'ai commencé à y croire dès mon arrivée, mon capitaine, ai-je dit.

Squadron s'est retourné et de nouveau appuyé à la table, très raide. Son nez cassé, au milieu d'un visage large et dur, l'aurait fait ressembler à un boxeur s'il n'avait pas eu la taille d'un appendice de tête réduite.

— Je vous accorde une chose : vous m'avez bien eu.

— Mon capitaine ?

— Je me suis dit : Squadron, ce cadet-là va te faire changer d'avis sur la politique d'admission. En deux jours, il a assimilé un salut qui casserait une brique en deux. Il soigne son uniforme comme un élève de West Point. En une semaine, il a mémorisé le Règlement et le recueil *Histoire et Traditions.* Il est respectueux et il travaille en classe. Certes, il a eu un petit problème avec son compagnon de chambre, mais ce sont des choses qui arrivent. D'ailleurs, le fait est que le cadet Squiers est un moulin à paroles ambulant qu'on n'aurait dû loger qu'en compagnie d'un sourd-muet. Ce nouveau cadet s'est intégré au moment où le cuir de ses chaussures a touché Pershing Quad, et c'est un excellent élément de sa classe. Non, mais regardez-le mater les morveux de l'infanterie ! Ça lui vient naturellement ! Tu sais ce que c'est, que ce jeune homme ? (Il s'est décollé de la table, a écarté les bras et regardé vers le pladond.) Ce jeune homme, c'est de la graine d'officier.

— Je fais de mon mieux, ai-je dit.

Le capitaine s'est adossé de nouveau, fourrant les mains dans ses poches. Au sein du miroir, la ligne bien nette de sa coupe de cheveux toute récente s'incurvait au-dessus du col amidonné de sa chemise brune. Avec son minuscule nez cassé et le duvet noir qui lui couvrait le crâne, il ressemblait à un pompiste.

— Vous êtes un sacré numéro, hein ?

Il souriait exactement comme s'il se préparait à balancer son poing au visage de quelqu'un.

— Je ne vous suis pas, mon capitaine.

— Combien d'amis vous êtes-vous fait, ici ? Qui sont vos potes, ceux avec qui vous êtes comme cul et chemise ?

J'ai cité trois ou quatre imbéciles de ma classe.

— À quand remonte la dernière fois que vous avez pris le bus en leur compagnie pour aller en ville, voir un film, manger un ou deux hamburgers, ce genre de choses ?

Le simple fait qu'il pose cette question signifiait qu'il connaissait déjà la réponse. Quand nous quittions l'école, nous devions signer le registre. J'avais pris une fois le bus pour Owlsburg, jeté un simple coup d'œil aux rues sinistres, et j'étais rentré immédiatement.

— En général, je consacre mes week-ends à l'étude.

Il s'est balancé d'avant en arrière, à nouveau souriant.

— J'ai tendance à croire que vous n'avez pas d'amis et que vous en faire ne vous intéresse absolument pas. Nous ne sommes pas rentré chez nous pour la Toussaint, n'est-ce pas ? Ni pour Noël ?

— Vous savez bien que non, mon capitaine.

Ses manières théâtrales commençaient à m'irriter.

— Noël est une fête très très importante. Il est très rare qu'un cadet ne rentre pas chez lui à cette occasion.

— Je m'en suis déjà expliqué, ai-je dit. Mes parents m'ont invité à les rejoindre à la Barbade, mais j'ai préféré passer les vacances à réviser pour les partiels.

Son sourire le faisait ressembler à un loup.

— Irons-nous dans le couloir, appeler vos parents pour leur poser quelques questions ?

Une nouvelle fois, Squadron savait déjà la vérité. Il avait vérifié mon histoire.

— D'accord, ai-je acquiescé, en me maudissant d'avoir cédé à la tentation d'un mensonge coloré. Si je m'entendais bien avec ma famille, est-ce que je serais là ? Ce n'est pas facile d'avouer que vos parents vous détestent au point qu'ils ne veulent même pas vous laisser rentrer pour Noël.

— Pourquoi détesteraient-ils leur propre enfant ?

— Nous avons eu des malentendus, ai-je éludé.

Le capitaine a levé les yeux au ciel.

— J'étais impressionné par votre conduite au point de me demander pourquoi un jeune homme tel que vous avait dû quitter tant de pensions. Cinq, pour être exact. Ça ne correspondait pas à ce que je voyais. J'ai donc consulté votre dossier. (Il m'a souri avec un air de défi suffisant.) Et je n'y ai trouvé que de la fumée.

— De la fumée, mon capitaine ?

— Des raisons vagues. « Mauvaise influence sur l'école », « Conduite asociale », « Menaces ». Aucun de ces crétins ne voulait écrire les choses noir sur blanc. Vous savez ce que j'en ai déduit ?

— Je suis au regret de l'admettre, mais je me suis conduit comme une brute.

Il a fait mine de ne pas m'entendre.

— Deux choses. D'une part, que si vos infractions étaient avérées, elles vous empêcheraient d'être admis où que ce soit, sinon dans un pénitencier. D'autre part, qu'on n'a rien pu prouver contre vous, si bien qu'on a choisi la solution de facilité et qu'on vous a refilé à quelqu'un d'autre.

— Je ne crois pas...

Il a levé la main pour m'imposer silence.

— Depuis la rentrée, six cadets d'infanterie ont demandé à quitter l'école. Normalement, on ne devrait en être qu'à deux, maximum. Et l'infirmerie ! Une épidémie de fractures. Au cours d'une année moyenne, un ou deux cadets se cassent un membre. En ce moment, il en débarque un par semaine avec un doigt brisé, un poignet brisé, un bras brisé. Des commotions. Un garçon a même fait une hémorragie interne en raison d'une rupture de la rate. Comment cela lui est-il arrivé ? « Je me suis tordu la cheville, et je suis tombé dans l'escalier. » Ensuite, il y a le cas du cadet d'artillerie Fletcher. Vous le connaissiez, n'est-ce pas ?

— Plus ou moins, ai-je répondu, ce qui signifiait que j'avais connu le cadet Fletcher d'une manière très particulière.

Voilà la question grave que j'avais espéré ne pas voir mise sur le tapis. Fletcher, un garçon effacé, studieux, au visage tout rose et aux lunettes rondes à monture de corne, avait enrichi à jamais mon existence par un acte de courtoisie qui s'était finalement révélé fatal — pour lui.

Le mardi de la semaine des partiels, avant les vacances de Noël, je l'avais vu dans la bibliothèque, assis à une longue table, immergé dans un livre. Les cadets qui l'entouraient lisant également les ouvrages empilés devant eux, je n'avais remarqué qu'à ma deuxième inspection ce qui le différenciait d'eux : ils potassaient des manuels d'histoire militaire en prenant des notes ; lui dévorait une œuvre de fiction à la jaquette colorée, apparemment pour son plaisir. Mû par un instinct que je ne comprenais pas encore, j'avais longé la table et constaté que le bouquin en question s'intitulait *L'Abomination de Dunwich*. La combinaison de ce titre et d'une illustration de couverture vulgaire m'avait instantanément frappé avec la même force qui m'avait attiré dans la forêt de Johnson — quoique atténuée. Il me fallait ce livre. Il était *à moi.* Pendant une heure, j'avais gardé l'œil sur Fletcher en me tortillant sur mon siège et en prenant des notes machinales.

Lorsqu'il s'était levé, j'avais ramassé mes affaires et m'étais hâté de le rejoindre. Oui, avait-il dit, il serait ravi de me prêter cet ouvrage une fois qu'il l'aurait terminé. Il m'avait permis de le feuilleter, m'assurant, sans savoir à quel point sa description était appropriée, qu'il s'agissait d'une œuvre « franchement angoissante ». Le petit volume frémissait au creux de mes mains, émettait une série de pulsations. J'avais l'impression de tenir un oiseau-mouche.

Le lendemain, environ la moitié des cadets — ceux qui en avaient fini avec les partiels — quittaient le campus par vagues successives de véhicules familiaux. Fletcher devait passer son dernier examen, chimie, le samedi, tandis que j'en subirais un de philosophie militaire. Néanmoins, il me supposait déjà parti ; aussi, à dix-sept heures trente, le vendredi après-midi, alors qu'il se rendait au réfectoire, était-il entré dans ma chambre sans frapper. Là, il m'avait découvert, dans tous les sens du terme.

Avant mon entrée à l'Académie militaire Fortress, mes efforts pour poursuivre ma véritable éducation étaient en grande partie demeurés vains. J'avais besoin d'intimité, mais même lorsque je parvenais à me ménager une ou deux heures de solitude, je ne progressais que fort peu. À présent, je considère essentiellement ce pénible hiatus comme une question de maturité physique. En effet, juste avant mon admission dans le monde des exercices en ordre serré, une poussée de croissance avait ajouté cinq centimètres et huit kilos à ma silhouette ; lorsque le cadet Fletcher s'était précipité chez moi avec le livre sacré, je faisais mes premiers pas de bébé vers le Mouvement Immobile — ou quel que soit le nom de la discipline qui consiste à disparaître d'un endroit pour réapparaître dans un autre.

Comme les autres, elle met en jeu un paradoxe : jusqu'à ce que cette prouesse devienne une seconde nature, la capacité musculaire qu'elle exige empêche de la réaliser. Pendant les vacances de Noël, cette année-là, j'étais parvenu à franchir le mètre séparant mon lit de ma chaise de bureau, par l'intermédiaire d'un éprouvant interlude durant lequel je ne me trouvais ni à un point ni à l'autre mais aux deux à la fois, imparfaitement. Quoi que cela pût donner de l'extérieur — je ne l'imagine même pas —, c'était ce qu'avait surpris Fletcher en déboulant dans ma chambre. Mes entrailles bouillonnaient, et un rivet de chemin de fer s'enfonçait dans mon crâne. Ce que j'avais réussi à voir au milieu de ce chaos avait augmenté la douleur : deux cadets en uniforme avaient franchi en trombe deux portes différentes. Un essaim de lumières étincelantes et mon malaise considérable ne me permettaient de discerner du ou des intrus que sa (ses) silhouette(s) tandis qu'il(s) s'arrêtai(en)t abruptement.

De mon lit, j'avais regardé l'un d'eux se figer devant la porte ouverte. De la chaise, qui m'offrait une vue un peu plus claire et plus rapprochée de l'arrivant, j'avais observé un torse et une taille couverts d'un uniforme s'immobiliser près du battant vert foncé. Des deux positions, j'avais aperçu la jaquette colorée du livre que tenait en main mon visiteur ; le moi du lit aussi bien que celui de la chaise avaient alors ressenti une flambée d'envie. Notre tentative pour ordonner au cadet de demeurer en place s'était soldée par un grésillement évoquant celui d'une aiguille sur les sillons d'un disque 78 tours. Fletcher, toutefois, n'aurait pas bougé même s'il en avait eu l'intention. Il était comme collé au sol.

Une interminable seconde plus tard, je m'étais retrouvé assis auprès de mon camarade paralysé, tandis que des étincelles luisantes jaillissaient puis mouraient dans l'air — en particulier autour du lit. J'étais entièrement nu et, malgré la douleur écarlate qui torturait mon crâne, malgré le tumulte qui régnait dans mon ventre, j'arborais le genre d'érection triomphante qu'à Fortress, on appelait « l'acier bleu ». Le cadet d'artillerie Fletcher, lui, restait bouche bée, le regard vitreux. Il m'avait contemplé, puis s'était tourné vers l'endroit d'où je m'étais transporté. Une odeur évoquant des circuits électriques en train de griller flottait dans la pièce. Je m'étais penché pour refermer la porte du bout des doigts.

Le regard de mon compagnon était à nouveau passé

de moi à mon lit, avant de revenir se fixer sur ma personne.

— Euh... (Il s'était rappelé la raison de sa présence dans ma chambre. Sa main tremblante m'avait tendu le livre.) Je croyais... Je voulais...

Ses yeux s'étaient posés sur mon érection. Je lui avais pris le livre des mains, tandis que mon sexe s'enflait encore — pour atteindre ce que, du point de vue de mon envieuse vieillesse, je dois bien appeler des dimensions remarquables.

Fletcher ne se détournait pas de ce trésor.

— Eh bien, je ne... C'est-à-dire que je ne voulais... (Ses yeux s'étaient relevés pour croiser les miens.) Euh... quand je suis entré, je n'ai pas vraiment vu ce qui se passait. J'ai dû avoir un vertige. Il fait plutôt chaud, ici. (Il avait rabaissé le regard.) Tu n'as qu'à garder le bouquin. Il faut que j'aille au mess.

— Oh, non, avais-je dit.

Comme il reculait vers la porte, j'avais posé le livre sur mon bureau, m'étais levé, et avais empoigné Fletcher par les bras, l'attirant de côté.

— Oh, la vache, avait-il lâché. Écoute, je vais me prendre un tic pour mon retard, mais si tu veux une Mary, je m'en occupe.

Un « tic » était un mauvais point ; une « Mary », une « Mary à cinq doigts », soit, en argot de l'école, une masturbation. Il tentait de réduire la peine que je prévoyais de lui infliger. Je n'avais encore aucune idée de ce que j'allais lui faire, sinon m'assurer qu'il ne quitte pas la pièce vivant. Mon gland avait glissé sur le tissu râpeux de ses vêtements, y abandonnant une traînée transparente qui évoquait le passage d'un escargot.

— Ne mets pas de foutre sur mon uniforme.

S'écartant d'un pas, il avait pris en main mon pénis puis, non sans tendresse, avait entamé un mouvement de va-et-vient, comme pour traire une vache. Je lui avais enserré la taille du bras gauche, empoigné l'épaule de la main droite.

— Qu'est-ce que c'était, ces étincelles ?
— Je t'expliquerai plus tard.
— Tant pis pour le tic. Occupe-toi de moi, après.
— Tout ce que tu voudras.

Oh, les mensonges que profèrent les garçons excités ! Oh, les jeunes innocents qui les croient !

Mes genoux s'étaient bloqués, ma colonne vertébrale rigidifiée. Des gouttes ivoire avaient jailli pour s'écraser sur la fenêtre, trois mètres plus loin. Le cadet d'artillerie Fletcher, poussant un cri joyeux, s'était amusé à pointer mon sexe vers le plafond sans cesser de le pomper. Un ruban de neige fondue s'était déroulé jusqu'au plâtre. Avec une curiosité presque scientifique, mon partenaire avait observé du gruau se répandre sur ses doigts et couler au sol.

— Étonnant.

J'avais relâché l'étreinte que j'exerçais sur lui. Lui, celle qu'il exerçait sur moi. Il avait baissé sa braguette d'une main maladroite et passé la main dans son pantalon.

— Merci pour le livre, avais-je dit.

Pour la première fois depuis mes expériences dans la maison en ruine, j'avais la certitude de pouvoir geler un cœur humain. J'avais envoyé une pointe glacée dans le sien, et Fletcher s'était effondré, mort.

Ce que je déciderais de faire du corps devrait attendre le couvre-feu. Le poussant sous le lit, j'avais enfilé mon uniforme puis effacé à l'aide d'un chiffon les taches qui maculaient le sol et la fenêtre. Debout sur une chaise, j'avais aussi essuyé le plafond. Ensuite, je m'étais installé pour lire.

Je pourrais aussi bien dire : pour connaître une extase plus profonde que le soulagement sexuel. Pour voir dévoilés en toutes lettres sur des pages réceptives les aspects les plus secrets de ce que je savais être la vérité au sujet du monde comme de moi-même. Et plus que tout, pour apprendre qu'un sage, un prophète (un citoyen de Providence, Rhode Island, d'après le paragraphe déplorablement court qui figurait sur la jaquette) avait pénétré le Mystère bien plus profondément que moi. Quelques réserves s'imposaient en raison de sa décision de présenter son savoir sous forme de fiction, mais il confirmait les origines de ma Mission et la nature de mes Ancêtres.

Il écrivait leurs noms puissants : Nyarlathotep, Yog-Sothoth, Shub-Niggurath, le grand Cthulhu...

L'Abomination de Dunwich allait devenir ma Genèse, mes Évangiles, ma gnose. Émerveillé, ravi, je l'avais lu deux fois de suite, seulement interrompu par les camarades de chambrée du cadet Fletcher — de futurs membres du Rotary Club aux yeux proéminents —, Woodlett et Bartland, entrés en fanfare sans prendre la peine de frapper, ressortis tout aussi bruyamment dix secondes plus tard pour aller aboyer dans la cour. Avant de commencer à dévorer le livre pour la troisième fois, j'avais relevé les yeux et remarqué l'obscurité derrière la fenêtre. Il était trois heures du matin. À regret, j'avais refermé *L'Abomination de Dunwich* et tiré le cadavre de sous mon lit. Le transportant jusqu'à la rangée de colonnes qui surplombait la cour des dortoirs, je l'avais fait basculer dans le vide. Une chute de quatre étages sur du béton — ce qui, à mon avis, suffisait amplement. Dans ma hâte, j'avais négligé de sortir la main de Fletcher de sa braguette.

Telle était la question dont j'avais espéré que le capitaine ne ferait pas mention.

— Plus ou moins, a répété Squadron. Il n'était pas de vos amis ?

— Je n'en ai pas, souvenez-vous.

— Vous n'avez jamais traîné ensemble, jamais taillé une petite bavette ou quelque chose comme ça ?

— Pas que je me rappelle.

— Le cadet d'artillerie Fletcher nous a valu une publicité dont nous nous serions passés.

L'apparent suicide d'un élève de Fortress avait attiré l'attention de tout le pays. Quoique son aspect masturbatoire n'ait pas été annoncé officiellement, le fait que la main droite de Fletcher se trouvait en position « Mary » au moment de sa mort s'était rapidement répandu dans l'école et la communauté qui l'entourait, soulevant un mélange de stupéfaction, de dégoût et de plaisanteries graveleuses. Il s'était jeté dans le vide en faisant *ça* ?

L'autopsie avait épaissi le mystère. Fletcher avait succombé à une crise cardiaque subite, pas aux fractures récoltées lors de sa chute. Non seulement il était décédé avant que son corps ne touche le sol, mais la mort était intervenue depuis six à douze heures lorsqu'une ou plusieurs personnes l'avaient jeté dans la cour. Une fois de plus, police et presse avaient envahi l'académie. Tous ceux qui y étaient restés le vendredi soir précédant les vacances de Noël, dont moi, avaient été interrogés et réinterrogés afin de déterminer à quel endroit s'était trouvé Fletcher à l'heure de sa mort, où son corps avait été dissimulé par la suite et qui l'avait balancé dans le vide. Une tache de sperme découverte tardivement sur sa veste avait suscité la théorie largement répandue selon laquelle l'incident avait eu lieu durant une « orgie », les coupables partenaires du défunt ayant caché le cadavre jusqu'à en disposer de telle manière qu'ils puissent faire croire à un suicide.

La direction de Fortress avait clamé bien haut que les déviations sexuelles étaient spécifiquement interdites par le code d'honneur du règlement. En une dernière tentative pour atténuer le scandale, on avait annoncé qu'un dépravé extérieur à l'école avait accosté le cadet d'artillerie Fletcher alors que ce dernier se rendait au réfectoire et l'avait entraîné dans un coin reculé du campus, où ses avances immorales avaient provoqué une crise cardiaque. Le pervers s'était alors caché en attendant de pouvoir se débarrasser du cadavre de manière à détourner les soupçons sur un innocent.

Fletcher avait préféré la mort au déshonneur, et l'académie allait créer une Coupe du Courage portant son nom, qui serait accordée à la fin de chaque année au Cadet-d'artillerie-qui-Personnifie-le-Mieux-les-Valeurs-du-Code-d'Honneur. J'avais été parfaitement satisfait de cette fable. L'histoire était depuis beau temps sortie des journaux, et nous n'avions plus vu de flics ni de journalistes depuis au moins un mois. Le seul résultat significatif de l'enquête avait été l'expulsion d'un notoire cadet de cavalerie (bien regretté depuis) servant de femme à qui le voulait au point que lorsqu'on mentionnait devant lui le nom d'un autre élève, il écartait les mains comme pour indiquer la taille d'un poisson qu'il aurait pêché.

— Il est intéressant de remarquer que vous avez peut-être été la dernière personne à le voir vivant, a repris Squadron. (J'ai secoué la tête afin de manifester mon incrédulité et ma surprise.) Il annonce à ses camarades de chambrée qu'il se rend au réfectoire, et qu'en chemin, il passera dans votre chambre y déposer le livre que vous désiriez lui emprunter, car sinon, il risque d'oublier. Il les verra au dîner, salut. Il arrive dans votre chambre, découvre que vous y êtes encore et vous donne ledit livre. Exact ?

— C'était gentil de sa part, ai-je dit en lissant ma couverture du plat de la main. Il voulait être sûr que je le trouve à mon arrivée.

— Vous n'auriez pas pu emprunter cet ouvrage à la bibliothèque ?

Durant tous les interrogatoires que j'avais subis, nul n'avait songé à s'enquérir du livre. Le montrer au capitaine Squadron me paraissait receler bien des dangers.

— Il n'y figure pas. C'est un recueil d'histoires.

— Vous voulez dire : des nouvelles ? (J'ai lissé un autre pli imaginaire.) De quel genre ?

— Je ne sais pas trop comment appeler ça.

— Montrez-le-moi.

Je me suis approché de mon bureau et en ai ouvert le

tiroir supérieur. La hideuse image des empreintes digitales de Squadron contaminant le texte sacré m'emplissait l'esprit. J'ai pris le livre et lui en ai montré la couverture. Ses yeux se sont étrécis.

— Je n'ai jamais entendu parler de cet auteur.

— Moi non plus.

J'ai posé le volume sur le bureau, le cœur battant, soulagé d'échapper à ce qui me paraissait à la fois une pollution et un danger. Lorsque je me suis retourné vers le capitaine, il tendait la main, les sourcils froncés.

— Je croyais que vous vouliez juste...

Il a agité les doigts.

À regret, j'ai abandonné le trésor à la grosse patte qui l'attendait.

— Les gamins croient toujours nous tromper avec leurs petites ruses, mais on a déjà tout vu.

Ouvrant le livre, il en a fait défiler quelques pages d'un coup de pouce. Comme il n'y trouvait pas la moindre photo de femme nue, il a feuilleté avec plus d'attention, puis écarté la jaquette pour inspecter la reliure.

— Vous êtes trop nerveux. Il y a quelque chose d'anormal.

Tenant le volume par la couverture, Squadron l'a renversé et secoué. Rien n'en est tombé. Il l'a jeté sur la table de toilette, à laquelle il s'est de nouveau adossé.

— Vous n'êtes pas allé au mess, ce soir.

— Je n'avais pas faim.

— À votre âge, on a *tout le temps* faim, mais passons. Qu'est-il arrivé au cadet d'artillerie Fletcher, selon vous ?

— Le commandant a mis le doigt dessus, mon capitaine. Un type de l'extérieur lui a sauté dessus entre ici et le réfectoire, et il a eu tellement peur qu'il en est mort. Je regrette de ne pas l'avoir accompagné. À deux, on n'aurait pas été agressés.

J'ai commis l'erreur de jeter un coup d'œil au trésor.

Le capitaine s'en est rendu compte. Souriant, il a fait glisser le livre au bord de la table.

— Personne, je dis bien *personne,* n'a jamais réussi à s'introduire ici sans être vu. Il est presque impossible d'entrer ou de sortir sans passer par un poste de garde. Pour se glisser dans les dortoirs, il faut bien préparer son coup, n'est-ce pas ? S'arranger pour qu'un copain laisse une fenêtre entrouverte, ou bien le convaincre de vous attendre près d'une sortie de secours.

Une ou deux fois par mois, un cadet audacieux, parti pour une virée en ville, regagnait les dortoirs par ce moyen précis.

— Je ne vois pas ce que vous voulez dire.

Il a croisé les bras sur la poitrine et incliné la tête de côté sans cesser de me sourire méchamment.

— Mais entre nous, nous savons tous les deux que l'histoire du commandant, c'est du pipi de chat, n'est-ce pas ?

Je me suis efforcé de prendre l'air interloqué.

— Je ne comprends pas, mon capitaine.

— Il est probable que moi non plus. Mais voilà ce que je sais. (Il a décroisé les bras et compté ses arguments sur les doigts de sa main droite à l'aide de son index gauche, comme durant nos cours de mathématiques.) Petit un : seuls deux autres élèves ayant leur chambre au troisième étage se trouvaient toujours là le soir en question. Les cadets de cavalerie Holbrook et Joys sont arrivés au réfectoire vers dix-huit heures et étaient de retour dans leurs quartiers avant dix-neuf heures, dans le but de réviser pour le partiel de philosophie militaire — celui-là même que vous deviez passer. Ils ont observé le couvre-feu à vingt-trois heures trente.

« Petit deux : les compagnons de chambre du cadet d'artillerie Fletcher, les cadets d'artillerie Woodlett et Bartland, ont été témoins de son intention de déposer chez vous un livre que vous vouliez lui emprunter, puis de se rendre pour le repas du soir au réfectoire, où il arriverait à peu près au même moment qu'eux, et enfin de retourner au deuxième étage afin de réviser son partiel de chimie jusqu'au couvre-feu.

« Petit trois : leur camarade ne s'étant pas présenté au mess, les cadets d'artillerie Woodlett et Bartland en ont déduit qu'il avait choisi de se passer de dîner et d'aller étudier à la bibliothèque. Peu avant le couvre-feu, ils se sont rendus dans la cour, comptant accueillir Fletcher au sortir de son labeur solitaire. Il ne s'est pas montré, pour la bonne raison que le pauvre gosse était déjà mort. Woodlett et Bartland sont restés en bas jusqu'à vingt-trois heures trente, moment auquel une seule fenêtre, du côté nord du troisième étage, est demeurée allumée. Celle de votre chambre, cadet.

— Je vous prie d'excuser cette infraction, mon capitaine.

Il a contemplé le mur, au-dessus de mon lit.

— Ils sont montés ici, estimant que Fletcher pouvait s'y trouver depuis le début. Durant leur brève conversation avec vous, ils ont été informés que leur ami vous avait donné le livre puis avait continué son petit bonhomme de chemin. Ils sont donc retournés dans leurs quartiers en espérant l'y voir revenir avant la fin de la nuit. Malheureusement, tel n'a pas été le cas. Au lieu de ça, nous avons eu un tas d'ennuis, et le nom de notre excellent établissement a été traîné dans la boue. (Il m'a fixé d'un regard dur.) C'est à ce moment-là, et je pense que nous en arrivons au petit quatre, que j'ai pensé à vous. Je suppose que je n'avais jamais cessé d'y penser, en fait. Je commençais déjà à me demander si vous n'aviez pas envoyé tous ces cadets à l'infirmerie.

— Ça arrive, les accidents, mon capitaine, ai-je dit. Est-ce qu'ils m'ont accusé de leurs blessures ?

— Exact. Petit cinq : les accidents arrivent. Après mûre réflexion, je me suis surpris à conclure que vous en étiez un vous-même. (Il me regardait droit dans les yeux.) Je crois que vous êtes quelque chose de nouveau. Je ne sais pas comment appeler ça. Vous avez fait tellement peur à ces gosses qu'ils n'osent pas ouvrir la bouche. Vous savez ce que je pense ? Qu'une organisation telle que la nôtre est exactement ce que vous cherchiez.

— Excusez-moi, mon capitaine, mais c'est incroyable, me suis-je insurgé. Une poignée de gamins tombent, se cassent un ou deux os, et c'est moi que vous en rendez responsable !

— Petit six. (Squadron soutenait toujours mon regard.) Revenons-en au fait que votre fenêtre était éclairée. Les cadets d'artillerie Woodlett et Bartland en ont été surpris. Cela pouvait s'expliquer de plusieurs manières. Soit que vous ayez oublié de l'éteindre avant de vous en aller. Ou que Fletcher ait oublié de le faire. Ou encore, ce qu'ils espéraient, qu'il n'ait pas éteint parce qu'il se trouvait encore dans votre chambre. Les voilà donc qui montent et, surprise, surprise, finalement, vous êtes là.

Il m'a lancé un sourire étrange, tordu, et a incliné la tête contre son poing levé, marquant une pause délibérée, chargée de sous-entendus. Étonné du frisson de peur qui me traversait l'estomac, j'ai détesté le capitaine de l'avoir provoqué.

— Ont-ils frappé avant d'entrer ?

— Il me semble bien. (Il était trop près de la vérité.) Tout le monde frappe. Section trois, paragraphe six du chapitre deux du règlement : « Règles de Conduite des cadets ».

Squadron avait l'air de se demander comment effacer une vilaine tache sur le mur.

— Mais on ne frappe pas à la porte d'une chambre vide. Vos visiteurs, dont la mémoire paraît meilleure que la vôtre, affirment qu'ils se sont contentés d'entrer.

— C'est possible, ai-je admis.

Il a conservé la pose encore une seconde, puis il a baissé la main en me décernant un sourire lent, glacial.

— C'est aussi ce qu'a fait le cadet d'artillerie Fletcher, n'est-ce pas ?

Une peur humiliante crépitait dans mes viscères.

— Je crois qu'il a appliqué le règlement et qu'il a frappé avant d'entrer.

— Moi, je crois que non. (Il a laissé un moment son regard errer dans la pièce puis l'a tourné vers moi, incertain.) Où en sommes-nous ? Au petit huit ?

— Sept, mon capitaine, ai-je corrigé.

— Sept, d'accord. Petit sept. Après une *colossale* réflexion, j'en suis arrivé à penser que le cadet d'artillerie Fletcher a vu quelque chose qu'il ne devait pas voir. Il vous a surpris. D'un seul coup, il est devenu une menace. Bigre ! Je me demande bien sur quoi il est tombé, ce gosse. Et je me demande comment vous lui avez fait peur au point que son cœur lâche, mais je suppose que vous ne me le direz pas. Quoi qu'il en soit, vous l'avez fait. Et en toute connaissance de cause.

— C'est dingue, ai-je soupiré. (J'avais l'impression d'avoir été renversé par un camion.) Vous ne pouvez pas réellement croire que j'ai tué Fletcher.

— Je ne dis pas que c'était prémédité, ni même que vous l'avez fait directement. Pour le reste, cadet, je suis affirmatif. Je crois qu'il vous a mis dans l'obligation de vous débarrasser de lui, et que vous vous êtes arrangé pour y parvenir. Bon Dieu ! Je ne *crois* pas que vous l'ayez tué : je le *sais*. Ce gamin est entré ici et il n'en est pas ressorti vivant.

Je le contemplais avec ce que j'espérais être une expression choquée, abasourdie.

— Sur mon honneur de cadet, mon capitaine, il est entré, il m'a donné le livre et il est reparti, ai-je dit. Voilà tout.

Squadron s'est approché de la porte, contre laquelle il s'est laissé aller. Son attitude ne trahissait plus une agressivité aiguë mais une certitude lasse, saupoudrée de tristesse. Que cet homme simple, ce bélier, ait acquis quelque chose qui ressemblait à de la subtilité émotionnelle amplifiait mes craintes.

— Je suppose que vous avez dissimulé le corps

sous votre lit jusqu'à ce que vous puissiez le déplacer sans être vu.

— Comment pouvez-vous dire une chose pareille ? C'est parce que je suis nouveau ? Parce que vous avez décidé que vous ne m'aimiez pas ? (Ma colère flottait dangereusement près de la surface.) J'aurais dû m'inscrire dans l'équipe de foot. Comme ça, je serais toujours votre petit chouchou et vous ne me rendriez pas responsable chaque fois qu'un de vos précieux crétins se casse un os. (Je suis parvenu à me maîtriser avant de dépasser un peu plus les bornes.) Veuillez m'excuser, mon capitaine, cette remarque était déplacée. Je vous demande pardon. Mais je le répète : je jure sur mon honneur de cadet...

— Halte ! a-t-il coupé. Taisez-vous immédiatement.

— Mais, mon capitaine, je...

— J'ai dit : halte ! (Ses yeux s'étaient assombris de dégoût.) Il ne me reste qu'une chose à ajouter, et je ne veux pas que vous contaminiez l'air avant que ce ne soit fait. (Squadron a tiré sur le bas de sa veste, puis empoigné les rabats de ses poches et tiré à nouveau, violemment, comme s'il avait voulu les arracher.) Je ne veux plus entendre la moindre connerie sur votre honneur de cadet, parce que aussi ridicule que ça puisse vous paraître, il se trouve que je prends notre code très, très au sérieux. Certains nouveaux ont besoin de temps pour saisir que ce code n'est pas seulement composé de mots creux, mais la plupart finissent par y arriver. Vous, vous n'y arriverez jamais. Vous êtes d'une espèce à part. Vous êtes une maladie.

J'ai cessé de feindre l'atterrement et me suis assis au bord de mon lit, regardant et écoutant. L'intérieur de mon corps, depuis l'arrière de ma gorge jusqu'à mon ventre, était devenu un bloc de glace.

— Nous en avons fini, mon capitaine ?

— Affirmatif. Cette conversation est terminée. (Il a rivé son regard dans le mien.) Je vais vous surveiller de près, cadet. Si je vous vois dévier ne serait-ce que d'un millimètre du droit chemin, je vous tombe dessus comme la vérole sur le bas clergé, et vous vous retrouvez en civil avant d'avoir compris ce qui vous arrive. Est-ce que c'est clair ?

— Affirmatif, mon capitaine.

— J'aimerais sincèrement que vos parents vous aient mis dans une autre école. (Il m'a lancé un regard meurtrier.) J'emporte le livre du cadet d'artillerie Fletcher. Je veux savoir ce qu'il y a de si important dans ces nouvelles.

Mon cœur a failli s'arrêter, à l'instar de celui de ma victime.

— Ne faites pas ça, mon capitaine, s'il vous plaît. Je ne l'ai pas encore lu.

Il a glissé le volume sous son bras.

— Présentez-vous à mon bureau dans une semaine, je vous le rendrai. À moins que Mr. et Mrs. Fletcher ne veuillent le récupérer. Ce sera tout.

Il s'est fièrement dirigé vers la porte de ma chambre.

Ce qui s'est passé ensuite ne peut s'expliquer que par le mélange de haine, de terreur et de désespoir qui explosait en moi. Si j'avais la moindre pensée, elle concernait la nécessité de récupérer le livre sacré, mais il serait plus exact de dire que j'étais incapable de quoi que ce soit évoquant la pensée. Sans avoir bougé, je me suis soudain trouvé debout derrière Squadron, qui commençait à montrer des signes d'inquiétude. J'avais l'impression de mesurer deux fois ma taille normale, mais il s'agissait sans doute d'une illusion induite par un état identique à celui qui permet aux mères de soulever les voitures emprisonnant leurs bébés.

Je n'avais aucune idée de ce que j'allais faire. Encore moins de ce que j'allais faire au capitaine Squadron. D'ailleurs, je ne sais toujours pas vraiment comment je l'ai fait, puisque depuis, je n'ai jamais réussi à dupliquer cet exploit. Je pense qu'aucune de ces fameuses mères n'a jamais non plus soulevé de voiture une seconde fois. J'ai touché le livre et, comme si j'avais déjà accompli cent fois ce genre d'exploit, je me suis senti couler dans l'esprit de mon supérieur, lui donner l'ordre muet de me restituer le trésor. Une fois ce dernier en sûreté entre mes mains, j'ai utilisé le même pouvoir instinctif pour ordonner au capitaine de gagner le centre de la chambre. Son esprit était en proie au genre de sensation qu'on éprouve quand on est poussé en arrière par un vent violent.

Il est demeuré incapable de parler lorsque je me suis retiré de lui. Un énorme générateur s'est mis à bourdonner au plus profond de moi. À cet instant, m'est venue une révélation cruciale qui devait déterminer tout le reste de ma vie. Je dis qu'elle m'est venue pour exprimer qu'elle m'a pénétré à la manière d'une claire rivière argentée, qu'elle a conféré une forme momentanée au tumulte. Une fois de plus, j'entendais la voix de la forêt de Johnson.

Le capitaine Squadron se tenait au centre de ma chambre, à peut-être deux mètres de moi. J'ai glissé vers lui comme en patins à glace sur la surface d'un étang gelé. Je ne crois pas l'avoir touché. Je me rappelle avoir éprouvé cette sensation presque impersonnelle de *faire le vide* qui accompagne l'évacuation. La douleur perçante qu'on associe à l'arthrite me taraudait les articulations. Ma tête me semblait avoir été fendue à la hache. Peut-être ces mères qui soulèvent les automobiles du corps de leurs bébés ressentent-elles la même chose, je n'en sais rien. Ce que je sais, c'est que Squadron avait disparu, remplacé par une flaque verdâtre de dix centimètres de diamètre ; une humide puanteur de décomposition imprégnait l'air.

J'ai surmonté mes maux assez longtemps pour essuyer les restes du capitaine à l'aide d'un torchon, laver ce dernier dans le lavabo, puis je me suis écroulé sur mon lit afin de méditer ma révélation.

Voici ce qu'on m'avait dit une fraction de seconde avant que je ne réduise Squadron à vingt-cinq centilitres de bile : un jour, un jour lointain, naîtrait en ce royaume terrestre un ennemi bien plus dangereux, bien plus substantiel que l'officier. Il serait semblable à une ombre ou à un double caché, car lorsqu'il deviendrait adulte, il posséderait le pouvoir d'inhiber la venue des Derniers Jours, comme certains protagonistes des nouvelles du Maître de Providence avaient contré les desseins de mes véritables ancêtres. Cet Antéchrist serait plus vulnérable durant son enfance, mais des forces maléfiques conspireraient pour lui épargner la destruction que je lui réserverais. En grandissant, il serait pénétré d'une portion de mes propres talents, ce qui accroîtrait la difficulté de ma tâche. Et il existait une excellente raison à cette maudite complication : mon ennemi serait lui aussi la fumée qui surgit de la gueule du canon — il serait un membre de ma famille. En fait, il serait mon fils.

15. Mr. X

Il ne me reste que peu de chose à raconter avant de poser la plume pour la nuit. La disparition du capitaine Squadron a provoqué un bref regain d'intérêt pour l'académie, à cause d'un possible rapport entre la fuite de l'officier et la mort du cadet d'artillerie Fletcher. Lorsqu'une étude rigoureuse de ses antécédents a révélé que l'officier avait donné sa démission de l'armée régulière après avoir été soupçonné de sévices sur un petit garçon dans la ville de Lawton, Oklahoma, la possibilité est devenue certitude. Je crois que la chasse à l'homme subséquente s'est poursuivie plusieurs années, sans autre résultat que la détention temporaire d'un nombre surprenant d'individus possédant une vague ressemblance avec le supposé fugitif. J'ai conservé un œil amusé sur l'affaire durant le reste de ma carrière de cadet, au bout de laquelle ma bonne conduite a été récompensée par un été en Europe.

J'ai passé des heures délicieuses dans le luxe de Cannes, de Nice et de Monte-Carlo. Mes parents ne voulaient certes pas me voir rentrer à la maison, mais mon père, toujours fidèle à sa parole, a assuré par le biais d'une généreuse donation mon inscription à son *alma mater*, l'université de Yale. Une arrestation et un emprisonnement suite à une minable affaire de violation de domicile devaient mettre un terme rapide à ces études. À ma sortie de prison, je me suis embarqué pour ma carrière de vagabond. J'ai trouvé une manière pratique de persuader ma famille de mon trépas, ce qui l'a sans nul doute grandement soulagée. Afin de réunir des fonds, je me suis tourné instinctivement vers ce qu'on appelle le racket. Le crime est une forme d'études, au même titre que les mathématiques ou la philosophie militaire ; comme eux, il cède devant un intellect supérieur. Il n'a pas fallu bien longtemps pour que ma maîtrise de toutes les variétés d'entreprises criminelles, parmi lesquelles la protection, l'entretien et l'intimidation de mon propre personnel, me place dans une position de commandement. L'utilisation de mes pouvoirs, planifiée avec soin, ne nuisait pas non plus, particulièrement en ce qui concernait l'intimidation. La rude carapace d'indifférence du bandit moyen recouvre un profond puits de superstition. Avant l'âge de trente ans, j'étais devenu un Roi du Crime, et ce, il convient de le noter, sans le secours des habituels liens familiaux.

Toutefois, j'ai fini par me lasser des constantes obligations incombant à un caïd de la pègre et par ressentir le mal du pays, tel un mortel ordinaire. Appelez ça la crise de l'âge mûr, si vous voulez, mais en vérité, je me considérais autant comme un artiste que comme un criminel. (Si seulement j'avais su alors ce que je sais aujourd'hui !) Seule une poignée d'écrivains avaient relevé le défi du Maître de Providence, l'auteur de *L'Abomination de Dunwich.* Aucun ne s'en était montré digne, et je désirais prouver que j'étais son unique véritable héritier.

En conséquence, au milieu de ma vie, j'ai renoncé aux succès mondains et suis retourné à Edgerton, pour m'y consacrer à l'écriture, tout en m'occupant à temps perdu des choses que j'estimais intéressantes. L'élément criminel local m'a accueilli précisément comme je le souhaitais, si bien qu'avant longtemps, j'ai dirigé dans l'ombre tout ce que je désirais diriger. J'ai eu moins de succès avec mes nouvelles : je les ai écrites superbement, invitant ainsi le rejet et les lazzis que connaissent tous ceux qui ne se contentent pas de pisser de la copie commerciale. J'ai fait mon travail. J'ai offert à l'humanité la chance de découvrir la vérité, et l'humanité n'en a pas profité. Quiconque possède une once d'empathie comprendra mon amertume.

À cette époque, je fréquentais le divertissant demimonde des artistes potentiels et de leur entourage qu'on trouve autour de n'importe quelle université. Bien des nuits durant, mon domicile a été le site de discussions enflammées, presque noyées par la musique de l'électrophone, les vapeurs du vin et des cigarettes, légales ou non, et la tension sexuelle qu'irradiaient garçons barbus en pulls à col roulé et splendides jeunes femmes vêtues de ce qui, parfois, ne semblait être que de la peinture. Nombreuses ont été les filles sculpturales, pâmées, que j'ai chevauchées en de grands spasmes d'extase à la fin de ces nuits-là. Après tout, puisque l'une de mes tâches essentielles consistait à assassiner mon fils, il me fallait d'abord lui donner naissance, à ce petit chéri.

Si toutes mes brebis me donnaient des agneaux, j'étais prêt à les abattre tous, jusqu'au dernier, mais je pensais reconnaître ce petit étron d'Antéchrist lorsque je le verrais. Je considérais comme acquis que lorsque Mr. Belle Gueule Mais Noirs Desseins tomberait des entrailles d'Heather, de Moongirl, de Sarah, de Rachel, de Nanette, de Mei-Liu, de Skunk, d'Avis, de Subindra, de Pang, de Low Rider, d'Arquetta, de Sujit, de Tammy, de Georgy-Porgy, d'Akiko, de Conchita, de Suki, de Sammie ou de Zelda, il arriverait quasi entouré de flèches clignotantes et d'enseignes au néon. Malgré mes efforts inspirés, toutefois, aucune de ces ardentes jeunes femmes n'a porté fruit. De toutes les cervelles d'oiseau amoureuses de l'art et portées sur les expériences avec lesquelles j'ai couché durant cette période enchanteresse, seule Star Dunstan est parvenue à tomber enceinte.

La voix de la révélation ne plaisantait pas en annonçant que mon adversaire serait difficile à coincer. Je croyais avoir tout prévu, insouciant que j'étais. Quand Star a découvert qu'elle était enceinte, j'ai contré les rituelles jérémiades sur le mariage que même une inconsciente comme elle n'a pu s'empêcher de proférer, en lui suggérant la deuxième meilleure solution : venir habiter chez moi. Elle a été tellement soulagée de ne pas s'entendre ordonner d'aller voir un avorteur que n'importe quelle proposition l'aurait rendue heureuse. Elle ne pouvait pas savoir que je l'avais sautée précisément pour la mettre enceinte. Je voulais qu'elle accouche d'un bel enfant en parfaite santé. Quelques jours après que Maman et Chérubin seraient rentrés de la maternité, j'aurais pressé un oreiller sur Chérubin jusqu'à ce que ce dernier devienne tout mou. C'était un plan imparable, mais ainsi que la voix l'avait prévu, il m'a pété entre les doigts — encore que ce ne soit pas ma faute.

Je me suis contraint à marmonner les encouragements écœurants qu'attendent les femmes dont le ventre se met à gonfler. Durant deux mois, j'ai fait des grimaces mielleuses et me suis fendu de mensonges sur notre avenir doré. Une nuit, pourtant, sorti faire la bringue, je suis rentré dans une maison vide. Vide, s'entend, de ma compagne enflée et de ses biens. Elle s'était tirée — sauvée. Je l'ai soupçonnée d'avoir un nouveau petit copain. Je pense toujours que c'était le cas, mais n'ayant pu la retrouver, quoique j'aie retourné le moindre caillou à cent kilomètres à la ronde, je n'avais pas de preuve. En désespoir de cause, j'ai cherché l'aide de la forêt de Johnson et découvert qu'ayant parlé, la Voix était désormais à jamais silencieuse. Un mois plus tard, Pipey Leake, qui s'accrochait encore à son poste à l'Albertus, m'a appris que ma bien-aimée était rentrée à Edgerton et qu'elle avait mis bas. Parée d'une alliance bon marché, elle était pour le moment réfugiée chez une de ses tantes, dans Cherry Street.

Parfait, ai-je songé : quelques visites timides accompagnées de fleurs et de chocolats, l'assurance de mon pardon total, l'adoration simulée du bébé, et elle me reviendrait en un clin d'œil, le précieux gamin serré contre sa jolie mamelle. *Ensuite,* je n'aurais plus qu'à étouffer mon rejeton unique et adoré. Quelques heures plus tard, l'arrivée de deux types en bleu sur le pas de ma porte m'a fait comprendre que quelqu'un avait, selon leurs propres termes, « mangé le morceau » quant à la part que j'avais prise à un certain nombre d'activités illégales. Un procès rapide m'a conduit à un second emprisonnement, cette fois dans le pénitencier d'État connu sous le nom de Greenhaven.

J'y ai apporté une réputation qui me garantissait respect, obéissance, pouvoir et le confort non négligeable auquel on peut prétendre dans ce genre d'établissement. J'ai obtenu tout ce que je désirais, voire plus, sinon la liberté de débarrasser le monde du fils de Star.

Cette privation m'a semblé moins pénible que ne l'aurait été l'absence d'une suite convenable avec salle de bains privée et téléphone, de repas corrects, de rapports sexuels avec mes visiteuses, des divers livres et magazines nécessaires à mes recherches, notamment ceux se rapportant à la vie et à l'œuvre du Maître de Providence (lequel connaissait alors un regain de popularité), ainsi que d'une conversation enrichissante avec de distrayants compagnons — toutes choses dont je disposais à loisir. Le petit chéri en était encore à passer des couches au pot, des balbutiements infantiles aux premières excursions maladroites dans la langue anglaise : il ne pourrait représenter une menace pour mon destin de Héraut de l'Apocalypse avant plusieurs dizaines d'années. Le fait qu'on m'ait annoncé ma tâche comme ardue renforçait ma foi dans la sagesse de mes ancêtres inhumains. Je pourrais toujours abattre cet animal lorsque je sortirais, et je jouissais à l'avance de la chasse. Dans l'intervalle, une bonne partie de mes recherches se rapportait à la forme et à la direction que prendrait cette poursuite à venir.

Alors même que je me lassais de ma captivité dorée, une émeute de prisonniers m'a permis simultanément de quitter Greenhaven et de garantir mon anonymat. Peu importe comment. Disons juste qu'un léger exercice de mes pouvoirs m'a autorisé à enfouir mon identité officielle dans la plus sûre des cachettes et à circuler librement. Rentré dans ma ville natale, j'ai vécu en reclus, tout en menant des recherches qui se poursuivent aujourd'hui.

Ces années ont été longues et frustrantes. L'adversaire s'est révélé aussi fuyant que promis, et il lui est arrivé d'échapper à mon étreinte au moment précis où elle semblait se refermer sur sa misérable petite gorge. Toutefois, après m'être évadé de prison, j'ai découvert un dernier présent ancestral, qui m'est accordé annuellement. Ce don, que j'attends depuis avec une impatience sauvage, une tendresse féroce, est toujours capable d'accélerer mon pas et mes battements de cœur ; il m'a soutenu, nourri tout au long des décennies noires. Par la bonté des Dieux Anciens, l'ombre d'une ombre, l'enfant de Star Dunstan m'est offert chaque année, le jour de son anniversaire.

Il lui en reste un seul à vivre, son dernier. Où qu'il se trouve actuellement, qu'il se glisse furtivement dans les couloirs de l'hôpital, les vieilles maisons de Cherry Street ou les tavernes de Hatchtown, qu'il se cache ou qu'il arpente en toute inconscience les avenues, les rues et les venelles dérobées d'Edgerton, ce jour arrivera dans exactement une semaine.

2

COMMENT J'APPRIS L'EXISTENCE DU FOND-DU-FLEUVE

16

Les tennis de Nettie claquaient sur les dalles rouges ; un sac en tapisserie aussi gros qu'une valise ballottait sur sa hanche. La plupart des infirmières et techniciens présents dans l'ovale central relevèrent la tête. Ils portaient d'amples tenues vertes ressemblant à des pyjamas, et, dans mon état d'esprit, je leur imaginais à tous cheveux blond cendré et yeux nordiques. Cette combinaison évoquait la science-fiction, les enlèvements par des extraterrestres — un effet qu'accentuait l'éclairage de station spatiale du lieu.

À l'autre bout de la salle, tante May se tourna vers l'employé le plus proche et annonça :

— C'est Ned, le fils de ma nièce. Il a des crises.

Nettie m'attira entre ses bras. À travers le tissu de son sac, je sentis les formes dures de bocaux et de bouteilles.

— Quand j'ai appelé chez toi, ce matin, ça n'a pas arrêté de sonner, et j'ai dit à May : « Notre garçon est en route. » Pas vrai, May ?

Elle regarda par-dessus son épaule sans me lâcher, et le sac me percuta les côtes.

— Le Seigneur m'en est témoin, dit May.

— Je vous en prie, intervint Ms. Zwick, l'infirmière-chef. Je ne devrais pas être obligée de rappeler à des gens comme vous que vous êtes dans un service de soins intensifs.

Nettie laissa retomber les bras à ses côtés et recula d'un pas.

— Qu'est-ce que vous entendez par « des gens comme vous », Zwick ?

Un instant, l'interpellée savoura le plaisir que pourrait lui procurer une explication, puis elle refit pivoter sa chaise vers le guichet.

— Je vous demandais simplement de parler plus bas.

Infirmières et techniciens étaient retournés à leurs bureaux, à leurs conversations privées. Un des hommes était indien ou pakistanais, une des femmes était noire, mais néanmoins, pour moi, ils se ressemblaient tous.

— Qu'est-ce qui s'est passé, Nettie ? demandai-je. C'est grave ?

Le large visage de ma tante était presque dépourvu de rides, mais l'air de sérénité trompeur que lui conféraient ses joues lisses et son front juvénile se voyait érodé par l'inquiétude.

— C'est *très* grave, dit-elle.

Tante May arriva vers nous, s'aidant d'une canne métallique luisante.

— Ça fait plaisir de revoir ce gamin-là à Edgerton.

Toutes les deux portaient le genre d'amples robes imprimées qu'elles avaient toujours affectionnées, mais si Nettie emplissait la sienne de sa masse, celle de sa sœur pendait mollement. Les muscles du cou de May saillaient autour d'un creux profond. Quand j'arrivai assez près d'elle pour la prendre dans mes bras, elle souleva sa canne et pesa sur moi de tout son poids.

— Hou là, s'exclama-t-elle. (Je la soutins jusqu'à ce qu'elle pût remettre la canne en position.) Je suis moins mal en point que j'en ai l'air, alors ne commence pas à me plaindre. (Son chuchotement devait s'entendre à l'autre bout de la salle.) Depuis que j'ai été malade, l'année dernière, je ne marche plus comme avant. Si j'arrivais à prendre un peu de poids, ça irait, seulement je suis obligée de me forcer pour manger.

Nous nous dirigeâmes vers l'alcôve 15.

— Le docteur est avec elle ?

— On attendait qu'il sorte quand je t'ai vu, répondit Nettie. Je peux te dire que tu m'enlèves un sacré poids.

— Qu'est-ce qui lui est arrivé ? demandai-je en regardant le rideau qui fermait le réduit.

May se pencha vers moi.

— C'est ce matin ! Elle s'est effondrée ! Clark n'a fait ni une ni deux : il a composé le 911.

— Ta mère a beau être jeune, elle a eu une attaque d'apoplexie, m'apprit Nettie.

Tante May laissa glisser le dos de ses doigts contre ma veste.

— Ça, je parie que ça vient d'un beau magasin de New York, comme Saks, sur la Cinquième Avenue. (Elle chercha mon regard ; sa voix se fit plus ténue et plus sèche à la fois.) Quand es-tu arrivé ?

— Il y a juste une minute, dis-je. Je suis venu en stop. Je trimballe encore mes bagages.

Je désignai le sac à dos et le sac de voyage, par terre, près de l'entrée.

Tante Nettie m'observait avec attention, le sourcil froncé. Elle aurait aussi bien pu porter une robe noire.

— Tu aurais peut-être dû économiser pour tes voyages au lieu de tout dépenser sur la Cinquième Avenue. J'imagine que tu as eu de la chance d'arriver aussi vite.

Un petit homme élégant, en veste blanche, franchit le rideau d'un pas rapide. Ses cheveux blonds commençaient à déserter son crâne bombé que faisaient ressortir de trop grandes lunettes à monture noire. Il me lança un regard neutre, tandis que les tantes se préparaient visiblement à entendre le pire.

— Vous êtes... (Il consulta sa planchette porte-papiers.) Ned. Le fils de Valérie Dunstan.

— En effet, dis-je.

— Dr. Barnhill, se présenta-t-il en plissant les lèvres.

Sa tête semblait proéminente car elle était disproportionnée à son corps, alors que ses cheveux devenus rares exposaient une grande partie de son cuir chevelu. Les petits chauves le sont plus que les grands. Il me serra la main brièvement, sèchement.

— En début de matinée, votre mère a subi une attaque d'apoplexie foudroyante. Elle est encore dans un état grave. J'aimerais pouvoir vous donner de meilleures nouvelles. (Il serra sa planchette porte-papiers contre sa poitrine comme s'il avait craint que nous tentions de surprendre ses secrets.) Vous savez ce qu'est l'apoplexie ?

— Je ne suis pas trop sûr, avouai-je.

— Un caillot de sang a pénétré dans le cerveau et coupé l'arrivée d'oxygène. Quand une région du cerveau n'est plus irriguée, les tissus en sont endommagés. Dans le cas de votre mère, il s'agit d'une portion de l'hémisphère gauche. (Il toucha le côté gauche de son crâne.) Peu après son admission aux urgences, elle a commencé à faire de l'arythmie cardiaque, en raison d'un état de choc général. Je lui ai donné des médicaments contre ce symptôme, mais nous observons un affaiblissement général des fonctions cardiaques. Elle fume beaucoup ?

— Elle ne fume pas, affirmai-je.

— Star a travaillé dans un tas de boîtes de nuit enfumées, intervint tante May. Elle chante à ravir.

— À votre connaissance, s'est-elle jamais droguée ?

— Elle a fumé sa part d'herbe, continua May. On en sentait l'odeur sur certains des gens avec qui elle traînait.

— Le tabagisme indirect et l'usage de la marijuana peuvent être des facteurs importants, opina le médecin.

Votre mère a... (Consultant ses papiers, il eut un sursaut quasi imperceptible.) cinquante-trois ans. Normalement, cela nous autoriserait un pronostic optimiste. J'espère que la Coumadine va dissoudre le caillot. Si la patiente survit aux douze prochaines heures, il faut s'attendre à une longue convalescence, nécessitant des soins importants. C'est la meilleure nouvelle que je puisse vous donner.

— Douze heures ? répétai-je.

Son visage devint lisse comme un masque.

— Tout dépend de l'état du patient.

— Elle va me reconnaître ?

— Ne vous attendez pas à beaucoup plus. (Il consulta à nouveau sa planchette.) Au fait : avez-vous des frères et sœurs ?

— Non.

— Je vous l'ai déjà dit, intervint immédiatement Nettie. Star n'a eu qu'un enfant : celui-là.

Le Dr. Barnhill hocha la tête et s'éclipsa. May avait disparu dans mon dos.

— Des frères et sœurs ?

— Zwick s'est emballée à cause de ce que ta mère balbutiait quand on est arrivés, et tu sais comme moi que si quelque chose est écrit, quelqu'un finit par le croire.

Je regardai par-dessus mon épaule. Tante May, appuyée sur sa canne, s'entretenait avec un jeune homme athlétique, à la courte barbe blonde et aux épais cheveux réunis en une petite queue de cheval.

— Hé, moi, je m'en fiche complètement, dit-il en reculant d'un pas.

J'écartai le rideau pour entrer dans l'alcôve. L'inconnue qui reposait parmi les machines clignotantes se changea aussitôt en une version frêle mais reconnaissable de Star Dunstan. Elle avait les joues distendues, cireuses. Des sacs pendus à des potences envoyaient un fluide clair courir dans les tuyaux pénétrant sous ses bandages, au bas de ses avant-bras. Une petite ampoule rouge luisante était fixée par du sparadrap à son index droit. Je lui pris la main et l'embrassai sur le front.

Ses yeux s'ouvrirent largement.

— *Eeeed.*

Le côté droit de sa bouche s'affaissa puis se mit à vibrer, telle de la cire s'amollissant et durcissant tour à tour. Elle tenta de se redresser, et sa main serra plus fort la mienne.

— *eeee... aiiimm...*

— Je t'aime aussi, dis-je.

Hochant la tête, elle se laissa retomber sur son oreiller.

De petits sons ne cessaient de retentir avec une stridence discrète, tout près de créer une ligne mélodique. La lumière qui se reflétait sur la couverture, les évolutions du traceur, les courbes sinueuses des tuyaux étaient plus présentes, pour moi, que mes propres sentiments. J'avais l'impression de me trouver moi aussi dans une sorte de coma, de ne bouger que grâce à un pilote automatique.

Ma main quitta la barre métallique du lit pour la joue de ma mère — molle, légèrement fraîche. Star rouvrit les yeux, et le côté de son visage qui fonctionnait toujours me sourit.

— Tu sais où tu es ?

— *Ooooo... pitl...*

— C'est ça. Je vais rester jusqu'à ce que tu ailles mieux.

Sa paupière droite retomba. Le côté gauche de sa bouche se mit à s'ouvrir et à se refermer en cadence. Elle tenta à nouveau de parler.

— *Ouuuur... oi... es... uuu... nuuu ?*

— J'ai eu l'impression que tu avais des problèmes.

Une larme naquit dans son œil droit et glissa le long de sa joue.

— *ooov... eeeed...*

— Ne t'en fais pas pour moi, dis-je — mais elle s'était rendormie.

17

Un politicien irlandais aux cheveux blancs, qui se présenta comme le Dr. Muldoon, le cardiologue désigné pour s'occuper de ma mère, qualifia son état de « délicat ». Avec sa voix confiante de baryton, soignée au whisky, on aurait dit qu'il nous conviait à une croisière. Peu après cette étape électorale, le type musclé à la queue de cheval qui avait discuté avec tante May pénétra dans l'alcôve, où je le suivis.

Il relevait les indications d'une machine qui n'aurait pas déparé le cockpit d'un 747. Lorsqu'il me vit, il se redressa, emplissant presque tout l'espace compris entre les appareils et le bord du lit. D'après l'insigne épinglé sur sa poitrine, il s'appelait Vincent Hardtke. Il ressemblait à un ex-footballeur de lycée buvant beaucoup de bière le week-end.

Je lui demandai depuis combien de temps il travaillait à Ste. Ann.

— Six ans. On a une excellente équipe, au cas où vous en douteriez. Les richards d'Ellendale vont à Lawndale, mais si je tombais malade, c'est ici que je viendrais. Et tout droit, encore. Hé ! Si c'était ma mère, je voudrais aussi être sûr qu'on s'occupe bien d'elle.

— Vous avez déjà vu des patients dans le même état. Comment est-ce qu'ils s'en sont sortis ?

— J'ai vu des gens plus mal en point s'en sortir très bien. Le cœur de votre maman bat à peu près régulièrement, maintenant. (Hardtke recula d'un pas.) La vieille dame avec la canne, c'est un sacré numéro...

Il écarta le rideau et sourit à tante May, qui le snoba avec une autorité de duchesse.

En fin de matinée, des visiteurs s'étaient rassemblés dans les passages séparant le poste des infirmières et les deux rangées d'alcôves. Pour me dégourdir les jambes, je fis deux fois le tour du poste, puis une remarque de Nettie me revint à l'esprit.

Ms. Zwick m'ignora jusqu'à ce que je me plante juste devant elle.

— Si vous estimez que mes affaires gênent, je serai ravi de les ranger où vous le jugerez bon, dis-je en désignant mon sac à dos et mon sac de voyage posés contre le mur.

Elle les avait oubliés.

— Eh bien, on n'est pas dans une soute à bagages, c'est vrai. (Un instant, elle envisagea de m'ordonner un déménagement au sous-sol, ou en quelque autre endroit tout aussi éloigné.) Mais vos affaires n'ont pas l'air de gêner qui que ce soit. Laissez-les donc là pour l'instant.

— Merci.

Je m'éloignai un peu puis fis demi-tour.

— Oui ?

— D'après le Dr. Barnhill, vous avez parlé à ma mère, ce matin.

L'irritation la gagnait ; une trace de rose envahit ses joues.

— Votre mère est arrivée pendant qu'on faisait subir les premiers examens aux patients. (Je hochai la tête.) Elle était désorientée, ce qui est normal après une attaque, mais quand elle a vu mon uniforme, elle m'a attrapée par le bras et elle a essayé de me dire quelque chose.

— Vous avez réussi à la faire parler ?

La colère intensifia la couleur de ses joues.

— Je ne l'ai pas fait parler, Mr. Dunstan. C'est elle qui voulait s'exprimer. Ensuite, je suis revenue ici et j'ai pris note. Si mon rapport au Dr. Barnhill déplaît à vos tantes, j'en suis désolée, mais je n'ai fait que mon travail. Les victimes d'apoplexie ont souvent des perceptions chaotiques.

— Je suis sûr qu'elle vous a été reconnaissante de votre attention, assurai-je.

L'essentiel du courroux de l'infirmière se vit provisoirement escamoté.

— Il est agréable d'avoir affaire à un homme bien élevé.

— Ma mère disait toujours : « Il n'y a aucune raison de ne pas se montrer aimable avec les gens. » (Ce n'était pas tout à fait vrai. En réalité, de temps en temps, elle disait : *On n'a jamais rien sans rien.*) Est-ce que vous pourriez me dire ce que vous avez rapporté au médecin ?

Ms. Zwick fronça les sourcils, les yeux fixés sur un tas de papiers.

— Au début, je n'ai rien compris à ce qu'elle racontait. Ensuite, on l'a transférée sur son lit, elle m'a attirée tout près d'elle, et elle a articulé : *« Ils ont volé mes bébés. »*

18

Aussi dignes qu'une paire de reines dans une main de poker, Nettie et May surveillaient leur royaume depuis des chaises empruntées d'autorité au poste des infirmières. D'une manière ou d'une autre, elles avaient appris les noms, qualités et états de santé de presque tous les pensionnaires des urgences.

Le numéro 3, Clyde Prentiss, qui souffrait d'une blessure par balle et d'une crise cardiaque, était un bon à rien ayant brisé le cœur de sa mère. Le 5, Mr. Temple, avait été beau comme un acteur de cinéma avant son accident du travail. Mrs. Helen Loome, la femme de ménage du 9, venait d'être opérée d'un cancer du côlon. On avait retiré un mètre vingt d'intestin au numéro 8, Mr. Bargeron, accordéoniste dans un orchestre de polka. Mr. Bargeron buvait au point de voir des fantômes voleter à travers son alcôve.

— C'est l'alcool qui quitte son organisme, dit Nettie. Ses fantômes s'appellent Jim Beam et Johnnie Walker.

— Mr. Temple ressemblera à un puzzle pour le reste de sa vie, ajouta May.

Le véritable sujet de leur conversation, ma mère, flottait sous la surface des ragots. Ce qu'elles considéraient comme son refus d'écouter leurs conseils les avait déçues et peinées. Si Nettie et May aimaient Star, elles ne pouvaient s'empêcher de songer qu'elle avait plus en commun avec l'accordéoniste ivrogne ou avec Clyde Prentiss qu'avec Mr. Temple.

Techniquement, toutes deux avaient cessé d'être des Dunstan en se mariant, mais leurs époux avaient été absorbés dans le cocon de Cherry Street au point qu'on les en aurait crus natifs. Quant à Queenie, son union avec Toby Kraft puis sa désertion pour la boutique de prêts sur gages de ce dernier avaient eu lieu tard dans sa vie et ne l'avaient que peu éloignée de ses sœurs.

— Est-ce que Toby Kraft est encore dans le coin ? demandai-je.

— Pour autant que je sache, les chiens ont toujours des puces, répliqua Nettie.

Tante May se hissa sur ses pieds à la manière d'un derrick rouillé. Ses yeux étincelaient.

— Pearl Gates a mis sa deuxième plus jolie robe. Tu sais que Pearlie appartient à la congrégation de Mount Hebron, avec Helen Loome : elle y est venue quand elle a quitté la Sainteté Galiléenne.

Sa sœur inclina la tête de côté.

— La robe qu'elle a teinte en vert purée de pois ? Celle qui la fait ressembler à une tortue ?

May trottina jusqu'à une femme bossue, postée devant l'alcôve 9. Je me tournai vers Nettie.

— Pearlie Gates ?

— Elle s'appelait Pearl Hooper avant d'épouser Mr. Gates. Dans ces cas-là, c'est l'homme qui devrait prendre le nom de la femme, au lieu de la ridiculiser. Quand on voit la fierté que ton oncle Clark tire de notre famille, je m'étonne qu'il ne se soit pas fait appeler Clark Dunstan, au lieu de me laisser devenir Mrs. Annette Rutledge.

— J'espère qu'oncle Clark va bien.

— Il sait toujours tout sur tout, comme d'habitude. Quelle heure est-il ?

— Pas tout à fait midi et demi.

— Il doit être en train d'explorer le parking pour trouver une bonne place. S'il n'en a pas une libre de chaque côté de la sienne, il a peur qu'on lui raye sa voiture. (Elle releva les yeux vers moi.) James est mort l'année dernière. Il s'est endormi devant la télévision, et il ne s'est jamais réveillé. Je ne t'avais pas annoncé la nouvelle ?

— Non, et je le regrette.

— J'ai dû croire que je t'avais appelé.

Pour la première fois, je posais sur les membres de ma famille un regard d'adulte. Nettie n'avait pas envisagé un seul instant de m'avertir du décès de James.

— Et voilà ton oncle Clark, juste à l'heure.

Le vieillard en ample chemise jaune qui contournait le guichet ne possédait qu'une vague ressemblance avec l'homme de mes souvenirs. Ses oreilles décollées saillaient à angle droit sur son crâne en forme de noix, comme celles de Dumbo. Au-dessus de ses paupières inférieures tombantes rose vif, l'ivoire des vieilles touches de piano luisait dans le blanc de ses yeux.

Oncle Clark s'arrêta devant sa femme à la manière d'une voiture de collection devant un monument historique.

— Comment va-t-elle ?

— Pareil, dit Nettie.

Il leva la tête pour m'inspecter.

— Si tu es le petit Ned, je suis le type qui a sauvé la vie de ta mère.

— Bonjour, oncle Clark, le saluai-je. Merci d'avoir appelé l'ambulance.

Me faisant signe de m'écarter, il franchit le rideau. Je le suivis dans le réduit. Il s'approcha du lit.

— Ton gars est là. Ça devrait t'aider à te remettre. (Il examina lumières et écrans.) Sans moi, tu serais encore par terre, dans la cuisine. (Il leva un doigt crochu vers un des moniteurs.) C'est son cœur, ça, tu sais ? On voit comment il bat. (J'acquiesçai.) Un coup en haut, un coup en bas, un coup en haut, et puis ensuite le grand, là... Tu vois ? C'est un cœur solide.

J'enveloppai de ma main celle de ma mère, dont le souffle changea de rythme, tandis que ses paupières frémissaient.

Clark me considéra avec un mélange familier d'acceptation conditionnelle et de soupçons tenaces.

— Il est l'heure de déjeuner, non ?

Les yeux soudain grands ouverts de Star se rivèrent dans les miens.

Mon oncle tapota le flanc de la malade.

— Remets-toi vite sur tes pieds, ma chérie.

Le rideau retomba derrière lui.

Ma mère, accrochée à ma main, souleva la tête de quelques centimètres au-dessus de l'oreiller et prononça mon nom avec une clarté absolue.

— *Il... fffau...*

Les machines émirent des croassements d'alarme.

— Il faut te reposer, maman.

Elle se propulsa en position assise. Ses doigts se refermèrent telles des menottes autour de mon biceps. Elle prit une énorme inspiration et, tandis qu'elle la relâchait, souffla :

— Ton père.

Une infirmière me poussa de côté pour poser une main sur la poitrine de Star, l'autre sur son front.

— Il faut vous détendre, Valérie, c'est un ordre. (Elle remonta les draps, se présenta sous le nom de June Cook, l'infirmière-chef des Soins intensifs, avant de serrer la main de ma mère entre les siennes.) Nous allons sortir, à présent, Valérie, alors reposez-vous.

— Elle s'appelle Star, dis-je.

La malade s'humecta les lèvres.

— *Rob. Ert*, articula-t-elle.

Ses yeux se fermèrent et elle s'endormit instantanément.

À l'extérieur, oncle Clark remontait d'un pas chancelant la rangée de rideaux sur ses souliers vernis noir et blanc, tels ceux de Cab Calloway.

— Où est-ce qu'il va ? demandai-je.

— Il est en retard pour déjeuner, m'informa Nettie. Ou plus sûrement, c'est le déjeuner qui est en retard pour lui.

Avant de partir, j'ôtai ma veste et la pliai dans mon sac de voyage, dont je refermai la fermeture à glissière.

19

Nettie posa son sac sur une table, dans la salle d'attente, et en sortit des sandwiches enveloppés dans du film étirable ainsi qu'une boîte Tupperware contenant de la salade de pommes de terre.

— Pas la peine de gâcher du bon argent à la cafétéria.

Clark se servit de salade dans son assiette, coupa un morceau de pomme de terre de la taille d'un moucheron et le porta à sa bouche.

— Quand es-tu arrivé, Ned ? Ça fait plusieurs jours ?

— Ce matin.

Il inclina la tête de côté.

— C'est vrai ? J'ai entendu parler d'une sacrée partie de poker.

May me lança un regard brillant, approbateur.

— Je ne joue pas au poker, affirmai-je avant de mordre dans un sandwich au rosbif.

— Quand as-tu entendu dire une chose pareille ? demanda Nettie à Clark.

— En relevant mes pièges.

— Hin-hin... (Elle se tourna vers moi.) Ce vieil idiot ne peut presque plus monter notre escalier, mais il n'a aucun problème pour marcher jusqu'à ses bars favoris. S'il manquait un jour, les autres le croiraient mort.

— Tu as gagné beaucoup d'argent, Neddie ? s'enquit tante May.

— Je n'ai rien gagné du tout, déclarai-je.

— C'était où, cette partie ?

Clark prit une minuscule bouchée de son sandwich.

— Au premier étage du Speedway Lounge. Là-bas, j'ai des amis qui me traitent comme une tête couronnée. Comme un roi.

— Des amis du genre de Piney Woods [1], ce clodo minable, je suppose.

Il parvint à embrocher une autre miette de pomme de terre sur sa fourchette.

— Piney est un brave type. Un de ces jours, fiston, j'espère avoir le plaisir de te présenter Piney Woods. Je le considère comme un homme du monde. (Il porta la miette à sa bouche.) En fait, c'est lui qui m'a raconté que tu avais gagné cet argent.

— Combien ? interrogea May. Vraiment beaucoup, dans les mille dollars, ou un peu beaucoup, plus près de cent.

1. Désigne une forêt de pins dans le sud des États-Unis. En outre, « Piney » et « Wooden » sont deux adjectifs s'employant pour désigner un acteur particulièrement inexpressif. *(N.d.T.)*

— Je n'ai rien gagné du tout, répétai-je. Je suis arrivé ce matin et je suis venu tout droit à l'hôpital.

— Joy m'a pourtant dit..., protesta-t-elle.

— Tu l'as entendu, coupa Clark. Joy ne voit plus très clair, ces derniers temps.

— Comment vont tante Joy et oncle Clarence ? demandai-je.

— Ils ne sortent plus beaucoup, répondit May.

Clark grignotait son sandwich.

— On peut dire ça, oui. Si j'ai un conseil à te donner, c'est de mourir jeune, avant de ne plus pouvoir profiter de la vie. (Il examina le contenu de mon assiette.) Un garçon pareil, on finirait par être obligé de vendre sa baraque pour le nourrir.

— Je serai ravi de participer aux courses et à la cuisine, toutes ces choses-là.

— C'est ton métier, maintenant, mon gars ? Cuisinier ?

— Je suis programmeur dans une société de logiciels de New York, l'informai-je. (Son expression m'apprit qu'il n'avait encore jamais entendu les mots *programmeur* et *logiciel*.) On fabrique des trucs qui disent aux ordinateurs ce qu'ils doivent faire.

— Travailler à l'usine permet d'éviter les ennuis, de toute façon. (Prenant une minuscule bouchée de sandwich, il reposa le reste dans son assiette. Il commençait à trouver son rythme de croisière.) Le problème, aujourd'hui, c'est que les jeunes ne font que traîner dans les rues. Moi, je dis que c'est la faute des parents. Trop égoïstes pour imposer à leurs enfants la discipline nécessaire. Et les gens de chez nous sont les pires de tous, c'est triste à dire.

Il aurait pu continuer ainsi pendant des heures.

— Parle-moi de ce matin, oncle Clark. Je ne sais toujours pas ce qui s'est passé.

Il s'appuya au dossier de sa chaise et me décerna son plus beau rictus.

— Carl Lewis n'aurait même pas eu le temps de

bouger que j'étais déjà en train de taper le deuxième 1 de 911. Je lui ai sauvé la vie, à la gamine.

— On a sonné à la porte vers six heures, ce matin, enchaîna Nettie. À cette heure-là, je suis levée, à cause de mes insomnies. *C'est Star,* je me suis dit. *La pauvre fille a besoin du soutien aimant de sa famille.* L'inquiétude commençait à me tordre les tripes.

— Le sang des Dunstan, ponctua Clark en m'adressant un signe de tête.

— Dès que j'ai ouvert, Neddie, ta mère s'est écroulée dans mes bras. Je n'aurais jamais cru lui voir un jour si mauvaise mine. Star a toujours été très très jolie, et elle devrait l'être encore, malgré la manière dont elle s'est négligée.

— Un peu de poids ne nuit jamais à une silhouette de femme, intervint Clark.

— Ce n'était pas les kilos qu'elle avait pris, ni les cheveux blancs. Elle avait peur. « Tu es inquiète, ça se voit comme le nez au milieu de la figure », j'ai dit. La pauvre a répondu qu'il fallait qu'elle dorme avant de discuter. « D'accord, ma chérie », j'ai dit. « Repose-toi sur le canapé pendant que je fais ton ancien lit et que je prépare le petit déjeuner pour quand tu en auras envie. » Elle m'a demandé de prendre son carnet d'adresses dans son sac et de t'appeler à New York. Bien sûr, j'avais déjà ton numéro dans ma cuisine.

« J'avais l'impression que tu étais déjà en route, Neddie, mais je ne savais pas si tu étais loin ! Après, j'ai fait du café et je suis montée mettre des draps propres dans le lit. Quand je suis redescendue, elle n'était plus sur le canapé. Je suis allée à la cuisine. Pas de Star. D'un seul coup, j'ai entendu la porte d'entrée s'ouvrir et se refermer, je me suis précipitée, et je l'ai vue qui retournait s'allonger. Elle m'a raconté qu'elle avait eu un vertige et qu'elle avait voulu prendre l'air. (Nettie secoua la tête pour marquer son incrédulité avec emphase) Je ne l'ai pas crue, et je suis désolée de devoir le dire devant son propre fils, mais je ne la crois toujours pas. Elle cherchait quelqu'un. Ou alors, elle avait vu arriver quelqu'un.

— D'après Joy..., commença May.

Nettie lui imposa silence d'un regard avant de se retourner vers moi.

— Je l'ai interrogée : « Qu'est-ce qui se passe, ma chérie ? Tu sais que tu peux tout me dire. » Et elle a répondu : « Tante Nettie, j'ai peur qu'il n'arrive quelque chose de mal. » Ensuite, elle m'a demandé si je t'avais appelé. « Ton gars est en route », j'ai dit. Alors elle a fermé les yeux et elle s'est endormie. Je suis restée près d'elle un moment, et puis je suis retournée à la cuisine.

Sentant une ouverture, Clark se pencha en avant.

— Moi, je descends et je vois une bonne femme allongée sur mon canapé. Qu'est-ce que c'est que ça, nom d'un chien ? je me demande. Alors, je m'approche lentement, souplement, et je me penche pour la regarder mieux. « Salut, Clark », qu'elle me fait. Et aussi sec, elle repart dans les vapes.

— May est arrivée, et je nous ai préparé à tous un bon petit déjeuner. Au bout d'un moment, Star est entrée, avec un gentil sourire. Elle a dit à Clark : « Il m'avait bien semblé voir ton beau visage, oncle Clark, seulement j'ai cru que je rêvais. » Elle s'est assise avec nous, mais elle n'a rien voulu manger.

— Ces deux-là l'ont fait pour elle, intervint mon grand-oncle. Elles bouffent comme des cultivateurs de tabac.

— Pas moi, se défendit May. J'ai déjà du mal à manger assez pour rester en vie.

— Elle avait l'air mieux mais elle n'avait pas l'air *bien*. La peau un peu grise, les yeux ternes. Le pire, c'était qu'elle soit visiblement terrifiée.

— Cette fille-là n'a jamais eu peur de rien, affirma Clark. Elle savait qu'elle était malade, voilà ce que tu as vu.

— Elle savait qu'elle était malade, mais elle avait peur pour Neddie.

— Pour moi ? m'étonnai-je.

— Exact, approuva May.

— Clark a entendu aussi, mais il n'a pas fait attention, parce que ça ne concernait pas son beau visage.

— Qu'est-ce qu'elle a dit ?

Il me semblait que ma mère m'avait déjà donné un indice à ce sujet.

— « Une chose terrible risque d'arriver à mon fils, et il faut que je l'empêche. » C'est ça qu'elle a dit.

— Je ne suis pas sourd, lança Clark.

20

Quelques minutes plus tard, je profitai d'un bref instant de silence, fort peu caractéristique, pour demander si Star avait précisé d'une manière ou d'une autre la terrible chose dont elle voulait me protéger.

— C'était très vague, dit Nettie. Je ne crois pas qu'elle aurait réussi à s'expliquer.

— Elle a voulu savoir comment je m'en sortais sans James, intervint May. Tu sais qu'elle est venue à son enterrement. (Un regard noir me rappela que moi, je ne m'y étais pas rendu.) Elle n'avait pas l'air aussi rigolote et pleine de vie que d'habitude. Je me rappelle qu'elle a demandé à Nettie de contacter certaines de ses anciennes copines. Ensuite, elle s'est avancée vers le plan de travail, elle a laissé échapper un petit bruit *surpris,* et c'est là qu'elle s'est étalée. Je te jure, j'ai bien cru qu'elle nous faussait compagnie. Alors, Clark s'est rué comme un éclair sur le téléphone.

— Superman n'aurait pas fait mieux, appuya l'intéressé.

Je pris une longue inspiration avant de lâcher la question qui me brûlait les lèvres :

— Ça va vous paraître bizarre, mais est-ce qu'elle aurait dit quoi que ce soit au sujet de mon père ? (May et Nettie me contemplèrent avec de grands yeux ; la bouche de Clark s'affaissa, ce qui le fit momentanément paraître idiot.) Je crois qu'elle veut que je sache qui c'est. (Une idée irrésistible prenait son essor en moi. J'avançai un peu ma chaise vers la table.) Elle voulait que j'arrive ici avant qu'il ne soit trop tard, pour que je ne passe pas le reste de ma vie à me poser des questions.

Mon grand-oncle semblait interloqué.

— Pourquoi diable te poserais-tu des questions à ce sujet ?

— Star n'a pas dit un mot sur ton père depuis le jour de ta naissance, affirma Nettie.

— Elle a peut-être sans arrêt reculé le moment d'en parler, jusqu'à réaliser qu'elle n'avait plus beaucoup de temps.

Les tantes échangèrent un coup d'œil que je fus incapable d'interpréter.

— Vous avez dû penser qu'elle apportait la honte dans la famille. Vous l'avez recueillie, vous m'avez donné un toit, et je vous suis très reconnaissant de tout ce que vous avez fait, tante Nettie, tante May, mais moi, je n'ai pas honte que Star n'ait pas été mariée quand elle m'a eu.

— Mais de quoi est-ce que tu parles ? demanda Clark.

— Star n'a jamais apporté la moindre honte dans la famille, ajouta Nettie.

— À l'époque, vous vous êtes sans doute dit qu'il valait mieux ne pas révéler...

Ma phrase mourut devant leur totale incompréhension. May me fixait en plissant les yeux, comme si elle m'avait vu flou.

— Star était mariée quand elle t'a eu, Neddie.

— Mais non, objectai-je. C'est bien pour ça que...

— Elle l'était, insista Nettie. Elle s'est enfuie, ça, tu le sais, et quand elle est revenue, environ une semaine avant d'accoucher, elle était mariée. Son mari l'avait quittée, mais j'ai vu les papiers.

Tous les trois me regardaient avec des degrés divers de désapprobation, voire d'indignation.

— Comment se fait-il qu'elle ne me l'ait jamais dit ?

— Les femmes n'ont pas à dire à leurs enfants qu'ils sont nés du bon côté de la couverture.

Une myriade de sensations étranges, tels les flamboiements de minuscules feux d'artifice, étincelaient dans ma poitrine.

— Pourquoi m'a-t-elle donné son nom, plutôt que celui de mon père ?

— Tu étais plus un Dunstan que quoi que ce soit d'autre. Son nom à lui ne comptait pas.

— Vous avez toujours les papiers ?

— Ils doivent être perdus depuis longtemps.

J'approuvai en silence. En dehors de son permis de conduire, ma mère adoptait envers les papiers officiels une désinvolture qui dépassait nettement la négligence.

— Attendez que je comprenne bien, repris-je. Elle s'est enfuie avec un homme que vous ne connaissiez pas, elle l'a épousé et elle a eu un enfant de lui. Le type l'a abandonnée peu de temps avant la naissance.

— C'est à peu près ça, acquiesça Nettie.

— Qu'est-ce que j'ai raté ?

Elle plissa les lèvres et croisa les mains sur les genoux. Soit elle rassemblait ses souvenirs, soit elle retravaillait l'histoire pour la rendre présentable.

— Le père a disparu deux mois après qu'elle a appris qu'elle était enceinte, à ce qu'elle m'a dit. Elle aurait pu revenir ici, mais elle a acheté un billet pour... quelque part. Je ne me rappelle plus le nom du patelin, mais elle y avait une ancienne camarade de classe. Star n'habitait plus chez moi quand elle a quitté la ville.

Elle vivait avec une bande de l'Albertus, à faire Dieu sait quoi.

Les deux femmes se levèrent. Je les imitai.

— Elle ne voulait pas qu'on appelle ses copines ?

Nettie fourra le bocal de cornichons dans son sac.

— La plupart de ces filles ne savaient pas se tenir dans une maison honnête. Par ailleurs, elles ont dû déménager, depuis le temps.

— Elle pensait sans doute à quelqu'un en particulier.

— Si tu as du temps à perdre, voilà son calepin.

Fouillant dans son sac, elle en sortit un carnet usé, relié de cuir noir, semblable à un agenda de poche.

À la porte de la salle d'attente, Clark couvait d'un regard irrité May, qui peinait pour récupérer sa canne pendue à sa chaise. Comme Nettie s'éloignait avec hauteur, je m'agenouillai, décrochai l'objet et le posai dans la main tendue de ma grand-tante.

— Que t'a dit Joy, ce matin, tante May ?

— Oh, je croyais qu'on avait réglé cette question-là. Elle s'est trompée.

— À propos de quoi ?

— Je lui ai dit : « Joy, tu ne devineras jamais : Star est chez Nettie », et elle m'a répondu : « Je l'ai vue de mes propres yeux, devant la maison, en train de causer avec son gars. C'est un très beau jeune homme. »

— Ça prouve bien que ce n'était pas moi, dis-je.

— Pas du tout, mais il y a autre chose qui le prouve. Si Star t'avait vu devant la maison, elle n'aurait pas demandé à Nettie de t'appeler au téléphone.

21

Le carnet d'adresses de Star constituait un palimpseste de ses déplacements et de ceux de ses connaissances au cours de ce qui m'apparut comme un grand nombre d'années. Debout près des cabines téléphoniques du rez-de-chaussée, je feuilletai ce véritable capharnaüm en cherchant l'indicatif d'Edgerton. Je relevai trois noms, dont un qui jouissait d'une très mauvaise presse auprès de Nettie et de May.

Je commençai par ce numéro-là.

— Prêts sur gages, annonça une voix cassante. (Quand je prononçai son nom, l'homme déclara :) Vous vous attendiez à qui ? À Harry Truman ? (L'impression que Nettie et May avaient raison de mépriser l'époux de feu leur sœur s'évanouit dès que je me fus expliqué.) C'est une nouvelle terrible, Ned. Comment va-t-elle ?

Je lui appris ce que je savais.

— Écoute, dit Toby Kraft. Là, je suis en train de traiter un gros marché immobilier avec des gens venus de loin, parce que je veux étendre mes affaires, mais je te rejoins aussi vite que je peux. J'ai envie de te voir, toi aussi, gamin, ça fait un sacré bail.

— Attends, Toby, lançai-je avant qu'il ne raccroche. Star voulait qu'on appelle ses anciennes copines et je me demande si tu connais ces deux-là qui sont dans son carnet d'adresses.

— Dépêche-toi.

Je lâchai le premier nom des habitantes d'Edgerton.

— Rachel Milton ?

— Laisse tomber. Autrefois, elle s'appelait Rachel Newborn. Elle allait à l'Albertus. Chouettes nichons. Rachel était très bien jusqu'à ce qu'elle épouse cet enculé de Grennie Milton et qu'elle s'installe à Ellendale. (Il ajouta quelque chose que je ne compris pas car il avait masqué le combiné avec la main.) Il faut que j'y aille, fils.

— Juste une, encore. Suki Teeter.

— Ouais, Suki, appelle-la. Question picole, c'était la championne. Elle et ta mère, elles s'aimaient bien. Salut.

Le téléphone de l'ancienne championne de la picole sonna six fois sans qu'intervienne un répondeur, puis trois de plus. Je m'apprêtais à abandonner quand, à la dixième sonnerie, on décrocha. Suki Teeter, pas plus que Toby Kraft, ne donnait dans les introductions conventionnelles.

— Si c'est du fric que vous voulez, pas de bol : vous vous êtes trompé de numéro.

La légèreté sous-jacente de sa voix tournait en dérision le temps qu'elle avait mis à répondre, son correspondant inconnu, sa situation financière et quiconque manquerait assez d'humour pour se vexer.

Je lui appris qui j'étais.

— Ned Dunstan ! Je n'arrive pas à y croire. Où es-tu ? En ville ? C'est Star qui t'a donné mon numéro ?

— D'une certaine manière, acquiesçai-je. Je suis à l'hôpital Ste. Ann.

— Star est à l'hôpital ?

J'expliquai ce qui s'était produit le matin même.

— Avant son attaque, elle a demandé qu'on prévienne ses amies en cas d'urgence. Ça vous dirait de venir ? Peut-être que ça lui ferait du bien. (Sans prévenir, le chagrin enfonça mes défenses et se resserra autour de ma poitrine.) Désolé. Je ne voulais pas vous imposer une chose pareille.

— Tu peux pleurer, ça ne me dérange pas, dit Suki. Elle est consciente ?

La question m'aida à me maîtriser.

— Quand elle ne dort pas, oui.

— J'arrive dès que je suis présentable. Qui as-tu appelé d'autre ?

— Toby Kraft. Et il me reste encore un nom. Rachel Milton.

— Vraiment ? Ça me surprend. Mais il se peut qu'elles soient restées copines, finalement, je n'en sais rien. Ce qui est sûr, c'est que Rachel a lâché tout le monde, sinon. Ned ? J'espère qu'on pourra passer un peu de temps ensemble.

La femme qui me répondit chez les Milton m'annonça d'une voix tout sucre et tout miel qu'elle allait informer Mrs. Rachel de mon appel et me demanda mon nom. Je le donnai, ajoutant que j'étais le fils d'une vieille amie. Ensuite, ce fut le silence pendant deux minutes. Quand Rachel Milton prit enfin le combiné, elle semblait nerveuse, impatiente et ennuyée.

— Excusez-moi de vous avoir fait attendre, je vous en prie. Lulu a couru dans toute la maison pour me trouver, alors qu'elle n'avait qu'à se servir de l'interphone. (J'étais presque certain qu'elle avait passé les deux minutes à se demander si elle devait ou non me répondre.) Y a-t-il quelque chose d'important ?

Une fois que je lui eus donné des explications, elle fit claquer sa langue contre ses dents. J'imaginais les rouages qui évoluaient sous son crâne.

— J'espère que vous n'allez pas me juger mal : je ne peux pas venir aujourd'hui. Dans cinq minutes, je dois me rendre au Comité du Sesquicentenaire. Mais je vous en prie, donnez mon bon souvenir à votre mère. Dites-lui que je passerai la voir dès que possible. (Le souci de ne pas se montrer inutilement brutale la conduisit à ajouter :) Merci d'avoir appelé. J'espère que Star se remettra vite. Au rythme où je vis, je vais sans doute finir à l'hôpital, moi aussi.

— Je pourrais vous réserver une chambre à Ste. Ann, dis-je.

— Grenville, mon mari, me tuerait. Il fait partie du conseil d'administration de l'hôpital Lawndale. Je voudrais que vous l'entendiez vitupérer les subventions fédérales attribuées à Ste. Ann. À l'entendre, on croirait ses concurrents assez riches pour ressusciter Toutankhamon.

Une fois que Rachel Milton eut raccroché, je longeai la vitrine de la boutique de cadeaux, les mains dans les poches. Quelques hommes et femmes en robe de chambre occupaient des bancs rembourrés sur le côté de l'immense hall gris, et une demi-douzaine de personnes faisaient la queue à la réception.

Un petit garçon blond aux yeux bleus joyeux me regardait approcher depuis une poussette. L'image d'un dinosaure rose s'étalait sur son T-shirt. Les bébés et les enfants en bas âge me font complètement craquer. Je n'y peux rien. J'adore le moment où ils plongent en moi et découvrent un esprit cousin. J'agitai les doigts, prenant une expression stupide qui m'avait déjà valu de francs succès auprès de la gent enfantine. Le garçon poussa un gloussement ravi et se mit à crier : « Bill ! Bill ! », en tentant de se propulser hors de la poussette. La femme de haute taille, à l'air résolu, qui l'accompagnait, baissa les yeux vers lui, les releva sur moi puis les rabaissa à nouveau.

— Ce n'est pas Bill, mon chéri, dit-elle.

Ma première impression fut qu'elle ressemblait à une présentatrice télé locale, limogée avant que ne soit reconnue l'intelligence qui émanait de sa personne étonnante — et même étonnamment belle. Beauté et intelligence, en elle, étaient inséparables ; ma seconde impression, tandis que, sous ses agiles yeux fauves, je souriais des efforts de son fils pour échapper à la poussette et se ruer vers moi, fut que, si elle devait absolument évoquer quelque chose, c'était une panthère blonde particulièrement consciente d'elle-même.

J'aurais sans doute rougi — mon admiration était à ce point sincère — si elle ne m'avait presque délibérément soulagé en s'occupant de l'enfant, ce qui m'accorda l'espace psychique nécessaire pour assimiler la perfection avec laquelle ses cheveux châtain clair étaient coupés afin de tomber tel un voile devant son visage, la simplicité trompeuse de son chemisier en soie bleue et de sa jupe en toile blanche. À faire ainsi la queue au bureau d'information, parmi une douzaine d'Edgertoniens informes en short et T-shirt, elle paraissait déraisonnablement déplacée. Elle me sourit, et je constatai à nouveau qu'une bonne moitié de sa beauté lisse, semblable à un bouclier, venait de l'intelligence qui imprégnait ses traits.

— C'est un très beau petit garçon, dis-je, incapable d'éviter le mot.

Le beau petit garçon en question s'efforçait de passer les pieds par les sangles de sa poussette, perdant dans l'entreprise un chausson bleu muni d'une attache Velcro.

— Merci, répondit-elle. Ce monsieur est très gentil, Cobbie, mais ce n'est pas Bill.

Je posai les mains sur les genoux. L'enfant pivota pour me fixer. L'embarras assombrit son visage, qui ne tarda cependant pas à s'éclairer de nouveau. Il gloussa de rire.

— Ah ! la file commence enfin à avancer, remarqua sa mère.

Je me redressai et fis au revoir de la main. Cobbie agita frénétiquement le bras en réponse, tandis que la jeune femme me lançait droit dans les yeux un regard qui me réchauffa durant toute ma traversée du hall et dont l'effet persista dehors, au soleil. Derrière le muret de pierre qui entourait le parking, le terrain s'abaissait jusqu'à la rive du Mississippi aux eaux lentes, gris-brun. Je songeai soudain que le fleuve rampait le long du flanc ouest de la ville à la manière de quelque secret honteux, et me demandai si mes grand-tantes connaissaient des anecdotes de l'époque où Edgerton ne vivait que de lui. Ensuite, bêtement, je me demandai si je reverrais la femme croisée dans le hall. Et ce qui pourrait se passer si je la revoyais ? Elle avait un enfant, donc un mari. Pour moi, elle ne représentait qu'une distraction inespérée à mes craintes en ce qui concernait ma mère. M'être rappelé que de tels gens existaient bel et bien me suffisait amplement.

22

En prévision des nuits qui m'attendaient, je plongeai dans la boutique de cadeaux et choisis un ou deux romans policiers en édition de poche. La bénévole aux cheveux blancs qui tenait la caisse chercha longuement les prix sur les couvertures puis les tapa d'un doigt paresseux.

— Tu n'es pas Bill, lança une voix enfantine derrière moi, avant que ne retentisse un petit éclat de rire.

Je me retournai pour découvrir une paire d'yeux bleus rieurs familiers. L'enfant tenait un chausson d'une main et un ours en peluche neuf de l'autre.

— Ah non ?

Je souris à sa mère, dont la beauté me faisait plus que jamais l'effet d'un bouclier, derrière lequel elle tirait en privé ses conclusions quant aux réactions qu'elle provoquait.

— Comme on se retrouve, dit-elle.

— Vu la manière dont est conçu cet hôpital, on finit tôt ou tard par voir tout le monde au moins deux fois.

— Est-ce que vous sauriez où est le Service des Soins intensifs ? C'est la première fois que je viens ici.

— Deuxième étage, dis-je. Suivez-moi.

L'employée me compta ma monnaie et glissa les livres dans un sac. Je m'écartai pour laisser la place à la mère du petit garçon.

— Combien valent les ours en peluche ?

La caissière fixa l'enfant. Hilare, il lui rendit son regard.

— Les patients des urgences ne peuvent recevoir ni cadeaux ni fleurs.

— C'est pour lui. (La jeune femme fouilla dans son sac.) Parce qu'il a été sage. À moins que ce ne soit une tentative de corruption, je ne sais pas trop. Notre baby-sitter, par ailleurs tout à fait adorable, nous a abandonnés, cette après-midi.

Le petit garçon tendit le doigt vers moi en chantonnant :

— Tu n'es pas... pas... pas... pas... Bill !

— Si, je suis Bill.

Serrant chausson et ours contre sa poitrine, il rugit de rire. Ah, l'appréciation du public ! Je tentai de me rappeler son nom mais en fus incapable.

— Bill, il conduit une tondeuse à gazon ! reprit-il, le regard rivé dans le mien.

— Non, c'est toi qui conduis une tondeuse à gazon, dis-je, la contradiction étant le premier principe de l'humour quand on a quatre ans.

Sa mère et moi quittâmes la boutique pour nous diriger vers les ascenseurs.

— Votre nouveau meilleur ami est mon fils, Cobbie. Je m'appelle Laurie Hatch. Ma femme de ménage a été opérée hier, et je passais lui dire bonjour. Vous aussi, vous venez voir quelqu'un aux Soins intensifs ?

— Ma mère. (Arrivé devant la rangée de portes closes, j'appuyai sur un bouton d'appel.) Ned Dunstan. Bonjour.

— Bonjour, Ned Dunstan, renvoya-t-elle avec une ironie légère, avant de me couver d'un regard plus pensif, presque impersonnel. J'ai déjà entendu ce nom-là. Vous habitez ici ?

— Non, à New York, répondis-je en contemplant les chiffres lumineux au-dessus des portes.

— J'espère que votre maman va bien s'en tirer.

Les yeux de Cobbie passaient de sa mère à moi.

— Elle a eu une attaque d'apoplexie, dis-je. (Laurie et moi contemplâmes un moment la lueur jaune du bouton d'appel.) Votre femme de ménage doit être Mrs. Loome.

Elle eut un sourire stupéfié.

— Vous la connaissez ?

— Moi, non, mais mes tantes, oui.

Tandis que nous discutions, des gens venus du hall nous avaient rejoints, petit à petit. Tout le monde regarda le chiffre qui surmontait l'ascenseur de gauche passer de 2 à 1. Lorsqu'il marqua 0, le groupe se déporta de côté. Les portes s'ouvrirent sur une foule compressée qui se déversa de la cabine, pendant que celle qui attendait se portait en avant. Laurie Hatch recula, entraînant la poussette.

— Comment tu t'appelles ? demanda Cobbie.

— Ned.

L'indicateur de l'ascenseur de droite descendit à 1, puis à 0.

Les portes de la première cabine se refermèrent. Une ou deux secondes plus tard, celles de l'autre s'ouvrirent, révélant un chariot poussé par un employé. Il jeta un long regard à Laurie, un coup d'œil à Cobbie, puis me gratifia d'une mimique pleine de sous-entendus lorsque je les suivis à l'intérieur.

— Pas de conclusion hâtive, dis-je.

— Je n'ai pas conclu, donc, pour l'instant, je ne suis pas hâtif, répliqua-t-il, ce qui nous fit rire tous les deux.

L'enfant brandit son ours en peluche.

— Il s'appelle Ned. C'est un ours qui s'appelle Ned.

— Oh ! Cobbie, soupira sa mère, tout en s'accroupissant pour remettre le chausson autour du petit pied.

L'intéressé se pencha au-dessus des sangles de la poussette et entonna de sa voix la plus profonde :

— *J'ai pas conclu, danc, pou' l'instant, je suis pas hâtif.*

La cabine s'immobilisa et les portes coulissèrent. Laurie me regarda, gênée.

— Je ne sais pas d'où ça lui vient. (Engageant la poussette dans le couloir, elle prit la mauvaise direction. Je lui désignai le Service des Soins intensifs.) Il entend les choses et il les répète, c'est tout.

Je baissai les yeux vers Cobbie, qui me fixait avec une expression de gravité adulte plutôt comique.

— *DANC, pou' l'instant, j'suis pas HÂTIF !* gronda-t-il.

— On a dû lui greffer des pièces de magnétophone.

— Il a une excellente oreille, remarquai-je, souriant. S'il ne réussit pas à être comédien, il pourra toujours devenir musicien.

— Son père en ferait un infarctus. (Elle me surprit par un regard si chargé de ressentiment qu'il me fit l'effet d'un fer rouge.) Nous sommes séparés.

Nous baissâmes tous deux les yeux. Cobbie, l'ours en peluche tout près de la bouche, lui chuchotait que, pour l'instant, il n'était pas hâtif.

— Il lui déplairait même de savoir que j'ai emmené Cobbie à Ste. Ann.

— Votre mari a quelque chose contre Ste. Ann ?

— Stewart fait partie du conseil d'administration de l'hôpital Lawndale. Il croit qu'on peut attraper un virus rien qu'en regardant Ste. Ann.

— Il doit connaître Grenville Milton, dis-je.

Elle s'immobilisa et me considéra avec un étonnement dubitatif.

— Ne me dites pas que vous, vous connaissez Grennie Milton ? (Sa voix s'adoucit immédiatement, gênée.) Encore qu'il n'y a aucune raison pour que vous ne le connaissiez pas, à part qu'il ne va jamais nulle part, sauf à l'University Club et au Madrigal.

— Il n'y a pas de mal. Sa femme est une ancienne amie de ma mère. Il y a environ cinq minutes, je l'ai appelée pour lui apprendre la nouvelle, et elle m'a informé que son mari appartenait au conseil d'administration de Lawndale.

— Rachel Milton était une amie de votre mère ? Est-ce que je risque de la croiser dans les cinq minutes qui viennent ?

— Vous ne risquez rien du tout, dis-je.

— Tant mieux. Quoi qu'il en soit, voilà les Soins intensifs, droit devant.

Je fis pivoter une des grandes portes vitrées pour laisser passer ma compagne. Miss Zwick, à son poste, leva les yeux, prête à livrer bataille. Une pancarte que j'avais jusque-là ignorée, sous la vitre de son guichet, m'apprit pourquoi.

— Oh, oh ! lâchai-je. Léger changement de programme.

Je désignai la note : ACCÈS INTERDIT AUX ENFANTS.

— Oh, non ! soupira Laurie. Vacherie. Ils n'acceptent pas les enfants, ici, Cobbie. Tu vas être obligé de m'attendre. Je n'en ai que pour une ou deux minutes, c'est promis. (Son fils la considéra avec un début d'inquiétude.) Je vais te mettre devant la vitre ; comme ça, tu ne me perdras pas des yeux.

— Je vais rester avec lui, dis-je. Ce n'est pas un problème.

— Je ne peux pas accepter.

— Je veux rester avec Ned et Ned, annonça Cobbie. Avec ce Ned-ci et avec ce Ned-là.

— D'abord, vous me servez de guide ; ensuite, vous supportez mes jérémiades, et maintenant, vous jouez la baby-sitter.

Nettie, qui sortait d'un bon pas, s'immobilisa, la main sur la porte.

— Est-ce que j'aurais choisi le mauvais moment pour aller aux toilettes ?

— Ne dis pas de bêtises, tante Nettie. Je te présente Mrs. Hatch, qui vient rendre visite à Mrs. Loome. Nous nous sommes rencontrés en bas, et je lui proposais de rester avec son fils pendant qu'elle entrerait. Laurie, voici ma tante, Mrs. Rutledge.

Je ne pus retenir un sourire. Être obligé de m'expliquer était absurde.

— Bonjour, Mrs. Rutledge. (Laurie maîtrisait mieux que moi son sens du ridicule.) Si votre neveu ne m'avait pas guidée, je n'aurais jamais trouvé mon chemin.

Cobbie choisit ce moment pour hurler :

— J'ai pas conclu, DANC, pou' l'instant, j'suis pas HÂTIF !

On aurait presque dit Kingfish [1], dans le vieux feuilleton Amos " n " Andy.

Sa mère gémit quelque chose qui devait être « Oh, Cobbie ».

Nettie transféra son indignation sur le petit garçon mais s'apaisa presque instantanément.

— De la bouche des enfants... Comment tu t'appelles, mon petit ?

— COBDEN CARPENTIER HATCH ! hurla Cobbie, avant de tomber en arrière dans la poussette, en pouffant.

— Voilà un nom très impressionnant. (Magistrale, Nettie se tourna vers Laurie.) Je suis sûre que votre visite va faire plaisir à Mrs. Loome.

Souriant de l'allusion, Laurie tapota la tête de son fils et nous abandonna.

— Mrs. Hatch doit avoir du cœur.

C'était la manière de Nettie de présenter ses excuses. Après avoir souri à Cobbie, elle s'éloigna.

À travers la vitre, je vis Laurie Hatch approcher de l'alcôve occupée par sa femme de ménage et tante May clopiner vers le poste des infirmières. Je m'accroupis près de la poussette. Les dinosaures étaient les animaux favoris de Cobbie, et le *tyrannosaurus rex* celui qu'il préférait entre tous. Nettie réapparut, rentra aux Soins intensifs. May inspecta le poste avec attention, se pencha par-dessus le guichet et rafla une agrafeuse sur un bureau. Elle la fourra dans son sac.

— Mon Dieu ! lâchai-je en réalisant ce qu'avait vu Vince Hardtke.

1. Personnage à la voix basse et profonde, s'exprimant avec l'accent et les expressions typiques des Noirs des classes populaires. *(N.d.T.)*

— Mân Dieu ! chantonna Cobbie. Mân Dieu, ma maman revient.

Tante May, continuant de longer le guichet, délesta un autre bureau d'un bloc de papier et d'un crayon.

Laurie franchit les portes.

— Vous vous êtes bien amusés en mon absence ?

— Comment va Mrs. Loome ?

— Elle se remet bien, mais elle est encore dans les vapes. Je reviendrai quand elle sera sortie des Soins intensifs. (Ses yeux étincelèrent ; elle eut un petit rire.) Votre tante vous a donné l'impression d'être revenu au lycée, non ?

Ma réponse, quelle qu'elle fût, disparut dans un soudain tourbillon de sensations. Un corps de femme se pressait contre le mien. Des cheveux glissaient sur mon visage, des dents mordillaient la base de mon cou. Une odeur de transpiration et de parfum envahissait mes narines. Le sourire de Laurie disparut. Mes mains, pendant à mes côtés, malaxaient les fesses de celle qui me chevauchait. Un sein offrit son mamelon à ma bouche. Ma langue le lécha. Ma partenaire se mit à onduler des hanches, et moi à me mouvoir en elle, d'avant en arrière.

— Ça ne va pas, Ned ?

Je voulus parler.

— Je ne suis pas...

Je me pressai les mains sur le visage. Comme la femme lovée contre moi se changeait en fumée, je les rabaissai.

— Désolé. (Je me raclai la gorge.) Si, ça va. (M'essuyant le front de mon mouchoir, j'adressai à Laurie ce que j'espérais être un regard rassurant.) Je crois que je n'ai pas assez dormi la nuit dernière.

— Je ne veux pas m'en aller si vous êtes malade.

J'avais un besoin désespéré de solitude.

— Ça va mieux, insistai-je. Je vous assure.

J'allai à la porte extérieure et la lui ouvris. Laurie se posta derrière la poussette, toujours perplexe, et j'eus l'impression qu'elle tendait vers moi des pseudopodes de conscience. Je me rappelle avoir songé qu'elle ressemblait à une grande panthère dorée, lustrée.

— La tête que vous avez faite... On aurait dit que vous étiez en train de manger la crème glacée la plus délicieuse du monde mais qu'elle vous donnait un mal de tête affreux. Plaisir et douleur.

— Pas étonnant que vous m'ayez cru malade.

23

D'accord, j'étais à bout de nerfs. À un moment où penser à autre chose qu'à l'épreuve de Star me culpabilisait, une jolie inconnue du nom de Laurie Hatch avait manœuvré mes interrupteurs sans le vouloir et j'avais pété les plombs pendant dix secondes. D'un autre côté, peut-être approchais-je d'une nouvelle dépression bizarre. J'écoutais — parfois sans l'entendre — le Dr. Barnhill me faire son rapport, très professionnel. Par-dessus sa tête de martien, j'assistai à l'entrée d'une femme qui aurait été parfaitement à sa place au coin de la Dixième Rue et de la Deuxième Avenue. La vue de ses cheveux brun-roux en broussaille, encadrant le malicieux visage lunaire qui flottait au-dessus d'une tunique opalescente boutonnée de la taille au cou et d'un ample pantalon noir, me soulagea avant même que je ne réalise de qui il s'agissait. Suki Teeter ressemblait à une maharanée en visite officielle. Tandis que le Dr. Barnhill remontait vivement l'allée, la maharanée s'avança d'une allure qui suggérait en fond sonore le tintement d'innombrables clochettes.

Nettie et May virèrent de bord tels de majestueux paquebots pour se diriger vers le rideau.

— Vous devez être Suki Teeter, dis-je en tendant la main.

— Je t'en prie, mon chéri. (Elle me serra dans ses bras. Ses cheveux dégageaient un léger parfum de peppermint et de bois de santal, fort agréable.) J'aurais voulu être là plus tôt, mais il a quasiment fallu que je récite le discours de Gettysburg pour sortir ma voiture de chez le garagiste ! (Elle recula d'un pas.) Ça me fait tellement plaisir que tu m'aies appelée. Et tu es un peu... c'est incroyable... Seigneur ! Tu es une vraie merveille, voilà ce que tu es !

— Vous êtes une merveille, vous aussi.

L'éclat du visage bienveillant de Suki s'intensifia. Ses yeux écartés, littéralement étincelants, étaient de deux couleurs différentes — le droit aigue-marine, translucide, le gauche vert jade.

— Raconte-moi tout.

J'avais presque terminé quand Nettie écarta le rideau et sortit lourdement de l'alcôve, May sur les talons.

— Tu connais Suki Teeter, la vieille amie de maman, tante Nettie ?

— On s'est déjà vues. Vous laissiez des cendres de cigarette dans toute ma véranda.

— Je suis vraiment désolée pour Star, tante Nettie, dit Suki avant d'entrer dans le réduit.

Quelques minutes plus tard, Nettie eut un violent sursaut de la tête et se pétrifia.

— Alors là, j'aurai vraiment tout vu.

— Quoi donc ?

Elle me foudroya d'un de ces regards qu'on qualifie généralement de « venimeux ».

— Tu as appelé Toby Kraft.

— J'ai pensé qu'il avait le droit de savoir.

Un homme au visage gris vérolé, vêtu d'une veste écossaise très laide et trop chaude pour la saison, s'avançait vers nous. Il avait des lunettes en culs de bouteille et son corps ressemblait à un mégot de cigare. Ses cheveux blancs plaqués en arrière s'arrêtaient à quelques centimètres de ses épaules, à la George Washington. Sous le minuscule nœud imprégné de sueur d'une cravate élimée s'incurvait le col d'une chemise qui semblait avoir été portée une semaine d'affilée.

— C'est qui, le prochain ? persifla Nettie. John Dillinger ?

— Mais c'est Toby Kraft ! s'exclama May. Lui, il doit discuter avec le Diable en personne.

Suki Teeter écarta le rideau. Les tantes se déportèrent de côté à l'unisson. Le chagrin avait effacé l'habituel éclat de Suki. Elle referma les bras autour de moi.

— Appelle-moi ce soir, d'accord ? Et même avant, s'il y a de l'évolution.

Elle essuya ses larmes sans cesser de me fixer. L'étrange couleur de ses iris me donnait l'impression de voir deux personnes distinctes hébergées au sein du même corps.

Suki s'écarta de moi et remonta l'allée. Les yeux de Toby Kraft, gros comme des œufs derrière ses verres épais, se focalisèrent sur l'avant de sa tunique.

— Qu'il la reluque encore plus fort et ses plaques d'égout vont lui tomber du nez !

De près, le visage du prêteur sur gages évoquait du fromage blanc non battu.

— Chic fille, ça. Y a pas plus loyal. Salut, fiston. C'est super de te voir. Merci de m'avoir appelé. (Il me tendit une patte grassouillette, blanche, largement couverte de fourrure argentée.) C'est pas génial de revoir le gamin ? (Les tantes ne réagirent pas. Il lâcha une main qui commençait à me picoter.) J'aimerais bien lui ressembler pendant vingt-quatre heures, tiens. C'est tout ce que je demanderais — vingt-quatre heures. Oh, et puis flûte ! Au moins, j'ai tous mes cheveux. Comment va Star ?

Je lui décrivis brièvement l'état de ma mère.

— Quelle vacherie ! (Il lissa lesdits cheveux du plat de la main.) Je vais lui dire que je suis là.

— Je viens avec toi, dit May.

Elle lui prit le bras et tous deux disparurent de l'autre côté du rideau.

— Tu sais que ta sœur vole des choses dans le poste des infirmières, tante Nettie, murmurai-je. Qu'est-ce que c'est que cette histoire ?

Ma grand-tante me lança un regard plus chagriné que furieux et m'attira au fond de la salle.

— Permets-moi de t'apprendre une ou deux choses, tu en as besoin. Ce que fait ta tante May ne te regarde pas. C'est une pie voleuse. Ça ne nuit à personne. Qu'est-ce que tu l'as vue prendre ?

— Une agrafeuse. Des crayons et du papier, mais ce n'est pas...

— Ces gens-là, quand ils ont besoin de matériel, il vont à leur magasin et on leur donne pour rien ce qui nous coûterait dix dollars à la papeterie. May aide à rétablir l'équilibre. Et puis tu es un Dunstan. Tu dois soutenir les tiens.

Je ne trouvai rien à répondre à ça.

Le champ de force de Nettie perdit l'essentiel de son intensité.

— Maintenant, laisse-moi te rassurer. Ma sœur n'est peut-être pas très solide sur ses pieds, mais elle a encore la main leste. C'est la meilleure pie voleuse du monde. Depuis que Queenie nous a quittés.

— Queenie ?

— La reine des pies. Comment crois-tu qu'elle a gagné son surnom ? Ta grand-mère aurait pu sortir d'un magasin avec une télé couleur sous le bras, en tirant de l'autre main un lave-vaisselle sur un Caddie : le gérant lui aurait tenu la porte et lui aurait souhaité une bonne journée.

Nous revînmes vers l'alcôve 15 en ce qui devait ressembler à de l'harmonie. Nettie irradiait la satisfaction de l'être qui vient d'accomplir une tâche difficile. Moi, je réussissais à rester debout.

Toby sortit, frottant d'un doigt sa joue grasse avec ce qui passait chez lui pour de la mélancolie.

— Tiens-moi au courant, d'accord ? Je veux tout savoir. Tu sais que ta maman travaillait pour moi quand tu étais encore tout môme.

— Je me rappelle. Comment s'est passée ton affaire d'immobilier ? (Voyant son regard durcir, j'ajoutai :) Celle dont tu me parlais tout à l'heure.

— Ah, ouais. On va vraiment déménager. (Il me jeta un coup d'œil oblique avant de se diriger à petits pas vers le guichet.) Tu dors chez Nettie ? (J'acquiesçai.) Si ça devient pénible, je peux te trouver sans problème une chambre dans un petit hôtel correct. Et si tu as besoin d'un peu d'argent de poche, j'aurai peut-être besoin d'aide à la boutique. Je dis ça, c'est parce que tu me rappelles ta maman.

— Je n'oublierai pas, assurai-je.

Toby hocha la tête. J'en fis autant, comme si nous avions conclu une affaire. Il me posa la main sur l'épaule pour m'attirer plus près, dans des miasmes de fumée et de gel capillaire.

— Entre nous, si jamais tu vois May se livrer à des activités qui te paraissent déplacées chez une vieille dame, fais celui qui ne remarque rien. C'est encore le plus sage.

— Elle a déjà piqué tout ce qui n'était pas cloué au sol. (Toby me tapota le côté de la tête et ricana.) Nettie dit que c'est de famille.

— Ah, Queenie ! Quelle virtuose c'était !

Il porta sa main velue à ses lèvres et se baisa le bout des doigts.

24

Le dîner fut constitué par les mêmes sandwiches, les mêmes cornichons et la même salade de pommes de terre que le déjeuner.

— J'ai entendu causer de toi, mon garçon, déclara oncle Clark en empalant une miette blanche sur sa fourchette. (J'attendis.) Tu te rappelles ce que je t'ai dit sur Piney Woods ? Eh bien, je l'ai croisé cette après-midi. Il parle de six cents dollars.

— Sans blague ?

— Un type qui s'appelle Joe Staggers et trois de ses copains veulent récupérer l'argent. (Il me lança un autre de ses regards jaunes.) C'est des mecs de Mountry. Il ne faut pas plaisanter avec Mountry.

— La prochaine fois que tu croises Piney Woods, oncle Clark, rends-moi service : dis-lui que je n'ai pas gagné six cents dollars à un nommé Joe Staggers. Je n'ai jamais rencontré qui que ce soit de ce nom-là. Je ne joue jamais aux cartes, et j'en ai marre d'entendre parler de ça.

Mon grand-oncle plongea sa fourchette dans la salade de pommes de terre.

— Je lui ai déjà dit quelque chose comme ça. Il a répondu que, si c'était lui, il raconterait la même histoire.

Avant la relève nocturne du personnel, alors que je longeais le guichet, je remarquai que la fermeture de mon sac de voyage était partiellement ouverte. May avait dû le fouiller au cours d'une de ses excursions prédatrices à travers le service et chiper tout ce qui avait attiré son œil de pie voleuse : elle ne savait pas qu'il m'appartenait. Je m'agenouillai, sortis ma veste, remise en place par quelqu'un encore moins préoccupé que moi des faux plis, et fis l'inventaire de mes affaires. Rien ne manquait, pas même le walkman et les CD. Je m'approchai du guichet.

— Est-ce que vous auriez vu quelqu'un toucher à mon sac, Miss Zwick ? demandai-je. L'ouvrir ?

— À part vous, non, répondit la réceptionniste.

Peu après dix-neuf heures, une infirmière annonça que Mrs. Grenville Milton avait envoyé un bouquet mais qu'il était resté bloqué au rez-de-chaussée, les fleurs n'étant pas autorisées aux Soins intensifs. Je lui demandai d'en faire cadeau au service des enfants.

Clark se laissa tomber sur une chaise et sombra dans un sommeil sonore.

Star ne cessait de retrouver et de reperdre ses esprits. Les tantes lui disaient qu'elle avait besoin de dormir. Moi, j'avais l'impression qu'elle avait besoin de me parler, que c'était la raison pour laquelle elle ne me lâchait pas la main.

Vers vingt et une heures, Nettie passa la tête par le rideau et chuchota :

— May ! Clyde Prentiss a deux visiteurs. Il faut le voir pour le croire.

— C'est peut-être son *gang,* supposa May en se hâtant de la rejoindre.

L'arrivée de deux policiers en uniforme et d'un inspecteur en civil dans l'alcôve 3, durant l'après-midi, avaient poussé les deux sœurs à mener une grande enquête. Les antécédents criminels de Prentiss partaient du chapardage — selon les tantes, une simple technique de redistribution des biens —, passaient par les coups et blessures et la vente clandestine de substances illégales, et culminaient avec les crimes de première importance qu'étaient attaques à main armée ou tentatives de meurtre et, en une occasion, de viol. Que l'individu eût été acquitté de la plupart de ces accusations n'impliquait en aucun cas son innocence. Un veilleur de nuit ne lui avait-il pas tiré dessus alors qu'il tentait de quitter un entrepôt par la fenêtre ? Ses complices ne s'étaient-ils pas enfuis dans un pick-up chargé de fours à micro-ondes ? En outre, à toutes ces transgressions, s'ajoutait le pire méfait du monde : avoir brisé le cœur de sa mère. Nettie et May n'auraient pas hésité un instant à planter un pieu dans son cœur à lui, et elles n'allaient certainement pas manquer une occasion d'inspecter ses malfaiteurs d'associés.

Star serra ma main plus fort.

— Est-ce que tu veux me parler de mon père ? demandai-je.

Ses yeux se rivèrent dans les miens. Elle ouvrit la bouche, émit une succession de voyelles, puis soupira de frustration.

— Est-ce qu'il s'appelait Robert ?

— *Nnnnn !*

— Il me semblait que c'était ce que tu avais dit.

Elle rassembla ses forces.

— *Pas Rrr-Bert.* (Elle se concentra sur son souffle pendant quelques secondes.) Edwaa... *Edward.*

— Et son nom de famille ?

Elle inspira et me lança un regard qui faillit me soulever du sol.

— *Rnnn. T !*

— Rinnt ?

Star se décolla brutalement de son oreiller.

— *Rhine.* (Une machine se mit à émettre des bips.) *Hrrt.*

Un nom me revint des plus profonds abîmes de mon enfance.

— Rinehart ?

L'infirmière de nuit jaillit dans l'alcôve et me jeta dehors, mais pas avant que j'aie vu ma mère acquiescer.

À trois mètres de là, les tantes étaient postées près du guichet, tels des chiens à l'arrêt.

Clark émit un ronflement tonitruant qui le réveilla lui-même, le jetant sur ses pieds. Il tituba, se reprit, puis se joignit à nous.

— Qu'est-ce que vous regardez, comme ça ?

— Le gang de Clyde Prentiss est là, répondit Nettie. Ceux qui se sont enfuis quand il a failli rejoindre son Créateur.

Un petit furet décharné, avec barbiche et blouson de cuir noir, franchit le rideau, suivi d'une blonde vigoureuse arborant du mascara en abondance, une minijupe en cuir noir et un blouson en jean déboutonné jusqu'au soutien-gorge. Mon grand-oncle eut un petit rire.

— Salut, Clark, lança la blonde en se tournant vers lui.

— T'as une mine superbe, Cassie, fit l'interpellé. Désolé pour ton ami.

Le furet lui accorda à peine un coup d'œil avant de pousser sa compagne par les portes de sortie.

Les tantes, stupéfiées, s'en prirent à Clark.

— Comment peux-tu connaître une pétasse pareille ?

— Cassie Little n'est pas une pétasse. Elle est barmaid au Speedway. Quant à Frenchy, l'espèce de crevette ambulante, je ne le connais même pas assez pour le saluer. À mon avis, elle peut trouver mieux.

Je retournai dans l'alcôve souhaiter une bonne nuit à Star. Ses mains reposaient à ses côtés ; sa poitrine se soulevait et retombait régulièrement. Je lui promis que nous nous verrions dans la matinée, lui dis que je l'aimais et l'embrassai sur la joue.

Assis près de May, à l'arrière de la Buick, j'annonçai que je voulais avoir une petite discussion avant que tout le monde n'aille se coucher.

Nettie s'installa sur le vieux canapé, lâcha son sac par terre, jeta un coup d'œil à l'intérieur puis le referma. Clark, dans un fauteuil, me lança un regard méfiant. May s'assit près de sa sœur en poussant un profond soupir. Je posai mes bagages près de l'escalier, pris possession du fauteuil à bascule, croisai les doigts et me penchai en avant. Mon siège grinça. Des doutes multiples tourbillonnaient dans ma tête en couches successives et me liaient la langue.

— Je t'ai vu faire signe à Joy, dit Nettie. Si tu ne passes pas la saluer après avoir raccompagné May, elle sera vexée. Maintenant, je pense que tu ferais mieux de nous apprendre ce qui te tracasse.

— Je suis en train de me demander par où commencer. Pendant que vous étiez en train de surveiller les visiteurs de Clyde Prentiss, ma mère ne m'a pas lâché la main. Elle voulait me communiquer un nom.

Nettie, un battement de cœur avant les autres, m'avertît du regard de ne pas continuer dans cette voie.

— Qu'est-ce que c'est que ces histoires ? intervint May. On ferait mieux de partager le contenu du sac de Nettie, que je puisse rentrer chez moi.

— Est-ce que le nom d'Edward Rinehart vous dit quelque chose ?

Les tantes échangèrent un coup d'œil presque trop rapide pour être perceptible.

— Tu connais ce nom-là, Nettie ? demanda May.

— Non, dit sa sœur.

— Star a quitté la maison pour vivre avec ce type. Elle et ses amies répandaient de la cendre de cigarette sous la véranda quand elles vous rendaient visite. Edward Rinehart devait les accompagner.

— Il n'y avait que Suki et une ou deux autres filles un brin dérangées, qui n'arrêtaient pas de bavasser sur « Al-Bear Cam-ou », assura Nettie, prouvant qu'elle n'avait nullement perdu la mémoire.

— Si tu te rappelles Albert Camus, tu ne peux pas avoir oublié le nom de l'homme qui a emmené ma mère de Cherry Street.

— Tu serais surpris de tout ce qu'on oublie, quand on arrive à mon âge.

— Qu'est-ce qu'il y a dans ton sac ? interrogea Clark.

La portion de canapé qui séparait mes deux tantes disparut sous un monceau d'accessoires : crayons, stylos, blocs, ciseaux, pinces à papier, tubes de baume pour les lèvres ou de crème hydratante, briquets, presse-papiers, enveloppes, calendriers de bureau, tasses à café, rouleaux de tuyaux en plastique emballés, ampoules électriques, boîtes d'antihistaminiques et de stéroïdes nasaux, boules de coton hydrophile, paquets de gaze, ainsi que rouleaux de sparadrap, de timbres et de papier toilette. Au bout d'un moment, ma consternation se changeant en stupéfaction, je dus me contenir pour ne pas éclater de rire. C'était comme de voir tous les clowns du cirque sortir d'une voiture minuscule.

Les deux sœurs se mirent à diviser le butin en deux piles égales, déposant parfois un objet sur une troisième, plus petite.

Je ne pus retenir plus longtemps mon hilarité.

— Pas de chaussures en alligator pour oncle Clark ? Et moi, il me faudrait des caleçons et des chaussettes.

— Les médecins portent rarement de l'alligator, répliqua May. Pour le reste, il te faudra attendre la prochaine fois que j'irai chez Lyall.

Nettie flotta dans la cuisine et en revint avec deux sacs de supermarché, un pour la pile de sa sœur, un pour la plus petite.

— Quand tu auras raccompagné May, tu passeras porter ça à Joy. Je laisserai la lumière allumée.

J'aidai May à descendre les marches. De l'autre côté de la rue, la silhouette sombre de Joy apparaissait par une faille entre ses rideaux. Les lampadaires jetaient sur le béton des cercles d'une épaisse lumière jaune et soulignaient avec vigueur le relief des arbres. L'air humide de la nuit paraissait en suspension, comme du brouillard. Ma grand-tante et moi quittâmes le trottoir.

— Tu n'as jamais peur de te faire prendre ? demandai-je.

Elle secoua la tête.

— Je suis trop bonne pour me faire prendre, Neddie. Et maintenant, tais-toi. Parler de ça, ça porte malheur. (Je l'escortai jusqu'au trottoir d'en face. Nous arrivâmes sous un lampadaire, dont l'éclat jeta nos ombres sur le ciment.) Et si tu as pour deux sous de jugeote, ne parle pas du reste non plus.

— Je ne comprends pas, avouai-je. Ce type a disparu depuis trente-cinq ans.

— Il faut que je me taise pour deux, alors.

Elle ne rouvrit la bouche que pour me remercier de l'avoir raccompagnée chez elle.

Sur le seuil de la maison voisine, une Joy voûtée, minée par l'ostéoporose, accepta son sac de fournitures et, d'une voix que l'âge ou le malheur avait érodée jusqu'à la rendre presque transparente, me pria d'entrer avec si peu de conviction que mon refus nous soulagea tous les deux. La plus handicapée des trois sœurs survivantes semblait exsuder la même atmosphère musquée, un peu toxique, que l'espace aride vaguement visible derrière elle. Je promis de lui rendre visite le lendemain après-midi. De retour chez Nettie, j'emportai mes sacs à l'étage.

Une lampe brûlait sur la table de chevet, près du lit à ressorts — face au lavabo que surmontaient un miroir et une armoire à pharmacie. Par la fenêtre ouverte, en façade, je vis s'éteindre les lumières chez Joy. Je posai mes bagages sur le linoléum, ouvris mon sac de voyage et en sortis ma veste, mon équipement à CD ainsi que ma trousse de toilette. Mes habits pour le lendemain atterrirent sur une chaise en paille, dont le dossier accueillit la veste.

Les ressorts hurlèrent lorsque je m'allongeai. Je ramenai sur moi le drap et la couverture légère, insérai dans le baladeur un disque d'Emma Kirkby chantant Monteverdi, puis me plaçai les écouteurs sur les oreilles. Comme j'allais appuyer sur le bouton *Lecture,* je constatai que ma veste pendait de travers sur le dossier de la chaise et me relevai pour aller l'accrocher dans le placard. Quand je la soulevai, je la sentis déséquilibrée, alourdie par ce qui se trouvait dans la poche droite.

De cette dernière, je tirai une épaisse liasse de billets, que j'étalai sur la couverture. Trois coupures de cinquante dollars, un certain nombre de dix et de vingt, encore plus de cinq et de un — en tout cinq cent soixante-seize dollars. Deux billets de cinq étaient collés par de la bière ; je les séparai et recomptai. Cinq cent quatre-vingt-un. Je contemplai fixement cet argent, combattis une brusque envie d'aller verrouiller ma porte, puis songeai qu'il serait plus sage de réduire tout cela en confetti, de les jeter dans les toilettes et de tirer la chasse. En définitive, je fourrai la liasse dans une poche intérieure de mon sac à dos. M'approchant du miroir, j'observai mon visage sans rien voir de vraiment familier ni de vraiment neuf. Je poussai le sac à dos sous le lit, éteignis la lumière et enfouis ma tête dans l'oreiller.

25

Pour la première fois depuis des années, l'inconscience me poussa dans mon cauchemar récurrent. Chacun de ses détails, malgré sa longue absence, demeurait aussi frais que les images sur une bobine de film.

Durant ma petite enfance, le songe démarrait lorsque mon ombre faisait craquer les points de suture qui nous reliaient et s'achevait sur le geste qu'elle esquissait en direction de la forêt. Plus tard, je la poursuivis à travers les arbres ; des êtres monstrueux bondissaient sur moi depuis de hauts rochers, plantaient les griffes dans mes épaules, refermaient les mâchoires autour de mon cou. Des années après m'être enfui du Vermont, la découverte d'un talent onirique jusque-là inconnu m'avait permis de ne plus me réveiller en sursaut. Jusqu'alors, la peur — et, par-dessus tout, l'impression de *reconnaître les monstres* — avait toujours annihilé le rêve. Le talent inattendu en question consistait à vaincre mes assaillants. Quand mon moi onirique avait enfin cru en sa capacité de survie, le songe s'était enfui.

Pourtant, des centaines de fois avant que je ne

semble libéré de mon cauchemar, l'ombre était apparue devant moi, appuyée contre un arbre ou perchée sur une branche basse. Parfois, elle lévitait, se soutenant la tête d'une main.

— Donc, comme ça, tu continues à venir, disait-elle. Tu ne t'es jamais demandé où ça va se terminer ?

— Je vais t'attraper, répondais-je.

— Qu'est-ce que j'ai demandé ? Où ça va se terminer, ou comment ?

— Ça va se terminer ici.

Alors même que je désignais la forêt, je doutais de ce que je venais d'affirmer.

— Tu n'as pas de meilleure réponse ?

— Je me fiche complètement d'où ça arrivera.

— Ding-dong, fredonnait l'ombre. Tu t'en ficherais aussi, si jamais on concluait dans la forêt de Jones, juste à la sortie de la ville de Middlemount, Vermont ?

— Oui.

Un frisson naissait au creux de mon estomac, remontait.

— Ding-Dong. Pourtant, nous réfléchirions à deux fois avant de nous aventurer dans la forêt de Jones, n'est-ce pas ?

— On n'est pas dans la forêt de Jones.

— Ding. Ça, c'est un demi-mensonge. N'oublie pas ce que tu fais, en ce moment. Tu es en train de *rêver*. Pour ce que tu en sais, on pourrait fort bien être au beau milieu des bois où tu as failli dépouiller ta bonne vieille enveloppe charnelle.

Son sourire invisible s'élargissait sur son visage invisible. Encore une impossibilité, mais qu'y puis-je ?

— La forêt de Jones ne ressemblait pas à ça.

Le froid qui montait de mon estomac affleurait mes poumons.

— Ding. (L'ombre soupirait.) Tu n'as pas l'impression que les rêves transforment tout et qu'ils exagèrent follement ? Qu'ils montrent une nette tendance surréaliste ?

— Qu'est-ce que tu veux dire ?

— On se rapproche de quelque chose qu'autrefois, tu étais capable de voir.

— Je ne sais pas de quoi...

— Ding-dong. Mais si, tu sais.

Je me rappelais une pointe de toit, des pignons s'élevant au-dessus des arbres.

— Nous n'aimons pas trop les vieilles maisons dans les bois, n'est-ce pas ?

— Tu ne me fais pas peur.

— *Ding*-dong, *ding*-dong ! La dernière fois, tu cherchais au mauvais endroit. Si jamais tu arrivais au bon, tu serais en grand danger de découvrir qui tu es.

Je retrouvais une de mes vieilles convictions.

— Il n'y a pas de bon endroit.

— Le bon endroit, c'est celui où tu as le moins envie d'aller. Quand tu y arriveras, ce sera celui où tu auras le moins envie de rester. Si tu réponds à une de mes questions, je réponds à une des tiennes.

— Vas-y.

— Toute ta vie, tu as ressenti le manque de quelque chose d'extraordinairement important. Si tu le récupérais, est-ce que tu pourrais en supporter les conséquences ?

Quiconque possède un demi-cerveau refuse de répondre à ce genre de question. Des dictons de philosophie de comptoir, à base de monnaie de singe et de chat en poche, se présentaient à mon esprit. Pourtant, ce qui sortait de ma bouche était « Oui », et il était trop tard pour demander : *Pose-m'en une autre.*

— À mon tour, maintenant, disais-je.

— J'ai changé d'avis, rétorquait l'ombre. Désolé, mais tu n'as pas de tour.

Et elle se jetait en avant.

Comme si j'avais à nouveau vingt ans, je la suivis à travers la forêt dense. Elle flottait au-dessus du sol, insolente. Nous avions eu les ding-dong, le laïus sur le surréalisme, l'allusion aux maisons des bois, les paradoxes concernant les bons endroits, la question, et à présent nous avions la fuite de l'ombre. *Alors, c'est tout ?* me demandai-je en parfait imbécile. *Il n'y a rien d'autre ?*

Je m'enfonçai d'encore deux ou trois pas sous le couvert puis me figeai, étourdi par une réalité sensorielle éclatante.

Le soleil qui filtrait à travers les branches frémissant d'une brise légère imprimait des pièces de monnaie luisantes sur le sol spongieux. Des fragrances épicées, complexes, flottaient dans l'air chaud. Je ne pouvais être endormi, car je ne rêvais pas. Le jour s'obscurcit, devint gris argenté. Par les espaces entre les cimes, j'aperçus des nuages lourds qui filaient dans le ciel.

Une pluie fine tapota les plus hautes feuilles. Je me réfugiai sous un grand érable. À vingt ou trente mètres de là, la forêt s'interrompait derrière une muraille de chênes épais, marquant le bord d'un pré. Un coup de tonnerre retentit, puis un autre, et un bruit de battement d'ailes emplit l'air. Des plaques liquides verticales jaillissaient du ciel. À mi-chemin de l'orée du bois poussait un chêne énorme ; je rejoignis en courant l'abri qu'il m'offrait. Une rafale de vent aussi précise qu'un atomiseur me recouvrit d'une pellicule de brume.

Un éclair déchiqueté déchira le ciel, illuminant le paysage. Durant ces quelques secondes de clarté, je me découvris plus près de la lisière que je ne l'avais imaginé : six mètres de sous-bois, à peine une dizaine d'arbres, me séparaient d'un vaste pré s'achevant au bord d'une route. J'aperçus un instant du coin de l'œil une forme imposante, nichée dans un creux, qui disparut aussitôt au sein des ténèbres. La route, de l'autre côté du champ, me ramènerait à Edgerton. Toutefois, je m'inquiétais pour Star, et l'orage allait retarder mon retour à l'hôpital. Ce que j'avais vu n'était-il pas une maison ? Exactement ce dont j'avais besoin : si les propriétaires me permettaient d'entrer, je pourrais téléphoner à oncle Clark et lui demander de passer me prendre avant d'emmener Nettie et May à Ste. Ann.

Un autre éclair pulvérisa le ciel et se divisa en sections qui firent blanchir l'air en crépitant vers les bois. Penché en avant, je distinguai un haut portique, une façade en pierre, des fenêtres aux volets clos. À environ trente mètres derrière moi, une flèche électrique luisante fila dans la forêt. De forts craquements retentirent, évoquant la rupture d'os géants.

Puis un autre crépitement, un autre craquement stupéfiant. Des bras de foudre lacéraient le ciel, nés d'un éclair central qui exécuta un virage sur la gauche au-dessus du pré, s'étira et fila vers la forêt. Je sentis l'odeur de l'ozone avant même qu'il ne frôle la cime du chêne et n'aille percuter mon vieil ami l'érable. Lequel se fendit en deux et s'enflamma.

Une nouvelle colonne fulgurante effaça l'obscurité. Elle tomba en direction de la maison, vira sur la droite et se dirigea vers ma portion de forêt. Pour de la foudre, elle se déplaçait lentement, presque délibérément ; la fourche de base demeurait immobile, tandis que son bras armé zigzaguait dans l'air. Je m'écartai du chêne d'un bond et me mis à courir à travers le sous-bois. Un projectile aussi gros qu'un train de marchandises me frôla au point de me chauffer le dos. Tout l'oxygène de l'air fut aspiré. Arrivant à toutes jambes en terrain découvert, je dus lutter contre un véritable mur d'eau pour conserver mon équilibre, alors que le projectile explosait contre le chêne. Je continuai à courir jusqu'au portique, qui surmontait une dalle de pierre.

L'eau de pluie dégouttait de mes vêtements fichus pour former une flaque sur le sol. Empoignant un heurtoir métallique, je frappai vigoureusement à la porte. J'attendis un peu, puis levai le heurtoir pour porter un nouveau coup.

Une serrure cliqueta. Un pène glissa dans son logement. Une lumière tamisée s'écoula à l'extérieur.

— Désolé de vous déranger, dis-je à une personne presque invisible. J'ai été surpris par la pluie, et je me demandais...

Derrière l'inconnu, dont la main levée s'appuyait contre la porte, s'étendait une galerie bordée de vases en porcelaine luisante sur des tablettes délicates. Un lustre semblable à un colossal vaisseau de lumière, au milieu du couloir, projetait la vive illumination qui changeait en simple silhouette l'homme debout devant moi — dont je distinguais une manchette blanche fermée à l'aide d'un bouton doré surgissant d'un costume gris, et les ongles luisants.

— ... si je pourrais utiliser votre téléphone.

Il recula dans l'obscurité pour me tenir la porte et je franchis le seuil. Dès mon entrée, le sentiment de familiarité qui me tirait toujours en sursaut de mes cauchemars me revint. La porte se referma en claquant. Une serrure émit un cliquètement sonore.

Les yeux de mon hôte, qui m'étaient presque entièrement familiers, luisaient de triomphe. Sa bouche, qui m'était presque entièrement familière, s'ouvrit sur un large sourire. Il exécuta une révérence ironique. Quoique cet homme au physique remarquable ne me ressemblât pas, ses traits, pris un par un, étaient exactement les mêmes que les miens. Une fois combinés, cependant, toute similitude disparaissait. Son front, ses sourcils, ses yeux, son nez et sa bouche se fondaient aux lignes de sa mâchoire et de ses pommettes pour créer une extraordinaire beauté. Il me semblait voir ce que j'aurais été si j'avais gagné le gros lot génétique. Mais bien autre chose que sa chance nous séparait, cet inconnu et moi : des milliers de kilomètres d'expérience s'étendaient entre nous. Il avait voyagé plus loin, survécu à plus de dangers, risqué plus, gagné plus — et tout simplement, sans ambages : *pris* plus. En outre, il l'avait fait avec une rage instinctive, passionnée, dépassant toutes les émotions que j'avais pu connaître.

Debout devant moi dans la splendeur vulgaire de ce domaine, parfaitement odieuse, l'ombre riait de mon impuissance. Je poussai un cri et me réveillai en frissonnant.

26. Mr. X

Écoutez-moi, Entités Jaillies des Étoiles : ça n'est pas facile. Ça ne l'a jamais été, si Vous voulez savoir la vérité.

Aucun homme participant d'une autre nature que la mienne, autrement dit aucun homme, hormis Celui dont il m'apparaît soudain que Vous n'avez peut-être jamais entendu parler, ne peut comprendre les souffrances que m'a causées l'incertitude. Si vraiment Vous existez, Êtres Suprêmes, je vous demande à présent un degré de Gratitude proportionnel à mes Services. À moins que ma vie n'ait été gâchée, je mérite une Immortalité honoraire. Ce Récit de mes Travaux devrait être affiché dans les Grands Musées des Dieux Aînés. Appelez ça, disons, le Musée du Patriote ou le Musée des Triomphes. Si je puis me permettre une suggestion, on devrait me consacrer un diorama reproduisant cet humble logis, avec le présent Journal posé sur une réplique de mon bureau. Je verrais bien aussi une maquette de moi-même, si possible animée, parfois profondément concentrée sur la page, parfois debout près du lavabo, contemplatrice. Une plaque descriptive ou un texte encadré d'au moins huit cents mots ferait l'affaire. Je suis modeste. Rappelez-Vous, je Vous prie, que le Nazaréen a été représenté par les artistes du monde entier, que son image est suspendue dans tous les lieux sacrés chrétiens.

Mais avec Votre Étrangeté, le connaissez-Vous seulement, cet Autre Type ? Je veux dire : en supposant que Vous existiez, est-il possible que Vous L'ayez choisi avant moi et que vous ayez regardé pendant que tout se cassait la gueule ? Assisté...

Même le Jésus bêtement et sentimentalement édulcoré par le cathéchisme du père Reed avait Ses moments de frustration, de doute, de désespoir. Après tout, Lui aussi était à moitié humain. Je parie qu'Il a sombré dans des accès de rage noire, aveugle, bien plus souvent que les Évangiles ne le laissent entendre. Voilà ce que j'aimerais savoir : Jésus s'est-il parfois demandé si toutes ces histoires de Messie n'étaient pas qu'une illusion ? Et aussi : rêvait-Il ?

Un être investi de pouvoirs surnaturels et d'une Mission destinée à altérer le monde se retrouve souvent au trente-sixième dessous pendant des semaines d'affilée. Il subit plus souvent que n'importe quel mortel des périodes d'apathie, durant lesquelles son paysage émotionnel ressemble à une berge de fleuve, un jour de sécheresse et de ciel couvert. Quelques vieux pneus, des morceaux de bois et une ou deux canettes de bière éparpillées dans la vase. Les meilleures sources s'accordent à reconnaître que ces moments lugubres sont nécessaires à l'évolution spirituelle : ce n'est pas de la dépression, c'est la Nuit Noire de l'Âme. Je Vous parie à cent contre un que l'auteur de cette définition pratique cherchait à transformer ses doutes en éléments de foi.

Et si Jésus s'est trompé, que dire de moi ? Je *sais*, mais comment puis-je être sûr de savoir *vraiment* ?

Avant que je n'aie largement dépassé vingt ans, l'arrogance et l'égocentrisme qui caractérisent la condition humaine m'ont empêché de me laisser distraire par les aspects de l'œuvre du Maître n'ayant pas d'application directe. Dieu sait que le reste était assez important pour faire mon bonheur. Le doute s'est insinué en moi quand j'ai enfin admis que bon nombre des récits du Maître manquaient leur but. Que certains refusaient même carrément de s'intégrer aux autres.

Je me suis dit que, parfois, Ses antennes avaient

déformé le message, qu'Il avait continué d'écrire lorsqu'Il n'était pas sur la bonne longueur d'ondes. Que Lui-même avait peut-être été incapable de distinguer la vérité de la fiction dans Ses œuvres.

Ah, voici que s'étend devant moi la possibilité que l'œuvre prise pour des Textes Sacrés ne soit que littérature de gare. Nuit Noire après Nuit Noire, je me murmure : *Ton existence est une erreur grotesque ; tu es bien bien plus petit que tu ne le crois.*

Des rêves chargés de désespoir polluent mon sommeil. Je pénètre dans une pièce miteuse où un homme travaille derrière un bureau. La mâchoire en forme de lanterne et le costume bon marché qu'une dizaine de photographies m'ont rendus familiers me permettent d'identifier le Maître de Providence, et je m'avance. Enfin, je me tiens devant Lui. Je Lui demande : *Qui suis-je ?* Il sourit pour Lui-même ; Son crayon dérive à travers la page. Il ne m'a ni vu ni entendu — je ne suis pas là. Je n'existe pas.

Il y a quelques jours encore, une énergie confiante me poussait à déambuler dans les rues nocturnes, vibrant de plaisir. Le Grand Œuvre glissait vers sa conclusion et le rejeton maudit de Star allait connaître une mort des plus douloureuses. À présent... à présent, j'ai peine à me sortir du lit. *Je crois que je me suis trompé. Je crois que j'ai mal compris.*

Si Vous n'existez pas — si les Grands Anciens ne m'ont pas placé sur la Terre pour en préparer la destruction —, qu'est-ce que je fais là ? Et qui était mon vrai père ?

27

Une lumière ténue, couleur d'huître, coulait par les fenêtres, privant la chaise et la coiffeuse de la troisième dimension. Mes mains, sur le drap, paraissaient tout aussi bidimensionnelles. En observant le cadran flou de ma montre bidimensionnelle, je parvins à discerner qu'il était un peu plus de cinq heures et demie.

Puisque je n'avais pas la moindre chance de me rendormir, je me brossai les dents, me lavai et me rasai, tout en me disant que l'argent trouvé dans ma poche faisait partie du cauchemar. Il possédait la même qualité irréelle — il semblait réel de la même manière irréelle —, et par ailleurs, je *savais* que je ne l'avais pas gagné, donc je n'avais pu qu'en rêver la découverte. Ensuite, je m'essuyai le visage et regardai dans le placard.

La veste était pendue bien droit, ne montrant aucun signe de pactole onirique. Dans les poches, je ne trouvai que la carte de visite d'Ashleigh Ashton — ma vanité de mâle me souffla que la jeune femme l'y avait glissée à mon insu. Pour faire le malin, je fouillai même les poches intérieures.

Tu vois ? me dis-je. *Tu le savais bien.*

Quand je sortis un jean de mon sac de voyage, j'aperçus mon autre bagage sous le lit. Tout se figea à l'intérieur de mon corps. J'enfilai mes chaussettes en contemplant le sac à dos. Une inquiétante essence onirique imprégnait ce vieux compagnon. Je passai mon caleçon, un polo puis mon jean, avant de tirer de sa cachette l'objet de mes doutes et de le poser sur le lit. Les souvenirs du rêve mirent en relief une de ses poches. J'en défis la boucle, en soulevai le rabat, puis tirai la fermeture Éclair qui la fermait. Ma main, en y plongeant, rencontra quelque chose qui ressemblait à de l'argent. Elle ressortit porteuse d'une épaisse liasse de billets.

Cinq cent quatre-vingt-un dollars. Dont deux billets de cinq qui avaient été collés par de la bière.

Je fourrai de nouveau l'argent dans la poche, refermai cette dernière et propulsai le sac à dos sous le lit.

28

Une chemise violette pendait sur les épaules d'oncle Clark ; un bracelet turquoise nageait à un de ses poignets. On aurait dit un joueur de conga attendant qu'on l'appelle sur scène, mais ce qu'il attendait, c'était le petit déjeuner. J'allumai la cafetière électrique et commençai à ouvrir les placards.

— Les céréales sont au fond, en bas, les bols juste sous ton nez. Je prends des Bran Buds et des Grape-Nuts, moitié-moitié, avec une cuillerée de miel et un peu de lait. Toi, tu es peut-être trop jeune pour supporter les Bran Buds.

Il surveilla la cascade bruyante des céréales dans le bol et hocha la tête quand ce dernier fut à demi rempli.

— Ne pleure pas le miel, et ne mets pas trop de lait, que je puisse bien touiller. Garde un œil sur le café.

Je recouvris de lait les céréales et le miel, puis posai le bol sur la table. Clark y jeta trois cuillerées de sucre. Quand je me fus assis à son côté, ses yeux ivoire glissèrent vers moi.

— D'après le boucan de cette nuit, j'imagine que tu as fait un cauchemar de première bourre. Il y a des gens qui te diraient que c'est signe de mauvaise conscience.

— Si je t'ai réveillé, je suis désolé.

Il dévora le contenu de son bol puis passa sa cuiller sur le bord pour capturer les miettes égarées.

— C'était quoi, ton cauchemar ?

— J'étais au milieu d'un orage violent.

— Il paraît que rêver de pluie abondante est signe de rentrée d'argent inattendue.

— Et si on manque d'être frappé par la foudre ?

— C'est censé signifier un changement de fortune. Il se peut qu'une grosse somme d'argent te revienne. Tu as intérêt à tenir ton parapluie la tête en bas et à éviter Mr. Toby Kraft. Le fric a une nette tendance à se retrouver dans sa poche.

J'eus la vision embarrassante des billets roulés dans mon sac à dos.

— Ah, les tempêtes ! reprit oncle Clark. On en avait de belles, autrefois. Le fleuve envahissait carrément la ville. Et il emportait tout sur son passage. Les voitures. Le bétail. Les hommes, même. Dans l'eau, les cadavres deviennent bleus. Ils se gonflent de gaz et ils sont emportés par le courant. Les mains ressemblent à des gants de base-ball. J'ai habité toute ma vie au bord du Mississippi. Les gens trouvent ça joli, les rivières, mais quand on a du bon sens, on ne fait pas confiance à celles qui sont trop larges pour qu'on les franchisse d'un bond.

Je lui appris que, la veille encore, avant de voir le fleuve depuis Ste. Ann, j'avais presque oublié qu'Edgerton s'élevait au bord du Mississippi. Il eut un petit rictus, le sourcil froncé, puis retrouva son allant.

— Tu ne te rappelais pas le fleuve ?

— Pas avant de le revoir hier après-midi.

— Le mieux, avec les fleuves, c'est quand ils te permettent de les oublier. Dans le temps, on en avait besoin. L'histoire nous apprend que des villes comme celle-ci en sont nées. Et habiter une ville fluviale, ça fait toute la différence.

— Quelle différence ?

— Une ville fluviale est *atypique,* continua Clark. Les joueurs professionnels et les mauvais garçons y arrivent avant les prêcheurs, et il peut s'écouler bien du temps sans que les uns et les autres trouvent le moindre avantage à se ranger. La *mentalité* est différente, tu comprends ?

Sa description évoquait plus la Côte Barbaresque que le sud de l'Illinois mais je hochai tout de même la tête.

— On peut passer vingt ans sans inondation. Quand il y en a une, on reconstruit tout après son passage. Le fleuve a besoin de la ville et la ville a besoin du fleuve. Au bout d'un mois ou deux, même l'odeur a disparu.

— L'odeur ?

Clark me décerna un nouveau rictus — prolongé, celui-là.

— Je me suis longtemps demandé pourquoi un fleuve sent le frais et le propre quand il coule dans son lit alors qu'il abandonne une puanteur infernale quand il déborde. À mon avis, c'est parce que les inondations le retournent comme un gant et amènent le fond à la surface. Quand le niveau baisse, ce qui reste derrière, c'est le fond-du-fleuve. Pas la vase — la vase, c'est juste de la poussière qui boit trop d'eau. Alors que le fond-du-fleuve, c'est ce qui est censé demeurer caché. La face noire de la nature, celle où tout se brise et se change en autre chose. Il y a une bonne dose de mort, là-dedans — et la mort transporte une sacrée quantité d'odeurs. C'est très vivant, la mort, quand on y pense.

— Ça doit être dur à nettoyer.

— On peut dire que ça *attache,* oui. Je crois qu'Edgerton a dû se rebâtir trois fois entre les années 1870 et le début du siècle. Chaque fois, elle a grandi. Il y avait un cirque permanent sur un champ de foire permanent, deux saloons et deux tripots dans chaque bloc. Et la même vieille mentalité, si tu vois ce que je veux dire ?

— Tout à fait.

— Mais il y avait aussi des banques, des magasins ; et il y avait des femmes honnêtes comme des femmes légères. (Il me sourit avec ce qui ressemblait à de la fierté.) C'est à cette époque-là que ta famille est arrivée à Edgerton, tu sais ? Les fameux frères Dunstan, Omar et Sylvan, en 1874.

— Omar et Sylvan ? Jamais entendu parler.

— Ils sont arrivés en ville à l'arrière d'un chariot de paille. Ils en ont sauté armés de deux valises et de deux cents dollars en or. Que le chariot ne te trompe pas : les Dunstan avaient l'air de parfaits citadins. C'étaient de fort beaux messieurs, intelligents, qui parlaient l'anglais d'Oxford, connaissaient les bonnes manières et s'habillaient à la dernière mode. Une fois qu'ils ont eu trouvé un logement temporaire, Omar et Sylvan sont entrés dans un établissement de jeu et ils ont triplé leur capital en une seule après-midi.

— C'étaient des joueurs professionnels ?

— Ils s'occupaient de commerce et de finance. Personne n'a jamais su ce qu'ils faisaient avant de venir à Edgerton — malgré tout ce qu'on a pu dire. Certains les prétendaient chasseurs de primes. On chuchotait même qu'un des deux, au moins, avait fait de la prison.

— Qu'est-ce qu'ils sont devenus, une fois ici ?

— Tout ce qu'ils touchaient se changeait en or. Au moment des inondations, Omar et Sylvan se sont retrouvés encore plus riches qu'avant. Ils ont racheté à bas prix les propriétés de ceux qui déménageaient. Ils ont aussi acquis des terrains sur lesquels ils pensaient que la ville finirait par s'étendre. Quinze ou vingt ans plus tard, ils tenaient le bail d'un tas de bâtiments importants. Naturellement, les dames ne juraient que par eux.

Clark adorait l'histoire des frères Dunstan. Leur ascension, du chariot de paille à la fortune, alimentait son imagination. Il en venait presque à voir en Omar et Sylvan des parents dont la réussite ajoutait à son propre mérite.

— Je comprends ça, dis-je.

— Ils étaient beaux comme des diables, paraît-il. (Son sourire épanoui déclarait que, malgré les ravages de l'âge, Clark Rutledge se savait tout aussi beau.) Et on ne pouvait pas les distinguer. On dit que, de temps en temps, quand ils étaient d'humeur joviale, ils s'amusaient à faire croire aux dames qu'elles n'avaient pas pris du bon temps avec celui qu'elles croyaient — si tu me suis. Bref, tu peux être sûr qu'on les a introduits dans un paquet de maisons respectables en l'absence du maître des lieux. (Il hésita un instant.) Howard était pratiquement de la même trempe, d'après ce qu'on m'a dit, et aussi un ou deux des autres fils, mais soit ils sont morts jeunes, soit ils ont fichu le camp.

— Ils devaient s'attirer pas mal de jalousies.

Clark hésita à nouveau.

— Tu sais ce que c'est : si tu montes trop haut, on t'écrase. Omar a épousé une fille de La Nouvelle-Orléans, Ethel Bridges, et il s'est un peu rangé. Pourtant, un matin, alors qu'il quittait la maison même où nous nous trouvons, quelqu'un l'a abattu pendant qu'il se dirigeait vers son attelage. Sylvan a entendu le coup de feu, et il est sorti juste à temps pour voir un type à cheval descendre la rue au galop. L'assassin n'a jamais été traîné en justice. Tu ne crois pas qu'on aurait pu l'identifier ? Si on avait vraiment voulu ? (J'acquiesçai.) Sylvan a épousé la veuve de son frère, il a bâti une maison en dehors de la ville, et ils s'y sont installés. Ethel et lui ont eu des enfants — trois ou quatre, personne n'en sait trop rien.

— Il doit y avoir des registres.

— Tu oublies *où* et *quand* ça se passait. Les bébés naissaient à la maison, et les Dunstan ne faisaient venir ni médecin ni sage-femme.

— Pourquoi ?

Clark perdit momentanément le sourire, mais sa tendance naturelle au bavardage eut raison de sa discrétion.

— Il y a longtemps, un vieux m'a raconté que les frères Dunstan ne savaient jamais si leurs gamins n'allaient pas sortir difformes, de manières inconnues de la médecine. Genre avec la tête énorme et le corps aussi fin qu'une épingle. Ou bien sans bras ni jambes, mais avec des branchies sous les oreilles. Ou pire encore. Il m'a dit que la plupart de ces bébés-là mouraient à la naissance, mais qu'on élevait dans le grenier les rares qui vivaient. (Il me jeta un coup d'œil chargé de sous-entendus.) Si tu veux mon avis, un ou deux des bébés d'Ethel ont mal supporté la cuisson au four, et Howard, l'aîné de la nouvelle génération, a entendu plus de choses qu'un petit garçon n'aurait dû en entendre. Ça pourrait expliquer pourquoi il est devenu tellement bizarre et a gaspillé sa fortune. Il a fait un mal considérable, dans l'ensemble. Vers la fin, je crois qu'il avait complètement perdu la tête. On aurait dit qu'il vivait dans une espèce de monde de rêve.

Je songeai que toute cette histoire appartenait à un monde de rêve, plus précisement au monde de rêve créé par les moulins à paroles d'une petite ville.

— Lequel des deux frères était mon arrière-arrière-grand-père ? Omar, je suppose, si Howard était l'aîné de la génération suivante.

— D'après ce que je sais, ils partageaient tout, tous les deux. Je ne crois pas qu'ils aient su lequel était le père d'Howard.

Je répondis quelque chose, mais je ne saurais plus dire quoi.

Clark m'adressa un rictus magnifique où brillait toute l'expérience du monde.

— Je parierais pour Sylvan. Omar était plus calme. L'autre a continué à courir les filles même une fois installé dans la nouvelle maison, avec Ethel et les gosses. Howard s'est conduit de la même façon à l'âge adulte, en pire. Ce qui jouait contre lui, parce qu'à ce moment-là, Edgerton avait changé.

— La ville était devenue respectable, devinai-je.

— Ce qu'il y a, c'est qu'Howard aurait eu besoin de son Omar. Comme il n'en avait pas, il est monté en graine. Les Hatch et les Milton ont profité de sa faiblesse.

L'escalier grinça. Clark se redressa sur sa chaise.

— Mieux vaut ne pas parler de tout ça devant Nettie.

Nettie, que le changement de sa routine matinale rendait soupçonneuse, considéra Clark en fronçant les sourcils.

— Ça m'étonne que tu sois déjà debout. (Elle dirigea son attention sur moi.) Bien dormi ?

— Suffisamment.

— Si mes oreilles ne m'ont pas trompée, tu avais le Diable aux trousses. On est tous tellement inquiets que c'est déjà étonnant qu'on arrive à dormir.

Elle s'approcha vivement de la cuisinière et alluma le gaz sous un poêlon en fer forgé. Ayant sorti un paquet de bacon et une boîte d'œufs du réfrigérateur, elle jeta le bacon dans la poêle puis, tel un chef, brisa proprement cinq œufs dans un saladier, d'une seule main.

— Je sens qu'on va nous annoncer que ta mère va mieux.

— Je l'espère.

Ma grand-tante battit les œufs, retourna le bacon, puis sortit d'un placard un sac transparent rempli de gombo. Bientôt, un tiers du gombo en question frémissait dans un autre poêlon. Quand le bacon fut devenu brun, croquant, elle en étala les tranches sur une épaisse couche de papier absorbant. Versant les œufs dans le poêlon, elle les battit à nouveau. Un toast inondé de beurre, coupé en deux par la diagonale, fut disposé au bord des assiettes, dans lesquelles Nettie répartit le gombo, après avoir saupoudré les œufs brouillés de poivre et de persil séché, et les avoir battus une dernière fois.

— Vous déjeunez comme ça tous les matins ?

— Des fois, on rajoute des pommes de terre sautées, et de temps en temps des foies de volailles, mais aujourd'hui, je ne veux pas perdre de temps. Le café est encore chaud ?

— Je vais le faire réchauffer, dis-je en allumant le gaz sous le percolateur.

On sonna à la porte.

— C'est May, devina Nettie. Tu veux bien aller lui ouvrir, fiston ?

Un chauffeur en uniforme d'été de l'United Parcel Service, l'entreprise de livraison, se tenait sur la véranda, un paquet enveloppé de papier kraft entre les bras.

— Un colis pour... (Il vérifia le nom, au-dessus de l'adresse.) Ms. Star Dunstan ?

J'aperçus l'adresse de l'expéditeur — East Cicero — en haut à gauche du paquet, que j'emportai dans la cuisine après avoir signé le carnet.

— L'UPS, annonçai-je. Star a dû envoyer une partie de ses affaires avant de venir ici.

— Pose ça par terre, m'intima Nettie en agitant la main vers le colis.

Je le déposai contre les lambris. Ma grand-tante partagea les œufs brouillés à l'aide d'une spatule et les fit glisser dans les assiettes. La sonnette retentit à nouveau.

Je retraversai le salon pour aller ouvrir. Tante May, resplendissante sous son chapeau à fleurs, me tendit une patte noueuse.

— Aide-moi à descendre la marche, Neddie. Je suis en retard, mais j'ai eu envie de passer dire bonjour à Joy. Il y a des foies de volailles, aujourd'hui ?

— D'après tante Nettie, ça aurait pris trop longtemps.

— Les foies de volailles, c'est très vite fait.

Elle s'accrocha à moi sur le chemin de la cuisine, et je lui tins le bras tandis qu'elle s'asseyait. Elle se fit alors un devoir d'admirer l'assiette débordante posée devant elle.

— Non vraiment, aujourd'hui, les foies de volailles, ç'aurait été trop pour moi.

Elle me confia sa canne.

Comme les deux sœurs attaquaient leur petit déjeuner, je pris place entre elles, sous le regard attentif de Clark.

Le téléphone sonna.

— Joy a peut-être eu une autre vision, supposa May en se tapotant la bouche de sa serviette.

Nettie secoua la tête, se leva de table et alla décrocher.

— Très bien, dit-elle. (Elle masqua le combiné de la main.) C'est le docteur avec la grosse tête et la petite bouche rouge.

Une impression de légèreté au sein du crâne, comme si la gravité avait diminué, je m'appuyai au plan de travail avant de déclarer :

— Dr. Barnhill ? Ici, Ned Dunstan.

Le médecin m'informa que ma mère avait eu une nouvelle attaque une demi-heure plus tôt, et qu'on avait tenté en vain de la ranimer. Il ajouta bien d'autres choses. On aurait dit qu'il les lisait sur un papier.

Lorsque je raccrochai, je vis les trois vieillards tournés vers moi, suspendus entre l'espoir et ce qu'ils savaient déjà être la vérité.

3

COMMENT JE FAILLIS ÊTRE ASSASSINÉ

30

Quand j'avais dit à Clark et à Nettie de ne pas m'attendre pour dîner, ça n'avait pas eu l'air de leur briser le cœur. Le premier avait passé la journée à ronchonner parce qu'il n'avait pas eu la possibilité de relever ses pièges ; la seconde ne me pardonnait pas le crime d'avoir acheté un cercueil bien trop onéreux. Après l'entretien commercial avec Mr. Spaulding, dans la salle d'exposition des pompes funèbres du Repos Céleste, elle m'avait attiré à l'écart afin de me sermonner, me faire entendre raison. Toujours en proie à l'illusion que ma décision était raisonnable puisqu'elle était mienne, je lui avais rappelé que je dépensais *mon* argent pour l'enterrement de *ma* mère. Elle ne pouvait sûrement rien répondre à cela ? J'aurais dû me douter que si.

Un Mr. Spaulding au physique d'ambassadeur s'était avancé puis aussitôt reculé, discret, tandis que Clark haussait les épaules sous sa chemise de joueur de congas et adressait un rictus au tapis en velours. Quand je m'étais installé dans le fauteuil en cuir, devant le bureau de l'entrepreneur, pour rédiger mon chèque, Nettie avait marmonné sa désapprobation. J'en avais déduit que mon choix, le troisième prix au lieu du premier, violait le principe selon lequel il ne rime à rien de dépenser de l'argent pour les morts alors qu'on peut le donner aux vivants. Si j'avais douté des vues de ma grand-tante sur mon carnet de chèques, j'aurais été fixé lorsque Clark, tout en guidant la Buick entre les piliers de briques, au bout de l'allée des pompes funèbres, avant de prendre la direction des locaux administratifs du cimetière de Little Ridge, avait déclaré :

— Parfois, mon garçon, il faut penser aux autres, pas seulement à soi.

L'heure et demie passée en compagnie de tante Joy et d'oncle Clarence s'était révélée pire encore. J'étais allé les voir avec le sentiment d'accomplir une bonne action au bénéfice de deux personnes âgées. J'espérais recueillir quelques informations sur le curieux personnage qu'était Howard Dunstan, et je voulais savoir ce qui arriverait quand je prononcerais le nom d'Edward Rinehart. Clarence, en qui je me rappelais un vieillard fort vert, serait peut-être encore assez alerte pour rendre ma visite agréable, songeai-je.

Je l'avais découvert voûté dans son fauteuil roulant, retenu par une sangle de cuir, doté des facultés mentales d'un bébé — et aussi insensible qu'un bébé à la puanteur de ses excréments. Des taches de compote, sèches ou non, ornaient sa chemise. Joy m'avait appris que tous les soirs, à dix-neuf heures, elle le poussait jusqu'à la baignoire, au bout du couloir, et qu'elle le lavait, bien qu'elle ne sût pas où elle en trouvait la force. Son mari, par ailleurs, se portait très bien. Elle aurait aimé pouvoir en dire autant.

Nous nous étions assis sur les deux chaises qui constituaient l'ameublement du salon. Tandis qu'elle m'escortait dans son labyrinthe et que ma compassion cédait la place à une horreur viscérale, les remugles plus anciens et desséchés sentis la veille au soir avaient progressivement effacé l'odeur de Clarence. Établis, incrustés, ils semblaient faire partie intégrante de la maison, au même titre que poutres et planchers. Ils imprégnaient tout, y compris Joy, qui y nageait littéralement.

Perchée au bord de sa chaise, la plus jeune fille d'Howard Dunstan, mais aussi la plus diminuée, parlait comme si elle avait économisé ses mots pendant dix ans. Tenter de l'interrompre était inutile : son amertume emplissait tout l'espace dévolu à la conversation. Sa voix transparente empoignait les avirons pour ramer droit vers l'horizon du monde connu — et continuait après l'avoir atteint. Joy parlait d'elle-même, de notre famille, de son père. Tandis qu'elle maniait les avirons, la puanteur sèche, inhumaine, qui régnait dans la maison d'Howard la tirait en avant. Le fond-du-fleuve de Clark, ce qu'il appelait « la face noire de la nature », s'était déversé en ces lieux et avait tout recouvert. Si c'était ça, la nature, je n'avais pas envie de la connaître.

Une main écarlate clignotante m'arrêta à un carrefour. Dès que mes pieds s'immobilisèrent, mon esprit retrouva l'image de Joy juchée sur un coussin sale, un bras osseux tendu vers son mari. Et aussi ce qui s'était passé ensuite. Tel un aveugle, je tournai à gauche, dans Pine Street, et continuai de marcher. Un feu vert, au bout de deux blocs, me permit de traverser ce qui était, je le remarquai, Cordwainer Avenue.

Je poursuivis mon chemin d'un bon pas, droit devant moi, sans rien voir de ce qui m'entourait, jusqu'à ce qu'un géant aux cheveux gris et au visage de guerrier, vêtu d'un dashiki — une tunique africaine — rouge et vert, qui arrivait en face de moi, ralentisse l'allure et me fixe avec un mélange de colère et de chagrin. Je m'attendais à ce qu'il m'adresse la parole, mais au moment où nous nous croisions, il détourna les yeux sans mot dire. Le courant qui passait entre nous se rompit presque audiblement alors que nous nous éloignions l'un de l'autre.

J'avançai encore de deux ou trois pas, puis me figeai

et regardai par-dessus mon épaule. L'homme fit aussitôt volte-face.

— Fiston, tu as l'air au trente-sixième dessous et tu souffles comme une machine à vapeur. Dis-moi que tu n'es pas en train d'avoir un infarctus.

— Ma mère est morte ce matin.

— Si tu ne prêtes pas plus d'attention à ce qui se passe autour de toi, tu reverras ta maman nettement plus tôt que tu ne le crois. Fais gaffe à toi, petit.

— D'accord, dis-je, comme il s'éloignait.

Je m'épongeai le visage à l'aide de mon mouchoir, appuyé à un panneau d'interdiction de stationner. Le chagrin, telle une présence physique, naquit au centre de mon corps et remonta. Je pressai le mouchoir contre mes yeux. Je puis affirmer une chose : le chagrin est une émotion de puissance industrielle. Il s'occupe de tout ; il vous dit où vous vous trouvez.

Lorsque l'assaut se résorba, je regardai autour de moi. Des parkings que clôturaient des chaînes bordaient magasins de pièces détachées automobiles, ateliers de carrosserie, entrepôts et autres établissements moins aisés à identifier. La plupart des bâtiments de Pine Street étaient de plain-pied ; aucun ne comprenait plus d'un étage. Avec leurs lugubres façades en briques et leurs vitres épaisses, ils évoquaient des maquettes d'immeubles plus imposants, plus pratiques.

Trois blocs plus loin, il n'y avait plus ni chaînes ni terrains vagues ; la densité et la hauteur des constructions augmentaient ; des feux poussaient à tous les coins de rue. Tournant à gauche, je dépassai des vitrines exposant cassettes vidéo et alcools. Ma chemise commençait à sécher. Comme un panneau m'annonçait que j'étais sur Cobden Avenue, je commençai à avoir faim.

Des voitures occupées par de jeunes couples ou des groupes d'adolescents me dépassaient. Après deux feux de plus, Cobden Avenue se jeta dans une artère à quatre voies au niveau d'un petit parc triangulaire.

J'avais atteint Commercial Avenue, le centre-ville. Je pris à droite pour me diriger vers ce qui semblait être l'endroit le plus animé. Deux couples à l'assurance simple et affable de bourgeois du Midwest franchirent devant moi une porte à tambour, sous le regard d'un portier impassible portant épaulettes et boutons de laiton.

— Il est au courant de ce qui se passe ? Je veux dire : tu arrives à y croire, toi ? demanda un des hommes, la cinquantaine rougeaude.

L'autre, plus grand, plus mince, couronné de cheveux blancs coupés ras, lui posa la main sur l'épaule. Ses lunettes à monture dorée accrochèrent le soleil couchant.

— Bien sûr que j'y crois. (Des rides verticales lui creusaient le visage ; des dents jaunes emplissaient son sourire carnivore.) Dans cinq minutes, en gros, il y croira aussi.

— Tu vas le lui dire, chéri ? demanda la brune qui l'accompagnait.

De vingt ans sa cadette, elle avait l'allure forgée par l'aérobic et la chirurgie esthétique d'une deuxième épouse luttant pour rester dans la course. Comme elle me remarquait, son expression passa presque instantanément de l'irritation à un sentiment que je ne pus tout à fait identifier mais où se mêlaient surprise, gêne et désarroi.

Le rire de poitrine de son mari, *har har har,* salua sa question — apparemment ridicule :

— Je n'aurai pas besoin de le lui dire, parce que comme chacun sait, notre ami...

Devant la tête que faisait sa compagne, il me jeta un coup d'œil en se redressant de toute sa hauteur. Il mesurait au moins un mètre quatre-vingt-dix — encore un géant, vêtu d'une veste en lin vert bouteille et d'un pantalon rose au pli très marqué, celui-là. Des couleurs vives zigzaguaient sur son nœud papillon. Bien qu'il eût dépassé soixante-dix ans, c'était toujours une brute sans honte qui se prenait pour un titan.

— Sollicitez-vous quelque assistance ?

J'appréciai le « sollicitez ». Il recelait un mépris que n'aurait pu suggérer l'expression « avoir besoin de ». « Sollicitez », ça vous remet son homme en place. « Quelque » constituait également une touche habile.

— Je cherche un bon restaurant. Qu'est-ce que vous me conseillez ?

Dissimulant mieux sa surprise que je ne l'aurais cru, il tendit la main vers le bâtiment que nous longions. Près de la porte à tambour, une plaque de bronze annonçait MERCHANTS HOTEL.

— Le Madrigal. Juste au bout du hall. Nous venons d'y dîner. (Il remarqua en moi quelque chose qui le refroidit d'un coup ; son sourire diminua progressivement.) C'est cher, cela dit... très cher. Essayez plutôt chez Loretta, à trois blocs d'ici. Vous aurez un bon steak, des côtelettes, tout ce que vous voudrez.

— Le Médrigol me semble parfait.

— Le Madrigal, pas le Médrigol ; c'est du français. Par ici, c'est plutôt le rendez-vous du beau monde.

— Je t'adore quand tu es méchant, Big G, lança l'autre homme.

— Un conseil, mon ami. (Big G laissa tomber une grosse main sur mon épaule. Une des ailes en soie du nœud papillon glissa contre ma tempe.) Vous pouvez faire le malin, c'est sûr, vous avez parfaitement le droit de gaspiller votre argent, mais d'abord, arrêtez-vous aux toilettes pour vous rendre présentable. Un jeune homme bien poli comme vous ne voudrait pas se faire remarquer, n'est-ce pas ?

J'inclinai le visage vers son oreille tannée.

— Je n'ai pas besoin de vos conseils, espèce de gros connard de plouc.

S'écartant de moi tel un ressort qui se détend, il empoigna le bras de sa femme et l'entraîna. Leurs deux compagnons, les lèvres pincées, trottinèrent à leur suite.

Mon nouvel ami se força à contourner une Town Car vert foncé pour tenir la portière de son épouse, tandis que l'autre couple s'installait sur la banquette arrière.

Le portier se permit de me sourire une ou deux secondes.

Un chasseur âgé m'indiqua les toilettes, au sommet d'un escalier de marbre. Je me lavai mains et visage sous le regard d'un préposé en livrée noire. Ayant chassé l'humidité de ma chemise sous le flux d'air chaud du sèche-mains, je renouai ma cravate, me lissai les cheveux, et utilisai un peu de bain de bouche, ainsi qu'une goutte d'eau de Cologne de marque. Le préposé se permit de remarquer que j'avais meilleure allure. Je jetai deux dollars dans sa soucoupe.

De l'autre côté du hall, je montai un nouvel escalier, plus petit, recouvert d'un tapis. Un podium illuminé et un maître d'hôtel que son badge présentait comme Vincent montaient la garde devant les nappes blanches ornées de bougies. Vincent se posa un doigt sur les lèvres pour me recommander la contemplation puis me conduisit à une table proche du bar. Il me fournit un parchemin constituant le menu et une carte des vins reliée cuir. Le nom de mon serveur serait Julian. Une fille qui ressemblait à une lycéenne norvégienne me versa un verre d'eau glacée ; un Malais maussade m'apporta biscuits et bretzels. Alors que j'ouvrais le menu, j'entendis prononcer mon nom.

Ashleigh Ashton traversait la pièce. À leur table, près de la fenêtre, Laurie Hatch, les sourcils levés, me lançait un regard qui me valut une faiblesse dans les genoux.

31

Je commandai une salade frisée, un onglet et un verre de cabernet à Julian — une espèce de lutin aux allures de fripouille qui, concernant le cabernet, me suggéra un « petit quelque chose très spécial ». Si Laurie jugea improbable qu'Ashleigh m'eût pris en stop jusqu'à Edgerton, elle conserva ses réserves pour elle. La DA adjointe l'avait invitée à dîner en raison de son implication dans l'enquête, mais ladite implication ne me fut pas précisée. Julian me servit son petit quelque chose et attendit mon verdict. J'exprimai mon admiration pour la majesté du breuvage. Le serveur demanda alors si ces dames désiraient leur café, ou si elles avaient d'autres désirs. Ashleigh déclara qu'elle devait monter passer quelques coups de fil. Laurie commanda un verre du petit quelque chose.

— Comment va votre mère ? demanda-t-elle.

— Oh, Seigneur ! s'exclama Ashleigh. Je vous jure que je n'ai pas arrêté de penser à elle depuis que vous êtes sorti de ma voiture. Qu'est-ce que c'était ?

— Une apoplexie, lui apprit Laurie. Que disent les docteurs ?

— Qu'elle est morte ce matin. J'espère que c'est vrai, parce que je viens d'acheter un cercueil et de prendre une concession au cimetière. (Elles me contemplèrent, choquées.) Désolé. Je n'aurais pas dû dire ça comme ça. J'ai vécu des heures carrément éprouvantes.

— Au moins vous avez passé toute une journée avec elle, remarqua Ashleigh. Elle a réussi à vous parler ?

— Elle m'a dit une ou deux choses.

Un bref moment, je me trouvai incapable d'ouvrir la bouche. Le Malais retira les assiettes de mes compagnes, tandis que la Norvégienne remplissait nos verres d'eau. Julian trottinait vers nous avec le café et le vin.

— Vous comptez rester dans la région après l'enterrement ? demanda Laurie.

— Peut-être. J'aimerais visiter la ville.

— Si vous voulez, je vous servirai de guide. Après tout, j'ai une dette envers vous.

— Ça me semble être une idée géniale. (Je me forçai à cesser de la regarder.) Et votre projet, Ashleigh, qu'est-ce que ça devient ?

Les raisons de sa venue à Edgerton m'avaient complètement échappé.

— Si je n'arrive à rien d'ici un ou deux jours, je jette l'éponge. Ce type s'est entouré de remparts trop épais.

— Il s'agit de Stewart, intervint Laurie, ce qui expliquait tout. J'aurais aimé vous être plus utile.

Ashleigh m'adressa un sourire pitoyable.

— On a passé l'essentiel du dîner à se raconter d'horribles histoires de maris.

Elle avait voulu sonder l'épouse de sa cible, puisqu'ils étaient séparés, épouse qui ne s'était pas fait prier pour parler. Leur échange suivant m'apporta une nouvelle clarification.

— Ça ne va pas vous causer d'ennuis, Laurie, hein ?

L'intéressée haussa les épaules.

— Je me fiche que Stewart apprenne que nous avons dîné ensemble. Grennie ne peut rien contre moi.

— Grenville Milton ?

— Groin Vil, le seul et unique. Avec sa femme, l'ancienne amie de votre mère. Plus deux autres personnes qui pensent pis que pendre de moi. Ils sont partis environ cinq minutes avant votre arrivée.

— Est-ce que, par hasard, Groin Vil serait un vieux avec un nœud papillon et une veste verte, qui se croit propriétaire de la Terre entière ?

— Vous avez bien rencontré notre Grennie, confirma Laurie. J'espère qu'il ne vous a pas adressé la parole.

— Il a insinué que je voulais jouer les grands seigneurs en filant des pourboires de cent dollars aux serveurs. Ensuite, il m'a conseillé de visiter les toilettes pour me débarbouiller.

— Il a dû adorer, soupira mon interlocutrice. Ça l'a mis de très bonne humeur.

— Oui, mais les choses ont un peu changé quand je l'ai traité de gros connard de plouc.

Laurie éclata de rire. Ashleigh ouvrit la bouche en un demi-sourire incrédule. Julian, que je n'avais pas vu approcher, posa ma salade devant moi avec ce qui n'était plus qu'une parcelle de sa vivacité précédente et s'éclipsa.

— Je descends dans son estime, remarquai-je.

— Julian a de très grands principes moraux, expliqua Laurie. Tous les habitants d'Edgerton ont de grands principes moraux, sauf moi. Si je vous avais entendu traiter Grennie de connard, ça m'aurait amusée. Je pense qu'il se prépare à quitter Rachel. Elle m'a laissé des petits messages tristes sur mon répondeur. (Elle me lança un regard contrit.) Quand j'ai épousé Stewart, Rachel Milton m'a prise sous son aile et assistée dans les tâches qu'elle juge importantes, comme trouver un bon coiffeur ou le traiteur idéal. En me regardant, elle se voyait elle-même.

— Elle-même ? répétai-je. Oh ! je vois. Une femme plus jeune que son mari. Une étrangère...

Le visage éblouissant de Laurie Hatch s'ouvrit en un superbe assentiment ironique.

— Elle s'identifiait trop à moi pour comprendre que l'ambition n'avait rien à voir avec mon mariage.

— Vous me laissez régler votre repas, Ned, d'accord ? intervint Ashleigh. C'est l'État du Kentucky qui régale. Laurie, je vous remercie de cette charmante soirée. Je vous appelle bientôt.

Elle signa la note. Julian me demanda si je désirais un autre verre de vin. Laurie Hatch en demanda un également. La DA adjointe repoussa sa chaise.

— Je vous accompagne à l'ascenseur, proposai-je.

Les autres clients nous regardèrent évoluer entre les tables.

— J'aurais préféré que Laurie me donne rendez-vous ailleurs.

— Tu n'as pas obtenu ce que tu voulais ?

Ashleigh sourit.

— Je l'ai appelée pour qu'elle me confirme quelques détails. Je pensais qu'on ferait tout au téléphone, mais elle m'a appris qu'elle était libre ce soir. En gros, on a passé tout notre temps à médire de nos maris.

— C'est mieux que se morfondre tout seul.

Elle hocha sèchement la tête, rentrant le menton, puis appuya sur le bouton d'appel de l'ascenseur.

— Ça doit être agréable, d'être attendu par une femme comme Laurie Hatch.

— Je ne pense pas qu'elle ait de projets particuliers me concernant.

— N'en sois pas si sûr.

— À la fin du dîner, j'irai me promener un moment et voilà tout, Ashleigh.

— Tu pourrais revenir ici. Je suis au 554.

Je l'entourai de mes bras.

— J'ai besoin d'être seul un moment.

Elle heurta ma poitrine de la tête puis se dégagea.

— Je suis désolée pour ta mère.

L'ascenseur s'ouvrit, révélant acajou et miroirs obscurs. Par le dernier centimètre d'espace entre les portes qui se refermaient, je vis Ashleigh s'adosser lourdement à la paroi de la cabine.

32

Vincent tendit discrètement la main vers le fond de la pièce. Je ne l'avais pas surpris une seconde, mais il devait admettre que je manœuvrais bien.

Laurie Hatch me considéra avec un amusement

décontracté, contenu, empreint du discernement inné qui semblait irradier d'elle. Julian ôta le couvercle de mon assiette, puis exécuta un demi-tour et un départ formels.

— Vous vous rappelez l'ancien Julian ? Le lutin ?

Les yeux de Laurie m'apprirent que je ne comprenais pas la situation.

— Il est obligé de servir Grennie et Rachel au moins une fois par semaine. Il supporte plus de sous-entendus sur sa virilité que vous n'en entendriez si vous viviez mille ans.

C'était comme de faire nettoyer ses vitres, comme chausser de nouvelles lunettes.

— Ah. Ah, hem..., balbutiai-je avant d'attaquer mon steak.

Le sourire de ma compagne se modifia.

— J'aurais voulu aider Ashleigh davantage. Elle est tellement intelligente et dévouée à sa cause. Vous vous entendez très bien, tous les deux.

Pour un auto-stoppeur et la conductrice qui l'a ramassé.

— Elle est sympa. Elle voulait des détails au sujet de ma mère.

— Je sais ce que ça fait de perdre sa mère. Comment votre père prend-il la chose ?

— Je me le demande. (Je souris de sa consternation.) Je ne l'ai jamais connu.

— Vous savez où il est ?

— J'ignorais jusqu'à son nom avant que ma mère ne me le donne, hier. Je crois que je vais essayer d'en apprendre plus à son sujet. Et ça ne réjouit pas tellement ma famille.

— Les vôtres ne comprennent pas ? Ou alors ils s'inquiètent de ce que vous pourriez découvrir ?

Cette question me surprit.

— À les voir, on croirait que ma conduite est choquante. Ils refusent de parler de choses dont je sais qu'ils se souviennent.

— De quoi peuvent-ils bien avoir peur ?

— Dieu seul le sait. Ma famille est... disons : excentrique.

En un éclair, je revis tante Joy, penchée en avant, les yeux plissés, un index décharné tendu vers le fauteuil roulant de Clarence qui reculait puis avançait d'un mètre. Il se soulevait ensuite à un mètre cinquante du sol puis se balançait de droite et de gauche, tandis que Clarence tirait et rentrait tour à tour la langue avec une joie de nourrisson.

Je ne suis plus capable que de ça, maintenant que l'essentiel de ma force m'a quittée. Au moins, j'arrive à le mettre dans la baignoire et à l'en sortir, parce que sinon, une vieille dame comme moi ne pourrait jamais s'occuper d'un homme de cette taille. Ça n'était pas censé se terminer ainsi, Neddie. On était presque des rois, dans cette ville.

— J'ai beaucoup aimé tante Nettie, dit Laurie, me sortant du fond-du-fleuve pour me faire retrouver Le Madrigal.

— Je vous la laisse. Et tante May aussi. Avec May dans la famille, vous n'aurez plus jamais besoin d'acheter quoi que ce soit. Elle vous apportera tout ce que vous voudrez. C'est une espèce de magicienne.

— Qu'est-ce que vous voulez dire ? Elle est kleptomane ?

— C'est plus que de la kleptomanie. Quasiment du Zen. Une sorte de kleptomanie mystique.

Un instant, ma compagne parut méditer le concept de la kleptomanie mystique.

— Mais vous êtes toujours décidé, n'est-ce pas ? Vous n'avez pas peur.

Un frisson de peur, justement, parcourait ma colonne vertébrale.

— Je veux en découvrir le plus possible.

J'entendis Joy dire : *Sylvan a tiré la famille de la ville. Ethel et lui ont eu un paquet de gamins, dont certains qui n'avaient pas du tout l'air humain, d'après mon père. En français, on appelle ces choses-là « épouvante* [1] *». J'ai toujours été plus douée que mes sœurs pour la langue de Molière.*

— Comment s'appelait votre père ?

Prononcer son nom en public me paraissait violer mon intimité — ou quelque loi antique. Je le prononçai néanmoins.

— Edward Rinehart.

Cela me rappela l'autre nom évoqué par ma mère. Robert. Qui était ce Robert ?

— Quel nom extraordinaire ! Du brouillard tourbillonnant. Un manoir au sommet d'une falaise, dominant la côte. Un homme d'une beauté fabuleuse, en trench-coat et en habit de soirée. Il ne parle jamais de son passé. Mesdames et messieurs, je vous présente... Mr. Edward Rinehart.

— Je ne crois pas qu'il ait tellement ressemblé à Maximillian de Winter, objectai-je, encore plus gêné qu'auparavant.

— Je vous demande pardon ?

— Le mari, dans *Rebecca.* Superbe maison, côte rocheuse, terribles secrets.

— Oh, je suis vraiment désolée ! En plus, *Rebecca* est un de mes films préférés. Laurence Olivier, bien sûr, c'est exactement ça.

J'avais pensé au roman de Daphné du Maurier, non au film d'Hitchcock, mais quelle importance ?

Laurie posa la main sur la mienne.

— De toute façon, je me proposais de vous montrer les merveilles d'Edgerton : on verra bien ce qu'on récoltera en chemin. Ensemble, on pourra faire beaucoup plus que vous tout seul. (Son regard fixe avait quelque chose d'implorant.) Ça m'aiderait aussi. J'ai besoin de penser à autre chose qu'à ma situation ridicule. (Un instant de lucidité lui coupa la parole, et elle

1. En français dans le texte, bien sûr. *(N.d.T.)*

détourna des yeux qui revinrent bientôt se fixer sur moi.) Écoutez, Ned, si je vous parais insistante, indiscrète, ou quoi que ce soit de ce genre... ou un peu timbrée...

Et Sylvan a dit à mon père : « Ne fais confiance qu'aux tiens, Howard, mais même à eux, ne fais pas confiance aveuglément, parce que tu auras bien de la chance si une de ces nuits, je ne viens pas te fendre le crâne avec une hache. » J'ai toujours estimé probable que mon grand-père ait été tué par mon père avec le revolver qu'il était censément en train de nettoyer au moment de sa mort.

Je lui assurai qu'à côté de certains membres de ma famille, elle n'avait pas l'air timbrée du tout.

— Ce que je voulais dire, c'est que vous aider me... Lui donnerait autre chose à faire que ruminer de sombres pensées au sujet de Stewart Hatch.

— D'accord. Aidons-nous mutuellement.

— Demain, je suis libre toute la journée. Cobbie passe le samedi avec son père. Ce qui signifie qu'un larbin pousse notre fils sur les balançoires de Merchants Park jusqu'à ce que Stewart sorte du bureau, juste assez tôt pour bourrer Cobbie de hamburgers et de bonbons avant de le déposer chez moi à huit heures du soir.

Nous tentâmes de convenir d'un point de rendez-vous. Le parc, de l'autre côté de la rue, se révéla être celui où le larbin poussait Cobbie sur les balançoires. Laurie suggéra que nous nous retrouvions devant la bibliothèque centrale, à quatre blocs de l'hôtel, puis deux blocs vers le sud, au coin de Grace Street et de Grenville Street.

— Grenville ?

— La moitié des rues d'Edgerton portent le nom de gens dont la famille est encore dans la région. Vous avez vu Cobden Avenue ? Le père de Stewart s'appelait Cobden Hatch, ce qui explique le prénom de Cobbie, bien sûr. À quelle heure on se retrouve ? Neuf heures et demie ? Un ami à moi qui travaille à la bibliothèque, Hugh Coventry, fait du bénévolat à la mairie le week-end. Elle est fermée, mais il a accès à tous les bureaux, et il arrive vers neuf heures.

Je lui demandai ce qui l'intéressait à la mairie.

— Edward Rinehart figure sûrement dans les archives. Et vous devriez peut-être jeter un coup d'œil à des duplicatas du certificat de mariage de votre mère et de votre certificat de naissance. Il n'y a rien de tel que la paperasse.

— Non, il n'y a rien de tel qu'une brillante compagne de table, corrigeai-je.

La plupart des clients levèrent les yeux quand nous nous dirigeâmes vers le podium. Le sourire de Vincent cachait à peine son regard salace.

Dans une alcôve du hall, je trouvai une cabine téléphonique et passai deux coups de fil. Lorsque je ressortis, Laurie Hatch faisait de son mieux pour paraître naturelle près d'un palmier en pot. Je me hâtai de la suivre à travers la porte à tambour. Le portier tendit le ticket jaune de la jeune femme à un adolescent empressé, vêtu d'un blouson noir, qui se précipita dans le garage.

— L'aventure nous appelle.

Laurie leva les sourcils en une amusante expression de conspiratrice espiègle.

Le jeune en blouson noir sauta à bas d'une Mountaineer Mercury bleu foncé, dont il tint la portière ouverte. Laurie me fit un clin d'œil puis s'éloigna en voiture, tandis que je traversais Commercial Avenue pour me diriger vers Lanyard Street et la boutique de prêts sur gages de Toby Kraft. D'après Toby, cette ruelà s'appelait jadis Whore's Alley, la ruelle des Putains, mais de nos jours, les meilleures tapineuses étaient mariées à un paquet de fric et habitaient Ellendale.

33

Je m'engageai dans Ferryman's Road, au sommet du triangle de Merchants Park. Des pelouses de cartes postales, devant des immeubles en briques à deux étages, bordaient les deux rues qui longeaient le triangle. Sur le perron du premier bâtiment, un colosse en uniforme brun triturait un trousseau de clefs. Me demandant quelle sorte d'entreprise avait besoin des services d'un vigile, un vendredi soir à Edgerton, je cherchai une enseigne que je ne trouvai pas. Ensuite, je remarquai les mots gravés dans le linteau de la porte d'entrée : COBDEN BUILDING. J'éclatai de rire : c'était là que Stewart Hatch employait l'argent de son père, de quelque manière que ce fût.

Les yeux du gardien, profondément enfoncés dans un visage à la couleur et à la texture des flocons d'avoine arrosés de sirop d'érable, se posèrent sur moi. Cet homme avait l'air trop âgé pour pareil travail.

— Ça fait un paquet de clefs, dis-je.

— Il y a un paquet de portes.

Il me fixait toujours, non pas avec la suspicion qui aurait été inévitable à Manhattan, mais avec une étonnante attention, comme s'il avait attendu quelque chose.

— Et j'ai beau me répéter que je devrais coller un bout de Chatterton sur la première, j'oublie à chaque fois. Ah, la voilà, cette saleté.

Son ventre tendit le tissu de sa chemise d'uniforme lorsqu'il brandit une des clefs.

— Vous travaillez pour Mr. Hatch ?

— Depuis quinze ans. (Son sourire s'élargit sans devenir plus chaleureux.) Vous êtes nouveau en ville ?

Je répondis que j'étais là depuis deux jours.

— Vous devriez visiter Hatchtown : ça, c'est la véritable Edgerton.

Ferryman's Road me rappelait certains endroits du Sud, des quartiers de Charleston ou de Savannah. Le sentiment d'avoir un but, lié à mon enquête sur la vie d'Edward Rinehart, m'exaltait. Avec le temps, l'incroyable histoire de Joy s'effacerait.

Mon père avait tellement de Différence en lui qu'il n'éprouvait aucun remords de ses actes. On aurait pu le surnommer Cruauté. C'est une malédiction, pas autre chose. Nettie a d'autres vues. Pour elle, rien de ce qui est Dunstan ne peut être mauvais. Mais Nettie ne sait rien du tout. L'essentiel de ce qui possédait notre père m'est revenu, à moi, et ça a tout fichu en l'air.

Arrivé à l'extrémité la plus large du parc, je tournai à droite, dans Chester Street, traversai un quartier de petits hôtels et d'immeubles résidentiels. Les fenêtres ouvertes déversaient des musiques tonitruantes. Mères et grand-mères étaient perchées sur les balcons. Devant une taverne, au coin de rue suivant, des hommes et des femmes vêtus de couleurs vives se trémoussaient au rythme de la chanson de Ray Charles qui résonnait dans le juke-box. Tandis que Frère Ray se consumait pour Georgia, les gens du quartier célébraient l'arrivée du week-end. Ayant tourné à l'angle, je dépassai une ruelle dans laquelle deux types déchargeaient des caisses d'un camion.

Sur Lanyard Street, les belles maisons d'autrefois avaient été remplacées par une cordonnerie, un magasin d'appareils ménagers, une épicerie familiale. Les trois boules en laiton d'un établissement de prêts sur gages pendaient au-dessus du trottoir désert.

Je regardai à travers la grille métallique descendue devant la vitrine, sur laquelle les mots KRAFT — PRÊTS SUR GAGES AU MEILLEUR TAUX étaient peints en lettres d'or. Deux petites ampoules brûlaient au fond du magasin. Lorsque je sonnai, j'entendis un bruit qui ressemblait à celui d'une perceuse électrique. Une porte s'ouvrit dans un soudain éblouissement, à l'arrière, et Toby Kraft apparut.

Il déverrouilla la grille puis la souleva.

— Rentre vite. C'est une vraie vacherie. À croire qu'il n'y a plus de justice dans le monde, s'il y en a jamais eu. (Toby referma la porte et mit en place une barre de sécurité. Sa main se referma sur la mienne.) Ta mère était une championne, fils. (Il me serra dans ses bras.) C'est arrivé ce matin, c'est ça ? Tu y étais ?

— On était encore chez tante Nettie, dis-je.

Il se lissa les cheveux, s'essuya les mains sur son pantalon.

— Comment tu te sens ?

— Je serais incapable de le dire.

— Tu veux un tord-boyaux ?

— Non, je venais juste... Ouais, pourquoi pas ?

— Il me reste un peu de boulot mais je n'en ai pas pour longtemps. (Comme je regardais le comptoir, il enchaîna :) On peut dire que ta mère illuminait la boutique, quand elle la tenait. Qui est-ce qui s'en occupe ? Spaulding ?

Il me fallut un moment pour comprendre de quoi il parlait.

— Nettie estime que j'ai trop dépensé.

Toby me fit signe d'entrer dans une petit pièce bien chauffée, à l'arrière du magasin, éclairée par des tubes fluorescents. Une table de travail métallique où s'entassaient des papiers faisait face au mur du fond. Une bibliothèque basse, chargée de registres verts et d'un coffre-fort en métal, jouxtait la demi-cloison séparant le bureau d'un espace plus sombre, occupé par des rangées d'étagères croulant sous la charge. De vieux calendriers ornés de femmes nues opulentes couvraient les murs. Les livreurs que j'avais aperçus dans la rue étaient en train de porter leurs caisses derrière la cloison.

— Kraft ? demanda l'un d'eux.

— Ce n'est que mon petit-fils. (Toby se retourna

vers moi.) Ne te laisse pas emmerder par les filles. Elles ont largement de quoi vivre. Quand a lieu l'enterrement ?

— Mercredi matin.

Je m'assis sur une chaise pliante.

Mon hôte soupira.

— Une seconde.

Il contourna la brèche pratiquée dans la cloison pour s'entretenir avec ses visiteurs. J'entendis le camion s'éloigner.

— Je suis content que Nettie et May aient de quoi vivre.

Toby se frotta le pouce contre l'index, m'adressant un clin d'œil.

— Je t'avais promis un verre. (Il tira un litre de Johnnie Walker Black Label et deux verres douteux du tiroir inférieur de son bureau.) Désolé de ne pas avoir de glace, mais je ne me suis jamais décidé à installer un frigo. (Un paquet de Camel sans filtre et un briquet en or sortirent de sa poche de chemise. Il versa six ou sept centimètres de whisky dans chaque verre.) Dommage que ce ne soit pas en des circonstances plus agréables. À Star. (Nous trinquâmes.) Tu tiens le coup ?

— Ça va, dis-je. J'ai vu Joy, aujourd'hui.

— Moi, ça fait un moment que je ne l'ai pas vue. (Nous bûmes. Quand il poussa la bouteille vers moi, je secouai la tête.) Ils vont bien, Clarence et elle, ou c'est trop demander ?

— Clarence a la maladie d'Alzheimer. Elle le garde sanglé dans un fauteuil roulant et elle le nourrit avec des petits pots pour bébé.

— J'imagine qu'il n'a plus beaucoup de conversation.

— Non, mais Joy m'a pas mal parlé, elle.

Il s'appuya au dossier de sa chaise et sourit.

— Tu es intelligent, je n'ai pas besoin de te faire un dessin. Joy est très malheureuse.

Je bus une autre gorgée de whisky en me demandant que répondre.

— J'imagine qu'il n'y a pas eu tellement de petits Dunstan à naître avec des ailes et des griffes, mais un ou deux des frères et sœurs de Howard devaient quand même être bizarres, parce que Clark m'en a parlé aussi.

Toby renvoya la tête en arrière et leva les yeux vers les tubes fluorescents. Une volute de fumée flottait vers le plafond.

— Tout d'abord... (Il empoigna la bouteille et se pencha vers moi.) Reprends un peu de whisky, c'est moi qui fais tout le boulot.

Je lui tendis mon verre, surpris de le découvrir presque vide. Toby remplit également le sien, reposa la bouteille, puis me contempla un instant. Je sentis que j'allais apprécier ce qui se préparait.

— Tout d'abord, reprit-il, pense au mari de Nettie. Je le dis comme ça parce que être le mari de Nettie représente pour Clark Rutledge un emploi à plein temps. Il est vice-président de Dunstan Incorporated, et il faut lui rendre une justice : il adore son travail. Quel est l'élément le plus important d'un emploi ?

— Le salaire ?

— Pas du tout. Un emploi te donne une place dans le monde. Clark est Quelqu'Un parce qu'il est un Dunstan, et il s'accrochera à ça jusqu'à la mort. Pour ne rien arranger, il n'est pas sur la longueur d'onde de tout le monde. Un jour il t'explique que les Juifs, dont je suis, sont responsables de l'arrivée de Hitler au pouvoir parce qu'ils avaient emmagasiné tout l'or allemand. Le lendemain, les Juifs sont un grand peuple parce qu'ils sont les Élus de la Bible. (Je souris.) Bon, ça, donc, c'était pour Clark. Ensuite, Joy. Elle s'est toujours sentie rejetée. Tu as remarqué qu'elle parle sans arrêt de son père ? (J'acquiesçai.) Howard était bizarre, mais il s'entendait bien avec Queenie. Ça posait un problème à Joy. Joy, c'était le genre de gamine à se plaindre en permanence. J'en veux plus, toujours plus, et j'en ai jamais assez, tu vois ? Ces femmes-là, elles en demandent systématiquement plus qu'elles n'ont, parce que ce qu'elles ont ne leur suffit jamais. Ça ne peut pas leur suffire, pour la bonne raison qu'elles l'ont. (Cette description me parut étonnamment juste.) Queenie savait manœuvrer le vieux, mais Joy ne réussissait qu'à se faire du mal. Il faut prendre ce qu'elle dit avec des pincettes, et encore.

— Elle pèse dans les quarante kilos. Clarence, lui, doit taper dans les soixante-quinze, et c'est un poids mort total. Elle le baigne tous les soirs.

— Jolie performance.

— Elle dit qu'elle a hérité des pouvoirs psychiques de son père, et que ce qui lui en reste lui suffit pour sortir Clarence du fauteuil roulant, le mettre dans la baignoire, le laver, le sécher, et le rasseoir.

— Il faut lui reconnaître une chose : ses histoires s'améliorent.

— Elle a fait avancer et reculer le fauteuil juste en le montrant du doigt. Ensuite, elle a levé la main, et le fauteuil s'est mis à léviter, à se balancer dans l'air. Clarence aimait tellement ça qu'il bavait comme un bébé.

Derrière ses verres épais, les paupières de Toby s'abaissèrent et se relevèrent sèchement à deux reprises, tels des stores. Je tendis la main vers la bouteille.

— Connasse de Joy...

Il se souleva de son siège et contourna la demi-cloison. Je l'entendis vérifier la serrure de la porte donnant sur la ruelle. Les Camel ressortirent de sa poche, il en prit une, l'examina avec attention. Lorsqu'il l'eut allumée, il se rassit sur sa chaise, où il se balança en me fixant à nouveau.

34

— C'est pour parler de ça que tu es venu ?

— C'est une des choses dont je veux parler, oui.

Il se passa une main boudinée sur le visage.

— Je te préviens que je n'en sais pas tant que ça.

— Tu en sais plus que moi. Et tous les autres refusent carrément d'ouvrir la bouche.

— Star ne voulait pas que tu sois au courant de ces histoires.

— Quelles histoires ?

— Ce qui s'est transmis dans la famille à partir d'Omar et de Sylvan. Tu sais qui sont Omar et Sylvan ?

— Oh, oui ! dis-je. Joy, surtout, m'en a parlé.

J'entendis sa voix frêle : *Mes grands-pères, c'étaient tout ce qui survivait de deux dieux païens ; ils auraient pu régner sur d'immenses royaumes, mais ils ne s'intéressaient qu'à la richesse et au plaisir. Pour construire la maison de New Providence Road, Sylvan a fait démonter pierre par pierre, brique par brique, le manoir ancestral, en Angleterre ; tout a voyagé par bateau et a été réassemblé exactement comme auparavant. Il aurait aussi bien pu flanquer son argent dans la cuvette et tirer la chasse. Mon père était exactement pareil.* C'est dommage [1].

— Elle aurait pu avoir la décence de tenir sa langue.

— Parce que ma mère ne voulait pas que je connaisse le secret familial ? Quoi que ce soit.

Toby but une nouvelle gorgée de whisky et pressa le verre contre la fourrure argentée qui jaillissait de sa chemise.

— Ta mère voulait te protéger. Je dirais qu'elle a plutôt bien réussi.

Je le contemplai sans mot dire.

Il leva la main gauche et la tendit, paume vers le

1. En français dans le texte. *(N.d.T.)*

haut, si bien que la fumée s'enroula autour de ses doigts. Ce geste signifiait : Ce n'est pas une affaire.

— Tu étais normal. Il y avait des choses qu'il valait mieux ne pas t'apprendre.

— J'étais normal ?

— Je crois que quand Joy était bébé, si on ne la nourrissait pas à temps, la merde volait à travers toute la maison, les vitres éclataient... Alors que toi, tu avais seulement tes crises. Ce qui n'est pas si rare. Ça se produit encore, au fait ? (Des souvenirs, des pensées du même ordre, commençaient à prendre forme dans mon esprit.) J'ai toujours espéré que ça te passerait avec l'âge.

— Toby, tu viens de dire : « Tu avais seulement tes crises. »

— C'est vrai. Ça t'est tombé dessus en plein le jour de tes trois ans.

— Mais tout le monde craignait que quelque chose d'autre ne m'arrive. Vous attendiez tous de voir si je n'allais pas me mettre à faire voltiger les bibelots du salon. (Son visage s'effondra en une moue lugubre. Il était pris au piège.) On parle bien de ce qui s'est transmis dans la famille Dunstan. Quand c'est arrivé à moi, c'était assez ordinaire pour paraître normal.

— Tu n'aurais jamais dû aller à l'université, soupira Toby. Tu sais trop bien écouter.

— Qu'est-ce qu'Howard a transmis à Queenie ?

— Ma femme était très Dunstan, je ne peux pas le nier. (Il but un peu de whisky et sourit pour lui-même.) Parfois, elle s'élevait cinquante centimètres au-dessus du lit et elle y restait. Alors qu'elle dormait à poings fermés. Elle soulevait les couvertures avec elle. Le truc le plus délirant que j'aie jamais vu. Et puis, elle *savait* des choses. (Un souvenir lui tira un petit rire.) La première année de notre mariage, deux couples d'imbéciles différents sont entrés dans la boutique histoire de se faire un peu de fric facile. Ils se disaient qu'une vieille dame comme ça, il suffirait de lui montrer un flingue pour qu'elle s'effondre. Ce qui s'appelle une grossière erreur de jugement. (Toby pouffa.) À la seconde où ils rentrent, Queenie empoigne le fusil à pompe qui est sous le comptoir. Elle leur fout une de ces trouilles, à ces petits salauds. « Hé, m'dame », qu'ils lui font, « c'est pas ce que vous croyez, posez ça avant qu'il y ait un accident. » Et Queenie leur répond : « Si vous faites pas repasser vos culs par la porte avant que j'aie fini de compter jusqu'à trois, va y avoir un accident, ouais. Seulement, vous, vous vous en rendrez pas compte. » Elle n'a plus jamais eu de problèmes avec les voyous.

— Tant mieux pour elle, dis-je.

— Queenie avait un sacré talent. Elle n'était pas devenue la reine des pies voleuses seulement parce qu'elle avait la main leste.

— Ah non ?

Toby exposa ses dents tachées.

— Disons que tu es dans la cuisine, en train de discuter de ceci et de cela, et que Queenie est à côté de la table. Tu vas chercher des glaçons dans le frigo. Quand tu te retournes, elle est passée par une trappe. Tu sors dans le couloir, tu gueules : « Queenie ? » La porte de la chambre s'ouvre et elle sort, un plumeau à la main. « Qu'est-ce qui se passe ? » tu demandes. Et elle, elle répond : « Il y a une toile d'araignée au-dessus de la fenêtre de la cuisine, et au cas où tu ne le saurais pas, le plumeau est dans le placard de la chambre. » Quand on a envie d'une nouvelle télé mais pas envie de la payer, un truc de ce genre procure un avantage certain.

— Les filles ont hérité du talent de leur père.

Toby remplit nos deux verres.

— Surtout Queenie, ensuite Joy et Nettie. Mais May a eu sa part. (Ses yeux dérivèrent sur le collage de femmes nues qui couvrait les murs.) Un jour qu'elle avait treize ans, elle descendait Wagon Road — Cordwainer Avenue, maintenant — dans le spider de la voiture d'Howard. D'après ce que m'a dit Queenie,

May a vu deux filles, dans une autre voiture, qui la montraient du doigt. Qui se foutaient d'elle, quoi. À mon avis, il a fallu plus que ça, parce que les Dunstan ne pouvaient aller nulle part sans se faire remarquer. Une fois, j'ai posé la question à May, mais elle me l'a joué vague, comme à son habitude. Quoi qu'il en soit, ça l'a tellement mise en colère qu'elle a déclenché un vrai feu d'artifice. Les pare-brise des voitures ont pété, les pneus ont explosé. Les lignes téléphoniques se sont cassées. Tout est devenu dingue.

La voix froissée de Joy bruissait à mon oreille :

Et ma sœur May a déclenché une véritable apocalypse dans Wagon Road — alors qu'à entendre mon père, c'était à peine une Dunstan. Une insulte gratuite et cruelle.

Puisque nous étions jeunes femmes, il a fini par se présenter un gentleman qui a manifesté du goût pour May. Il ne l'aimait malheureusement pas de la bonne manière, et il a voulu la forcer à lui obéir. En fait, ce qu'il avait en tête, c'était de la violer. May s'est retrouvée devant un cas de force majeure, *comme disent les Français. Elle est rentrée à la maison très agitée et elle m'a dit : « Joy, mon jeune gentleman a essayé de profiter de moi. J'avais tellement peur que j'ai trouvé la force de me révolter et de le démolir. Après, ce n'était plus qu'une petite flaque verte puante, dont l'image me poursuit. »*

Je ne vois pas comment on pourrait être plus Dunstan que ça.

— Il y a eu une histoire avec un type qui a essayé de la violer, dis-je.

— Cette bonne vieille Joy. Elle n'abandonne jamais un caillou avant de l'avoir retourné.

Je demandai à Toby s'il savait quoi que ce soit du père de Star.

— Queenie disait que c'était un batteur de jazz, mais elle ne m'a jamais révélé son nom. Elle affirmait que Star lui devait ses dons musicaux. À mon avis, c'était quelqu'un dans le genre des Dunstan. En fait, j'ai toujours pensé qu'Ethel Bridges, la fille de La Nouvelle-Orléans qui a épousé Sylvan après la mort d'Omar, était quelqu'un du même genre, elle aussi. (Il me sourit.) Tu n'étais pas plutôt bon, à la guitare, quand tu étais à Naperville ?

Star avait vanté mes performances de guitariste à Toby.

— Je faisais de mon mieux.

— Une ou deux fois, j'ai eu des clients qui sont venus avec des photos de grands orchestres, genre Duke Ellington ou Benny Goodman, dédicacées par les musiciens. En regardant les batteurs, je me disais : si c'est toi, tu as une fille que tu ne connais pas mais dont tu pourrais être fier.

— C'est gentil, dis-je, frappé par sa tendresse. Je suppose qu'on se fait des idées fausses sur les prêteurs sur gages.

— Tu sais ce qu'on est ? Les protecteurs de ceux qui ont besoin de protection. Ou du moins, on l'était, avant que les banques ne commencent à distribuer des cartes de crédit à droite et à gauche.

Soudain, très à retardement, je fus ébloui par une révélation.

— Mon Dieu ! (Ma peau palpitait.) Je viens de comprendre. Ma mère m'a mis dans des foyers d'adoption pour me protéger de sa famille.

— Eh bien, oui, approuva Toby, comme si j'avais remarqué qu'il était plus agréable d'avoir beaucoup d'argent et d'habiter un manoir que de tirer le diable par la queue avec des coupons de rationnement dans un taudis.

— Quand je rentrais à la maison, elle devait ordonner aux autres de surveiller leurs propos. Je n'étais pas censé savoir qui étaient les Dunstan.

— Elle voulait que tu aies une vie normale.

— Et ses tantes n'aimaient pas ça. Elles n'en voyaient pas l'intérêt.

Toby appuya les avant-bras sur le bureau encombré. Ses yeux semblables à des œufs étaient parfaitement clairs.

— Durant toute ta petite enfance, ma femme et ses sœurs ont espéré que le Dunstan qui était en toi se réveillerait. Quand tu as grandi et que Star a tapé du pied, ça a dressé comme une barrière.

— C'est pour ça que je ne suis pas revenu à Edgerton depuis l'âge de douze ans. Elle ne faisait pas confiance à Nettie et May.

Toby nous servit le reste du Johnnie Walker, l'essentiel dans son propre verre.

— Il était temps de la terminer. Avant de te coucher, tu devrais peut-être prendre une ou deux aspirines. (Il me sourit.) Il y a d'autre sujets dont tu aimerais discuter ?

— Un seul, dis-je.

— Envoie.

— Juste avant qu'on ne quitte l'hôpital, Star a prononcé un ou deux mots. À propos de mon père. (La tête de Toby se redressa lentement.) D'après elle, il s'appelle Edward Rinehart. (Les stores s'abaissèrent puis se relevèrent à nouveau derrière les verres épais.) Toute la famille veut que j'oublie cette histoire. Ils savent quelque chose, mais ils n'en parlent pas.

— Qu'est-ce qui t'en rend si sûr ?

— Star a vécu avec ce type avant de l'épouser. Nettie doit connaître son nom.

— Ce serait logique.

— Tu le connais aussi, Toby.

Il sourit.

— Je commerce avec des centaines de personnes par jour. Les noms, ça me rentre par une oreille et ça ressort par l'autre.

— Tu peux faire mieux que ça, affirmai-je.

Il s'écarta du bureau, qu'il contourna pour s'immobiliser face à la photo d'une brune qui offrait à pleines mains des seins évoquant des ballons de plage légèrement dégonflés.

— Je ne suis pas un minable. Je n'ai pas passé toute ma vie derrière un comptoir. En 1946, l'année après que j'ai quitté l'armée, j'avais un coupé Cadillac blanc et soixante mille dollars en banque. Des gens importants m'invitaient chez eux et me traitaient comme si j'étais de la famille. Un jour, j'ai tué un homme qui ne m'avait pas laissé le choix ; j'ai aussi passé six mois à Greenhaven pour une histoire dans laquelle, en gros, je couvrais quelqu'un d'autre. Toby Kraft n'est pas Clark Rutledge.

— Et à un moment, tu as croisé Edward Rinehart.

Il me fixa à travers ses lunettes.

— C'est Star qui t'a donné ce nom-là ?

— Absoluent. (J'essayai à nouveau.) Ab-so-lument.

Mon verre ne contenait plus qu'un centimètre de whisky.

— Je me rappelle peut-être quelque chose. (Il y eut une pause pleine de signifiant.) Après les obsèques, suppose que tu travailles ici une semaine ou deux. Cent dollars par jour, en liquide.

— Qu'est-ce que c'est ? Un échange ?

— Une proposition.

— C'est quand même un échange, mais d'accord, dis-je.

Toby fit mine de fouiller dans ses souvenirs.

— Je n'ai jamais rencontré ce Rinehart, mais je crois qu'il se débrouillait pas mal. D'après les vagues souvenirs que j'en ai, il avait ses entrées un peu partout. Je sais qui pourrait t'aider. (Il retourna à son bureau, s'assit et explora le fouillis jusqu'à trouver un crayon et un bloc-notes. Il tendit alors l'index vers moi.) Je ne t'ai pas donné son nom.

Il griffonna quelque chose, déchira la première feuille du bloc, la plia en deux et me la tendit.

— Mets ça dans ta poche. Jettes-y un œil demain et

prends ta décision. Si tu as envie d'oublier le passé, c'est bien aussi.

La pièce tout entière oscillait tel le pont d'un navire.

— *Hasta la vista,* conclut Toby, qui parut rapetisser lorsqu'il se leva.

35

Tout alla bien jusqu'à ce que j'entende brailler le juke-box. Plus je marchais, mieux je m'en tirais. Toutefois, quand j'arrivai, sans trop vaciller, dans la zone bruyante où Whitney Houston hurlait l'amour éternel, l'alcool et l'air nocturne montèrent à l'assaut de mon système nerveux. Un lampadaire se précipita à ma rencontre tandis que je dérivais sur le trottoir, et je l'entourai des deux mains avant qu'il ne s'éloigne.

Je m'y agrippai jusqu'à ce que le sol cesse de bouger, puis traversai la foule massée devant le bar, aidé par un monsieur qui me prit le bras et me propulsa vers le sud. Les femmes sur les balcons, jeunes ou vieilles, me regardaient avec une grande solennité. Enfin, j'atteignis Merchants Park et titubai jusqu'à un banc. Me laissant choir en son étreinte, je m'endormis.

Je m'éveillai avec des martèlements dans la tête et une vive douleur à l'estomac. L'éclat des lampadaires illuminait les mots gravés au-dessus de l'entrée du premier immeuble, de l'autre côté de la rue. CORDWAINER BUILDING. Lorsque je me remis sur mes pieds, la douleur de mon estomac acquit soudain de la substance et remonta à toute vitesse ; je régurgitai un demi-litre de bouillon rouge-brun sur l'asphalte.

Il était vingt-trois heures trente-cinq. J'étais demeuré sur le banc, comateux, au moins une heure et demie. Nettie et Clark ne dormaient pas encore assez profondément pour que je gagne ma chambre sans qu'ils m'entendent, et je n'étais pas assez présentable pour passer l'inspection, loin de là : j'avais besoin de me rafraîchir et de boire beaucoup d'eau.

Au bout du parc s'élevait une fontaine de bonne taille : un bassin de granit posé sur un haut piédestal octogonal. Je repérai un bouton en laiton sur le flanc du premier, fis jaillir l'eau, me rinçai la bouche, bus goulûment, m'aspergeai le visage, puis bus encore. Baissant les yeux, je remarquai une inscription, à la base du piédestal.

GÉNÉREUSEMENT OFFERT PAR STEWART HATCH. « AU BORD DES EAUX DE BABYLONE, VOUS VOUS ÉTENDREZ ET VOUS REPOSEREZ. » 1990.

J'avais devant moi une heure de temps libre qui demandait à être occupée. Redressant ma cravate, je boutonnai la veste de mon beau costume bleu et quittai le parc, d'une démarche pas si hésitante que ça, en quête d'Edgerton-by-night.

36

Deux rues égayées par des enseignes colorées et des façades de cinémas s'étendaient vers l'est depuis Chester Street. Une grosse flèche cramoisie clignotait à la manière d'un doigt de néon. Les lettres d'un rouge plus sombre qui dessinaient le nom de l'HÔTEL PARIS pendaient au-dessus d'une porte en verre fumé. Des groupes de trois ou quatre personnes, pour la plupart des hommes, arpentaient l'asphalte.

Low Street à ma gauche, Word Street à ma droite. Je choisis la seconde parce qu'elle était plus proche. Je n'avais pas fait deux pas que je remarquai une plaque de bronze moulée pour évoquer une feuille de parchemin partiellement enroulée. Au sommet se trouvaient les mots VIEILLE VILLE. Je m'approchai afin de lire la légende.

Site de la Vieille Ville d'Edgerton, Illinois, Important Centre de Commerce et de Loisirs pour les Voyageurs du Mississippi. Restauration en Cours Grâce à la Générosité de Mr. Stewart Hatch.

Les seuls signes de restauration visibles dans Word Street étaient les lampadaires, deux par bloc, munis de globes en verre blanc semblables à ceux des vieux becs de gaz Art Déco. Immeubles, bars, cinémas, magasins d'alcool, hôtels de transit et taudis avaient un air de chien battu, comme s'ils avaient craint de se faire expulser par la police. Des flaques de lumière au néon gisaient sur des briques sales et des rondins écaillés. Des hommes aux vêtements usés entraient à la sauvette dans les bars ou en sortaient. Çà et là, des personnes mieux habillées se promenaient sur les trottoirs. Des riverains, assis sur des chaises de jardin, profitaient de l'air nocturne.

À quelque distance de moi, un couple sortant tout droit d'une publicité pour un savon bio sans savon contourna un ivrogne adossé à la façade d'un bar. Un rongeur à l'allure familière, avec bouc et blouson de cuir noir, dépassa l'homme et la femme d'un pas vif avant de traverser la rue au pas de course.

En le voyant disparaître dans un passage éclairé par des néons vacillants, je compris que je venais d'entrer dans ce qui restait du village turbulent décrit par oncle Clark. La dernière survivance de l'Edgerton où équipages et passagers des vapeurs avaient débarqué pour jouer, visiter les bordels, s'émerveiller des ours dansants et des chèvres à deux têtes du champ de foire, se faire lire dans les lignes de la main et dérober la bourse. Elle demeurait en grande partie intacte, du moins par rapport à ce qu'avait été la ville de mes arrière-arrière-grands-pères le vendredi, tard la nuit.

Je traversai à mon tour en direction de la ruelle, sur les traces du rongeur en blouson de cuir.

37

Quelques secondes après être entré dans Dove Lane, j'appris qu'il existait deux Vieilles Villes, celle que formaient Low Street et Word Street, et l'autre, bien distincte, qui se cachait derrière la première. Un labyrinthe de ruelles sinueuses flanquées de passages encore plus étroits, plus sombres, traversant des places de la taille d'un timbre-poste dans leurs errances vers des culs-de-sac ou une voie plus importante. La philanthropie de Stewart Hatch ne s'était pas étendue à la Vieille Ville cachée : de simples ampoules montées sur des piliers de fer d'au moins soixante-dix ans éclairaient les venelles telles que Dove Lane. Une sur trois ou quatre était brisée, mais la rue ne s'en trouvait pas moins illuminée par les enseignes au néon et les fenêtres éclairées.

J'arrivai à un croisement après lequel seuls des immeubles abandonnés et des boutiques obscures bordaient encore Dove Lane. Je tournai à droite, m'engageant dans Leather Lane, dont la clarté me faisait prévoir boîtes de strip-tease et salons de massage. En fait, la lumière jaillissait de la vitrine d'une laverie automatique où une demi-douzaine de femmes à l'air fatigué attendaient sur des bancs, devant des essoreuses en pleine action.

Abandonnant Leather Lane, je suivis Fish, puis Lavender, Raspberry, Button, Treacle et Wax Lanes. À peu près comme je quittais Button, je pris conscience des pas discrets qui résonnaient derrière moi. Ils continuèrent de suivre les miens à travers Treacle et Wax, quoique je ne visse personne lorsque je me retournais. Wax me jeta dans Veal Yard, une petite place où la lumière brillait sur une fontaine asséchée, depuis les fenêtres de l'hôtel Brazen Head. Je la contournai pour prendre Turnip Lane, dépassai un bar, le *Nowhere Near*, puis entendis à nouveau marcher derrière moi. En regardant par-dessus mon épaule, j'aperçus une silhouette sombre mouvante. Mon cœur manqua un battement, et la silhouette disparut.

Pressant le pas sur les pavés glissants, je retrouvai l'animation de Word Street. Ce que je découvris de l'autre côté de la rue m'apprit exactement où je me trouvais.

Devant les portes vitrées d'un bar à deux étages, le furtif individu que j'avais suivi dans les ruelles de la Vieille Ville se trémoussait en traînant les pieds, à l'instar d'un drogué. Il expliquait quelque chose à une blonde rondouillarde vêtue d'une veste en jean à moitié déboutonnée : Cassie Little, la bien-aimée de Clark Rutledge. Le rongeur s'appelait Frenchy La Chapelle. Je les avais aperçus tous les deux aux urgences de Ste. Ann. Au-dessus de l'entrée du bar, les mots SPEEDWAY LOUNGE éclataient en néons roses.

Une main se referma sur mon coude gauche et une voix rocailleuse chuchota :

— Pour ce qui est de la cervelle, je sais pas, mais en tout cas, t'as des couilles, mon pote.

Le vieillard dépenaillé qui se tenait près de moi sourit de ma surprise. Des boucles grises et sales sous un chapeau plat ; des joues concaves, luisant d'un duvet gris ; des couches et des couches de vêtements répugnants ; une envahissante odeur d'alcool.

— Piney Woods, dit-il. Tu me remets ?

38

— Je n'étais pas là jeudi soir, dis-je. Mais j'ai entendu parler de vous par mon oncle Clark.

— À moins que tu ne sois pas ici en ce moment non plus, tu ferais mieux de reprendre Turnip Lane.

Il désignait quatre hommes, assemblés devant le Speedway, le visage fermé, la chemise ouverte sur un T-shirt tendu par un ventre proéminent. Ils avaient l'air de petits voyous de province n'ayant pas fondamentalement évolué depuis l'âge de seize ans. Trois d'entre eux portaient des battes de base-ball. Cassie Little était rentrée dans le bar, et le rongeur avait exercé ses talents d'évaporation. Je laissai Piney m'attirer en arrière dans la ruelle.

— Mes anciens partenaires au poker, je présume, dis-je.

— Eux et Staggers. (Le clochard se déplaça pour me masquer à leur vue.) Il y a quelques salopards sacrément colorés, à Mountry.

Je regardai par-dessus son épaule.

— Lequel est Staggers ?

— Celui au pantalon de treillis.

Celui au pantalon de treillis possédait le visage gâté, couturé, d'un homme ne s'étant jamais remis d'apprendre que, finalement, ce n'était pas lui qui menait le monde. Il frappait dans ses mains, grondait des ordres et, malgré son embonpoint, donnait l'impression de passer ses journées à pulvériser des rochers avec une masse.

— On dirait qu'ils s'apprêtent à se séparer pour jeter un dernier coup d'œil dans les environs.

— Quelqu'un me suit, dis-je.

— Je te répète que tu as eu de la chance. Si tu veux que ça continue, tu devrais te tirer de Hatchtown, pronto.

Je me hâtai de regagner Veal Yard. De l'autre côté de la petite place, sur la gauche de Wax Lane, Pitch Lane s'enfonçait plus profondément dans Hatchtown, sinueuse. Je la descendis en courant, espérant qu'elle me mènerait aux environs de Lanyard Street et de la boutique de Toby Kraft.

Pitch rejoignait Treacle sur toute la longueur d'une ruine en grand danger de s'effondrer, à l'odeur d'ammoniac et de pommes pourries. J'entendis encore cliqueter des pas dans mon dos, plus près. De l'autre côté du bâtiment délabré, je m'enfilai dans la continuation de Pitch, où je franchis sans cesser de courir nombre de virages et tournants obscurs. Les pas qui me suivaient résonnaient avec une détermination plus effrayante que ne l'aurait été de la hâte. Midden coupait Pitch mais... Oublie Midden. Sers-toi de ton imagination. Arrivé à Lavender, je regardai à gauche. Deux gamins dépenaillés, semblant tout droit sortis d'une photo des taudis de New York dans les années 1890, me fixaient depuis le porche d'un immeuble abandonné. Sur ma droite, un rire féminin haut perché s'échappait d'un boui-boui, le *No Regrets* ; plus loin, des pas lourds s'avançaient. Qui que pût être le premier homme, celui-là était un des amis de Joe Staggers.

Mes deux assaillants potentiels se rapprochaient, l'un par-derrière, l'autre sur ma droite, dans Lavender. Un des gamins eut un geste du pouce en direction de son épaule et s'écarta. Je bondis dans l'ouverture pour me retrouver au sein d'une obscurité parfumée à la lavande.

Des bandes de lumière brisées filtraient par les failles de la façade. Contre le mur du fond, plusieurs jeunes garçons dormaient sous des couvertures emmêlées. Rasant le mur, je cherchai une fissure assez large pour me permettre de voir à l'extérieur. Mon sauveur me suivait.

— Ils en ont après toi ?

— Je te remercie de ton aide.

— Tu pourrais me filer un peu de fric, alors.

Je sortis un billet de ma poche, le tins à la lumière d'une fente large d'un demi-centimètre, ce qui révéla le visage secret de George Washington — un dollar — puis le donnai au garçon.

— Tu vas te faire mal.

M'accroupissant, je posai l'œil contre la mince ouverture.

— Allez, lâche-moi un autre dollar.

Je lui tendis un deuxième billet.

— *Balance-le à l'Équarrisseur, Nolly*, mumura une voix, au fond de l'entrepôt.

La ruelle était toujours déserte, mais le pas lourd se rapprochait. D'un peu plus loin, me parvenait un léger *tap tap tap*. Le gamin s'allongea pour coller l'œil à une autre fente.

— *L'Équarrisseur, pour lui.*

Un T-shirt gonflé par une panse généreuse, et un bras épais que prolongeait une batte de base-ball arrivèrent en vue. Le gorille s'arrêta et observa le bâtiment qui s'élevait de l'autre côté de la venelle, derrière lui, puis il se tourna vers le vieil entrepôt de lavande. Sa batte résonna contre un pavé.

— T'as pas vu passer un mec ?

— Un ou deux, répondit le garçon qui se tenait devant la porte.

— Un touriste.

— Il est parti par là en courant. Il soufflait comme un bœuf.

Le ventre proéminent pivota.

— Ça fait combien de temps ?

— Il vient de passer.

L'homme à la batte s'éloigna et, bientôt, je repassai la porte en compagnie de mon sauveur. Je lui demandai si ses amis et lui habitaient le vieux bâtiment.

— On y dort quand il caille pas trop.

— Des fois, on gagne du fric en faisant des courses, ajouta l'autre garçon, plus petit.

— Par exemple, si tu as besoin de quelque chose en particulier, on pourra peut-être te le dégoter, expliqua Nolly.

— Vous pourriez m'aider à retrouver mon chemin pour sortir d'ici. (Ils échangèrent un regard.) Contre un dollar.

Nolly tendit sa main crasseuse et je me délestai d'un nouveau dollar. Il fila dans la direction opposée à celle qu'avait prise mon poursuivant, si vite que je le vis à peine partir. Il me guida à travers des passages appelés Shoelace, Musk et Pineapple.

— Où est-ce qu'on débouche ?

Je verrais bien quand on y serait.

Pineapple nous jeta dans Honey, une ruelle large de deux mètres, à l'autre bout de laquelle brûlait un lampadaire. Mon cicérone hésita. Des pas traînants nous parvinrent depuis une venelle voisine. Une seconde plus tard, ils furent couverts par le bruit de semelles en cuir claquant contre les pavés. Nolly détala. Je m'élançai à sa suite, désagréablement conscient du fait que les deux hommes m'entendaient autant que je les entendais. Nous débouchâmes sur une place de poche appelée White Mouse Yard. Le gamin désigna une trouée obscure.

— Prends Silk Lane. Tu suis Silk, puis Glass et Beer, et tu es dehors.

Il s'enfuit ensuite dans une ruelle perpendiculaire.

Mes poursuivants se rapprochaient toujours.

Je me mis à courir dans Silk. Les pas lourds semblant se diriger vers moi, je m'arrêtai pour regarder en arrière. Le son décrivait une grande boucle à travers la ruelle étroite, si bien qu'il paraissait venir de l'avant. Comme je continuais mon chemin, les pas plus légers, ceux qui cliquetaient, résonnèrent sur le côté. Au bout de la venelle, je virai à l'aveuglette dans ce que j'espérais être Glass et m'élançai vers le croisement suivant, éclairé par un lampadaire. Soudain conscient que les seuls pas audibles étaient désormais les miens, j'arrachai mes mocassins en jurant.

Une large silhouette franchit le coin de la rue et s'avança sous le lampadaire pour me barrer la route. Elle fondit sur moi, batte de base-ball brandie.

À cet instant précis, quelqu'un m'empoigna par le col, me fit pivoter et me jeta sur les pavés. Lorsque je relevai la tête, le quelqu'un en question courait sus à mon assaillant et bondissait sur lui à la manière d'un tigre. Tandis que je cherchais mes chaussures à tâtons, la batte racla une paroi, se leva dans un éclair puis s'abattit. Il y eut un bruit humide, semblable à celui d'une pastèque qu'on écrase. La batte s'abaissa à nouveau, dans un impact plus brutal mais plus étouffé. Je m'écartais du carnage quand elle tomba à terre et roula vers moi.

Au-dessus de ma tête, un homme se penchait par une fenêtre éclairée. Dans la faible luminosité, un lourd cadavre gisait sur le sol. Une mince silhouette en costume bleu gagna d'un pas nonchalant le bout de Glass Lane. Comme dans un rêve, je sentis monter en moi une terreur dont la moitié venait de l'anticipation.

L'homme s'avança sans hâte en pleine lumière, au croisement, et se tourna pour me faire face. Il souriait de la réplique qu'il préparait. Je n'avais plus l'impression de rêver, mais l'angoisse qui me collait aux pavés me paraissait cependant importée tout entière d'un authentique cauchemar. L'idée de ce qu'allait dire l'inconnu m'emplissait d'horreur.

— Il ne faut jamais refuser l'invitation d'une dame, Ned.

Sa voix était à la fois semblable à la mienne et différente.

Mon double obscène me souriait avec un dédain moqueur quoique affectueux. En une fraction de seconde, je surpris sur son visage un écho de l'impression de familiarité qui me faisait jaillir hors de mon rêve récurrent. À l'instant même où il disparaissait au fond de la ruelle minuscule, je réalisai que Star m'avait révélé son nom.

Je me sentis sur le point de m'évanouir, de m'effondrer et de pleurer sur un chagrin logé au plus profond de mon cœur, ou bien de m'élever à cinquante centimètres du sol et d'exploser en lambeaux sanglants. Robert s'était montré à moi. Impuissant, je m'avançai comme pour le suivre, puis fis demi-tour et partis en courant.

39. Mr. X

Que m'arrive-t-il ? Quel démon m'accable-t-il en me plongeant dans ce fameux état qui évoque la berge d'un fleuve ?

Je baisse la tête, honteux d'avoir douté de mon Maître et de son Œuvre. Qui suis-je ? Qui était mon véritable père ? *Ces Whateley avaient l'intention de les laisser entrer, et le pire d'eux tous est encore parmi nous*[1] *!*

(En transcrivant ces mots superbes, j'ai été saisi par une vague de fou rire dont je commence seulement à me remettre. J'essuie des larmes de joie et je continue.)

Je rapporte ici mes révélations, dans l'ordre où elles m'ont été accordées.

La dépression qui imprégnait mes précédents écrits m'avait découragé de mes errances nocturnes : je me suis donc effondré sur mon lit avant minuit et éveillé au lever du jour, désespéré. Assis devant la portion propre de ma table, je cherchais parmi les débris une moitié de biscuit déposée là moins d'une semaine

1. H.P. Lovecraft, *L'Abomination de Dunwich*, trad. Jacques Papy. *(N.d.T.)*

auparavant. Quand ma main s'est refermée autour du gâteau durci, une grande lumière est descendue sur moi des cieux obscurs et un orchestre invisible a joué un accord monumental, auquel ne manquaient pas même les timbales. L'arrivée de cette radieuse harmonie emplie de lumière (emplie de ténèbres) ne signifiait qu'une seule chose. Star Dunstan avait cessé d'être et rendu l'âme, au revoir, adieu, bla bla bla, amen.

Outre le sentiment de revanche que m'inspirait la fin de Star-la-truie, la conscience instantanée que j'en ai eue a chassé les nuages menaçants de mes cieux intérieurs. Voilà ! Voilà la preuve que tout n'était pas qu'illusion, que ma Mission se poursuivait. Mes pères cruels me souriaient, si tant est que de tels Êtres puissent sourire. J'ai jeté le biscuit fossilisé vers la poubelle (du moins vers l'amas luisant où se trouvait naguère la poubelle), puis bondi sur mes pieds et fait les cent pas sur les sections de sol libre jusqu'à ce qu'assez de temps se soit écoulé pour qu'on ait découvert le corps. Au bout de dix minutes, j'ai appelé le deuxième meilleur hôpital d'Edgerton — et connu un instant de malaise tandis que mon appel était transmis au service concerné. Pire encore, une certaine miss Zwick m'a annoncé que les patients des Soins intensifs ne pouvaient recevoir de coups de téléphone mais que mon message serait transmis à celle que je souhaitais joindre. J'en ai prononcé le nom. L'admirable Zwick n'a pas hésité une demi-seconde avant de m'informer d'un ton très professionnel que Ms. Valérie Dunstan venait de rendre le dernier soupir.

Même quand on s'y attend, c'est le genre d'événement qui chasse le cafard.

Revitalisé, j'ai passé la journée à étudier les Textes Sacrés du Maître de Providence, notant au passage une centaine de détails significatifs que j'avais jusqu'alors négligés. Par exemple — pour n'en citer qu'un —, quoique j'aie lu à d'innombrables reprises *Le Modèle de Pickman*, je n'avais encore jamais remarqué l'importance de ces lignes :

Bah ! À première vue, je vous garantis que je puis vous mener dans une quarantaine de petites rues et autant de lacis de petites ruelles dont moins de dix personnes vivantes connaissent l'existence, à part les étrangers qui y grouillent... Toutes ces vieilles demeures... regorgent de merveilles, d'horreurs et de miracles hors du commun [1].

Pourquoi avais-je douté ? Le Maître de Providence décrivait Hatchtown !

Je propose — je *visualise* — une fois de plus un Musée des Dieux Aînés semblable au Walhalla. Les Archives de mes aventures, ouvertes à la présente page du journal *Boorum & Pease*, reposent en une sorte de diorama sur une réplique de ma table, près d'une copie de mon MontBlanc (pointe moyenne). À quelques pas — ou quelques reptations — de là, la reconstitution du bureau et des outils d'écriture du Maître. Une image animée de moi-même se lève, marche jusqu'à l'évier et adopte une posture d'orateur, peut-être pour réciter deux ou trois lignes poignantes de ces Archives. Ce serait approprié, après tout...

Le lecteur sensible comprendra mes larmes.

Le Sage avait tourné vers moi son œil plat, en amande, et il avait cligné de la paupière. Mes larmes étaient celles d'une résolution apaisante, depuis longtemps contenue. Le mot *extase* ne serait pas déplacé.

Ainsi donc, plus tard, j'ai saisi l'occasion d'une « pause » de trente minutes, d'un sursis dans l'humble occupation qui me permet de payer mon loyer ainsi que de maintenir la cohésion de mon corps et de mon âme, pour me glisser à l'extérieur et profiter de l'air nocturne. J'étais prêt à tout. Les points d'exclamation du Maître confirmaient ma Mission en résonnant dans

1. H.P. Lovecraft, *Le Modèle de Pickman*, trad. Jacques Papy. *(N.d.T.)*

mon oreille interne quand je suis parti à l'aventure dans les chemins de traverse et les places dissimulées de Hatchtown.

40. Mr. X

Je me suis fondu aux groupes de touristes, demeurant par habitude dans l'ombre, quoique la plupart de ces imbéciles auraient eu peine à me voir même si je m'étais posté sous un lampadaire pour jouer « Lady of Spain » à l'accordéon.

Sur le chemin de Word Street, j'ai remarqué quatre mauvais garçons d'âge mûr qui sortaient discrètement de Purse Lane. Trois d'entre eux portaient des battes de base-ball, et la manière dont ils observaient les rues, les regards qu'ils jetaient par la porte ouverte des tavernes les dénonçaient comme des chiens de chasse en quête de gibier. L'atmosphère de rudesse mal dégrossie de Mountry les enveloppait tel un brouillard. Là-bas, tout n'était que collines et vallées reliées par des routes boueuses et défigurées par des cabanes dont les cours broussailleuses accueillaient vieilles voitures, appareils électroménagers hors d'usage, voire, parfois, cochons. Mountry m'avait fourni une inépuisable réserve de brutes sans cervelle à l'époque où je pratiquais l'art et le crime. Sans doute le coin n'a-t-il pas beaucoup changé. Je me suis dirigé sans être vu vers les quatre gorilles, et la plus mûre des prunes est tombée tout droit dans ma main abasourdie.

Sa chute a commencé par la vision de Frenchy La Chapelle, qui se dandinait sur ses talons sans quitter de l'œil la meute de chiens de chasse, prudent. Il les connaissait. Ça le rendait nerveux. Quoique semblables au sens où ils violaient la loi à la moindre occasion, Frenchy et les gars de Mountry appartenaient à deux espèces différentes qui se considéraient instinctivement comme des ennemis naturels, au même titre que le cobra et la mangouste. Leurs types physiques antithétiques accentuaient cette hostilité instinctive, les Frenchys tendant vers une onctuosité de rongeurs, les ploucs partageant une tendance aux ventres en sacs de patates et aux visages en bifteck.

Tandis que je déambulais, invisible, au côté des brutes, celle qui les commandait a marmonné cette imprécation céleste :

— Dunstan est quelque part dans le coin. Fouillez toutes les rues et retrouvez-moi au Speedway.

Quand j'ai entendu ça, mon cœur, ce vieux cheval de bataille, s'est mis à écumer.

Je me suis hâté de traverser la rue pour me matérialiser près de Frenchy. Au fil des années, j'ai eu de temps à autre recours à ses services, toujours avec la sensation de m'inscrire mystérieusement au sein d'un spectre de visibilité plutôt que de me rendre visible ou quoi que ce soit d'aussi décisif. Pour Frenchy, à un instant, je ne suis pas là, à l'instant d'après, j'y suis. Ce phénomène le trouble bien plus qu'il ne le laisse voir.

Lorsqu'il a pris conscience de ma présence, il a tressailli, puis haussé l'une après l'autre ses épaules étroites, feignant de se livrer à des exercices d'assouplissement. Les types comme Frenchy ne s'assouplissent jamais, et leur seul exercice consiste à fuir la police.

— Comment ça se fait que je t'entende jamais arriver ?

— Tu ne regardes pas au bon endroit.

Après un rire saccadé, *rat ! tat !,* il a sautillé sur place, puis inspecté à nouveau l'autre trottoir de Word Street.

— Tu connais ces ploucs ?

Il m'a lancé un regard méfiant avant de fourrer les mains dans les poches de son blouson de cuir.

— Je les ai peut-être déjà croisés au Speedway.

(J'ai levé la tête pour exposer mon œil gauche sous le bord de mon chapeau.) Il y en a un qui s'appelle Joe Staggers. Je suis un peu occupé, en ce moment.

— Mais non, ai-je contré. Il y a deux nuits, tu étais très occupé derrière Lanyard Street, avec Clyde Prentiss. Ce soir, tu n'as rien d'autre à faire que m'écouter.

Frenchy s'est contraint à afficher un semblant de confiance.

— Clyde est juste un pote à moi, d'accord ?

— Le vieil entrepôt Grueber, ai-je insisté. Des micro-ondes. Vous en avez embarqué combien, avant que Clyde se fasse piquer ? Une douzaine ?

Il respirait par la bouche, tout en admirant des fenêtres éclairées dans les hauteurs d'un immeuble délabré, de l'autre côté de la rue.

— À peu près dix. Je les ai balancés dans le fleuve.

Ça, c'était ce qu'il *aurait dû* faire. En vérité, les douze micro-ondes volés s'empilaient contre un mur de son minuscule appartement.

— Clyde Prentiss représente une menace pour ta liberté, ai-je poursuivi. S'il se remet, il va te dénoncer en échange d'une réduction de peine. Il ne manquerait pas de gens pour dire qu'il aurait pu rendre à ses amis le service de mourir.

Frenchy tentait de jouer l'indifférence.

— Le pauvre risque d'y passer d'un moment à l'autre. Il a le cœur fragile. C'est du cinquante-cinquante.

— Je vais améliorer ce pourcentage, ai-je affirmé. (Il a cessé de se trémousser.) Demain matin, tu n'auras plus à t'en faire pour Prentiss. En échange, tu vas te charger de quelques courses pour moi. Tu seras rémunéré. Voilà ton premier salaire.

Un billet de cinquante dollars est passé de ma main à celle, blafarde, de Frenchy, puis dans une poche à fermeture Éclair.

Il a risqué un coup d'œil de côté.

— Euh, tu veux dire que...

— Tu sais très bien ce que je veux dire. Après qui en ont ces abrutis ?

Je voulais apprendre ce qu'il savait au juste.

— Un certain Dunstan leur a soufflé un paquet de fric pendant une partie de cartes. Ils l'ont mauvaise.

— Tu le reconnaîtrais, ce Dunstan, si tu le voyais ?

— Ouais.

— Je veux que tu écumes les rues. Si tu le vois, préviens-le que quelqu'un veut le rencontrer dans Veal Yard. Montre-lui le chemin. Si jamais tu tombes sur Staggers et ses copains, envoie-les dans la direction opposée. (Tandis qu'il s'éloignait, j'ai ajouté :) Tes micro-ondes, tu devrais les décharger à Chicago.

Frenchy a détalé, comme propulsé par un réacteur. Retraversant Word Street, je me suis glissé dans la venelle la plus proche. Ma rencontre avec Maître Dunstan, si longtemps retardée, n'aurait pas lieu avant l'anniversaire de ce sale gosse, mais dans l'intervalle, ironiquement, il m'appartenait de le protéger. J'ai remonté le Crin en me réjouissant déjà de verser bientôt une bonne pinte du sang de Mountry.

Je souhaiterais l'existence d'une dizaine de Crins, quoiqu'un seul me suffise. S'enflant et se contractant sans cesse, il est aux autres ruelles ce qu'elles sont aux rues importantes. Le Crin va et vient en sinuant à travers tout Hatchtown ; entre ses murs, l'auditeur expérimenté parvient à discerner une bonne partie de ce qui se passe autour de lui. D'excellente humeur, j'ai attendu des émissions en provenance de Mountry.

Les résidents de la vieille ville titubaient vers leurs logis, s'engouffraient dans les tavernes, se battaient, copulaient. Des enfants braillaient, dormaient, braillaient encore. Il m'a bien semblé entendre Piney Woods fredonner, tout en remontant Leather d'un pas traînant en direction de Word Street, mais il aurait pu s'agir de n'importe quel autre clochard assez âgé pour se rappeler « Chattanooga Choo Choo ». Lorsque je plongeai dans Veal Yard, la musique que je cherchais me parvins depuis Pitch et Treacle.

La musique en question était constituée par le *clic-slop, clic-slop* de pavés rencontrant des bottes ferrées aux talons usés, les souliers les plus courants dans la haute société de Mountry. J'ai emprunté Wax. L'imbécile me facilitait les choses en tapant sa batte de base-ball contre les briques, ce qui produisait un *toc !* sonore, aussi révélateur qu'une fusée éclairante. J'étais toujours incapable de dire s'il se trouvait sur Pitch ou sur Treacle, mais en forçant un peu l'allure, j'arriverais quelques secondes à peine derrière ma proie au point où les deux ruelles se jetaient dans Lavender. Concentré sur le *clic-slop, clic-slop* et un *toc !* occasionnel évoquant un radar, j'ai tenté d'ignorer les sons provenant des venelles adjacentes. Deux pas distincts, cependant, n'ont pas tardé à attirer mon attention.

Pour ceux qui savent écouter, les pas sont aussi parlants que les empreintes digitales. Deux hommes de poids équivalent qui traversent un terrain humide avec des chaussures identiques laissent des empreintes grossièrement semblables, mais leurs pas diffèrent par un millier de détails. C'est justement leur similarité déraisonnable qui m'a intéressé dans ceux provenant de Pitch ou de Treacle. (Ils n'étaient pas identiques ; même des jumeaux sont incapables de reproduire le pas l'un de l'autre.) Le premier homme avançait avec crainte — et sa démarche irrégulière trahissait une trop grande absorption d'alcool. Le second se déplaçait avec une grande assurance, non seulement sans la moindre gêne, mais comme si les concepts de gêne ou d'obstacles n'existaient pas pour lui — c'était le pas d'un être inhumain.

Je dois à présent signaler un fait qui dépasse l'entendement du lecteur mortel : dans le pas d'un être inhumain, il est impossible de détecter quoi que ce soit ressemblant de près ou de loin à de la morale. Une transcendante impitoyabilité émanait de cette deuxième série de pas approchant la jonction entre Pitch, Treacle et la plus large Lavender Lane.

Et pourtant ! Quoique la première ne contienne littéralement aucune résonance inhumaine ou angélique, façon de parler, elle ressemblait étrangement à la seconde.

~~C'était comme~~

~~Je me sentais comme si~~

~~J'aurais aussi bien pu me tenir devant~~

Ô Vous, Êtres Suprêmes, dans sa présente euphorie, Votre Serviteur ne peut pas mieux décrire l'émotion induite par cette impossible ressemblance que grâce à l'adjectif favori du Maître de Providence : *eldritch* [1]. J'avais entendu le pas de mon fils. Conscient d'être poursuivi par le plouc, il possédait la capacité de le tromper en émettant un signal factice de... je ne sais trop comment appeler ça. Une hallucination auditive ? Je possède de grands talents, mais pareil prodige m'est aussi inaccessible que le voyage dans le temps. Puisque mon adversaire disposait de plus de ressources que je ne le supposais, j'ai repris ma route mais ne me suis hâté de suivre les méandres du Crin que pour arriver dans Lavender après la bataille.

Depuis ma cachette, j'ai aperçu un des gamins des rues qui se rassemblent ici la nuit, adossé à la porte d'un entrepôt abandonné. Le gorille s'éloignait en roulant des mécaniques. Après un moment d'indécision consternée, j'ai jugé possible que mon enfant pervers ait croisé Frenchy, après tout. Revenant sur mes pas dans le Crin, j'ai volé jusqu'à un Veal Yard désert.

Je courais dans le chemin de traverse en jurant, lorsqu'à ma grande surprise, j'ai entendu les pas hallucinatoires descendre Lavender en compagnie de ceux d'un gosse. J'ai fini par arriver assez près pour reconnaître

1. Généralement traduit dans les textes de Lovecraft par *hideux*, mot qui ne possède hélas pas la même puissance que l'original. *(N.d.T.)*

en l'enfant Nolly Wheadle, que j'ai parfois chargé de commissions anodines. Lorsque j'ai réalisé que notre petite excursion nous entraînait vers la frontière sud de Hatchtown, l'exercice est soudain devenu clair : quoique mon fils unique dispose peut-être de pouvoirs occultes inconnus de son père, il était nul en géographie. Il avait engagé Nolly pour lui faire quitter le quartier !

La compréhension totale n'est pas arrivée avant que les individus qui me précédaient n'atteignent une surface pavée, White Mouse Yard, où tous deux (ainsi que moi-même, demeuré prudemment en arrière) ont entendu le *clic-slop, clic-slop* du gorille, qui traversait une ruelle proche. En nous parvenant alors, les pas inhumains ont réduit mes convictions à néant. Nolly s'est enfui, hurlant des indications au touriste. Mon fils et adversaire approchait, mais dans la destruction de toutes mes certitudes, je n'aurais su dire de quelle direction. Je suis resté dissimulé dans le Crin. Quand le touriste s'est engagé lourdement dans Silk Lane, je me suis hâté de rejoindre la ruelle suivante. À l'entrée de Glass Lane, je me suis plaqué contre les briques pour observer un carrefour éclairé par un lampadaire, et j'ai reçu ma troisième révélation de la journée — la plus importante.

Un homme en costume sombre courait dans la venelle. Il a ôté ses chaussures avant de continuer à trotter vers ma cachette. Il n'était pas encore assez près pour que la lumière me révèle ses traits, quand le gorille a franchi le coin d'une ruelle adjacente, brandi sa batte et s'est lancé à l'attaque. Je me suis avancé en terrain découvert afin de mettre un terme à l'échauffourée. Alors, à ma stupéfaction, une seconde silhouette, en tous points similaire à la première, est arrivée sur les lieux au pas de course. L'une des deux était celle de mon fils, mais laquelle ?

J'ai reculé. Une musique pleine de promesses emplissait mes oreilles.

L'arrivant a poussé le touriste de côté et bondi sur le plouc. Sans aucun doute, c'était mon fils. Il ne lui a fallu que quelques secondes pour s'emparer de la batte de base-ball et l'abattre sur le crâne de son adversaire. La cervelle a giclé sur les murs. Tandis que quelqu'un se penchait à une fenêtre, en haut d'un immeuble, l'arme a cliqueté sur les pavés.

Tout en observant la beauté insouciante de ses traits, l'obscurité de ses yeux luisants, l'angle abrupt de ses pommettes, j'ai vu mon enfant se diriger vers le lampadaire, pas plus troublé d'avoir commis un violent homicide que ne l'aurait été son père. La radieuse monstruosité de l'Adversaire démentait totalement la terreur, la consternation pleurnicharde qui caractérisaient ses apparitions sous forme d'ombre. Cette petite merde avait dû acquérir pareille assurance aux environs de l'époque où j'éliminais de la terre, selon les Ordres, les derniers Dunstan ne résidant pas à Edgerton — ces rebuts parmi lesquels je me suis propagé comme une épidémie.

Mais que diable préparait-il, et qui était (qu'était) la réplique dont il avait sauvé la vie ? Plaqué contre le mur, j'ai observé le théâtre de l'action inondé de sang.

Mon ennemi s'est engagé sous les feux de la rampe, étincelant. Avec la conscience de soi que procure l'art délibéré, il a paru hésiter. Ce démon savait exactement ce qu'il faisait. Il *posait.* Lentement, négligemment, il m'a tourné le dos pour faire face au spectateur du premier rang. Après un délai superbement minuté, il a ouvert la bouche.

Malheureusement, il n'a prononcé que quelques mots décevants en rapport avec l'hypothétique obligation échue aux mâles d'honorer les avances sexuelles des femelles. À l'évidence, il avait couché avec une fille que l'autre avait repoussée. Mes récepteurs internes continuaient de bourdonner dans l'attente d'informations essentielles. Mon formidable fils et adversaire a disparu dans la ruelle perpendiculaire.

Comme s'il lui avait été attaché par un élastique, l'autre a titubé jusqu'au cercle lumineux du lampadaire.

Découvrir à quel point j'avais été près de comprendre, tout en échouant totalement, a failli me tirer un éclat de rire. Je contemplais plus ou moins le même visage — considérablement plus que moins. Ils étaient frères.

Star Dunstan avait donné le jour à deux garçons, et tandis que je cherchais vainement le premier, c'était le second, apparemment prénommé Ned, dont l'ombre flottait derrière moi lors de leurs anniversaires communs. La mort de Star les avait attirés tous les deux à Edgerton, mais encore quelques instants auparavant, l'imbécile qui hésitait à présent à la lisière de la lumière avait tout autant que moi ignoré l'existence de son frère. *Star n'avait pas voulu qu'il sache. Star l'avait protégé.* Étourdi, il s'est avancé pour suivre son jumeau, mais la peur lui a fait rebrousser chemin et il a décampé.

J'avais reçu ce dont j'avais besoin depuis si longtemps.

4

COMMENT JE TROUVAI ENFIN MON OMBRE, ET CE QU'ELLE FIT

41

— Sous le lit, ce n'est pas nouveau, comme concept, mais vous avez poussé ce machin tout au fond. Vous aviez peur qu'on vous pique vos gains ?

Le lieutenant Rowley haussa ses sourcils couleur rouille vers ses cheveux broussailleux couleur rouille. Les rides de son front se creusèrent, sa bouche s'étira jusqu'à devenir une simple ligne, et des ravines qui paraissaient tracées à la hache apparurent sur ses joues tannées. Il souriait : il s'amusait follement depuis trois heures trente du matin — il était quatre heures cinquante-six —, moment auquel lui et l'agent Treuhaft, un totem humain gainé de bleu, avaient réveillé Nettie et Clark puis investi ma chambre afin de me lire mes droits et de m'arrêter pour le meurtre d'un dénommé Minor Keyes. Rowley commençait tout juste à trouver sa vitesse de croisière.

— Je n'ai pas gagné cet argent. Je l'ai apporté avec moi de New York.

— Vous emportez toujours cinq ou six cents dollars quand vous quittez la grande ville ?

— Je ne savais pas si ma carte de crédit fonctionnerait dans les distributeurs, ici, dis-je pour la quatrième ou cinquième fois. Je n'ai pas tout retiré d'un coup : ça s'est accumulé petit à petit pendant la semaine dernière.

— C'est bizarre comme ça correspond à ce que Staggers et les autres affirment avoir perdu. Et le pire, c'est qu'ils vous ont identifié. (Son visage se fit un peu moins sauvage.) C'est dur, Ned, mais ce n'est pas aussi mal engagé que vous le croyez.

Un jeune policier entrebâilla la porte, s'approcha de Rowley et lui murmura quelque chose à l'oreille. Le lieutenant lui planta un doigt sur l'épaule et le repoussa en arrière.

— Lisses ? Pas d'empreintes ? Vous voulez bien me foutre le camp ?

Rowley avait environ quarante-cinq ans, plus ou moins le même âge que Stewart Hatch, mais il semblait avoir emprunté sa peau à un individu de dix ans son aîné, et mort récemment de surcroît.

— Je suis sérieux. (Il contraignit un peu de vie à animer son visage.) Vous savez quoi ? En ce moment, je suis votre meilleur ami. (Il rapprocha sa chaise de la table.) Laissez tomber l'argent. Joe Staggers et ses potes savent que vous le leur avez pris au Speedway, et ils savent aussi que vous étiez cette nuit à Hatchtown. Si vous continuez à prétendre le contraire, ce qui vous attend, c'est la prison à perpétuité.

— Je n'étais pas en ville le soir de la partie de poker, affirmai-je.

Le policier me fixa droit dans les yeux.

— Je suis de votre côté, Ned. Je sais ce qui est arrivé. (Il abattit la main sur la table.) D'un seul coup, un type vous a foncé dessus avec une batte de baseball. Tout s'est passé en deux secondes. Pour moi, vous vous êtes conduit en Marine. Vous ne saviez sans doute même pas qu'il était mort, je me trompe ? (Il écarta les bras.) En vingt-deux ans de service, je n'ai jamais entendu de meilleure défense. Dites la vérité, et vous avez toutes les chances d'être libéré. On pourrait enregistrer votre déposition, histoire de vous mettre sur le chemin de chez vous.

— Je n'ai jamais gagné le moindre argent aux cartes, répétai-je. Jeudi soir, un camionneur employé par Nationwide Paper, Bob Mims, m'a pris en stop dans l'Ohio et m'a lâché au Motel Comfort. J'y ai rencontré une DA adjointe de Louisville, qui m'a assuré qu'elle m'emmènerait ici le lendemain. Elle s'appelle Ashleigh Ashton, et elle est descendue au Merchants Hotel. Hier matin, elle m'a déposé à l'hôpital Ste. Ann. Hier soir, je suis tombé sur Mrs. Ashton et Mrs. Hatch au Madrigal, où elles m'ont invité à leur table. Ensuite, j'ai rendu visite à Toby Kraft, chez qui j'ai trop bu. En revenant ici, je suis passé par Merchants Park, où je me suis endormi sur un banc. Je suis rentré chez ma tante aux alentours de minuit et quart ou minuit et demi.

— Vingt minutes plus tard, peut-être ? Un témoin situe le crime à minuit vingt-six.

— Et si vous appeliez Mrs. Ashton pour lui demander où j'étais jeudi soir ?

— On va le faire, affirma Rowley. On va voir Mrs. Ashton et entendre ce qu'elle a à raconter à propos de jeudi. Ça n'a pas le moindre rapport avec ce qui s'est produit la nuit dernière à minuit vingt-six, mais on va quand même vérifier. En attendant, réfléchissez à ce que je vous ai dit.

— Je ne peux pas avouer un meurtre que je n'ai pas commis.

Rowley m'emmena dans une cellule, au sous-sol. Je m'étendis sur la couchette et, à ma grande surprise, m'endormis.

Ce fut le claquement de la porte qui me réveilla. Un homme aux cheveux gris et au visage rose, las, donnant l'impression d'avoir beaucoup bourlingué, entrait dans le réduit. Son ventre tendait sa chemise blanche, il avait les manches retroussées et sa cravate pendait mollement sous son col ouvert. Derrière lui, Rowley se profilait à la manière d'une statue féroce.

— Debout, Mr. Dunstan, ordonna l'homme aux cheveux gris. Vous êtes libre. (Je me frottai le visage.) Je suis le capitaine Mullan. Pour le moment, aucune charge n'est retenue contre vous. Vous pouvez récupérer vos affaires et rentrer chez votre tante. Je vous serai reconnaissant de ne pas quitter Edgerton dans les prochaines quarante-huit heures et de nous signaler tout changement d'adresse. Avant de vous laisser filer pour de bon, je voudrais m'entretenir avec Bob Mims, le camionneur.

— L'enterrement de ma mère aura lieu mercredi, dis-je. Je ne partirai pas avant.

Mullan plongea les mains dans ses poches.

— Vous êtes un gentleman de la vieille école, Mr. Dunstan.

Par-dessus son épaule, Rowley m'adressait un regard noir suggérant qu'il n'était plus mon meilleur ami.

— Pourquoi ça ?

— Mrs. Ashton a confirmé qu'elle vous avait rencontré au Motel Comfort jeudi soir et conduit ici le lendemain. Elle nous affirme également que vous ne pouvez en aucun cas vous être trouvé avec Mr. Keyes à minuit vingt-six, cette nuit, car vous êtes arrivé dans sa chambre vers les onze heures et n'en êtes pas reparti avant tout juste minuit vingt-cinq. Le portier et le réceptionniste confirment ses déclarations.

Mullan me sourit. On l'imaginait aisément en train de tirer des pintes de Guinness dans un pub irlandais de la Troisième Avenue.

Rowley m'annonça que je pourrais récupérer l'essentiel de mes affaires en sortant.

— Je garde l'argent jusqu'à ce qu'on ait causé à Mims.

Son visage évoquait un pavé.

Des arcades aux fines colonnes conduisaient à l'entrée de l'imposant bâtiment en pierre jouxtant le quartier général de la police. Je songeai qu'il devait s'agir de l'hôtel de ville. Au bas de la longue volée de marches qui s'étendait devant moi, des policiers en uniforme discutaient en fumant près d'une demi-douzaine de voitures de patrouille garées en épi. De l'autre côté de la rue, une fontaine, au centre d'un square herbu, crachait un jet étincelant.

Les flics serrèrent les rangs. Comme l'un d'eux jetait un mégot d'un centimètre au pied de l'escalier, j'arrivai sur le trottoir et constatai que je me trouvais sur Grace Street. Une façade incurvée, garnie de piliers, sans doute celle de la bibliothèque, s'élevait à deux blocs de là, parmi boutiques et immeubles de bureaux. Les policiers se séparèrent sans réellement se déployer.

42

— Ils ne l'ont pas trop abîmé, lança Clark par-dessus son épaule, après m'avoir ouvert la porte.

— Ils ne m'ont pas abîmé du tout, dis-je.

Nettie jaillit du sofa, m'empoigna par le biceps et me regarda droit dans les yeux.

— Je ne me rappelle pas avoir été autant retournée de toute ma vie.

— Je suis désolé, repris-je. Il n'y a plus à s'inquiéter, mais pour votre sécurité, il vaudrait mieux que je déménage. (Nettie se changea en un cumulus d'orage menaçant.) Joe Staggers doit me chercher. Je ne veux pas vous mettre en danger, toi ou Clark.

— Si les têtes de nœud de Mountry se montrent par ici, ce sera à leurs risques et périls. J'appelle May et on prépare le petit déjeuner.

Les tantes écoutèrent ma version expurgée des événements de la nuit en absorbant le contenu de leurs assiettes. Clark, lui, engouffrait son unique véritable repas de la journée. Il admit que j'avais intérêt à accepter l'offre de Toby Kraft.

— Les gars de Mountry sont plus bêtes que des mules mais aussi têtus. Tu devrais faire tes bagages et téléphoner à Toby. Quand ils viendront ici, on pourra toujours leur dire que tu es parti et qu'on ne sait pas où.

Je remarquai le colis livré par le chauffeur de l'UPS. Nettie suivit mon regard.

— Il est temps que tu jettes un coup d'œil au peu d'affaires qu'avait ta mère.

Ayant posé le carton sur le lit, je m'en désintéressai le temps de plier mes vêtements et de les ranger dans mon sac de voyage, puis je le considérai à nouveau. L'écriture fragile de Star luisait sur l'étiquette accueillant l'adresse ; les rabats fermés par du ruban adhésif laissaient fuir du chagrin — plus que du chagrin : les terribles soubresauts d'un cœur en train de se briser. Lorsque je tombai à court d'excuses, j'attirai le colis sur mes genoux et l'éventrai.

J'en sortis plusieurs vieux livres de poche, ainsi qu'un volume relié, puis examinai les trente ou quarante CD que Star avait envoyés — Billie et Ella, Louis, Nat et Sinatra, ainsi qu'un tas de disques de Duke Ellington, Lester Young, Paul Desmond et de ses autres musiciens favoris. Je les glissai tous dans mon sac. Je mis de côté pour les tantes des broches, des bracelets, deux chaînes en or et trois écharpes en soie.

Au fond de la boîte reposaient une photographie de la taille d'un portefeuille et une enveloppe sur laquelle ma mère avait écrit : *Pour Ned.* Je ramassai la première, sur laquelle je ne vis d'abord que l'image d'un petit garçon en chemise rayée, puis je réalisai qu'il s'agissait de moi-même, au matin de mon troisième anniversaire. Réprimant un frisson, je glissai le cliché dans mon portefeuille avant d'ouvrir l'enveloppe. Elle recelait ce qui devait être une clef de coffre bancaire, scotchée à un bristol, au-dessus des mots : *Banque Provisionnelle de l'Illinois, Grace Street.*

L'idée que Star me léguait le contenu d'un coffre me mettait mal à l'aise, mais je rangeai néanmoins la clef dans ma poche de chemise. Je m'intéressai alors à la petite collection de livres. Après avoir déposé les ouvrages de poche — *Anna Karénine, Madame Bovary, L'Homme invisible, Une femme noire, Un enfant du pays* — sur une étagère vide, je pris en main le volume relié.

Sa couverture vert sombre me parut plus grossière que les reliures ordinaires. Les mots *De l'Au-delà* y avaient été frappés à l'or, ainsi que sur le dos. J'ouvris le livre à la page de titre.

DE L'AU-DELÀ
RÉCITS DE L'INCONNU
par
EDWARD RINEHART

Mes yeux se posèrent sur le placard, à l'autre bout de la pièce, sans que je le voie réellement. Je m'entendis articuler : « Edward Rinehart ? » Lorsque je rabaissai les yeux, le nom était toujours là. Tournant la page, je découvris la mention :

© 1957 Edward Rinehart

Sur le feuillet d'en face s'inscrivait la dédicace :

Au Maître Providentiel & À Mes Glorieux Pères

La table des matières faisait état de dix ou douze nouvelles. Des mots tels que « Abandonné », « Crypte » et « Hideux » flottèrent vers moi, détachés de ce qui les précédait ou les suivait. Comme mon œil engourdi remarquait l'adjectif « Bleu », je me concentrai assez longtemps pour remarquer qu'il était inclus dans un titre : « Flammes Bleues ». Je murmurai quelque chose comme *Oh, non.* Le livre se referma en claquant, et je passai un certain temps à contempler la couverture. Enfin, dans l'espoir de découvrir un paragraphe consacré à l'auteur, je l'ouvris à la dernière page — mais Edward Rinehart avait choisi de ne pas divulguer son passé. Fourrant le volume dans mon sac à dos, je traversai le couloir pour me jeter sous une cascade d'eau chaude.

Rasé de frais, portant chemise blanche, veste bleue et jean, je descendis au rez-de-chaussée, où j'entendis Clark discourir sur la différence entre meurtre et homicide involontaire. Je déposai mes sacs près de la porte, puis étalai bijoux et écharpes sur la table basse.

— Star aurait voulu que vous vous partagiez ce qu'elle a envoyé, mesdames, annonçai-je, mais pour ça, il faut que vous veniez ici.

Tandis que Nettie et May s'exclamaient devant ces trésors, je passai dans la cuisine, d'où j'appelai Toby Kraft. Il me conseilla une pension de Chester Street.

— La logeuse est une vieille connaissance, Helen Janette. Ce sera réglé dans cinq minutes ; je vais t'obtenir un tarif intéressant.

43

Le taxi me déposa devant un bâtiment évoquant une boîte en carton couronnée d'un chapeau pointu. Son brun pâle originel s'était décoloré jusqu'au jaune sable du vieux twill. Deux sections des fondations en béton étaient visibles, percées par les fenêtres d'un sous-sol encaissé. Une allée défoncée menait à une porte d'entrée toute simple. Montant le perron, je lus les noms inscrits sur une colonne d'interphones. JANETTE, TITE, CARPENTER & BURGESS, FELDMAN, un blanc que je supposai correspondre à ma chambre, BREMEN, REDMAN & CHALLIS et ROWLES & MCKENNA. Quand je poussai le bouton jouxtant JANETTE, un bourdonnement métallique me parvint par la fenêtre de gauche. Une porte intérieure s'ouvrit ; des pas se rapprochèrent. Bientôt, une petite femme aux cheveux blancs, vêtue d'une chemise de safari à manches courtes, me fusillait de ses yeux perçants, plantés dans un visage auprès duquel celui du lieutenant Rowley ressemblait à une houppette.

— Je suppose que c'est vous qui venez de la part de Toby Kraft.

— C'est moi, confirmai-je.

Helen Janette recula et me regarda entrer. Ce qu'elle vit ne parut pas améliorer ses dispositions envers moi.

— Voilà le principe : je vous donne une chambre confortable au premier étage. Mr. Bremen et vous êtes censés avoir l'accès exclusif à la salle de bains qui se trouve à votre bout du couloir, mais les filles du fond s'en servent aussi.

Comme une porte s'ouvrait derrière moi en cliquetant, je regardai par-dessus mon épaule. Un vieillard dégingandé, doté d'une mâchoire d'homme de Neandertal, d'un maillot de corps ajouré et d'un chapeau brun s'adossait à l'entrée d'une pièce obscure, aux stores baissés. Derrière lui, dans la pénombre, un dessin animé tressautait sur l'écran de sa télévision.

— Je vous présente Mr. Tite, enchaîna la logeuse. (Je me tournai pour tendre la main au nouveau venu. Il ignora mon geste.) La chambre vous reviendra à trente dollars la nuit ou cent quatre-vingts la semaine. Si vous apportez votre télé, vous recevrez les chaînes câblées de base. Pour dix dollars de plus par semaine, vous avez droit à une lessive tous les deux jours et à un coup d'aspirateur le jeudi. Pas de cuisine dans les chambres, pas de repas fournis par la maison et pas de bruit. Si vous êtes incapable de vous tenir, c'est la porte. Je ne veux pas être embêtée.

Je déclarai que je serais ravi de payer une semaine d'avance, plus le nettoiement, à condition qu'il me soit possible de régler par carte bleue. Helen Janette tendit la main et agita les doigts. Je lui déposai ma carte Visa au creux de la paume puis l'escortai dans son appartement. Mr. Tite, suivant le mouvement, s'adossa à un nouvel encadrement de porte et me lorgna, les yeux masqués par le bord de son chapeau. Une fois que j'eus signé le récépissé, la logeuse déclara :

— Je vais conduire ce monsieur à sa chambre, à présent, Mr. Tite. (L'intéressé se redressa, me lança un regard dur et recula.) Il y a deux autres chambres à l'autre bout de la maison. Miss Carpenter et miss Burgess se partagent la grande, Mrs. Feldman occupe l'autre. Miss Carpenter et miss Burgess sont chez moi depuis quinze ans. Je n'ai jamais eu le moindre problème avec Mrs. Feldman. (Nous nous engageâmes dans l'escalier.) Votre chambre est à l'avant, au-dessus de celle de Mr. Tite. (Elle se tourna à demi et baissa la voix.) En face de vous, il y a Mr. Bremen. Il règle la circulation à la sortie des écoles ; vous savez comment sont ces gens-là. (Elle porta un doigt à ses lèvres, puis le leva vers le plafond.) Des ivrognes.

Arrivée en haut des marches, elle gagna une porte blanche, de l'autre côté du couloir. Un type âgé, au ventre proéminent et à la moustache blanche en bataille, assis devant sa télévision, regarda par sa propre porte, ouverte, et leva une main de la taille d'un panneau stop. Une longue bannière jaune pendait au mur du fond de sa chambre.

— Salut, lança-t-il. C'est notre nouveau pensionnaire ?

— Je suis occupée, Mr. Bremen, déclara Helen Janette en insérant la clef dans la serrure. (Je franchis le seuil à sa suite.) Lit. Placard. Bureau. Commode. Votre lababo. Je change les serviettes et les gants de toilette tous les deux jours. Si vous voulez déplacer le téléphone sur la table, il y a une prise derrière. Vous payez tous vos frais. Je ne veux pas voir de réchaud ici, mais je vous autorise une cafetière. Mrs. Frahm ayant laissé son radio-réveil, vous en disposez sans supplément.

Je regardai les chiffres digitaux inscrits sur le boîtier noir, posé près du téléphone. Il était huit heures trente et une.

— À l'arrière, de ce côté-ci, il y a miss Redman et miss Challis. Elles sont bien mignonnes, mais si vous êtes un gentleman, vous garderez vos distances. Mr. Rowles et Mr. McKenna habitent en face d'elles. Ce sont des pianistes, la plupart du temps en déplacement. Vous comptez rester plus d'une semaine ?

J'apaisai les inquiétudes de la logeuse quant à une éventuelle alliance immorale entre miss Redman ou miss Challis et moi.

Elle posa la clef de la chambre sur la commode.

— Essayez d'avoir des horaires raisonnables. Les allées et venues après minuit me réveillent.

Une fois mes vêtements pendus et quelques affaires jetées dans les tiroirs de la commode, j'appelai Suki Teeter. Au bout de trois sonneries, un répondeur se mit en route et la voix de ma correspondante m'informa que si je laissais nom et numéro, on me rappellerait probablement, à moins que je ne veuille de l'argent. Suki était encore au lit. Je téléphonai ensuite au Merchants Hotel et demandai Mrs. Ashton.

— Seigneur, est-ce que ça va ? demanda Ashleigh.

— Grâce à toi, oui.

— Ils sont incroyables, ces types-là. Surtout ce sinistre lieutenant Rowley. Et tu es assez incroyable, toi aussi. Pourquoi ne leur as-tu pas avoué que tu étais ici ? (Elle pouffa.) Rowley a l'esprit mal tourné. Je lui ai dit qu'on avait discuté en vieux amis jusqu'à ce que tu sois assez dessoûlé pour rentrer chez ta tante, mais il savait exactement à quoi s'en tenir, ça se voyait. Tu sais quoi ? Tu étais comme à Chicago : l'air dangereux. Pas dangereux et ivre, ç'aurait été affreux : dangereux et imprévisible.

Mes entrailles se plièrent en origami.

— Parfois, je me surprends moi-même.

— Ils t'ont laissé sortir, en tout cas.

— Vers six heures et demie du matin.

J'appris à Ashleigh que je n'habitais plus chez ma tante et lui donnai mon nouveau numéro de téléphone.

— On se voit, aujourd'hui ?

— Je ne sais pas. Quelqu'un va m'aider à trouver des renseignements. Je t'appellerai si je peux.

— C'est exactement ce que je mérite, soupira-t-elle. Je sais, très bien, ça ne fait rien.

— Qu'est-ce que tu veux dire ?

— Ton assistant de recherche, ce ne serait pas Laurie Hatch, par hasard ?

— Elle connaît un type, à l'hôtel de ville, qui peut beaucoup pour moi. C'est une longue histoire, mais je suis à la recherche de mon père, et elle s'est portée volontaire pour m'aider.

— Sans blague ? (Ashleigh hésita.) Je ne voulais pas le dire sur ce ton-là. Mais j'ai envie de te revoir, en tout cas. D'accord ?

Une fois notre conversation terminée, j'appelai le quartier général de la police pour demander au sergent de service de communiquer ma nouvelle adresse et mon nouveau numéro de téléphone au capitaine Mullan.

Je sortis dans le couloir. Mr. Bremen accrocha mon regard et m'adressa un sourire si large que sa superbe moustache faillit toucher ses oreilles. Il pointa un index épais vers sa poitrine.

— Otto Bremen, annonça-t-il d'une de ces amples voix de l'Ouest qui évoquent plaines infinies et campements à la belle étoile.

Ma vie semblait se changer en un film dans lequel je devais inventer mes répliques au fur et à mesure que je progressais.

— Ned Dunstan, dis-je en me désignant du doigt.

— Passez quand vous voulez, Ned. La porte est toujours ouverte.

Ayant longé deux blocs vers l'ouest, je m'engageai dans Grace Steet et me dirigeai vers la bibliothèque. Des hirondelles rassemblées sur le trottoir comme pour un congrès s'élevèrent avec de grands battements d'ailes, sculptant une courbe ascendante dans l'air clair du matin. Les vitrines des magasins reflétaient les rayons obliques du soleil. Je me sentais à la fois présent et absent, toujours dans un film. Un garçon aux yeux dorés et aux cheveux luisants qui descendaient jusqu'à ses épaules me regardait depuis une fenêtre, au premier étage d'un salon de coiffure. Juste en face de la bibliothèque, dans Grenville Street, se dressait la solide construction de briques abritant la Banque provisionnelle de l'Illinois.

Un employé qui faisait environ dix-huit ans vérifia que, tout comme Star Dunstan, j'étais au nombre des titulaires du coffre et me conduisit au sous-sol, où il me pria de signer un registre en précisant l'heure exacte. Il me guida ensuite jusqu'à une pièce tapissée de panneaux numérotés, parmi lesquels il m'indiqua celui qui correspondait à ma clef. Je l'ouvris et sortis du coffre une grande boîte en acier que je posai sur la table cirée avant d'en faire jouer le loquet. Un paquet enveloppé dans du papier d'emballage s'y trouvait inséré. Son poids et sa taille me firent penser à un album de photos. Je l'aurais ouvert sur-le-champ si je ne m'étais préparé à retrouver Laurie Hatch. Ayant signé un formulaire, j'emportai le paquet au rez-de-chaussée, avant de repasser la porte d'entrée.

Laurie se tenait devant les colonnades, de l'autre côté de Grenville Street. Elle portait un chemisier en soie vert foncé et un pantalon fauve. Sa perfection transformait la rue lumineuse et la rangée d'arcades en un simple arrière-plan. Une fraction de seconde, la scène qui se déroulait devant moi me sembla aussi figée qu'une publicité de magazine, puis Laurie m'adressa un sourire incandescent et, brusquement, je cessai de vivre dans un film.

44

— Je suis contente que vous soyez en avance, dit-elle. Stewart a fait son numéro habituel et bousillé mes projets. Il faut qu'il ramène Cobbie vers quinze heures. Qu'est-ce que c'est que ce paquet ? Vous avez pillé la banque ? (Je lui parlai de la clef dans l'enveloppe et du coffre.) C'est comme une poupée russe. Dans la boîte, il y a une enveloppe, dans l'enveloppe une clef qui ouvre un coffre, dans le coffre une autre boîte, et dans cette boîte-là, un paquet enveloppé de papier brun. Il est peut-être rempli de billets de cent dollars. (Elle me le prit des mains pour le soupeser.) Cela dit, on dirait plutôt un album de photos.

— Si jamais ça se révèle être une fortune en billets de cent dollars, je partagerai avec vous.

— Je me contenterai d'un bon déjeuner. Allons mettre votre fortune dans ma voiture. Je suis garée juste de l'autre côté de la rue.

Elle glissa le paquet sous la banquette arrière de sa Mountaineer.

— Chouette bagnole, appréciai-je. Vous devriez transporter des chasseurs de lion à travers le veld.

— Mon père faisait ce genre de choses, mais pas moi. Stewart estime que c'est le véhicule approprié pour une mère de famille banlieusarde, donc c'est ce que j'ai. (Laurie me prit le bras.) Allons voir Hugh. Il va être enchanté.

— Alors, qui est ce Hugh Coventry ?

— Eh bien, euh... Je vais vous communiquer sa biographie résumée. (Elle inclina la tête de côté.)

Après avoir obtenu son diplôme d'histoire à Yale, Hugh Coventry a coupé les ponts avec la Nouvelle-Angleterre de ses pères en s'inscrivant en doctorat à la Northwestern University. Quand il s'est aperçu qu'un tas de docteurs en histoire conduisaient des taxis, il s'est orienté vers une formation de bibliothécaire.

Elle attendit ma réaction.

— Plutôt bizarre, cette reconversion, commentai-je.

— Vous trouvez ? (Nous nous mîmes en marche.) Hugh est un amoureux des bibliothèques. Pour sa thèse, il a épluché tout un été les archives de la paroisse de sa famille, à Marblehead, Massachusetts. C'est un petit génie de l'informatique, qui aime travailler la nuit ou le week-end et qui ne se met jamais en colère. Depuis qu'il en a pris la direction, la bibliothèque d'Edgerton fonctionne comme un coucou suisse. Hugh Coventry est pratiquement un saint.

Un jour, il s'était aventuré hors de la bibliothèque et avait descendu Grove Street jusqu'à l'hôtel de ville, où il s'était porté volontaire pour travailler bénévolement aux Archives. Ces dernières avaient ouvert grands leurs bras officiels et répondu : « Entrez donc, Mr. Coventry. » Au bout d'un an, les directeurs de tous les services recherchaient son aide. Durant sa deuxième année de bénévolat, les consultations qu'il accordait aux adjoints du maire avaient permis à Son Honneur d'accéder aux dossiers des élections, des arrestations et condamnations, des statistiques sociales et autres détails essentiels à la gestion de la ville, le tout classé par quartier. Depuis, Coventry dirigeait l'ensemble du bâtiment.

Deux ans auparavant, en prévision des fêtes du cent cinquantième anniversaire d'Edgerton, les coprésidents de la toute nouvelle Commission du Sesquicentenaire, Stewart Hatch et Grenville Milton, avaient requis son aide pour assembler un témoignage visuel du passé de la ville. Ce travail faisait appel à son goût pour l'histoire locale, à ses talents d'organisateur, et lui donnait un moyen supplémentaire de s'enchâsser dans sa ville d'adoption. Laurie avait rencontré Coventry lorsqu'elle avait été nommée par Rachel Milton au sein de la commission, à laquelle elle consacrait trois après-midi par semaine — arrangement qui s'était prolongé jusqu'à ce qu'elle mette un terme à son mariage.

— Je n'aurais pas pu rester, de toute façon, avec Rachel qui brandissait des crucifix et qui me bombardait de gousses d'ail chaque fois que j'entrais. Vous avez déjà vu Town Square ? C'est assez joli, je trouve.

Au bras l'un de l'autre, nous traversâmes la rue qui longeait le quartier général de la police. Le petit parc et la fontaine s'étendaient sur notre gauche. Un vagabond aux longs cheveux roux doré dormait sur un des bancs, près d'un étui à guitare, enveloppé dans un pardessus mité. Une demi-douzaine de policiers discutaient en fumant sur le trottoir.

— Je l'ai vu ce matin, dis-je. Pendant que je descendais ces marches-là.

Les flics cessèrent de deviser et nous fixèrent comme seuls des flics savent fixer quelqu'un.

— Vous êtes allé au quartier général ? s'étonna Laurie. Pourquoi ?

La description que je lui fis de mon arrestation pour meurtre ressemblait à celle d'une excursion scolaire en compagnie de gentils agents.

— Combien de temps êtes-vous resté là-dedans ? demanda ma compagne.

— Deux heures.

Arrivée à quelques mètres des policiers, elle remarqua leur air figé. Voyant qu'elle soutenait leur regard sans ciller, ils détournèrent les yeux et se séparèrent. Quand nous eûmes franchi encore deux mètres, elle murmura :

— Salopards.

— Ça ne leur plaît pas de voir quelqu'un comme vous avec quelqu'un comme moi.

— Qu'ils aillent se faire foutre. Ils ne vous connaissent même pas. (Elle secoua la tête.) Alors, tout ça n'était qu'une erreur sur la personne.

— Exactement.

— Ils le savent, ces types, ou ils veulent toujours vous retrouver ?

Je lui assurai que je n'aurais aucun mal à éviter Staggers et ses collègues, lui expliquai que je n'habitais plus chez Nettie puis lui donnai ma nouvelle adresse.

— Vous avez une vie trépidante, constata-t-elle, avant de me lâcher le bras et de monter les marches de l'hôtel de ville avec une grâce de ballerine.

Nous passâmes entre les colonnes. Laurie ouvrit une immense porte vitrée encadrée de fer et me précéda dans un gigantesque hall mal éclairé, au sol de marbre évoquant une patinoire. À mi-chemin du centre, trônait le comptoir d'accueil désert. Aucune lumière ne brûlait derrière les portes en verre granité marquées SECRÉTARIAT DU COMTÉ et INSPECTION DU BÂTIMENT. Au fond du hall, deux escaliers de marbre montaient en colimaçon.

— Je m'étonne que les portes ne soient pas fermées, dis-je.

— Le samedi, ils laissent ouvert pour qu'une équipe réduite puisse entrer. La question est : où trouverons-nous le très utile Mr. Coventry ? Allons voir là-haut.

Mes pas résonnaient comme si j'avais porté des chaussures de claquettes. Le souvenir-sensation de ma course à travers les ruelles de Hatchtown fit soudain monter à mes narines le parfum fantôme de la lavande. Au premier étage, au bout d'un couloir, une lumière jaune filtrait par la porte d'un bureau.

— Bingo ! s'exclama Laurie.

La lumière s'éteignit. La porte s'ouvrit d'un coup. Un homme blond de haute taille, vêtu d'une chemise blanche aux manches retroussées, s'engagea dans le couloir à reculons, les bras chargés de dossiers.

— Travailler, toujours travailler, plaisanta ma compagne.

L'arrivant sursauta, stabilisa d'un bras la pile qui menaçait de s'effondrer, et regarda ma compagne avec de grands yeux. Son expression était presque gênante : il paraissait sur le point de léviter, soulevé par une joie intense.

— Qu'est-ce qui vous amène, Laurie ?

— J'espère que vous pourrez aider mon ami à trouver des renseignements au sujet de son père. Il désirerait voir son acte de naissance et le certificat de mariage de sa mère, ce genre de choses. Ned : voici le légendaire Hugh Coventry. Hugh : mon ami, Ned Dunstan.

Coventry rayonnait tel un foyer de cheminée.

— Permettez-moi, euh... (Il déposa ses dossiers par terre et s'avança pour me serrer la main.) Hugh Coventry. À votre service, monsieur.

— J'espère que nous ne vous dérangeons pas, dis-je.

Il eut un geste en direction de la pile.

— Ça n'a rien d'urgent. Vous êtes un ami de Laurie ?

— Mrs. Hatch et moi nous sommes rencontrés il y a quelques jours. Elle me rend service.

— Et vous vous appelez Dunstan ? Vous êtes apparenté aux Dunstan d'Edgerton ?

— Ne retenez pas ça contre moi.

Son regard s'éclaira. Il se redressa, transporté par un plaisir d'érudit.

— Vous plaisantez ? Vous appartenez à une des familles les plus fascinantes de la ville.

Il me sembla discerner le schéma complet de son existence. Hugh Coventry était un type bien qui habiterait seul toute sa vie, dans un deux-pièces tapissé de livres du sol au plafond, en haut d'un immeuble. Ses émotions étaient généreuses sans être personnelles.

— Vos ancêtres, Omar et Sylvan Dunstan, deux frères, ont fondé la Banque d'Edgerton, qui est devenue la Banque provisionnelle de l'Illinois. Ils ont bâti le Merchants Hotel. À une époque, l'essentiel du centre-ville leur appartenait. J'adorerais en savoir plus à leur sujet.

— Moi aussi, avouai-je.

— Vous devez être un parent d'Annette Rutledge. Elle nous a envoyé une fantastique collection de photos de famille. Ça m'ennuie de le dire, mais il semble que nous les ayons égarées. Je suis sûr que nous les retrouverons dans les jours qui viennent.

Je lui déclarai que Mrs. Rutledge était la tante de ma mère et qu'elle serait ravie de voir ses photos exposées. J'exprimai en outre l'espoir qu'il accepte de m'aider.

— Bien entendu. (Il considéra ses dossiers.) Ça vous ennuierait de, euh...

Je ramassai la moitié de la pile et le suivis dans un bureau obscur. Sur une longue table de travail, deux ordinateurs reposaient face à face, tels des joueurs d'échecs.

— Il y a des certificats de mariage, ici ? demanda Laurie.

— Et des actes de naissance, oui. Il m'a fallu des mois pour mettre un semblant d'ordre dans tout ça, et je n'ai pas encore terminé. (Il alluma le plafonnier.) Ensuite, je dois m'occuper du secrétariat du comté. Ça va être un vrai cauchemar.

— Vous allez adorer ça, vous le savez très bien, contra la jeune femme. Et maintenant, si on parlait de Ned ?

Coventry me considéra comme si je venais de descendre d'un nuage. Il avait oublié ma présence.

— Vous étiez intéressé par le certificat de mariage de votre mère ? Est-ce qu'il y a eu confusion ? (Il détourna les yeux.) Croyez que je ne veux pas être indiscret.

— Confusion est probablement le mot qui convient, dis-je. Ma mère s'appelait Valérie Dunstan. Elle m'a donné son nom, pas celui de son époux, et elle m'a avoué avant de mourir que mon père s'appelait Edward

Rinehart. Je vous serai reconnaissant de tout ce que vous pourrez m'apprendre.

Coventry s'approcha de la machine la plus éloignée, appuya sur un bouton de l'unité centrale, et fixa le moniteur avec la fascination d'un petit garçon suivant la progression d'un train électrique. Laurie se posta derrière son épaule tandis qu'il déplaçait la souris, tapait sur quelques touches.

— À partir de là, on peut accéder aux informations concernant toutes ces zones.

— Pas étonnant que tout le monde vous aime.

Rougissant, le bibliothécaire se retourna vers moi.

— Savez-vous en quelle année votre mère s'est mariée ?

— 1957.

Il déplaça à nouveau la souris et double-cliqua.

— V-A-L-É-R-I-E ?

Je hochai la tête. Laurie, avançant d'un pas, lui posa la main sur l'épaule. Il cliqua à nouveau, penché en avant.

La jeune femme fronça le sourcil en contemplant l'écran.

— Ça ne peut pas être ça.

Coventry s'adressa à moi.

— Avez-vous déjà entendu parler d'un certain Donald Messmer ?

— Pourquoi ?

— D'après ce document, Donald Messmer a épousé Valérie Dunstan le 25 novembre 1957. La cérémonie a été célébrée par le juge de paix Peter Bontly, avec pour témoins Lorelei Bontly et Kenneth Schermerhorn.

— Ça n'est pas normal, remarqua Laurie. Son père s'appelait Edward Rinehart.

Le bibliothécaire exécuta bon nombre de manœuvres avec sa souris.

— Le certificat de naissance devrait nous en apprendre plus. Quel jour êtes-vous né ?

— Le 25 juin 1958.

— C'est bientôt. (Il eut un large sourire.) Bon anniversaire, si jamais je ne vous revois pas avant.

Je le remerciai.

— Votre nom complet ?

— Ned Dunstan.

Coventry cligna des yeux.

— Est-ce que Ned n'est pas le diminutif d'Edward, en général ? Vous n'avez pas de deuxième prénom ?

— Juste Ned Dunstan.

— C'est très raisonnable, admit-il. Si vous vous sentez privé, cela dit, n'hésitez pas à utiliser un de mes prénoms à moi. Vous avez le choix entre Jellicoe, York et St. George. Je vous recommande Jellicoe. Ça sonne joliment XIXe siècle.

Laurie lui retira la main de l'épaule.

— Vous vous appelez vraiment Hugh Jellicoe York St. George Coventry ?

— C'était le seul moyen de rester en bons termes avec toute la famille.

— Mon père, c'était un peu pareil, dit-elle. Il avait un nom interminable, une vraie liste, mais lui-même ne se servait jamais que de Yves D'Lency. (Hugh Jellicoe York St. George Coventry croisa les mains sur sa boucle de ceinture, souriant.) Vous ne cherchiez pas le certificat de naissance de Ned ?

— Oh ! excusez-moi. Je suis désolé, Ned.

— Je choisis St. George, dis-je. Ça sonne joliment XIIe siècle.

Il tapa un caractère et s'appuya au dossier de son siège.

— Ça ne devrait pas prendre plus d'une ou deux secondes. (Nous attendîmes). Voilà.

Le bibliothécaire se tortilla sur sa chaise, se pencha en avant, puis enfouit son menton dans sa main.

— Je ne comprends pas, déclara Laurie.

— Épargnez-moi le suspense, implorai-je.

Coventry s'éclaircit la voix.

— Nom de l'enfant : Ned Dunstan. Date de naissance : 25 juin 1958. Heure de naissance : trois heures vingt du matin. Lieu de naissance : Hôpital Ste. Ann. Poids : trois kilos cinq. Taille : cinquante-cinq centimètres. Nom de la mère : Valerie Dunstan. Nom du père : Donald Messmer. Médecin accoucheur : néant. Sage-femme : Hazel Jansky. (Il se retourna vers moi.) Pendant les années cinquante, la moitié des accouchements à Ste. Ann était réalisée par des sages-femmes. Le nom d'Hazel Jansky revient tout le temps.

— Qui remplit ces certificats ? s'enquit Laurie.

— Les employés de l'hôpital, mais ils ont sans aucun doute obtenu le nom du père par la mère.

Sa gentillesse naturelle le fit hésiter.

— Quoi que vous puissiez penser, ça ne me vexera pas, Hugh, assurai-je.

— Pour se marier, il faut prouver son identité. Même un juge de paix n'unirait pas un couple sans voir permis de conduire et actes de naissance. À part ça, je ne sais pas ce que vous allez penser de cette idée, mais une femme enceinte peut épouser qui elle veut. Après la naissance, elle aurait toutes les raisons de désigner son mari comme père de l'enfant. Vous voyez ce que je veux dire ?

— Vous avez peut-être raison, acquiesçai-je.

— Je n'aime pas tellement suggérer ce genre de choses, mais si elle vous a communiqué le nom de votre père et si c'en est un autre qui figure dans les archives...

— C'est logique. À présent, il faut qu'on y aille, mais me serait-il possible de vous revoir ? J'aimerais encore vérifier deux ou trois choses.

— Revenez demain matin, si vous voulez. Les portes seront fermées, mais si vous frappez assez fort, je vous entendrai.

Laurie l'embrassa sur le sommet du crâne.

— Vous êtes merveilleux.

— Laurie ?

— Oui, Hugh ?

— Ça vous dirait de dîner avec moi, ce soir ? Ou bien d'aller au cinéma ? Ou alors d'abord le dîner et ensuite le cinéma ?

— Pas ce soir, répondit-elle, mais vous êtes un amour.

45

— C'est ridicule. Votre père ne peut pas s'appeler Donald *Messmer*.

— L'idée de Hugh n'est pas mauvaise, dis-je. Ma mère était enceinte quand elle s'est mariée. Elle était assez décontractée, en ce qui concernait les documents officiels.

— Il faut retrouver ce Messmer. (Elle mit le contact, appuya légèrement sur l'accélérateur.) Posy Fairbrother, la nourrice de Cobbie, a un CD-ROM avec l'annuaire d'un million de villes différentes. Où allons-nous, maintenant ?

Je lui montrai le morceau de papier où Toby avait inscrit *Max Edison, Hôpital des Anciens Combattants, Mount Vernon,* de son écriture accidentée.

— C'est assez loin, non ?

— Ça fait une trotte, mais la voie rapide y mène tout droit. On a amplement le temps, si on ne traîne pas trop là-bas. Il y a un bon restaurant où déjeuner, de l'autre côté de Marion.

Nous nous engageâmes dans la circulation et prîmes la direction de la voie rapide.

— Comment avez-vous eu ce nom ? Ce Max Edison connaissait votre père ?

Je déclarai avoir entendu parler de lui par Toby Kraft, un prêteur sur gages de Lanyard Street, le dernier époux de ma grand-mère, Queenie Dunstan.

— C'est chez lui que je suis allé quand on a quitté Le Madrigal.

— Ah, fit Laurie.

— Il tient à rester hors du coup. Il m'a donné ça à condition que nous n'ayons jamais eu cette conversation et que le renseignement ne vienne pas de lui.

La jeune femme s'engagea sur la voie d'accélération, en direction du nord.

— Alors, comme ça, votre père s'appelait Yves D'Lency et il chassait le lion dans le veld africain ?

— Pas exactement. C'est une longue histoire. Ça ne vous intéresserait pas.

— Essayez toujours, dis-je.

Yves D'Lency avait été un charmant casse-cou, né dans une famille d'aristocrates propriétaire d'un domaine en Gascogne et d'une belle collection d'objets d'art. À dix-huit ans, il s'était échappé pour s'immerger dans le monde littéraire et artistique du Paris de l'après-guerre, où il avait gagné sa vie comme critique littéraire et marchand de tableaux. Il avait appris à piloter. Il conduisait des voitures de sport. À la fin des années cinquante, il s'était exilé à Los Angeles, où il avait plusieurs clients se fiant à son goût en matière de peinture. Il avait épousé la mère de Laurie et acheté une maison à Beverly Hills. L'enfant était née et, pendant sept ans, tout avait été pour le mieux. Ensuite, il était mort. La jeune femme possédait toujours deux tableaux de sa collection privée.

— De quoi est-il mort ?

Elle eut un regard quasi féroce.

— Il s'était envolé d'un terrain d'aviation de la vallée de San Fernando, dans un petit Cessna, pour rendre visite à un ami, à Carmel. Le moteur a rendu l'âme au nord de Santa Barbara et il est tombé comme une pierre.

Sa main droite quitta le volant pour mimer la chute.

— Vous aviez sept ans.

— Depuis, chaque fois que je vois un Cessna, j'ai envie de vomir.

Ses yeux me lancèrent un nouvel éclair brûlant. Elle tendit les bras et se recula sur son siège.

— Racontez-moi votre rencontre avec Stewart Hatch.

Cinq ans plus tôt, au beau milieu d'une réception donnée — à l'étage, au rez-de-chaussée et dans le jardin — chez un cadre de la filiale de NBC pour San Francisco, un quadragénaire raisonnablement séduisant s'était posté près de Laurie D'Lency. Stewart Hatch, invité d'un autre cadre de KRON, placé plusieurs échelons au-dessus de l'hôte, n'était ni dépourvu de charme, ni trop âgé, ni rien de ce genre ; pourtant, il ne l'avait pas intéressée, surtout après lui avoir avoué brasser des affaires dans une petite ville de l'Illinois. Après trois ans d'obscur labeur pour l'équipe des actualités, Laurie savait avoir une chance de vaincre ses compétitrices, deux autres jeunes femmes qui sillonnaient la réception à la manière de cyclones bienveillants, de devenir reporter à part entière et de passer à l'écran. Le nabab de l'Illinois aurait aussi bien pu être un trou noir au sein d'une lointaine galaxie.

Stewart Hatch s'était rematérialisé auprès d'elle à la fin de la réception pour lui proposer de la raccompagner dans sa limousine. Les amis qui l'avaient conduite à l'aller ayant disparu, elle aurait dû prendre un taxi. Elle avait accepté.

Par la suite, Hatch l'avait assiégée, lui envoyant des fleurs, l'appelant deux ou trois fois par jour — depuis sa voiture, son bureau, sa suite du Fairmont... Il lui avait fait livrer des pulls et des chemisiers Neiman Marcus. Enfin, lors de sa dernière soirée à San Francisco, il l'avait emmenée dîner à *Il Postrio*. Pendant le repas, il l'avait époustouflée par une demande en mariage.

— On peut dire qu'il m'a sacrément bien arnaquée.

— Vous n'avez pas accepté de l'épouser à ce

moment-là, devinai-je. À moins que ça n'ait été le repas le plus extraordinaire de votre vie et qu'il n'ait commandé quelques bouteilles d'excellent champagne.

— Du Roederer Cristal. Qui, comme Stewart s'est donné bien du mal pour me l'apprendre, est à peu près aussi précieux que le Saint Graal. Il y a des enfants du tiers monde qui se jettent dans des failles sans fond rien que pour en apercevoir une bouteille. On en a bu deux. Et la cuisine était impressionnante. Mais j'ai refusé. Vous croyez que ça l'aurait découragé ? Stewart ignore le sens de ce mot.

46

Au restaurant, de l'autre côté de Marion, un serveur âgé nous donna des menus encore plus grands que ceux du Madrigal et nous demanda ce que nous voulions boire.

— Un verre de cet excellent bordeaux, décida Laurie.

Je déclarai que moi aussi, avant d'ajouter, une fois le serveur parti :

— D'habitude, je ne bois pas à midi. Ça m'endort.

— Un verre de vin, ce n'est pas vraiment *boire,* dit-elle. Alors : pourquoi Toby Kraft fait-il tant de mystères à propos de Max Edison ? Ils ont été mauvais garçons ensemble ? Ils transportaient des mitraillettes dans des étuis à violons ?

— Si j'ai bien compris, Toby a été mêlé à quelque chose de louche, il y a des années.

— De nos jours, il y a des criminels partout.

Elle me lança un bref sourire sans joie.

— Comment Stewart vous a-t-il persuadée de l'épouser ?

— Par la bonne vieille méthode. Ce rat m'a harcelée jusqu'à ce que je tombe amoureuse de lui.

Elle me décrivit une cour agressive, faite de coups de téléphone, de livraisons d'orchidées ou de vêtements chics, de visites fréquentes. Hatch lui avait promis une vie trépidante, passionnante : séjours à New York et en Europe, responsabilités civiques le reste du temps.

— Je pensais pouvoir m'intégrer aux commissions et aux conseils d'administration dont il parlait. Je trouvais ça super : m'occuper tout en faisant du bien autour de moi.

— Qu'est-ce qui n'a pas marché ?

— Rien n'a été conforme aux prédictions. Stewart partait en voyage seul, et je ne pouvais même pas m'inscrire aux commissions : je ne connaissais pas assez bien Edgerton. Par ailleurs, il voulait un fils immédiatement. Pas juste un bébé : un fils. Son grand-père, Carpenter, a monté un fonds de dépôt familial complexe en vertu duquel l'argent revient toujours au premier-né mâle, comme au Moyen Âge. Finalement, j'ai réalisé que Stewart ne m'avait épousée que pour avoir un héritier et impressionner ses amis. Ç'a été la fin.

Ce fonds de dépôt extraordinaire était tellement compliqué que j'en oubliai aussitôt la plupart des termes. Je retins juste que Cobden Hatch, le père de Stewart, les avait modifiés afin qu'une activité criminelle avérée empêche l'individu concerné d'hériter. Sa brebis galeuse de frère avait apparemment mis la famille dans l'embarras.

Le serveur déposa nos assiettes sur la table.

— En d'autres termes, reprit Laurie, si Stewart est convaincu d'escroquerie, de fraude fiscale ou de je ne sais quoi, c'est à Cobbie que tout revient. Comme si ça n'était pas une raison suffisante pour mon cher mari de me refuser le divorce ou, si jamais je l'obtiens quand même, de demander la garde de l'enfant, son grand-père a stipulé que le contrôle du fonds de dépôt reviendra à quiconque en sera l'héritier le 1er janvier prochain.

— Vous n'avez aucun doute sur la culpabilité de Stewart ?

— Aucun.

— Je ne comprends pas. Il risque tout ce qu'il possède.

— Vous ne le connaissez pas. Quoi qu'il ait fait, ça s'est passé hors de l'État, par l'intermédiaire de sociétés bidon ayant leur compte en banque aux Antilles. Lui, il est toujours persuadé de s'en sortir libre comme l'air.

— Mais pourquoi l'a-t-il fait ?

— Par cupidité et impatience ; il veut tout, tout de suite. En plus, je parie que l'idée de rouler son grand-père dans la farine ne lui déplaît pas. La vengeance, c'est son truc, à Stewart.

Laurie, concentrée sur la seconde moitié de son poisson, détacha un filet entier de la petite armature d'arêtes.

— J'aimerais ressembler à votre amie Ashleigh. D'ici dix ans, elle aura son propre cabinet. Moi, ma vie professionnelle est terminée. Le seul vrai but que j'ai dans la vie, c'est d'élever Cobbie, et Stewart va faire tout son possible pour me le retirer.

— Et je suis sûr qu'Ashleigh, elle, adorerait vous ressembler à vous. Quand la plupart des hommes la regardent, ils ont envie de la ramener à la caverne. Quand ils vous voient, vous, ils ne demandent qu'à se rouler à vos pieds.

— Vous imaginez ce que ça doit être agréable. (Elle sourit.) Parlez-moi de Cherry Street. Parlez-moi de votre mère.

Pendant le reste du trajet, à ma demande, Laurie me raconta les malheurs ayant suivi la mort de son père. Sa mère avait épousé un producteur de cinéma de Bel

Air, une relation de D'Lency. Alors qu'elle espérait la sécurité, elle s'était retrouvée prisonnière. Son nouvel époux, jaloux pathologique, avait refusé de la laisser sortir sans une de ses assistantes. N'ayant pas confiance en ses domestiques, il les avait renvoyés, puis en avait renvoyé les remplaçants, jusqu'à ce que ne demeure qu'une gouvernante trop vieille et trop amère pour jouer un autre rôle que celui de chien de garde. La mère de Laurie s'était mise à boire pendant la journée. Le producteur avait inscrit sa belle-fille à une école catholique célèbre pour sa discipline ; un jour, en fouillant les tiroirs de l'adolescente, il avait découvert une boîte à pellicules pleine de marijuana.

Il l'avait alors logée dans un établissement résidentiel privé. Pendant six mois, Laurie avait partagé une chambre avec une actrice de seize ans, recevant la visite de précepteurs, d'avocats, de psychiatres, ainsi que des dealers de sa colocataire. Rentrée chez elle, elle avait trouvé sa mère en train de jeter des vêtements dans des valises : le producteur, ayant entamé une procédure de divorce, leur avait loué une petite maison au bord de Hancock Park.

Elles avaient vécu de la pension qu'il leur versait. Laurie allait au lycée John Burroughs et veillait de son mieux sur sa mère, laquelle dissimulait ses bouteilles de vodka derrière la cuvette des toilettes, sous les coussins des fauteuils et, en règle générale, partout où elle estimait qu'on ne les trouverait pas. Elle était morte un été, juste après la dernière année de lycée de Laurie. Cette dernière s'était inscrite à l'université de Berkeley grâce à une bourse et à de petits boulots.

— Et mon histoire s'arrête là, parce que sur notre gauche, voilà qu'apparaît l'hôpital des Anciens Combattants.

47

L'allée sinuait vers une lointaine colline, sur laquelle s'élevait un bâtiment aussi grand qu'un immeuble fédéral officiel, dominant chênes et hêtres. Plus près, des hommes en manches de chemise ou en peignoir étaient assis à des tables de pique-nique ou se promenaient sur la pelouse, certains accompagnés par des infirmières. Des hêtres couleur de pierre jetaient de longues ombres sur le parking.

Une fois qu'on y entrait, le bâtiment semblait rapetisser : un étroit couloir menait à un guichet ouvert, deux portes en verre granité et une série d'ascenseurs. Tout était peint d'un vert institutionnel. Un vague parfum de désinfectant imprégnait l'air.

— Que fait Goya quand on a besoin de lui ? ironisa Laurie.

Un réceptionniste trop vieux pour son bouc clairsemé et sa queue de cheval s'appuyait au comptoir du guichet.

— Vous désirez ?

Je l'informai du patient que nous voulions voir.

Il médita la chose.

— E-D-I-S-O-N, comme dans « ampoule électrique » ?

— Et M-A-X, dis-je. Comme dans « En faire un ».

Au quatrième étage, un infirmier dégingandé, vêtu d'une tunique et d'un pantalon verts, sa chaise en équilibre contre le mur, les mains nouées derrière la nuque, somnolait à la sortie d'une pièce où une douzaine d'hommes étaient vautrés devant un téléviseur. Quand Laurie Hatch et moi arrivâmes près de lui, il baissa les mains et jaillit hors de son siège. Il mesurait au moins un mètre quatre-vingt-quinze et, comme de nombreux individus de très grande taille, il était squelettique, presque émacié.

— Cherchez quelqu'un, mademoiselle, ou alors, j'peux vous aider pour quoi qu'ce soit ? demanda-t-il avec un accent de l'arrière-pays.

Laurie lui apprit que nous désirions parler à Mr. Edison.

— Max ? Il est dans la salle télé, là. J'vais lui dire qu'il a d'la compagnie.

Comme il s'avançait dans l'obscurité que perçaient irrégulièrement les images de l'écran, ma compagne murmura :

— La salle télé, là.

— La saleté est là, dis-je.

Quelques secondes plus tard, un petit homme trapu d'environ soixante-dix ans, aux cheveux blancs très courts, à la barbe neigeuse bien taillée, aux lunettes cerclées d'acier et à l'air totalement maître de lui quitta la pièce pour nous considérer avec une attention curieuse, éveillée, qui se teinta de surprise lorsqu'il posa les yeux sur moi. Il possédait cette peau chocolat foncé, sans défaut, qui n'admet guère que quelques pattes d'oie et quelques rides sur le front avant quatre-vingt-dix ans bien tassés. Max Edison aurait pu être un médecin à la retraite ou un vieux musicien de jazz distingué. Il aurait pu aussi être bien d'autres choses. Le Joyeux Géant Vert le suivit à l'extérieur.

— Mr. Edison ? m'enquis-je.

L'arrivant s'avança, continuant de nous examiner avec la même curiosité éveillée, puis il pivota sur ses talons pour s'adresser à l'infirmier.

— Je vais escorter mes visiteurs le long du couloir, Jervis.

Il nous conduisit jusqu'à une petite salle meublée d'un unique bureau et d'étagères chargées de dossiers.

— Vous savez qui je suis, mais il ne me semble pas avoir jamais eu le plaisir...

Je nous présentai tous les deux, et il nous serra la main sans paraître le moins du monde reconnaître nos noms. Le pli de son jean était bien marqué, sa chemise fraîchement repassée, ses bottes luisantes. Je me demandai ce qu'il fallait faire pour conserver une telle élégance au HAC.

— Vous venez m'apprendre que j'ai gagné à la Loterie, j'espère.

— Pas de chance, dis-je. Je voudrais vous poser quelques questions à propos de quelqu'un que vous avez peut-être connu autrefois.

— Pourquoi donc ?

— Disons que c'est une affaire de famille.

Son visage se détendit, et il sourit sans sourire tout à fait, comme si j'avais confirmé ce qu'il pensait.

— Est-ce que le nom de Dunstan vous dit quelque chose ?

Il croisa les bras sur la poitrine, continuant de sourire sans sourire.

— Qui vous a appris que j'étais ici ?

— Un monsieur qui ne veut pas être cité. Quand je l'ai interrogé à propos de la personne en question, il a griffonné votre nom sur un bout de papier.

— On nage en eaux de plus en plus profondes, commenta Edison. J'ai connu un type qui a épousé une Dunstan.

— Ça pourrait être ça, approuvai-je.

— Vous voulez bien arrêter de tourner autour du pot ? intervint Laurie. Il sait visiblement que c'est Toby Kraft.

Edison et moi nous tournâmes tous les deux vers elle, avant d'échanger un regard et d'éclater de rire.

— Qu'est-ce qu'il y a ?

— Au temps pour la discrétion, dis-je.

— Mais vous saviez que c'était lui, insista la jeune femme.

— Il ne voulait pas qu'on prononce son nom, lui fit remarquer le vieillard.

— Désolée de vous avoir gâché votre plaisir. Mais je parie que vous pourriez déjà nous dire de qui on veut vous parler, et d'ici environ une heure, je serai obligée de rentrer en ville.

— C'est vrai ? demandai-je à Edison. Vous le savez déjà ?

— Et si vous m'évitiez quand même de deviner ?

— Edward Rinehart.

Il jeta un coup d'œil vers la porte puis se retourna vers moi. Une partie de son assurance avait disparu.

— Et si on allait respirer un peu d'air frais ? C'est tellement joli, sous les arbres, qu'on en oublierait presque où on est.

— Toby Kraft, je l'appelais « Mr. Dedans », parce que c'est ce qu'il était.

Max Edison, assis au bout du banc, d'un côté de notre table de pique-nique, faisait face aux grands hêtres et à la longue pelouse verdoyante. Il avait ajusté des verres fumés devant ses yeux. Ses jambes, que couvrait le pantalon au pli en lame de couteau, étaient étendues, croisées au niveau des chevilles ; un de ses coudes reposait sur la table. On aurait dit qu'il nous tenait simplement compagnie un instant, pressé de repartir.

— Pendant la guerre, j'avais reçu une blessure à la jambe qui m'interdisait les gros travaux, si bien qu'en rentrant, au lieu de trouver un emploi régulier, j'ai exercé plein de petits boulots. Je lavais des planchers et des carreaux. Je faisais des commissions. Je servais de chauffeur. Au bout d'un moment, certaines personnes ont décidé que j'étais fiable. (Il s'adressa à moi.) Voyez ce que je veux dire ?

— Vous faisiez ce qu'on vous demandait et vous la fermiez.

— Toby Kraft m'a demandé de lui donner un coup de main dans sa boutique trois jours par semaine. Je savais qu'il traitait plus d'affaires sous le comptoir qu'au grand jour. Comprenez-moi bien : je ne l'accuse de rien, mais quand il vous a donné mon nom, il savait que je serais amené à parler de ces choses-là. Si je dois en arriver à Mr. Edward Rinehart, Toby est dans le coup aussi.

J'acquiesçai. Edison tourna ses lunettes noires vers Laurie.

— Vous n'êtes pas obligée d'en entendre plus que vous ne le désirez, Mrs. Hatch.

— Au point où on en est, il faudrait me chasser à coups de fouet, Max.

Il sourit, décroisa les jambes et pivota pour nous faire face. Posant les bras sur la table, il joignit les mains.

— Toutes les villes de la taille d'Edgerton ont un Mr. Dedans. Si vous avez besoin de quelque chose, il peut vous dire où le trouver, qui est capable de vous aider et qui aller voir ensuite.

— Un homme précieux, dis-je.

— Mr. Dedans est comme le bureau de poste. Ses lignes partent vers l'extérieur. Tout au long de ces lignes, il y a des informations qui vont et viennent. Si vous jouez ce rôle, vous avez intérêt à ce que les rouages restent bien graissés. Il n'y a pas que les gens de votre cercle qui s'intéressent à vous.

— La police ?

Il secoua la tête.

— La force publique, on s'en occupe tout en bas de l'échelle. Elle ne veut pas vous coller en prison : elle veut que vous restiez dans la rue, où vous êtes utile.

— Alors qui ? demanda Laurie.

Edison posa les mains à plat sur la table et inclina la tête pour regarder les grands hêtres.

— Environ un an après que j'ai commencé à travailler à mi-temps pour Toby, un crétin qui s'appelait Clothhead Spelvin est entré dans la boutique par le bureau. On l'appelait Clothhead, tête de tissu, parce qu'il avait à peine plus de jugeote qu'un torchon à vaisselle. Un Noir à la peau claire, mais moche comme un pou — et en plus, un vrai fils de pute. Excusez-moi, Mrs. Hatch.

— Je vous en prie.

— Merci. Clothhead m'a annoncé : « Max, tu ne travailles plus ici : quelqu'un veut te voir. » Je suis passé dans le bureau et j'ai demandé à Toby : « Pour qui il travaille, ce con-là ? Je suis censé l'accompagner. » Toby m'a répondu : « T'en fais pas : tout est prévu. » Il nous a emmenés dans sa réserve et il a tiré la porte de derrière. Une grosse Cadillac attendait dans la ruelle. Bleu foncé. Le châssis tellement lustré qu'elle devait même briller sur le coup de minuit pendant une éclipse de lune. Clothhead m'a donné les clefs et m'a dit de prendre la vieille Autoroute 4 vers le nord. Juste après la limite de la ville, il m'a désigné un relais routier. À l'intérieur, il n'y avait qu'un gorille, au bar, et un type assis à une table du fond. Ce type-là, c'était mon nouveau patron, Mr. Edward Rinehart. Pendant les sept ans qui ont suivi, je l'ai conduit où il voulait, à n'importe quelle heure du jour et de la nuit.

— Sans blague ? dis-je.

Laurie posa les mains sur ses genoux et nous regarda tour à tour, évoquant une spectatrice à un match de tennis. Quand mon abasourdissement me permit de parler à nouveau, j'articulai un non moins stupide :

— Vraiment ?

Edison ne put dissimuler totalement le plaisir que lui valait ma réaction.

— Pourquoi croyez-vous que Toby vous a donné mon nom ?

— Mais alors, c'était quel genre, ce type ? explosa la jeune femme, incapable de se retenir plus longtemps.

Le vieil homme attendit que je me sois éclairci les idées.

— C'était un gangster ? interrogeai-je enfin.

— Si ça se trouve, la Mafia n'existe pas ; ce sont les

journaux qui ont tout inventé. Mais si jamais elle existe, vous croyez vraiment qu'on peut s'intégrer sans être italien ? Ou mieux : sicilien ? Mr. Rinehart travaillait seul.

— Qu'est-ce qu'il faisait donc ? demandai-je.

— Quand il y a un Mr. Dedans, on finit par apprendre qu'il y a aussi un Mr. Dehors. Mr. Dehors est plus important que Mr. Dedans, mais presque personne ne le connaît. Si vous êtes un criminel professionnel, un soir, vous êtes invité dans une chambre d'hôtel. Il y a des crevettes, du rosbif, du poulet, tout ce que vous aimez, à volonté. Un tas de bouteilles et plein de glace pilée. Des lumières tamisées. Trois ou quatre types dans votre genre sont déjà là. Au fond de la pièce, si bien que vous ne voyez pas son visage, Mr. Dehors est assis dans un grand fauteuil confortable. Au moins un ou deux des autres ont l'air de le connaître.

« Quand tout le monde est bien détendu, Mr. Dehors vous explique que dorénavant, vous ne ferez plus rien sans qu'il vous le demande. Un tiers de vos bénéfices lui reviendra tout droit. Vous vous préparez à vous tirer, mais il commence à vous décrire les avantages. C'est lui qui couvre les frais, et vous aurez assez de travail pour amortir deux fois le tiers perdu. Ensuite, il vous présente un ou deux boulots tellement peinards que le seul moyen de les rater, ce serait d'avoir une crise cardiaque en trouvant le fric. Il vous assure qu'il y en aura d'autres. Par ailleurs, vous n'aurez jamais la mauvaise surprise de vous introduire quelque part pour vous apercevoir que tout a déjà été raflé. Qu'est-ce que vous répondez ?

— « Où est-ce que je signe ? »

— Edward Rinehart était Mr. Dehors ? s'enquit Laurie.

Edison abaissa ses lunettes de soleil et se pencha en avant. Il avait les iris étonnamment clairs, d'un brun sable assez rare, parsemé de vert. Le blanc de ses yeux avait l'éclat immaculé des draps propres.

— Vous m'avez entendu dire ça ? (Il tourna vers moi un regard hypocrite.) Vous m'avez entendu dire ça ?

— Vous nous avez permis de tirer nos propres conclusions, dis-je. (Il remonta ses lunettes devant ses yeux.) On n'imagine pas bien Mr. Rinehart en train d'écrire un livre.

Le vieil homme baissa le menton et me fixa avec attention. Je crus qu'il allait refaire son petit numéro avec ses lunettes.

— Quel livre ? s'étonna Laurie. Vous ne m'avez jamais parlé d'un livre.

— Il était dans le colis que ma mère s'est envoyé. Avec l'enveloppe et la clef.

— Vous l'avez lu ? demanda Edison.

— Pas encore. Et vous ?

— Mr. Rinehart m'en avait donné un exemplaire, mais je l'ai perdu. Vous avez raison : ce n'était pas le genre de type qu'on imaginait assis à écrire un bouquin. Mais il ne faisait rien d'*ordinaire*. D'abord, à peu près au moment où il a débarqué avec son livre, il a aussi pris sa retraite. De temps en temps, il me demandait de le conduire quelque part, mais fondamentalement, il était rangé des voitures. Il disait avoir une mission. Un truc qu'il répétait souvent, aussi, c'était que ses histoires devaient informer les gens de la vérité sur le monde.

— Il vous parlait pendant que vous étiez en voiture ? demanda Laurie.

Le vieillard eut un large sourire.

— J'ai passé sept ans à conduire Mr. Rinehart au milieu de la nuit dans les coins les plus invraisemblables, en Cadillac. Il n'arrêtait pas de parler. S'il avait été prédicateur, ses sermons auraient duré deux jours et deux nuits.

À entendre son rire, on avait l'impression qu'il n'arrivait toujours pas à croire les propos tenus par son patron sur la banquette arrière.

— De quoi parlait-il ? demandai-je.

— De la véritable nature de l'univers. Et de son livre. Si tous les écrivains traversent le même genre de problèmes que Mr. Rinehart, je suis heureux d'avoir été chauffeur.

Après le refus d'une célèbre maison d'édition new-yorkaise, Rinehart avait choisi de s'auto-publier. Regent Press & Bindery, une imprimerie de Chicago possédant une division spécialisée dans la reliure de livres pour les bibliothèques, avait envoyé deux cents exemplaires de l'ouvrage à Edgerton, où l'auteur les avait stockés dans un entrepôt de Hatchtown. Six semaines durant, Max Edison avait chargé des cartons dans le coffre de la Cadillac et transporté son employeur de librairie en librairie, parfois aussi loin que Springfield, vers le nord. La plupart des magasins avaient pris en dépôt deux ou trois exemplaires de *De l'Au-Delà*. Rinehart ne leur avait jamais envoyé de facture ni ne leur avait demandé de chiffres de vente. Gagner de l'argent ne l'intéressait nullement : il voulait que ces exemplaires soient disponibles à la vente lorsque sortiraient les critiques éblouies qu'il était certain d'obtenir. Quand les compliments afflueraient, il proposerait une nouvelle fois le livre à l'éditeur de New York.

Il avait expédié des services de presse. Une lettre de trois pages accompagnait les vingt premiers, destinés aux journaux et magazines qu'il estimait essentiels à un succès littéraire. Cinquante publications occupant l'échelon d'en dessous avaient reçu un communiqué d'un feuillet. Une simple carte présentait les exemplaires envoyés aux revues populaires : les *pulps*.

Trois mois s'étaient écoulés sans réponse des périodiques importants ou semi-importants. Les *pulps*, dont Rinehart attendait des exclamations extasiées, n'étaient pas moins silencieuses. Deux mois plus tard, furieux, l'auteur avait adressé à soixante-dix rédacteurs une lettre leur rappelant leurs obligations envers la littérature. Aucun n'avait répondu.

Au bout de neuf mois supplémentaires, *Weird Tales* avait collé *De l'Au-Delà* contre un mur pour l'exécuter publiquement. Huit colonnes réparties sur quatre pages condamnaient le livre, l'accusant d'être convenu, bourré de clichés et auto-parodique. Un humour corrosif imprégnait l'article.

Weird Tales avait mis Rinehart sur orbite.

— Il avait toujours la critique sur lui. Quand on était seuls, en voiture, il me la lisait à haute voix. Il y a des parties que j'ai entendues au moins cent fois. Mr. Rinehart était persuadé que ce magazine-là allait l'adorer. Pendant des semaines, d'ailleurs, il a essayé de se convaincre que c'était bel et bien le cas, que les remarques n'étaient négatives qu'en surface. Ensuite, il a abandonné et il m'a tenu un autre discours : l'auteur de l'article était si stupide que seuls ceux qui ne connaissaient rien à rien ne comprendraient pas que le livre était excellent. Je ne crois pas que cette critique lui soit jamais sortie de la tête. C'est peu de temps après qu'il a pris sa retraite.

— Vous l'avez revu ?

— Ce n'était pas le genre à garder le contact. De toute façon, moi, j'ai été envoyé pour un petit moment à Greenhaven. (Edison ôta ses lunettes de soleil, les plia et les posa sur la table.) Ensuite, le fameux Clothhead Spelvin dont je vous parlais s'est fait arrêter pour une connerie — excusez-moi, Mrs. Hatch —, ce qui ne serait jamais arrivé avant. Dès qu'il a commencé à se demander combien de temps il resterait en taule, il a parlé de Mr. Rinehart. Et là, c'est lui qu'on a arrêté.

— Edward Rinehart est allé en prison ? s'étonna Laurie.

— Condamné à au moins dix ans, oui, madame. J'étais là à son arrivée. À le voir, on aurait dit qu'il partait pour Paris en première classe. Il savait que son seul problème, en prison, ce serait d'être en prison, justement — et quand on a des relations comme les siennes, c'est la même chose qu'être libre, à part qu'on est en prison. À Greenhaven, il pouvait faire quasiment ce qu'il voulait — hormis sortir. Il m'a obtenu un bon boulot à la bibliothèque ; toutes les semaines, ou presque, il m'envoyait un chouette dîner italien. Une fois Mr. Rinehart parmi nous, j'ai eu autant de cigarettes et de whisky que j'en ai voulu, même si je n'ai pas abusé de ce privilège.

— Vous réussissiez à avoir du whisky et des plats italiens en prison ? s'émerveilla Laurie.

— Mais c'était quand même la prison, Mrs. Hatch. J'ai été libéré en novembre 1958. Un peu plus de deux ans après, il y a eu une grosse émeute, là-bas. Quand les soldats sont arrivés, ils ont trouvé douze morts dans la cour, dont Mr. Rinehart. Il est encore au cimetière de Greenhaven. Ce n'est pas un mauvais endroit pour lui.

— Pardon ? fit Laurie. Oh ! Vous aviez peur de lui.

Les lèvres d'Edison s'étirèrent lentement.

— Parfois, j'ai l'impression d'avoir *encore* peur de lui. (Nous ne répondîmes pas. Un amusement distancié brillait dans les yeux couleur sable de notre compagnon.) Croyez-le ou pas, ça m'est égal. À l'époque, le soir, pendant que je roulais vers l'endroit où il m'avait dit de passer le prendre, il m'est arrivé d'entendre un bruit de briquet derrière moi et de voir un éclat dans mon rétro. C'était lui qui allumait son cigare. « Désolé, Max. Tu ne m'as pas entendu monter ? », qu'il disait. Seulement les portières ne s'étaient pas ouvertes ni refermées. Ça, je n'aurais quand même pas pu le manquer.

« Une nuit, vers trois ou quatre heures, je l'ai emmené à Mountry, voir un nommé Ted Bright, derrière un garage. Quand on s'est arrêtés, il m'a dit : “ Baisse-toi et ne te montre pas avant que je revienne. ” J'ai regardé par-dessus mon épaule, et soit j'étais devenu bigleux, soit la banquette arrière savait parler, parce que Mr. Rinehart n'était plus là. Je me suis baissé en dessous du volant, pour qu'on ne puisse pas me voir sans s'approcher carrément. Au bout d'un moment, j'ai entendu des pas devant la voiture : deux types, qui marchaient lentement, prudemment. Il y en a un qui a dit : “ C'est sa bagnole. ” L'autre a ajouté : “ Allons-y. ” Ensuite, il y a eu un bruit. Je ne peux pas le jurer mais je parierais bien cent dollars que c'étaient des fusils à pompe qu'on armait. Je me suis dit : *Max, il faut couvrir les arrières de Mr. Rinehart.* Je tendais déjà la main vers la poignée de la portière quand j'ai réalisé qu'il m'avait ordonné de rester planqué parce qu'il savait qu'Homer et Jethro étaient en route.

— Vous étiez armé ? demanda Laurie.

Edison acquiesça.

— Quand je conduisais Mr. Rinehart, je portais un pistolet. Je ne m'en suis jamais servi. Je ne l'ai même jamais sorti de son étui, encore que cette nuit-là, ça ne soit pas passé loin. Avec un patron pareil, le plus sage était encore de suivre les ordres, mais je ne pouvais pas être sûr qu'il savait ce qui se passait. J'ai attendu peut-être une minute sans rien entendre, alors j'ai décidé d'entrouvrir la portière du passager, de descendre et de rester baissé, juste au cas où. D'un seul coup, il y a eu assez de boucan pour réveiller un cimetière. J'ai chopé la poignée d'une main, mon flingue de l'autre. Juste devant moi, Ted Bright s'est effondré sur le capot, couvert de sang de la tête au ventre. Il a roulé sur lui-même et il est tombé par terre. J'ai regardé vers le bâtiment. Il y avait un cadavre allongé face contre terre dans la poussière, qui bloquait la porte ouverte, et un autre, à moitié dehors, à moitié dedans. Encore un autre à l'intérieur. On aurait dit un abattoir. Juste derrière moi, quelqu'un s'est éclairci la voix, et j'ai failli sauter hors de mes fringues. Mr. Rinehart était revenu sur la banquette arrière. « Direction, la civilisation », qu'il m'a dit.

— Vous lui avez demandé ce qui s'était passé ? s'enquit Laurie.

Edison remit ses lunettes de soleil.

— Même quand il avait envie de parler, moi, je n'avais pas envie de l'écouter, Mrs. Hatch. Une fois rentré chez moi, j'ai descendu une pinte de bourbon sans eau ni glace. Le lendemain, la radio a annoncé que Mr. Theodore Bright, un homme d'affaires, avait été tué en essayant d'échapper à des kidnappeurs. Pour ce que j'en avais à faire, c'était une histoire qui en valait une autre. Mr. Theodore Bright avait bien cherché ce qui lui était arrivé.

— C'était la véritable histoire, dis-je.

— Moi, j'y étais, et je ne sais même pas s'il y en a une, de véritable histoire. Ce que j'essaie de vous dire, c'est que Mr. Edward Rinehart pouvait être Halloween à lui tout seul.

— Vous avez raison. Il est très bien au cimetière de Greenhaven.

— On parlait de Clothhead Spelvin, tout à l'heure, celui qui l'a donné. Quand Mr. Rinehart a été arrêté, il était en taule, lui aussi. On les a mis à deux cellules l'un de l'autre, et cette nuit-là, Clothhead s'est fait tailler en pièces. Personne n'a vu qui que ce soit entrer dans sa cellule ou en sortir.

Edison extirpa une jambe puis l'autre de sous la table. Cela lui demanda un effort.

— Désolé de mettre fin à la fête, messieurs-dames, mais je voudrais retourner dans ma chambre. (Il se dressa péniblement sur ses pieds.) Toby ne vous l'a peut-être pas dit : j'ai un cancer du pancréas. On me donne deux mois à vivre mais j'espère bien tenir jusqu'à six.

Il fit de son mieux pour nous dissimuler son mal tandis qu'il traversait le parking d'un pas nonchalant.

48

— Quel genre de danger ?

Chaque fois que nous arrivions en haut d'une colline, je distinguais à travers le pare-brise, découpés contre le ciel, les sommets bas, modestes, de la ville où j'avais vu le jour. Pareil endroit n'était pas censé abriter des êtres tels qu'Edward Rinehart. Des familles comme la mienne, à supposer qu'il existe d'autres familles comme les Dunstan, n'avaient rien à y faire non plus.

— Cobbie et vous ne devez pas vous mêler de cette histoire de Rinehart. C'est trop risqué. Je préférerais être le fils de Donald Messmer.

— Cobbie et moi n'avons rien à craindre d'un mort. Et ce soir, nous allons le trouver, ce fameux Donald Messmer.

— Je croyais que Stewart ramenait Cobbie.

— On se verra ensuite. Posy revient juste après dix-sept heures : je pourrais passer vous prendre vers dix-huit heures. Mon fils adorerait vous revoir. Il n'arrête pas de demander si Ned va venir à la maison. Alors venez donc à la maison. Posy et moi vous ferons à dîner, et vous me montrerez le livre d'Edward Rinehart.

C'était plus tentant qu'un repas à Hatchtown avant un retour à la pension. Ma peur de mettre en danger Laurie et son fils ne me paraissait plus rationnelle. Max Edison m'avait fichu la trouille.

— Je vous préviens que Cobbie vous fera écouter sa musique préférée, alors préparez-vous.

— Qu'est-ce qu'il aime, comme musique ?

— Ça, ça me stupéfie, me confia Laurie. Il fait une véritable fixation sur le dernier mouvement d'*Estampes,* une pièce pour piano de Debussy, sur un madrigal de Monteverdi qui s'appelle *Confiteor tibi*, chanté par une soprano anglaise, et sur « Something's gotta give », par Frank Sinatra. Ça ne peut pas être un enfant de quatre ans. Je pense que c'est un nain de trente-cinq.

— La soprano anglaise, ça ne serait pas Emma Kirkby ?

— Vous connaissez ?

J'éclatai de rire devant l'improbabilité de la coïncidence.

— Quand je suis venu ici, j'ai emporté ce CD-là dans mes affaires.

— Ça règle la question. Je passe vous prendre à dix-huit heures.

À vingt mètres de là, sur le bord de la route, une pancarte marquait le début d'Edgerton, la Cité au Cœur d'Or. Elle se rapprocha, grandit. Nous en arrivâmes à trente centimètres, puis à quinze, puis à une distance seulement mesurable à l'aide d'un pied à coulisse, puis à rien du tout. Le panneau dépassa le capot de la voiture et, au niveau de ma tête, devint une rayure bidimensionnelle verticale. Au-dessus de la voie rapide, l'air semblait frémir, s'épaissir ; il miroitait comme un mirage.

49

Helen Janette jaillit de son appartement avant que je n'atteigne l'escalier. Si l'enveloppe en papier bulle qu'elle tenait à la main était responsable de son expression, je n'avais pas envie de savoir ce qu'elle contenait.

Tel le contrepoids d'une horloge suisse, Mr. Tite ouvrit sa porte et s'avança sur le seuil. Son chapeau de feutre laissait son nez dans l'ombre ; sa mâchoire proéminente paraissait aussi dure que du granit.

— Il y avait un policier qui vous cherchait, ce matin. (La logeuse croisa les bras sur l'enveloppe.) Je n'avais pas envie de laisser sur ma table à courrier un truc avec *Police* imprimé de tous les côtés.

— Il a dit comment il s'appelait ?

Mr. Tite se racla la gorge.

— C'était un dénommé Rowley.

Mrs. Janette me donna l'enveloppe.

— Le lieutenant Rowley vous rapportait ça.

Otto Bremen aboya mon nom avant que je ne puisse glisser ma clef dans la serrure. Vautré dans son fauteuil, devant la télévision, il avait l'air nettement plus amical que ma logeuse et son chien de garde. Quand j'entrai dans sa chambre, il me tendit une main large et épaisse.

— Ned Dunstan, c'est ça ? Otto Bremen, au cas où vous auriez oublié. (Sa superbe moustache frémissait au-dessus de son sourire.) Prenez une chaise.

La pièce regorgeait de sièges, de commodes, de petites tables et autres meubles venant des endroits où il avait vécu avant d'emménager ici. Un joyeux assemblage de photos, de documents encadrés et de dessins d'enfants couvrait les murs. La bannière jaune remarquée dans la matinée pendait en haut de celui du fond, revêtue de l'inscription ON T'AIME, OTTO, répétée trois fois, en lettres bleu vif.

— On dirait qu'ils vous aiment, dis-je.

— C'est sacrément mignon, hein ? (Il regarda pardessus son épaule.) « On t'aime, Otto, On t'aime, Otto, On t'aime, Otto. » De la part de la classe de CM2 de l'école primaire Carl Sandburg, 1989. (Il alluma une cigarette.) Mrs. Rice, la principale, m'a appelé sur scène pendant la cérémonie de fin d'année. La plupart de ces mômes, je les connaissais depuis l'âge où il fallait les prendre par la main et leur chanter « Une, deux, trois, nous irons au bois » pour leur faire traverser la rue. J'étais tellement fier que j'ai failli en péter mes bretelles.

C'était bien la voix luxuriante et rauque que je me rappelais, avec son accent de l'Ouest. Si Otto Bremen m'avait chanté « Une, deux, trois, nous irons au bois », je l'aurais moi aussi suivi de l'autre côté de la rue.

Il croisa les mains sur son ventre et soupira.

— C'était la première fois qu'une classe honorait comme ça un surveillant de la circulation. Parce que c'est mon métier neuf mois par an, à Carl Sandburg. (Bremen tapota sa cigarette ; des cendres dérivèrent vers le sol.) Si c'était à refaire, je vous jure que je ferais des études d'instituteur et que je m'occuperais d'une classe de préparatoire ou de CE1. Bon Dieu, si je n'avais pas soixante-dix ans, je le ferais même maintenant. Ça vous dirait, un verre ? Ça commence à être mon heure.

Quelques minutes plus tard, je parvins à traverser le couloir.

L'inscription POLICE D'EDGERTON était imprimée sur le dessus de l'enveloppe confiée par le lieutenant Rowley à Helen Janette, ainsi que sur le rabat scellé. À l'intérieur je découvris un sac en plastique, lui aussi scellé, muni de quatre bandes blanches d'identification. Sur les deux du haut, figuraient mon nom et un numéro de dossier. Le lieutenant Rowley ainsi qu'un employé du Service des biens personnels avaient signé les deux autres. Le sac contenait une liasse de billets. Je les sortis et les comptai. Quatre cent quatre-vingt-un dollars. J'éclatai de rire puis appelai Suki Teeter.

50

Le bus me déposa à College Park, deux blocs au sud du campus de l'Albertus. Je suivis Archer Street jusqu'à découvrir l'enseigne en bois ternie ART ET ARTISANAT RIVERRUN, au-dessus du porche de l'immeuble à deux étages, couvert de planches à clin, qu'habitait Suki Teeter.

La pièce qui s'étendait à droite de l'entrée renfermait des présentoirs de posters et de cartes de vœux qu'entouraient tableaux, dessins, canevas et étagères chargées de poteries ou de figurines en verre soufflé. Celle de gauche, plus petite, faisait office de magasin de fournitures et d'atelier d'encadrement. Bien qu'elle exposât les œuvres d'artistes locaux, Suki gagnait surtout sa vie en vendant des posters et en encadrant des photos.

— Il n'y a qu'ici qu'on trouve des pinceaux et des couleurs corrects à cent cinquante kilomètres à la ronde, mais je ne peux pas me permettre d'avoir le stock que je voudrais, dit-elle. Tout est tellement cher. Le toit a besoin d'être réparé. Un poêle à mazout neuf ne me ferait pas de mal. Avec vingt mille dollars, je résoudrais tous mes problèmes, mais j'arrive à peine à payer mes deux employés à mi-temps. Ils restent seulement parce que je les nourris et que je leur sers de mère.

Dans son salon, des tableaux abstraits ou figuratifs pendaient entre des étagères de pots en argile ou de sujets en verre.

— Tous ces objets sont l'œuvre d'artistes que j'expose dans la galerie, à l'exception de la peinture sur ta gauche.

Un sinistre amas de bruns terreux, parsemé de rouge, occupait un quart de mur.

— Qu'est-ce que tu en penses ?

— Il faudrait que je prenne le temps de le regarder, dis-je.

— C'est nul, tu le sais très bien. Rachel Milton m'a donné ça il y a des années et je n'ai jamais eu le cœur de m'en débarrasser. Je t'offre une infusion ? (Suki revint avec deux tasses de tisane et s'assit près de moi sur les coussins moelleux.) Je ne devrais pas dire de mal de Rachel. Au moins, elle a gardé le contact avec Star, ou vice versa. Si ça se trouve, elle viendra même à l'enterrement.

Le halo luisant qui la nimbait s'étira vers moi tandis qu'elle m'entourait les épaules de ses bras. Je me laissai aller dans son aura de menthe et de bois de santal. Elle m'embrassa sur la joue, puis son visage doré, un peu flou, recula à quelques centimètres du mien. Ses yeux humides miroitaient, ce qui intensifiait leur jade profond et leur turquoise lumineux.

— Raconte-moi. Tu vois ce que je veux dire. Raconte-moi, simplement.

J'avalai une gorgée de tisane au ginseng avant de décrire le dernier jour et la dernière nuit de ma mère. Quand je prononçai le nom de Rinehart, Suki me lança un regard avouant sans ambages qu'elle savait de qui je parlais. Sans pousser le sujet, je lui narrai l'apparition de Donald Messmer sur le certificat de mariage et mon acte de naissance.

— Je navigue en plein brouillard. Mes oncles et tantes se conduisent comme s'ils protégeaient des secrets atomiques. (Une marée de sentiment gonfla en moi et tout le reste s'effaça devant sa puissance.) Il faut que je sorte de la brume. Je veux savoir qui était Rinehart et ce que ce Messmer fabrique dans le tableau. (Suki me tapota la main puis la relâcha.) Rinehart était mon père, n'est-ce pas ?

— Tu lui ressembles tellement que c'en est hallucinant.

Je me rappelai de quelle manière Max Edison s'était détendu subtilement quand j'avais dit venir pour une affaire de famille. Il avait su instantanément de qui j'étais le fils.

— Racontez-moi, dis-je en écho aux paroles de Suki. Je vous en prie : racontez-moi, simplement.

Elle se laissa aller en arrière sur ses coussins.

51

À l'automne 1957, les étudiants en art et littérature les plus aventureux de l'Albertus avaient remarqué la fréquente présence nocturne au *Blue Onion Coffeehouse* d'un homme au visage étonnant, à la fois sombre et pâle, encadré de cheveux noirs. L'inconnu, tenant un crayon d'une main, une Gitane papier maïs de l'autre, se concentrait sur ce qui paraissait être un texte tapé à la machine. Il s'agissait d'Edward Rinehart. Un magnétisme un peu inquiétant émanait de lui.

Peu à peu, il avait abaissé ses barrières. Oui, il était écrivain ; il était venu à College Park pour profiter de bonnes librairies et d'une compagnie conviviale. S'il avait un souhait, c'était d'accéder à la bibliothèque de l'Albertus, bien entendu supérieure à ses sœurs municipales. Un jeune professeur d'anglais, Erwin Leake, parmi les premiers à établir un début de relation avec Rinehart, avait bientôt trouvé un moyen — à peine discutable — de le faire rentrer à l'université. Par la suite, on avait souvent vu le nouveau venu pratiquer son art à l'un des bureaux que surmontait la rotonde de la salle de lecture. Il pouvait avoir trente-cinq ans, peut-être un peu plus. Son apparent mépris de l'ordre établi le rendait encore plus séduisant, quoique ce ne fût pas nécessaire. L'ère Rinehart avait commencé.

Il était devenu le pivot intellectuel et social, disponible à toute heure pour une consultation, d'un groupe d'étudiants privilégiés. Rinehart avait acheté deux pavillons adjacents au fond de Buxton Place — un obscur cul-de-sac par ailleurs propriété de l'université —, pour lui servir d'atelier et de logis. Les élus, les choisis, les plus passionnés et les plus prometteurs parmi la faune de l'Albertus, se réunissaient dans sa résidence — l'atelier, sacré, leur était interdit. Chez lui, il y avait toujours quelqu'un en train de discourir, généralement lui-même. Un fond musical permanent, le plus souvent du jazz, dérivait des enceintes. Une réserve inépuisable de vin, de bière et autres boissons se reconstituait comme par magie. Rinehart fournissait aussi marijuana et amphétamines, de quoi s'endormir ou se réveiller — les drogues du moment. Ses fêtes duraient deux ou trois jours, durant lesquels ses favoris allaient et venaient, parlaient, buvaient, jusqu'à ce qu'ils n'aient plus la force de parler ni de boire. Ils écoutaient des lectures, la plupart par leur hôte, et faisaient fréquemment l'amour, la plupart du temps avec leur hôte.

Suki, Star, Rachel Newborn et les autres filles étaient tombées sous le charme de Rinehart. Charismatique, imprévisible, il encourageait leurs aspirations tout en semblant les personnifier. Contrairement aux autres garçons qui se prétendaient écrivains, il avait bel et bien publié un livre, qu'elles n'avaient eu aucun mal à accepter comme trop bon et trop audacieux pour les ânes bâtés du monde de l'édition. Un livre dangereux, *naturellement* — Rinehart exsudait le danger. Il détenait des secrets, passés et présents. Certains jours, sans explication, sa maison de Buxton Street demeurait déserte, verrouillée. L'un ou l'autre membre de son harem, parfois, le voyait monter dans une Cadillac garée le long d'un trottoir de Hatchtown ou en descendre. Un soir, une étudiante en maîtrise d'arts et philosophie, une fille survoltée du nom de Polly Heffer, avait découvert un revolver chargé dans la table de nuit de Rinehart et hurlé assez fort pour attirer Suki du salon, au moment où le maître de maison quittait la salle de bains, nu comme un ver et l'air dégoûté. Il avait fait taire Polly d'un grondement, affirmé qu'il avait une arme pour se protéger, et invité Suki à participer à une séance de triolisme.

Avait-elle accepté ?

— Tu crois que je l'aurais envoyé paître, *lui* ?

De temps en temps, les dévots de Rinehart le surprenaient en conférence avec des individus n'ayant visiblement rien à faire à l'Albertus, qui l'entraînaient dans un angle et lui parlaient à voix basse, tandis qu'il passait parfois un bras autour de leurs larges épaules. Les plus jeunes et les plus présentables de ces intrus apparaissaient dans le tourbillon des fêtes interminables, et les étudiants les incluaient dans leur cercle. L'un d'entre eux, Donald Messmer, habitait l'Hotel Paris, dans Word Street, et vivait de tous les emplois qu'il pouvait trouver.

— Don Messmer n'avait rien d'un criminel, assura Suki. Dans l'ensemble, c'était un type très sympa qui se laissait vivre. Pour nous, il évoquait un peu le Dean Moriarty de *Sur la route,* en plus effacé. Et il était dingue de ta mère. Il n'avait sans doute jamais lu un bouquin de sa vie, et d'un seul coup, voilà qu'il se baladait avec des romans plein les poches parce qu'il voulait impressionner Star. Elle, je l'entendais souvent lui parler de Cézanne, de Kerouac, de Jackson Pollock et de Charlie Parker — *à Don Messmer !* —, mais il n'avait pas la moindre chance : elle était amoureuse d'Edward Rinehart, comme nous toutes.

— Alors, pourquoi son nom s'est-il retrouvé sur le certificat de mariage ?

— Attends. Laisse-moi te raconter ce que je sais.

À la fin du semestre, Suki avait été transférée à l'université de Wheeler, Ohio, officiellement pour continuer de suivre les cours d'un lithographe qui enseignait à l'Albertus l'année précédente. Ayant perdu la foi en Edward Rinehart, elle voulait échapper à sa sphère d'influence. Erwin Leake, naguère fort bon professeur d'anglais, était devenu un ivrogne fantomatique. Certains garçons en qui Rinehart avait voulu voir des artistes prometteurs se changeaient en drogués seulement préoccupés d'une nouvelle poignée de pilules. Les filles ne pensaient qu'à Rinehart, à le satisfaire. Suki, elle, voulait s'en sortir.

L'année suivante, à la fin de l'hiver, ma mère était arrivée à Wheeler, enceinte, épuisée, et en quête d'un endroit sûr où dormir. Suki lui avait prêté la moitié de son lit. Les jours suivants, Star avait simplement dit qu'elle devait se *cacher,* se *dissimuler.* Son amie l'avait laissée dormir et lui avait rapporté en douce de la nourriture chipée dans le restaurant où elle était serveuse. Star lui avait encore confié s'être mariée mais avoir eu tort. Elle tremblait en entendant le téléphone. Quand on sonnait à la porte, elle ne bougeait pas de la chambre. Au bout de deux semaines, elle était assez remise pour travailler dans le même restaurant que Suki. Au bout d'un mois de plus, elle avait commencé à suivre des cours de beaux-arts en auditrice libre à l'université de Wheeler. Au bout du compte, elle avait déclaré à Suki avoir été abandonnée par son son mari quand elle avait appris par un médecin qu'elle donnerait peut-être le jour à des jumeaux. Lors du rendez-vous suivant, le même médecin avait dit qu'elle ne portait sans doute qu'un seul enfant, finalement, mais cette nouvelle ne pouvait pas ramener l'époux disparu.

Un obstétricien de Wheeler l'avait déclarée en excellente santé et avait prédit qu'elle accoucherait de jumeaux, quoique les symptômes ne fussent pas aussi concluants qu'il l'eût souhaité. Elle avait fait ses bagages et était partie pour Cherry Street.

À la fin de l'année scolaire, Suki, de retour à Edgerton, avait loué un nouvel appartement où elle s'était installée quelques heures avant le début d'un orage violent. Elle avait téléphoné à Nettie sans obtenir de réponse. Peut-être les lignes de Cherry Street étaient-elles en dérangement. Elle avait en revanche contacté Toby Kraft, par lequel elle avait appris que Star, sur le point d'accoucher, se trouvait à l'hôpital Ste. Ann. Toby était absolument fou d'inquiétude. Le fleuve avait débordé, et des poteaux électriques s'étaient effondrés un peu partout. Suki, sanglée dans son imperméable, avait empoigné son parapluie pour sortir. Instantanément, le pépin s'était retourné et le vent le lui avait arraché des mains.

52

L'eau de la crue, franchissant un muret en sacs de sable, montait au-dessus des chevilles. Les vêtements trempés sous le ciré, Suki avait escaladé la barricade puis pataugé vers l'entrée de l'hôpital. Le hall évoquait Calcutta. Dans la confusion, elle avait réussi à coincer une infirmière qui s'était intéressée à elle le temps de lui apprendre que deux futures mères se trouvaient au service Maternité, au troisième étage : Mrs. Landon et Mrs. Dunstan. On avait conseillé à la visiteuse de prendre l'escalier plutôt que l'ascenseur.

Elle avait couru jusqu'au service en question, où régnait une véritable cacophonie : les bébés hurlaient dans la nursery, du fond de leurs berceaux. Une infirmière, tout en grimaçant devant ses bottes boueuses, l'avait informée que son amie était en salle d'accouchement B, sous la responsabilité d'une sage-femme : Hazel Jansky. Suki, l'empoignant par le bras, avait exigé des détails.

Le travail de Mrs. Dunstan était commencé depuis cinq heures. Il n'y avait pas de complications. Puisqu'il s'agissait d'un premier accouchement, on s'attendait à ce qu'il se prolonge encore plusieurs heures. Mrs. Jansky assistait les deux parturientes de la nuit. Arrachant son bras à la main de Suki, l'infirmière avait envoyé cette dernière en salle d'attente.

La visiteuse s'y était installée. Derrière le reflet flou de son visage pâle, suspendu au-dessus d'un ciré jaune vif, les hautes fenêtres ne révélaient qu'une obscurité trouée par les lampadaires du parking. Suki, le front appuyé contre une vitre, se protégeant les yeux, avait contemplé une autre obscurité — étendue sur le paysage, celle-là, barrée de rides incandescentes. Une forme noire allongée qu'elle espérait être un tronc d'arbre ballottait dans le sillage d'une automobile.

Peu après, une infirmière plus jeune était passée lui annoncer que Mrs. Dunstan faisait des progrès, mais que si le bébé avait pour deux sous de bon sens, il tirerait le frein à main et demeurerait où il était douze heures de plus. Quand Suki s'était de nouveau pris le visage entre les mains pour regarder par la fenêtre, les lampadaires du parking étaient éteints ; des objets trop petits pour être identifiables, emportés par le courant, tourbillonnaient comme des jouets. Elle s'était allongée sur le canapé et endormie.

Une explosion étouffée, suivie de cris féminins, l'avait arrachée au sommeil : il y avait eu une panne d'électricité ; les hurlements s'étiraient en de brillantes oriflammes sonores. Suki, passée dans le couloir à tâtons, avait vu des faisceaux de lampes-torches percer l'obscurité. Elle s'était mise en quête de Star.

Ses mains avaient rencontré une grande faille dans un mur. Marchant en crabe, elle avait poussé un battant pour pénétrer dans une pièce totalement noire, où une femme pleurait, gémissait.

— Star ?

Une voix inconnue l'avait insultée.

Suki était ressortie. Un peu plus loin, elle avait atteint l'autre salle d'accouchement, dont la porte s'était ouverte à la volée, la renvoyant en arrière. Une silhouette sombre l'avait saisie aux épaules et poussée de côté. La visiteuse avait attrapé de ses mains tendues le battant qui se refermait et était entrée dans la pièce — où quelqu'un se lamentait. Après s'être heurtée à une barre métallique horizontale, elle avait tâtonné vers le bas. Ses doigts avaient rencontré une jambe nue, humide.

Star, poussant un soupir, l'avait attirée contre elle.

— Ils m'ont pris mes bébés, Suki.

Aussi abruptement qu'elle en avait disparu, l'électricité était revenue dans leur existence. Ma mère s'était protégé les yeux d'une main. D'épaisses traînées de sang ainsi que des taches éparses lui maculaient les cuisses. Son amie lui avait entouré la tête de ses bras, caressé les cheveux.

La sage-femme était rentrée en trombe pour déposer entre les mains de Star un bébé semblable à une poupée, enveloppé dans une couverture bleue. La jeune accouchée avait protesté : elle avait donné le jour à deux enfants, le premier lui ayant fait l'effet d'être une pastèque, alors que le second avait ses valises bouclées et son passeport tout prêt. Mrs. Jansky lui avait assuré que ce qu'elle avait pris pour un deuxième bébé n'était que le placenta.

Quelques heures plus tard, un médecin surmené avait confirmé que ma mère n'avait accouché que d'un unique garçon, en excellente santé. Interrogé sur l'autre patiente de la sage-femme, il avait répondu que l'enfant de Mrs. Landon était mort-né.

Suki était demeurée avec Star jusqu'au lendemain, en début de soirée, moment auquel les pompiers avaient évacué l'eau qui noyait le sous-sol et le rez-de-chaussée de l'hôpital. Des équipes s'étaient alors mises en devoir de nettoyer la boue gluante et malodorante déposée par le Mississippi. Tandis que Star achevait un dîner immaculé — poulet, purée, chou-fleur —, Nettie, Clark et May avaient fait leur apparition. Ses tantes avaient lapidé ma mère de questions. Le bébé était-il normal ? Avait-elle la certitude que l'hôpital ne lui cachait rien ?

Nettie, acculant une infirmière impuissante, avait exigé que le bébé Dunstan soit sorti de la nursery.

Alors qu'il dormait comme un bienheureux au fond d'un berceau, ledit bébé s'était donc vu roulé jusqu'à la chambre, soulevé, momentanément étreint, déballé, soumis à un examen attentif — et enfin, en pleurs, passé à sa mère pour qu'elle le lange à nouveau. Certaines difformités ne ne manifestaient pas immédiatement, Star le savait-elle ?

L'indignation de Suki avait débordé : à quel genre de difformité tardive Nettie pensait-elle, exactement ?

La tante s'était tournée vers elle et avait souri. *J'imagine qu'il pourrait se retrouver avec des yeux de couleurs différentes.*

La jeune femme s'était enfuie comme pourchassée par des Furies.

Ensuite, Star avait conservé un silence résolu à propos de sa grossesse et de son mariage. Suki avait vu l'enfant atteindre quatre ans, puis cinq, puis six ; des idées lui étaient venues sur l'identité du père — les traits du garçon étaient assez éloquents —, mais elle ne les avait jamais exprimées. Vers l'époque où Star avait commencé de placer son fils dans des foyers d'adoption, son amie avait épousé à titre d'expérience un claveciniste rencontré au département Musique de l'Albertus. Elle était partie pour Popham, Ohio, où son mari avait été nommé artiste résident dans une obscure université d'arts libéraux.

Le cercle de l'Albertus avait explosé en fragments disjoints, certains prenant des postes d'enseignants, d'autres des emplois traditionnels à huit heures par jour, tandis que d'autres encore se voyaient enfermés en hôpital psychiatrique, s'exilaient en Europe, rejoignaient des communautés, mouraient au Viêt-Nam, fondaient des cabinets d'avocats, purgeaient des peines de prison, bref, connaissaient les destins les plus divers. Edward Rinehart avait été tué au cours d'une émeute carcérale. Rachel Newborn s'était composé une nouvelle identité qui excluait la fréquentation de Suki Teeter. Parmi les vieux amis de cette dernière, seule

Star Dunstan restait visible, mais Star revenait rarement à Edgerton.

Suki me reprit dans le halo doré de son étreinte et s'excusa d'avoir tant parlé.

— Je suis heureux que vous l'ayez fait.

Elle me caressa la joue puis suggéra que nous déjeunions ensemble après l'enterrement de ma mère.

— J'en serais ravi. (Une question me vint.) Suki : pour vous, il est évident que Rinehart était mon père, mais qu'en est-il de mes tantes ? Est-ce que Nettie et May l'ont jamais rencontré ?

— Pas en ma présence, en tout cas, répondit-elle.

53

Otto Bremen fit pivoter son fauteuil dans ma direction, un verre de bourbon dans une main, une cigarette allumée dans l'autre. Son sourire était digne d'une citrouille d'Halloween.

— Venez donc voir les Braves prendre une dérouillée. C'est du grand spectacle.

J'aurais fort bien pu traverser le couloir et l'aider pendant quatre-vingt-dix minutes à rosser les Braves d'Atlanta à coups de whisky, mais le livre d'Edward Rinehart me tentait davantage. Après avoir sorti *De l'Au-Delà* de mon sac à dos, je m'affalai sur mon lit pour bouquiner jusqu'à l'arrivée de Laurie Hatch.

Partagé entre l'envie de lire immédiatement le texte intitulé « Flammes Bleues » et celle de l'éviter carrément, je choisis la solution de facilité : je commençai par le début.

« L'Héritage du Professeur Pendant » raconte l'histoire d'un professeur du Middle East à la retraite qui s'installe dans un village de pêcheurs datant du

XVIIIe siècle où, à sa grande surprise, un ancien collègue lui a légué une vieille maison et une bibliothèque renfermant nombre d'ouvrages légendaires. Grâce à cette mine de connaissances, il projette de compléter son étude du folklore arabe. Forcé par une averse diluvienne de se réfugier dans un pub, le professeur y surprend une rumeur étrangement similaire à une histoire figurant dans un des volumes les plus rares de son bienfaiteur. Peu après, il découvre un manuscrit du XIIe siècle qui renferme d'inquiétantes incantations... À la fin de la nouvelle, le professeur Pendant est dévoré par le Dieu antique invoqué grâce au manuscrit — un tiers poulpe, un tiers serpent et un tiers indescriptible mais néanmoins hideux.

« Récents Événements dans le Massachusetts rural » décrit la visite d'un lugubre hameau par un jeune érudit qui devient la proie d'êtres difformes nés de la copulation d'hominidés primitifs et d'une divinité vorace venue de par-delà la membrane de notre univers.

« Des Ombres sur le palier d'Ephraïm » s'achève sur cette phrase : *Tandis que sonnaient les cloches de St. Arnulf, je m'engouffrai dans la chambre sacro-sainte et, à la lueur vacillante de ma chandelle levée, je vis ramper vers la canalisation, avec une hideuse alacrité, la monstruosité écumante qui avait été Fulton Chambers !*

Tout cela, y compris le point d'exclamation, me rappelait quelque chose que j'avais lu vers treize ou quatorze ans mais que je n'arrivais pas à identifier.

Aussi prêt que je le serais jamais, j'entamai la lecture de « Flammes Bleues ». Une demi-heure plus tard, j'emportai le livre près de la fenêtre et continuai à lire. « Flammes Bleues » est une longue nouvelle retraçant la vie d'un certain Godfrey Demmiman, dont les expériences ressemblent parfois à une version cauchemardesque des miennes. Quoique fasciné, je dus combattre l'impulsion qui voulait me faire brûler l'ouvrage dans mon lavabo.

Enfant, Demmiman se sent appelé par une « antique forêt », à l'orée de la ville. Lorsqu'il y pénètre, une voix inhumaine l'informe qu'il est le fils d'un Dieu Aîné, un nouveau Jésus qui provoquera l'Apocalypse en ouvrant la voie à ses pères inhumains. Par l'intermédiaire de flammes bleues sanctifiées, il se voit accorder des pouvoirs surnaturels dont il fait étalage devant plusieurs filles des environs, avant de les assassiner. Exilé dans une école militaire, il dérive vers la folie sous l'influence d'un texte sacré.

Peu après ses trente ans, alors qu'il visite la ville fétiche de l'auteur du texte en question, Demmiman est attiré vers un sinistre manoir. Il s'imagine pourchassé par des êtres furtifs, tout aussi liés à lui-même qu'au bâtiment. Lorsqu'il s'introduit dans ce dernier, il découvre la crypte des Demmiman du XVIIIe siècle : c'est le domaine de ses ancêtres. Y retournant nuit après nuit, il ressent une présence, celle d'un « Autre » qui le cherche mais s'enfuit à son approche. À un moment, alors qu'il traverse la salle de bal poussiéreuse, il regarde dans un miroir à la lueur d'une chandelle et aperçoit derrière lui une sombre silhouette — qui disparaît dès qu'il pivote. Deux nuits plus tard, l'atmosphère s'obscurit : l'Autre va enfin se laisser voir. Un bruit de pas résonnant dans des pièces lointaines finit par guider Demmiman jusqu'à la bibliothèque, au sommet du manoir.

Une voiture s'arrêta devant la pension. Je relevai les yeux pour voir la Mountaineer effectuer un créneau. Empochant le livre, j'ouvris ma porte et fis un pas dans le couloir. Je ne pus aller plus loin : tels des rayons X, une douleur aiguë me transperça le crâne d'arrière en avant.

En lieu et place du couloir d'Helen Janette, d'Otto Bremen me faisant signe depuis son fauteuil, s'étendait devant moi la pièce que j'avais déjà vue, enfant et durant ma dépression nerveuse, à Middlemount. Une fougère mourante, un renard empaillé sous une cloche de verre et une pendule en laiton surmontaient une cheminée. Quelque part, hors de vue, un homme marmonnait des mots indistincts. Tout cela avait existé bien avant ma venue sur terre. Comme je reculais vivement, la scène disparut.

Le vieil homme, dans la chambre d'en face, avait les yeux fixés sur moi.

— Ça va, mon garçon ?

— Un vertige.

Je descendis l'escalier quatre à quatre pour rejoindre Laurie Hatch.

54. Mr. X

Ô Êtres Suprêmes, Ô Maîtres Cruels, Votre Serviteur, fidèle en dépit de ses longues souffrances, se penche une fois de plus sur les pages de son Journal. Je désire me livrer à une confession.

Ces derniers temps, mes nouvelles m'ont beaucoup occupé l'esprit. Une en particulier : la plus longue, la meilleure et celle que je regrette le plus. En l'écrivant, je me sentais *redoutable, semblable à un dieu.* Mon stylo courait sur la page et, pour la première et unique fois de ma vie, j'écrivais des choses que j'ignorais savoir avant qu'elles ne soient écrites — je frappais à la porte du Temple et l'on m'y *recevait* —, ma vie devenait une *forêt sombre,* un *labyrinthe,* un *mystère.* J'avais ainsi fait connaissance avec l'état *berge-du-fleuve...*

Ah, si seulement cette histoire n'avait jamais posé la main sur ma poitrine et murmuré : « Prends-moi »...

Il me faut un moment pour retrouver mes esprits.

L'inspiration était descendue sur moi alors qu'une nuit d'été, durant ma dernière année en tant que Roi du Crime, je revenais de la ville de Mountry, épuisé. Un imbécile du nom de Theodore Bright avait tenté d'usurper ma position dans la hiérarchie criminelle. Les conséquences nécessaires ne m'avaient apporté aucun plaisir. Je voulais tout arrêter. Mes pensées se tournaient vers les consolations de l'art, et un plaisant projet s'était imposé à moi : celui d'ébaucher l'épreuve de Godfrey Demmiman, un être demi-humain à qui était accordée la liberté d'un dieu. Mon alter ego devait dupliquer mes luttes pour atteindre le But Sacré. Tandis que j'écrivais, toutefois, mes intentions s'étaient inclinées devant ce qui gonflait en moi.

JE PROTESTE !

Toutes mes autres nouvelles étaient allées où elles étaient censées aller. Pourquoi seule celle-là semblait-elle habitée par l'art ? Laissez-moi vous dire une bonne chose. Laissez-moi l'écrire noir sur blanc :

JE DÉTESTE L'ART. L'ART N'A JAMAIS RIEN APPORTÉ DE BON À QUI QUE CE SOIT. IL N'A JAMAIS GAGNÉ UNE GUERRE, MIS DU PAIN SUR LA TABLE, LAVÉ PAR TERRE, SORTI LA POUBELLE, OU GLISSÉ UN BILLET DE VINGT DOLLARS À SON SERVITEUR FAUCHÉ ET DÉPRIMÉ. L'ART NE FONCTIONNE PAS AINSI.

Le début s'était déroulé comme prévu. À travers l'enfance et la jeunesse de Godfrey Demmiman, je revisitais les miennes. Nous vivions des expériences mystiques au sein d'une profonde forêt, et les présents des dieux descendaient sur nous. J'avais versé des larmes au moment de la découverte du Livre Sacré. Ensuite, une criminelle imagination avait chassé mes intentions et détruit ma paix. Au lieu de la conviction, le doute. Au lieu de la clarté, la confusion. De l'ordre, le chaos. Du triomphe... Qui sait ? Mais certainement pas le triomphe.

Demmiman s'installe à Markham, le village de Nouvelle-Angleterre cher à son Maître, et s'imagine guidé par des êtres difformes au long de ruelles et passages sinueux, jusqu'à une maison de sinistre réputation, abandonnée depuis des lustres. S'y introduisant, il découvre qu'il s'agit de la résidence de ses ancêtres. À l'intérieur, une Présence le traque — et lui traque la Présence. Une horrible confrontation se produit. Du dénouement blasphématoire, je refuse de parler. Pour le bien des Générations Futures, je couche ce qui suit sur le papier :

Je renie par la présente les derniers paragraphes du texte intitulé « Flammes Bleues », ceux qui commencent par les mots « *Lentement, à pas traînants, une silhouette indistincte sortit de l'ombre* », et j'impose à leur distribution les conditions suivantes : ils doivent être supprimés des Listes de Lectures de Vos Écoles Secondaires et Instituts d'Études Supérieures ; lorsqu'ils sont disponibles, leur accès doit être réservé aux Historiens et Autres Érudits ; cette Déclaration doit être imprimée *in extenso* sur la page d'en face.

Ce qui suit est le rapport de ce que j'ai accompli récemment au Service de la Cause Prodigieuse.

J'avais presque oublié ma promesse de garantir Frenchy La Chapelle contre la couardise de son associé criminel, mais dès qu'elle m'est revenue en mémoire, je me suis rendu au Service des Soins intensifs de l'hôpital Ste. Ann.

Au milieu d'un réseau de tubes et de fils, un furet de Hatchtown que je connaissais depuis beau temps sirotait les doses d'oxygène que lui dispensait un poumon artificiel. Durant son enfance, comme tous les furets de Hatchtown, Frenchy La Chapelle y compris, Clyde Prentiss n'osait m'évoquer qu'à voix basse. (Aucun n'a jamais su mon nom — *mes* noms — et, depuis des décennies, ils me désignent par un sobriquet délicieusement sinistre.) Un soir d'une grande douceur, il y a vingt-cinq ans, j'ai entendu par hasard un Clyde Prentiss prépubère amuser ses pairs de son insolence. J'ai fait irruption dans le local de leur club et empoigné le petit personnage par les chevilles. Après l'avoir emporté tout gémissant à travers les ruelles, jusqu'à un bâtiment fort peu connu, je l'ai suspendu la tête en bas au-dessus de l'Équarrisseur.

À une époque où l'opinion publique considère tout ce qui n'est pas bien gentil comme inacceptable, on a non seulement oublié où se trouve cette éternelle source de cauchemars, mais son existence même est mise en doute. Accident ou non, l'emplacement de l'Équarrisseur a disparu des archives publiques, ce qui l'a fort commodément aidé à accéder au statut de mythe.

J'ai tenu au-dessus du puits le gamin qui se tortillait jusqu'à ce qu'une évacuation odorante en tache la salopette. M'étant bien fait comprendre, je l'ai alors reposé sur le sol. De ce jour, ni lui ni ses camarades ne m'ont refusé leur obéissance. À présent, l'incarnation adulte de cet enfant reposait devant moi, comateuse.

J'ai tiré mon couteau pour trancher les plis en accordéon du poumon artificiel. La maigre poitrine de Prentiss se soulevait et s'abaissait en cadence. Rejetant son drap, je lui ai planté la lame dans le nombril puis l'ai tirée jusqu'à sa gorge — que j'ai ouverte d'un seul coup latéral. Les machines qui le gardaient se sont mises à hurler et lui à se trémousser de bas en haut en une consternation très animée. J'ai essuyé la lame au bas du couvre-lit puis contourné sans qu'elle me voie l'infirmière qui venait d'apparaître à l'entrée de l'alcôve.

J'ai ensuite inspiré une nouvelle fois la crainte de Dieu à Frenchy La Chapelle en semblant prendre corps au milieu d'un tas d'ordures, dans un angle de Word Street.

— Salut, Frenchy, ai-je lancé. (Il a décollé du trottoir de quatre ou cinq centimètres.) Il est l'heure de recevoir ton ordre de marche.

Il a émis un gémissement auquel je m'attendais.

— J'ai essayé de trouver Dunstan, mais s'il n'est pas là, ce n'est pas ma faute.

— Je veux savoir où il habite.

— Et comment je suis censé apprendre ça, moi ? s'est-il lamenté.

— Cherche-le. Quand tu le verras, suis-le jusqu'à chez lui. Ensuite, reviens ici et attends-moi.

— Que je t'attende ?

— Dis-toi que c'est une gare et que je suis le train.

Ses lèvres se sont incurvées vers le bas en un de ses sourires caractéristiques.

— Un tas de gens cherchent ce Dunstan. (Frenchy a risqué un coup d'œil sous le bord de mon chapeau.) Les flics l'ont arrêté quand le pote de Joe Staggers s'est fait casser la tête, mais ils l'ont relâché. Staggers et ses copains ne sont pas franchement contents.

— Tu as intérêt à le trouver avant eux, ai-je dit.

Il s'est balancé d'avant en arrière, prenant son courage à deux mains.

— Tu n'avais pas dit quelque chose à propos d'un service ?

— Tu n'as qu'à téléphoner à l'hôpital. (Il a cessé de se trémousser ; une veine s'est mise à battre sur ses tempes.) Suis-moi dans le Crin. Je vais t'expliquer ce que tu feras lundi soir.

Il a retenu son souffle tandis que j'entrais moi-même dans le boyau, bloquant l'ouverture. Frenchy était l'un des garçons ayant assisté à l'expérience du petit Clyde avec l'Équarrisseur.

55

Laurie n'avait écouté que d'une oreille ma description du livre de Rinehart et de ma conversation avec Suki Teeter. Elle s'anima lorsque nous atteignîmes la voie rapide.

— Vous avez tout résolu en une journée ! Hier, vous ne saviez rien, et maintenant, vous en savez plus que vous ne le voudriez ! C'est terminé ! Il faut fêter ça.

Je lui demandai si Cobbie était bien rentré.

— Oui. (Son ton était sec, ironique.) Stewart l'a ramené, puis nous a fait le plaisir de sa compagnie pendant des heures. C'est pour ça que j'étais en retard. (Elle s'engagea sur la voie d'accélération.) Il a bu des litres et des litres de scotch, et il n'a pas arrêté de répéter les mêmes choses. (Elle jeta un coup d'œil par-dessus son épaule gauche et écrasa l'accélérateur. Nous étions à quatre-vingt-dix avant même d'atteindre la voie de droite, et quand Laurie s'installa sur celle de gauche, le compteur dépassait les cent dix.) La plupart à votre sujet.

— À mon sujet ? articulai-je.

Grenville Milton avait téléphoné au Madrigal pour se plaindre d'un individu correspondant à mon signalement, qui l'avait insulté devant le restaurant puis y était entré — sur sa propre recommandation ! Vincent, le maître d'hôtel, m'ayant identifié, avait informé Milton que je m'étais joint à Mrs. Hatch et à Mrs. Ashton. Ledit Milton avait fait son rapport à Stewart, qui était déjà au courant grâce à son détective privé.

— Ce matin, un type m'a filée jusqu'en ville et nous a vus entrer à l'hôtel de ville, poursuivit Laurie. Après, il nous a suivis au HAC. Quand je suis rentrée chez moi, il s'est empressé d'aller tout raconter à Stewart. Lequel a bien sûr fourré Cobbie dans sa voiture et laissé du caoutchouc sur la route jusqu'à la maison.

Je regardai par la grande lunette arrière de la Mountaineer.

— S'il croit que je travaille pour Ashleigh, il doit se prendre la tête à essayer de deviner ce qu'on est allés faire au HAC.

— Stewart se prend la tête avec un tas de choses. En particulier avec vous. (Les yeux de Laurie lancèrent un éclair.) Accompagner un Dunstan quelque part, c'est comme s'associer à Charles Manson. Après avoir détruit les jardins suspendus de Babylone et propagé la peste noire en Europe, votre famille est devenue *vraiment* ignoble. Elle s'est installée à Edgerton pour pratiquer le vaudou et tricher aux cartes. À côté, on aurait pris les Kennedy pour les Reagan. (Les yeux de Laurie, luisants d'ironie, glissèrent jusqu'aux miens.) Il a vraiment dit ça : *À côté, on aurait pris les Kennedy pour les Reagan.* C'était très impressionnant.

— On a toujours été un peu particuliers, admis-je.

Le toit de la grande maison de Blueberry Lane était couvert de tuiles en plastique caoutchouté. Son architecture tenait autant du manoir Tudor que du style Rois George. Stewart Hatch avait dû tomber amoureux de cet endroit au premier coup d'œil.

— Qui a construit ça ? demandai-je à Laurie.

Elle grimaça.

— C'est un des chefs-d'œuvre de Grennie Milton. Pour s'y sentir chez soi, il faut porter une veste rose et un pantalon vert.

La porte ouvrait sur un vaste espace où des îlots de meubles paraissaient flotter à quelques centimètres d'une moquette blanche comme neige. Des pas résonnèrent dans un escalier. Cobbie franchit un angle en courant, se précipita vers nous et entoura de ses bras les jambes de sa mère. Une jeune femme aux cheveux sombres, vêtue d'un jean et d'un ample pull en coton, apparut dans son sillage.

— Ned. Posy Fairbrother, ma sauveuse.

Posy me donna une poignée de main ferme en m'adressant un sourire qui aurait réchauffé un cadavre.

— Le fameux Ned Dunstan. (Des mèches folles échappées de la masse de cheveux réunis derrière ses oreilles retombaient devant son visage. Elle pouvait avoir vingt-quatre ou vingt-cinq ans, et c'était le genre de femme à ne porter du rouge à lèvres que sous la menace.) Cobbie a parlé de vous toute l'après-midi. (Elle se tourna vers Laurie.) On le fait manger d'ici une demi-heure ?

Le petit garçon lâcha sa mère et tenta de m'entraîner à sa suite.

— Vous pourrez m'aider à cuisiner, quand on l'aura mis au lit ?

Posy baissa les yeux vers Cobbie, qui tirait de toutes ses forces sur ma main.

— Le prix de l'adoration. (Elle s'agenouilla devant lui.) Laisse un peu de temps à Ned pour discuter avec ta maman avant de lui demander d'écouter ta musique.

— Ned et moi pouvons écouter la musique tous les deux. (Laurie se pencha vers son fils.) Ned aime le même morceau de Monteverdi que toi, Cobbie.

L'enfant s'engagea dans l'espace que venait de quitter Posy Fairbrother.

— C'est vrai ?

Il n'y avait pas la moindre trace d'humour dans ses yeux.

— *Confiteor tibi*, dis-je. Emma Kirkby. J'adore ça.

Sa bouche s'ouvrit de stupéfaction. J'aurais aussi bien pu dire que j'avais le Père Noël pour voisin d'un côté et le Lapin de Pâques de l'autre. Faisant volte-face, il courut vers un des îlots flottants.

Laurie et moi nous assîmes sur un sofa couleur flocons d'avoine, tandis que Cobbie insérait un CD dans un appareil haut de gamme — un parmi toute une série —, sous un grand autoportrait empli d'âme de Frida Kahlo, dont je fus incapable de détourner le regard. Finalement, je cherchai l'autre toile que Laurie avait héritée de son père et découvris au-dessus de la cheminée, sur notre gauche, un Tamara de Lempicka, un peu plus petit, représentant une femme blonde au volant d'une voiture de sport.

— Quels tableaux époustouflants, m'extasiai-je.

Cobbie bouillait d'impatience.

— Désolée, dit sa mère. On est prêts, maintenant.

Il appuya sur le bouton LECTURE.

La voix éclatante d'Emma Kirkby s'échappa de haut-parleurs invisibles, traduisant la mélodie régulière et fluide en une grâce argentée. Cobbie, assis en tailleur sur la moquette blanche, la tête levée, se gorgeait de la musique sans me quitter des yeux. Tout son corps s'immobilisa. Le tempo diminua, puis augmenta d'un coup au moment de *Sanctum et terribile nomen eius*, et l'enfant se tendit. Nous atteignîmes le *Gloria patri*, où Emma Kirkby s'envole dans une série d'inventions passionnées, intemporelles, qui me font toujours penser à un solo de jazz inspiré. Cobbie riva son regard dans le mien.

— Tu aimes vraiment ça, déclara-t-il lorsque le morceau s'acheva.

— Toi aussi, dis-je.

Il se leva.

— Et maintenant, le truc pour piano.

— Je vais m'occuper un peu de la cuisine, annonça Laurie avant de disparaître derrière un angle.

Cobbie inséra un autre CD dans la platine et appuya sur des boutons jusqu'à atteindre la version de *Jardins sous la pluie* de Zoltan Kocsis — le dernier mouvement d'*Estampes* de Debussy.

Il ferma les yeux et inclina la tête de côté en une imitation inconsciente de presque tous les musiciens que j'ai rencontrés — moi aussi, j'ai cette attitude quand j'écoute avec attention. Je voyais les harmonies glisser le long de son système nerveux, le faisant frissonner. *Jardins sous la pluie* s'achève par une petite envolée dramatique et un *mi* aigu, percutant. Quand ce dernier eut retenti, le petit garçon ouvrit les yeux :

— Ça, c'est sur notre piano, dit-il.

Il désigna un quart-de-queue blanc, à l'autre bout de la pièce, posé en biais contre le mur du fond. Courant à l'instrument, il en souleva le couvercle et plaqua le *mi*. Je ne sais ce dont j'eus le plus envie : rire de plaisir ou applaudir. Je crois que je fis les deux.

— Tu vois ?

Il frappa encore un *mi* percutant, puis leva le doigt pour l'interrompre net.

— Tu te rappelles la note forte, juste avant ?

Se retournant vers le clavier, il joua un *si* aigu.

— Cinq vers le bas et cinq vers le haut. C'est *rigolo*.

Le *si* se trouvait à cinq demi-tons en dessous du *mi*, si bien qu'après tout le mouvement harmonique précédent, ce dernier proposait une résolution presque comique. Que Cobbie fût capable d'imiter parfaitement les voix n'avait rien d'étonnant : il était doté d'une oreille parfaite — ou du moins de ce que nous appelons ainsi : la capacité de percevoir des relations précises entre les sons.

— Comment savais-tu où elles étaient ?

Il marcha jusqu'à moi, posa les avant-bras sur mes genoux et me regarda dans les yeux en se demandant si j'étais vraiment stupide à ce point-là ou si je faisais semblant.

— Il y en a une qui est très très très *rouge*. Et la plus haute, elle est très très très *bleue*.

— Naturellement, dis-je.

— *Très, très* bleue. On peut mettre la chanson rigolote de Frank Sinatra, maintenant ?

— C'est exactement ce qu'il nous faut.

Courant de nouveau à la platine, il y glissa le CD de *Come Dance with Me* et fit surgir un roulement de tambour sec ainsi que les cuivres de Billy May. Il se laissa tomber au sol et croisa les jambes pour écouter le démarrage parfaitement minuté de Sinatra sur « Something's Gotta Give [1] » avec la même concentration qu'il avait accordée à Monteverdi et Debussy. Il m'adressa un clin d'œil au début du pont et sourit de la manière dont le chanteur cassa le rythme après le passage instrumental. Puisque j'écoutais en partie avec ses oreilles, la chanson participait d'une puissance confiante et décontractée. En dépit de cela, pour une raison qui m'échappait, une partie de moi avait envie de fuir — le « Something's Gotta Give » de Sinatra était le dernier morceau que j'avais envie d'entendre. Il s'achevait par une phrase musicale descendante désinvolte et un exultant *Come on, let's tear it up* [2], qui fit éclater de rire Cobbie.

L'enfant me regarda à nouveau dans les yeux.

— On le remet ?

— Ring-a-ding-ding [3], dis-je.

L'appel aux armes jazzy du batteur ; les hurlements forcenés des trompettes et des trombones ; les saxophones qui déroulaient au chanteur un tapis moelleux ; au centre exact du premier temps de la première mesure du premier couplet, une voix de baryton léger s'envolait pour un départ en trombe. La peur remonta le long de ma colonne vertébrale et mes bras se couvrirent de chair de poule.

Lorsque la chanson s'acheva, Posy Fairbrother apparut à l'entrée de la pièce.

— Quitte à déchirer, qu'est-ce que tu dirais de t'exercer sur des spaghetti *in the night,* hein, *stranger* ?

Cobbie se précipita vers elle. Arrivé à l'angle de la cuisine, il se retourna.

— Ned ! On mange des spaghetti *in the night* !

1. Il faut bien que quelque chose cède. *(N.d.T.)*
2. Allez, déchirons ça. *(N.d.T.)*
3. Titre d'une autre chanson de Frank Sinatra. *(N.d.T.)*

— Toi et moi, on mange des spaghetti, Frank, corrigea Posy. Ensuite, tu diras bonsoir à Ned, et il dînera avec ta maman.

Laurie les contourna, un verre de vin dans chaque main.

— Va à la cuisine avec Posy. Je vous rejoins dans une minute.

Le garçon prit la main de sa nourrice et disparut dans l'autre pièce, tandis que Laurie et moi marchions l'un vers l'autre. J'eus le sentiment absurde qu'il nous fallait une éternité pour nous rejoindre. Quand nous fûmes face à face, la jeune femme m'embrassa. Le baiser se prolongea plus que je ne m'y serais attendu.

— Qu'est-ce que vous en avez pensé ? Qu'est-ce que vous en pensez ?

— J'en pense qu'il est incroyable. Il devrait sauter l'école primaire et aller directement à Juilliard [1].

Laurie appuya le front contre mon épaule.

— Qu'est-ce que je fais, maintenant ?

— Trouvez-lui un bon professeur de piano. Et puis, au bout de cinq ans, trouvez-lui-en un excellent et engagez un avocat surnommé « Le Requin ». (Elle se redressa pour me contempler presque comme l'avait fait Cobbie en m'expliquant que le *mi* et le *si* étaient rouge et bleu.) Ce qui m'impressionne le plus, c'est sa gentillesse. Je crois qu'il va avoir autant besoin de protection que d'encouragements. À part ça, vous n'avez qu'à vous installer confortablement pour profiter du spectacle. Mais, bon, je dis ça histoire de parler. En fait, je n'en sais rien.

Laurie se serra à nouveau contre moi, un bras passé dans mon dos, puis elle s'écarta et me tendit un morceau de papier.

— Posy a trouvé un Donald Messmer dans le bottin de Mountry. Vous pourriez lui demander ce qu'il a à

1. École new-yorkaise de musique et d'art dramatique. *(N.d.T.)*

dire pendant que je passe un peu de temps avec Cobbie.

Je pris le papier.

Derrière la cheminée, s'étendait une petite pièce renfermant la télévision. Des rampes d'ampoules éclairaient des étagères à moitié vides. Camions miniatures et livres d'enfants jonchaient le sol. M'asseyant sur un canapé, je décrochai le téléphone, mais la première personne que j'appelai fut Nettie.

— Ton salopard de Mountry est passé ce matin, m'annonça-t-elle. J'ai expliqué à cette pâle imitation d'homme qu'il en faut plus qu'une grande gueule et une batte de base-ball pour me faire peur. Je les ai renvoyés avec la queue entre les jambes, lui et ses copains. J'imagine que tu n'as pas de flingue ?

J'éclatai de rire.

— Je n'ai pas de pistolet, non.

— Trouves-en un. Les imbéciles de ce genre-là te foutent la paix dès que tu leur montres un pétard.

Le livre de Rinehart me rentrait dans le côté, aussi le sortis-je de ma poche avant de composer l'autre numéro.

Le CD-ROM de Posy avait localisé le bon Donald Messmer. Il me fallut toutefois deux minutes pour convaincre ce dernier de parler.

— Vous avez vu mon nom sur le certificat de mariage et ça vous a intrigué, hein ? Je crois que je ne peux pas vous en vouloir. (Je le remerciai en l'appelant Mr. Messmer.) Star vous a appris que je n'étais pas votre père, j'espère ? (Nous discutâmes encore un peu, puis il ajouta :) Je suis vraiment désolé pour votre maman. J'espère que ça ne vous ennuie pas que je dise ça, mais j'étais complètement dingue d'elle. J'aurais fait n'importe quoi pour Star Dunstan.

Voilà pourquoi il l'avait épousée. Deux mois après s'être retrouvée enceinte et installée avec Rinehart, ma mère avait senti son amour rancir, se changer en peur. Lorsqu'elle avait confié à Messmer que selon elle, son compagnon leur voulait du mal, à elle ou à l'enfant, voire aux deux, il l'avait aidée à fuir Buxton Place. Après avoir été mariés par un juge de paix, ils avaient traversé l'Ohio pour gagner le Kentucky, où Messmer avait de la famille. Cette dernière n'ayant pas accepté Star, ils s'étaient ensuite rendus à Cleveland, où ils avaient trouvé du travail comme serveurs et vécu dans un bonheur relatif. Un mois plus tard, Star avait passé une visite médicale et tout avait changé.

— Je n'étais qu'un gosse idiot, continua Messmer. Incapable de réfléchir à plus de cinq minutes dans l'avenir. L'idée d'avoir un enfant m'était presque insupportable, alors j'essayais de l'oublier, en me disant que ça s'arrangerait tout seul. Quand Star est revenue de chez le toubib et m'a annoncé que c'étaient des jumeaux, elle aurait aussi bien pu me dire : désolée, Don, mais tu vas passer les vingt prochaines années en esclavage.

— D'autant que les gamins n'étaient pas de vous, approuvai-je.

— Je suis content que vous le compreniez. Une semaine plus tard, j'étais en train de me raser devant le miroir, et c'était un cadavre qui me rendait mon regard. J'ai plié bagage et je me suis barré. J'aurais sans doute dû être plus sympa, mais j'ai fait ce que j'ai fait. Vous pigez ?

— Vous lui avez rendu service en l'arrachant à Rinehart.

— C'est gentil de le dire. La vérité, c'est qu'on ne serait pas restés ensemble, de toute façon.

Après s'être installé à Mountry, il avait travaillé dans un bar jusqu'à avoir assez d'économies pour acheter son propre établissement, qu'il dirigeait toujours. Sa femme était morte trois ans plus tôt, il avait deux filles et six petits-enfants. Quand Messmer considérait le jeune homme qui s'était enfui d'Edgerton avec Star Dunstan, il avait peine à se reconnaître en lui.

— Vous savez qui est Joe Staggers ?

— Tous les habitants de Mountry savent qui est Joe Staggers, et la plupart le regrettent. Pourquoi ? Vous êtes tombé sur lui quelque part ?

— C'est un malentendu, mais il croit que je lui ai fait une crasse.

— L'existence même de ce salopard est un malentendu. (Je sentais qu'il se demandait jusqu'où il devait aller.) La crasse en question, est-ce qu'un certain Minor Keyes y est mêlé ?

— C'est ce que j'ai entendu dire.

— Si vous restez dans le coin plus de quelques jours, vous devriez essayer d'emprunter une arme. Staggers est un enfoiré de première.

Installé à table, dans une alcôve percée d'une fenêtre, près de la porte de la cuisine, Cobbie terminait ses spaghetti.

— Comment ça s'est passé ? demanda Laurie.

— C'est un brave type. Vous êtes déjà allée à Mountry ?

Elle secoua la tête.

— Pourquoi ?

— Promettons-nous de ne jamais y aller.

— *Somewhere, somehow, someone's gotta be kissed* [1], chantonna Cobbie.

Posy bondit de sa chaise.

— C'est l'heure de coucher les crooners. (Elle essuya les taches de sauce tomate sur le visage du garçon.) Allez. Monte.

— Je suis obligé ?

Elle posa les mains sur ses hanches.

— Est-ce que je te mentirais ?

— Obligé obligé ?

Elle se tourna vers moi.

1. Il faut que quelque part, de quelque manière que ce soit, quelqu'un se fasse embrasser. *(N.d.T.)*

— Cobbie se demandait si vous pourriez dresser une liste de CD qui lui plairaient.

— J'essaierai de m'en tenir aux cent premiers, déclarai-je.

— On pourrait peut-être convaincre Ned de venir te dire bonne nuit une fois que tu seras au lit.

Le garçon me considéra avec une joie anticipée. J'aurais parié n'importe quoi que Stewart ne le mettait jamais au lit et ne lui lisait pas d'histoires pour l'endormir.

— Et je te lirai même un livre, assurai-je. Mais il faudra qu'il soit court.

— *Bonne nuit, la Lune,* décida-t-il.

Je sentis en moi comme un inexplicable frisson de résistance.

— *Bonne nuit, la Lune ?* répéta Posy.

— Tu n'es pas un peu grand pour ça ? demanda Laurie.

Il secoua la tête.

— *Bonne nuit, La Lune !*

— Bien sûr, acquiesçai-je. C'est à peu près parfait pour s'endormir.

La portion de moi qui avait rejeté « Something's Gotta Give » disait *non non non* au livre choisi par l'enfant. Je savais que ces deux réactions venaient du même endroit, quel qu'il fût.

— Tu as bien de la chance, dit Posy à Cobbie.

Laurie me sourit et ajouta, à l'adresse de son fils :

— Juste une fois.

Il l'embrassa et vola hors de la cuisine, suivi par sa nourrice.

Laurie acheva le vin qui restait dans son verre sans me quitter du regard.

— J'imagine que vous avez trois ou quatre enfants avec qui vous jouez tous les après-midi et auxquels vous lisez des histoires tous les soirs, à tour de rôle ?

— Six, corrigeai-je. Plus les jumeaux, à Boulder.

Ma bouche s'asséchа d'un coup. J'avais eu l'intention de dire « San Diego », mais *Boulder* était sorti comme si un magicien m'avait ensorcelé la langue. Pour la troisième fois, un puissant malaise irrationnel déploya ses ailes en moi. Boulder ?

Laurie se leva pour aller chercher la bouteille.

— Stewart n'a jamais lu une histoire à Cobbie, vous savez. Pas une fois. Où est passé votre verre ?

— Je l'ai laissé à côté. Ne bougez pas. Ça fait un sacré trajet au milieu de toute cette neige, mais je trouverai le traîneau à chiens.

Lorsque je revins, je m'assis près de mon hôtesse et posai *De l'Au-Delà* sur la table.

La jeune femme le feuilleta au hasard. Je la vis grimacer.

— Qu'est-ce qu'il y a ? demandai-je.

Elle sourit.

— « *" La manière dont vous avez acquis ce texte ancien ne présente aucun intérêt pour moi, Mr. Waterstone ", grinça le vieux bibliothécaire, dans la pénombre humide de son antre sinistre.* » Je crois que les personnages de romans ne devraient pas *grincer*, ni quoi que ce soit de ce genre-là. Ils devraient juste *dire* les choses.

— Edward Rinehart n'est sans doute pas un auteur pour vous, dis-je.

Laurie referma le livre.

— Parlez-moi de Donald Messmer.

Je condensai l'histoire de ce dernier en omettant ses propos au sujet de Joe Staggers.

— C'est bizarre. Je pensais qu'il aurait plus de choses que ça à m'apprendre. Je suis presque déçu.

— Vous avez parcouru un chemin vraiment étonnant en une seule journée. À présent, vous pouvez penser au reste de votre vie.

Posy Fairbrother entra dans la cuisine et s'avança jusqu'à l'îlot central.

— Votre admirateur vous attend. Il n'a pas ouvert *Bonne nuit, la Lune* depuis tellement longtemps qu'il m'a fallu une éternité pour le retrouver, mais il a promis de s'endormir après une seule lecture. Qu'est-ce que je peux faire pendant que Ned se conduit en vraie bénédiction, Laurie ?

— M'aider pour la sauce hollandaise des artichauts. Ensuite, si vous pouvez préparer une salade, je m'occuperai du reste.

— Vous voudrez que je débarrasse, après ?

— Un de nous deux s'en chargera. (Laurie repoussa sa chaise et se leva d'un même mouvement. Le bouclier luisant de son visage se tourna vers moi.) Vous serez bien prêt à vous conduire encore une fois en vraie bénédiction ?

56

Séparées par de grands murs ocre, des portes teintées façon palissandre s'alignaient jusqu'à une fenêtre s'étendant du sol au plafond, munie d'une imposte voûtée. La deuxième sur la droite était entrouverte.

Le livre, qui dégageait assez de radiations pour déclencher un compteur Geiger, reposait sur une chaise, près du lit de Cobbie. Ce dernier, son ours en peluche entre les bras, bâillait déjà. Un chat noir et un lapin blanc montaient la garde à ses pieds ; un *tyrannosaurus rex* de trente centimètres de haut faisait le beau sur le dosseret.

L'hymne au coucher de Margaret Wise Brown me paraissait presque vénéneux. Pour penser à autre chose, je demandai des nouvelles de mon homonyme. L'ours Ned et le *tyrannosaurus rex* étaient devenus d'excellents amis. Cobbie était-il prêt pour son histoire ? Oui, absolument. Espérant l'être aussi, j'ouvris le livre, le tournai de côté afin que le garçon puisse voir les images, et commençai à lire.

Instantanément, ma phobie et tout sentiment de danger s'évanouirent. Les paupières de Cobbie touchèrent le fond alors que j'arrivais à cinq pages de la fin. Je refermai le volume et, dans l'esprit de *Bonne nuit, la Lune,* souhaitai à voix basse la bonne nuit à tous et à toutes. Mes craintes reprirent possession de moi quand je posai l'ouvrage sur le dosseret. En éteignant la lampe de chevet, je réalisai que je venais d'apprendre une chose aussi mystérieuse que la phobie elle-même : c'était de la couverture que j'avais peur, pas du livre lui-même.

Dans mon oreille intérieure, Frank Sinatra lança un fragment de « Something's Gotta Give » : *Fight... fight... fight it with... aaaall of your might* [1]...

Au milieu de l'escalier, je croisai Posy Fairbrother, pressée, car au moins quatre heures d'études l'attendaient. Tandis qu'elle me souhaitait une excellente soirée, son visage, encore embelli d'être en harmonie avec la tâche à venir, me fit songer à une tête de chaton.

57

Laurie Hatch et moi voguions sur un océan de conversation qui semblait pouvoir s'étendre à l'infini, dans des domaines de plus en plus intimes, par la grâce d'une compréhension mutuelle. Je n'avais pas connu de soirée comme celle-là depuis au moins dix ans, et aucun des échanges inspirés vécus entre vingt et trente ans ne m'avait paru aussi réel.

En de telles circonstances, la conviction que l'expérience de l'un a été identique à celle de l'autre, que tout ce qu'on dira sera compris, s'implante très vite,

1. Combats ça de toutes tes forces. *(N.d.T.)*

emportée par son élan, aussi n'osai-je bien entendu pas être aussi ouvert que j'en avais l'air. Elle non plus. Je ne soufflai mot de mes « crises », de Mr. X, de la bizarrerie des Dunstan ni du double-ombre qui m'avait sauvé la vie. À aucun moment, je n'envisageai d'être tout à fait honnête avec Laurie Hatch. Elle en aurait été alarmée, refroidie — je ne voulais pas qu'elle me croie fou.

Si les conversations comme celle-là ne recelaient pas toujours un certain degré de fausseté, elles ne seraient pas aussi profondes.

Nous vînmes à bout d'une bouteille et demie de vin pendant que la table se couvrait de plats.

— Et si on débarrassait tout ça ? suggérai-je enfin.

— Laissez tomber. (Laurie se laissa aller contre le dossier de sa chaise en se passant la main dans les cheveux.) Posy s'en occupera.

— Elle a plusieurs heures de travail devant elle. On peut lui faire une fleur.

J'emportai les bols dans l'évier et jetai les feuilles d'artichaut à la poubelle.

La jeune femme m'aida à charger le lave-vaisselle, dont elle emplit le compartiment à lessive.

— Je me prendrais presque pour un des lutins du cordonnier. Qu'est-ce qu'on devait faire, maintenant ? Vous vous rappelez ?

— Vous vouliez connaître la fin de la nouvelle de Rinehart, non ?

— Ce sera un adieu parfait à ce monsieur.

Elle vida le reste du vin dans nos verres et m'entraîna vers le sofa.

— C'est celle que vous étiez en train de lire quand je suis arrivée ? s'enquit Laurie, lovée près de moi, la tête sur un de ses bras étendus.

— Je l'avais presque terminée.

Elle but une gorgée de vin.

— Le professeur Arbuthnot a découvert un livre très ancien et de la plus grande rareté. Les trois vieillards assassinés dans une fumerie d'opium avaient une ancienne malédiction arabe tatouée sur la fesse gauche. Alors qu'il part interroger un sinistre nain, notre héros aperçoit un bébé aux yeux jaunes et à la langue bifide.

— Celle-là est un peu différente, dis-je. La première moitié a presque l'air autobiographique.

Je condensai en une ou deux phrases la jeunesse de Godfrey Demmiman, puis décrivis brièvement ses aventures dans le village de Markham, son obsession pour le manoir de ses ancêtres, sa fuite devant l'Autre et la poursuite simultanée à laquelle il le soumettait. J'en arrivai enfin à la nuit durant laquelle il était attiré vers la bibliothèque du dernier étage.

— Continuez, implora Laurie.

> Convaincu de rencontrer cette nuit-là la silhouette demeurée si longtemps invisible, Demmiman pénétra dans la vieille bibliothèque et en referma doucement la porte derrière lui. Aussitôt, il prit conscience que sa conviction n'était pas un simple fantasme. La présence de l'Autre lui rongeait les nerfs, et, comme il la remarquait, il comprit également dans quel état il devait découvrir son adversaire.
>
> Après des préparatifs non moins effrayés, non moins incertains que les siens, l'Autre attendait son arrivée avec une terreur identique, laquelle n'avait pour effet que de lui geler le sang dans les veines. Godfrey trouva néanmoins la force d'avancer pour inspecter la pièce déserte où régnait une odeur de moisi.
>
> — Qui es-tu, être maléfique ? lança-t-il. (Il y eut un silence irrésolu, hésitant.) Montre-toi. Par tout ce qui est en moi, je dois te voir.
>
> La pression du silence qui l'entourait faillit lui faire tourner les talons. Comme sa résistance s'épuisait, un pas résonna dans les profondeurs de la bibliothèque.

— Si c'est juste un monstre, ce n'est pas bon, commenta Laurie.

— On va bien voir, dis-je.

Lentement, à pas traînants, une silhouette indistincte sortit de l'ombre. Demmiman en eut le souffle coupé. Voilà l'être qu'il savait devoir affronter pour connaître délivrance ou reddition. L'intensité de sa curiosité lui permit de distinguer la forme imprécise d'un vieil homme, formé par des expériences qui dépassaient de loin les siennes, des expériences dont il savait que son imagination ne pourrait approcher.

Le costume noir strict de l'arrivant était celui d'un homme d'affaires de province prospère et tyrannique. À peine Demmiman eut-il remarqué la courte barbe blanche de l'inconnu qu'il comprit, en avançant encore d'un pas, ce qui masquait le visage : deux mains levées en ce qu'il prit pour un geste de honte.

Il se planta fermement sur le sol poussiéreux.

L'autre parut percevoir son changement d'humeur : il releva la tête, écarta les doigts, puis, comme mû par une décision soudaine, laissa retomber ses mains, dévoilant son visage avec une agressivité dont Godfrey, paralysé par l'horreur, se savait incapable. Un millier de péchés, un millier d'excès s'étaient imprimés sur ce visage. C'était le résumé de sa vie secrète, hideuse, à laquelle il ne pouvait échapper — et pourtant, quoique bouffis, déformés, les traits de l'Autre étaient indubitablement, horriblement, les siens propres.

— Ça va ?

— Pourquoi ?

— On dirait que vous avez la gorge serrée. Buvez un peu de vin, ça vous fera du bien.

Tous ses efforts n'avaient-il eu pour but que de l'amener face à cette monstrueuse version de lui-même ? Son humiliation était en partie due à la certitude que la force de la hideuse créature surpassait de loin la sienne. L'Autre s'avança, brûlant des droits qu'il faisait valoir sur le visiteur. Godfrey Demmiman ne put supporter que son double exige ainsi d'être reconnu : tournant les talons, il prit ses jambes à son cou.

Il lui sembla entendre un rire, derrière lui, mais ce n'était que l'écho de sa honte. Il crut que des pas traînants le poursuivaient dans l'escalier, mais il ne s'agissait que de ses propres battements de cœur. Depuis des entrebâillements de portes, des recoins obscurs, les créatures fines et difformes semblaient l'épier, dans l'attente de sa reddition.

Il ne succomberait pas à la défaite. Il était né pour un but grandiose, dont la confrontation dans la pièce déserte n'était que la clef. Sa vie, comprit-il, était imbue d'une majesté qu'il commençait tout juste à entrevoir.

Demmiman avança jusqu'à la porte de la galerie et l'ouvrit à la volée, tout en prenant dans sa poche les allumettes qu'il avait utilisées pour les cierges de la crypte. Il fit jaillir une flamme qui tremblota lorsqu'il s'agenouilla devant le premier des longs rideaux. Une autre flamme naquit, vacillante, se propagea vers le haut. Godfrey passa au rideau suivant et gratta une deuxième allumette. Quand ce rideau-là fut lui aussi embrasé, il courut aux tapisseries moisies qui ornaient la galerie. Là, dans la lumière dansante, irrégulière, il examina son ouvrage.

Les rangées de flammes jaillies contre les piliers se propageaient sur les lattes du plancher et au plafond. Des éclaireurs et des messagers flamboyants prenaient d'assaut un autre panneau vermoulu ; des traits écarlates rampaient le long du mur. Les parois s'ouvraient à l'incendie comme pour lui souhaiter la bienvenue ; le sol s'embrasait en des dizaines de points. Demmiman recula dans le hall enfumé et sortit au cœur de la nuit.

Les briques sales et les fenêtres obscures des immeubles abandonnés, des deux côtés de la ruelle, ne prêtaient aucune attention à la lueur cramoisie qui s'élevait au sein de leur voisin. L'alarme ne serait donnée que bien plus tard, quand les flammes s'élèveraient dans le ciel sombre. Demmiman courut se mettre à l'abri d'un renfoncement de porte.

Les vitres du rez-de-chaussée volèrent en éclats, relâchant une fumée assez épaisse pour masquer le brasier. Au terme d'un formidable élan, le feu s'empara du premier étage. Des flammes jaillirent à l'extérieur, avant d'être englouties dans une massive colonne de fumée.

Le deuxième étage fut atteint à son tour, puis le troisième. Malgré le rugissement de la conflagration, Demmiman crut entendre les cris aigus des créatures enfermées au sommet de la maison ; la pensée de leur panique fit naître une joie sauvage dans sa poitrine.

Le rideau sombre qui s'étendait peu à peu devant la façade du bâtiment dissimulait à la vue les fenêtres les plus hautes, aussi Godfrey courut-il sur les pavés pour se réfugier sous le porche d'un immeuble voisin, d'où il observa les derniers progrès du brasier. À peine eut-il levé les yeux vers le quatrième étage que les premières lueurs apparurent derrière les vitres, passant rapidement du jaune au rouge.

Une silhouette s'encadra dans la fenêtre la plus proche, regardant à l'extérieur avec un calme absolu. La demeure tout entière émit un craquement qui laissait présager son effondrement prochain, tandis que l'être, là-haut, fixait Demmiman de ses yeux invisibles. Une sirène se mit à hurler au loin et progressa vers le brasier, puis une autre.

Les yeux dissimulés au cœur de la sombre silhouette ne relâchèrent pas leur étreinte.

L'encadrement de la fenêtre s'embrasa, illuminant le visage ravagé, si semblable à celui de Godfrey et si différent. Une nouvelle fois, l'Autre émit son exigence implacable, alors que les flammes s'emparaient de ses cheveux. Elles s'assombrirent derrière lui, passant du rouge au bleu intense naguère observé au fond de l'antique forêt. Demmiman s'écarta du porche pour s'avancer dans la rue pavée. Il lui apparut avec le poids d'un majestueux paradoxe que la demande de l'Autre impliquait un destin imprévu auquel son esprit soudain exalté adhérait totalement.

Ayant quitté son abri, il se rua donc dans l'immeuble en flammes. L'instant d'après, ce qui restait de l'intérieur céda et le grand bâtiment se replia sur lui-même avec un soupir de capitulation, s'effondrant d'un coup pour consommer la délivrance extatique de Godfrey Demmiman.

— Il devait débarrasser le monde de sa propre personne ? Sans parler de sa maison familiale et des petits monstres rampants ?

— Pauvre vieux Godfrey.

— On pourrait bricoler une fin plus heureuse. Ça vous intéresse ? Ah, ah. Vous avez indéniablement l'air intéressé. Qu'est-ce qu'Edward Rinehart connaissait aux délivrances extatiques ?

58

La vision de ce beau visage brun si près du mien me donna le sentiment d'être béni. Peut-être certaines des femmes que j'avais connues étaient-elles plus passionnées que Laurie, mais aucune ne maîtrisait avec plus de grâce la propension de chaque instant à déployer ses ailes afin de planer vers le suivant. Elle possédait également ce que d'aucuns appelleraient du vice et d'autres de l'inventivité. Plus nous explorions nos corps et en célébrions les talents, plus nous avions l'impression de nous unir, jusqu'à ce qu'enfin, il nous semble nous répandre l'un dans l'autre et devenir une entité unique, profondément imbriquée. Quand nous nous séparâmes pour reposer côte à côte, j'eus la sensation que des fragments de mon être continuaient à dériver pour rejoindre mon corps.

— Est-ce que tu imagines ne serait-ce qu'un peu le bien que tu me fais ? demanda Laurie.

— Je pense que je vais te construire un temple, dis-je.

Des heures plus tard, je m'éveillai avec la conscience familière de devoir m'en aller avant que les ennuis ne me trouvent. Par ailleurs, j'étais en train de tomber amoureux de Laurie Hatch nettement trop vite. En fait, il ne fallait pas que je tombe amoureux d'elle du tout. Encore quelques jours et je rentrerais à New York ; ensuite, je ne la reverrais sans doute plus jamais. Ce que je représentais pour elle, principalement, c'était du danger, et je devais l'en protéger. Ôtant son bras de mon épaule, je me glissai hors du lit.

Tandis que je cherchais à tâtons mes chaussettes, je heurtai une lampe. Le bruit éveilla ma compagne qui, d'une voix ensommeillée, me demanda ce que je faisais. Je lui déclarai que je devais rentrer à la pension.

— Quelle heure est-il ?

Je consultai le réveil digital aux chiffres verts.

— Une heure et quart.

Elle alluma sa lampe de chevet et s'assit en se frottant les yeux.

— Je te ramènerais bien, mais je suis tellement crevée que j'aurais peur de quitter la route.

— Je vais appeler un taxi, dis-je.

— Ne sois pas bête. Prends la voiture de Stewart — sa deuxième voiture, celle qu'il laisse au garage. On trouvera bien un truc pour la ramener. Parce que tu vas revenir, Ned, c'est sûr. La question ne se pose même pas.

Je m'approchai du lit et embrassai Laurie. Le drap froissé tire-bouchonnait autour de sa taille. Dans la lumière tamisée, son torse paraissait d'or sombre.

— Appelle-moi demain.

Elle éteignit la lumière dès que j'eus terminé de m'habiller.

« L'autre voiture » de Stewart Hatch était une Mercedes 500 SL ivoire à deux places, ce qui m'aurait stupéfié si j'avais encore été capable de stupéfaction. Après avoir démarré, j'inspectai le tableau de bord, engageai la marche arrière et faillis reculer dans la porte du garage. Il me fallut un moment pour trouver le moyen de passer de phares en codes. Après être revenu en phares, je laissai la voiture ronronner au point mort et allai récupérer le paquet de ma mère sur la banquette arrière de la Mountaineer.

Je regagnai le centre-ville d'Edgerton avec panache, en chantant sur le jazz que diffusait la station de l'Albertus. Ignorant une place libre devant la pension, j'allai me garer au coin d'Harry Street, une rue perpendiculaire.

59

Tandis que je montais l'escalier, j'entendis les échos caractéristiques d'une fête battant son plein à l'autre bout de mon étage. Un groupe de jeunes gens emplissait le couloir, à l'arrière de l'immeuble. Des filles, on ne voyait que les jambes luisantes ; des garçons, les cheveux en bataille et les polos. Tous fumaient et bavardaient, un gobelet en plastique à la main. Une brune dont la frange frôlait les sourcils agita sa cigarette dans ma direction.

— Hé, le nouveau voisin ! Venez nous rejoindre !

— Merci, mais pas cette nuit, répondis-je. J'ai déjà trop fait la fête.

Je lui adressai un salut de la main avant de jeter un coup d'œil par la porte ouverte, en face de la mienne. La plupart des lumières d'Otto étaient éteintes. La lueur vacillante du téléviseur dessinait la forme vautrée dans le fauteuil, entre les cuisses de laquelle apparaissait le goulot d'une bouteille de Jack Daniels. Il restait environ un centimètre de liquide brun foncé dans le verre posé près du siège. Devais-je éteindre la télévision et aider le vieil homme à se mettre au lit ? Lorsque je fis un pas vers lui, une odeur de tissu en train de brûler me parvint.

Un filet de fumée s'élevait juste à côté de sa main immobile. Sur l'accoudoir du fauteuil, au bout d'une cigarette à demi fumée, un petit cercle de braises brilla plus vivement puis s'allongea, se changea en flammes.

Croyant à un début d'incendie, je me mis à le marteler à mains nues. D'un coup, Otto redressa la tête. Deux yeux injectés d'écarlate me fixèrent sans me reconnaître.

— Otto, vous..., commençai-je.

— Fous-moi le camp de là, putain d'escroc ! cria-t-il.

Son poing imposant passa devant sa poitrine pour s'écraser sur mon épaule, si bien que je me retrouvai par terre. Une flamme ayant grossièrement la forme et la couleur d'une feuille morte naquit sur la manche de son pull.

— Saloperie de voleur !

Il planta la main gauche au milieu de l'accoudoir embrasé et jaillit de son fauteuil en hurlant. La bouteille de Jack Daniels fut projetée au sol. Le vieillard, titubant, remarqua enfin que son vêtement brûlait.

— L'évier, Otto ! criai-je en attrapant un sweat-shirt

au pied du lit, tandis mon compagnon proférait un chapelet de jurons digne de Gabby Hayes.

Qu'est-ce que c'est que ce nom de dieu de bordel de connerie de feu de merde ?

Plusieurs jeunes gens s'était rassemblés à l'entrée de la pièce, écrasant leurs cigarettes sur le sol et sirotant le contenu de leurs gobelets. Otto et moi valions largement la télévision.

J'étalai le sweat-shirt sur l'accoudoir du fauteuil avant de taper dessus.

La brune à la frange s'avança un peu.

— Ce n'est pas un voleur, Mr. Bremen, c'est le monsieur qui a emménagé dans la chambre de Mrs. Frahm.

— Je sais, mon chou.

Elle me sourit.

— Salut. Je m'appelle Roxy Redman. Eux, c'est Charlie et Zip, et voilà ma colocataire, Moonbeam Challis.

Une jolie blonde, dont la robe, semblable à une combinaison, dévoilait les bretelles du soutien-gorge, agita les doigts à mon intention.

— En fait, je m'appelle Audrey, mais tout le monde m'appelle Moonbeam [1].

— C'est normal, dis-je. Moi, je m'appelle Ned, mais tout le monde m'appelle Ned.

Moonbeam eut un petit rire nerveux, tandis que Charlie ou Zip me lançait un regard censé me faire faire pipi dans ma culotte.

Otto apparut près de moi, un verre d'eau à la main. Des pas lourds résonnaient dans l'escalier.

— Virez-moi ça.

Je soulevai le sweat-shirt, et le vieil homme versa le contenu du verre sur l'accoudoir noirci.

Invisible derrière l'attroupement, Helen Janette

1. *Moonbeam* : littéralement, rayon de lune. *(N.d.T.)*

annonça que la fête était terminée. Le chapeau de Mr. Tite flotta dans mon champ de vision.

— Vous avez entendu la dame ? Tout le monde rentre chez soi.

— Désolé, mon garçon, dit Otto. Je crois que le vieil imbécile s'est un peu bourré la gueule. (Il ramassa la bouteille de whisky et la jeta dans la corbeille à papier.) Je vais en prendre pour mon matricule.

Roxy, Moonbeam et leurs amis s'éloignèrent dans un nuage de rires étouffés, me dévoilant Mr. Tite, dont l'aspect expliquait la gaieté ambiante. En dehors de son chapeau, il portait le maillot de corps ajouré que je lui avais vu dans la matinée et un caleçon à rayures taché de jaune au niveau de la braguette. Sanglée dans une robe de chambre rose par-dessus une chemise de nuit, Helen Janette établit un poste de commandement dans la chambre.

— J'exige une explication.

Otto fit de son mieux. Il s'était endormi en fumant ; je l'avais surpris ; il était désolé pour le dérangement. Rien de tel ne s'était produit auparavant, ni ne se reproduirait.

Mrs. Janette intensifia son expression d'autorité.

— Je suis dégoûtée. (Mr. Tite se posta derrière elle.) Cette pièce empeste littéralement l'alcool. Vous avez perdu connaissance avec une cigarette à la main et failli provoquer un incendie. Ça ne peut pas continuer comme ça, Mr. Bremen.

— Exact, ajouta le chien de garde.

— C'était une erreur ponctuelle. À l'avenir, je serai plus prudent. (Otto se redressa. Il me fit penser à John Wayne.) Vous avez autre chose à dire ?

— Ouvrez la fenêtre pour aérer. C'est censé être une maison respectable, ici.

— Mes fenêtres sont déjà ouvertes. Si vous voulez une maison respectable, vous devriez vous débarrasser de Frank Tite. Mais ce n'est qu'un humble conseil.

L'intéressé fit mine de s'avancer, mais la logeuse l'arrêta d'un geste. Elle me jeta un regard furieux.

— Je ne veux plus de problèmes à cause de vous, Mr. Dunstan.

— Je vous ai rendu service, dis-je.

Elle sortit d'un pas furieux.

Otto se tourna vers moi et haussa les épaules. Nous entendîmes les deux autres descendre l'escalier, refermer leurs portes respectives.

— Qui c'est, ce Tite ? demandai-je.

— Un bon à rien qui s'est fait expulser de la police. (Il ôta son pull et le jeta en direction de la corbeille à papier.) J'ai une bouteille de tord-boyaux pleine, quelque part. Ça vous dit de vous joindre à moi pour un dernier verre ?

Je m'en sortis avec la promesse de lui rendre visite bientôt. Le livre de Rinehart et le paquet provenant du coffre avaient été jetés dans un angle, près de la fenêtre. Je portai le second sur ma table et, ayant déchiré plusieurs couches de papier brun, découvris un grand album à l'aspect démodé, relié de cuir vert forêt. Scotchée sur la couverture, se trouvait une carte rédigée de la main de ma mère : *Pour Ned.*

60

Tandis que je feuilletais la poupée russe de Laurie, le dernier présent secret reçu de ma mère, je me trouvai en proie à une stupéfaction croissante. Plus de la moitié des pages épaisses accueillaient recto verso... des coupures de presse consacrées à des crimes. Certaines avaient été découpées dans l'*Edgerton Echo,* mais la plupart ne provenaient pas de journaux locaux. Presque toutes rapportaient des meurtres brutaux non élucidés, dont aucun ne semblait avoir le moindre rapport avec

Star ou moi. Troublé, je parcourus l'album plus méthodiquement, et un nom que j'avais entendu prononcer par Hugh Coventry ainsi que par Suki Teeter me sauta aux yeux dans les premiers articles.

Le gros titre du tout premier disait : LA SAGE-FEMME ACCUSÉE DE VOL DE BÉBÉS ADMET SA CULPABILITÉ. Hazel Jansky, une sage-femme locale, avait attiré les soupçons d'un administrateur de l'hôpital Ste. Ann : au cours des dix dernières années, elle avait aidé à mettre au monde neuf enfants mort-nés. Quoiqu'elle eût rédigé de ces incidents des rapports plausibles, l'hôpital avait chargé des infirmières de surveiller désormais son travail. Quinze jours plus tard, l'une d'elles avait appris qu'une patiente de Jansky venait de donner le jour à un nouvel enfant mort-né. Un balayeur de l'hôpital lui avait déclaré avoir vu la sage-femme descendre l'escalier de service en courant. L'infirmière, inspirée, avait emprunté l'ascenseur du personnel jusqu'au sous-sol, où elle avait trouvé Hazel Jansky sur le point de sortir par une porte de derrière. L'ayant rattrapée à l'extérieur, où un véhicule en stationnement avait démarré à la hâte, elle l'avait escortée jusqu'au bureau de l'administrateur. Là, on avait découvert sous le manteau de Jansky le bébé, baigné, emmailloté et indéniablement vivant. Au quartier général de la police, la sage-femme avait avoué quatre ventes de nouveau-nés à des couples incapables ou peu désireux de se soumettre au processus d'adoption normal. Elle avait nié l'existence de complices.

L'article était daté du 3 mars 1965. Quatre mois avant mon septième anniversaire, ma mère avait découvert dans le journal du matin ce qu'elle considérait comme la preuve qu'elle n'avait pas donné le jour à un seul enfant mais à des jumeaux.

Le lendemain, *L'Echo* annonçait : LA SAGE-FEMME VOLEUSE DE BÉBÉS JUSTIFIE SES ACTES. Helen Jansky avait donné les noms des quatre « bébés au marché noir » et prétendait avoir agi dans leur intérêt en les arrachant à des mères indignes. Elle avait en outre révélé l'identité de ses clients, mais tous les efforts pour retrouver ces derniers avaient été vains, « ce qui, rapportait *L'Echo,* amène à se demander si ces achats n'ont pas été effectués sous de fausses identités ».

Le procès avait commencé en mai et duré trois semaines. Des quatre mères dont les enfants avaient été enlevés et vendus, l'une avait été tuée au cours d'une rixe dans un bar ; une autre dans un accident qu'elle avait provoqué en état d'ivresse et qui avait coûté la vie à deux innocents ; la troisième avait disparu sans laisser de traces ; après avoir appris que son fils était vivant, la dernière s'était plainte que l'accusée eût gardé tout l'argent au lieu de lui en remettre cinquante pour cent.

Le jury avait reconnu Jansky coupable mais recommandé la mansuétude. Une semaine plus tard, le juge rendait son verdict. Quoique les agissements de la sage-femme fussent illégaux, ce qu'on ne pouvait ignorer, il ne fallait pas oublier qu'elle avait choisi des enfants que le comportement de leur mère mettait en danger. Le magistrat désirait également prendre en compte ses états de service pour la communauté. Il avait donc accepté la recommandation du jury et condamné l'accusée à trois ans d'emprisonnement au pénitencier de Greenhaven, avec possibilité de libération sur parole au bout de dix-huit mois.

Cette Hazel Jansky avait enlevé quatre nouveau-nés et fait croire à leur mère qu'ils étaient morts. Un juge et un jury ayant estimé qu'elle avait agi dans l'intérêt des bébés, elle n'était restée que dix-huit mois en prison. Sur ses photos, elle n'avait pourtant pas l'air de quelqu'un à qui on confierait un programme social. Blonde, trapue, âgée d'environ trente-cinq ans, elle exhibait dans les pages de *L'Echo* l'irascibilité d'une femme ayant appris qu'il lui réussissait mieux d'être acariâtre que chaleureuse et n'étant pas près de l'oublier.

Selon moi, la cour avait autant qu'elle méprisé ses victimes. Si elle avait vendu des bébés de bourgeois, elle aurait toujours été en prison. Je me disais en outre que la femme assassinée et celle qui était morte au volant en état d'ivresse auraient peut-être tourné autrement pour peu qu'on ne leur ait pas annoncé que leurs enfants étaient mort-nés.

La coupure suivante, provenant du *Milwaukee Journal* et intitulée TRIPLE MEURTRE EN BANLIEUE, ouvrait la série des homicides non élucidés. Les médecins légistes du comté de Milwaukee affirmaient que Mr. et Mrs. William McClure, qu'on avait crus brûlés dans l'incendie de leur maison, sur Salisbury Road, au cœur de la petite ville d'Elm Grove, avaient en fait succombé à de multiples coups de poignard. Leur fille de trois ans, Lisa, n'avait pas péri par asphyxie, comme on l'avait d'abord pensé, mais des suites d'une grave blessure à la nuque. Ne résidant à Elm Grove que depuis six mois, le couple était mal connu de ses voisins — dont l'un avait déclaré au reporter du *Journal* que Mr. McClure disait être venu de St. Louis pour affaires. Robert, huit ans, le neveu des défunts, inscrit en classe de CE2 à l'école primaire d'Elm Grove pour l'année scolaire à venir, avait, quant à lui, disparu. Sans écarter l'hypothèse que l'enfant ait été enlevé par les assassins, la police espérait qu'il s'était échappé avant d'être remarqué. Malgré les efforts déployés, on n'était pas parvenu à joindre ses parents, mais le chef de la police d'Elm Grove, Thorston Lund, exprimait la conviction qu'ils feraient bientôt parler d'eux.

L'article suivant s'intitulait : LE MYSTÈRE DU COUPLE ASSASSINÉ.

> L'enquête concernant le triple meurtre sauvage et l'incendie de mercredi dernier, à Elm Grove, a pris un tour étonnant ce matin, avec l'annonce que deux des victimes, William et Sally McClure, vivaient peut-être sous un nom d'emprunt.

D'après notre informateur anonyme au sein de la police, une vérification de routine a révélé qu'à deux reprises au moins, le couple avait donné une fausse adresse.

En achetant la propriété de Salisbury Road, puis en inscrivant Robert, le neveu disparu, à l'école primaire, les McClure ont déclaré comme ancienne résidence le 1650 Miraflores, San Juan, Porto Rico — une adresse imaginaire. Sur le bulletin d'inscription de Robert, l'ancien établissement de ce dernier est censé être la St. Louis Country Day School, laquelle ne possède aucune trace de lui dans ses archives.

Une huile de la police d'Elm Grove rapporte que les McClure ont payé leur maison de Salisbury Road en liquide, par l'intermédaire de l'agence immobilière Statler. Thomas Statler, le président de ladite agence, affirme ce type de paiement assez rare dans la région mais nullement sans précédent.

Un voisin décrit Mr. McClure comme « basané » mais dépourvu d'accent porto-ricain. Sally McClure, nous dit-on, s'exprimait avec « l'accent de New York ». « Mr. McClure ne ressemblait pas aux gens de par ici. Il essayait d'être poli mais on ne pouvait pas le dire amical. »

Dans une déclaration rendue publique aujourd'hui même, le chef de la police d'Elm Grove, Thorston Lund, estime possible que les meurtres soient liés au passé des victimes.

L'enfant qui passe pour le neveu du couple, Robert McClure, huit ans, n'a toujours pas été retrouvé.

Sur la page suivante, le *Journal* annonçait : LE COUPLE ASSASSINÉ D'ELM GROVE AVAIT UN PASSÉ CRIMINEL.

Au cours d'une conférence de presse, hier soir, les polices de Milwaukee et d'Elm Grove ont annoncé l'identification par le FBI de William et Sally McClure, assassinés mercredi dernier dans leur résidence de Salisbury Road. Il s'agissait en fait d'un certain Sylvan Booker et de sa concubine Marilyn Felt, tous les deux recherchés par la justice. Leur fille de trois ans, Lisa Booker, a été identifiée comme étant la troisième victime.

L'agent Charles Twomey, appartenant au bureau du FBI de Milwaukee, a déclaré que Booker et Felt faisaient l'objet d'une enquête intensive dans la région de Philadelphie, Pennsylvanie. « Leur arrestation était imminente. À notre avis, ils en ont été avertis. Ils ont tenté de s'enfuir, mais les mauvaises personnes les ont retrouvés avant nous. »

Mr. Twomey ne voyait aucune explication à la présence du petit « Robert McClure » dans la maisonnée. « Nous considérons toujours ce garçon comme une source précieuse d'informations », a-t-il conclu.

La coupure suivant, du *Minneapolis Star-Tribune*, rapportait le meurtre, dans leur appartement de Hennepin Avenue, de Philip et Leonida Dunbar, un couple de retraités que ses voisins disaient « réservés ». La police se prétendait persuadée de la prochaine arrestation des coupables.

ÉNIGME AU POSTE DE POLICE décrivait un mystère d'un autre ordre, survenu à Ottumwa, Iowa. Boyd Burns, un agent de police, avait remarqué un garçon de onze ou douze ans errant sur le champ de foire local et l'avait soupçonné d'être un fugueur. Interrogé, l'adolescent avait refusé de divulguer son nom et son adresse. « Il ne se conduisait pas comme un fugueur habituel, déclarait Burns. En fait, il avait un sacré toupet. Je l'ai emmené au poste, je lui ai donné une chaise, et je lui ai dit que ses parents devaient être à moitié morts d'inquiétude à son sujet. »

Lorsqu'on lui avait fait vider ses poches, on s'était aperçu qu'il transportait plus de quatre cents dollars. Soupçonneux, Burns avait voulu prendre ses empreintes digitales ; il avait alors constaté que les doigts du garçon étaient dépourvus des crêtes et volutes habituelles. Interrogé à propos de cette anomalie, l'intéressé avait répondu n'avoir nul besoin d'empreintes digitales.

« On aurait dit qu'il se moquait de moi, continuait Burns. Quand je l'ai prié de me révéler au moins son prénom, il m'a autorisé à l'appeler “ Ottumwa Red ”. J'admets que ça m'a fait sourire. Ensuite, je lui ai demandé s'il avait faim ; il a répondu qu'il ne cracherait pas sur un hamburger. Je l'ai donc installé à la permanence et j'ai dit à la demi-douzaine de gars qui s'y trouvaient de garder un œil sur lui jusqu'à mon retour. » Burns s'était rendu à pied au Burger Whopper, à un bloc de là. « Juste avant d'y entrer, j'ai entendu un énorme coup de vent. En me retournant, j'ai vu le poste de police tout entier plongé dans l'obscurité pendant une ou deux secondes. » Il était revenu sur ses pas au galop.

Le sergent de service ainsi que tous les agents présents à la réception gisaient sur le sol, gémissants. Dans leurs cellules, les prisonniers gémissaient également. « Quant à mes collègues de la permanence, ils n'étaient plus là. Évanouis — on aurait dit la *Marie-Céleste.* Et le gamin avait disparu aussi. »

Quand on lui demandait son opinion sur ce qui s'était passé, Burns répondait que l'adolescent devait être un extraterrestre. « D'une autre galaxie, genre. Parce que les gens de la Terre, ils ont des empreintes digitales. Tout ce que je peux dire, c'est que je suis content qu'il ne soit plus à Ottumwa. »

Un immeuble de Lansing, Michigan, avait explosé, tuant treize personnes. Trois autres couples avaient été massacrés à leur domicile. Une coupure rapportait le meurtre de deux jeunes femmes qui faisaient du stop dans le Vermont. J'éteignis la lumière et m'affalai sur mon lit sans me soucier de me déshabiller.

61

Des cordes-de-rêve et des poids-de-rêve me maintenaient au lit. Emprisonné dans l'esprit de Mr. X, je vis une porte se dissoudre pour devenir brouillard ; je vis une lame de poignard, un homme au teint sombre quitter sa chaise, les sourcils froncés. Lorsqu'il ouvrit la porte, Mr. X entra d'un pas souple et déclara : « Vous détenez quelque chose qui m'appartient, Mr. Booker. »

Parlait-il de moi ? Non : le quelque chose avait disparu, s'était déjà échappé.

Booker tomba à genoux, Mr. X se glissa derrière lui et lui trancha la gorge.

Non, songeai-je, *c'était Anscombe...*

Non, il y avait Frank Sinatra qui chantait : « *Fight... fight... fight it with... aaaaall of your might...* »

Ce ne fut pas le spectacle de Mr. X massacrant un dénommé Sylvan Booker qui me fit tourner les talons, ce fut ce qui arriva pendant que Frank Sinatra chantait, et l'air était chargé d'une odeur d'aiguilles de pin, et les gens s'appelaient...

Un chat noir et un lapin blanc en peluche gisaient sur le sol. Dans le miroir, devant moi, nageait une silhouette difforme animée d'un rire maléfique. Horrifié, je brisai les cordes, rejetai les poids, et m'éveillai debout près du lit, les mains plaquées sur les yeux.

62

La poupée russe donnait les détails expliquant tout ce que j'étais prêt à comprendre. L'immense majorité des coupures était datée du 25 juin plus ou moins un jour ou deux. J'avais rendu visite aux couples assassinés avec Mr. X — je l'avais vu les assassiner. Star avait collectionné ces articles parce qu'elle craignait... que Robert ne soit responsable des crimes ? Ou Rinehart ? Elle pensait que mon frère avait annihilé une demi-douzaine de policiers à Ottumwa, Iowa, et tué deux jeunes femmes faisant du stop dans le Vermont. Les journaux lui avaient appris que son deuxième fils parcourait le monde, errant de tragédie en tragédie à la manière d'un fantôme furieux.

Robert avait envoyé Ashleigh Ashton au Motel Comfort parce qu'il savait que j'y serais. Le lendemain, il m'avait évité de finir mes jours en prison en la rejoignant dans sa chambre.

Il me semblait être moi aussi une espèce de poupée russe, dissimulant des secrets dans d'autres secrets qui menaient à un mystère insoluble. Robert. Edward Rinehart. C'était trop. Je ne pouvais pas résoudre l'énigme. Et je ne pouvais pas non plus continuer de mettre Laurie Hatch en danger. Je décidai de sortir et de marcher dans les rues jusqu'à ce que la fatigue me pousse à retourner au lit.

Lorsque j'arrivai dehors, je vis le visage blafard de ma logeuse disparaître derrière le pli d'un rideau. Je m'accordai la grande satisfaction de claquer bruyamment la porte. J'avais envie d'un verre. Voire de trois.

Tandis que je descendais Chester Street, les échos d'une grande agitation s'amplifièrent. Tous les voyous de Hatchtown n'avaient pas encore regagné leur couche. *Je ne veux pas être le jouet de Robert.* Je détestais me dire qu'il m'avait manœuvré, dirigé, qu'il avait façonné ma vie. Et pourquoi ? Je m'immobilisai, frappé par cette question, la plus évidente qui se pût imaginer.

La réponse me vint avec un souvenir : *« Vous détenez quelque chose qui m'appartient, Mr. Booker. »*

Une fois par an, Mr. X se lançait en quête de Robert, mon ombre. Un lien dont j'ignorais tout m'avait attiré, moi, l'ombre de l'ombre, au beau milieu de cette quête. Star et Robert s'étaient vus au moins deux fois, devant le magasin Biegelman puis devant chez Nettie. Il y avait sûrement eu d'autres rencontres. Peut-être ma mère avait-elle d'une certaine manière tenu Mr. X à distance. Notre anniversaire tomberait le lendemain de son enterrement, et mon frère ne pourrait relever seul le défi annuel. Il m'avait sauvé la vie parce qu'il avait besoin de moi.

Moi, je n'avais pas besoin de lui. Il pouvait aller au diable. Si Mr. X l'effaçait, ça me convenait parfaitement.

Bouillant de rage, j'avançai d'un pas, avant de réaliser que ce qui m'avait manqué toute ma vie était l'être tout juste condamné à la destruction par mes soins. Une vague d'émotion — je ne saurais la décrire par d'autres termes que *désir ardent* — faillit me jeter à genoux. Chaque cellule de mon corps brûlait d'être réunie à l'autre elle-même dont elle avait été séparée. Une nouvelle fois, et encore plus douloureusement du fait que j'étais adulte, je pris conscience de n'être qu'une moitié amputée, saignant du besoin de redevenir complète. *C'est dingue,* me dis-je. *Tu ressentais la même chose à trois ans.*

La terrible douleur de cette aspiration finit par retourner se dissimuler derrière son tissu cicatriciel ; Chester Street s'étendait sous la lumière des lampadaires, paisible et déserte dans la nuit. Il était plus de deux heures et demie, un dimanche matin, à Edgerton. Si Robert avait besoin de moi pour vaincre Mr. X, je l'aiderais ou non, selon mon inspiration du moment.

Mais j'étais ici parce qu'il y était aussi. Il m'avait jeté sur le chemin qui menait d'Ashleigh Ashton à Laurie Hatch.

Je m'inquiétais toujours pour cette dernière quand j'atteignis Merchants Park et décidai de boire une gorgée à la fontaine qui glorifiait son mari. Je remarquai alors enfin les gyrophares des voitures de police et des ambulances devant le Cobden Building. Les voix entendues précédemment s'élevaient de la foule massée près du parc et des petits groupes dispersés sous les arbres.

63

Un petit homme assis sur un banc, un halo de mèches bouclées jaillissant de sa casquette, agita dans ma direction un sac brun qui contenait une bouteille.

Je m'assis auprès de lui.

— Salut, Piney. Qu'est-ce qui se passe ?

— J'en sais foutre rien. Des problèmes dans le Cobden Building.

Deux nouvelles voitures de police arrivèrent en hurlant sur Ferryman's Road. Au sommet du perron de l'immeuble, des infirmiers s'entretenaient avec un homme aux cheveux gris dont le visage fatigué, rouge rosé, luisait aux lumières clignotantes. Son estomac saillait telle une étagère au-dessus de la ceinture de son costume.

— Le capitaine Mullan, dis-je.

— Ton copain. Bois un coup.

Ce qu'il y avait dans la bouteille, quoi que ce fût, avait un goût de fumée de cigare.

— Ce n'est qu'un petit bourgogne naïf de chez nous, mais je me disais que ses prétentions vous amuseraient. (Piney leva le sac en caquetant.) Mon vieil ami Erwin « Pipey » Leake disait toujours ça. Il était prof à l'Albertus, dans le temps, mais il lui est arrivé les pires merdes. (Il se raidit sous le coup de l'émotion.) *Suivez une ombre, et elle vous fuit ; Tentez de la fuir, elle vous poursuit.* Vous savez qui a écrit ça ?

Je secouai la tête.

— Ben Jonson. *Au cœur du noir, j'écoute ; et depuis bien des heures / De la mort apaisante, je me sens comme épris / L'appelant de doux noms en mes vers de rêveur, / Pour qu'elle chasse dans l'air mon souffle ralenti.* John Keats.

J'avais des démangeaisons sur le cuir chevelu.

— Les gens considéraient Pipey comme un minable. Ils n'en ont rien eu à foutre quand le Tueur Noir est venu le prendre.

Piney s'essuya les yeux et se leva d'un bloc.

Tandis qu'il s'avançait d'un pas traînant, je le suivis à travers la foule jusqu'à l'extrémité la plus étroite du parc. Un homme en blouson de cuir noir me jeta un coup d'œil puis détourna le regard. Frenchy La Chapelle était sorti de son trou.

De l'autre côté de Ferryman's Road, des bandes de lumière colorée balafraient la façade du Cobden Building. Le capitaine Mullan, devant la porte entrouverte, discutait avec un homme en costume bleu qui avait l'air d'espérer se réveiller dans son lit.

— C'est qui, avec Mullan ?

Un type bourru, aux cheveux noirs plaqués en arrière, nous apprit qu'il s'agissait de Frank Holland, le chef de la sécurité de Hatch.

— T'es un brave gosse, Bruce McMicken, lui déclara Piney.

— Je suis pas un gosse, renvoya ledit Bruce.

— Quelqu'un s'est introduit dans le Cobden Building ?

McMicken me jeta un coup d'œil de côté. Son faciès plat lui donnait une allure de barman ou de policier, au choix.

— D'après un des flics, le gars qui est rentré a tout cassé. Foutu le bordel dans les ordinateurs. Et tabassé le garde en prime. C'est pour ça, l'ambulance.

— Un vieux ? Je l'ai vu, l'autre jour.

— Ouais. Earl.

— Je n'aime pas tellement Earl Sawyer, intervint Piney. C'est un prétentieux.

— Il n'est pas très liant, c'est tout, dit Bruce. Au moins, il ne couche pas dans la rue, contrairement à toi.

Le clochard eut un rire qui s'acheva en raclement de gorge, comme si on l'avait complimenté.

— Voilà le patron.

Un homme aux traits épais, vêtu d'une chemise bleue et d'un short kaki, les pieds nus dans des mocassins, franchit la porte en trombe et prit la direction des opérations. Il avait le visage large, décidé, et une coupe de cheveux de sénateur malhonnête.

— Stewart Hatch ?

— Des Hatch de Hatchtown, confirma Piney.

Quand les infirmiers passèrent à leur tour la porte, porteurs d'un brancard, les trois hommes réunis sur le perron descendirent jusqu'à la pelouse. Au bout de la couverture, on apercevait le visage tuméfié d'Earl Sawyer — les yeux fermés, la joue traversée d'une ligne sanglante évoquant une oriflamme. Le lieutenant Rowley suivit l'équipe médicale au bas des marches pour rejoindre son supérieur sur le petit espace vert qui s'étendait devant le bâtiment. Stewart Hatch monta dans l'ambulance à la suite des infirmiers.

Bruce, Piney et moi longeâmes le trottoir. On déposait le gardien inconscient sur une civière. Frank Holland s'approcha de l'arrière du véhicule.

— Il chie dans son froc, commenta McMicken. Ils ont un système de sécurité du tonnerre, là-dedans. Des sirènes censées se déclencher dès qu'une mouche se pose sur un abat-jour.

Le chef de la sécurité se détourna de l'ambulance,

tandis que Hatch en descendait, suivi d'un infirmier. Ce dernier referma les portières puis se dirigea vers le volant.

— Au fait, c'était pas toi, hein ? chuchota Piney.

— Moi ? (Je crus qu'il parlait d'Earl Sawyer et du Cobden Building.) Je viens juste d'arriver.

— Cette histoire, vendredi soir ?

— Non. Ce n'était pas moi.

Il me tapota le bras. L'ambulance s'élança dans Commercial Avenue. Stewart Hatch planta l'index dans la poitrine de Frank Holland.

— Adios, amigos, lança Bruce McMicken, avant de disparaître au sein de la foule qui se dispersait.

Le lieutenant Rowley remarqua ma présence et se pencha vers Mullan, lequel me considéra sans enthousiasme. Je lui adressai un signe de tête.

Hatch jeta un regard hostile aux curieux.

— Rentrez chez vous, ordonna-t-il. Le spectacle est terminé.

Ses yeux s'immobilisèrent en arrivant sur moi.

S'immobiliser n'est pas vraiment le mot qui convient. Quand les yeux de Stewart Hatch croisèrent les miens, ils s'élargirent sous l'effet d'une espèce de choc — il me reconnaissait —, lequel fut immédiatement remplacé par ce qui ressemblait à de la haine.

Il nous a fait suivre, songeai-je. *Il a vu des photos de moi avec Laurie.*

— Ne t'attends pas à une carte de Noël, dit Piney.

Les jambes épaisses, déjà bronzées, de Hatch le propulsèrent devant Rowley et Mullan. Comme si une portion de lui-même avait continué d'avancer tel un bulldozer, il plongea les poings dans les poches de son short et se pencha vers l'oreille du lieutenant.

Ce dernier me trouva de ses yeux morts incrustés dans son visage mort. L'époux de Laurie s'engouffra dans le Cobden Building, son directeur de la sécurité sur les talons. Piney avait disparu sans faire le moindre bruit.

Rowley paraissait aussi heureux que pouvait l'être quelqu'un comme lui. Il n'avait plus besoin de feindre d'être mon meilleur ami. Les rares personnes qui m'entouraient encore s'écartèrent vivement lorsqu'il traversa la rue pour me rejoindre, se planta en face de moi et souffla de la fumée de cigarette recyclée.

— Ça fait plaisir de vous revoir, lieutenant, dis-je.

Il regarda à droite et à gauche, puis son visage de cadavre se tourna à nouveau vers moi et les rides qui creusaient ses joues s'emplirent d'ombres.

— Vous êtes encore plus bête que je ne croyais. C'est quoi, votre problème, Dunstan ?

— Je n'arrivais pas à dormir, répondis-je. Je suis sorti me promener et j'ai vu l'attroupement.

Il s'avança, me forçant à reculer.

— La gare routière se trouve dans Grace Street, à trois blocs de Town Square. C'est une option. Vous pouvez aussi rester dans le coin et attendre notre visite demain matin.

— C'est Stewart Hatch qui vous a demandé de me dire ça, lieutenant ?

Il me frappa au ventre avec rudesse. Tout l'air contenu dans mes poumons s'en échappa, et je titubai en arrière. Un coup de poing m'atteignit sur le côté de la tête, me jetant à terre. Tandis que je roulais sur moi-même, charchant à reprendre mon souffle, Rowley me décocha un coup de pied en bas des côtes. Puis il s'accroupit pour me marteler le crâne.

— Je n'ai pas bien entendu. Vous disiez quelque chose ?

Je parvins à aspirer un peu d'air.

— Je commence à voir où vous voulez en venir.

Les flics, de l'autre côté de la rue, nous avaient tourné le dos.

Rowley se releva et recula d'un pas.

— Juste une chose, lui dis-je encore. (Posant les mains sur les genoux, il se pencha vers moi. Son visage était une plaque noire dépourvue de traits. Je pris une autre inspiration.) Après avoir ouvert le paquet, je croyais qu'on avait un arrangement.

— Un arrangement ?

— Je croyais que pour cent dollars, je serais dispensé de coups de pied dans les côtes. (Il se redressa d'un bloc et entreprit de s'éloigner.) Je croyais que les flics dans votre genre travaillaient au coup-de-poing américain et à la boisson droguée.

Il secoua la tête sans s'arrêter.

Comme je glissais ma clef dans la serrure de la porte d'entrée, ma nuque me démangea. Je regardai par-dessus mon épaule, prêt à découvrir Rowley me faisant signe de monter à l'arrière d'une voiture de police, mais ne vis que Frenchy La Chapelle qui remontait Chester Street d'un pas nerveux. Il feignit de vérifier le numéro d'un immeuble, me lança un rapide coup d'œil puis, plongeant les mains dans les poches de son blouson, se rapprocha du trottoir et inspecta le bas de la rue, comme s'il avait attendu quelqu'un. Après un dernier regard dans ma direction, il pénétra dans Hatchtown au carrefour suivant de son habituelle démarche chaloupée.

64

Le dimanche matin, à dix heures, alors que j'essayais de persuader Laurie Hatch d'emmener Posy Fairbrother en ville afin de récupérer la Mercedes, on frappa à ma porte.

— J'ai de la visite, annonçai-je.

— Débarrasse-toi de cette fille et viens à la maison. Je te préparerai un brunch du tonnerre.

Le coup retentit à nouveau, en trois exemplaires.

— En fait, je crois que c'est un flic qui ne m'aime pas beaucoup.

— Pose le téléphone et fais-le entrer pour que j'entende ce qui se passe. Ensuite, dis-lui que tu es en train de me parler.

La voix d'Helen Janette me parvint à travers la porte.

— Si vous n'ouvrez pas, Mr. Dunstan, je le fais moi-même.

Le capitaine Mullan, le lieutenant Rowley, l'agent Treuhaft — le totem humain déjà aperçu chez Nettie — et Stewart Hatch, ce dernier si près de Rowley qu'ils auraient pu se tenir la main, s'agglutinaient derrière ma logeuse. Hatch portait un pantalon blanc et un blazer bleu à double revers, par-dessus un polo au col relevé. Il ne lui manquait qu'une casquette de marin.

— C'est la goutte d'eau, Mr. Dunstan, déclara Helen Janette avant de s'éloigner d'un pas irrégulier.

— Nous pouvons entrer ? demanda Mullan.

— Je vous en prie. Je suis au téléphone.

Les quatre hommes passèrent devant moi. Hatch se mit à faire le tour de la pièce, observant mes quartiers avec un sourire affecté, tandis que ses compagnons me regardaient m'asseoir sur le lit et ramasser le téléphone.

— Il faut que je raccroche. Le capitaine Mullan, le lieutenant Rowley, l'agent Treuhaft et un monsieur qui semble être Mr. Stewart Hatch viennent d'arriver.

— Stewart est là ?

Ledit Hatch se tourna vers moi en entendant son nom.

— À qui parlez-vous ?

— À mon avocat, dis-je.

Il se tourna vers Mullan.

— Je prends ça pour un aveu de culpabilité.

— Le grand Roy Cohn, ajoutai-je. Un peu mort, un peu moisi, mais toujours combatif.

Mullan sourit, tandis que Hatch tournait les talons et ouvrait mon placard.

— Reculez, Mr. Hatch, lui intima Mullan.

— Tu crois que je devrais lui dire quelque chose ? demanda Laurie.

— Ce n'est probablement pas une bonne idée, répondis-je en raccrochant.

— Je veux que vous arrêtiez cet homme pour vol de voiture, Mullan, déclara Hatch. Et cette fois, gardez-le en cellule pendant qu'on travaille sur les autres chefs d'accusation.

— Asseyez-vous, s'il vous plaît, Mr. Hatch, trancha le capitaine, non sans lancer à Rowley un regard dégoûté. Vous êtes partie prenante dans l'affaire, pas policier.

— Mr. Hatch est la victime, capitaine, lui rappela son subordonné.

Mullan continua de fixer l'époux de Laurie jusqu'à ce que ce dernier se laisse tomber sur la chaise, près de la fenêtre.

— Avons-nous votre permission de fouiller votre chambre, Mr. Dunstan ? me demanda-t-il ensuite.

— Je vous en prie. Mais si vous cherchez la Mercedes de Mr. Hatch, vous perdez votre temps. Elle n'y est pas.

Treuhaft ouvrit mon sac à dos et le retourna au-dessus du lit. Rowley, arrachant les tiroirs de la commode, déplaça mes chaussettes et mes sous-vêtements.

— Mr. Dunstan, reprit le capitaine, avez-vous sorti une Mercedes 500 SL d'un garage, au 4825 Blueberry Lane, à Ellendale, entre minuit et deux heures ce matin, afin de la conduire dans Harry Street, au coin de cet immeuble ?

— Bien sûr qu'il l'a fait, intervint Hatch.

— Bien sûr que je l'ai fait, dis-je. À l'instigation de Mrs. Hatch.

— Demandez-lui ce qu'il faisait là-bas, pour commencer.

Mullan m'interrogea du regard.

— Mrs. Hatch m'a invité à dîner. Comme je n'ai pas de voiture, elle est passée me chercher. Pendant le repas et après, nous avons bu plusieurs verres de vin. À la fin de la soirée, elle m'a conseillé de rentrer ici avec la voiture que son mari avait laissée au garage. (Je me tournai vers le mari en question.) Très bel engin, Mr. Hatch. (Son regard perdit toute expression. Je repris, à l'adresse du capitaine :) Ce matin, j'ai suggéré à Mrs. Hatch qu'elle et Posy, la nourrice, viennent ici ensemble, afin de ramener la Mercedes à Ellendale.

— Posy, articula Hatch.

Dans sa bouche, ce nom sonnait comme celui d'un insecte venimeux.

— Vous avez remarqué que ce sont toujours des femmes qui fournissent un alibi à ce type ? (Rowley s'approcha du lit et ramassa l'album de ma mère.) Pourquoi avez-vous caché la voiture ?

— Je ne l'ai pas cachée. Je l'ai garée au coin de la rue pour éviter que ma logeuse ne me voie sortir d'une Mercedes.

Le lieutenant laissa retomber l'album sur la table.

— Vous avez les clefs ?

Je les sortis de ma poche et les offris à Mullan, qui se tourna vers Stewart Hatch.

— Voulez-vous que nous téléphonions à votre épouse ? Franchement, je ne crois pas que ce soit nécessaire.

— Très bien, capitula l'intéressé. Arrêtons de tourner autour du pot et venons-en au fait.

Il se leva et s'avança vers moi, la main gauche ouverte. Je lui tendis les clefs de sa voiture. S'approchant plus près que je ne m'y attendais, il me saisit le poignet, récupéra son trousseau de la main droite, le fourra dans une de ses poches, puis se pencha pour m'examiner le bout des doigts.

— Lâchez-le, ordonna Mullan. Tout de suite.

Hatch, après avoir obtempéré, s'essuya les mains sur son pantalon blanc.

— Nous disposons des empreintes de Mr. Dunstan, reprit le capitaine. Si vous prenez encore la moindre initiative, Mr. Hatch, je demanderai à l'agent Treuhaft de vous faire sortir.

Je me rappelai les propos de l'agent Boyd Burns à un journaliste au sujet d' « Ottumwa Red », et Rowley s'étonnant auprès d'un jeune flic : *« Lisses ? Pas d'empreintes ? »*

Deviner l'identité de la personne qui s'était introduite dans le Cobden Building et y avait tabassé un vieillard me donna la nausée. Stewart Hatch me désigna du doigt.

— Ce type est de mèche avec ma femme, c'est évident. Qui l'a conduit en ville ? Avec qui traîne-t-il, nom de Dieu ?

— Vous devez être aux abois, remarquai-je.

— Combien vous paient-elles, toutes les deux ? me demanda-t-il. Ou alors, vous espérez y gagner autre chose que de l'argent ?

— Taisez-vous tous les deux, trancha Mullan, avant de se tourner vers moi. Possédez-vous un intérêt quelconque dans les affaires légales de Mr. Hatch ?

— Pas le moindre.

— Vos rapports avec la DA adjointe Ashton et avec Mrs. Hatch sont donc purement sociaux et le résultat de rencontres fortuites ?

— C'est exact, dis-je.

— Vous comprendrez que, de notre point de vue, ce soit un peu difficile à admettre. Si vous n'avez rien contre Mr. Hatch, pourquoi avoir insulté son ami et associé Mr. Milton, vendredi soir ?

— C'est Mr. Milton qui m'a insulté le premier. Demandez au portier.

— Et vous n'avez rien à voir avec l'effraction commise dans le Cobden Building, cette nuit ?

— Vous voulez que je vous dise ce qui m'intéresse,

dans cette histoire ? demandai-je. Je voudrais savoir pourquoi Mr. Hatch a demandé au lieutenant Rowley de m'ordonner de quitter la ville et de me tabasser si jamais je n'avais pas l'air disposé à obéir.

— Je ne donne pas d'ordres à Rowley parce que Rowley ne reçoit pas d'ordres de moi, intervint Hatch d'une voix basse et mesurée.

— Le lieutenant n'est pas amateur d'ordres, opina Mullan, dont la voix évoquait de plus en plus celle d'un barman irlandais. Vous avez eu des mots avec Mr. Dunstan, lieutenant ?

Les yeux morts de Rowley rencontrèrent les miens.

— Je lui ai juste bien fait comprendre qu'il était censé rester dans la région.

— On est obligés d'écouter toutes ces conneries ? demanda Hatch.

Mullan observait son subordonné d'un air soupçonneux. Ledit subordonné faisait mine de ne pas s'en rendre compte.

— Vous voulez bien nous accompagner à Ste. Ann, Mr. Dunstan ? Mr. Sawyer, le gardien blessé pendant l'effraction, est hospitalisé aux Soins intensifs. Si vous refusez, vous serez emmené au quartier général, vous repasserez par toutes les étapes de la procédure, et ensuite, on vous escortera jusqu'à l'hôpital. Si vous venez avec nous maintenant, Mr. Sawyer vous identifiera ou vous blanchira.

— Je viens, dis-je en espérant que le gardien n'avait pas trop bien vu Robert. Mais je tiens à vous informer que Mr. Sawyer et moi avons eu une courte conversation vendredi soir, pendant qu'il entrait dans le bâtiment.

Rowley et Hatch entrèrent une première fois en éruption. Et une deuxième quand j'eus achevé d'expliquer comment j'avais fait la connaissance d'Earl Sawyer. Je surveillais le Cobden Building. Je préparais le terrain. Toute identification, à présent, serait trompeuse.

— Nous allons voir ce qu'en dira notre victime, conclut Mullan avant d'ouvrir la porte.

— C'est moi, la victime, ici, affirma Hatch.

Il sortit à la manière d'un général à la tête de ses troupes.

65

Treuhaft ouvrit la portière arrière de la voiture de patrouille et le capitaine me fit signe de monter. Stewart Hatch arriva auprès de lui.

— Vous devriez sortir votre Mercedes de ce quartier, lui conseilla le capitaine.

Le mari de Laurie poussa un grognement et tourna les talons. Mullan me suivit sur la banquette arrière. Rowley monta près de Treuhaft, qui conduisait. Il se tourna de côté sur son siège et me sourit.

— Qu'est-ce que vous étiez censé trouver ? Votre copine la DA vous a donné une liste de fichiers ?

— Ce n'était pas moi, lieutenant.

— Vous êtes un petit génie de l'informatique, non ?

— Je conçois des programmes, c'est tout. J'ignore totalement ce qui serait nécessaire pour obtenir la condamnation de Stewart Hatch, et de toute façon, il ne peut pas être assez stupide pour laisser ça sur disque dur.

— J'espérais un peu de calme, soupira Mullan. On ne pourrait pas faire un gros effort, tous ensemble ?

Rowley appela l'ascenseur. Plusieurs couples arrivaient dans le couloir familier. J'eus l'impression d'avoir remonté le temps — tout semblait identique, y compris les visiteurs en short et en T-shirt. Les gens qui nous entouraient reconnaissaient Stewart Hatch, lequel avait l'habitude d'être reconnu, comme une star de cinéma. Suivant son exemple aristocratique, nous passâmes les portes battantes. Mademoiselle Zwick, l'infirmière de la réception, ouvrit de grands yeux en le voyant puis cligna des paupières quand son regard se posa sur moi. Au lieu de nous envoyer nous laver les mains, elle quitta son guichet à la hâte et nous conduisit à l'autre bout du service.

Un ruban jaune interdisait l'accès à l'alcôve où avait langui le méprisé Clyde Prentiss. Sous le rideau, des volutes de sang séché maculaient le sol. Je m'informai de ce qui s'était produit.

— Ç'a été terrible, répondit la réceptionniste. Je suis désolée pour votre mère, Mr. Dunstan.

June Cook s'avança vers nous.

— J'imagine que vous voulez voir Mr. Sawyer ? Puis-je vous demander pourquoi ?

— Nous désirons lui faire rencontrer Mr. Dunstan, expliqua Mullan.

L'infirmière-chef acquiesça, perplexe.

— Son état s'est stabilisé, mais il voit toujours double en raison des coups qu'il a reçus à la tête. Je vous conseille fortement d'attendre encore vingt-quatre heures.

— Mon médecin affirme qu'il va assez bien pour procéder à une identification, intervint Hatch. J'imagine que vous savez qui je suis. Et je suis sûr aussi que vous connaissez la réputation du Dr. Dearborn.

June Cook était aussi vaillante que dans mon souvenir.

— Il est probable que tout le monde sait qui vous êtes, ici, Mr. Hatch. Et j'ai le plus grand respect pour le Dr. Dearborn, mais son diagnostic est le résultat d'une conversation téléphonique.

— À la suite de laquelle il a conclu que Sawyer était assez en forme pour reconnaître son agresseur.

Les yeux de l'infirmière volèrent un instant vers moi puis se reposèrent sur Hatch.

— Je vous autorise à passer dix minutes avec mon

patient. Toutefois, s'il procède à une identification dans son état, j'aurai mon mot à dire au tribunal.

Hatch se contenta de sourire.

Je demandai à Mrs. Cook ce qui était arrivé à Clyde Prentiss.

— Il a succombé à des coups de couteau, répondit-elle. Personne n'a rien vu. Les amis policiers de Mr. Hatch semblent aussi interloqués que nous.

— Vous pensez ! Un incident pareil dans un hôpital aussi bien tenu ! ironisa Hatch.

L'infirmière-chef franchit le rideau. Treuhaft, obéissant à un ordre silencieux de Mullan, demeura à l'extérieur du réduit quand elle réapparut et nous fit signe d'entrer.

Le vieil homme alité considéra notre invasion avec irritation, de ses yeux étincelants qu'entourait un réseau d'hématomes. Une sorte de cône était fixé sur son nez à l'aide de sparadrap. Sa bouche décrivait un U inversé. Il tourna la tête de droite et de gauche tandis que Mullan et moi nous postions d'un côté du lit, Hatch et Rowley de l'autre. Je me demandai combien de visiteurs il voyait.

— C'est gentil à vous de passer me voir, Mr. Hatch. (L'interpellé tenta de lui tapoter la main, mais il la lui retira.) J'ai causé avec votre toubib, il y a deux heures. Il m'a parlé d'un transfert à Lawndale, mais le seul endroit où je vais aller, c'est chez moi. Vous savez combien ça coûte, un lit dans un service de soins intensifs ?

— Tous vos frais sont pris en charge, Earl, assura Hatch. Ne vous inquiétez de rien. On s'arrangera.

— Je n'ai pas d'assurance maladie ni de fonds de retraite. Si vous voulez qu'on s'arrange, faisons-le tout de suite, devant témoins. Je ne suis pas sûr de vous revoir.

— Ce n'est pas le moment de parler affaires, Earl. (Il sourit aux deux policiers.) Nous aimerions que vous regardiez le monsieur en chemise bleue, de l'autre côté du lit, et que vous nous disiez si vous le reconnaissez.

— Vous avez employé le mot « affaires », reprit Sawyer. C'est de ça qu'on cause, vu que j'ai été blessé pendant mon service. Vous acceptez de couvrir les frais médicaux. J'aurais préféré une assurance maladie, mais je ne me plains pas. En fait, je vous suis reconnaissant.

— Merci, dit Hatch. Est-ce qu'on peut en venir à nos affaires présentes ?

— C'est bien de nos affaires présentes que je parle. Je travaille pour vous pendant quinze ans, et puis arrive un type qui me colle une trempe monumentale. J'ai soixante-cinq ans. Vous savez ce qui serait bien ? Une pension à vie, à soixante-quinze pour cent de mon salaire.

— Earl, on ne peut pas...

— Il y a une autre option. Une compensation ponctuelle de vingt-cinq mille dollars. Ça vous reviendrait sans doute moins cher.

Hatch contempla le plafond à l'éclairage discret.

— Ma foi, je ne m'attendais pas vraiment à des négociations. (Il soupira. Mullan et Rowley ne le quittaient pas des yeux.) Si vous pensez qu'une compensation de ce type vous conviendrait, d'accord. C'est le moins que je puisse faire pour vous remercier de vos années de service.

Le gardien hocha la tête.

— Je suis ravi qu'on se soit entendus, Mr. Hatch. Vous couvrez mes frais médicaux, et le chèque de vingt-cinq mille dollars m'attendra à votre caisse... Quel jour on est ? Dimanche ? Disons mercredi matin.

Son employeur leva les bras, vaincu.

— Earl, vous me seriez utile dans mon équipe. D'accord pour mercredi matin.

— J'y étais, dans votre équipe, Mr. Hatch. C'est même pour ça que vous payez. Qui est-ce que je suis censé identifier ? Lui ?

Hatch s'éloigna du lit en secouant la tête.

— Vous avez déjà eu l'occasion de le voir, Earl, intervint Mullan, mais je voudrais que vous le regardiez bien et que vous nous disiez s'il ressemble à l'homme qui vous a agressé dans le Cobden Building.

Sawyer me contempla, les paupières plissées.

— Venez plus près. (Dans leur nid de meurtrissures, ses yeux luisaient de malice.) Penchez-vous. (J'obéis.) On ne se serait pas causé, il y a un ou deux jours ? Au moment où je rentrais dans le Building ?

— Vendredi soir, approuvai-je.

— Vous avez entendu Mr. Hatch accepter ma proposition, n'est-ce pas ?

— Tout à fait.

— Ce n'est pas la bonne personne, conclut le gardien. Je l'ai à peine aperçu, ce type, ne l'oubliez pas, mais ce n'est pas lui.

— Est-ce que vous voyez double ? interrogea le lieutenant.

— Oui, et je vois deux types qui ne sont pas le bon. De même que vous, je vous vois en double, mais ça ne m'empêche pas de reconnaître un salopard qui s'appelle Rowley.

— C'est une parodie, dit Hatch. Earl est à moitié aveugle. Il nous a fait venir ici pour régler son histoire de pension.

— Il y voit assez pour blanchir Mr. Dunstan, contra Mullan.

— Envoyez-moi l'infirmière, s'il vous plaît. Je veux que vous signiez un accord écrit, Mr. Hatch.

À l'extérieur de l'alcôve, June Cook me lança un sourire triomphant.

— J'ai entendu la requête du patient.

Elle se pencha par-dessus le guichet pour prendre une feuille de papier et tira un stylo d'une poche de sa tunique verte.

Pendant que Hatch entérinait le versement des vingt-cinq mille dollars, nous autres dérivâmes vers l'entrée du service. Je considérai à nouveau le sol ensanglanté, dans le réduit de Prentiss. Cette vue me rappelait une histoire entendue durant les derniers jours mais sur laquelle je ne parvenais pas à mettre le doigt. Comme Mullan regardait lui aussi les taches de sang, je lui demandai dans combien de temps ses hommes en auraient terminé.

— Là-dedans ? On en a déjà terminé avec ça, non, Rowley ?

— Je vais envoyer un gars, grommela le lieutenant.

— Clothhead Spelvin, lâchai-je. Je savais bien que ça me rappelait quelque chose.

Le capitaine tourna lentement la tête pour me considérer avec un étonnement mal dissimulé.

— Qu'est-ce que ça veut dire ? interrogea Rowley.

— C'est une vieille histoire mais elle est excellente, répondit Mullan, toujours étonné de mes paroles. Voilà qui est intéressant. Vous voulez bien nous en dire plus ?

— Est-ce que Spelvin n'a pas été poignardé dans sa cellule ? La personne qui l'a tué est passée devant les gardiens et les autres prisonniers sans être vue.

— Sacré tour, hein ?

— C'est marrant : quand la loi de la jungle s'applique, personne ne voit jamais rien. Vous avez classé ça en suicide, non ?

— C'est comme ça que ç'a été classé, oui, opina le capitaine sans me quitter des yeux.

Stewart Hatch tira le rideau et sortit de l'alcôve du gardien d'un pas furieux, le visage crispé par la colère. Nul n'ouvrit la bouche tandis que nous attendions l'ascenseur, et ce silence polaire se prolongea pendant que nous descendions au rez-de-chaussée, en compagnie d'inconnus.

Au lieu de jouer des coudes parmi les gens qui se tenaient devant lui, Hatch les laissa partir puis me fit signe de sortir à mon tour. Je pensais qu'il se préparait à retourner aux urgences pour déchirer l'accord tout juste signé, mais lorsque l'ascenseur fut désert, il le quitta lui aussi. Il se pressa un long moment les mains sur le visage, comme pour dissimuler sa colère ou la contenir.

Quand il les abaissa, il prit une profonde inspiration.

— Je ne savais pas que ce vieux salopard avait autant de jus.

Son visage se fendit d'un sourire, et il ricana. Le ricanement se changea en un rire franc et massif. Je n'aurais pas été plus surpris s'il s'était mis à distribuer des billets de cent dollars. Tous, nous l'imitâmes, Treuhaft lâchant de grands boulets de canon de sa voix de basse, tandis que Rowley nous gratifiait d'un bruit dépourvu de tonalité qui ressemblait aux premiers assauts d'un enfant sur un violon.

— Ce vieux Earl, articula Hatch entre deux éclats de rire. Il m'a *arnaqué*. Il m'a carrément *dévalisé*.

Il renvoya la tête en arrière et rugit littéralement.

Je le confesse, cette démonstration me désarma. Malgré tout ce que je savais ou croyais savoir de lui, à cet instant, je ne pus m'empêcher de l'apprécier. Le fait qu'il sût rire de lui-même le mettait dans une autre catégorie qu'un crapaud bouffi d'orgueil tel que Grenville Milton.

Il s'essuya les yeux d'un revers de main, riant toujours.

— Bon, allez : on en apprend tous les jours. Je vais raccompagner Mr. Dunstan chez lui. Vous, vous n'avez pas que ça à faire, et c'est sur mon chemin.

Lorsque nous eûmes tous franchi la porte tournante, Mullan m'interrogea du regard.

— Bien sûr, acquiesçai-je. Pourquoi pas ?

Stewart Hatch ouvrit la portière passager de la Mercedes, m'invitant à monter d'un geste théâtral.

66

Nous quittâmes le parking de l'hôpital tels deux vieux amis. Hatch souriait, les yeux emplis d'une lueur amusée, détendue. La voiture, décapotée, remontait la rue avec l'aisance pesante dont je me souvenais.

— Vous l'aimez bien, cette petite chérie, hein ? me demanda mon compagnon. J'oublie toujours à quel point elle est agréable à conduire.

— Si vous passez par Ferryman's Road, c'est là que je descendrai. Ce n'est pas la peine de me ramener chez moi.

— Et si on roulait un peu ? Ça nous donnerait l'occasion de faire connaissance. On a des choses à se dire, vous ne croyez pas ?

— Si vous le pensez.

Je me préparai à ce qui allait suivre.

— Oh, oui ! tout à fait. (Il me sourit à nouveau, le regard pétillant.) J'aimerais vous montrer quelque chose. On peut y être en une vingtaine de minutes.

— Qu'est-ce que c'est ?

— Je préfère vous laisser la surprise. Vous avez le temps ?

— Tant que vous n'envisagez pas de me larguer en plein milieu d'un champ et de sortir un flingue.

— Allons. Ce n'est pas une manière de démarrer une amitié.

Une route presque déserte, balisée de cinq feux verts, était apparue devant nous. Hatch me fit un clin d'œil.

— Regardez ça.

Il enfonça l'accélérateur. La voiture se ramassa sur elle-même pendant un dixième de seconde, avant de partir comme une fusée. Le compteur dépassa les quatre-vingt-dix avant que n'ayons franchi le premier feu. Il continua à grimper tandis que nous filions vers le deuxième. La brise qui nous fouettait repoussait les cheveux de Hatch d'environ trois millimètres sur son front. Il conserva un cent trente de bon aloi jusqu'à ce que nous ayons dépassé le quatrième feu, puis revint à cinquante juste à temps pour tourner à droite dans Commercial Avenue derrière le cinquième. Ses cheveux se remirent en place parfaitement, comme élastiques.

— Avec cette petite perle, on peut monter à cent quatre-vingts avant d'avoir l'impression d'aller vite.

— Maintenant que nous sommes entre nous, Stewart, est-ce que je peux vous poser une ou deux questions ? demandai-je.

— Tout ce que vous voulez.

— De vous à moi, est-ce que Rowley est votre agent au quartier général de la police ?

— Le lieutenant Rowley travaille pour la ville d'Edgerton. C'est un dévoué serviteur du public. Sa passion de la justice l'entraîne parfois un peu trop loin, mais ça fait partie du métier.

— Et il ne m'a pas conseillé de quitter la ville sur votre ordre ?

— Bien sûr que non.

— Vous êtes bien persuadé que je n'ai rien à voir avec ce qui s'est passé dans votre immeuble, j'espère ?

— En fait, ça me soulage. Je n'ai plus à essayer de deviner comment vous vous y êtes pris pour entrer. On a le système de sécurité le plus sophistiqué du monde. À part de l'intérieur, personne ne pourrait contourner les capteurs de pression et les rayons électroniques ni déconnecter les points de contact, donc le coupable doit être un employé de la compagnie de sécurité. On le trouvera, mais ça ne réparera pas les dégâts causés aux ordinateurs. (Il me lança un regard curieux.) Vous n'êtes pas un expert dans ce domaine, vous ?

— Je n'irai pas jusque-là.

— Ça vous dirait de gagner dix mille dollars par semaine ? Il semble qu'à peu près cinquante pour cent des fichiers ont disparu des disques durs, et j'ai besoin de les récupérer. Tout ce que je vous demanderai, c'est de signer un accord de confidentialité. Ça ne vous prendra peut-être même pas une semaine, mais si vous m'arrangez tout ça en un jour ou deux, la paie restera identique. C'est correct ?

— C'est génial, répondis-je, mais la réponse est non.

— Je peux savoir pourquoi ?

— Sans vouloir vous vexer, je préférerais ne pas être votre employé.

— Dommage. Je n'y croyais pas trop, mais c'est dommage.

Après avoir traversé la portion sud du quartier des affaires puis pris vers l'ouest, nous arrivâmes dans une zone que je n'avais encore jamais vue. Bloc après bloc, des maisons en bois, à la peinture écaillée, descendaient vers un stade de base-ball aux gradins vermoulus, envahi par la mauvaise herbe. Derrière la côte suivante, s'étendait un terrain occupé par des caravanes, où quelques femmes marchaient lourdement le long d'allées en terre battue. Un gamin torse nu, debout sous un drapeau confédéré pendant, pointa vers nous une carabine à plombs.

— Elle vous plaît, cette voiture, hein ? demanda Hatch.

— Elle est très maniable.

— Et ma femme ? (Il sourit. Cette fois, la lueur, dans ses yeux, si elle demeurait amusée, n'avait plus rien de détendu.) Vous la diriez maniable, elle aussi ? Elle a de bonnes reprises ? Vous l'avez trouvée bien réglée ?

— Laissez tomber, Stewart, dis-je. Je n'ai rien à voir avec votre couple.

— Vous admettrez néanmoins que mon épouse est très jolie ? Et même *belle* ? C'est ce qu'on pourrait appeler un gentil petit lot ?

— Elle est séduisante, oui. Mais si vous la faites suivre par quelqu'un avec un appareil-photo, je vous plains.

— Vous allez voir où je veux en venir. Je parie que vous vous demandez pourquoi une femme comme elle m'a épousé. Après tout, je suis riche mais pas super-riche, j'ai douze ans de plus qu'elle et j'habite dans le trou du cul du Midwest. Je me trompe ?

— Je me suis posé certaines de ces questions, admis-je.

— Évidemment. Si vous ne l'aviez pas fait, elle s'en serait chargée pour vous. Maintenant, entre nous, elle n'est pas si géniale que ça au lit, hein ? En matière de performances, cette bagnole est nettement plus satisfaisante. Ma femme est trop égoïste pour bien baiser.

— Arrêtez. Vous allez vous faire honte.

— Il faut que vous sachiez à qui vous avez affaire. Laurie n'est pas du tout ce que vous croyez. Pour elle, vous n'êtes qu'un moyen pratique de me valoir des ennuis. C'est une garce dépourvue de cœur.

— Puisqu'elle est si terrible, demandez le divorce.

— Je me fous complètement de sa personnalité. (Il me rit au nez.) On n'est pas chez les Scouts, bordel ! Tout ce que je demande, c'est qu'elle fasse ce que je veux.

— Vous devriez mettre un pagne et vous trimbaler avec une massue.

— Seigneur ! Un féministe ! Est-ce que ma chère femme vous a parlé du fonds de dépôt ?

— Quel fonds de dépôt ?

— Voyons un peu ce qu'elle vous a dit d'elle-même. Est-ce qu'elle a évoqué son passé, sa famille, ce genre de choses ?

— Un peu.

— C'est une histoire merveilleuse, n'est-ce pas ? Je l'adore.

Une pente brune déserte descendait sur la droite de la chaussée. De l'autre côté, au loin, de petites maisons rustiques se dressaient sur des terrains d'un dixième d'hectare. La moitié avait l'air inhabitée. Stewart se rangea au bord de la route et coupa le moteur. Soulevant un genou, il se tourna sur son siège afin de me faire face.

— Je suppose que vous avez entendu parler d'Yves D'Lency, le poète et marchand de tableaux, qui a quitté sa noble famille pour traîner avec des artistes et ainsi de suite, jusqu'à ce qu'il arrive en Amérique. L'avion de ce pauvre homme est tombé du côté de Santa Barbara. C'est bien ça ?

— Où voulez-vous en venir ? demandai-je.

— Le père de Laurie s'appelait Evan Delancy et il était né à Trenton, New Jersey. Il travaillait comme maçon à mi-temps et il forçait salement sur la gnôle. Quand il n'a plus trouvé de boulot à Trenton, il a pris sa famille sous le bras et il est parti à Los Angeles, où il s'est reconverti dans les braquages. Un jour, un vieux dur à cuire qui tenait un magasin d'alcools lui a foutu un coup de fusil. Adieu, papa. Maman a échangé son cul contre des faveurs diverses jusqu'à son mariage avec un cameraman de la Warner. Le type que Laurie qualifie de producteur.

— Vous vous imaginez que je vais croire ça ? demandai-je.

— Croyez-le ou pas, mais ces informations m'ont coûté plus d'argent que je ne viens d'en donner à Earl Sawyer. Maman épouse le cameraman, donc, et devinez quoi ! C'est un ivrogne, lui aussi. Un fois viré par le studio, il a soigné sa frustration en tabassant sa femme et sa belle-fille. Laurie a laissé tomber le lycée, et elle s'est tellement droguée qu'elle a fini en hôpital psychiatrique. Quand elle a été assez remise pour comprendre où était son intérêt, elle a rencontré un gentil vieux docteur, un certain Deering. Il a cru que c'était une pauvre orpheline sortie du droit chemin, à qui il fallait donner une chance. Sa femme et lui l'ont accueillie chez eux. Ils lui ont acheté de beaux habits et l'ont envoyée dans une école privée. C'est là qu'elle a appris les bonnes manières et la grammaire. Après ses études, elle a fichu le camp à San Francisco. Il ne lui a pas fallu longtemps pour se mettre en ménage avec Teddy Wainwright. Vous vous souvenez de lui ?

Je savais que Teddy Wainwright avait joué le meilleur ami du héros dans un tas de comédies romantiques des années cinquante. Ensuite, il avait été la vedette de deux séries télévisées.

Ce que je ne savais pas, c'est que durant les années soixante-dix, incapable de retrouver du travail à Hollywood mais enrichi par ses investissements immobiliers, Wainwright s'était affublé de perles, de vestes à la Nehru, et installé à San Francisco pour trouver une nouvelle jeunesse. Quand Laurie Delancy avait emménagé avec lui, il avait soixante et onze ans, elle vingt et un. Malgré de multiples infidélités et autres orages provoqués par la jeune femme, notamment son refus d'épouser son amant, ils étaient restés ensemble jusqu'à la mort de ce dernier, quatre ans plus tard. Wainwright avait rédigé un nouveau testament, laissant à Laurie deux pièces de son énorme collection de tableaux, un Frida Kahlo et un Tamara de Lempicka, plus deux cent cinquante mille dollars et l'usufruit de son appartement jusqu'à ce qu'elle se marie, moment auquel ledit appartement reviendrait à l'unique enfant de l'acteur, une fille. Laquelle héritait de l'essentiel des biens, notamment le reste de la collection, estimée alors à cinq millions de dollars.

— Il s'est avéré que dans les années vingt, ce vieux Teddy avait acheté deux Picasso, un Cézanne et un Miró, et qu'à un moment, pendant les années cinquante, il les avait planqués dans un coffre. En fait, sa collection valait soixante-dix ou quatre-vingts millions. Vous pouvez parier que Laurie se colle encore des baffes de ne pas l'avoir épousé. Elle a dégotté un boulot pour KRON, où elle voulait présenter les informations régionales, mais pas de pot, elle n'avait pas d'expérience du journalisme, pas de diplôme, rien du tout. Elle s'est retrouvée assistante de production — « gaffer ». L'année d'après, quand je l'ai rencontrée, elle s'occupait des relations publiques. Elle a fait semblant de tomber amoureuse de moi, et je dis bien « fait semblant ». Ça aurait pu marcher, à part qu'elle était bidon.

— Combien de temps après votre mariage avez-vous engagé le détective privé ?

— Je l'ai engagé dès que je me suis intéressé à elle. Je ne lui en ai pas parlé avant notre lune de miel. Un bungalow dans un grand hôtel des Caraïbes. Champagne sur le balcon. Clair de lune sur la mer. « Écoute ça, j'ai dit. Tu ne vas pas le croire. » Elle a versé des larmes authentiques. C'est une femme étonnante.

— Qui vous a donné un fils et héritier.

Hatch sourit.

— Cobbie deviendra un jeune homme très bien quand je lui aurai fait passer ses conneries de musique et que je l'aurai branché sur le sport.

— Et c'est à cause de lui que vous ne pouvez pas divorcer.

Son sourire diminua.

— On dirait qu'elle a mentionné les arrangements financiers de ma famille, finalement. Qu'est-ce qu'elle vous a raconté ?

Je lui répétai ce dont je me souvenais.

— Pas mal, dans l'ensemble, apprécia Hatch. À trente-cinq ans, Cobbie va hériter d'une somme colossale. Je veux être sûr qu'il sache quoi en faire. (Son regard se chargea d'amusement.) Vous savez pourquoi mon père a rédigé la clause concernant les actes criminels ?

— Laurie m'a vaguement parlé de son frère.

— Ça n'a rien à voir. (Son regard demeurait plein d'humour. Je compris qu'il tentait de m'avoir au charme ; il s'en tirait fort bien.) Vous êtes né en quelle année ?

— 1958.

— Alors, vous étiez trop jeune pour les années 60. Moi, j'ai eu dix-huit ans en 1968. (Il éclata de rire.) Pendant ma dernière année au lycée d'Edgerton, j'avais les cheveux jusqu'aux épaules. Les trois quarts du temps, je fermais ma porte à clef et je montais le son de la chaîne stéréo jusqu'à ce que je n'entende plus mon vieux ronchonner après moi. Les Stones. Les

Doors. Iron Butterfly. Cream. Paul Butterfield. Je tenais la guitare rythmique dans un groupe, Delta Mud. Je vous laisse imaginer à quel point on était nuls.

— Du blues de Blancs, devinai-je.

— Du blues *d'étudiants* blancs. Du blues d'étudiants blancs *du Midwest.* (Il me donna un coup de poing amical dans le bras.) Bon Dieu, on était dingues. On fumait des joints en allant au lycée. Du jeudi soir au lundi matin, on était complètement défoncés. Dans notre groupe, on avait un vrai musicien, qui savait sacrément bien jouer le blues. Un guitariste étonnant, vraiment. On se produisait devant les mecs de l'Albertus, qui n'en avaient rien à foutre de rien tant qu'on suivait le rythme et... on aurait cru entendre Dieu à la guitare. Vous avez sans doute entendu parler de lui. Goat Gridwell ?

Les improvisations blues de Gridwell avaient fait vendre des millions de disques pendant les années soixante-dix et même durant la décennie suivante. Chaque fois qu'on m'en avait passé un, ce qui m'avait frappé, c'était la grande supériorité technique de Gridwell sur la plupart des guitaristes pratiquant ce genre de musique. Je me rappelais avoir remarqué ses cheveux dorés et ses yeux verts sur une couverture des Rolling Stones, et pensé n'avoir encore jamais vu un visage à la fois aussi angélique et aussi dissipé.

— Pendant notre dernière année, il a été viré du lycée et il est parti pour San Francisco. J'ai demandé à Laurie si elle l'avait jamais entendu jouer, mais elle n'en avait pas la moindre idée. Pour elle, toutes les musiques se ressemblent. Quoi qu'il en soit, Goat est devenu trop riche et trop célèbre. La vieille histoire. Ça lui a grillé la cervelle, à ce pauvre type. Maintenant, il est de nouveau à Edgerton, et ce n'est plus qu'une épave. Je lui refile un ou deux dollars, à l'occasion, mais il me regarde comme s'il ne me voyait pas.

Si j'étais Goat Gridwell, je t'ignorerais aussi, songeai-je.

— Bref, un soir, après dîner, j'oublie de boucler ma

porte. Je suis assis par terre, avec « Jumping Jack Flash » qui gueule dans les enceintes, et je fume de l'herbe. Vlan ! Mon père qui entre. Là, Cobden, il a pété un plomb. Il m'a laissé finir le lycée, mais j'ai été obligé de me couper les cheveux, et il m'a prévenu que si j'avais un jour des problèmes avec la justice, je ne toucherais pas un sou du fonds de dépôt.

— L'enquête au Kentucky vous inquiète ?

— C'est du vent. Ça sera terminé dans une semaine. Mais il y a une chose qui va peut-être vous intéresser : hier après-midi, ma femme a appelé l'avoué chargé du fonds de dépôt, Parker Gillespie — le fils de Charles Gillespie qui a tout mis au point. Soixante-treize ans ; aussi loyal qu'un pitbull. Alors que Laurie n'a jamais manifesté le moindre intérêt pour lui, voilà que d'un seul coup, elle recherche ses lumières. Je vous donne en mille ce qu'elle lui a demandé.

— Aucune idée.

— Elle s'en fait pour la clause que mon père a ajoutée au contrat. Si j'étais condamné pour ces crimes — que je n'ai bien sûr pas commis —, est-ce que je serais vraiment déshérité ? Hélas, a répondu Gillespie, ce serait le cas, Mrs. Hatch. Mais quelle serait la situation de mon fils ? a-t-elle insisté. Eh bien, en l'absence d'un autre héritier mâle, la totalité lui reviendrait. Et qui s'occuperait de gérer cet argent ? Ce serait le rôle de l'administrateur, répond Gillespie. Et si le pire se produisait, continueriez-vous d'assumer ce rôle, Mr. Gillespie ? Il serait évidemment ravi de lui apporter toute l'aide dont elle aurait besoin. Vous commencez à entrevoir le tableau ? Elle veut le fric.

— Elle veut le mettre en sécurité pour Cobbie.

Hatch eut un rictus que n'aurait pas désavoué oncle Clark.

— Cobbie n'héritera pas avant l'âge de trente-cinq ans. Dans l'intervalle, l'administrateur aura tout pouvoir. Laurie se nommera administratrice et prendra ce qu'elle voudra. C'est ça qu'elle cherche.

— Merci de l'explication, dis-je. Ramenez-moi en ville.

— Je veux que vous voyiez quelque chose, rappelez-vous. Vous n'allez pas en revenir. L'histoire va relever la tête et se mettre à parler. (Il eut un sourire de feinte camaraderie.) Je ne me pardonnerais jamais de ne pas vous montrer ça.

Il démarra et passa une vitesse.

67

Soixante ans plus tôt, le terrain en friche avait été un pré, les ruines à l'orée de la forêt une grande maison en pierre avec lucarnes et portique. Je tentais de maîtriser mon trouble, né du sentiment que si je m'avançais dans les bois, à environ dix mètres sur la droite du bâtiment démoli, je trouverais un chêne frappé par la foudre.

— Est-ce que vous avez déjà entendu parler de la demeure ancestrale des Dunstan ?

— Après l'assassinat de son frère, Sylvan en a importé les pierres d'Angleterre et l'a fait rebâtir.

Hatch haussa les sourcils.

— *D'Angleterre ?* C'était de Providence, Rhode Island. C'est pour ça que cette rue s'appelle New Providence Road. J'en sais plus que vous sur votre propre famille.

— Ça n'est pas bien difficile, dis-je, songeant qu'il y avait des choses que Stewart Hatch ne saurait ni ne devinerait jamais à propos des Dunstan.

— Et qui qui a construit la maison, à l'origine ?

— Qui était Frank Lloyd Wright ? renvoyai-je. Oh ! désolé, Julien, j'ai accroché le champignon par accident.

J'avais les oreilles qui bourdonnaient, l'estomac incertain.

— Un nommé Omar Dunstan. Il est arrivé à Providence dans les années 1750, avec une bande de domestiques antillais et un paquet de fric. Dunstan se disait importateur et armateur mais aucun de ses bateaux n'a jamais mouillé à Providence. Il allait fréquemment en Caroline du Sud, en Virginie et à La Nouvelle-Orléans. Qu'est-ce qu'il importait, à votre avis ?

— Qu'est-ce que le blues ?

— Des êtres humains. Ses hommes achetaient ou capturaient des esclaves en Afrique occidentale, voire aux Caraïbes, pour les revendre dans les colonies du sud. Dunstan ne s'est pas marié, mais il a eu trois ou quatre enfants qui ne sortaient pratiquement jamais. Les voisins apercevaient des lumières étranges par ses fenêtres et entendaient des bruits bizarres. On parlait de sorcellerie et de magie noire. Finalement, quelques bons citoyens ont investi la maison dans l'intention de chasser la famille de la ville. Ils sont arrivés trop tard. Il n'y avait plus personne.

Contraint de m'asseoir, je me posai sur le capot de la Mercedes.

— Le bâtiment est resté vide pendant des dizaines d'années. Il avait tellement mauvaise réputation que la ville n'a trouvé personne pour accepter de le démolir. On l'appelait « La Maison Maudite ». Au bout du compte, on l'a entourée d'une palissade et on l'a laissée tomber en ruine pendant une centaine d'années.

La Maison Maudite ? Voilà qui me rappelait un souvenir trop lointain pour être identifié. La voix de Stewart Hatch vacillait devant les émanations des ruines telle une émission radiophonique de mauvaise qualité.

— Pendant la guerre de Sécession, deux frères Dunstan se sont évadés de la prison où ils étaient enfermés pour avoir détroussé des cadavres. En 1874, Omar et Sylvan Dunstan sont arrivés à Edgerton et se sont installés au Brazen Head Hotel. Bientôt, ils ont eu assez d'argent pour monter une affaire, Omar comme prêteur sur gages, Sylvan comme bailleur de fonds. Il faut se rappeler qu'on était en pleine Reconstruction. Dix ans plus tard, ils dirigeaient la banque et ils vivaient comme des princes dans Cherry Street. Quand quelqu'un perdait tout à cause des inondations, il déménageait, et Sylvan lui rachetait sa propriété pour une bouchée de pain. J'ai toujours trouvé bizarre que ce soit Omar qu'on ait assassiné, parce que Sylvan était vraiment détesté. Mon père avait une théorie : ça vous intéresse ?

— Je ne pourrais pas vivre sans.

— À part Sylvan, personne n'a vu le soi-disant tireur qui a descendu son frère avant de s'enfuir. Mon père pensait que Sylvan l'avait inventé parce que c'était lui, l'assassin — Omar était en train de se transformer en citoyen respectable : il était propriétaire de la moitié de Commercial Avenue et il bâtissait le Merchants Hotel. D'après mon père, Sylvan n'en avait rien à foutre de la respectabilité. En plus, il en avait marre de partager la femme d'Omar.

— J'ai entendu parler de leur arrangement, dis-je.

— Il a fait venir les pierres de Rhode Island et engagé une équipe d'ouvriers portugais qu'il a logés ici, dans des cabanes. Il désirait que la maison soit telle qu'à l'origine, et il disait que les ouvriers du coin n'étaient pas assez doués pour les finitions. En ville, on pensait qu'il ne voulait pas qu'on sache à quoi ressemblait l'intérieur.

— Il y avait des rumeurs, approuvai-je.

— On parlait de chaînes attachées à des lits, dans le grenier, de cachettes secrètes, de trucs bizarres... Vous savez ce que sont les petites villes. Sylvan aurait pu faire visiter ; au lieu de ça, il s'est emmuré et il a interdit l'entrée à tout le monde. Il ne sortait qu'armé. Ses enfants grandissaient comme des animaux. Certains se sont enfuis, personne ne sait où. Il y en a deux qui se sont tués en se baignant dans le fleuve ou en se battant dans des bars. Howard, votre grand-père, est resté à la plantation, alors qu'il détestait son vieux. Sylvan s'est censément flingué en nettoyant son pistolet, mais il y a eu des gens pour dire que votre grand-père s'en était chargé. Ça me semble être un bel exemple de justice poétique [1].

La voix de Hatch provenait de très loin.

— Ceux qui parlent de justice poétique ne connaissent rien à la poésie.

— C'est mignon. Il faudra que je la retienne. Quoi qu'il en soit, Howard a enterré son père derrière la maison. Il a aussi fait venir le cercueil d'Omar depuis Little Ridge, pour le placer à côté. Ensuite, il a pris le même chemin que Sylvan et sauté toutes les femmes sur lesquelles il a pu poser la patte. Si la sienne ne s'est pas barrée, c'est qu'il l'a tuée, elle aussi. Il a coulé la banque, jeté l'argent par les fenêtres. Vous savez ce qu'on disait de lui quand j'étais môme ?

— Qu'il pouvait se trouver en deux endroits à la fois, devinai-je. Passer les portes sans les ouvrir. Lire dans les pensées et prédire l'avenir. Léviter.

Hatch me lança un regard surpris, contrarié. Je n'étais pas censé en savoir autant sur Howard Dunstan.

— Ses filles ont bien fait de retourner dans Cherry Street, parce qu'un soir, la maison a brûlé, et lui avec.

— Comment ça s'est passé ?

— Là, ça devient passionnant, dit mon compagnon. (Je l'entendais à peine, à travers le tumulte provenant de l'endroit entre tous où j'avais le moins envie de me rendre.) Mon père m'a confié que la nuit de l'incendie, son propre père, Carpenter Hatch, s'est enfermé dans notre bibliothèque avec Sylvester Milton, le père de Grennie, et un petit mec qui faisait des commissions pour eux, Pee Wee La Chapelle. Il les a vus sortir et, tard dans la nuit, il les a entendus rentrer. Vous croyez que c'est *eux* qui ont mis le feu ?

— Je me fous complètement de savoir qui a mis le feu, Stewart.

— On a retrouvé des ossements. Pas humains, mais

1. Expression typiquement anglo-saxonne. En français, on parlerait plutôt de justice immanente, ou idéale. *(N.d.T.)*

n'appartenant pas non plus à un animal connu. On était en 1935, rappelez-vous, pratiquement au Moyen Âge. Qui sait ce que ça pouvait être ? Les filles d'Howard ont touché l'argent de l'assurance, et l'affaire en est restée là. (Je le sentis à peine me poser la main sur l'épaule.) Quoi qu'en dise ma femme, Stewart Hatch n'est pas un mauvais bougre. (Il me tapota la joue.) Je vous raconte tout ça par pure bonté d'âme.

— C'est bien gentil de votre part.

— Vous avez refusé mon offre. Très bien. Il est temps que vous rentriez chez vous.

— Je n'arrive pas à croire que vous ayez fait partie du même groupe que Goat Gridwell, dis-je.

Il éclata de rire. Ses dents étaient un chef-d'œuvre de chirurgie dentaire, ses yeux brillaient d'une lueur amicale, sa veste collait à sa nuque comme du ruban adhésif.

— Vous savez être absolument charmant, Stewart, mais votre place est en prison. Si jamais vous obteniez la garde de votre fils, ce serait une tragédie.

Il tira les mains de ses poches.

— Si vous voulez vous faire ramener en ville, vous n'avez qu'à essayer la cabine publique, en bas de la rue.

Lui tournant le dos, je franchis le bas-côté poussiéreux et m'avançai en somnambule au sein de la végétation dense qui envahissait le terrain vague. Un moteur démarra avec un rugissement, puis des pneus crissèrent, propulsant des graviers en arrière comme autant de chevrotines.

68

Obscurité et cauchemar tonnaient dans la maison en ruine et parmi les arbres, derrière elle. Mon ombre onirique m'avait dit : *Toute ta vie, tu as ressenti le manque de quelque chose d'extraordinairement important. Si tu le trouvais, est-ce que tu pourrais en supporter les conséquences ?* J'avais répondu *oui*. Malgré ma peur et ma nausée, malgré mon désir de *ne pas savoir,* ma réponse était à présent identique.

Une pensée m'effleura l'esprit, se dissipa instantanément. Je faillis rebrousser chemin. Ce qui m'avait touché, quoi que ce fût, était ce que je ne voulais pas connaître.

Les deux murs de pierre encore debout soutenaient ce qui restait du toit. Deux cheminées noircies se dressaient. L'aile droite de la maison s'était écroulée dans une légère dépression. La vieille entrée bâillait sur un enchevêtrement de plantes grimpantes. Je m'approchai d'un encadrement de fenêtre vide pour regarder à l'intérieur, découvrant un sol de ciment sale, peu à peu mangé par le tapis vert qui se déroulait depuis l'arrière du bâtiment.

Je contournai ce dernier avec l'impression de regarder une photographie de ville bombardée : des murs noircis, des trous. Comme je reculais, mes pieds rencontrèrent une surface de pierre plane. Je me penchai et écartai les herbes pour mettre au jour une dalle de marbre gris, sur laquelle était gravé OMAR DUNSTAN — 1887. Mon cœur me remonta dans la gorge. Le pendant se trouvait un mètre plus loin. SYLVAN DUNSTAN — 1900.

— Et toi, Howard ? m'enquis-je.

À environ deux mètres de la pierre tombale de Sylvan se trouvait : HOWARD DUNSTAN, NOTRE CHER PÈRE. 1882-1935.

— C'est plus que tu n'en méritais, estimai-je.

Je remarquai alors une zone où l'herbe s'inclinait au-dessus du sol.

Devant le premier des arbres, une dalle de granit reposait sur l'humus gris-brun. Elle portait une inscription érodée mais toujours lisible.

DES ANGES QUI N'APPARTIENNENT PAS À CETTE TERRE.

Huit autres dalles se trouvaient dissimulées parmi les hautes herbes. Certaines des marques s'étaient effacées, mais aucune ne reproduisait le genre de noms que les parents donnent en général à leurs enfants. Je me rappelle POISSON, HURLEUR, TRANSPARENT, TÊTE-FENDUE, CLARTÉ et MARTEAU. *Des chiens et des chats,* me dis-je, avant de reculer en frissonnant, comme sous l'effet d'une terrible compréhension — et de trébucher dans un enchevêtrement végétal. Pivotant pour ne pas perdre l'équilibre, je vis un tapis vert déroulé dans une pièce mal éclairée n'ayant que deux murs. Alors que mon pied se libérait du piège broussailleux, je m'avançai sur cette surface moelleuse.

Des plumes de pigeon s'agitèrent dans l'air inondé de soleil. Le souvenir d'une douleur me perça le front et je tombai comme une pierre dans un puits vide.

69

Je ne suis plus à mon époque, songeai-je. Puis : *Oh, me revoilà ici.*

De tous côtés, la scène prenait corps. Une fougère fanée et un renard empaillé sous cloche flanquaient une pendule en laiton sur une cheminée. L'air empestait le tabac. À l'autre bout de la pièce, un homme aux cheveux blanc, vêtu d'une veste d'intérieur en velours bleu foncé, naguère élégante, se tenait devant la fenêtre, un cigare dans une main, un verre à demi rempli d'un liquide ambré dans l'autre. Je réalisai que je connaissais son nom. Le monde n'était qu'obscurité. Les aiguilles de la pendule indiquaient onze heures quarante.

L'homme à la fenêtre m'attendait, et il se préparait à parler. Cela se lisait dans la lassitude de sa posture et le chagrin théâtral, voir cabotin, qu'exprimait la voussure de son dos. Une irritation impatiente remplaça ma nausée et ma douleur : j'étais là ; que voulait-il ? Levant son verre, il but une gorgée, puis ses épaules s'affaissèrent et, finalement, il ouvrit la bouche.

Alors, te revoilà ? Mais je me moque de ce qui peut

t'arriver. Tout s'effondre. Le centre ne tient plus. Sais-tu qui a écrit cela ?

— William Butler Keats, dis-je. Va te faire foutre aussi, Howard.

La vasque dorée est brisée ; elle porte une fêlure invisible. Partout, j'entends le rugissement des canons.

— Qu'essaies-tu de me dire ?

Une fois ton père créé, je me suis amusé à le rendre fou. Il devait être l'outil de notre destruction. Pourtant, puisque tu ne cesses de trouver le chemin qui mène à moi, il est possible que ce soit toi qui le détruises, en définitive. L'issue du jeu ne m'intéresse plus.

Je le traitai de vieillard cruel et pervers — de cela, au moins, j'étais sûr. Il ricana.

Nous sommes ce qui s'est écoulé par la fêlure de la vasque dorée. Ce qui a été dérobé au cadavre sur le champ de bataille. Nous sommes la fumée qui s'échappe de la gueule du canon. J'ai rendu fou mon fils pour précipiter notre fin. Leur foi en nous est morte. Les événements se reproduisent encore et encore, et chaque fois, ils sont moins signifiants.

— Ce que tu racontes n'a aucun sens. La foi de qui ? Pourquoi suis-je ici ?

À l'époque de mon arrière-grand-père, le grand dieu Pan était un compositeur remarquable. À celle de mon grand-père, c'était un pianiste procurant d'incompréhensibles extases aux femmes de son public. À la mienne, c'est un poète alcoolique, dont les vers ne parlent que de descentes aux enfers et autres dégradations similaires. Pour toi, ce sera un être décérébré, alcoolique et drogué. Si tu le vois, dis-toi : « Voilà tout ce qui reste de Pan », et comprends pourquoi nous devons quitter la Terre.

— Pan n'a jamais existé, objectai-je. Pas dans le monde réel.

Ce que tu appelles le monde réel n'a jamais existé non plus. Il se crée à chaque instant par la foi — foi qui est sujette au changement. Les hommes ont besoin d'histoires pour trouver un sens au hasard qui forge leurs vies, et leurs histoires refusent de nous laisser partir. J'en ai assez. Ils racontent sans fin un minuscule fragment du même récit gigantesque, et ils ne le font jamais correctement.

La lueur dansante de plusieurs torches apparut à la fenêtre et entreprit de se diriger vers nous. Au-dessus de nos têtes, retentit un vacarme d'ailes et de serres.

Tu devais venir accompagné. Peut-être lui et toi êtes-vous ici, mais ailleurs. Nous verrons bien, toi et moi. Mon jouet, mon jeu, s'achève. Erreur sur erreur. Ah, quelles vies misérables on nous a données.

Mon regard s'obscurcit. Mes articulations vibrèrent de douleur, et quelqu'un me donna un coup de maillet sur la tête. Quand ma vision s'éclaircit, je vomissais dans les hautes herbes, à genoux derrière les ruines.

70

Helen Janette montait la garde devant son appartement.

— J'espère que vous êtes prêt à m'écouter, Mr. Dunstan. (La porte, derrière moi, s'ouvrit en cliquetant. Mr. Tite se joignait à la fête.) Ce matin, deux inspecteurs et un agent en uniforme sont venus frapper à ma porte.

— Plus Stewart Hatch, dis-je. Vous ne vous êtes pas sentie honorée ?

— Stewart Hatch devrait se pendre au premier arbre venu. (Elle croisa les mains sur la poitrine.) Vous avez une demi-heure pour faire vos bagages. Pas question que je vous rembourse quoi que ce soit.

Je montai l'escalier d'un pas lourd. Des ronflements sonores traversaient la porte d'Otto. Quand je redescendis, mes hôtes étaient postés de part et d'autre de l'entrée, tels des gardes suisses.

— J'aimerais bien savoir pourquoi vous craignez les flics à ce point-là.

Helen Janette tendit la main.

— Ma clef !

L'amère satisfaction qui se lut sur son visage lorsque je lui remis l'objet me donna ma réponse.

— Excusez-moi, Mrs. Janette.

— Nous n'avons plus rien à nous dire.

— Est-ce que vous ne vous appeliez pas Hazel Jansky, autrefois ? (J'entendis Mr. Tite inspirer par la bouche.) Vous avez fait de la prison. C'est pour ça que vous n'aimez pas la police.

— Sortez d'ici !

Le chien de garde me tapota l'épaule d'un index aussi dur qu'un tuyau de plomb. Je fis un pas de côté sans quitter la logeuse des yeux.

— Je m'appelle Helen Janette.

— Vous étiez la sage-femme présente lors de ma naissance — le 25 juin 1958. L'hôpital Ste. Ann a été frappé par la foudre. Il y a eu une panne de courant.

Le visage de Mrs. Janette s'emplit d'un sinistre plaisir.

— Veuillez aider ce monsieur à sortir, Mr. Tite.

L'interpellé me saisit aux épaules. Son haleine nauséabonde m'enveloppa. M'écartant brutalement, je le déséquilibrai d'un coup de mon sac de voyage. Comme il reculait d'un demi-pas et serrait le poing droit, je levai les mains.

— Je m'en vais. C'est terminé.

Tous deux me regardèrent faire passer mes sacs par la porte avec difficulté.

Je tournai dans Word Street, retrouvant le chemin de Veal Yard et du Brazen Head Hotel. Un réceptionniste affligé de valises rouges sous les yeux me donna le choix entre une chambre au premier étage, avec baignoire, pour soixante-cinq dollars la nuit, et une avec douche, au fond du couloir du troisième étage, pour cinquante. Je pris la première. Il désigna l'escalier.

— L'ascenseur est assez lent, en général, dit-il. Il a aussi tendance à se coincer.

La chambre 215, située juste en face de l'escalier, faisait deux fois la taille de celle que j'avais louée chez Helen Janette. Le lit en occupait le fond, tandis qu'un bureau et deux chaises reposaient devant une fenêtre aux vitres poussiéreuses donnant sur Veal Yard. Un panneau scotché au miroir engageait les clients à consommer l'eau minérale du minibar, laquelle était gratuite, plutôt que celle du robinet.

Je bus de l'eau de Poland Spring en tentant de comprendre ce qui m'était arrivé. Avais-je vraiment remonté le temps jusqu'en 1935 et rendu visite à Howard Dunstan ?

Je n'étais pas fou au point de le croire. D'un autre côté, je ne pensais pas non plus avoir halluciné. Les Dunstan ne constituaient pas une famille américaine moyenne, quoiqu'ils n'aient rien à envier aux meilleures de ces dernières en matière de tares. Peut-être m'épanouissais-je tardivement et le don du voyage dans le temps me venait-il d'un marchand d'esclaves du XVIIIe siècle habitant Rhode Island. Peut-être étais-je en train de faire une nouvelle dépression nerveuse et allais-je passer les semaines suivantes dans une chambre capitonnée. Pourtant, je ne me sentais pas au bord de la dépression. Si je n'étais pas fou, j'avais bel et bien remonté le temps juqu'en 1935 et rencontré mon arrière-grand-père.

Le dieu Pan vivait dans le corps d'un clochard d'Edgerton ? Nous étions des histoires ayant fait leur temps ? Je chassai ces questions de mon esprit pour me concentrer sur Helen Janette-Hazel Jansky, presque certainement la même personne, à qui je doutais cependant de pouvoir faire admettre l'enlèvement de Robert — *si* elle l'avait bien enlevé. Je m'étonnai alors de la coïncidence qui m'avait conduit à la pension d'Hazel Jansky, puis me rappelai y avoir été envoyé par Toby Kraft. Toby et Helen-Hazel étaient en relation. Pourquoi ? La prédilection du prêteur sur gages pour les femmes au joli minois et aux seins en obus éliminait la solution évidente. Encore une impasse.

J'avalai quelques gorgées supplémentaires de Poland Spring en me demandant pour quelles raisons le Brazen Head se méfiait de l'eau de Hatchtown, puis je refermai la bouteille et me rendis à l'hôtel de ville.

71

Aucune lumière ne brillait dans le vaste hall, si bien que je frappai à la porte monumentale avec le sentiment amusé de perdre mon temps. S'il occupait un bureau fermé, à l'étage, Coventry aurait aussi bien pu se trouver dans un autre bâtiment. Je martelai à nouveau le verre, me sentis encore plus bête et rebroussai chemin entre les rangées de colonnes. Alors que j'atteignais l'escalier, la porte s'ouvrit bruyamment.

— Attendez, Ned ! appela Coventry.

Souriant, il me tint la porte et me fit signe d'entrer.

— J'ai couru, mais j'avais un sacré paquet de marches à descendre ! (Ses manches roulées, son nœud papillon et son short kaki lui donnaient un air de vieil écolier.) Je suis ravi de vous voir.

Il regarda par-dessus mon épaule, puis à droite et à gauche.

— Elle n'est pas là, dis-je. Je suis content de vous voir aussi. (J'entrai et attendis qu'il eut refermé la porte à clef.) Comment avez-vous fait pour m'entendre ?

— Je vous attendais plus ou moins. Que deviennent vos recherches ?

— Elles progressent. Vous auriez le temps de jeter un œil à quelques titres de propriété ?

— Aucun problème. (Il eut un nouveau sourire, presque contrit.) Dommage que Laurie n'ait pas pu se joindre à vous. C'est un vrai rayon de soleil, vous ne trouvez pas ?

— Vous l'aimez beaucoup, constatai-je.

— Chaque fois que je la vois, d'un coup, tout va mieux. Elle a une sorte de don.

— J'ai l'impression qu'elle en a de toutes sortes, approuvai-je.

— C'est étonnant que vous disiez cela. J'ai exactement le même sentiment. Ça, alors, c'est extraordinaire. (Il renvoya la tête en arrière et sourit au plafond haut, presque invisible dans la pénombre.) Que vous le sentiez. Vous êtes très perceptif. (Son menton retomba sèchement.) Excusez-moi. Est-ce que j'ai eu l'air condescendant ?

— Peut-être un petit peu.

— Mon Dieu ! Je voulais dire que vous deviez l'être plus que la plupart des gens. Vous me comprenez, n'est-ce pas ? Bien entendu. (Il pressa le bout de ses doigts contre son front.) C'est cohérent, ce que je raconte ?

— Indirectement.

Coventry s'esclaffa et baissa la tête. C'était vraiment un très brave type.

— Quand les hommes regardent Laurie, en général, ils ne voient que... eh bien, l'évidence. Vous et moi voyons un esprit brillant, une âme magnifique et toute une palette de talents dans laquelle elle commence juste à puiser.

— Elle doit attacher un grand prix à votre amitié.

Il me jeta un coup d'œil rapide.

— Vous êtes d'excellents amis, tous les deux, non ?

— J'apprécie sa compagnie, admis-je, mais je ne resterai pas très longtemps à Edgerton.

Coventry bondit dans l'escalier. Notre échange l'avait mis de bonne humeur. Lorsqu'il atteignit le premier palier, il se retourna, la main sur un montant de marbre, les yeux brillants.

— Est-ce qu'elle vous a raconté sa vie ?

— Elle m'a beaucoup parlé de son père.

Il se maîtrisa pour demeurer à ma hauteur. Visiblement, il avait envie de monter les marches quatre à quatre.

— Il a eu une influence considérable sur elle. *Considérable.*

Au deuxième étage, il alluma les lampes fluorescentes au-dessus d'un guichet, devant deux bureaux jonchés de papiers et plusieurs rangées de classeurs.

— Je confesse que je n'ai pas encore retrouvé les photos de Mrs. Rutledge, mais je vous promets qu'on remettra la main dessus. (Il passa derrière le guichet.) Quelles sont les propriétés qui vous intéressent ?

— D'abord un bout de terrain voisin de la forêt, dans New Providence Road.

Coventry disparut parmi les classeurs et revint porteur d'un épais dossier.

En 1883, Sylvan Dunstan avait acheté à Joseph Johnson dix mille arpents, sur lesquels s'étendait la forêt de Johnson. Howard Dunstan en avait hérité et, en 1936, Carpenter Hatch les avait rachetés aux filles dudit Howard pour une somme surprenante. Mes tantes avaient dû investir cet argent et vivre depuis des intérêts.

— Quoi d'autre ?

— Avez-vous déjà entendu parler de « La Maison Maudite » ? On a employé l'expression devant moi, aujourd'hui, et je ne sais pas pourquoi, elle me paraît familière.

— Est-ce que ça ne sortirait pas de H.P. Lovecraft ? J'en ai lu beaucoup, quand j'étais gamin. Je crois que c'est un immeuble de Providence qui lui a inspiré sa Maison Maudite. C'est là qu'il a passé l'essentiel de sa vie.

Lovecraft était l'écrivain auquel m'avaient fait penser les nouvelles d'Edward Rinehart.

— Vous n'étiez pas intéressé par d'autres propriétés ?

— Si. Notamment dans une petite rue de College Park. Flûte ! Je ne me souviens plus de son nom.

— Ça va vous revenir dans une seconde. Un quartier fascinant, College Park. Vous savez que c'était le site du vieux champ de foire des frères Hatch ?

— Le champ de foire appartenait aux Hatch ?

Hugh Coventry m'adressa un sourire empli de complicité.

— Ça surprend, hein ? Et Mr. Hatch ne tient pas à ce que ça se sache. Il nous a très bien fait comprendre qu'il désirait nous voir rester discrets sur les premières activités des siens. Cela dit, elles leur ont rapporté de l'argent pendant des années. C'est comme ça qu'ils ont pu acheter le quartier qu'on a fini par appeler Hatchtown.

— Qu'est-ce qui s'est passé ? demandai-je. Ils ont revendu le champ de foire à l'Albertus ?

— Les Hatch ont eu un coup de chance incroyable. Ils se sont élevés dans la société, et vers les années 1890, ils étaient propriétaires du terrain, qu'ils mettaient en location. C'était plutôt miteux. Du strip-tease, des phénomènes, des trafiquants d'alcool et des prostituées. Les maisons de ceux qui travaillaient là étaient construites en pagaïe. Il y avait aussi un ou deux médecins douteux. Un certain Dr. Hightower, qui vendait de la drogue à ses patients, et un Dr. Drears qui était, je le crains, l'archétype de l'avorteur de bas étage. Il a tué ou abîmé la moitié de ses patientes.

— Et donc, Stewart voudrait bien balayer sous le tapis cette portion de l'histoire de sa famille.

— Je ne peux pas lui en vouloir, dit le bibliothécaire. Après tout, les Hatch n'étaient que propriétaires. Au milieu des années 20, il ne restait plus que des terrains vagues et des bâtiments vides. Ensuite, les gens de l'Albertus sont arrivés et ont tout racheté. L'embauche n'a pas tardé à reprendre, des commerçants se sont installés, et le quartier s'est remis à vivre. Sur quelle rue vouliez-vous des renseignements ?

— Buxton Place, répondis-je, donnant l'ex-adresse d'Edward Rinehart comme si je me l'étais rappelée depuis le début.

Coventry disparut à nouveau parmi les classeurs et

revint avec un registre d'un mètre de large sur soixante centimètres de haut, fermé par un ruban.

— Ça, c'est une curiosité.

Il le laissa tomber sur le guichet, le tourna de côté pour que nous puissions tous deux y lire, puis l'ouvrit. Un plan de quatre ou cinq rues où figuraient les limites des parcelles, tracé à la main, occupait la page de droite. Celle de gauche proposait la liste des ventes de bâtiments et de terrains, ainsi qu'une légende chiffrée se rapportant au plan.

— C'est vraiment un objet splendide, fit mon compagnon. Il serait détestable de remplacer une chose pareille par des lignes dans une base de données.

Je lui demandai comment nous allions trouver Buxton Place dans le splendide objet.

— Avec de la chance, il y a un index. (Il consulta les dernières pages.) Ah, ces gens-là étaient fabuleux... Buxton Place, donc... (Après avoir laissé courir son doigt le long d'une colonne manuscrite, il revint en arrière dans le registre.) Nous y voilà. (Plissant les yeux, il tapota le tracé d'une ruelle minuscule.) C'est un cul-de-sac. Que contient-il ? Surtout d'anciennes écuries. Et deux maisons, probablement destinées aux palefreniers. Voyons les archives des propriétés pour les parcelles 60448 et 60449.

Nous épluchâmes une liste de chiffres sur la page d'en face.

— Ici, 60448, reprit Coventry. À l'origine portion du champ de foire des frères Hatch, du moins à partir de 1882. Ça alors ! (Il éclata de rire.) Vendue en 1902 au Dr. Prosper Hightower.

Je le regardai sans comprendre.

— Rappelez-vous : Hightower, le trafiquant de drogue. Et ensuite ? Acquise par la Ville d'Edgerton en 1922. Puis par Charles Dexter Ward en 1950. Voyons un peu l'autre parcelle, la 60449. D'abord le champ de foire des frères Hatch. Achetée en 1903 par le Dr. Coleman Drears. Incroyable ! Notre avorteur. Ils étaient voisins ! Et je parie que je sais pourquoi : Buxton Place est plus un chemin de traverse qu'une vraie rue. Les médecins n'avaient pas de voisins pour surveiller les allées et venues de leurs patients. Qu'est-ce qui s'est passé quand Drears est parti ? Acquise par la ville en 1924, et vendue à un certain Wilbur Whateley en 1950. (Il releva brutalement la tête.) On ne parlait pas de H.P. Lovecraft, il y a deux minutes ?

J'acquiesçai.

Le bibliothécaire pouffa et secoua la tête, incrédule.

— Qu'y a-t-il ?

— Lovecraft a écrit un roman intitulé *L'Affaire Charles Dexter Ward,* et Wilbur Whateley est un personnage de *L'Abomination de Dunwich,* une de ses nouvelles. Vous me voyez ravi. La date d'aujourd'hui est à marquer d'une pierre blanche. C'est bien la première fois que je tombe sur une allusion littéraire à l'hôtel de ville.

— Ça vous ennuierait de chercher encore une référence ?

— Après une chose pareille ? Bien sûr que non.

Je lui donnai l'adresse de la pension de Chester Street. Moins d'une minute plus tard, il était de retour au guichet avec une chemise matelassée.

— Jusqu'où voulez-vous remonter, cette fois-ci ?

— Qui est le propriétaire actuel ?

Coventry tira la dernière page du dossier et la fit glisser vers moi. L'immeuble d'Helen Janette avait été acquis en août 1967 par une société dont le siège social se trouvait dans Lanyard Street :

— T.K. Holding Company. Ça vous apprend ce que vous vouliez savoir ?

— Ça m'apprend ce que j'aurais *dû* savoir, corrigeai-je.

Toby avait acheté la pension un mois avant qu'Hazel Jansky ne soit libérée de prison. Selon les critères actuels, vingt-sept mille dollars ne constituaient pas un prix énorme pour un bien immobilier, mais ça restait un cadeau impressionnant, même après vingt-six ans.

La grande porte se referma derrière moi. En descendant les larges marches, je contemplai le square, de l'autre côté de Grace Street. Une vieille femme jetait des miettes de pain à d'innombrables pigeons turbulents. Le clochard aux cheveux dorés que j'avais déjà remarqué se balançait d'avant en arrière au-dessus de sa guitare. Derrière la fontaine, une silhouette masculine gracieuse s'appuyait à un érable. Le bras qui pendait tout droit entre l'arbre et le corps déhanché était prolongé par la forme rectangulaire d'un porte-documents.

Mon souffle se figea dans ma gorge. L'homme posté à l'autre bout du square était Robert. Malgré l'ombre de l'érable qui masquait son visage, je savais qu'il me souriait. S'écartant de l'arbre, il s'avança en pleine lumière. Son porte-documents se balançait légèrement à son côté.

72

Je descendis les dernières marches à petites foulées, franchis le trottoir de même et m'engageai sur la chaussée, remarquant à peine la circulation. Des klaxons retentirent ; des freins hurlèrent. Arrivé à la ligne médiane sans le moindre mal, je jouai à éviter les voitures roulant dans l'autre sens. Une fois traversé le trottoir d'en face, je remontai au pas de course la longue allée qui menait à la fontaine. Des pigeons se disputant des miettes s'éparpillèrent devant moi. Le clochard aux cheveux dorés se voûta un peu plus au-dessus de sa guitare. Derrière un couple âgé, à l'autre bout du square, j'aperçus la tête et les épaules de Robert au milieu d'un groupe qui attendait le changement de couleur d'un feu, au bout du bloc suivant.

Quand les piétons s'avancèrent, mon frère demeura un peu en arrière. Sa veste et son jean étaient identiques aux miens. Le clochard joua une séquence de notes qui me rappela le titre du morceau qu'il interprétait : « Keys to the Highway », un des classiques de Goat Gridwell. Il distordait les notes, étirait les phrases musicales. Arrivé à deux mètres de lui, je baissai la tête. Des yeux verts luisants, au milieu d'un visage ravagé, buriné, croisèrent les miens. Ce fut comme si je m'étais rué la tête la première dans un champ de force, au point que je trébuchai. Ces yeux trahissaient un savoir ironique.

Goat Gridwell soutint mon regard jusqu'à ce que je le dépasse d'un pas rapide. Peut-être continua-t-il de m'observer tandis que j'accélérais encore, me remettant à courir.

Lorsque j'eus contourné la fontaine et commencé à descendre l'allée menant à l'extrémité est de Town Square, Robert avait atteint le milieu du bloc suivant, conservant une allure vive quoique décontractée. Alors que j'atteignais le bout du chemin, je le vis tourner à droite. Je me jetai en avant : il m'invitait certes délibérément à le suivre mais je n'avais aucune foi en sa patience.

Je courus sur deux blocs avant de prendre moi aussi à droite. Le bas d'une veste bleue et un morceau de porte-documents caramel disparurent derrière le bâtiment qui faisait l'angle suivant.

Mon frère paraissait se diriger vers Commercial Avenue. J'aurais pu y arriver avant lui en sprintant directement vers la droite à partir de l'endroit où je me trouvais, mais peut-être comptait-il me diriger ailleurs en cours de route. Ayant respiré plusieurs fois à fond, je m'élançai le long du bloc, franchis l'intersection suivante en un quasi-vol plané et me retrouvai dans Grenville Street. La veste et l'élégant porte-documents s'engageaient dans Commercial Avenue.

— Tu crains, dis-je, en reprenant ma course.

Par la vitrine d'une pizzeria, j'aperçus Helen Janette penchée au-dessus d'une table, agitant un doigt péremptoire sous le nez de Toby Kraft. Je forçai à nouveau l'allure et débouchai dans Commercial Avenue à toute vitesse.

Trente mètres plus loin, Robert s'appuyait de la hanche au mur du Merchants Hotel, non loin de l'entrée, balançant sa serviette au bout de son bras et regardant droit vers moi. D'un coup, il disparut. Je m'avançai sur le trottoir. Quand j'atteignis l'endroit où il s'était tenu, la porte à tambour de l'hôtel laissa passer un vieillard au visage de craie, escorté par le portier qui avait assisté à ma rencontre avec Grenville Milton. L'employé aida son compagnon à s'installer sur la banquette arrière d'une voiture, puis m'adressa un signe de tête et désigna l'entrée. Puisqu'on me disait quoi faire, je pénétrai dans le hall. Une jolie réceptionniste me sourit derrière son guichet. Je lui souris en retour. Grâce à Robert, mon visage lui était familier. Au sommet des marches qui s'élevaient sur la droite, le podium de Vincent, inoccupé, montait la garde devant les profondeurs obscures du Madrigal. Je me tournai vers l'escalier de marbre débouchant de l'autre côté du hall. Robert baissa les yeux sur moi depuis la mezzanine, puis disparut à nouveau.

Les degrés montés, je pénétrai dans les toilettes des hommes. Mon frère, appuyé à un des lavabos, tenait à deux mains la poignée de son porte-documents. Le miroir, derrière lui, ne reflétait que la rangée d'urinoirs et le mur carrelé.

Robert souriait.

— Nous y voilà enfin.

5

COMMENT J'APPRIS À MANGER LE TEMPS

73

Par la suite, je changerais d'avis quant à nos points communs presque chaque fois que je me trouverais en compagnie de Robert, mais ce qui me frappa alors fut l'ampleur de nos différences. Je ne comprenais pas qu'on puisse le prendre pour moi : malgré notre identité structurelle, l'absence de scrupules gravée dans ses traits annihilait toute ressemblance. Qu'il ne se reflète pas dans les miroirs me paraissait parfaitement justifié. Soudain, mon regard se porta sur le miroir, justement, et j'y vis apparaître sa nuque. On aurait dit qu'il accroissait sa substance au détriment de la mienne. Quand j'observai à nouveau son visage, je le trouvai identique au mien dans les moindres détails.

— Mais qu'est-ce que tu es, nom de Dieu ? demandai-je.

— Tu le sais très bien. (Il me tendit le porte-documents.) Monte à la chambre 554 et donne ça à Ashleigh. Ça va lui faire tellement plaisir qu'elle va t'arracher tes vêtements.

— Qu'est-ce qu'il y a, là-dedans ?

Dès que la question m'eut échappé, il me sembla connaître la réponse.

— Ne sois pas bête. (Il me posa la serviette entre les mains.) Ce matin, un type qui a refusé de dire son nom t'a appelé au Brazen Head et t'a dit avoir été informé de ton dîner de vendredi avec Ashleigh et Laurie Hatch. Il te supposait d'accord pour favoriser l'enquête contre Stewart Hatch. Ces documents fourniront à notre amie DA tout ce qu'il lui faut pour monter une action en justice efficace. Leur propriétaire ne sait même pas qu'ils ont disparu.

— Alors, c'est bien toi qui t'es introduit dans le bâtiment. (Il haussa les épaules.) Hatch a dû vérifier que ses papiers s'y trouvaient toujours. Comment pourrait-il ignorer que ceux-là ont disparu ?

— Parce que après mon effraction, ce n'était pas encore le cas. Je suis retourné au Cobden Building hier soir. D'ici à ce que Stewart vérifie de nouveau, j'aurai tout remis en place. Tu diras à Ashleigh de faire des photocopies et de te rendre les originaux.

— Comment est-ce que mon informateur anonyme les a eus ?

— Il s'est introduit dans la place, bien sûr. Il avait un vieux compte à régler avec Hatch. Pendant qu'il démolissait les bureaux, il est tombé sur ces papiers. Il t'a donné rendez-vous sur un banc de Town Square, tu y es allé, tu as trouvé la serviette et tu la rapportes à Ashleigh. Point final. (Robert s'écarta des lavabos et se dirigea vers la sortie.) C'est une bonne chose que tu te sois fait virer de la pension.

Il franchit le battant à reculons. J'emploie le verbe « franchir » au sens le plus littéral qui soit : il n'ouvrit pas la porte ; il passa *à travers,* souriant, tandis que son corps se fondait dans le bois blanc et, tel le chat du Cheshire, disparaissait à ma vue.

74

Enfermé dans un cabinet, j'ouvris le porte-documents. Il était empli d'épaisses chemises brunes contenant relevés de comptes d'une banque des îles Vierges, documents officiels des sociétés Glittermax Inc., Eagle Properties et Delta Mud Holdings, actes notariés au sujet d'immeubles sis à Louisville ou Cincinnati, et lettres d'avocats. Je feuilletai des accords de partenariat signés par Hatch et Grenville Milton. Deux piles de disquettes d'ordinateur étaient fourrées dans les poches latérales de la serviette.

Ashleigh m'entoura de ses bras et me gratifia d'un baiser sonore.

— L'imprévisible Ned Dunstan ! Qu'est-ce qu'il y a, dans ce joli sac ?

Je le posai sur la table puis m'assis en face d'elle.

— Tu vas me le dire.

Elle se mordit la lèvre inférieure.

— Voilà une réponse intéressante. (Quelques secondes s'écoulèrent.) Déjeuner, ça te tente ?

— Voilà une question intéressante.

— Je vais demander au garçon d'étage de nous monter un ou deux sandwiches club. Et qu'est-ce que tu dirais d'un peu du Pinot Grigio qui te plaisait tant ?

— Ce bon vieux Pinot Grigio.

Ashleigh passa sa commande, puis se rassit et ouvrit le porte-documents. Après avoir regardé à l'intérieur, elle me jeta un coup d'œil. Je haussai les épaules. Sortant une chemise, elle feuilleta divers papiers, et sa concentration se mua en surprise totale. Elle examina un deuxième dossier.

— D'où sors-tu ça ?

Je lui servis le conte de l'inconnu et des documents abandonnés dans Town Square.

— Il veut que tu fasses des copies. Je suppose qu'il compte remettre les originaux en place.

— Tu l'as vu ?

— Non. Si ce type est capable de s'introduire dans le Cobden Building, il a plus d'un tour dans son sac.

— Il ne s'est pas simplement introduit dans le bâtiment. (Ashleigh feuilletait une autre série de papiers.) Il a déniché la planque top secret de Stewart. Tu te doutes que ça devait être bien caché, ces trucs-là.

— Ça pourra te servir ?

— Me servir ? C'est comme si j'avais trouvé du pétrole. Il a monté des sociétés fictives hors de l'État, pris le contrôle d'un tas de boîtes de nuit et ramassé un paquet de fric en liquide, qu'il a envoyé à des banques des îles Vierges et blanchi par l'intermédiaire de ses sociétés bidon, sous forme de prêts. (Elle plongea la main dans le porte-documents pour en sortir les disquettes.) Je parie que voilà le détail de ses transactions. Tous les escrocs ont un défaut dans leur cuirasse : Stewart veut tout contrôler ; c'est maladif, chez lui. Tu sais ce que ça signifie ?

— Dis-le-moi.

— Je ne peux plus perdre la partie. J'aimerais bien me servir de ces documents au tribunal, mais ce ne sera même pas nécessaire. Une fois qu'on aura foutu la trouille aux complices, Stewart sera lessivé et on pourra le mettre à sécher. Son Milton aussi. (Le regard de ma compagne se modifia.) C'est Laurie qui s'est arrangée pour te fournir tout ça ?

— Non.

Ashleigh s'appuya au dossier de sa chaise.

— Je m'apprêtais à rentrer chez moi les mains vides. Mon patron se serait montré gentiment paternaliste. Mes collègues auraient dissimulé leur joie devant ma bévue et, pendant deux ans, on ne m'aurait plus confié que des affaires à la con. Alors que là, on va m'épingler une médaille d'or sur la poitrine et les autres DA adjoints vont être obligés d'avoir l'air ravis.

— Tu réussiras à expliquer...

— Comment j'ai eu les documents ? C'est là qu'intervient notre vieil ami, l'informateur anonyme.

Elle me parla de son affaire jusqu'à ce que le garçon d'étage arrive. Lorsqu'il eut ouvert la bouteille de vin et s'en fut allé, elle mordit dans son sandwich avec un appétit de déménageur.

— Bon sang ! Vu la manière dont ça se passe, on jurerait que tout était arrangé d'avance.

— Je vois ce que tu veux dire.

— Il y a autre chose que je veux te dire, Ned : quand tu es de l'humeur dont tu étais vendredi soir, tu es une vraie bénédiction, pour une femme.

Je me tassai sur mon siège tandis que ma compagne s'empourprait.

— Bon. On file au quartier des affaires copier tout ça.

75

Quand Ashleigh et moi revînmes dans sa chambre, nous nous regardâmes et nous déshabillâmes sans un mot. Plus tard, elle me parla de son enfance à Lexington, Kentucky, ainsi que de son mariage avec Michael Ashton — lequel avait séduit la barmaid de leur hôtel pendant leur lune de miel. J'évoquai vaguement Star, Phil et Laura Grant, ma vie après mon départ de Naperville.

— Pourquoi as-tu quitté Middlemount ?

— Je ne suivais pas en maths et en sciences.

— Ce n'était pas plus difficile d'apprendre à programmer qu'à faire du calcul infinitésimal ou ce genre de choses ?

— Si, dis-je, quand on y pense.

— Tu aimes ton travail ?

— C'est le meilleur que j'aie jamais eu. Chaque fois que je reçois mon salaire, je suis époustouflé.

— C'est important, pour toi, l'argent ?

— Non. C'est pour ça que je suis époustouflé.

— Tu as des amis intimes ?

— Moyennement intimes. Ou semi-intimes, semi-lointains, voire carrément lointains, à part pour une camaraderie feinte. Nous, les mecs, c'est ce qu'on aime.

— Et des petites copines ?

— De temps en temps.

— Et Laurie Hatch ?

— Quoi, Laurie Hatch ?

— Elle t'attire énormément. Et c'est réciproque.

— Ce n'est pas totalement faux, admis-je.

— Qu'est-ce que tu comptes faire ?

— Qu'est-ce que je devrais faire, d'après toi ?

Ashleigh m'empoigna le bras et le secoua comme un prunier.

— Tu me demandes ça à moi ? Si j'avais Laurie à la barre des témoins, j'aurais l'impression d'interroger le Sphinx. Mais compte tenu de ce que tu ressens pour elle, tu devrais te laisser aller. Je n'arrive pas à croire que je te dis une chose pareille.

— Tu ne l'aimes pas beaucoup, constatai-je. Ou alors, tu n'as pas confiance en elle.

Les coins de sa bouche se relevèrent.

— Tu as déjà couché avec elle ?

Aurais-je pu m'en tirer en refusant de répondre afin que mes propos ne puissent être retenus contre moi ? Je n'avais pas envie de mentir à Ashleigh, et elle aurait percé à jour toute tentative pour éluder la question. Le temps que j'en arrive à cette conclusion, la réponse était déjà évidente.

— Oui, dis-je.

— Je le savais !

— Alors pourquoi me l'as-tu demandé ?

— Je savais que ça allait arriver, mais je ne savais

pas quand exactement. Pourquoi crois-tu qu'elle t'a laissé faire ? Laurie Hatch n'est pas une poupée sans cervelle qui cherche à ramasser du fric, c'est... Oh, oublions Laurie Hatch. J'ai envie de me concentrer un moment sur Ned Dunstan.

76

Je m'éveillai aux environs d'une heure et demie du matin, trop tard pour rendre visite à Toby Kraft ou pour aller explorer les pavillons de Buxton Place. Contournant à tâtons la table roulante, j'allai prendre une douche. Une fois habillé, je m'assis auprès d'Ashleigh et lui caressai le dos jusqu'à ce qu'elle s'éveille.

— C'était qui, ce type masqué ? interrogea-t-elle. Appelle-moi demain matin, d'accord ?

Je laissai la serviette dans sa chambre. Elle y était plus en sécurité qu'au Brazen Head, et il fallait bien entreposer quelque part le rapport des délits de Stewart Hatch en attendant que Robert le récupère. L'idée d'une cachette idéale s'imposa à moi tandis que je regardais décroître jusqu'à 0 les chiffres surmontant les portes de l'ascenseur.

Une voiture solitaire longeait Merchants Park. En m'avançant dans l'avenue déserte, je distinguai un éclat rouge au-dessus des toits de Ferryman's Road. Quand j'atteignis le centre du parc, une caractéristique odeur de fumée me parvint.

Arrivé dans Chester Street, je me tournai vers le nord. Des gerbes d'eau argentées passaient à l'écarlate étincelant en retombant vers un bâtiment en feu. Un petit attroupement s'était formé derrière une rangée de pompes à incendie. Je réalisai soudain que le sinistre faisait rage tout près de la pension d'Helen Janette et me mis à courir.

Les flammes jaillissaient par les fenêtres de l'étage et du rez-de-chaussée de la pension. Une colonne de fumée charbonneuse surgissait du toit en bouillonnant. Helen Janette serrait les pans de son peignoir rose sur sa poitrine. Une tête coiffée d'un chapeau se dressait derrière elle à la manière d'une statue de l'île de Pâques. Sous les revers de son pyjama, les pieds nus de Mr. Tite étaient blafards.

Miss Redman et miss Challis, Roxy et Moonbeam, avaient réquisitionné les bras d'un jeune pompier enchanté. Vêtues de combinaisons en satin guère différentes de leurs tenues de fête, elles avaient les pieds nus, tel Frank Tite, mais semblaient s'amuser nettement plus. Policiers et soldats du feu circulaient parmi les pompes à incendie et les voitures de la force publique. Un groupe de curieux, la plupart en robe de chambre, occupait le milieu de la rue.

Un rideau de flammes jaillit, teintant la fumée de rouge sang. Le toit s'effondra dans un fracas à peine audible. Je n'avais encore jamais observé d'incendie important, jamais entendu le feu célébrer la destruction de sa voix tonitruante, inhumaine.

— C'est lui ! cria Helen Janette. Il a mis le feu à ma maison !

Frank Tite, grimaçant, se dirigea vers moi d'un pas lourd. Roxy et Moonbeam s'avancèrent avec légèreté. Deux types en peignoir apparurent à mes côtés. L'un d'eux me tordit le bras derrière le dos.

— Si vous ne me lâchez pas, je vous arrache la tête.

— C'est lui ! hurla la logeuse d'une voix suraiguë.

L'homme qui me maintenait avait vingt kilos de trop. Des chéloïdes proéminentes parsemaient son visage ; la sueur coulait de chacun de ses pores.

— Je vous prie de m'excuser, repris-je à son endroit. J'étais en colère et j'ai dit une bêtise. Vous vous entendez bien avec Helen Janette ?

Il me lâcha le bras.

— Elle lécherait un mollard sur le trottoir plutôt que de me donner l'heure.

— Mais tenez-le donc ! lança Mr. Tite en arrivant près de nous.

— Tenez-le vous-même. Je n'ai aucune raison de vous croire, votre copine ou vous, Frank.

Mrs. Janette, très agitée, suivie par un homme bâti comme un ours, dont le costume en caoutchouc portait le mot CAPITAINE en lettres jaunes sur la poitrine, se posta près de Tite.

— C'est lui. Je veux qu'on le mette en prison.

Les hommes qui m'entouraient reculèrent.

— Qu'avez-vous à répondre, monsieur ?

— Je venais du Merchants Hotel et je rentrais chez moi, dis-je. Quand j'ai vu les flammes, j'ai couru jusqu'ici en priant que ce ne soit pas la maison de Mrs. Janette qui brûlait.

— Il ment, affirma la logeuse.

— Vous croyez vraiment que j'aurais mis le feu à votre baraque parce que vous m'avez flanqué à la porte ?

— Non ! hurla-t-elle. Vous savez très bien pourquoi vous l'avez fait.

— Est-ce qu'Otto est sorti à temps, Helen ? demandai-je.

Elle referma la bouche.

Le capitaine des pompiers me demanda mon nom, puis déclara :

— Nous n'avons pas réussi à secourir le locataire qui n'est pas sorti en même temps que les autres. (Il me regarda dans les yeux.) C'était un ami à vous ?

— Otto était un brave type, dis-je. Il lui arrivait de s'endormir en fumant.

— Mais ne restez donc pas planté là ! cria Helen Janette.

À cet instant, une voiture de police franchit en trombe l'angle de Ferryman's Road.

— Voilà ce qui va se passer, décida le capitaine des

pompiers. Mr. Dunstan va aller mettre les choses au point avec un policier dans un véhicule. Mrs. Janette aura le droit de donner sa version des faits, mais de manière ordonnée. Quant à vous, monsieur, vous allez retourner sur le trottoir, parce que vous n'avez rien à faire ici.

La logeuse adressa un signe de tête à Tite. Tandis qu'il s'éloignait d'un air dédaigneux, elle resserra son peignoir autour d'elle, prête à livrer bataille.

Treuhaft et le capitaine Mullan sortirent de la voiture qui venait d'arriver.

— Je veux que vous arrêtiez cet homme pour incendie volontaire et meurtre, déclara Helen Janette.

Mullan suivit la direction qu'indiquait son doigt tendu.

— Dites-moi que ce n'est pas vous.

— Croyez-le ou pas.

— Vous semez la joie partout où vous passez, Mr. Dunstan.

— Je suis resté au Merchants Hotel jusque vers une heure et demie. Le réceptionniste m'a vu sortir, mais vous pourrez aussi demander à la *district attorney* adjointe Ashleigh Ashton de confirmer mon récit.

— J'adore ces vieilles rengaines. (Le policier se retourna vers Mrs. Janette.) Vous accusez cet homme d'avoir allumé l'incendie ?

Elle resserra encore son peignoir, qui adhérait désormais à son corps aussi étroitement qu'un boyau à une saucisse.

— Vous vous rappelez peut-être les ennuis que j'ai eus à l'époque où je m'appelais Hazel Jansky. J'ai été punie pour avoir essayé de faire du bien à quelques bébés innocents.

Mullan semblait avoir tout son temps.

— Ce nom me dit quelque chose.

— Toby Kraft a raconté un sale mensonge à Mr. Dunstan. Je dis bien un sale mensonge, parce que ce n'est pas autre chose, et Toby Kraft le sait. (Elle frissonna.) À voir la réaction des gens, on croirait que j'étais une criminelle, alors que j'aidais juste des nouveau-nés à trouver un foyer aimant.

— Vous pourriez éclairer ma lanterne ? demanda le policier en me lançant un regard las.

— Ma mère était persuadée qu'Hazel Jansky avait kidnappé un de ses enfants. Même si je le croyais aussi, je n'aurais pas fait une chose pareille.

Mullan ferma les yeux un instant, puis ouvrit la portière arrière de sa voiture et me fit signe de monter. Treuhaft et lui s'installèrent à l'avant.

— Le Merchants Hotel, soupira-t-il. Pourquoi ne pas vous y installer, Dunstan ? Ça vous éviterait le trajet.

— J'aime bien le Brazen Head.

— Il y a une ou deux choses qu'il faudrait que vous sachiez à propos du réceptionniste de nuit, dit-il.

Treuhaft eut un ricanement méchant.

Quand nous nous garâmes devant l'hôtel, Mullan ordonna à son subordonné d'aller demander au réceptionniste s'il avait vu un homme correspondant à mon signalement quitter les lieux après une heure du matin ; dans l'affirmative, d'estimer l'heure de ce départ.

— J'en ai marre de réveiller la DA adjointe Ashton pour l'interroger sur les allées et venues de Mr. Dunstan. Si le réceptionniste ne l'a pas vu sortir, on avisera. (Mullan appuya la nuque sur son siège.) Tout bien considéré, je pense que vous n'êtes pas responsable de cet incendie.

— Il s'est déclaré avant que je ne quitte l'hôtel, dis-je. Le type qui occupait la chambre en face de la mienne avait tendance à s'endormir dans son fauteuil avec une cigarette allumée à la main. Hier soir, déjà, il avait failli faire cramer la pension.

— Cet incendie n'est pas accidentel, m'assura Mullan. Le premier appel qu'on a reçu signalait une fenêtre brisée au sous-sol, derrière la maison. Quelqu'un s'est introduit par là et a répandu un produit inflammable un peu partout. Ensuite, il a mis le feu et il s'est tiré. On va attendre le rapport de l'enquête, bien sûr, mais c'est ce qui en sortira.

— Joe Staggers ?

— Je vérifierai, mais je crois qu'il veut s'occuper de vous en personne. Vous avez vu d'autres individus suspects traîner autour du bâtiment ?

— Eh bien, après l'effraction du Cobden Building, il m'a semblé que Frenchy La Chapelle me suivait jusqu'à la pension.

Treuhaft se réinstalla au volant ; la voiture s'inclina sous son poids.

— D'après le réceptionniste, Mr. Dunstan est sorti vers deux heures moins le quart.

Mullan hocha la tête.

— Comment un étranger à notre ville, arrivé de fraîche date, peut-il connaître Frenchy La Chapelle ?

— Mon oncle Clark me l'a désigné quand Cassie Little et lui ont rendu visite à Clyde Prentiss, à Ste. Ann. Tout ce que je dis, c'est qu'il m'a regardé remonter Chester Street jusqu'à la pension.

— Frenchy vous a suivi depuis Merchants Park ?

— Il m'a bien semblé, acquiesçai-je.

— Vous voyez une raison pour qu'un de nos sacs à merde préférés s'intéresse à vous, Mr. Dunstan ?

— Pas la moindre.

Les lèvres du capitaine s'étirèrent sur un bâillement.

— Mr. Dunstan et moi allons sortir pour avoir une petite conversation privée, Treuhaft.

Mullan dépassa l'entrée de l'hôtel, désigna de la tête la pierre polie de la façade, à laquelle je m'adossai. Une forte odeur de fumée dérivait vers nous. Le policier soupira, boutonna sa veste de costume, fourra les mains dans ses poches et regarda ses chaussures. Il poussa un nouveau soupir.

— Quelque chose vous préoccupe, devinai-je.

Il se détourna à moitié pour inspecter l'autre trottoir

de Commercial Avenue. Une colonne de fumée compacte assombrissait le ciel au-dessus de Chester Street.

— J'ai été très bon avec vous, Mr. Dunstan. Vous n'arrêtez pas de vous matérialiser sur les lieux des crimes les plus divers, vous subissez accusation sur accusation, mais je n'ai pas laissé le système vous écraser.

— Je sais, et je vous en suis reconnaissant.

— Entretenez-vous des rapports professionnels quelconques avec la DA adjointe Ashton ?

— Non.

— Êtes-vous employé par une agence fédérale ?

— Non plus.

— Avez-vous des rapports professionnels avec un corps judiciaire quelconque ?

— Bien sûr que non.

— Vous êtes détective privé ?

— Je conçois des programmes informatiques pour une société qui s'appelle Vision, Inc. Je n'appartiens pas à la CIA, ni au FBI, ni au Trésor public, ni à aucune organisation susceptible de s'intéresser à Stewart Hatch.

— Je suppose que vous ne vous opposerez pas à ce que je vous fouille pour vérifier que vous ne portez pas de micro.

Je l'encourageai à le faire. Il me palpa la poitrine, le dos, puis s'agenouilla pour laisser glisser ses mains le long de mes jambes.

— Ouvrez votre veste.

J'en écartai les pans. Mullan me tâta les aisselles et l'arrière du col.

— Très bien, conclut-il. Vous êtes peut-être un simple civil qui a rencontré par hasard une DA adjointe du Kentucky sur la route d'Edgerton. Il est aussi possible que vous soyez devenu par hasard l'ami de Mrs. Hatch. C'est presque possible. Mais qui que vous soyez, j'ai une ou deux choses à vous dire, et je veux que vous les écoutiez. Je n'aime pas le lieutenant

Rowley. Ce sont des flics comme lui qui donnent de nous une mauvaise image. Qu'est-ce qu'il a fait ? Il vous a frappé ?

— Il m'a collé son poing dans l'estomac par surprise, dis-je. Ensuite, il m'a flanqué par terre et il m'a donné un coup de pied. Il voulait que je quitte la ville, et je n'ai pas coopéré. Avant ça, il m'avait volé cent dollars de l'argent que j'avais laissé au quartier général.

— Vous n'avez pas porté plainte ?

— Je ne pensais pas que ça servirait à grand-chose.

— Vous auriez pu venir me voir, Mr. Dunstan. Mais soit. Ce matin, vous avez sous-entendu que le lieutenant Rowley avait un arrangement avec Stewart Hatch. C'est probablement le cas. Quand j'étais simple flic, le capitaine des inspecteurs et le chef de la police habitaient des maisons payées par Cobden Hatch. Moi, Mr. Dunstan, j'ai acheté la mienne. Le seul argent que je gagne me vient des chèques que m'adresse la ville d'Edgerton, mais je vis ici, et si vous n'êtes pas ce que vous prétendez être, vous serez obligé de ramper sur du verre pilé pendant deux bornes, avant qu'on vous confie un autre boulot.

— L'enterrement de ma mère a lieu mercredi, dis-je. Le lendemain, c'est mon anniversaire. Vendredi, je rentrerai à New York, et vous n'entendrez plus parler de moi.

Mullan fit volte-face et retourna à sa voiture.

77

Les derniers pompiers dirigeaient leurs lances vers le monticule qui achevait de se consumer sous un empilement de blocs de béton. Un poteau d'angle se dressait au milieu de la fumée à l'instar d'une allumette usagée. Quelque part là-dessous, attendaient les restes d'Otto Bremen. Un photographe fit jaillir un flash dépourvu de cœur qui mit en relief un pan de mur démoli, un cadre de tableau, une lampe métallique tordue. Côte à côte devant une pompe à incendie, Helen Janette et Mr. Tite, comme engourdis, regardaient les flammes jaillir des décombres.

En me voyant, la logeuse tressaillit et recula d'un pas. Mr. Tite se posta entre nous.

— Qu'est-ce qu'on est censés faire, maintenant ? Vous pouvez me le dire ?

— On vous trouvera un endroit où loger. Vous n'êtes pas les premiers à être jetés à la rue par un incendie.

Helen Janette s'avança au côté de Tite, enragée.

— Espèce de malade ! Vous devriez être en taule. Vous avez mis le feu à ma maison !

— Ce n'est pas moi, Mrs. Janette. (Elle marmonna quelque chose que je n'entendis pas.) Dites-moi donc ce qui s'est passé.

— Si vous tenez à le savoir. J'ai été réveillée par une odeur de roussi. Je suis sortie de ma chambre. Le couloir brûlait, et l'escalier aussi. On y voyait à peine, à cause de la fumée. J'ai tambouriné à la porte de Mr. Tite et on a couru au bout du couloir aider miss Carpenter, miss Burgess et Mrs. Feldman à passer par la porte de derrière. Mrs. Feldman a failli me faire tuer en cherchant son manteau de fourrure, alors c'est le dernier service que je lui rends. Les filles sont sorties par leur fenêtre, et on a tous fait le tour pour essayer de réveiller Mr. Bremen. Un des voisins avait dû appeler les pompiers, parce qu'ils sont arrivés deux minutes plus tard. À ce moment-là, toute la maison était en feu.

— Ça a commencé dans la cave, dis-je.

— Vous savez très bien où ça a commencé, répliqua-t-elle. Ce que je veux savoir, moi, c'est où je vais habiter ? Tout mon argent liquide est parti en fumée, avec mes cartes de crédit et mon carnet de chèques.

— J'ai eu une rentrée, récemment, repris-je. Quatre cent quatre-vingts dollars. Je vais les partager avec vous. Mr. Tite et vous pourrez prendre une chambre pour la nuit et vous acheter des vêtements demain matin.

— Vous plaisantez.

Je sortis mon portefeuille et comptai deux cent quarante dollars.

— Nous ne voulons pas d'argent d'un criminel, intervint Mr. Tite.

— Parlez pour vous, Frank. (Helen Janette tendit une main, dans le creux de laquelle je déposai les billets.) Je ne suis pas trop fière pour accepter la charité.

— Je suis ravi de vous aider, assurai-je. Et je vous serais reconnaissant de tout ce que vous pourrez me dire sur la nuit de ma naissance.

Elle médita cette demande une ou deux secondes.

— Trois cents dollars, alors. Les vêtements, c'est cher.

Je lui tendis trois billets de vingt dollars supplémentaires.

— Vous étiez censée emporter un bébé, cette nuit-là. Seulement l'orage a provoqué un vrai pandémonium et le bébé est mort.

— Il était mort-né.

— Je sais. Mais ensuite, ma mère a accouché de jumeaux, alors que personne ne s'y attendait, et le deuxième est sorti si facilement que ç'aurait aussi bien pu être le placenta.

— Il est sorti *avec* le placenta. Il faisait tellement sombre que je n'ai pas compris ce qui se passait avant de mettre la main dessus. Je vais te trouver un bon foyer, je me suis dit.

— Par l'intermédiaire de Toby Kraft. Qui vous a installée dans votre pension quand vous êtes sortie de prison.

— Qu'est-ce que vous racontez ? intervint Mr. Tite. Il n'y a pas eu d'autre naissance, le soir de l'orage.

— Vous ne le saviez pas, contra la logeuse. Je ne vous en ai jamais parlé, mais maintenant, je peux dire ce que je veux. J'ai payé ma dette à la société. (Elle se retourna vers moi, les yeux assombris par la colère.) On avait un *système* pour arracher des bébés innocents à des foyers indignes. Le juge l'a reconnu.

— C'était pour le bien des enfants, renchérit Mr. Tite, ce qui faillit me faire éclater de rire.

— Vous avez sorti le deuxième bébé de la salle d'accouchement au milieu de l'orage. Où l'avez-vous emporté ?

— Au même endroit où je vous ai emporté, vous. Dans la nursery, au bout du couloir.

— Sauf que ça n'est pas arrivé, ponctua Mr. Tite.

Helen Janette pivota vivement vers lui.

— Dans quelle prison étiez-vous, Frank ? J'oublie toujours le nom. (Elle s'adressa de nouveau à moi.) Je l'ai lavé dans le noir, comme vous. Dans la nursery, on avait mis une étiquette « Dunstan » sur un des berceaux. Je l'ai trouvé grâce à ma torche électrique, je vous y ai posé, puis je vous ai ramené à votre mère. J'ai eu des jumeaux, qu'elle m'a dit. Où est l'autre ? Je lui ai répondu que c'était seulement le placenta, et à ce moment-là, les lumières se sont rallumées. J'ai fait mon rapport au médecin. Je lui ai répété ce qu'avait dit votre mère, pour qu'il ne soit pas surpris. Quand je suis retournée à la nursery, j'ai failli avoir une attaque. Plus personne. J'ai cru que j'avais mis votre frère dans le mauvais berceau, par erreur, mais ceux qui l'entouraient étaient vides aussi.

— Quelqu'un s'était emparé de l'enfant ? demanda Mr. Tite.

— En tout cas, il ne s'était pas enfui tout seul. À mon avis, c'était cette Mrs. Landon, celle qui avait perdu son bébé. Elle a dû s'introduire dans la nursery, prendre l'enfant et le cacher dans son lit. Elle a quitté l'hôpital dès la fin de l'orage. Je n'ai réalisé que le lendemain que c'était sans doute elle. D'après sa fiche, elle avait une chambre à l'hôtel Paris, mais elle en est partie le matin même de sa sortie de Ste. Ann.

— Parce que vous avez essayé de la retrouver ? demandai-je.

— Je pensais à la santé du bébé.

Elle pensait à la santé de son portefeuille. *Peut-être Robert est-il bel et bien sorti de son berceau et s'est-il enfui tout seul,* songeai-je brusquement.

— Si vous avez mis le feu chez moi pour vous venger, vous avez eu tort.

Tirant sur la manche de son compagnon, elle l'entraîna vers un policier assis au volant d'une voiture. Après un bref échange, il les laissa monter, alluma ses phares et se mit à descendre la rue dans ma direction. Helen Janette regardait droit devant elle. Je suivis des yeux leurs feux arrière jusqu'à Word Street.

Une ou deux minutes après m'être engagé dans la première ruelle, je ressentis la même démangeaison qu'au moment où j'avais vu Frenchy La Chapelle jouer les passants innocents. Un coup d'œil par-dessus mon épaule ne me révéla qu'une venelle déserte et des bâtiments aux volets clos. Soit l'un des sacs à merde du capitaine Mullan s'intéressait à moi, soit les derniers événements me rendaient nerveux. La deuxième hypothèse me semblait un peu plus réaliste.

D'un autre côté, Frenchy m'avait suivi jusqu'à la pension. Peut-être l'avait-il incendiée et s'était-il aperçu depuis qu'il avait tué la mauvaise personne. À l'intersection de Fish et de Mutton Lane, je m'arrêtai sous un lampadaire à l'ampoule grillée et me retournai à nouveau, découvrant un puits sombre, sans dimensions, qui aurait pu dissimuler une dizaine de personnes. Quelques voitures roulaient à vive allure sur Word Street. Dans une ruelle toute proche, un homme se racla la gorge avant de cracher. Je n'entendis rien d'autre, mais ma nuque me démangeait toujours.

Fish coupait Raspberry et Button avant de rejoindre les quinze mètres de Wax qui menaient à Veal Yard. Une nuit ordinaire, cette distance n'aurait représenté qu'une courte promenade, pas inintéressante, mais avec le spectre de Frenchy La Chapelle rôdant dans mon sillage, j'avais l'impression de m'aventurer en territoire hostile. Je pressai le pas et pénétrai dans la section suivante de l'étroite ruelle.

Un son presque inaudible, évoquant des pas, résonna derrière moi. Si j'avais déambulé le long de Commercial Avenue en plein jour, je ne l'aurais même pas entendu. Dans les confins de Fish Lane, ce bruit ténu me fit faire volte-face. Seuls m'apparurent les immeubles vides et, sur les pavés, le terne reflet des étoiles. Me rappelant soudain que Joe Staggers n'avait pas renoncé à me retrouver, je courus jusqu'à Rapsberry, franchis l'intersection au galop puis fonçai vers la brume grise en suspension qui marquait le carrefour de Fish et de Button. Je n'entendais plus rien dans mon dos, mais je *sentais* l'approche de mon poursuivant. Alors que je traversais Button sans ralentir, je perçus un nouveau pas léger. Mon cœur faillit exploser. Sans relentir, je regardai par-dessus mon épaule avant de m'engouffrer dans Wax.

Je ne sais ce que je vis. L'image s'évanouit trop vite pour que je sois certain d'avoir seulement vu quelque chose. Il me sembla distinguer les pans d'un pardessus noir qui s'engouffrait dans un passage invisible. Sur le moment, je n'eus qu'une pensée : le vieil adversaire que j'appelais Mr. X venait de se mettre hors de vue. Mon sang se changea en colle. Lorsque je fus à nouveau capable de bouger, je franchis au pas de course les quinze derniers mètres de Wax Lane, arrivai dans Veal Yard sans ralentir l'allure et passai en trombe la porte d'entrée du Brazen Head. Un réceptionniste de nuit avec une hache tatouée au-dessus de l'oreille droite releva les yeux de son livre de poche.

Je m'efforçai de prendre l'air dégagé tandis que je traversais le hall. L'employé ne me quitta pas des yeux avant que je ne commence à monter l'escalier. Arrivé au premier étage, je sortis ma clef pour ouvrir la porte de la chambre 215. Une lampe que je n'avais pas allumée jetait un halo jaune sur le pied du lit et la moquette verte élimée. Assis près de la table ronde, les jambes tendues, croisées aux chevilles, Robert referma *De l'Au-Delà* et me sourit.

78

— Ce cher papa était franchement mauvais écrivain, hein ? Tu n'as pas l'impression qu'il *croyait* réellement à toutes ces histoires ?

— J'espère que ce n'est pas toi qui as allumé cet incendie.

— Pourquoi l'aurais-je fait ? demanda Robert. Il y a eu des victimes ?

— Une. Un vieux type qui s'appelait Otto Bremen.

— J'imagine qu'il ne manquera pas à grand monde.

— C'est moi qui étais censé brûler dans cet immeuble, tu le sais très bien.

Il posa une cheville sur un genou, se prit le menton au creux de la main et me considéra avec une expression de totale innocence.

— Tu savais que l'immeuble allait brûler, continuai-je. Tu m'as dit que j'avais bien fait de déménager.

— Ce n'était pas vrai ?

— Tu n'aurais pas pu me dire ce qui allait se passer, non ? Tu as laissé mourir un homme.

— J'aimerais bien avoir dix-dix en double vue,

mais ce n'est pas si précis. Je savais que tu serais plus en sécurité ailleurs, c'est tout.

Je m'assis en face de Robert. Il déplaça sa chaise et reprit son agaçante posture, le menton dans la main, le coude sur la table.

— Tu t'es arrangé pour que je rencontre Ashleigh.

— Le cher ange a dû sauter de joie en voyant les documents.

— Oui, confirmai-je. Quand tu voudras les récupérer, ils seront dans le coffre de Toby Kraft.

— Tu ne veux pas que je rende visite à notre petite amie ? (Il souriait.) Hatch ne vérifiera pas sa cachette avant un jour ou deux. Il est trop sûr de lui pour s'inquiéter.

— Qu'est-ce que ça peut bien te rapporter que Stewart Hatch aille ou non en prison ?

— Mon cher frère, me suspecterais-tu de manipulation ?

Le visage qui me faisait face, la droite et la gauche inversées, m'était aussi étrange que familier, d'une étrangeté qui recelait une sorte de froideur que les gens, me semblait-il, avaient toujours vue en moi.

— Je te soupçonne de manipulation, oui, dis-je. Et ça me déplaît. Souverainement.

Robert retira la main de son menton et décroisa les jambes en une comédie élaborée, destinée à me faire sentir que je ne comprenais rien. Il posa les coudes sur la table et me décerna un regard brillant d'ironie, comme pour déclarer que lui et moi n'avions nul besoin de tels jeux.

— Tu peux dire sans mentir que tu n'es pas *énormément* attiré par Laurie Hatch ? Que l'épouser ne fait pas partie de tes fantasmes ?

— Tu me donnes envie de vomir.

— Même quelqu'un dans mon genre apprécierait d'être riche, de temps en temps.

— Laurie n'aura pas un sou si son mari va en prison. Tu aurais dû apprendre tes leçons.

Robert se redressa, soulevant les bras au-dessus de la table.

— Examinons un peu ce qui se passera si Stewart est condamné. Une vingtaine de millions de dollars tombera entre les mains du petit Cobden Carpenter Hatch. Sa mère en gérera la totalité. Je sais que ça choque tes instincts de puritain, mais si tu cèdes à tes désirs et que tu l'épouses, le reste de ta vie sera extraordinaire.

— Malheureusement, c'est déjà le cas, dis-je.

— Ça ne te plairait pas, d'être totalement libre ?

— Un mariage d'intérêt ne me paraît pas synonyme de liberté. Au contraire.

— Alors oublie l'intérêt et pense mariage d'amour. Même son fils te plaît. En fait, tu l'aimes aussi. C'est parfait.

— Et toi, qu'est-ce que tu y gagnes ?

— Il faudrait que tu acceptes une condition.

— À savoir ?

Robert s'appuya au dossier de sa chaise et écarta les bras.

— Partager avec moi. Tous les deux mois, tu pars faire une course et c'est moi qui reviens. Huit ou douze heures après, même manœuvre en sens inverse. Personne n'en saura jamais rien, surtout pas Laurie et Cobbie.

— Non, merci, dis-je.

— Réfléchis un peu. Ta femme ne se doutera jamais qu'elle couche avec deux hommes au lieu d'un. Au bout d'un moment, comme dans tous les couples mariés, tu trouveras bien pratique de pouvoir sortir de chez toi sans te faire remarquer. Et puis, ça perpétuera une tradition familiale. Nos arrière-grands-pères jouaient à ça tout le temps.

— Jusqu'au moment où Sylvan a tué Omar.

— Tu rigoles ? Qu'est-ce que c'est que cette histoire ?

— En conséquence, si tu me tuais pour tout garder, ce serait une tradition familiale.

— Mais je ne *veux pas* tout garder ! protesta Robert. N'oublie pas à qui tu parles, Ned. M'établir, ce n'est pas mon genre. L'idée de vivre avec une seule femme, d'être dépendant d'un emploi du temps... Je ne suis pas réellement humain, après tout. Je suis un pur *Dunstan.* On n'était pas censés finir comme ça, tous les deux, on était censés n'être qu'une seule personne, mais on a été séparés dans la matrice, ou bien la nuit de notre naissance, je n'en sais rien. En tout cas, c'est arrivé, et je ne pourrais pas te faire le moindre mal. J'en suis *incapable.* J'ai besoin de toi. Par ailleurs, une vie humaine ordinaire me rendrait malade. Comment pourrais-je avoir envie de m'installer avec Laurie Hatch ?

— Tu n'as pas eu besoin de moi, jusque-là, dis-je, quoique sa déclaration m'ait secoué.

— Pourquoi crois-tu que je suis allé voir Star à Naperville, la prévenir qu'il vaudrait mieux que tu quittes l'université ? Quand tu as voulu y retourner quand même, pourquoi me suis-je assuré que quelqu'un te recherche ? Et pourquoi ai-je retrouvé Star devant chez Nettie afin de l'informer que tu étais en danger ?

— Tu as peut-être besoin de moi, d'accord. Et moi, j'ai besoin de toi, Robert. Mais je ne vais pas me marier pour que tu puisses te payer des costumes Armani et des Rolex en or massif. Même si Laurie acceptait de m'épouser, je n'ai aucune idée de la personne qu'elle est réellement.

— Tu vas laisser un gros plouc plein aux as comme Stewart Hatch t'empoisonner l'esprit ? Tu t'en fous complètement, du passé de Laurie. Regarde le nôtre ! Ça veut juste dire que vous avez plus en commun que tu ne croyais.

Cette réflexion m'était déjà venue.

Robert se pencha à nouveau vers moi.

— Tu es déjà à moitié amoureux d'elle, Ned. C'est le karma.

— Je ne sais pas trop quoi penser d'elle, mais je ne sais *vraiment* pas quoi penser de toi.

— Imagine un peu ce que, moi, je ressens pour toi. Cela dit, d'une certaine manière, nous sommes la même personne. Et puis tu pourrais peut-être prendre en compte le fait que ma vie a été nettement plus difficile que la tienne.

— Qu'est-ce que tu peux bien savoir de mes difficultés ?

— Bonne question, mais tu es plus ou moins humain, alors que je le suis à peine. Tu crois que ça a été facile, pour moi ?

— Je n'en ai pas la moindre idée, avouai-je.

— Mais tu n'es pas content d'avoir appris tant de choses, depuis deux jours ? Et qu'on se soit retrouvés ?

J'avais envie de dire : *Non, tout ça me dégoûte,* mais la vérité s'imposa.

— Je suis content, oui.

Robert sourit.

— Tu dis toujours oui quand il faut.

Cette allusion inattendue à mon rêve récurrent me donna un début d'idée.

— Tu es sans doute passé à New Providence Road.

Là, je le prenais au dépourvu.

— Où ça ?

— À l'ancienne maison d'Howard Dunstan. Celle que Sylvan a fait reconstruire avec les pierres venues de Providence.

— Cet endroit-là porte malheur. C'est de la magie noire, ça te dévorerait vivant.

— Tu as toujours voulu que j'y aille, affirmai-je.

Il rassembla ses esprits avant de me regarder une nouvelle fois avec ce qui me parut être une sincérité absolue.

— Tu parles de tes rêves d'autrefois. C'en étaient vraiment. Ils n'ont jamais eu qu'un responsable : toi.

C'est comme ça que ça fonctionne, les rêves : on s'envoie des messages tout seul.

— Comment sais-tu de quoi ils parlaient ?

— On était censés être une même personne, répondit-il. Rien d'étonnant à ce qu'on fasse les mêmes rêves, de temps en temps.

Je me demandai ce qui se serait passé si nous étions nés dans un corps unique. Une poussée d'émotions me secoua, une sorte de vertige composé à parts égales de désir et de répulsion. J'entendis Howard Dunstan : *Nous avons fui par la fêlure de la vasque dorée. Nous sommes la fumée qui s'échappe de la gueule du canon.* Nous nous étions infiltrés à travers le défaut de la vasque, avions été arrachés aux poches de soldats abattus — c'était une explication en valant une autre de la joie qui m'inondait, pas plus grande que la peur mais plus puissante.

— Quoi que tu sois, tu es mon frère, dis-je. C'est encore pire que ça : tu es la moitié de moi.

— Je me suis battu pour l'oublier. (Robert frissonna sur sa chaise.) Tu n'as pas idée. (Il détourna la tête avant de me regarder avec une intensité d'émotions qui égalait la mienne.) Je t'ai détesté à un point que tu n'imagines pas. J'ai à peine connu notre mère. Toi, tu vivais avec elle, au moins de temps en temps, et quand ce n'était pas le cas, elle te rendait visite. Elle t'envoyait des cartes d'anniversaire. Moi, je n'avais rien de tout ça. Robert était condamné à rester dans l'ombre. Star devait protéger son petit Ned. On ne s'est rencontrés qu'une seule fois, toi et moi. (Une illumination me frappa avec la force d'un train lancé à pleine vitesse.) Oui ?

— Le jour de notre neuvième anniversaire. Il s'est passé quelque chose. La veille, je suis tombé malade.

— Sans blague ?

— Je ne suis pas arrivé à temps. Quel que soit l'endroit où je devais arriver.

— Tu as failli me faire tuer, dit Robert.

— J'avais la fièvre ; je ne pouvais pas quitter le lit. Star est entrée dans notre chambre. Je me croyais tranquille, parce que mes crises me prenaient en général en milieu d'après-midi. Elle se tenait à mon chevet... Où étais-tu ? Où suis-je allé ?

— Cette année-là, c'étaient les Anscombe. Enfin, c'est comme ça qu'ils se faisaient appeler. Ils m'avaient adopté parce que leur propre enfant était mort.

— Oh, mon Dieu ! m'exclamai-je. Tu étais à Boulder.

— Jusque-là, je le reniflais toujours à temps pour m'en aller. Seulement, là, tu as choisi le mauvais jour pour tomber malade et je n'ai rien senti du tout.

Dans ma tête, le mot *Fight* retentit au beau milieu d'un temps, puis Frank Sinatra s'interrompit un long moment, avant de reprendre :

fight,
fight it with aaall of your might...

et lorsque la phrase musicale retomba, tout ce que j'avais choisi d'oublier me revint à la manière d'une inondation.

— J'étais toi, dis-je.

79

En 1967, vers 22 heures, le jour de leur anniversaire, Ned Dunstan et l'enfant connu sous le nom de « Bobby Anscombe » s'imaginaient à l'abri de leur épreuve annuelle. Ned avait été en proie la veille et une bonne partie du jour même à une fièvre qui le faisait osciller entre l'épuisement dû à la déshydratation et des épisodes de délire dignes du cinéma. La température avait atteint son maximum juste avant la tombée de la nuit, le laissant trempé de sueur, assoiffé, et assez rationnel pour se dire qu'il avait échappé à sa crise. « Bobby Anscombe » n'avait reçu aucun des signaux — une sensation d'électricité dans l'air, une démangeaison intermittente le long des bras, la soudaine apparition d'une myriade de points bleu vif à la lisière de son champ de vision — qui l'avertissaient deux ou trois jours avant son anniversaire qu'il était temps de replonger au sein du néant où il avait vécu l'essentiel de son enfance agitée. Plus tard, il serait à nouveau libéré dans le monde des humains, sous la garde d'époux qui l'adopteraient parce qu'ils reconnaîtraient en lui un membre de leur famille. « Bobby », agenouillé par terre, dans le grenier, se demandait combien d'argent il pourrait prendre sans que nul ne s'en aperçoive dans le coffre en cuir qu'il avait découvert derrière un mur inachevé. Il y avait une autre cachette de billets à la cuisine, mais « Michael Anscombe » surveillait celle-là de près. Ned Dunstan, allongé sur le lit de Star, avait rejeté de côté son drap trempé de sueur ; sa mère lui caressait le front.

Dans la chambre de Cherry Street, Ned avait senti une grande pression s'abattre sur lui, comme si l'air avait doublé de poids. Un bourdonnement qu'il ne connaissait que trop s'était installé dans sa poitrine puis répandu le long de ses nerfs. Quand Star s'était penchée sur lui, le vert profond de son chemisier et le noir de ses pupilles avaient étincelé, miroité.

Il s'était produit quelque chose dans la maison, mais Robert n'aurait su dire quoi. Un bruit inattendu, une modification des courants d'air, l'ouverture d'une porte, un mouvement dans l'escalier du grenier ? Si « Mike Anscombe » était passé par sa chambre, il lui faudrait inventer une excuse à sa désobéissance, et vite : ledit « Mike Anscombe » ne tolérait en aucun cas la désobéissance. Alors que Robert se dirigeait à petits pas vers la porte du grenier, des flammes bleues avaient jailli entre les lattes du plancher.

Le corps de Ned s'était tendu, soulevé vers le plafond, puis était retombé lourdement sur le matelas. Avant de s'évanouir, l'enfant avait vu se rapprocher du sien le visage catastrophé de Star.

À travers des rideaux de flammes bleues, il courait derrière Mr. X sur l'allée goudronnée d'un pavillon de banlieue, visiblement agrandi depuis peu d'une pièce, sur la gauche. Une bicyclette reposait sur sa béquille. Une lune au visage plat luisait au-dessus d'une chaîne de pics montagneux aussi irréels qu'un décor de cinéma. Des sapins parfumaient la fraîcheur de l'air nocturne.

Mr. X avait sonné, théâtral. Quand la porte s'était ouverte, il avait planté un couteau dans le ventre de l'homme qui venait d'apparaître, le repoussant en arrière. La pression invisible qui avait aiguillonné Ned tout au long de l'allée l'avait aussi contraint à pénétrer dans la maison. Des haut-parleurs, des deux côtés de la pièce, diffusaient la voix de Frank Sinatra, lequel déroulait une longue phrase concernant un objet inamovible et une vieille force irrésistible.

Robert, debout près de la porte du grenier, écoutait.

— Mr. Anscombe, je présume, avait dit Mr. X.

L'homme avait contemplé avec de grands yeux les cordages pourpres qui glissaient hors de son corps. En un changement d'atmosphère inattendu qui lui avait rappelé l'étrange souvenir d'un renard empaillé, la patte levée, sous une cloche de verre, Ned avait profité du plaisir que le meurtrier prenait à sa tâche pour reculer jusqu'à heurter la porte. Tandis que des rideaux de flammes bleues jaillissaient des murs, Frank Sinatra, insistant, répétait que quelqu'un devait être embrassé.

Mr. X, absolument ravi, avait tranché la gorge de « Michael Anscombe ».

Ned avait jeté un coup d'œil à gauche. À travers un mur, il avait eu la vision — cliché instantané — d'une blonde corpulente aux cheveux emmêlés, allongée sur un lit, qui lisait *Bonne nuit, la Lune*. Une information bien triste accompagnait cette découverte : la femme avait donné naissance à un enfant atrocement malformé.

Ned s'était engagé en courant dans un bref couloir s'achevant sur une porte fermée. Un peu plus près, des marches en bois nu s'élevaient jusqu'à un autre battant, plus étroit.

Robert, les mains pressées contre le panneau de bois, s'était concentré sur les événements de l'étage inférieur. Des flammes bleues transparentes jaillissaient près de ses pieds, traçaient d'ambitieuses lignes ardentes sur le sol du grenier. Les bruits légers qui montaient jusqu'à lui l'informèrent que « Michael Anscombe » avait été joyeusement éventré par un chasseur enfin à portée de sa proie. La vie de Robert dépendait de sa capacité à éviter les expéditions annuelles de ce prédateur dans son étrange existence transitoire.

Des pas d'une douceur inhumaine, plus légers que ceux d'un enfant, totalement inexplicables, lui étaient soudain parvenus du bas de l'escalier.

Ned, qui avait monté la moitié des marches, s'était figé. Avec l'aisance d'une silhouette de rêve, un garçon en tous points semblable à lui était en train de traverser la porte fermée.

Robert, stupéfié mais soulagé, avait reconnu malgré les yeux exorbités du frère couvé, privilégié, et compris que devant lui se trouvait l'instrument de sa survie. Se posant un doigt sur les lèvres, il avait tendu l'autre main vers le bas. Comme son jumeau reculait, il avait flotté en silence jusqu'au rez-de-chaussée.

Son double stupéfiant avait désigné le bout du couloir. Ned s'était écarté de l'escalier et approché du battant, qu'il avait tenté d'ouvrir. Sa main, traversant le bouton de porte, s'était refermée sur elle-même.

Il avait regardé par-dessus son épaule. Derrière son sosie enragé, à travers un mur transparent, il avait vu Mr. X abandonner la masse triangulaire du corps de « Michael Anscombe » pour investir une pièce encombrée de cartons. La blonde dépeignée s'avançait d'un pas traînant, *Bonne nuit, la Lune* serré contre sa poitrine à la manière d'un talisman.

En voyant les doigts du visiteur traverser le bouton de porte, Robert avait compris qu'il n'était pas *réel.* Le véritable Ned Dunstan rêvait, à Edgerton, et seule sa réplique illusoire se trouvait à Boulder. Pour la première fois de sa remarquable existence, le frère défavorisé avait réussi à mettre de côté son ressentiment le temps de comprendre que si le petit chéri de sa mère n'était pas physiquement présent, un certain aspect de Ned Dunstan lui avait tout de même été expédié et que cette *fiction,* ce *duplicata,* était ce dont il avait besoin pour s'échapper du pavillon.

Pivotant sur ses talons, il avait observé exactement la même chose que son jumeau l'instant d'avant.

Ned avait commencé à descendre le couloir une seconde après son sosie, s'attendant à le voir s'engouffrer dans le salon puis traverser la porte d'entrée. Au lieu de cela, le sosie en question s'était évaporé au bout du couloir. Ned, interloqué, avait encore avancé de quelques pas. La femme marchait toujours dans la chambre, d'un pas lourd. Mr. X plongeait à l'intérieur de la pièce bâtie récemment. Le cadavre de « Michael Anscombe », à genoux, s'inclinait au-dessus d'une mare de sang qui allait s'élargissant. Frank Sinatra ne faisait pas mystère de son intention d'embrasser ces lèvres qu'il adorait. Ned, observant l'autre bout du salon, puis regardant à travers la demi-cloison qui le séparait de la cuisine, avait fini par apercevoir son compagnon au milieu de cette dernière, les yeux fixés sur lui, furieux. Il était sorti du couloir au pas de course.

Robert avait peine à y croire. Son frère — la *réplique* de son frère — se conduisait tel un touriste devant le Grand Canyon. Alors qu'il commençait à se dire qu'il allait être nécessaire de lui balancer le grille-pain pour attirer son attention, l'autre s'était enfin tourné vers la cuisine et l'avait vu. *Amène-toi*, lui avait lancé Robert. Comme Ned se mettait en branle, lui s'était accroupi devant le placard sous l'évier et avait écarté des produits d'entretien pour ouvrir le compartiment secret installé par un précédent propriétaire afin de dissimuler les bijoux de sa femme. Sa main s'était refermée sur une boîte en métal.

Ned aussi avait peine à y croire. Son sosie, agenouillé devant l'évier, fouillait dans les produits d'entretien. Une seconde et demie plus tard, la femme ou Mr. X, ou les deux, entreraient dans la cuisine.

— Tu perds du temps, avait-il murmuré.

— Chut, lui avait-on renvoyé sur le même ton.

Ned s'était glissé dans une alcôve accueillant machine à laver et sèche-linge, près de la porte de derrière. Son double était ressorti du placard, une boîte métallique plate à la main, l'avait ouverte et en avait tiré deux liasses de billets. Lorsqu'il l'avait à nouveau fouillée, tout son corps s'était tendu. Il avait tourné brutalement la tête de côté.

Ils allaient mourir. C'était fichu. La cupidité les avait tués.

« Alice Anscombe », arrivant en vue, avait regardé en direction de la cuisine. Ses yeux avaient reflété sa stupeur. « Ben, merde, alors ! » avait-elle dit.

Comme dans un rêve, elle avait ensuite pivoté vers le couloir, souri et demandé : « Tu te prends pour Bob Hope, ou quoi ? »

Robert et Ned avaient senti s'intensifier et, mystérieusement, s'éclairer l'atmosphère qui les baignait. Les paroles d'« Alice Anscombe » n'avaient pas échappé à l'unique autre être vivant de la maison.

Une voix avait dit dans l'esprit de Ned : *Je ne peux pas être tué, je ne suis pas là, mais lui, si.* Alors qu'il sortait de l'alcôve, l'enfant avait enfin compris que ce double énigmatique était précisément ce qui lui avait manqué toute sa vie, ce qu'il avait toute sa vie voulu retrouver. Son frère.

Robert avait bondi sur ses pieds tout en fourrant les liasses de billets dans ses poches. « Alice » avait atteint la mare de sang puis s'était immobilisée, interloquée, avait baissé les yeux. Le garçon avait cru voir les coins de sa bouche se relever au moment où elle découvrait le cadavre de son mari, mais ce sourire, si c'en était un, avait vite disparu. Tandis que le livre lui échappait et que du sang lui éclaboussait les pieds, elle s'était tournée vers le hall désert.

Frank Sinatra chantait :

Fight...

fight...

fight it with aaall of your might...

et Ned sentait qu'il commençait à s'effacer de la réalité avec la promptitude d'une goutte de pluie sur un trottoir brûlant. Il avait tendu les mains. À travers leur substance brumeuse, à peine colorée, le carrelage de la cuisine se devinait.

— Pourquoi faites-vous ça ? Vous ne comprenez pas que je suis déjà en enfer ? avait crié la folle, dans le salon.

— Ne vous en faites pas, Mrs. Anscombe, avait lancé une voix masculine, très sèche. On s'occupera de vous bien assez tôt.

Robert et Ned avaient contemplé leurs visages identiques et glissé l'un vers l'autre sans la moindre espèce de mouvement conscient. Le second s'était mis à trembler de tout son être en prenant conscience que la survie de son frère et, dans un certain sens, la sienne dépendaient d'un extraordinaire acte de reddition.

Ils avaient entendu la femme hurler : *Merde, j'y suis vraiment, en enfer, seulement il n'est pas ROUGE, cet enculé. Il est BLEU.*

Tout en glissant vers Robert, Ned avait connu une nouvelle sorte de terreur, centrée sur sa certitude d'être au seuil d'un changement qu'il ne pouvait ni contrôler ni prévoir. Terreur qui devint exquise lorsqu'il réalisa qu'une partie de lui-même tendait déjà les bras, impatiente.

La portion rationnelle de Robert, son instinct de conservation accueillaient également avec joie le mystère imminent, car le garçon y reconnaissait une chance de survie. Sa portion chaotique, irrationnelle, résistait avec une terreur plus grande encore que celle de Ned. Être forcé d'accepter ce marché destructeur le dégoûtait, le désespérait.

Irrésistiblement, voguant l'un vers l'autre, ils s'étaient rejoints, puis fondus, chacun avec ses propres peurs, ses doutes et ses ressentiments, si bien que durant un instant, leurs psychés rebelles s'étaient combattues — l'une atterrée par la rage et la violence de l'autre, l'autre écœurée par son insoutenable confinement, brûlant de se *mutiner*, de *répandre la dévastation...*

À peine remarquée, cette ambivalence s'était dissoute dans la fusion et l'harmonie, dans une intégralité que traversait la conscience d'une autre intégralité, encore plus glorieuse, plus vaste, une sorte de magnificence refusée aux jumeaux par la seule *absence* physique de l'un d'eux. Un renoncement personnel d'une telle profondeur accompagnait la découverte de cette possibilité que tous deux avaient eu un mouvement de recul. Toutefois, ne formant qu'un seul esprit, un seul corps, il avaient traversé ensemble le mur de la cuisine. Leur moitié-Ned avait senti que son inextricable *alter ego* éprouvait une sérénité et une satisfaction mêlées égales aux siennes.

Ensemble, ils s'étaient enfuis dans la nuit parfumée par les sapins. Leur moitié-Robert, prenant le contrôle, les avait fait s'éloigner rapidement. Ned avait eu l'impression de monter une côte sur une bicyclette en plomb, puis de nager sous l'eau contre un courant violent. Ses muscles lui faisaient mal, ses poumons réclamaient de l'oxygène, tandis que les kilomètres se succédaient, flous. Sans transition, ils s'étaient reposés dans un terrain vague où tremblaient autour d'eux des fleurs dentelées de carottes sauvages. Robert s'était dépouillé de son frère comme d'une chemise sale. Des millions d'étoiles luisaient dans le ciel nocturne. *C'est trop*, avait songé Ned, *beaucoup trop.*

— Où sommes-nous ? avait-il demandé.

— Moi, quelque part dans le Wisconsin. Toi, à Edgerton, avec maman.

Ned avait ramené les genoux contre la poitrine. Un pic s'était planté dans son crâne.

80

— Et j'ai été toi, dit Robert. En tout cas, assez longtemps pour qu'on sorte de Boulder.

— Je n'arrive pas à croire que j'ai oublié ça. Je t'ai sauvé la vie.

— Moi, j'ai sauvé la tienne une ou deux fois. Tu crois que tu réussiras à rester en vie jusqu'à notre anniversaire ? Je ne peux pas passer tout mon temps à te protéger.

— On a encore plein de choses à se dire, repris-je.

Mais il avait disparu.

81. Mr. X

Ô, Vous qui Planez dans les Nues, Fumée Prédatrice jaillie de la Gueule du Canon, Votre Enfant se demande si, en Votre Millénaire Triomphant, existe encore ce qu'on appelait naguère « le problème de se faire servir ». Employez-Vous, dans vos Royaumes Exaltés, les services d'êtres plus humbles, bien sûr réduits en esclavage, et bien sûr issus de Territoires Conquis ? Si oui, Vous savez de quoi je veux parler. Un esclave n'est pas différent d'un domestique, en dehors du fait qu'il représente une responsabilité encore plus grande. Le saint patron des domestiques, c'est Judas. Mes parents terrestres ont subi les déprédations de bonnes et de gouvernantes malhonnêtes, et j'ai moi-même connu mes Judas — en tout premier lieu un certain Clothhead Spelvin, dont j'ai récompensé la trahison par une visite rapide à sa cellule, en prison. Et voilà à présent que ce tas d'immondices purulentes de Frenchy La Chapelle a déçu ma confiance.

Ce matin, après avoir prélevé sans le payer un exemplaire de l'*Edgerton Echo* dans un kiosque, j'ai remonté Chester Street en parcourant la une. Les rédacteurs n'avaient eu le temps que d'y insérer un paragraphe rapportant la destruction par le feu d'une « modeste pension ». On estimait qu'il n'y avait eu qu'une seule victime. Le torchon de demain fournirait les photos et tous les détails.

J'ai déambulé jusqu'au site de ce joyeux événement sous le déguisement d'un mortel ordinaire. Mon identité diurne visible possède la dignité d'un homme d'État ou d'un diplomate à la retraite, avec peut-être un soupçon de l'autorité d'un général. Sans fausse modestie, j'estime que, quoique marqué par les ans, je reste séduisant. (Afin de parachever la crédibilité de mon existence vulgaire, j'emploie un faux nom, une référence révélatrice que sans doute personne ne relèvera, et j'ai récemment abandonné un emploi à responsabilités.)

Une question me tourmentait tandis que j'approchais de ma destination. J'aurais dû *percevoir* la mort de mon fils, comme j'avais *perçu* celle de sa mère. Toutefois, c'était là le plus faible de mes enfants, qui avait peut-être reçu de mon héritage une part trop insignifiante pour autoriser la transmission télépathique.

La « modeste pension » était réduite à un tas de décombres. Un réseau de rubans rouges marqués DÉFENSE D'ENTRER DANGER DÉFENSE D'ENTRER DANGER délimitait une rue dans laquelle des enquêteurs en tenue spatiale orange erraient parmi les ruines. Nombre d'imbéciles et de charognards s'étaient entassés de l'autre côté de la rue.

J'ai récolté ce que j'ai pu en circulant parmi eux. Plusieurs accusaient de l'incendie une installation électrique défectueuse. Beaucoup considéraient la logeuse,

Helen Janette, comme une horrible mégère. J'ai bien failli devenir fou d'impatience : *Et la victime ?*

J'ai fini par coincer un clochard asthmatique. *Est-ce qu'un des locataires n'est pas mort ?*

— Qu'est-ce que vous dites ?

Il y a un type qui est mort, non ?

— Oh, ouais : Otto. Un beau gâchis. Vous le connaissiez ?

Pas franchement.

Le clochard hocha la tête.

— Ça secoue plus qu'on ne veut bien le montrer.

Oh, ça me secoue, c'est vrai.

Je me suis hâté de rentrer à ma porcherie et de me brancher sur les bulletins d'actualités. Un cadavre non identifié avait été arraché aux décombres. Une heure plus tard, son identité était soupçonnée mais non confirmée. Puis confirmée mais non divulguée. C'est seulement à midi que la victime a été désignée comme Otto Bremen, soixante-dix ans, dont le métier était de régler la circulation devant l'école primaire Carl Sandburg.

Dans la soirée, les journalistes ont usé de leurs voix amplifiées pour annoncer qu'enquêteurs et spécialistes du feu employés par les pompiers et la police d'Edgerton avaient conclu à un incendie d'origine douteuse.

Vous comprenez mes doléances : il n'y a pas moyen de se faire servir.

À vrai dire, les Frenchy ne se trouvent pas sous le pied d'un cheval. J'ai donc décidé de donner une deuxième chance à ce petit serpent. Il n'est pas assez idiot pour se vanter de son crime (sinon devant Cassie Little).

Sa vie sera épargnée à condition qu'il répare ses bêtises et qu'il retrouve quelques vieilles connaissances pour découvrir si elles n'ont pas manqué de jugeote. Star n'aurait jamais divulgué le nom « Edward

Rinehart » : elle savait garder un secret. À l'évidence, elle n'avait pas révélé au minable qu'il avait un frère. Il m'emmerde, le minable. Et l'autre m'emmerde aussi. *Je croyais qu'il n'y en avait qu'un seul...*

Il y a des années, j'ai bien failli le coincer — L'atmosphère électrique — Mon excitation profonde — J'ai senti la *présence* — Pourtant, l'ombre frémissante m'a filé entre les doigts... La singularité de la chose m'a troublé & intrigué — À présent, je comprends.

Les deux ont dû se *connecter — se fondre.* Le Fils Dangereux était à portée de ma main — La *Résolution* toute proche. Mes échecs avaient une cause unique — *l'Ignorance.* Je croyais qu'ils étaient Un — pas Deux — je croyais que l'*Ombre* était l'image de ma Proie — et non l'*Ombre* impuissante de son frère.

Je proteste ! Vous Vous êtes trompés !

Mais assez de jérémiades. De son vivant, apparemment, la grosse vache exerçait une influence protectrice. Comprendre me rend plus fort, tout comme Votre Reconnaissance bénie — le succès dans la maturité — ce que certains appellent la vieillesse — est plus doux que pendant la jeunesse.

82. Mr. X

Six heures plus tard. J'ai besoin de sommeil. Des rêves désagréables ont troublé ma courte sieste, si bien que je me suis tourné et retourné pendant une heure. Quoi qu'il en soit.

L'édition du matin de l'*Edgerton Echo* informe tout un chacun que l'incendie de Chester Street était d'origine criminelle. Sur la moitié inférieure de la page, deux colonnes élégiaques flanquent une représentation du visage bouffi de Bremen, l'agent de la circulation.

EN OUTRE ! — on croit rêver — en hommage à la mémoire de Mr. Ma-Moustache-Est-Plus-Grosse-Que-La-Tienne, l'école primaire Carl Sandburg offre une récompense de dix mille dollars pour tout renseignement susceptible de conduire à l'arrestation et à la condamnation de l'incendiaire.

Je suis au bord des palpitations. Si j'étais retrouvé incinéré, moi, y aurait-il qui que ce soit pour sortir dix mille dollars en échange du nom de l'incinérateur ? Par ailleurs, Cassie Little égorgerait sa mère pour une poignée de petite monnaie. Alors dix mille dollars !

Avant que le soleil n'ait franchi deux mètres de ciel, Frenchy recevra son ordre de marche.

83

Le lendemain matin, je marchai jusqu'au Merchants Hotel avant qu'Ashleigh ne le quitte, pour récupérer la serviette. Tandis que nous prenions le petit déjeuner, je parlai à la jeune femme de l'incendie et du capitaine Mullan.

— Laurie a appelé, tout à l'heure. Je lui ai appris que j'avais trouvé des renseignements intéressants. Je ne lui ai pas dit comment et elle ne me l'a pas demandé.

— Parfait.

Ashleigh plongea sa petite cuiller dans ses céréales.

— Mullan a vérifié que tu ne portais pas de micro ? Il doit être sous le coup d'une inspection. Ou alors, il a peur que ça se produise. Je parie qu'il s'inquiète de ce qui sera découvert si jamais Hatch est arrêté. D'ici deux jours, tous ces types vont transpirer des balles de revolver.

— Pas Mullan, affirmai-je.

— Tu n'es pas ici depuis plus longtemps que moi, et tu sais ça ? Tu es quelqu'un d'intéressant, Ned.

— Et encore, tu n'en connais pas la moitié.

— Ned ? (Elle reposa sa cuiller.) Qu'est-ce qui t'amuse ?

Toby Kraft sortit de derrière son comptoir et m'entoura de ses bras.

— J'ai entendu les infos, ce matin, et je n'en ai pas cru mes oreilles ! Ça va, toi ? Qu'est-ce qui s'est passé ?

Je lui expliquai que j'avais déménagé au Brazen Head quand sa copine m'avait foutu dehors.

— Je suppose que tu l'as connue à l'époque où elle s'appelait Hazel Jansky.

— On a fait quelques affaires ensemble, il y a un petit million d'années. Elle a eu des ennuis, et je l'ai aidée à s'en sortir. J'aide toujours mes amis. (Toby n'était pas même vaguement mal à l'aise.) Pourquoi ? Elle t'a raconté sa vie ?

— En partie. J'espère que la maison était assurée.

— Et comment ! Tes tantes savent que tu n'as pas de mal ?

— Je ne leur avais pas dit où je logeais, mais il faudrait que je les appelle, de toute façon.

Comme il regardait le porte-documents de Robert, je lui demandai s'il pouvait le conserver un moment dans son coffre. Il en caressa le cuir délicat.

— Toucher un truc pareil, ça donne l'impression d'être un nabab.

Après l'avoir jeté au sommet du fouillis de dossiers et de feuilles volantes qui emplissait son coffre, il se remit sur ses pieds avec un grognement.

— Helen m'a passé un savon pour t'avoir donné son ancien nom, mais tu n'as pas tout appris ici.

— J'ai vu de vieux articles de *L'Écho,* dis-je. C'est à cause de ça que tu es allé à Greenhaven, Toby ?

— Assieds-toi.

Les mêmes piles de papiers nageaient sur son bureau ;

les mêmes femmes dans les mêmes positions tristes et crues couvraient les murs. Toby croisa les mains sur le ventre.

— Tu veux connaître le fond de cette histoire ? Il y a des gens qui ont des problèmes avec la procédure d'adoption. Il y en a d'autres qui ne veulent pas des bébés que Dieu leur envoie. Je ne dis pas que ce que j'ai fait était légal, mais j'affirme que c'était moral.

— Moral ? Vendre des bébés ?

— Les agences d'adoption ne prennent pas de commission ?

— Elles n'enlèvent pas les nouveau-nés avant de dire à leurs mères qu'ils sont morts.

— Un enfant mérite un foyer aimant. (Toby écarta les bras.) Moi, je prends soin des gens. J'ai pris soin de ta grand-mère, j'ai pris soin de ta mère et je vais prendre soin de toi. Quand on m'arrachera, tout hurlant et tout gigotant, à cette Terre — et j'espère qu'à ce moment-là, je serai au pieu avec une jolie fille —, tu seras contacté par le plus grand avocat qui ait jamais vécu, Mr. C. Clayton Creech, et tu auras le devoir de ramener ton cul à Edgerton. Pas de discussion. (Ses yeux agrandis s'assurèrent que je recevais le message.) Compris ?

— Compris.

— Je vais te donner ses coordonnées.

Il tira une carte de visite de son portefeuille.

Maître C. Clayton Creech
Avocat
7 Paddlewheel Road
Edgerton, Illinois

Un numéro de téléphone occupait le coin inférieur gauche, la mention *Disponible à toute heure* le coin inférieur droit.

— Si tu as le moindre ennui dans les environs, promets-moi de commencer par appeler ce type-là.

— Le plus grand avocat qui ait jamais vécu ?

— Tu ne sais pas à quel point.

— Le jour de ta mort, il lira ton testament ? Pourquoi se presser ?

— Quand on laisse traîner les choses, il peut arriver des merdes qu'on n'attend pas. Tu connais le principe de base ? (Je secouai la tête.) Il faut les prendre par surprise. (J'éclatai de rire.) Écoute, et si tu commençais à travailler pour moi tout de suite ? Tu n'as rien d'autre à faire et je peux t'expliquer le boulot en un quart d'heure. Les horaires, c'est huit heures, dix-sept heures trente, avec un petit moment pour déjeuner. Tu es prêt ?

— Il faut les prendre par surprise, répétai-je. Je pense que je suis prêt, oui, mais ça ne sera que pour un ou deux jours, de toute façon. Je peux appeler Nettie, avant ?

— Je t'en prie, acquiesça Toby.

Nettie ne perdit pas de temps en salutations.

— Je croyais que tu viendrais, et tu nous passes juste un coup de téléphone.

— Comment savais-tu que c'était moi ?

— J'ai reconnu ta sonnerie. Viens dîner vers six heures. Et si tu n'as toujours pas d'arme, le mieux, ça serait de t'en faire prêter une par ce vieux Toby Kraft. Il te faut un flingue sans numéro de série. Quand tu l'auras utilisé, essuie-le, balance-le et va-t'en : tu seras plus innocent que l'agneau qui vient de naître. May dînera aussi avec nous, alors sois à l'heure.

Toby se renversa dans sa chaise et se cala les mains derrière la nuque.

— La vieille routière avait des conseils à te donner ?

— Tu sais comme elle est. Et si je prenais ma première leçon de prêts sur gages, maintenant ?

— Tu vas tout comprendre très vite. C'est dans tes gènes.

Il s'écarta de son bureau.

Toby m'expliqua la procédure de remplissage des tickets et de stockage des marchandises. Les appareils-photo allaient sur une série d'étagères, les montres sur une autre, les instruments de musique dans une vitrine — rangés suivant les numéros portés sur le talon des tickets. Il entreposait les plats et les assiettes dans des tiroirs, en piles emballées, les verres et la porcelaine dans des placards, les tableaux contre le mur, les tapis et les meubles au fond de l'arrière-salle. Les prêts étaient frappés d'un intérêt de trois pour cent par semaine. Je lui demandai comment en déterminer la valeur initiale.

— En général, il suffit de regarder les clients. Ça se lit dans leurs yeux. Tu verras. Une fois que tu sais ce qu'ils espèrent obtenir, tu leur proposes la moitié, et ils s'en vont heureux. Si tu tombes sur quoi que ce soit de louche, genre un type qui s'amène avec un chariot de supermaché rempli d'écrans d'ordinateur, tu décroches le téléphone et tu dis que tu appelles les flics. C'est le genre de connerie qui te retombe sur la gueule.

— Et les flingues ?

— Les papiers sont dans le coffre-fort. Les armes à feu dans un placard fermé à clef, de l'autre côté des étagères. Si on te demande une arme de poing, tu vas au placard, tu en sors un plateau et tu le poses devant le client. Tous les prix sont marqués. Quand il a fait son choix, il signe les formulaires, là, dans le tiroir. On en envoie une copie à la police d'État, et il n'a qu'à revenir cinq jours plus tard. Pour les carabines ou les fusils de chasse, aucun problème, il part avec le jour même. Pas de fusils d'assaut : je ne tiens pas une armurerie.

— Nettie pense que je devrais me procurer un pistolet sans numéro de série, dis-je.

— Elle veut que tu te lances dans les braquages ?

Une fois que j'eus expliqué mes ennuis avec Joe Staggers et ses amis, Toby me décerna un long regard pensif.

— J'ai un ou deux flingues pour les cas d'urgence,

ici. Ne le montre à personne à moins d'y être obligé, et ne dis jamais où tu l'as eu.

Il disparut au fond du magasin pour revenir porteur d'un petit pistolet noir et d'un étui qui ressemblait à un gant.

— C'est un Beretta automatique, calibre vingt-cinq. J'ai mis un chargeur. Pour faire passer une balle dans la chambre, tu tires ce truc vers l'arrière. Ça, c'est le cran de sûreté. Tu vois le point rouge ? Ça veut dire que le cran est mis et que tu ne peux pas appuyer sur la détente. Tu le baisses d'un coup de pouce et tu es prêt à tirer. (Il inséra le pistolet dans sa gaine.) Fixe-le à ta ceinture, contre tes reins, et personne ne saura qu'il est là. Tu me le rendras le jour de ton départ.

— Ça n'arrivera sans doute pas, mais qu'est-ce que je fais si je suis obligé de m'en servir ?

— Tu le balances dans le fleuve. Un flingue qui n'est pas enregistré, ça ne s'utilise qu'une fois. (Il me regarda accrocher l'étui à ma ceinture et me demanda de me retourner.) Maintenant, oublie que tu l'as. Ne te passe pas la main dans le dos à tout bout de champ pour le tripoter. (Je l'accompagnai dans le bureau.) Ton boulot consiste à rester derrière le comptoir. Si je suis sorti ou si je suis derrière, tout seul, tu portes les copies des bordereaux derrière toutes les deux heures et tu notes les transactions dans le registre posé sur ma table de travail. C'est simple : il faut noter le numéro, le nom du client, une description de l'objet et son prix. Le prix, tu le divises par deux. Ensuite, tu sors l'autre registre, celui qui est dans mon tiroir du bas, à gauche, et tu renotes tout, mais avec les bons chiffres. À la fin de la journée, celui-là termine dans le coffre. (J'éclatai de rire.) Si on veut garder la tête hors de l'eau, il faut ce qu'il faut. C'est un concept nouveau, pour toi, ça ?

— Je suis un Dunstan, Toby.

Il me tendit sa main velue et, à la lumière d'une soudaine révélation, je lui remis la mienne pour qu'il l'attendrisse. La loyauté de Toby Kraft envers mes tantes

— et, par extension, envers moi — ignorerait toujours leurs cruautés mesquines, car Nettie et May représentaient ses derniers liens avec l'épouse dont les talents extraordinaires l'avaient réjoui au-delà de toute mesure.

84

Je passai le reste de la journée dans le calme de la boutique. L'un après l'autre, deux types n'ayant pas la tête à avoir engagé le moindre objet de toute leur existence, entrèrent et passèrent dans le bureau. Quand il partit déjeuner, Toby me présenta le deuxième, « Mr. Profitt », lequel fit glisser sa main manucurée contre la mienne et déclara, en un seul mot :

— Ravideteconnaîtremongarsçavacommetuveux ?

— Tout va bien, répondis-je.

Toby revint seul. Il me tendit un sac en papier contenant un sandwich au thon, un paquet de chips et un Coca. En outre, il s'excusa de ne pas m'accorder de pause-déjeuner et déclara que je faisais de l'excellent travail. À ma grande surprise, sa promesse se réalisa : je n'hésitai pas sur la somme à offrir en gage aux clients dont je m'occupai pendant la journée. Un battement de cils, un mot hésitant, un geste maladroit me révélèrent celle qu'ils espéraient recevoir. Lorsque je leur en proposai la moitié, ils acceptèrent sans discuter.

À dix-sept heures, Toby me tapota dans le dos et m'annonça que je pouvais aller me « pomponner » pour mes tantes. Il me confia un trousseau de clefs.

— Arrive une demi-heure en avance, demain matin, d'accord ? On va réorganiser la salle de stockage. En partant, verrouille la porte et pose le panneau FERMÉ. Je ne veux plus de clients aujourd'hui.

Après m'être exécuté, je gagnai une agence de

Commercial Avenue, cochai les cases qui me donnaient droit à l'assurance la plus complète possible et louai une Ford Taurus vert criard, façon olive espagnole.

85

Le plan du vieux registre de Hugh Coventry situait l'entrée de Buxton Place — où Edward Rinehart avait acheté deux pavillons sous le nom de personnages d'H.P. Lovecraft — en haut de Fairground Road, non loin du campus. Je me garai près d'une cafétéria. Deux blocs plus loin, Fairground Road s'interrompait devant un large espace vert traversé d'allées menant à des bâtiments en brique rouge de style Néo-Rois George. Jetant un coup d'œil autour de moi, je découvris la station de bus où j'étais descendu pour rendre visite à Suki Teeter. Afin de trouver ce que je cherchais, il me fallait lui tourner le dos et changer de trottoir. Je dépassai la devanture dorée d'un pub irlandais, le Brennan's, puis m'engageai entre deux voitures en stationnement et traversai la rue à petites foulées.

Des magasins s'alignaient jusqu'à l'intersection suivante. Buxton Place ne pouvait déboucher que dans le dernier bloc avant l'université. Je laissai derrière moi une suite ininterrompue de boutiques de *comic books,* de vêtements ou de confiseries, ainsi que de restaurants pour étudiants. Ma mémoire m'avait joué un tour : le cul-de-sac se jetait dans Fairground Road plus au sud, peut-être un bloc au-delà de chez Suki.

Je repassai devant les mêmes commerces. Lorsque j'arrivai à la hauteur du Brennan's, j'aperçus par la vitre un barman en tablier manœuvrant la télécommande d'un téléviseur que je ne distinguais pas. À droite, je découvris, entre une crêperie canadienne et un restaurant moyen-oriental, une ruelle pavée pas plus large que ma voiture de location. Si elle possédait un nom, la Ville d'Edgerton n'avait pas jugé utile de l'inscrire sur un panneau. M'avançant sur les pavés, je tentai de percer l'obscurité du passage. Derrière les boutiques qui en bordaient l'entrée, il s'élargissait un peu. Je distinguai les portes à deux battants d'anciennes écuries et, tout au fond, deux pavillons.

De solides cadenas fermaient les premières. Sous les fenêtres poussiéreuses qui les flanquaient, on lisait une inscription au pochoir : ENTREPÔTS DE L'UNIVERSITÉ D'ALBERTUS. Les maisons d'Edward Rinehart s'élevaient côte à côte, séparées par un mur mitoyen. Chacune était dotée de deux croisées au rez-de-chaussée et à l'étage, ainsi que d'une imposte vitrée au-dessus de la porte d'entrée. Des cheminées étroites perçaient les toits pentus, que bordaient des gouttières métalliques. Les pavillons paraissaient distordus, diminués, comme s'ils avaient à l'origine été plus imposants et s'étaient recroquevillés par magie. Les vitres reflétaient mes mains en coupe et l'ovale sombre, indistinct, de mon visage. Je me hâtai de regagner la lumière du jour.

Disposant de huit minutes pour un trajet qui en demandait quinze, j'exécutai un demi-tour illégal et fonçai vers le sud. Un feu passait à l'orange. J'écrasai l'accélérateur pour franchir le carrefour juste avant qu'il ne devienne rouge. Robert, apparu brusquement près de moi, sur le siège du passager, applaudit.

— Yahou ! Fangio ! (Je faillis percuter une voiture en stationnement.) Je t'ai fait peur ? Je te prie de m'excuser. Je suppose que nos documents sont à présent dans le coffre de Toby Kraft ?

— Va au diable. Oui, ils y sont.

— Tu as des projets pour la soirée ?

— Je dîne avec Nettie et May.

— Tu sais que je n'ai jamais pris le moindre repas en compagnie de nos grand-tantes ?

— Ça ne te plairait pas, assurai-je. Leur conversation est souvent répétitive.

— Laisse-moi te débarrasser de cette corvée. Je te remplace.

— Non.

— Et après ce dîner ennuyeux, tu comptes faire un tour à Ellendale ?

— Ne t'approche pas de Laurie Hatch.

— Si tu insistes. Pour le moment, en tout cas.

— Robert..., commençai-je.

Mais je m'adressais à un siège vide.

86

Depuis son poste d'observation, à la fenêtre, Joy me montra la maison de Nettie puis se désigna elle-même, m'informant ainsi que je devais passer la voir après dîner. Je hochai la tête. Nous avions beaucoup de choses à nous dire.

Les tantes, installées sur le sofa, sourirent lorsque j'entrai dans le salon. Clark m'accorda le rictus indulgent d'un homme venant de faire une apparition au Speedway Lounge. Il portait un pantalon gris perle, une veste violette et une large cravate rouge à pois jaunes.

— On dirait que tu as un véhicule, maintenant.

— Je l'ai juste loué, dis-je.

Comme j'embrassais mes grand-tantes, May me tendit un sac en papier brun.

— J'espère que c'est la bonne taille.

À l'intérieur se trouvaient deux lots de trois caleçons Calvin Klein, taille 42, et six paires de chaussettes noires, pointure 41-43. Après le partage du butin récolté aux Soins intensifs, j'avais demandé en riant des sous-vêtements à May, qui m'avait pris au mot.

— C'est la bonne taille, confirmai-je. Je n'approuve pas tout à fait, tante May, mais merci quand même. Ça me sera utile.

— Tu n'as rien d'autre à te mettre que cette veste, Neddie ? Je peux t'en prendre une nouvelle chez Lyall. Ils en ont de superbes, au rayon hommes.

— Non, non, dis-je très vite. J'ai toutes les vestes qu'il me faut.

— Tu en as de cette couleur-là ? me demanda Clark, quasi agressif.

— Non, mais c'est très joli.

— Comment appellerais-tu cette nuance ?

— Violet ?

— C'est triste de voir un jeune homme se ridiculiser.

— Pourpre ?

— Le terme exact est aubergine. Tu seras moins ignorant, maintenant.

— Tant mieux. J'ai été ignorant pendant la plus grande partie de ma vie.

— Je crois qu'on ferait mieux de passer à la cuisine, intervint Nettie. Tu aimes toujours le poulet frit, Ned ?

— Et comment.

Sur la table, reposaient des plats de purée et de haricots verts, ainsi qu'un pichet de thé glacé. La maîtresse de maison ôta la feuille d'aluminium qui recouvrait le poulet frit. May clopina autour de nous pour en distribuer les morceaux sur nos assiettes. Comme oncle Clark s'installait sur une chaise, je lui servis un verre de thé glacé.

— Ton amie Cassie va bien ?

Il but tout juste assez de liquide pour éteindre une allumette.

— Elle n'est pas venue travailler, aujourd'hui. Bruce McMicken n'était pas à prendre avec des pincettes.

May s'installa en face de moi tandis que sa sœur apportait la sauce et les biscuits. Je versai du thé glacé dans les trois autres verres. Nettie me remercia poliment. Nous nous servîmes sans mot dire de purée et de haricots.

— C'est un merveilleux dîner, tante Nettie, affirmai-je.

— Quand tu étais petit, tu raffolais du poulet frit.

— Personne ne le réussit mieux que toi.

Le silence retomba. Ma remarque à propos de l'ignorance dans laquelle on m'avait élevé avait cassé l'ambiance.

— Qu'est-ce que tu as fait pendant tout ce temps ? finit par s'enquérir Nettie, pour qui même un silence infime était une torture. Tu as visité la ville dans ta nouvelle voiture ?

— Ou bien tu as joué aux cartes ? demanda May. Ces salauds de Mountry te cherchent partout. Et il y en a un de mort. Pas que ce soit une grosse perte pour le monde.

Sa sœur me lança un des regards lourds de sous-entendus dont elle avait le secret.

— Je suppose que la police ne t'a pas fait beaucoup d'ennuis. (Elle marqua une pause.) À moins que tu ne nous aies pas tout dit.

— On m'a laissé sortir presque tout de suite, dis-je. C'est assez incroyable, mais il y a un type, en ville, qui me ressemble énormément.

— Alors, c'est ça, ton histoire, soupira Clark en remuant une minuscule portion de purée dans la sauce.

— Ce n'est pas une histoire. Hier, au moment où je sortais de l'hôtel de ville, je l'ai vu à l'autre bout de Town Square. J'ai essayé de le suivre mais il m'a échappé.

Mon grand-oncle me fixa d'un regard désapprobateur.

— L'hôtel de ville est fermé le dimanche. Et qu'est-ce que tu serais allé y faire, de toute façon ?

— Un ami de Laurie Hatch y travaille bénévolement le week-end. Il m'a bien aidé.

— Mrs. Hatch te présente ses amis ? s'étonna Nettie.

Je lui racontai ma rencontre avec Laurie au Madrigal.

— Je voulais des renseignements sur Edward Rinehart, alors elle m'a présenté Hugh Coventry, son ami qui donne un coup de main à l'hôtel de ville.

— Hugh Coventry ? répéta Nettie. C'est le type qui a perdu nos photos. Si Mrs. Hatch est tellement bien disposée envers toi, elle devrait nous aider à les récupérer.

— Il est inutile de la déranger avec nos affaires.

— Tu l'y as déjà mêlée, me fit-elle remarquer.

— Aux miennes, oui. Si ça peut te rassurer, je n'ai pas appris grand-chose : Rinehart a acheté deux petits pavillons dans une ruelle de College Park, et c'était un criminel. Il est censé être mort en prison.

— Alors, arrête de remuer la poussière, dit Nettie.

Remuer la poussière... Je me revis agenouillé dans l'herbe, derrière la maison en ruine d'Howard Dunstan. Je me rappelai être tombé par une trappe et avoir entendu un fantôme grandiloquent déclarer : *Une fois ton père créé, je me suis amusé à le rendre fou... Il est possible que ce soit toi qui le détruises, en définitive. L'issue du jeu ne m'intéresse plus.*

Soudain, une illumination prodigieuse me coupa le souffle.

Mes compagnons me regardèrent tous les trois comme s'ils l'avaient vue naître en moi, mais ils n'avaient en fait observé que mon expression au moment où elle était née. Howard m'avait appris ce que j'avais le plus besoin de savoir — parce que cela lui permettait de continuer à s'amuser.

— Mais Edward Rinehart n'est pas mort à Greenhaven, dis-je. Il vit à Edgerton. D'après ce que j'en ai entendu, on dirait bien un Dunstan.

Le menton de Nettie s'affaissa sur sa poitrine. May

éprouva le besoin de contempler la cuisinière à gaz. Clark disséquait un haricot vert.

— Jamais, de toute ma vie..., commença enfin Nettie.

— On m'a caché un tas de choses à propos de notre famille.

Ses yeux étincelaient de colère.

— Tu as écouté des ragots.

— Si vous vouliez que je prenne les Dunstan pour une famille normale, il aurait fallu m'empêcher de voir tante Joy, dis-je.

— Joy vit dans un monde à part. Oublie-la.

— Comment veux-tu que j'oublie qu'elle a fait léviter oncle Clarence rien qu'en tendant le doigt vers lui ?

— Joy n'a jamais été heureuse, contrairement à toi ou moi, Nettie, dit May. Elle accusait papa de ses problèmes.

— On n'est pas en train de parler de ses problèmes, gronda sa sœur. On est en train de parler de ce qu'elle *fait*.

— On est en train de parler des Dunstan, corrigeai-je. Tu n'es pas si différente que ça de Joy, n'est-ce pas, tante Nettie ?

J'eus droit à un nouveau regard orageux.

— Je suis une *Dunstan*, si c'est ce que tu veux dire. Il te faut une preuve ?

Sans me laisser le temps de répondre, Nettie coinça les mains sous les aisselles et fronça le sourcil, les yeux baissés. Le pichet de thé se souleva et traversa la table pour remplir mon verre, avant de s'approcher de celui de May, laquelle déclara : « Non, merci, j'en ai assez. » Il se reposa alors dans un cliquètement de glaçons.

Nettie fixa alors Clark, qui se para d'une expression alarmée.

— Non ! Je ne...

Il se retrouva un mètre au-dessus de sa chaise et se

dirigea vers la cuisinière comme assis sur un tapis volant.

— Je veux descendre !

Sa femme le fit pivoter puis le ramena sur son siège. Il se posa les mains sur la poitrine et prit une ou deux inspirations sifflantes.

— Tu sais que j'ai horreur de ça.

— Tu m'as épousée.

— Moi, j'aime ça, pépia May. J'ai *toujours* aimé ça.

Comme Nettie se tournait vers elle en s'essuyant le front, elle jaillit hors de sa chaise et fit le tour de la table avant de venir se reposer à sa place, secouée d'un petit rire.

La responsable de ce phénomène me considéra avec colère.

— Tu en veux aussi ?

Ce qui sortit de ma bouche fut :

— Oui.

Elle plissa le front, observant moins ma personne que ma position dans la pièce. Une goutte de sueur coula sur son front. La démangeaison qui annonçait mes « crises » naquit dans ma poitrine. Je me sentis empoigné, soulevé et maintenu avec fermeté, tout comme lorsque je m'étais trouvé en présence de Mr. X. Avec la même sensation d'impuissance, je quittai ma chaise. Un grand front d'air me poussa dans le salon. Il changea brusquement de direction pour me renvoyer dans la cuisine et me faire voltiger cul par-dessus tête juste avant que je ne percute le mur. Un cri de plaisir m'échappa. Tandis que je flottais jusqu'à la table, Nettie regardait dans le vague, les sourcils froncés, le visage trempé de sueur. Je repris position au-dessus de ma chaise, me balançai un instant de gauche à droite, de droite à gauche, et, tel un hélicoptère, retrouvai la terre ferme.

— Ça te plaît plus qu'à moi, nota Clark.

— Ned est un *Dunstan.* (Ma grand-tante s'essuya le

visage à l'aide d'une serviette.) Quand on vieillit, les batteries s'épuisent.

— J'ai visité votre ancienne maison, hier, dis-je. Il m'y est arrivé quelque chose. Je ne peux pas l'expliquer, mais je peux le décrire. J'ai eu un vertige et, très vite, je me suis retrouvé dans une pièce avec un renard empaillé et une horloge en laiton sur la cheminée.

Fixant Nettie, je ne vis que du coin de l'œil May se pencher en avant et joindre les mains devant sa poitrine. Sa sœur se tapota les tempes de sa serviette.

— Votre père était là, continuai-je. Il portait une veste en velours et fumait un cigare.

— Comment allait-il ? demanda May.

— Il avait l'air fatigué. Mais on aurait dit aussi qu'il jouait la comédie.

— Je ne le reconnais pas dans cette description. Notre père n'était que trop énergique.

— Moi, je le reconnais, dit Nettie. Et Joy le reconnaîtrait aussi.

— Il m'a parlé, ajoutai-je.

— Joy disait toujours qu'il lui parlait, dans la vieille maison. (May me lança un regard chaleureux.) À première vue, ton côté Dunstan ressort fortement, sur le tard, pour rattraper le temps perdu.

— Qu'est-ce qu'il t'a raconté ? interrogea Nettie.

— Qu'il avait créé mon père. Je crois que son fils a pris le nom d'Edward Rinehart quand il est revenu à Edgerton après avoir séjourné Dieu sait où. Ce que je me demande, c'est qui était sa mère.

— Si tu cherches une femme qui aurait pu batifoler avec Howard, il n'y a pas pénurie de candidates, intervint Clark.

— Notre mère répétait souvent que certaines grandes dames n'étaient pas ce qu'elles paraissaient, dit May. Papa répondait qu'aucune ne l'était.

— Des grandes dames, répétai-je.

— Ces gens-là envoyaient leurs fils en pension pour qu'ils se fassent les relations qu'il fallait, développa

Nettie. Et tu sais, May, on allait rarement en ville quand on était petites. On avait des précepteurs à domicile.

— Il y avait beaucoup de choses que notre père ne voulait pas qu'on subisse.

— Il ne t'a pas protégée de ce qui t'a poussée à démolir des pare-brise et des lignes électriques dans Wagon Road, dis-je.

May se raidit sur sa chaise.

— Je me suis mise en colère, c'est tout. Notre père en a été très fâché, mais je n'ai pas pu me retenir. Je l'ai fait, point final.

— Tu as vu deux petites filles se moquer de toi ?

— Je me souviens surtout de papa en train de me crier dessus avec sa grosse voix. J'ai pleuré pendant tout le trajet du retour.

— Et si on parlait de quelque chose d'agréable, pour changer, proposa Nettie. L'anniversaire de notre petit-neveu tombe le lendemain de l'enterrement de notre nièce. Tu veux qu'on organise une petite fête, pour ton anniversaire, Ned ? Je te préparerais une tarte aux patates douces.

— C'est très gentil, mais vous savez ce qui m'arrive le jour de mon anniversaire. Je ne voudrais pas gâcher l'ambiance.

— Tes crises ? demanda May. Ça va. On en a déjà vu.

— On fera la fête en début de journée, reprit sa sœur. Si tu sens les problèmes arriver, tu n'auras qu'à aller dans la chambre de ta mère jusqu'à ce que ça passe. Tu dois savoir les gérer, depuis le temps, non ?

— J'imagine, oui, approuvai-je. D'accord. Il n'y a qu'à fêter tout ce qu'on peut.

J'escortai May au bas des marches.

— C'est ta voiture, Neddie ? Elle t'a coûté cher ?

— Je l'ai louée, dis-je.

— S'approprier un petit truc comme ça, ça ne

devrait pas être trop dur. (Une soudaine inspiration l'immobilisa. Elle se tourna vers moi avec un large sourire.) Tu veux une nouvelle voiture, pour ton anniversaire ?

— Non, merci, tante May. Il est trop difficile de se garer, à New York.

— On ne peut pas voler une place de parking, c'est sûr, dit-elle. Je te trouverai autre chose. Mais de voir cette voiture... (Elle secoua la tête.) Tu parlais de Wagon Road ? Papa était vraiment en colère contre moi, ce jour-là. Et je savais pourquoi. Il était en colère parce que moi, je l'étais. Contre *lui*.

La silhouette de Joy leva une main et je lui adressai un signe en réponse. May ne voyait plus que Wagon Road.

— Tu as parlé des petites filles. Je me les rappelle, tu sais ! Elles se moquaient de nous. J'avais envie de mourir. Alors, j'ai détourné le regard, comme si j'étais trop fière pour les remarquer, et puis... (Elle secoua la tête.) Au bout du compte, j'ai fait quelque chose que je ne me savais pas *capable* de faire ! J'étais autant une Dunstan que mes sœurs, quoi qu'elles en pensent. Tu n'as jamais vu un bazar pareil ! Du verre qui explosait partout, des fils qui tombaient, et les pauvres chevaux qui crevaient de peur. Tout ça à cause de *moi* ! Ça m'a plus effrayée que les hurlements de papa.

Arrivés de l'autre côté de la rue, nous nous dirigeâmes vers sa maison.

— Les gamines se moquaient, tu as regardé ailleurs, et c'est là que tu t'es mise en colère. Ce n'était pas à cause d'elles, n'est-ce pas ? Tu as vu autre chose.

— Les petites filles ont des yeux pour voir, c'est tout ce que je peux dire.

Elle serra mon bras plus fort tandis que nous montions les marches de sa véranda.

— Qu'est-ce que c'était ? Qu'est-ce que tu as vu ?

May me lâcha et ouvrit sa porte.

— Oh ! Neddie, tu ne sais vraiment rien du tout.

87

La silhouette voûtée de Joy suivit péniblement un tunnel obscur puis franchit l'entrée de la caverne. Tandis que le salon se dessinait autour de moi, la puanteur augmenta. Clarence avait été téléporté ailleurs.

— Il faut que je te parle ! Tu veux un verre de sherry ?

— Oui, merci. Où est Clarence ?

— Il dort dans le placard. (Joy se rapprocha de moi et me fixa, les yeux luisants.) Tu as vu papa, hein ? Il m'avait dit que ça arriverait. Je parie que mes sœurs en sont jalouses à crever. Elles, elles n'ont jamais réussi à le voir. Nettie et May croient tout connaître, mais c'est loin d'être vrai. (Elle se posa le bout des doigts sur la bouche, dansant presque de joie, puis me fit signe de prendre une chaise.) Je reviens dans une seconde.

Des froufroutements et des coups étouffés résonnèrent dans une autre partie de la maison. Je songeai que mon grand-oncle s'était réveillé et n'appréciait pas de rester dans le placard. Joy revint avec deux verres aussi minuscules que des dés à coudre.

— Clarence a peut-être envie qu'on le laisse sortir, suggérai-je en prenant celui qu'elle m'offrait.

— Il dort à poings fermés. Le bruit, c'est le vent dans le grenier.

Elle se percha sur l'autre chaise et aspira le contenu de son dé à coudre. Je l'imitai. Le sherry, qui n'en était pas, me brûla la gorge comme du kérosène.

— Fabrication maison, m'apprit Joy. Selon la recette de mon cruel malade mental de papa. Il ne m'en reste qu'un tout petit peu, mais je voulais que tu le goûtes.

— L'ambroisie des Dunstan. J'imagine que tu l'as vu, toi aussi.

— Alors ? Qu'ont dit mes sœurs ? Que j'ai tout

inventé ? Ce n'est pas vrai. Mon père, Howard Dunstan, était là, sous mes yeux, exactement comme sous les tiens. Il était vraiment bizarre, hein ? *Impressionnant ?* Et *malheureux* ?

— On aurait dit qu'il croyait ne plus avoir la moindre raison de vivre, approuvai-je.

— D'après papa, on a été lessivés il y a bien longtemps. Il m'est apparu parce que j'étais une authentique Dunstan, à son image, mais il n'appréciait pas sa nature. Il aurait voulu qu'on disparaisse tous.

— Et il t'a dit que je le verrais ?

— Parce que tu es un *vrai* [1] Dunstan, toi aussi. Cela dit, il ne t'aimait pas. Papa n'aimait personne, surtout pas les Dunstan. Il n'aimait même pas ses filles, parce qu'elles lui rappelaient sa futilité. C'est la conclusion à laquelle je suis arrivée.

— Comment toi et moi avons-nous pu parler à ton père, tante Joy ? demandai-je. Je n'ai pas eu l'impression de voir un fantôme : j'aurais juré que j'étais là-bas avec lui.

— Il ne pourrait pas être un fantôme, répondit Joy, amusée. Quelqu'un comme ça ne pourrait jamais être un simple *fantôme* [1]. C'est le temps qui a permis ce qui t'est arrivé.

— Le temps ?

— Il est tout autour de nous. On peut l'utiliser, à condition de savoir s'y prendre. Je ne vois pas pourquoi tu es si obtus. D'après mon père, tu n'arrêtes pas de le déranger. C'est ce qu'il m'a confié.

— Je ne comprends pas, dis-je. Qu'est-ce que tu entends par « l'utiliser » ?

— Tu as vu papa, non ? Tu étais dans son bureau, et il était vivant. Il était fatalement vivant, puisqu'il t'a parlé.

Je réalisai où elle voulait en venir.

— Oh...

1. En français dans le texte. *(N.d.T.)*

— Tu t'es rendu à son époque, voilà tout, dit Joy. *C'est simple*[1].

Je la contemplai un moment, tentant de concilier le souvenir de mon expérience et ma révolte à l'idée que se faisait Joy de la simplicité.

— J'ai eu l'impression de...

— De quoi ? coupa-t-elle avec un soupçon d'impatience.

— De tomber.

— Évidemment. *C'est normal*[1]. Je ne devrais pas avoir à te l'expliquer. Quand tu recules, il te semble que tu tombes. Qu'est-ce que tu pourrais ressentir d'autre ? J'espère que tu te rends compte de la chance que tu as. Très peu de gens savent faire ça. Certains y arrivent une fois, et ensuite, plus jamais. Queenie en était incapable, Nettie en est incapable, et May, évidemment, ne l'a jamais pu non plus. Il y avait papa, il y a eu moi, quand j'en avais la force, et maintenant, il y a toi. Tu sais ce que disait mon père ? (Je secouai la tête.) Il disait qu'il *mangeait* le temps. Il n'aimait pas ça, mais il le mangeait quand même, parce qu'un talent comme ça n'existe pas par hasard, et que si on le possède, il faut trouver sa raison d'être. Un jour, il m'a dit avoir vu Omar et Sylvan Dunstan détrousser des morts sur un champ de bataille. C'était peut-être pour ça qu'il avait le talent, selon lui.

— Et pourquoi est-ce que tu l'avais, toi ?

— Peut-être pour qu'Howard Dunstan puisse me rendre malheureuse. Peut-être pour que je puisse te parler. J'espère que ta raison est meilleure que la mienne.

— Howard a aussi rendu ta mère malheureuse, dis-je.

— Oui, de bien des manières.

— Il la trompait.

1. En français dans le texte. *(N.d.T.)*

— Non, tu crois ? À droite et à gauche, ici et là, pas la peine de m'attendre ce soir, je ne rentrerai pas.

— Il a eu des enfants de ses maîtresses ?

Joy me considéra avec un intérêt renouvelé.

— Tu veux que je te raconte une histoire amusante ? (Je hochai la tête.) Un jour, j'avais terminé ma leçon de français avec notre précepteur. Je la prenais toute seule parce que j'étais bonne élève. Queenie et Nettie, qui ne l'étaient pas, arrivaient pour prendre la leur, et May était au lit, malade. Elle refusait de s'alimenter. Ma sœur May ne mangeait presque pas quand elle était enfant. J'étais donc toute seule et je n'avais rien à faire. Alors, j'ai trouvé le courage d'entrer dans le bureau de mon père, une pièce que j'aimais beaucoup, mais où je n'étais pas censée aller *sans permission* [1]. Tu devines ce qui me fascinait, en particulier, là-dedans ?

— Le renard.

Joy battit des mains.

— Je l'adorais ! Je me disais que si je le regardais assez longtemps, ce vieux goupil oublierait que j'étais là et achèverait le pas qu'il avait commencé. Je voulais le voir bouger, *une fois seulement* [1]. J'étais agenouillée devant la cheminée quand le téléphone a sonné. Oh ! J'ai bien failli m'évanouir. J'ai entendu les pas de mon père se diriger vers le bureau, boum, boum, boum, alors j'ai couru me cacher derrière le canapé. Il est entré, boum, boum, et il a claqué la porte. J'ai vu ses pieds aller vers sa table de travail. Il a décroché, il est resté muet un bon moment, et ensuite, il a dit : « Calme-toi, Ellie, s'il te plaît. » Je savais qu'il parlait à *une autre femme* [1]. Il a ajouté : « Tout ira bien. Il croira qu'il est de lui. » Quand il a raccroché, il a marmonné : « Un excès de fumée jaillie du canon. » Ensuite, il est sorti, sans taper des pieds.

— Et tu n'as jamais su qui était Ellie ?

— On ne voyait jamais aucune Ellie, dit Joy. On ne

1. En français dans le texte. *(N.d.T.)*

voyait jamais personne. (Son regard dériva vers le couloir obscur.) Il faut que je vaque à mes devoirs.

Elle me raccompagna à la porte avec une promptitude dont je ne l'aurais pas crue capable.

88

Un coin métallique s'enfonça au creux de mes reins quand je m'installai au volant. Je détachai l'étui et posai le pistolet de Toby sur le siège du passager. On était un lundi soir de juin, vers vingt et une heures trente. Les lampadaires jetaient sur le trottoir des disques jaunes, pareils à des spots. Cherry Street me paraissait d'une beauté improbable et le monde entier semblait figé. Il ne me restait plus qu'à retourner au Brazen Head et à rattraper mon sommeil en retard — un emploi du temps que je percevais comme hédoniste, presque immoral. Je décidai de parcourir les rues traversées à pied après ma première visite à Joy, afin d'effacer l'impression qu'elles m'avaient laissée quand je les avais vues à travers un voile de chagrin et de rage.

Tournant à gauche au bout du bloc, je distinguai au loin des phares qui venaient vers moi. Quelques instants plus tard, un pick-up me croisait dans un flou artistique gris. Au sein de mon rétroviseur, je le vis emprunter Cherry Street.

Je pris la première à droite. Un feu vert luisait audessus du carrefour de Pine Street et de Cordwainer Avenue, trois blocs plus loin. Je me moquais d'arriver à son niveau avant qu'il ne passe au rouge : la promenade me plaisait. Des maisons en bois du même type que celle de Nettie défilaient derrière mes vitres. Comme j'abordais un nouveau bloc, le feu étant toujours vert, j'accélérai un peu. Un éclaboussement lumineux explosa soudain dans mon rétroviseur. Le pick-up gris, en pleins phares, était revenu derrière moi, à un demi-bloc, et il s'efforçait de me rattraper.

Mon estomac bondit dans ma gorge : Mountry était revenu visiter Cherry Street. J'écrasai l'accélérateur. Les lumières du petit camion avaient déjà doublé de diamètre quand ma voiture s'élança. Le châssis secoué comme un chien qui s'ébroue, elle rétrograda avec un claquement et partit en flèche.

Le feu devint orange alors que je m'en trouvais à dix mètres. Il l'était encore quand je commençai à traverser Cordwainer Avenue en appuyant sur mon Klaxon. Les phares du pick-up me talonnaient toujours.

De l'autre côté de la ligne médiane, deux voitures pilèrent de justesse au moment où je les croisais à toute vitesse. Je vis mes poursuivants brûler le feu rouge. Il percutèrent une autre automobile qui s'engageait dans l'intersection, la propulsant en une longue glissade à travers la route. L'éclaboussement lumineux de leurs phares vacilla et prit un peu de retard.

Devant moi, s'étendaient les bâtiments en briques de plain-pied, clôturés de chaînes, de Pine Street. Un coup d'œil dans le rétro me révéla le pick-up qui jaillissait du carrefour.

Je me penchai en avant, cherchant une échappatoire. Une silhouette massive se tenait sous un lampadaire. Le guerrier en dashiki rouge et vert croisé le jour du décès de ma mère me regarda passer en trombe.

L'éclat des phares emplissait le rétroviseur. J'écrasai le frein. L'arrière de la Taurus dérapa sur la droite, je tournai vivement le volant du même côté, et le paysage se mit à tourbillonner. Le pistolet s'envola du siège où je l'avais posé. Quand je m'immobilisai, je faisais face au pick-up. Je relâchai le frein, écrasai l'accélérateur. La voiture eut un sursaut, vibra puis cala. Une odeur de caoutchouc et de circuits électriques brûlés s'éleva, tandis que s'éteignaient les voyants du tableau de bord.

Les portes du pick-up s'ouvrirent sur un éclat de rire rauque, et Joe Staggers sauta à bas de la cabine. Une espèce de malabar sorti de l'autre côté du véhicule se dirigeait lourdement vers moi, une batte de base-ball à la main. Staggers remonta sa ceinture.

— On dirait que la voiture de Mr. Dunstan l'a laissé tomber. Quelle honte.

Son copain ricana, *niark, niark, niark.*

Je tournai la clef de contact, mais le moteur se contenta de marmonner. Joe Staggers assena une claque sur le capot.

— Hé, tu veux pas nous causer ?

Niark, niark, niark.

Je tâtonnai sous le tableau de bord sans rien trouver d'autre que le tapis de sol.

La tête de mon ennemi juré, telle une citrouille d'Halloween, emplissait ma vitre.

— Tu viens jouer avec nous ?

Staggers tendit la main vers la poignée de la portière.

Je devais affronter deux hommes. Aussi bien que je me défende, ils me tueraient. Je ne me trouvais qu'à quelques minutes d'une mort douloureuse et misérable. Soudain, avec une clarté absolue, j'entendis la voix de tante Joy. *Il disait qu'il* mangeait *le temps.*

On peut utiliser le temps, à condition de savoir s'y prendre.

Mon estomac se noua. Fermant les yeux, je tombai dans l'obscurité.

Lorsque je rouvris les paupières, je compris que j'avais mangé du temps. J'étais toujours dans la voiture, mais Staggers avait disparu ; les phares de son pick-up également. Autour de moi, rien n'évoquait la Pine Street que je venais de quitter. Des baraques tapissées de papier goudronné poussaient sur un terrain boueux, entouré d'une clôture en bois à laquelle était cloué un panneau DÉFENSE D'ENTRER. À l'écart de la route, les flammes qui jaillissaient dans un baril métallique, devant un bâtiment en bois délabré, illuminaient une dizaine d'hommes dont les vêtements ressemblaient à des strates de boue séchée. On aurait cru une photographie de la Dépression d'après 1929. Mon esprit s'éclaircit suffisamment pour que je réalise que *c'était* la Dépression. J'avais chuté à travers une soixantaine d'années.

D'abord prudents, puis avec une sorte de hardiesse bourrue, les inconnus se dirigèrent vers moi. Soupçons et hostilité émanaient d'eux comme une odeur.

Je tournai la clef. Le moteur gronda.

— Tu nous espionnes, le frimeur ? cria l'un des arrivants. Qu'est-ce que c'est que cette bagnole ?

Incertains, intimidés, ils se massèrent sur le côté de la route. Celui qui m'avait interpellé tira un couteau de sa poche et s'avança. Les autres le suivirent d'un pas traînant.

Je tentai de me rappeler ce que j'avais fait l'instant d'avant. Des pas lourds s'approchaient. Je songeai à Joe Staggers. Je revis le tapis d'herbe dans les ruines de New Providence Road et, d'un coup, pour la première fois, je compris quelle technique j'avais déjà utilisée à deux reprises. J'aimerais la décrire, mais ce serait comme tenter d'expliquer une couleur. Le trait me perça à nouveau le front, et je mangeai du temps — même si j'avais en fait l'impression de me faire manger, moi.

Des phares trouèrent l'obscurité, tandis que retentissait un cri aigu. Un goût de vomi m'emplit la bouche.

Staggers regagnait le pick-up, regardant par-dessus son épaule. À un mètre de là, Niark Niark me contemplait avec une expression de pure terreur.

— Monte dans le camion, Shorty, ordonna Staggers.

L'interpellé lâcha sa batte et contourna l'avant du camion d'un pas mal assuré.

Je tournai à nouveau la clef de contact. Le tableau de bord s'illumina et le moteur démarra.

89

Assommé, je me livrai aux rituels consacrés du soir avant de me mettre au lit. Jamais je ne comprendrais ce qui m'arrivait. Toutes les définitions familières avaient disparu. Jamais je ne retournerais à mon existence de programmeur, parce que je n'étais plus la même personne. Je m'immergeai dans un roman policier jusqu'au moment où j'éteignis la lumière.

À six heures du matin, je m'éveillai trempé de sueur, me forçai à quitter mes draps, me douchai et enfilai un polo bleu ainsi que mon dernier jean propre. Je ramassai le Beretta. Porter un pistolet à six heures et demie du matin était tout à fait ridicule. Joe Staggers avait été humilié : il se lancerait de nouveau à mes trousses, mais pas en pleine journée. Je glissai l'arme derrière le minibar puis allai prendre un café et des œufs brouillés dans une cafétéria.

Sur le chemin de la boutique de Toby, j'achetai *L'Echo* dans un kiosque. Le maire d'Edgerton avait présenté son excellent ami Stewart Hatch à la presse locale assemblée. L'excellent ami du maire avait annoncé la construction d'un centre des arts et d'un palais des congrès sur les rives du Mississippi, juste au nord de Ste. Ann, pour une somme inférieure à la moitié de ce qu'avait coûté le gigantesque parking de l'hôpital.

Un titre plus petit, au bas de la une, annonçait : MEURTRE DANS LA VIEILLE VILLE. Cassandra Little, trente-deux ans, barmaid au Speedway Lounge, avait été brutalement assassinée dans son appartement de Low Street. Ne la voyant pas arriver, le gérant du Speedway, Bruce McMicken, s'était rendu chez elle et avait découvert le corps. Un informateur, au quartier général de la police, supposait que Ms. Little avait surpris un cambrioleur.

Dans Chester Street, je constatai que poutres brûlées et autres décombres noircis s'étaient déposés au sous-sol de la pension. Les murs alentour ressemblaient à des toasts carbonisés.

Je m'engageai dans Lanyard Street. Toby devait encore être au lit. Une fois dans la boutique, je passai environ vingt minutes à ranger les étagères et à nettoyer par terre. Ensuite, je classai les documents éparpillés sur le comptoir, parmi lesquels je découvris deux bordereaux coincés sous un presse-papiers. Alors que je les apportais au bureau, je vis de la lumière briller sous la porte.

— Je me demandais où tu étais, lançai-je en entrant. (Toby Kraft me regardait, maussade, de derrière sa table de travail.) Est-ce que tu...

Ma question s'évapora.

Un rideau de sang lui maculait le torse de la gorge à la taille. Les filaments blancs qui dérivaient sur le sommet de son crâne faisaient ressembler sa chevelure à une perruque. Ses yeux étaient des pierres colorées, son visage un fromage blanc à l'expression grincheuse. Un instant, je crus qu'il allait bondir de son siège et se moquer de ma surprise, mais lorsque j'avançai d'un pas, je constatai qu'il avait la gorge tranchée. D'un coup, l'odeur du sang se répandit dans l'air.

Robert ?

J'eus envie de sortir et de me mettre à marcher, de ne m'arrêter qu'une fois en un lieu où seuls les serveurs et les vendeurs des rues parlaient anglais. Ensuite, je rentrai dans la boutique et appelai la police.

Au moment où je raccrochais, je me rappelai l'avocat au nom bizarre, dont je pêchai la carte dans mon portefeuille.

— Assassiné ? demanda C. Clayton Creech. Comment ?

— On lui a coupé la gorge.

— Le coffre est fermé ?

— Oui.

— Vous avez appelé la police ?

— Oui.

— Vous allez faire deux choses tout de suite. D'abord, prenez le registre qui est dans le tiroir du bas de son bureau et cachez-le dans la réserve. Quand ce sera fait, je vous dirai quelle est la seconde.

Sa voix était sèche, dépourvue d'emphase et même de toute vibration. Sans doute n'était-ce pas la première fois que C. Clayton Creech apprenait le meurtre d'un de ses clients. Je tentai de ne pas regarder le cadavre de Toby lorsque je tirai le registre du tiroir. Après l'avoir coincé entre deux cartons, dans la partie entrepôt de l'arrière-boutique, je retournai au téléphone.

— Nous allons passer un accord, Mr. Dunstan. Pour la somme d'un dollar, vous m'engagez comme représentant légal. Je suis là dans dix minutes.

— Je n'ai pas besoin d'un représentant légal, dis-je.

— Ça va venir. En accord avec les vœux de Mr. Kraft, je désire vous rencontrer, vous et les autres parents survivants de feu son épouse, à quatorze heures cette après-midi. À ce moment-là, vous comprendrez pourquoi je préfère ne pas évoquer la question en présence de la police. Fermez-la jusqu'à mon arrivée.

Je raccrochai et attendis le lieutenant Rowley.

90

Une voiture de police suivie d'une conduite intérieure bleu foncé arriva en fanfare sur Lanyard Street et s'arrêta devant le magasin. Deux agents en uniforme quittèrent la première et regardèrent Rowley descendre de la seconde. Le lieutenant fonça jusqu'à la porte et, bien qu'il me vît approcher, se mit à cogner du poing contre la vitre. Il continua jusqu'à ce que j'ouvre.

— Qu'est-ce que vous foutez là, Dunstan ?

— Je donnais un coup de main à la boutique. C'était mon deuxième jour.

— C'est vous qui avez trouvé le corps ?

— Vous le savez très bien. J'ai donné mon nom quand j'ai téléphoné.

Rowley s'adressa à un des flics en uniforme.

— Règle les formalités avec Mr. Dunstan, Nelson, et emmène-le au Quartier général. Où est le corps ?

— Derrière.

Rowley s'engouffra dans le bureau comme une tornade. Toby semblait me regarder, et la folle impulsion me traversa d'entrer à mon tour pour le repeigner. Deux nouvelles voitures de patrouille se garèrent devant la boutique. Mullan et un policier en civil que je n'avais encore jamais vu sortirent de la seconde.

Le capitaine me lança un regard glacé avant de passer dans le bureau, suivi de son subordonné.

— Vous savez quoi ? l'entendis-je soupirer. Je n'y crois pas vraiment, à ces conneries.

Deux voitures de police supplémentaires et une ambulance s'arrêtèrent dans un crissement de freins devant le bâtiment. Bientôt, le magasin grouilla de flics. L'agent Nelson ouvrit son bloc-notes à une page vierge.

Mullan ressortait du bureau, Rowley sur les talons. Quand le lieutenant aperçut son collègue, il en demeura bouche bée.

— Je croyais qu'il était pour moi, celui-là, s'étonna l'inspecteur que je ne connaissais pas.

— Qu'est-ce qu'Oster fabrique ici ?

L'expression de Mullan était d'une totale hypocrisie.

— Vous ne vous occupez pas de l'affaire Little, lieutenant ?

— Vous savez bien que si.

— Alors, rentrez au quartier général. Cette enquête-ci, c'est l'inspecteur Oster qui va la mener.

Tout le monde fixait Rowley.

— Parfait, capitula ce dernier. (Un peu de rouge lui monta aux joues.) Mais Dunstan a déjà...

— Déjà quoi, lieutenant ?

Toutes les têtes se tournèrent vers un homme dégingandé, au teint pâle, vêtu d'un costume gris, qui semblait apparu à mon côté par magie, comme sorti d'un nuage de fumée. Il avait des cheveux fins incolores, un visage étroit, profondément marqué, des lunettes à monture métallique et la bouche en boîte aux lettres. Je reconnus sa voix sèche et plate.

— Continuez, lieutenant, je vous en prie.

— C. Clayton Creech, persifla Rowley. Juste ce qu'il nous fallait.

Le mépris du lieutenant n'atteignait pas Creech. Rares, sans doute, étaient les choses qui l'atteignaient. Depuis longtemps immunisé à l'indignation et à la surprise, il était en permanence prêt à accueillir tout ce qui croisait son chemin. On ne pouvait rien lui montrer qu'il n'ait déjà vu assez souvent pour que l'événement soit simplement identifié avec ironie. Les réactions humaines conventionnelles lui étaient à ce point étrangères qu'il aurait aussi bien pu venir d'une autre planète. Compte tenu des circonstances, sa présence m'apaisa plus que je ne l'aurais cru possible.

— C'est votre avocat ? me demanda Mullan.

— C'est lui.

Rowley émit une interjection dégoûtée et se fraya un chemin à travers les policiers en uniforme. L'agent Nelson lança un regard incertain à Oster.

— Je m'apprêtais à l'interroger.

— Vas-y, dit l'inspecteur.

— Mon client doit-il être emmené au quartier général ? demanda Creech, comme s'il s'était enquis des résultats d'un match de base-ball de dernière division, disputé à l'autre bout du pays.

— Votre client va être invité à nous assister dans notre enquête. (Mullan se tourna vers moi, l'air las.)

Accepteriez-vous de faire une déposition au quartier général ?

Sans bouger un muscle, l'homme de loi me conseilla d'accepter.

— Bien entendu, dis-je.

— Je serai présent durant l'interrogatoire, prévint Creech. Si mon client le désire.

— J'aimerais que Mr. Creech soit présent, confirmai-je.

Un homme visiblement fatigué, à la peau couleur de champignon, entra, examina Toby puis le déclara décédé. Les infirmiers venus dans l'ambulance emportèrent ce qui ressemblait à une gigantesque miche de pain cachée sous un drap.

— Monsieur votre avocat ne s'opposera pas à ce que je vous dise que nous avons trouvé le responsable de l'incendie de la nuit dernière.

La silhouette immobile de Creech parvint à trahir une vague curiosité.

— L'école primaire Carl Sandburg a offert une récompense de dix mille dollars pour tout renseignement menant à une arrestation.

— Beau geste, apprécia l'avocat.

Mullan sourit.

— Hier, en fin d'après-midi, votre vieux copain Frenchy La Chapelle et un mécréant qui se fait appeler « J'Amasse Du Fric » Blunt se sont offert un instant de détente devant une bouteille de bourbon et une pipe de crack.

— James d'Ufrik ? demandai-je.

— *J'Amasse Du Fric,* corrigea Mullan. Il y a six ans, ce petit génie est allé récupérer poste restante une valise pleine de marijuana qui venait du comté d'Humboldt, en Californie. Il l'avait expédiée à son vrai nom, en donnant sa vraie adresse. Heureusement pour lui, il était client de Mr. Creech, si bien qu'il s'en est tiré.

— Lamentable négligence de la part des policiers qui l'ont arrêté, commenta l'avocat.

— Une fois défoncé, Frenchy s'est vanté d'avoir été payé pour incendier un immeuble de Chester Street. J'Amasse Du Fric a décidé que son devoir de citoyen était plus important que sa loyauté envers un ami. On a arrêté ledit ami et on l'a collé en cellule. Un peu avant quatre heures, ce matin, il est arrivé quelque chose d'étrange à Mr. La Chapelle. (Mon cuir chevelu se mit à me picoter.) Il n'avait rien de plus tranchant que ses ongles sur lui, mais il a quand même réussi à se couper la gorge. Il ressemblait énormément à Toby, là.

— Oh ! fis-je.

— L'autre jour, vous avez mentionné Clothhead Spelvin, reprit le capitaine. Vous pourriez nous apporter un peu de lumière sur cette affaire ?

Le regard indifférent que posait C. Clayton Creech sur le comptoir de la boutique me recommandait le silence.

— J'aimerais bien en être capable, dis-je.

Mullan se balança sur ses talons.

— Conduisez Mr. Dunstan au poste, Nelson. Vous pouvez aussi emmener Mr. Creech.

— Merci, capitaine, mais je crois que je vais profiter de l'occasion pour prendre un peu l'air.

L'avocat m'interrogea d'un coup d'œil vers le plafond. Je regardai par-dessus son épaule, en direction de la réserve et du registre caché.

Vingt minutes plus tard, il entrait d'un pas léger dans la salle d'interrogatoire et m'informait grâce à sa mystérieuse méthode habituelle que tout allait bien. Le flegmatique Nelson ouvrit son bloc-notes et commença à me poser des questions. Creech se plia sur une chaise, à ma gauche, où il demeura pendant les trois heures suivantes. De temps à autre, il lançait un reproche poli à quiconque était en train de me cuisiner. Il semblait à peu près aussi passionné par la procédure qu'un lézard étendu sur un rocher brûlant. Juste avant midi et demi, la police d'Edgerton me relâcha avec l'ordre de rester en contact avec elle.

Creech et moi passâmes devant le sergent de service à la réception, qui se fit un devoir d'ignorer l'avocat.

— Ah ! Les bonnes vibrations, remarqua ce dernier. (Au sommet des marches qui descendaient vers Grace Street et Town Square, il ajouta :) Quatorze heures, à mon cabinet.

— J'y serai, dis-je.

L'instant d'après, il avait disparu.

91

L'antichambre tapissée de scènes de chasse renfermait un bureau de la taille d'un cercueil, derrière lequel officiait une femme au visage de juge amoureux de la potence.

— Nous sommes Mr. Dunstan ? demanda-t-elle en levant les yeux vers moi.

— Nous le sommes, dis-je.

Elle ramassa un bloc de sténographe, un stylo, puis ouvrit la porte du cabinet proprement dit.

Assis sur des chaises en bois au dossier haut et étroit, Clark, Nettie et May se tournèrent lorsque j'entrai. Des chapeaux ornés de dentelle couvraient les cheveux blancs des tantes. Un canapé en cuir éraflé s'étendait devant un mur de livres de droit. À travers les motifs du tapis oriental passé, apparaissait çà et là sa trame brune. Les hautes fenêtres donnant sur le parc ensoleillé, derrière Creech, laissaient filtrer une maigre lumière qui mourait dès son entrée. Dans la pénombre, l'avocat n'était qu'une silhouette dépourvue de visage.

Prélevant un papier dans un dossier, sur son bureau, il le posa devant lui, assorti d'un stylo-plume.

— Avant de vous asseoir, Mr. Dunstan, je vous prie

de signer cet accord qui officialise nos rapports professionnels selon les termes discutés ce matin, et de me donner la somme de un dollar que spécifient lesdits termes. (Il expliqua, pour les autres :) Mr. Dunstan signe une simple autorisation faisant de moi son conseiller judiciaire. La chose est due au fait qu'il a découvert le cadavre du défunt et n'a aucun rapport avec les questions qui vont nous occuper maintenant.

Je signai la déclaration, d'un seul paragraphe, et posai un billet déplié sur la feuille. Il disparut avant que cette dernière ne se retrouve dans un tiroir, mais je ne vis pas l'avocat le toucher. Dépassant les chaises, je m'assis au bout le plus proche du canapé. La secrétaire se percha à l'autre.

— Miss Wick prendra des notes durant cette conférence, nous annonça Creech. (L'intéressée ouvrit son bloc et tint son stylo prêt au-dessus d'une page vierge.) Mr. Dunstan, j'ai déjà informé vos grand-tantes et votre grand-oncle des événements survenus ce matin dans Lanyard Street. Je vous présente mes sincères condoléances. Je n'étais que le conseiller juridique de Mr. Kraft, mais j'ai rempli ces fonctions durant des années, et sa personnalité m'avait fait grande impression.

— C'est souvent le cas avec les escrocs, commenta Nettie. Cela dit, j'admets que Toby avait ses bons côtés. Il a rendu visite à notre nièce sur son lit de mort.

— Mon client avait beaucoup d'affection pour sa belle-fille, confirma Creech. À présent que Mr. Dunstan nous a rejoints, toutefois, nous pouvons passer aux affaires qui nous occupent. Mon client désirait que le contenu de son testament soit rendu public très rapidement après sa mort, si possible dans les vingt-quatre heures. Qu'il soit consigné que nous nous sommes réunis en accord avec ses instructions.

— Consigné, dit miss Wick.

— Qu'il soit également consigné que les personnes dont mon client désirait la présence à la lecture dudit testament sont ici rassemblées, en dehors de Mrs. Joy Dunstan Crothers, absente de son propre chef, et de Mr. Clarence Aaron Crothers, absent pour raisons de santé.

— Consigné, répéta miss Wick.

Creech releva les yeux du dossier posé devant lui.

— Mon client a aussi stipulé que sa dépouille mortelle devait être inhumée rapidement. Bien entendu, Mr. Kraft n'avait pas prévu que son décès résulterait d'un homicide. Les recherches du coroner du comté et de notre police risquent d'empêcher l'observation à la lettre de ses instructions. Qu'il soit donc consigné que l'esprit desdites instructions sera honoré et que la dépouille précitée sera inhumée dans les vingt-quatre heures suivant son arrivée aux pompes funèbres Spaulding du Repos Céleste.

— Consigné.

Creech semblait presque sourire à son public. La faible luminosité et la conformation de son visage, toutefois, n'autorisaient guère de certitude à ce sujet.

— J'ai reçu pour instructions d'informer les parties présentes de divers détails. Mon client avait mis de côté l'argent nécessaire à tous les arrangements concernant ses funérailles, notamment l'achat d'un cercueil, d'une pierre tombale avec inscription et d'une concession adjacente à celle de feu son épouse. En outre, il ne désirait ni service funéraire ni cérémonie à sa mémoire dans un lieu de prière protestant, catholique, juif ou de quelque autre religion que ce soit. L'enterrement proprement dit se déroulera sans la contribution du clergé et quiconque désirera s'y rendre en aura le droit. Mon client a de plus précisé que toutes les personnes présentes auraient la liberté de s'exprimer spontanément. Qu'il soit consigné que ces instructions ont été lues et comprises.

— Consigné, dit miss Wick.

— Ai-je bien entendu le mot « inscription » ? interrogea Clark.

— Attendez que j'en retrouve la teneur exacte. (L'avocat tourna quelques pages.) La pierre tombale de mon client portera l'inscription suivante : sur la première ligne, TOBIAS KRAFT, en lettres capitales ; sur la deuxième ligne, ses dates de naissance et de décès ; sur la troisième ligne : FIEZ-VOUS À L'INATTENDU, en lettres capitales plus petites, puis le nom en italiques d'Emily Dickinson, auteur de la citation en question.

— « Fiez-vous à l'inattendu » ? répéta Clark. Qu'est-ce que c'est censé vouloir dire ?

— Je suppose que mon client considérait cela comme une bonne devise. (Creech tourna une page de plus et releva les yeux vers nous.) Nous en arrivons à la lecture du testament de Mr. Kraft. Puis-je supposer que les personnes assemblées ici sont d'accord pour sauter la lecture des paragraphes d'introduction et en arriver directement à la section C : les legs ? (Comme Nettie se penchait pour murmurer quelque chose à May, il ajouta :) Je vous assure qu'aucun point vous concernant ne sera négligé si nous passons directement à la section C. Quoi qu'il en soit, des copies intégrales du document vous seront distribuées à la fin de cette entrevue.

— Laissez tomber le charabia, approuva Nettie.

— Qu'il soit consigné qu'il a été admis de commencer la lecture du testament à la section C : Legs.

Miss Wick articula son écho.

Creech se mit à lire de sa voix plate, sans émotion.

— Moi, Tobias Kraft, stipule par la présente qu'à ma mort, la totalité de mes biens sera distribuée de la manière suivante. (1) La somme de cinq mille dollars sera versée anonymement à la Croix-Rouge. (2) La somme de cinq mille dollars sera versée anonymement au Musée du Souvenir de l'Holocauste des États-Unis, sis à Washington, D.C. (3) Tous les vêtements en ma possession au moment de ma mort seront donnés à Goodwill Industries[1]. (4) Le reste de mes biens, à

1. Équivalent du Secours populaire. *(N.d.T.)*

savoir l'ensemble des fonds répartis sur mes comptes bancaires et mes comptes boursiers, mes actions, mes obligations, mes fonds mutuels et les propriétés immobilières que je possède en mon nom ou par l'intermédiaire de la société T.K. Holding Corporation, reviendra à Valérie Dunstan, dite Star Dunstan. Si Valérie Dunstan devait décéder avant moi, le legs reviendrait à son fils, Ned Dunstan. (L'avocat releva les yeux.) Qu'il soit consigné que le testament de Mr. Tobias Kraft a été lu et compris.

Nettie noya la réponse de miss Wick.

— Soit vous avez oublié quelque chose, soit je n'ai pas bien entendu.

— En ce cas, laissez-moi tout vous expliquer clairement afin d'éviter les malentendus. Mon client laisse dix mille dollars à des organisations caritatives. Ses vêtements à Goodwill. La grande majorité de ses biens au jeune homme assis sur le canapé derrière vous.

Tous tournèrent vers moi de grands yeux, choqués à des degrés divers.

— En quoi consistent les biens en question ? demanda Clark à Creech.

— Si vous voulez bien me donner un instant... (L'homme de loi sortit une autre liasse de papiers du dossier, parcourut la première page, l'écarta, puis jeta un coup d'œil à la seconde.) Les liquidités se montent à cinq cent vingt-cinq mille quatre cent vingt dollars, sans compter les intérêts accumulés depuis les derniers relevés. Mr. Kraft était également propriétaire du bâtiment dans lequel il vivait et conduisait ses affaires, ainsi que d'un immeuble résidentiel de Chester Street et de deux commerces situés au centre-ville d'Edgerton. Leurs valeurs combinées devraient atteindre environ huit cent mille dollars, en comptant la prime d'assurance de la propriété récemment détruite par un incendie criminel.

Nettie et May demeuraient comme enracinées sur leur siège.

— De plus, reprit Creech en tournant une autre

page, mon client avait souscrit deux polices d'assurance sur la vie. Sa femme en était la bénéficiaire originelle. À sa mort, Mr. Kraft a désigné comme bénéficiaire Valérie Dunstan ou, en cas de décès de cette dernière, son fils Ned Dunstan. Chaque police verse une prime de trois cent mille dollars à la mort du souscripteur, si bien que la prime totale sera de six cent mille dollars. Je me suis entretenu avec le courtier de Mr. Kraft, et nous réglerons conjointement les formalités. Avec un peu de chance et la coopération des autorités, les chèques des assurances devraient me parvenir d'ici trois à quatre semaines. (Peut-être sourit-il à nouveau, mais je n'aurais pu l'assurer.) Vous serez bientôt un jeune homme raisonnablement riche, Mr. Dunstan. Si vous ne disposez pas déjà des services d'un bon comptable, je vous suggère d'en trouver un.

— Je n'ai pas encore entendu mon nom, dit May.

— Tu ne l'entendras pas, déclara Nettie. Combien vous rapporte cet arrangement, Creech ?

— Je préfère ignorer cette remarque, Mrs. Rutledge. (Creech classa ses papiers et referma le dossier.) Les gens s'expriment souvent avec rudesse lorsqu'ils sont sous pression.

— Je n'ai même pas commencé de vous rudoyer, reprit Nettie. Alors ? Combien ?

— Attendez que je réfléchisse, répondit Creech. Pour la rédaction du testament, j'ai perçu des honoraires correspondant à mon tarif horaire habituel. La totalité se monte sans doute à environ cinq mille dollars, compte tenu des divers changements apportés au fil des années. Mr. Dunstan et moi n'avons passé aucun arrangement, à l'exception de celui qui s'est déroulé devant vous tout à l'heure, pour lequel j'ai reçu un dollar. Il recevra la facture correspondant au temps que j'ai employé ce matin à défendre ses intérêts, mais cela n'a pas le moindre rapport avec la question qui nous occupe en ce moment. Je pense qu'il est clair que, loin de s'entendre avec moi pour modifier le testament de

Mr. Kraft, Mr. Dunstan n'avait en aucun cas connaissance de ses termes. J'irai jusqu'à dire qu'il est pour le moment totalement abasourdi.

Nettie pivota sur sa chaise et me bombarda de vibrations orageuses.

— Je veux la vérité. Tu savais ce qui allait arriver quand tu es entré ici ?

— Je n'en avais pas la moindre idée, assurai-je, tandis que le stylo de miss Wick courait sur son blocnotes. Je suis abasourdi, c'est vrai. Toby m'avait dit qu'il prendrait soin de moi, mais je pensais qu'il parlait de me donner un travail à sa boutique.

— Je vois, lâcha ma grand-tante. Maintenant, je sais pourquoi tu as dit à cette vieille crapule de venir à l'hôpital. Je parie que tu lui rendais des visites de politesse.

La voix reptilienne de Creech tomba comme une douche froide.

— Le testament de Mr. Kraft a été amendé pour la dernière fois deux semaines après la mort de son épouse. En date du 17 avril 1965. À l'époque, Mr. Dunstan n'avait pas encore sept ans. En outre, il est clair que l'intention de Mr. Kraft était de léguer l'essentiel de ses biens à la mère dudit Mr. Dunstan, lequel hérite par défaut.

— Ce vieil aigrefin a tout légué à *Star,* Nettie ? demanda May.

— Exactement. Et comme Star nous a été enlevée, l'ensemble du paquet revient à son petit garçon.

Elle tordit le cou pour me regarder.

— Tu ne vas pas tout garder, n'est-ce pas, Neddie ? Tu es encore très jeune, mais tu as tout de même du cœur.

— Tu vas vraiment toucher beaucoup d'argent, mon garçon, pour un ouvrier, dit Clark sans daigner se tourner vers moi. J'espère que ça ne te montera pas à la tête.

— Avez-vous l'intention de reprendre la boutique de prêts sur gages de mon client, Mr. Dunstan ? demanda Creech.

— Non.

— En ce cas, nous pouvons prendre nos dispositions pour la fermer et vendre la propriété. Si vous le désirez, nous pouvons également mettre les autres immeubles sur le marché. Le testament de mon client doit être homologué, procédure qui demande en général au moins un an, mais il serait sage de régler ces détails dès maintenant.

— Oui, merci. Occupez-vous de vendre les propriétés.

Je regardai le stylo de miss Wick danser sur son bloc-notes.

— Des voitures de course, dit Clark. Une grande maison. Du champagne français et des filles plantureuses. Tu sais ce qu'on dit des imbéciles qui trouvent la fortune. Si tu me laissais gérer cet argent, tu aurais une chance de t'en sortir avec quelques *cents* en poche.

— Il faut que je réfléchisse, oncle Clark. Et j'aimerais bien que vous vous taisiez tous un instant.

— Moi, il faut que je dise ce que j'ai sur le cœur, intervint Nettie, sans me regarder, les yeux fixés droit devant elle, comme Clark. Il faut que je dise une toute petite, une minuscule chose, sinon elle risque de se transformer en un énorme fardeau qui me pèsera toute ma vie. Mr. Kraft a épousé notre sœur chérie. Bien qu'il nous ait pris Queenie, nous n'avons jamais manqué de l'accueillir chez nous. Quand notre sœur est morte, Mr. Toby Kraft est demeuré dans notre cercle familial. On peut même dire qu'il est devenu pénible : il passait sans avoir été invité et il restait dîner. En mémoire de feu ma sœur, j'ai préparé nettement plus de repas pour cet homme que je ne l'aurais voulu, et c'est aussi le cas de May. Si on additionnait le coût de tout ce qu'il a mangé chez nous, on atteindrait plusieurs milliers de dollars — et c'était pure charité chrétienne de notre part : ce vieil escroc n'avait jamais rien dit pouvant laisser penser qu'il avait amassé une fortune. N'est-ce pas, May ?

— Non, rien du tout.

— À le voir, on aurait juré qu'il lui manquait toujours dix *cents* pour faire un dollar. C'était le type le plus mal fagoté que je connaissais. Il était alcoolique, tout le monde le sait, et en plus, c'était une vraie crapule, mais nous lui avons tout de même donné notre amour parce que nous ne savons pas nous conduire autrement. On ne se refait pas.

C. Clayton Creech contemplait Nettie avec une admiration non feinte.

— Pense à ce que ferait ta mère, Neddie, dit May.

— Je ne pense qu'à ça, dis-je. Mr. Creech, j'aimerais que vous rédigiez un acte divisant les biens de Mr. Kraft en quatre parts égales. Une pour tante Nettie, une pour tante May, une pour tante Joy et la dernière pour moi.

— Vous voulez y réfléchir jusqu'à demain matin ? demanda l'avocat.

— Non.

— Les primes des polices d'assurances doivent-elles être incluses dans la division des biens ?

— Oui. À combien va se monter chaque part ?

Creech sortit un bloc-notes d'un tiroir, tout en allumant une Lucky Strike prise dans le paquet posé sur son bureau.

— Suivons-nous bien tous les développements de l'affaire, miss Wick ?

Miss Wick lui assura que lesdits développements étaient dûment consignés. Il se pencha sur son bloc en exhalant un nuage de fumée substantiel.

— Nous avons cinq cent vingt-cinq mille dollars en liquidité. Ajoutons à cela la valeur estimée des propriétés immobilières et les primes d'assurances, cela nous fait un million neuf cent vingt-cinq mille dollars. Un quart de l'héritage se monterait donc plus ou moins à quatre cent quatre-vingt-un mille dollars.

— Rédigez les papiers, intimai-je. Toby voulait

laisser cet argent à ma mère, et je sais qu'elle l'aurait partagé avec ses tantes.

— Votre décision est définitive ?

— Vous l'avez entendu, Creech, lança Clark. Remuez-vous.

May se tourna vers moi.

— Joy n'a pas besoin de tout cet argent, tu sais. Et quatre cent quatre-vingt-un mille dollars, ça m'a l'air d'une somme énorme pour un jeune homme qui a toute la vie devant lui.

Je lui souris.

— Tu as raison. Mr. Creech, je désire donner vingt mille dollars pris sur ma part des primes d'assurances à une nommée Suki Teeter.

— Vous pourriez m'épeler ce nom ? demanda Miss Wick.

Je m'exécutai.

— Elle habite la galerie Riverrun dans Archer Street, à College Park.

— C'est tout ce dont j'ai besoin, dit Creech. Aimeriez-vous que j'informe Ms. Teeter de sa bonne fortune ?

— S'il vous plaît.

J'avais l'impression d'être Rockefeller.

— Tu donnes de l'argent à cette *Suki* ? s'étonna Nettie, le regard flamboyant de colère.

— Star l'aurait fait, affirmai-je. J'ai vu Suki Teeter, l'autre jour, et elle en a grand besoin. Si tu crois que je devrais m'abstenir de ce genre de choses, je peux toujours tout garder pour moi. Ce qui me laisserait ?

J'interrogeai C. Clayton Creech du regard.

— Un million neuf cent vingt-cinq mille dollars.

Dans sa bouche, on aurait cru qu'il n'y avait là que de quoi se payer une place de cinéma et un paquet de pop-corn pas trop gros.

— Suki était une amie très chère de Star, dit Nettie. Ta mère serait fière de toi. Je savais que tu avais bon cœur.

Creech suggéra d'attacher à mes cadeaux la condition que tous les fonds restants me soient restitués à la mort de leurs bénéficiaires.

— Moi, je n'ai pas la moindre intention de laisser de l'argent à la Croix-Rouge ou à des musées sur les nazis, reprit Nettie. Alors rédigez vos bouts de papier et occupez-vous de les faire homologuer. Je veux une cuisinière avec deux fours et un gril, comme dans les restaurants, et j'aimerais bien l'avoir avant qu'on me mette dans le trou.

Quand nous nous levâmes, Creech me demanda de revenir à 17 h 30 pour signer les documents.

Au rez-de-chaussée, j'ouvris la porte d'entrée sur une explosion de soleil et un miroitement de verdure.

Clark descendit l'escalier d'un pas chancelant mais l'air tout de même très fier. Nettie et May sortirent l'une derrière l'autre dans la clarté de Paddlewheel Road, et je fermai la marche. La Buick luisait sur une place de parking, à deux pas de Commercial Avenue. J'avais un peu l'impression de rêver. Je venais de faire cadeau d'environ un million et demi de dollars.

Clark inspecta les manches de sa veste.

— Il me semble accuser un très léger retard par rapport à la mode. Combien sommes-nous censés toucher de Toby ?

— Quatre cent quatre-vingt mille, dit Nettie.

— Ce n'est pas tant que ça, quand on y réfléchit à tête reposée. On ne peut pas dire qu'un type avec quatre cent quatre-vingt mille dollars en banque soit riche, alors ne commence pas à nous classer dans cette catégorie.

— Je veux une grande cuisinière avec un gril et je l'aurai, quelle que soit notre catégorie, affirma Nettie.

— Tu sais ce que j'aimerais, moi ? demanda May. Une télé avec un écran géant et une antenne satellite, au lieu de mon petit poste minable qui capte seulement trois chaînes.

— On pourra en acheter une chacune, dit Nettie,

mais on ne m'ôtera pas de l'idée que ce n'est pas raisonnable de payer ce genre de frivolités.

— On n'a pas besoin de les *payer*, renvoya May. J'aimerais bien en avoir une, c'est tout.

— Des vêtements neufs, continuait Clark. Le jour où le premier chèque arrive, je vais chez Lyall et j'en sors remis à neuf de la tête aux pieds. Ensuite, je pousse jusqu'au Speedway et j'offre à Cassie un double Johnnie Walker Black Label en l'honneur de ce vieux Toby. Que Dieu ait son âme.

— Il faut que je te dise quelque chose, Clark, intervins-je.

— Toby Kraft reposera en paix, maintenant, continuait May. J'ai toujours dit que malgré ses défauts, il était très loyal.

— Clark, ce matin...

— Puisqu'il ne voulait pas nous causer de chagrin inutile, on devrait respecter ses vœux et lui faire l'enterrement digne qu'il a demandé, intervint Nettie. C'est le révérend Swing qui officiera aux funérailles de Star, Neddie. Il est célèbre pour ses enterrements.

— Je suis sûr que je vais l'adorer, affirmai-je, mais il faut que je dise à Clark...

— Tu ne voudrais pas aller contre les dernières volontés d'un mort ? lança mon grand-oncle.

— *Clark,* tranchai-je, trop fort. Tu ne paieras pas de verre à Cassie Little.

— Et pourquoi ça, je te prie ? interrogea-t-il, irrité.

— Parce qu'elle est morte.

— Tu te trompes. Elle a eu un petit rhume, l'autre jour, mais sinon, elle est en parfaite santé.

— Je suis désolé, oncle Clark. (Il était trop tard pour faire machine arrière et régler la question avec plus de diplomatie. Le choc marquait déjà son visage hagard.) Cassie a été assassinée chez elle la nuit dernière. Son copain Frenchy aussi, dans une cellule, au quartier général de la police.

— Ils faisaient partie du gang de Clyde Prentiss,

nous rappela May. On les a tués pour les empêcher de parler, c'est moi qui vous le dis.

Les yeux de Clark paraissaient comme vitrifiés.

— C'est Bruce McMicken qui a trouvé le corps, continuai-je. Je l'ai lu dans le journal, ce matin.

Il ferma la bouche, la rouvrit, puis la referma.

— Tu es dur, mon garçon. Franchement dur. Tu aurais pu m'annoncer la nouvelle avec un peu plus de ménagements.

— J'ai essayé, me défendis-je, mais tout le monde me coupait la parole.

— Tu devrais montrer plus de respect pour le chagrin des autres. (Il adressa un rictus farouche au trottoir.) Ce Frenchy l'a assassinée pour l'empêcher de fréquenter d'autres hommes, et ensuite, il s'est suicidé de remords. J'espère que j'aurai mes nouveaux vêtements à temps pour son enterrement.

— Pourquoi est-ce qu'on reste ici, à rôtir sur le trottoir ? demanda Nettie. Il est temps de rentrer.

— Je vous verrai à Little Ridge, à dix heures, demain matin, dis-je.

— On peut pas la mettre en terre si vite que ça, se plaignit Clark.

— Demain, c'est Star qu'on enterre, pas ta copine, renvoya sa femme. Ouvre la voiture, qu'elle s'aère un peu. (Elle sortit de son sac un morceau de papier.) Tu as eu des appels, ce matin, Ned, de Mrs. Rachel Milton et de ton amie Mrs. Hatch. Nous avons eu une agréable conversation. J'ai noté leurs numéros.

Elle me tendit le papier.

92

J'avais le sentiment de ne plus être tout à fait ancré dans la réalité, ou dans ce que j'avais toujours pris pour la réalité. Au sein de Merchants Park, l'herbe éclatait d'un vert agressif. Une lumière dure, blanc doré, éclaboussait les toits des voitures. Il me semblait tour à tour glisser au-dessus du trottoir et lutter contre un fort courant. Le cadavre couvert de sang et le visage maussade de Toby ne cessaient de passer devant mes yeux.

À l'entrée des ruelles bordant Word Street, des ténèbres étincelantes semblaient m'appeler. Bruce McMicken, qui fonçait tête baissée sur le trottoir, ouvrit d'un coup sec la porte du Speedway. Le fantôme de Frenchy La Chapelle trottinait à sa suite. Une enseigne au néon bleu, au-dessus d'une étroite fenêtre, annonçait PEEP INN [1]. Lorsque j'obéis à l'injonction, je vis un homme caresser le bras nu d'une jeune femme qui lui masquait le visage. Elle leva la tête, exposant un cou fluet. L'homme se pencha en avant pour lui dire quelque chose qui la fit rire. Mon cœur manqua un battement et gela instantanément.

Robert porta une cigarette à ses lèvres. Sa bouche se durcit tandis qu'il inhalait, et une fumée chaude, âcre, se déversa dans mes poumons. Je me détournai de la fenêtre en toussant, puis me remis en marche d'un pas mal assuré. Quand je levai la main pour m'essuyer le front, je me rendis compte que je distinguais les immeubles de Word Street à travers, comme s'il s'était agi d'un simple morceau de verre teinté en forme de main.

J'en approchai l'autre, les doigts écartés. Le bitume m'apparaissait à travers les deux, un peu flou. Je m'observai vivement dans une vitrine afin de voir si tout mon corps était en train de disparaître. Le miroir improvisé me révéla un visage tout à fait visible. Des mains normales, opaques, émergeaient de mes manches. Je recommençai à respirer. Lorsque je jetai

1. Jeu de mots intraduisible, de *inn*, auberge, et *to peep in*, regarder à la dérobée à l'intérieur de quelque chose. *(N.d.T.)*

un nouveau coup d'œil dans la vitrine, le reflet du géant en dashiki qui m'avait adressé la parole dans Pine Street me regardait avec désapprobation, à un mètre de moi.

— Qu'est-ce qui ne va pas, maintenant ? demanda-t-il.

J'éclatai de rire.

— Je ne sais même pas par où commencer.

— Essaie.

— Ce matin, j'ai découvert un cadavre couvert de sang. Cet après-midi, que le type en question m'avait légué dans les deux millions de dollars. J'ai fait cadeau des trois quarts. Et puis, il y a environ cinq secondes, j'ai commencé à disparaître.

Il renvoya la tête en arrière et partit d'un rire tonitruant. Je ne fus pas plus capable de me maîtriser que je ne l'avais été avec Stewart Hatch, et je ris avec lui jusqu'à devoir essuyer des larmes dans mes yeux.

— Si tu arrives à rire de ta propre bêtise, c'est qu'au moins, tu n'es pas fou, conclut le géant en émettant des grondements de gorge. Mais tu es un cas, Ned Dunstan, c'est sûr.

— Comment connaissez-vous mon nom ?

— On peut commencer à disparaître pour un tas de raisons. Il y a des gens qui disparaissent tout le temps, pour de bonnes ou de mauvaises raisons. Mais hériter d'un énorme paquet de fric est la plus mauvaise que j'aie jamais entendue.

Il secoua la tête en souriant.

— Comment connaissez-vous mon nom ? insistai-je.

— Ned. (Il me considéra avec une expression qu'on aurait pu qualifier de critique, mais seulement au sens où elle signifiait qu'il avait remarqué des choses m'ayant échappé.) Comment crois-tu que je connaisse ton nom ?

Je reculai d'un pas pour le considérer tout entier. Il mesurait environ deux mètres et devait peser dans les cent trente kilos. Il avait le visage marqué, les yeux luisants et les dents assez blanches pour vanter les mérites d'un dentifrice. Un bonnet africain tissé lui recouvrait la tête, ne laissant apparaître qu'un centimètre de cheveux gris au-dessus de ses oreilles. Il portait un pantalon de soie noire au pli très marqué et des mocassins vernis — du 45, au bas mot. Son dashiki, plus sombre et plus subtil que celui du vendredi précédent, combinait verts ou bleus profonds et rayures cramoisies largement espacées. Sa peau luisait comme de l'acajou poli. On aurait dit le dernier descendant d'une antique lignée de souverains africains. Son sourire éblouissant s'élargit.

Non, songeai-je. *Il n'a pas l'air d'un roi, il a l'air d'un...*

Une vague de lumière et de chaleur compactes se déroula du centre de son être, et ma pensée s'évanouit devant l'évidence : qui que pût être cet homme, et aussi mystérieux que cela parût, il appartenait à ma propre race — ce n'était pas un Dunstan mais un être *du même genre* que les Dunstan. L'impression d'être protégé, en sécurité, accompagnait la chaleur. J'eus envie de lui prendre la main et d'implorer son aide.

— Comment vous appelez-vous ? m'entendis-je demander.

— Walter, dit le géant. Et attention : Walter, pas Wally ! S'il y a une chose que je ne supporte pas, c'est bien qu'on m'appelle Wally.

— Vous avez un nom de famille, Walter ?

— Bernstein. Si j'étais un gringalet, j'imagine que je ne couperais pas à quelques railleries, mais je n'ai jamais entendu personne se moquer de moi.

— Est-ce que votre père était...

— Mon père était légèrement plus clair que moi. Je ne vois pas vraiment pourquoi tu te montres curieux à ce point-là.

— Mais je *suis* curieux, dis-je. Je me sens complètement déboussolé. Chaque fois que je crois avoir enfin compris quelque chose, je me retrouve à la case départ.

Je me tus. Je ne voulais pas me lamenter devant Walter Bernstein.

— Tu fais des pas de bébé, dit-il. Et pour couronner le tout, tu es un de ces sacrés Dunstan. Les Dunstan ne voient jamais le tableau dans son ensemble : ils courent partout, ils causent des problèmes et ensuite, ils laissent derrière eux le bazar qu'ils ont semé. L'histoire est un éternel recommencement. Tu piges ? Tu peux changer les choses, à condition de surveiller tes arrières et de te donner du mal.

— Me donner du mal pour faire quoi ?

— Tu ne sais pas tout sur toi-même. Voilà ce qu'il faut que tu gardes bien en tête, et pas à quel point tu es *déboussolé*. Pourquoi ne le serais-tu pas ? Tu croyais que la vie était censée être simple ?

— En quoi est-ce que ça vous regarde ? Qu'est-ce qui vous attire ?

— J'en ai peut-être marre de voir déconner les Dunstan, à force. Vous n'êtes pas les seuls à avoir été laissés en plan, tu sais. Tu as déjà écouté du Wagner ? Lu la mythologie nordique ou islandaise ? Celtique ? Il y a autre chose que le pourtour méditerranéen, sur Terre. Quand je vois Goat Gridwell, j'ai envie de vomir. Alors là, en parlant de disparaître ! Ça me rend malade.

— Mais qu'est-ce que...

— Règle tes affaires, c'est ce que tu peux faire de mieux. (Walter Bernstein me contourna et s'éloigna. Au bout de quelques pas, comme lors de notre première rencontre, il s'arrêta et regarda par-dessus son épaule.) Tu as une chance, si tu te sers de ta *tête*.

Il me fixa d'un air inquisiteur puis continua de descendre Word Street sous la lumière éclatante du soleil. En dehors de moi, personne ne le voyait.

93

Rachel Milton décrocha un instant après que sa bonne m'ait demandé d'attendre.

— Je suis vraiment soulagée que vous me rappeliez, Ned. Suki m'a mise au courant, pour votre mère. Comment vous sentez-vous ?

— Je crois que je suis un peu déconnecté, dis-je.

— Je me flanquerais des coups de pied. J'aurais dû tout lâcher pour courir à l'hôpital. Vous avez reçu mes fleurs ?

— Oui, merci. C'était très gentil.

Allongé sur mon lit, je contemplais les évolutions circulaires de deux grosses mouches entre le plafond et la fenêtre. Tous les deux ou trois tours, l'une ou l'autre se cognait dans une vitre et tombait sous la table, avant de reprendre son vol au bout de deux ou trois secondes en bourdonnant.

— J'ai entendu dire que vous aviez fait la connaissance de Laurie Hatch.

— Vaguement.

— Nous étions bonnes amies, toutes les deux, jusqu'à ce qu'un malentendu stupide nous sépare. La prochaine fois que vous la verrez, vous voulez bien lui dire que j'aimerais qu'on répare notre amitié ?

— Je n'y manquerai pas, assurai-je.

Rachel m'interrogea à propos de l'enterrement et je lui en communiquai les détails.

— Il faut que je dise au revoir à Star et que je vous voie. Je me rappelle votre naissance ! (Elle marqua une pause stratégique.) Et je connaissais votre père. On a toutes été très jalouses quand il a jeté son dévolu sur votre mère. (Nouvelle pause théâtrale.) D'après Suki, vous vous intéressez à Edward Rinehart.

— J'aimerais entendre tout ce que vous pourriez m'en dire.

— Après l'enterrement, on ira déjeuner quelque part.

Une mouche percuta la fenêtre avec un bruit de balle de tennis contre un mur en béton et tomba à terre. Je me demandais ce qui pouvait bien bourdonner dans le cerveau de Rachel Milton mais décidai de repousser ces spéculations jusqu'à l'enterrement. Succombant à la tentation, j'appelai Laurie Hatch.

— Où es-tu ? (Sa voix était une véritable musique.) J'étais tellement... Je ne sais pas ce que j'étais, mais j'ignorais où te trouver, alors j'ai téléphoné chez ta tante. Elle te l'a dit ?

— Oui, mais pas tout de suite. Je suis au Brazen Head.

— Au Brazen Head ? Où est-ce ?

Je lui donnai mon numéro.

— Avec tout ce qui s'est passé, je ne sais pas par où commencer, continuai-je.

— Par l'incendie.

Je lui parlai du sinistre et de Toby Kraft.

— Et puis les gros bras qui me prennent pour quelqu'un d'autre ont failli me démolir comme au coin d'un bois, mais je leur ai échappé. À côté d'Edgerton, Manhattan ressemble à une île tropicale.

— Viens donc dans mon île tropicale à moi.

— Il faut que j'aille signer des papiers chez un avocat. Ensuite, je ferais probablement mieux de rentrer ici.

Elle hésita l'espace d'un instant.

— Si j'ai bien compris, Stewart et toi avez eu une longue conversation.

— Rien de ce qu'il m'a raconté n'a d'importance pour moi, Laurie.

— Est-ce qu'Ashleigh t'a appelé ? Il est arrivé quelque chose de vraiment étonnant.

— Je crois que je ne fais plus partie des relations d'Ashleigh, dis-je. De bonnes nouvelles ?

— Je ne sais pas comment elle s'y est prise, mais

elle a trouvé exactement ce qu'il lui fallait. Tu as quelque chose à voir avec ça ?

— Comment veux tu ?

— Vu qu'elle n'a pas voulu me dire de qui elle tenait les papiers, je me demandais... laisse tomber. Le plus rigolo, c'est que Stewart est toujours persuadé de ne rien risquer. Il est content de lui au point que c'en est écœurant, particulièrement parce qu'il pense que tu ne m'adresseras plus jamais la parole. (Je déclarai que j'avais compris ses motivations.) Si je t'ai raconté cette histoire idiote que j'ai inventée il y a quinze ans, c'est parce que la vraie est vraiment trop moche. Je me suis fait horreur. (Il me sembla entendre des glaçons cliqueter dans un verre.) Il a carrément dû prendre son pied quand il en est arrivé à Teddy Wainwright.

— Je n'y ai pas prêté attention. Oh ! J'allais oublier. Rachel Milton a essayé de me joindre. Quand je l'ai rappelée, elle m'a demandé de te dire qu'elle voulait que vous redeveniez amies. En tout cas, elle a hâte de te parler.

— Tiens, tant qu'on en est à se raconter des histoires ahurissantes... (La voix de Laurie avait retrouvé ses habituelles intonations ironiques.) Grennie a une copine de trente-cinq ans, une Chinoise de Hong Kong qui est aussi un petit génie de la finance — Ming-Hwa Sullivan. Il l'a rencontrée quand elle est venue lui taper de l'argent pour fonder une organisation caritative, et il la voit en douce depuis six mois. Elle est extraordinairement belle. Elle a épousé un natif d'Edgerton, un certain Bill Sullivan, à l'époque où ils étaient à l'École de Commerce d'Harvard. Ils sont rentrés ici parce qu'il a trouvé du travail à la First Illinois. Depuis, elle a lancé ses propres affaires, elle a superbement réussi, et ils se sont séparés. Grennie veut l'épouser.

— Et Rachel a envie de pleurer sur ton épaule, conclus-je.

Sa voix se modifia à nouveau.

— Je t'ai raconté un mensonge stupide et Stewart

t'a empoisonné l'esprit. Il faut que je t'explique ce qui est vraiment arrivé.

— La véritable histoire, ironisai-je.

— Et si je passais te prendre ?

Je lui appris que j'avais loué une voiture.

— Saute au volant et viens à la maison.

— J'y serai vers six heures, affirmai-je.

94

Laurie et moi emportâmes nos verres ainsi que le reste du vin au salon pour nous asseoir sur le sofa, près de la cheminée et du grand Tamara de Lempicka. Ma compagne posa la bouteille sur la moquette et s'adossa aux coussins, prenant son verre entre ses mains en coupe.

— Je suis tellement gênée que je peux à peine parler.

— Tu n'es pas obligée, dis-je.

— Il y a cet énorme mensonge entre nous. Cette habitude stupide ! Je me disais que personne ne m'accepterait en connaissant ma véritable histoire. J'avais du mal à m'accepter moi-même. J'avais tellement honte. (Des larmes affleurèrent la surface de ses yeux.) On était tellement pauvres. Mon père s'est fait descendre en essayant de braquer un magasin *d'alcool.* Je suis vraiment le genre de personne avec qui tu as envie de dîner ?

— Ce n'est pas une tare d'avoir eu des débuts difficiles.

Laurie me fixait d'un regard brûlant.

— J'ai grandi avec l'idée que le monde... Bon. On n'était en sécurité nulle part. On ne savait jamais si on aurait à manger pour le dîner, et on était sans arrêt mis à la porte parce que ma mère n'arrivait pas à payer le loyer. Chaque fois qu'on déménageait, j'allais dans une école différente, si bien que je n'avais jamais de copains. Je n'en aurais pas eu, de toute manière. Mes vêtements venaient des boutiques d'occasion — et pas les chouettes : les miteuses. J'étais carrément ridicule. J'avais toujours l'impression qu'un grand trou allait s'ouvrir devant moi et que j'allais y tomber, que je n'arrêterais jamais de tomber. J'avais l'impression qu'on allait se retrouver à la rue. Ou alors que j'allais être mise dans une espèce de prison et que ma mère allait mourir. (Elle s'essuya les yeux.) Bref, quand elle a épousé ce cameraman de la Warner Bros, Morry Burger, ç'a été comme d'être sauvée de la noyade. Il avait un job, et une maison à Studio City. Pendant un moment, tout est allé très bien. Mais ce bon vieux Morry buvait une bouteille de gin par jour, et il a commencé à tabasser ma mère en rentrant du boulot. Moi, je me cachais dans ma chambre, je l'écoutais lui taper dessus — et elle qui pleurait, et lui qui lui hurlait d'arrêter, et on aurait dit... que le trou s'était ouvert, que j'étais tombée. J'ai cessé de ressentir quoi que ce soit. Un vrai zombi. Ce qui n'était pas plus mal, d'ailleurs. On en arrive au premier passage croustillant. (Elle se laissa à nouveau aller en arrière, tenant son verre devant son visage.) Quand j'ai eu onze ans, Morry a commencé à venir dans mon lit, la nuit. Ma mère était ivre morte. Si elle avait su ça, elle m'aurait tuée. Enfin... elle le savait peut-être, mais elle ne l'a jamais admis.

« Ensuite, Morry s'est fait virer de la Warner. Il a réussi à retrouver du boulot, mais pas plus de quinze jours de suite. J'ai fugué au moins une douzaine de fois, mais les flics m'ont toujours ramenée. On a perdu la maison de Studio City, ce qui a complètement déprimé Morry, je dois dire. Pendant à peu près six mois, on est passés de taudis en taudis, la plupart autour d'Hancock Park. Et puis une nuit, ma mère est sortie, et quelqu'un l'a tuée au fond d'un drugstore. On n'a jamais retrouvé le coupable.

« Je fumais déjà beaucoup d'herbe. Après la mort de

ma mère, j'ai rencontré Esther Gold, une gosse de riches complètement détraquée, qui me refilait des amphétamines et des Qualudes, si bien qu'on est devenues très proches. Un soir, Morry a fouillé mon sac et il a trouvé des cachets. Ça lui a donné une idée brillante : j'étais tellement dépravée qu'il pouvait aussi bien gagner un peu de fric et d'influence en me vendant à ses copains. Il l'a fait une ou deux fois par mois. Être obligée d'aller au lit avec eux en plus de lui était ignoble, dégoûtant, affreux, mais Esther Gold a commencé à trouver des Percodan et des Dilaudid, alors chaque fois qu'un des potes de Morry venait à la maison, je m'envoyais dans les vapes. (Elle essuya les larmes qui coulaient sur ses joues et adressa un sourire au fond de la pièce.) On en a fini avec l'enfance, donc on en arrive au deuxième passage juteux : l'adolescence. Esther est allée à Fairfax, moi au lycée de Los Angeles, et je ne l'ai jamais revue, mais le lycée était bourré de défoncés : on trouvait tout ce qu'on voulait. Un jour, en cours d'anglais, j'ai dit à la prof : " Je suis la Reine du Paradis, et toi, tu es un furoncle sur le cul de Dieu. " Mot pour mot. Elle m'a éjectée. Je me suis mise en route pour rentrer chez moi. Sauf que chez moi, ce n'était pas chez moi, c'était le trou à rats où je vivais avec Morry. Je suis restée sans bouger pendant environ quatre heures. Quand un flic qui passait par là m'a demandé mon nom, je lui ai répondu que j'étais la Reine du Paradis.

Laurie pouffa, tandis que des larmes jaillissaient de ses yeux. Je les essuyai du bout des doigts.

— Merci. Je me suis retrouvée à l'hosto. Au moins, j'ai parlé de Morry aux flics, et lui, il a fini en taule. Un ban pour le système de protection de l'enfance de Los Angeles.

« Il n'y a pas grand-chose à dire de l'hôpital, à part que j'ai commencé à y voir un peu plus clair. Un type fantastique, le Dr. Deering, un psychiatre qui avait la soixantaine, m'a dit qu'il m'avait trouvé une place dans une institution, mais que si l'idée me plaisait, sa femme et lui me prendraient chez eux. C'était le seul homme au monde à qui je faisais confiance, et encore, juste un tout petit peu, mais j'ai dit que je voulais bien essayer. À partir de là, tout a été différent. J'avais beau me montrer paranoïaque et soupçonneuse, ils ont toujours été patients. Je comprenais l'enjeu, tu sais ? Je me disais : *Ça, c'est des gens bien. Ils représentent probablement ta dernière chance de mener une vie correcte. Ne gâche pas tout.*

Laurie but un peu de vin. Son visage s'emplit de ressentiment.

— Pour Stewart, bien sûr, ça signifie que j'étais une espèce de parasite. Mais j'adorais les Deering. J'étais cet être bizarre dont je ne me souviens plus qu'à peine, et ils prenaient soin de moi. Ils engageaient des précepteurs. Ils supportaient que je leur hurle dessus à longueur de repas. Ils me *parlaient*. Quand j'ai appris à agir comme quelqu'un de normal, ils m'ont inscrite dans une école privée et ils m'ont aidée à faire mes devoirs. L'université, ça me paraissait complètement étranger, alors une fois que j'ai eu terminé le lycée, il m'ont trouvé un boulot de réceptionniste dans un centre médical de San Francisco. David et Patsy Deering. Que Dieu les bénisse.

Nous trinquâmes.

— Stewart t'a dit que je m'étais sauvée ? Il te l'a dit, hein ?

Je répondis que je ne me rappelais pas.

— Le Dr. Deering m'a conduite à San Francisco. Il m'a loué un appartement. Je leur ai téléphoné au moins une fois par semaine pendant un an, et puis je crois que Dieu a décidé de me laisser retomber au fond du trou. David et Patsy se sont tués dans un accident de voiture, en revenant d'une réception. Ç'a été terrible. Quand je suis rentrée de leur enterrement, j'étais tellement déprimée que je suis à peine sortie du lit pendant un mois. J'ai perdu mon travail, évidemment. Au bout du compte, je me faisais l'impression d'être une merde, mais j'ai quand même décroché un job dans une galerie d'art, par hasard ; un soir, pendant un vernissage, il se trouve que j'ai rencontré Teddy Wainwright.

« Stewart a sûrement insinué que j'avais profité de Teddy. Ça ne servirait à rien de tout raconter mais j'ai réalisé plus tard que j'étais tombée amoureuse d'un type plus âgé que moi. Bien sûr. Je n'aurais pu tomber amoureuse *que* d'un type plus âgé. Teddy était une figure paternelle. Et alors ? Il m'aimait. Oh ! Seigneur, oui, il m'aimait vraiment. Je crois... Il m'a aidée à retomber sur mes pieds, juste en étant quelqu'un de super. Je voudrais qu'il soit encore vivant pour pouvoir te le présenter. Vous vous seriez appréciés.

— Quand tu as rencontré Stewart pour la première fois, il t'a rappelé Teddy Wainwright ?

Laurie se laissa glisser plus près de moi et s'abandonna sur mon épaule.

— C'était stupide, hein ? Mmmm. À la réflexion, ça ne me plaît pas du tout. Tu es trop perceptif.

— Ça ne te déplaît pas tant que ça.

Elle me posa la main sur la cuisse.

— Il venait d'une ville posée au milieu de nulle part. Il avait l'air un peu coincé, mais je trouvais ça presque charmant, dans un sens. Je ne me doutais pas du malade que c'était. Parce que c'est un malade. Il aime faire du mal aux gens.

Laurie me passa un bras en travers de la poitrine et pressa son visage contre le mien. Son corps me parut aussi chaud que celui d'un enfant fiévreux.

95

Un peu après minuit, je roulai sur moi-même et découvris une silhouette près du lit. *Stewart,* songeai-je en me redressant tout droit. Stewart Hatch s'approcha de moi, se pencha et révéla le visage souriant de Robert.

— On change de place ? murmura-t-il.

— Tire-toi. Non, reste. Il faut que je te parle.

— Qu'est-ce... y a ? marmonna Laurie.

— Je descends boire un verre de lait, dis-je, et elle retomba dans le sommeil.

J'enfilai ma chemise et mon caleçon. Le pistolet, que j'avais caché sous mon pantalon, passa dans une poche de ma veste. Robert me regardait toujours en souriant. Mes limites l'amusaient.

Nous dépassâmes à pas de loup les chambres de Posy et de Cobbie puis descendîmes l'escalier. J'allumai l'ampoule fixée au-dessus du billot de boucher et sortis un verre du bar, où je trouvai un litre de Johnnie Walker Black Label à moitié vide.

Robert prit possession d'une des chaises.

— Est-ce que notre Laurie aurait tendance à picoler ? Toi-même, tu y vas plus fort que d'habitude.

— Peut-être un peu. Ç'a été une rude semaine. (Je levai mon verre.) Quoi qu'il en soit : à la santé de Toby Kraft. C'était sans doute un escroc, mais il a fait tout ce qu'il a pu pour Star. Et pour moi, quand on y pense.

— On le dirait bien, en effet, admit mon frère.

Je pris une chaise en face de lui, quelque peu agressif.

— Intéressant. Je voudrais savoir ce que signifie cette remarque, mais d'abord, tu vas la fermer et m'écouter. Hier soir, tu m'attendais dans ma chambre en feuilletant le bouquin de Rinehart. Tu m'as dit quelque chose du genre : « Ce cher papa était franchement mauvais écrivain, hein ? » Comment savais-tu que Rinehart était notre père ? Je ne te l'avais pas appris.

— J'ai le droit de parler, maintenant ? Comment est-ce que j'ai su, pour Rinehart ? De la même manière que toi, j'imagine. Par Star. Tu n'es pas fils unique, après tout.

— Tu mens.

— Rappelle-toi : tu as dîné avec Nettie et May, à l'hôpital.

— Tu y es venu ?

— Comment crois-tu que le fric du poker s'est retrouvé dans ta poche ? Je n'aurais peut-être pas dû l'y mettre, mais je n'ai pas pu résister. Ensuite, je suis allé dire au revoir à Star, et elle m'a parlé de Rinehart. Visiblement, elle se préparait à te faire la même confidence. À partir de là, j'étais sûr de pouvoir compter sur toi. Malgré tous tes défauts, tu es quelqu'un de fiable.

Je le regardai avec de grands yeux.

— Tu étais sûr de pouvoir compter sur moi ?

— Pour passer à l'étape suivante. Je vais la fermer encore un peu, que tu me racontes.

— Oh, très bien, je vais te raconter, dis-je. Edward Rinehart était le fils d'Howard Dunstan. Je suis quasiment sûr qu'il était illégitime. Il nous a cherchés durant la plus grande partie de nos vies. (Je répétai ce que m'avait confié Howard Dunstan, en assurant le tenir de Joy. Je narrai également ma rencontre avec Max Edison, au HAC.) Edison avait encore peur de Rinehart, et Toby aussi, au point qu'il ne voulait pas qu'on parle de lui. Je ne le dirai jamais à Laurie, mais je crois que c'est notre faute, s'il est mort. Elle a prononcé son nom.

Robert absorba toutes ces informations.

— Tu ne peux pas avoir la certitude que c'est Rinehart qui a tué Toby Kraft, alors pas la peine de te sentir coupable. Tu le croyais mort, Rinehart. Par ailleurs, Toby exerçait un métier à haut risque, et je ne parle pas des prêts sur gages. Contente-toi de lui être reconnaissant de l'argent qu'il t'a légué.

— Je me demande bien comment tu sais ça.

— J'ai fouillé son coffre, rappelle-toi. Quand j'en ai sorti les papiers de Hatch, je suis tombé sur le testament et les polices d'assurances. En ajoutant les biens immobiliers, ça doit aller chercher dans les deux millions. Considère ça comme ta dot.

— Dommage que j'en aie donné l'essentiel.

Il me contempla avec une consternation non feinte, puis ses yeux s'étrécirent et sa bouche s'étira en un sourire.

— Tu plaisantes ? (Je lui expliquai de quelle manière j'avais demandé à Creech de diviser l'argent.) Qu'est-ce qui t'a pris de faire une chose aussi ridicule ?

Je le lui expliquai aussi.

— Après tout, c'est Star qui aurait dû hériter, pas moi, ajoutai-je.

— J'aimerais ne pas te croire. L'avocat a suggéré que l'argent te revienne quand les vieilles casseront leur pipe ?

— C. Clayton Creech connaît toutes les ficelles.

— Ça peut prendre encore vingt ans.

— Les tantes ne dépensent rien, dis-je. Elles utilisent un système de troc à sens unique.

— Quand elles auront mis les pattes sur quelques centaines de milliers de dollars, elles risquent de devenir des citoyennes modèles. Je vois bien Clark acheter la plus grosse bagnole qu'il trouvera. Joy mettra Clarence en maison de repos. Elles finiront toutes les trois en maison de repos, au bout du compte.

— Parfait, dis-je. Si c'est nécessaire, elles s'en payeront une bonne. C'est à ça que servira l'argent.

— Il était censé te revenir. *Nous* revenir.

— J'espère que tu n'envisages pas de les tuer pour ça.

Ce que je considérais comme une plaisanterie me valut un regard noir, dégoûté. Mon frère secoua la tête et détourna les yeux.

— Tu n'as pas tué Toby, n'est-ce pas, Robert ?

Il soupira et secoua la tête à nouveau.

— Je devrais te laisser tomber.

— Dis-moi que tu ne l'as pas assassiné parce que tu savais que j'hériterais de lui ?

— Ça te rendrait bien service, hein ? Tu n'aurais

plus de raison de patauger dans la culpabilité ou d'accuser Laurie. (Je songeai au moment où était mort Toby, et la Terre me parut cesser de tourner.) Mais pour répondre à ta question : non, je n'ai pas assassiné Toby Kraft. Désolé, mais il faudra que tu t'accommodes de tes remords.

— Je l'ai trouvé assis à son bureau. Ce qui signifie qu'il a été tué avant de regagner son appartement. Il était déjà mort quand tu es arrivé là-bas.

— Et ce n'était pas beau à voir. Cela dit, il n'avait jamais été très agréable à regarder. Je déplore que tu aies distribué les trois quarts de son héritage.

— Une ombre n'a pas besoin d'argent.

— Qu'est-ce que tu en sais ? J'en ai marre de vivre en marge. J'aimerais un peu plus de stabilité, de continuité. Tu es mon plan épargne-retraite. Ma rente.

— Allons : tu pourrais entrer dans n'importe quelle banque du monde et en ressortir avec une fortune. Pourquoi t'es-tu donné la peine de me faire rencontrer Ashleigh Ashton et Laurie Hatch ?

— J'avais promis à Star de veiller sur toi. Elle ne t'avait pas averti, à mon sujet, n'est-ce pas ? Une fois notre anniversaire passé, on continuera à vivre, séparés et ensemble, ensemble et séparés, pour le restant de nos jours.

Je ne le *crus* pas.

— Cette après-midi, je suis passé devant un bar qui s'appelle le Peep Inn, et je t'ai vu discuter avec une fille. Il m'est arrivé quelque chose. J'ai commencé à disparaître.

— Je n'arrête pas de disparaître, moi. C'est allé jusqu'où ?

— Je voyais à travers mes mains.

— Personne ne t'a préparé à certains aspects d'une vie de Dunstan. Ça veut probablement dire que tu deviens un peu plus fort.

— Est-ce que ça a un rapport avec le fait que je t'aie vu à ce moment-là ?

— Tu me vois en ce moment. Et surtout, je te vois aussi.

— Le jour où je suis arrivé en ville, tu couchais avec une femme. J'ai éprouvé toutes tes sensations. Je faisais l'amour avec une nana qui n'était pas là.

Les sourcils de Robert se haussèrent vivement.

— Vraiment ?

L'information ne lui déplaisait pas.

— Tu ne savais pas que ça se produisait ?

— Non. (Il sourit.) C'est un phénomène intéressant. (Le blanc de ses yeux semblait plus blanc et ses dents brillaient telles des canines de vampire. Lorsqu'il remarqua mon malaise, il quitta sa chaise.) Ne compte pas me voir à l'enterrement, mais j'y serai. Demain soir, on discutera de notre anniversaire. En attendant, essaie de rester en vie, s'il te plaît.

— Ne me sous-estime pas, Robert, dis-je.

— Je ne suis pas sûr que ce soit possible.

Il me lança un sourire ironique et traversa la porte comme un fantôme.

Je considérai la porte en question : un panneau de bois séparé en deux portions égales par une bande horizontale moins épaisse. Je me levai, contournai la table et tendis le doigt vers le centre du rectangle supérieur. Mon index rencontra une surface solide. Me répétant que j'étais un Dunstan, je tentai de traverser le battant par la puissance de ma volonté. Le bout de mon doigt s'écrasa et se replia en arrière.

96

Assis à table, je contemplais mon verre en songeant à mon frère, mon ombre, dont l'absence avait façonné le cours entier de mon existence. Conscient de ce qui m'arriverait à Middlemount, il m'avait empêché de mourir de faim ou de froid. C'était lui qui avait flirté avec Horst pendant que je m'abrutissais de boisson. Il avait orchestré ma rencontre avec Ashleigh en sachant que cela me conduirait à Laurie Hatch. Pourtant, il n'avait pas prévu que je donnerais les trois quarts de la fortune léguée par Toby Kraft, et il avait été surpris de ma visite à New Providence Road. Robert voulait me faire croire qu'il savait tout de moi, mais il n'avait pas été averti de ma semi-disparition ni du fait que j'étais désormais capable de manger le temps.

Il semblait aveugle aux moments durant lesquels j'agissais en accord avec mon héritage de Dunstan, surtout ce qui m'avait été transmis directement par Star. Presque tout ce que j'avais appris depuis mon arrivée à Edgerton démentait le pouvoir qu'il prétendait avoir sur moi. La part de moi-même qui m'était la moins familière était hors de sa portée.

Toutefois, Robert avait été ravi d'apprendre que j'avais participé à ses aventures sexuelles et vu mes mains s'évanouir dans Word Street. Peut-être souhaitait-il que je disparaisse tout à fait. Trente-cinq ans durant, il avait rôdé à la lisière de l'humanité, tel un loup affamé : quoi de plus naturel que son désir d'obtenir plus ? Comptait-il épouser Laurie Hatch, mettre la main sur le fonds de dépôt familial de Stewart, puis supprimer Cobbie et sa mère ? Une dernière gorgée de whisky me fit juger cette idée farfelue irréaliste. Pourtant, elle demeura suffisamment ancrée en moi pour que je ne puisse pas passer la nuit avec Laurie.

97

J'achevai de m'habiller dans l'obscurité.

— Tu as la bougeotte, remarqua Laurie d'une voix ensommeillée.

— Il faut que je me prépare pour l'enterrement. (Elle releva la tête afin de recevoir un baiser.) Je t'appelle demain.

— C'est aussi ce que disait le type de la nuit dernière.

Je longeai des maisons obscures sur le chemin de la voie rapide. Des camions à dix-huit roues surgissaient derrière moi, monstres aux yeux jaunes qui me dépassaient en rugissant pour devenir ensuite de petits points rouges à la lisière de l'infini. Une poignée de voitures erraient tels des fantômes dans les rues d'Edgerton. Je trouvai une place de parking en face du Speedway, traversai la chaussée et m'engageai dans Turnip Lane.

Trop hâtif, je faillis trébucher sur une forme évoquant un tas de vieux vêtements. Je me penchai, prêt, s'il s'agissait de Piney Woods, à lui donner le prix d'une chambre à l'hôtel Paris. C'était un inconnu aux cheveux sales et au visage couvert de croûtes, d'où montait une odeur de crasse et d'alcool. Ses paupières frémirent, comme s'il avait senti que je le regardais. Non loin de là, un dormeur ronflait par saccades rappelant le démarrage et l'arrêt d'une tronçonneuse.

Dans Leather Lane, un homme quitta un porche en titubant et s'effondra face contre terre sur les pavés. Une voix de femme s'éleva d'un sous-sol : *C'est toujours pareil, toujours pareil. C'est toujours exactement la même histoire, et j'en ai plus que marre.* Un bruit de chasse d'eau retentit. À la faible lueur d'un lampadaire en fer forgé, j'obliquai dans Fish Lane.

J'avais parcouru une dizaine de mètres entre les immeubles agglutinés quand quelqu'un siffla deux notes, la seconde un demi-ton en dessous de la première — un signal aussi vieux que l'enfance. Je jetai un coup d'œil derrière moi mais ne vis qu'une ruelle déserte. Lorsque je me retournai, Joe Staggers sortait de Lavender Lane, à environ six mètres de moi. Il éclata de rire et s'immobilisa, bien campé sur ses jambes.

— Dis donc, dis donc, on dirait que c'est l'heure de faire la fête.

D'un geste fluide qui trahissait l'expérience, il tira un couteau de sa poche arrière de pantalon, puis donna un petit coup sec du poignet. La lame se mit en place avec un claquement métallique sonore.

Je regardai à nouveau par-dessus mon épaule. Niark Niark — Shorty — se tenait sous le lampadaire, au bout de la ruelle.

— Tu es prêt, Dunstan ? lança Staggers. Hein, petit gars, tu es prêt ? Pas de tour de magie, cette nuit.

Il s'avança. Je sortis le pistolet de son étui et le pointai vers lui après avoir enlevé le cran de sûreté.

— On se calme ! (Tout en faisant passer la première balle dans la chambre, je m'adressai au deuxième gros bras, qui n'avait pas bougé.) Lâche ce couteau.

— Qu'est-ce qu'il y a, petit ? Tu vas me tirer dessus ?

— Si j'y suis obligé. (Je déplaçai le pistolet pour le braquer vers Shorty.) Fiche-moi le camp. Tout de suite.

— Il ne tirera pas, dit Staggers. C'est la vérité du bon Dieu.

— Il a cassé la tête à Minor, protesta son acolyte.

— Ce type n'a jamais utilisé un flingue de sa vie. Par contre, si tu te rappelles bien, il nous a piqué un paquet de fric.

— Pas assez pour que je me fasse buter.

Je visai à nouveau Staggers, qui s'était avancé d'un ou deux pas.

— Alors, oublie le fric et sois un homme, pour changer, dit-il. S'il tire sur quelqu'un, ce sera sur moi.

Sans cesser de le tenir en joue, je jetai un bref coup d'œil à Shorty. Quand je me retournai vers mon principal adversaire, il s'était accroupi, les bras le long du corps, et il me souriait.

— File pendant que tu le peux encore, Shorty, conseillai-je.

— Ce petit rigolo ne fera de mal à personne, dit Staggers. Avance.

Comme j'entendais l'interpellé obéir, hésitant, je pivotai et visai sa poitrine. Écartant ensuite l'arme de deux centimètres sur la gauche, je pressai la détente. Une flamme rouge jaillit ; la force de la détonation fit remonter le canon du pistolet. La balle percuta un mur de briques puis ricocha à travers la ruelle, avant de frapper une fenêtre condamnée. Shorty s'enfuit sans demander son reste. Lorsque je fis passer la balle suivante dans la chambre, j'entendis la douille de la première cliqueter sur les pavés.

Joe Staggers, toujours accroupi, se tenait à moins de quatre mètres de moi, le couteau au creux de sa main légèrement tendue.

— Tu l'as raté exprès, espèce de connard.

— Toi, je ne te raterai pas, assurai-je.

— Supposons que je lâche mon couteau, que tu lâches ton flingue et qu'on règle ça en hommes.

— Supposons que tu foutes le camp avant que je te colle une balle dans la tête.

Un pas en crabe le rapprocha de moi. Je pointai le pistolet sur son front.

— Baisse ça, ordonnai-je.

— À tes ordres.

Effectivement, il abaissa son arme, mais lorsqu'il releva les yeux, il bondit sur moi à la manière d'un crapaud. Je visai son imposante silhouette qui filait au-dessus des pavés. Il y eut un éclair rouge, une explosion, le bruit d'une balle qui ricochait sur la pierre. Staggers me percuta aux jambes, me projetant sur le dos.

Maintenant, songeai-je. *Tu dois le faire maintenant !*

Mon estomac se noua. La douleur s'épanouit dans mon crâne. L'étoffe du monde se désagrégea, cessant d'offrir la moindre résistance, et je dévalai plus ou moins soixante ans, Joe Staggers accroché à mes jambes.

J'éprouvai la sensation familière d'*anomalie,* de *dislocation.* Fish Lane, qui baignait dans des miasmes de crottin de cheval, de bière et d'égout, oscillait à la manière d'une bascule. Quand ma vue se clarifia, je reposais sur le dos à quelques mètres d'une entrée de taverne. Le ciel nocturne était parsemé de deux fois plus d'étoiles que la normale. Levant la tête, je vis Staggers se redresser péniblement à quatre pattes. Je sus ce que j'allais lui faire avant même que la porte du bouge ne livre passage à un sinistre groupe d'individus portant vestes élimées et bonnets épais. Un ricanement aussi étonné qu'inquiétant parcourut les arrivants. L'un d'eux s'avança vers nous ; deux ou trois autres le suivirent. Staggers se planta sur ses pieds et leva son couteau.

Jamais il ne lui serait venu à l'esprit que sa chemise propre, son pardessus jaune robuste et sa coupe de cheveux récente lui interdisaient toute sympathie de ces gens. Il n'avait pas l'air riche mais tout de même plus qu'eux, et leur agiter sa lame sous le nez n'arrangeait pas ses affaires. Il tourna la tête vers moi. La douleur et la désorientation qui brillaient dans ses yeux me le firent presque prendre en pitié.

— Où on est, nom de Dieu ?

La plupart des hommes qui se tenaient devant le bar tirèrent eux aussi un couteau.

L'un d'entre eux s'écarta des autres. Les poches déchirées de sa veste flottaient telles des oreilles de cocker. *Occupe-toi de celui-là, Bumpy,* lança une voix.

Je jetai le pistolet dans l'allée, l'entendis glisser sur les pavés. Comme Bumpy avançait encore d'un pas, je fis ce que j'avais à faire.

L'obscurité s'étendait devant moi. La douleur palpitait dans ma tête. La sueur dégoulinait sur mon visage. Immeubles abandonnés et fenêtres condamnées me fixaient dans un silence total. Lorsque je me redressai, une odeur de cordite me monta aux narines. Au croisement des ruelles, sous le lampadaire, deux ivrognes me contemplaient. Une sirène hurlait sur Word Street.

— Il s'est enfui par là ! criai-je en désignant le bout de Fish Lane.

Tandis que les clochards se retournaient d'un pas mal assuré, je m'enfonçai en courant dans la nuit.

98

Le corbillard de Mr. Spaulding précédait la Buick luisante de Clark sur le chemin de Little Ridge. Je les suivais, en phares. Derrière les portes du cimetière, nous franchîmes une étendue de gravillons crissant sous les pneus jusqu'à une allée goudronnée qui longeait des pierres tombales bien alignées. Le corbillard s'arrêta en douceur près d'une petite éminence ; mon grand-oncle et moi nous garâmes derrière lui. Nous sortîmes tous de nos véhicules. C'était une belle matinée ensoleillée, pas trop humide. Avec leurs robes imprimées sombres et leurs cols en dentelle, Nettie et May auraient pu passer pour des épouses de pasteurs. Clark, costume aubergine, chemise blanche à col démesuré, cravate noire et chapeau de feutre chocolat à large bord, était plus élégant que jamais. Un tapis de gazon artificiel AstroTurf, d'un vert éclatant, reposait au-dessus du monticule de terre qui serait bientôt repoussé dans son trou par le bulldozer jaune garé à quelque distance, le long du ruban d'asphalte. De l'autre côté de la tombe béante, se trouvait un appareil évoquant un chariot élévateur, aux montants métalliques et à la fourche proéminente. Deux fossoyeurs étaient accroupis à l'ombre du bulldozer.

Clark redressa son chapeau.

— Je pense à ta mère jour et nuit, fiston. Je suis heureux d'avoir vécu assez longtemps pour lui présenter mes respects.

— Sans toi, ce ne serait pas la même chose, oncle Clark, dis-je.

Mr. Spaulding et trois assistants en costume sombre firent glisser le cercueil hors du corbillard et le portèrent au sommet du tas de terre. Sous le soleil, il luisait d'un jaune bronze étrange. Ses contours lisses et ses arètes arrondies évoquaient un artefact destiné à être envoyé dans l'espace.

— Ces poignées de laiton dureront éternellement, dit Clark.

J'escortai sur la butte une May qui se plaignait de la chaleur à mi-voix. Les aides de l'entrepreneur de pompes funèbres déposèrent le cercueil sur la fourche métallique, au-dessus de la fosse rectangulaire. Un homme trapu en soutane noire, portant des lunettes cerclées d'or, lâcha d'une main la Bible reliée cuir qu'il serrait contre son ventre et se présenta comme le révérend Gerald Swing.

— On attend d'autres personnes ? demanda-t-il.

— En voilà une, dis-je.

Une vieille Volvo cabossée se garait derrière ma voiture. Le révérend Swing alla se poster à un bout de la tombe ouverte et s'abîma dans une transe contemplative.

— J'ai parlé à Joy de l'argent que nous a laissé Toby, dit May. Elle a l'air de penser que Clarence devrait aller en maison de repos.

— J'essaierai de lui trouver quelque chose avant de partir, mais si je ne peux pas, il faudra que tante Nettie et toi vous en occupiez.

— Quand est-ce qu'on est censées recevoir les chèques ? s'enquit-elle.

— D'ici trois semaines, à peu près.

— Sans me vanter, ce costume est d'une extrême élégance, déclara Clark. (Sa voix tremblait.) Ta mère me trouvait très séduisant.

Regardant du coin de l'œil sous le bord de son chapeau, je vis des larmes couler sur ses joues.

Suki Teeter gravissait l'allée dans un ample tailleur-pantalon noir, coiffée d'un chapeau de même couleur aussi large qu'un sombréro.

— Tiens, c'est la fille qui est venue à l'hôpital, dit May.

— Je ne comprendrai jamais pourquoi, mais Ned lui a donné une fortune, ajouta Nettie.

— Nettement moins que je n'ai donné à toi et à May, lui fis-je remarquer.

— Qu'est-ce que tu as bien pu nous donner, Neddie ? demanda May.

Suki coupa court à tout ce que j'aurais pu dire en m'entourant de ses bras et en levant vers moi la brume dorée de son visage.

— Merci, merci, *merci*. Je suis quasiment assommée.

Je l'embrassai sur la joue.

— Ravi d'avoir pu vous être utile, dis-je.

— Allons quelque part tous les deux, après.

Clark souleva son chapeau d'un centimètre puis le laissa retomber.

— C'est gentil de votre part de venir présenter vos respects à la défunte, mademoiselle. Je vous complimente sur votre tenue, qui est très élégante.

— Je vous retourne le compliment, mon bon monsieur.

Mon grand-oncle se para d'un rictus magnificent et mit le comble à sa superbe en tirant de sa poche poitrine des lunettes de soleil à monture noire, trop grandes pour lui, qu'il me semblait avoir vues sur le bureau de Mr. Spaulding le matin même. Il les déplia d'un mouvement de poignet identique à celui qu'avait eu feu Joseph Staggers pour ouvrir son couteau, puis les jucha sur son nez. On aurait dit un très vieux Tonton Macoute.

Rachel Milton, vêtue d'un ensemble noir moulant qui mettait ses jambes en valeur, sortit d'une BMW blanche. Ses lunettes de soleil étaient encore plus belles que celles de Clark — ou, comme je le supposais, de Mr. Spaulding. Elle escalada gracieusement la butte et me serra dans ses bras.

— Je suis vraiment désolée, Ned. On se voit, après ?

Je la présentai aux tantes et à Clark, qui souleva son chapeau avec le charme étudié d'un grand séducteur.

Nettie me lançait un regard noir.

— Je ne vois pas comment nous pourrions mettre ton oncle Clarence dans une maison de repos correcte. Nous sommes deux vieilles femmes qui en avons presque besoin nous-mêmes.

L'arrivante reçut le message et s'écarta. J'adressai quelques paroles rassurantes à ma grand-tante, tout en observant Rachel, incertaine, s'approcher de Suki. Après un moment de suspicion, cette dernière s'élança vers elle, et les deux femmes tombèrent dans les bras l'une de l'autre.

Le révérend Swing, qui rôdait toujours au bord de la tombe, m'interrogea du regard. Je hochai la tête. Il toussa avec ostentation dans son poing, ouvrit sa Bible comme pour y chercher une inspiration spirituelle, puis la referma en la claquant.

— Nous sommes ici rassemblés pour saluer le départ vers le royaume des cieux de Valérie Dunstan, que sa famille bien-aimée et ses amis appelaient Star, et pour recommander son âme à Dieu.

On eût dit que, manœuvrant un interrupteur, il avait branché une voix de baryton-basse plus riche, plus vibrante et plus puissante que son organe normal.

J'explorai du regard la petite colline, jusqu'à un bouquet d'érables, puis jetai un coup d'œil derrière nous, mais je ne vis pas Robert.

Si le révérend Swing n'avait pas eu l'honneur de connaître personnellement Valérie Dunstan, les quelques minutes qu'il venait de passer en compagnie de sa famille éplorée lui avaient prouvé que Star — pour utiliser ce tendre sobriquet — avait été une mère aimante, une fille tout aussi aimante et une nièce dévouée. Le révérend Swing savait que Star Dunstan avait glissé des milliers de sandwiches nourrissants au beurre de cacahuète et à la confiture, au thon et aux œufs durs, dans le panier-repas que son fils Ned emportait à l'école. Le révérend Swing savait qu'elle avait passé nombre de nuits au chevet du petit Ned brûlant de fièvre, tandis qu'il combattait les maladies infantiles. Des heures durant, elle avait lavé et repassé ses vêtements scolaires. Star avait soutenu les efforts de son fils pour assimiler multiplications et divisions complexes. Elle l'avait aidé à faire les recherches historiques nécessitées par ses devoirs. Le révérend Swing ne pouvait s'empêcher de se demander si, ensemble, ils avaient étudié les gloires de Jérusalem et de la Terre Sainte, qu'il avait eu le privilège de visiter en compagnie de son épouse et assistante, Mrs. Violetta Puce Swing.

Nettie et May ne cessaient de hocher la tête comme des robots, et moi, je parvenais à contenir mon hilarité. Star avait-elle jamais vu un panier-repas ? Elle n'avait pas préparé un seul sandwich beurre-de-cacahuète-confiture de toute sa vie, et les seuls vêtements qu'elle ait jamais repassés étaient ses robes de scène. Au bas de la colline, j'aperçus Robert, vêtu d'un costume bleu identique au mien, adossé à un érable. Le souvenir ardent de notre rencontre chez les Anscombe et de notre fusion en un seul être vibra en moi. Des larmes me brûlèrent les yeux.

— La mère de ce jeune homme, la nièce de ces nobles dames que je vois devant moi, cherchait l'inspiration quotidienne entre les pages d'un livre qui possédait une place spéciale dans son cœur simple et bon.

En dépit du portrait absurde que Swing traçait de Star, mais aussi à cause de cette absurdité, les émotions déclenchées par l'apparition de Robert se mêlèrent à mon chagrin, déchirant une sorte de barrage épais qui bloquait le milieu de mon torse, du sternum à la colonne vertébrale. Je me mis à sangloter. Toutes les personnes présentes, y compris le révérend, me regardèrent fixement, mais plus que la gêne, je sentais circuler en moi le puissant courant à deux pôles de la vie humaine ; j'étais plus que jamais le fils de ma mère.

Lorsque mes yeux se tournèrent à nouveau vers le bouquet d'érables, Robert avait disparu.

Le révérend Swing recommanda Valérie « Star » Dunstan à la terre d'où elle était issue et nous invita à nous réjouir de l'ascension de son âme. La première partie de cette phrase me plaisait bien. Elle me plaisait même énormément. Recommandons Star Dunstan à la terre, si elle en est bien issue. C'est en tout cas là qu'elle se rend, donc recommandons-la-lui de toute manière, avec sa plus belle robe noire et ses jolies boucles d'oreilles en perles — à moins que les tantes n'aient subtilisé ces dernières en vertu du principe selon lequel les perles sont plus utiles aux vivants qu'aux morts. Espérons que la terre la traitera avec sa bienveillance coutumière, croyons que tout ce qui ne serait pas enterré dans la capsule spatiale luisante de Mr. Spaulding trouvera une place méritée au paradis évoqué par le révérend Swing ou en des mondes qui lui sont inconnus.

Swing chanta une fort belle prière de sa voix de baryton-basse. Un assistant de Mr. Spaulding ôta les feuilles d'AstroTurf qui maquillaient la tombe, tandis qu'un autre s'approchait de la machine et appuyait sur un bouton. Le cercueil s'enfonça dans la tranchée, au fond de laquelle il s'immobilisa presque sans bruit.

— Gerry Swing sait dire aux gens ce qu'ils ont envie d'entendre, remarqua Clark.

Les tantes et lui firent quelques pas vers le bas de la petite colline. L'atmosphère s'était relâchée, détendue, en s'élargissant pour inclure le reste du paysage. Notre groupe compact de pleureurs s'était à nouveau divisé en individus distincts. Le bulldozer se racla la gorge. Je me dirigeais vers Suki Teeter et Rachel Milton, lorsqu'une haute silhouette en lunettes à monture dorée et soutane noire apparut auprès de moi.

— J'ai l'impression de connaître votre mère chérie comme si elle avait été membre de ma congrégation, déclara le révérend Swing de la voix vibrante qu'il avait utilisée pour son sermon.

— Merci, révérend.

Je lui donnai un billet de cinquante dollars, qui disparut prestement sous sa soutane.

— Mon évocation de son âme vous a ému ?

— Elle serait morte de rire en entendant le passage sur les sandwiches, mais c'était très joli tout de même.

— Je sais qu'elle était bonne chrétienne, ajouta Swing, qui continuait de jouer des grandes orgues.

— Elle aimait Billie Holiday, Ella Fitzgerald, et elle chantait dans des boîtes de nuit. Est-ce que ça compte ? À sa manière, c'était une mère géniale.

Il m'assena une claque dans le dos et éclata de rire.

— Vous savez quel est le problème, avec ce genre de boulots ? demanda-t-il de sa vraie voix. On n'a jamais assez de renseignements. Si Will Spaulding m'avait dit que votre mère était chanteuse, j'aurais tiré des larmes à tout le monde pendant cinq minutes avec Billie et Ella. Ç'aurait été un enterrement mémorable.

— Il sera sûrement aussi mémorable comme ça.

Swing s'éloigna en murmurant des bénédictions. Nettie arriva instantanément devant moi, sa sœur à son côté.

— Le révérend a une voix superbe, déclara-t-elle, mais je ne passerais pas mes journées à l'écouter. Et il ne savait rien de rien sur Star. Cela dit, il nous a très joliment complimentées, May et Moi.

— À mon avis, il a emmené Violette Puce en Terre Sainte dans l'espoir de l'y perdre, ajouta May. Tu rentres à la maison avec nous, Neddie ?

— Je passerai vous voir plus tard.

— Tu pars avec ces dames, je suppose ? devina Clark en nous rejoignant d'un pas nonchalant. Le révérend nous a fait honneur, mais Star aurait voulu qu'il signale aussi à quel point elle m'était dévouée. J'étais la prunelle de ses yeux.

99

Suki, rayonnante, me regardait, debout près de la BMW.

— Star et moi, on se retrouvait au Brennan's, comme autrefois, expliqua Rachel. Là, on ne risquait pas de voir débarquer Grennie. Je sais qu'il est encore un peu tôt pour déjeuner, mais aujourd'hui, je n'ai avalé qu'un yaourt à sept heures et demie.

— Moi, je n'ai pas pris de petit déjeuner, dis-je.

— Quant à moi, je viens de me lever, compléta Suki. Le Brennan's est à deux pas de chez moi et je n'y suis pas allée depuis des siècles. Je vais avoir l'impression de remonter le temps.

— Ils ont toujours la fameuse photo, ajouta Rachel.

— Tu n'as pas idée de ce qui t'attend, Ned. Tu réussiras à trouver ? Ça n'a pas d'importance, tu n'as qu'à nous suivre.

— Je connais le Brennan's, assurai-je, mais je vais quand même vous suivre.

Suki s'éloigna en direction de sa voiture.

— Une des tantes de Star veut placer quelqu'un dans une maison de repos ? me demanda Rachel.

— Le mari de tante Joy, Clarence Crothers, dis-je. Il a la maladie d'Alzheimer, à un stade avancé.

— Grenville m'a fait entrer au conseil d'administration de Mount Baldwin, la meilleure maison de retraite du sud de l'Illinois. Je peux appeler Liz Fanteen, la directrice, cette après-midi, et régler la question en cinq minutes. Est-ce que Clarence est prêt à être admis ?

— Il est tout à fait mûr, si c'est ce que vous voulez savoir.

— Je m'occupe de ça après le déjeuner. Promis.

100

Rachel se gara devant le pub irlandais, dans Fairground Road, tandis que nous trouvions des places dans une rue voisine. Lorsque je descendis de voiture, Suki se tenait sur le trottoir et me regardait avec une certaine timidité.

— Je ne t'ai pas assez remercié de ta générosité. C'est incroyable, Ned. On ne se connaît même pas vraiment.

— L'argent était censé aller à Star. Elle aurait fait la même chose.

Elle noua son bras au mien.

— C'est pour ça que j'accepte sans mauvaise conscience, quoique je ne puisse de toute façon pas me permettre de refuser. Je veux juste que tu saches à quel point je te suis reconnaissante.

Nous entrâmes en file indienne dans une longue pièce sombre, avec un comptoir d'acajou ciré d'un côté et des box en bois de l'autre, qui ouvrait dans une salle à manger. Derrière le bar, un homme corpulent aux tempes grisonnantes nous sourit.

— Ça fait longtemps qu'on ne vous avait pas vue, Mrs. Milton, dit-il. (Son regard croisa le mien, s'intéressa un instant à Suki, puis revint à Rachel.) Je vous installe avec vos amis à une table du fond ?

Comme il observait à nouveau Suki, ses yeux s'adoucirent. Tout son visage s'éclaira d'un large sourire.

— Sans blague ? Suki Teeter revient au Brennan's. Et toujours aussi belle.

— Bob Brennan, vous êtes bien le fils de votre père, commenta l'intéressée.

— Vous étiez une sacrée bande. Est-ce que Star Dunstan va vous rejoindre ?

Une aiguille qui se déplaçait à la vitesse de la lumière me traversa le cœur.

— On revient tout juste de son enterrement, déclara Rachel. Voici son fils, Ned.

— Oh, non ! s'exclama Brennan, choqué. C'est terrible. Je suis désolé pour vous, Ned. (Il se pencha pardessus le bar pour engouffrer ma main dans une des siennes.) Mon père adorait les visites de votre mère, et moi aussi. Je vais vous installer dans le fond, et ensuite, on vous apportera ce que vous voudrez. (Il nous accompagna à nos places puis nous distribua des menus.) L'apéritif est pour la maison.

— Je prendrai un Manhattan, s'il vous plaît, décida Rachel. Merci, Bob.

— Pareil pour moi, opina Suki.

— C'est ce qu'elle buvait, ici ? demandai-je.

— Un Manhattan léger en vermouth, dit Brennan.

Quand j'en eus commandé un, il retourna au bar.

Suki examinait le décor.

— C'est effrayant. Bob est le portrait craché de son père.

— Il faut qu'on montre la photo à Ned, lui rappela Rachel.

— Si tu peux supporter ça, moi aussi, dit Suki. Viens, Ned, c'est l'heure de ta leçon d'histoire.

Elle me guida jusqu'au mur du fond.

— Non, mais regarde-nous un peu ! s'exclama Rachel.

Juste au-dessus du niveau des yeux, était pendue la photo de dix jeunes femmes et deux jeunes hommes en vêtements d'été, alignés devant le comptoir du Brennan's. Une allégresse non feinte illuminait leur visage. Star, d'une beauté radieuse, souriait entre une Suki Teeter aussi jeune que superbe et une Rachel Newborn non moins jeune, non moins superbe.

— Ouahou, dis-je, ce qui résumait peu ou prou ma réaction. C'est votre bande de l'époque ?

— L'essentiel. (Rachel désigna une à une les filles du cliché.) Sarah Birch, Nanette Bridge, Tammy Wackford, Avis Albright, Zelda Davis, Mei-Liu Chang, près de Sammie Schwartz. Et puis celle qui se défonçait à la benzédrine et qui parlait en vers.

— Georgy-Porgy, se rappela Suki. Elle vient de publier son deuxième roman, et elle a deux enfants — sans mari. C'est la personne la plus heureuse que j'aie jamais rencontrée. Je la déteste.

Je m'informai de ce qui était arrivé aux autres. Zelda Davis avait obtenu une bourse pour Harvard et était à présent employée par le Département d'État. Sammie Schwartz s'était enfuie avec un Hell's Angel puis était devenue institutrice en Arizona. Nanette Bridge avait fondé un cabinet d'avocats sur Wall Street. Moongirl Thompson avait disparu, littéralement, après avoir dit à son petit ami qu'elle allait se promener sur la plage.

Brennan nous apporta les apéritifs et prit nos commandes : une salade pour Rachel, un hamburger et des frites pour Suki et moi.

— Tu te rappelles Sujit ? La Grande Indienne ?

— Comment voudrais-tu que je l'oublie ? soupira Suki. Quand elle est retournée à Bombay, elle a provoqué un gigantesque scandale national. Deux ou trois membres de cabinets ministériels ont dû donner leur démission. La Grande Indienne réalise des films d'avant-garde. En fait, elle s'appelle Bertha Snowbird.

— J'ai vu quelques films de Bertha Snowbird, dis-je. Elle est vraiment douée. Laquelle est-ce ?

Nous retournâmes devant le mur du fond. On me désigna une jeune femme à l'air farouche, aux cheveux noirs raides séparés par une raie au milieu, aux épaules d'athlète et au regard de lionne. Un homme de vingt-cinq ou vingt-six ans, à la beauté de jeune premier et aux cheveux blonds très courts, la tenait par le cou.

— Qui est le type ? demandai-je.

— Don Messmer, répondit Suki.

Il souriait au photographe en homme se sachant à la fois hors de son monde et très chanceux. À l'autre bout du groupe, un type aux cheveux sombres, une cigarette à la bouche, s'appuyait contre Sammie Schwartz.

— Et l'autre, qui est-ce ?

— Un prof d'anglais de l'Albertus, dit Rachel. (Elle porta à sa bouche son verre à moitié vide et l'assécha.) Erwin Leake.

Je revis Piney Woods assis sur un banc, dans Merchants Park. *Suivez une ombre, et elle vous fuit / Tentez de la fuir, elle vous poursuit.*

— Pourquoi Edward Rinehart n'est-il pas sur la photo.

— Edward détestait qu'on le prenne en photo, m'apprit Rachel. Tu te rappelles, Suki, cette fois-là ?

— Et comment, répondit l'interpellée en mâchonnant une bouchée de hamburger. (Tandis qu'elle l'avalait, elle leva un doigt.) Et l'autre, aussi.

— Qu'est-ce qu'on était bêtes, quand même ! Un type le photographie : il démolit l'appareil. Trois mois plus tard, Sujit le mitraille dans la rue : il empoigne l'appareil pour arracher le film. Ça aurait dû nous donner des soupçons, non ?

— Les soupçons, on trouvait ça bourgeois, dit Suki. Comment ça va, toi ?

Rachel Milton acheva son deuxième Manhattan.

— Pas très bien, en fait. Que Star soit morte, c'est *nul.* En plus, mon mari a décidé qu'il avait besoin de nouveauté, à savoir d'un iceberg de trente-cinq ans qui est aussi un petit génie de la finance. Il s'est mis en tête de l'épouser.

— Quel âge il a ? demanda Suki.

— Soixante-douze ans, mais ça ne le dérange pas. Il est amoureux. Si Grennie n'était pas amoureux, il se sentirait égoïste, mais bien sûr, de cette manière, tout va bien. Tu as été mariée ?

— Officiellement, une fois, dit Suki. Officieusement, deux et demie. Tu as oublié que j'ai épousé Roger Lathrop ?

— Le claveciniste qui tortillait du cul pendant qu'il jouait. Je me le suis rappelé dès que tu as prononcé son nom. Je veux un autre verre, mais pas un Manhattan. Du vin blanc.

— Moi, je prendrai un autre Manhattan.

Je fis signe à Bob Brennan. Suki se retourna vers moi.

— Je t'en ai parlé, de Roger. On est allés à Popham et, six ans plus tard, l'université d'Ann Arbor, dans le Michigan, l'a engagé en tant qu'artiste résident. On était tous les deux ravis de se tirer de Popham, tu peux me croire. Ensuite...

— Paroles fatales, coupa son amie.

— *Ensuite*, Roger m'a expliqué que j'entravais ses progrès professionnels, mais que je ne devais pas le prendre mal.

— Comment s'appelait la salope de service ? demanda Rachel. Je parie que c'était une étudiante.

— Sa préférée, Sonia Skeffington. Elle est allée dans le Michigan à ma place, et moi, je suis rentrée ici. J'aimerais autant ne pas parler des maris officieux. Il y en a un qui était vraiment génial, mais il est mort en faisant ses dix kilomètres de jogging quotidiens. Les deux autres se sont révélés être des *fortune cookies* [1] ambulants.

— Quand j'ai vu Star à l'hôpital, j'ai cru que mon cœur allait se briser, dit Suki, vingt minutes plus tard.

— Moi aussi, approuva Rachel.

— Tu n'es pas allée à l'hôpital.

— Oh ! tu as raison. J'ai été horrible, ce jour-là. Désagréable avec tout le monde. (Elle fit de son mieux

1. Petits biscuits creux renfermant une prédiction, distribués à la fin du repas dans certains restaurants chinois. *(N.d.T.)*

pour accommoder sur moi.) J'ai été désagréable avec toi aussi, non ?

— Semi-désagréable, admis-je.

— Grennie venait de me rappeler qu'il n'avait plus besoin de mes services. J'ai une idée fabuleuse, Suki. On devrait toutes les deux épouser Ned.

— Ce serait osé, commentai-je.

— Il ressemble peut-être un peu trop à Edward, objecta Suki. Cela dit, il est nettement plus gentil.

— Edward n'était pas gentil du tout. C'est ça qui nous plaisait, chez lui.

— Edward n'aimait personne, même pas Star. Mais tu sais qui l'aimait, Star ? Don Messmer.

— Oublie-le, celui-là, lança Rachel. Il y a des types trop beaux pour leur propre bien, parce qu'ils ont juste à se laisser porter. Don Messmer était de ceux-là.

— Je me demande ce qu'il devient, dit Suki.

— Il est propriétaire d'un bar, à Mountry, lui appris-je.

Mes compagnes éclatèrent de rire.

— Rachel, ça signifie... (Suki eut une nouvelle crise d'hilarité.) Ça signifie qu'il est obligé de se voler lui-même.

— On ferait sans doute mieux d'y aller, conseillai-je.

— Il faut nous pardonner, dit Rachel. On ne s'était pas vues depuis très longtemps. On est dans un état d'esprit assez particulier.

— Tu as raison, continua Suki. On va épouser Ned.

— Avant le mariage, laissez-moi vous raccompagner toutes les deux chez vous, proposai-je.

— Dans une minute, acquiesça Rachel. Deux questions, d'abord. La première, c'est : est-ce que tu veux toujours faire entrer ton oncle à Mount Baldwin ?

— Oui.

— Je m'en occupe. Écris-moi son nom, sinon je vais l'oublier.

Fouillant dans son sac, elle sortit un agenda et un

stylo. Je notai le nom de Clarence, suivi de la mention *L'Oncle de Star, pour un placement à Mount Baldwin,* et j'ajoutai le numéro de téléphone de Nettie.

Rachel plissa les yeux pour lire l'inscription, puis remit agenda et stylo dans son sac.

— Question numéro deux. Non, ce n'est pas une question. Je crois que je me préparais à te dire quelque chose.

— Prenez votre temps.

— Il faut que je rentre chez moi, intervint Suki. Tu peux me conduire, Ned ?

— Je vais vous conduire toutes les deux, assurai-je.

— *Si* je décide de te dire quelque chose, continuait Rachel. Je ne l'ai pas fait. Compris ?

— Compris.

Elle chaussa ses lunettes de soleil. J'eus l'impression qu'elle croyait ainsi se déguiser.

— Mon mari me largue pour un vampire de trente-cinq ans venu de Hong Kong. Ça, vous l'avez bien assimilé ?

— Un vampire de Hong Kong *femelle,* précisa Suki. Une question pour notre public du studio : qu'est-ce qu'elle suce, exactement, et est-ce qu'elle sent l'ail ?

— Grennie se croit tout permis. Comme son meilleur ami. Tu vois de qui je veux parler ? Ne dis pas son nom, seulement ses initiales.

— S. H.

— Bravo. Devine ce qu'il faisait, le meilleur ami en question, Suki, quand il me suivait dans la cuisine pendant une réception.

— Il te pelotait les seins et il te prenait la main pour la mettre sur sa bite, dit Suki. Facile.

— Un vrai porc. Grenville et lui font des affaires ensemble, hein ?

— C'est ce que j'ai cru comprendre, dis-je.

— Et puis, d'un seul coup, le meilleur ami se retrouve accusé de ceci et de cela.

— En effet.

— Alors, l'ami du meilleur ami aura *sans aucun doute* des ennuis si Stewart en a. On n'a pas cité de noms, hein ?

— Pour l'instant, j'en ai entendu deux, corrigea Suki.

— Ce n'est pas à toi que je parle. Maintenant, suppose que la femme de l'ami de l'ami ait décidé qu'ils méritent tous les deux ce qui leur arrive. Suppose qu'elle ait réussi à protéger ses arrières financièrement à l'époque où son mari tenait encore assez à elle pour lui offrir un passage *sur le billard* comme cadeau d'anniversaire.

— Ce serait bien fait, apprécia Suki.

— On en arrive donc à Mr. Edward Rinehart.

— Hein ? Oh, j'oubliais : ce n'est pas à moi que tu parles.

— Tu crois que c'était son vrai nom ?

— Non, dis-je.

— Hein ? fit Suki.

— Je suis co-vice-présidente de la Commission du Sesquicentenaire. Laurie était l'autre avant que Stewart ne la vire. Écoute-moi. Il faut que tu voies les images.

— Quelles images ? m'étonnai-je.

— Les *photographies*.

— Ils en ont égaré quelques-unes de ma famille, dis-je, juste avant de réaliser de quoi elle parlait. Des photographies d'Edward Rinehart ! Vous en avez vu à la bibliothèque et vous l'avez reconnu !

— Je n'ai jamais dit ça. N'est-ce pas, Suki ?

— Il faut que je rentre, maintenant, fit l'interpellée sans répondre. Vraiment.

Je demandai à Rachel si sa bonne travaillait, ce jour-là.

— Lulu travaille aujourd'hui, oui. Si on peut appeler ça travailler.

— Je vais vous ramener dans votre voiture et Lulu pourra revenir avec moi pendant que je m'occuperai de Suki.

— Tu crois que je vais oublier ce que j'ai dit à propos de ton oncle, soupçonna-t-elle. Mais j'ai promis.

J'aidai Suki à quitter sa chaise. En sortant de l'établissement, j'annexai une boîte d'allumettes, sur le bar, prévoyant d'appeler Bob Brennan un peu plus tard dans l'après-midi.

101

La gouvernante de Rachel, Lulu White, m'aida à convaincre Suki de quitter la BMW et de regagner la galerie Riverrun, où une des jeunes assistantes promit de mettre sa patronne au lit. Je récupérai ma voiture et conduisis jusqu'à Grace Street.

La femme postée au guichet des retraits me désigna la porte qui s'inscrivait au fond de la salle de lecture. Dans un couloir gris institutionnel, sur une porte grise et institutionnelle, je découvris les mots SOUS-CHEF BIBLIOTHÉCAIRE. Lorsque je frappai, Hugh Coventry m'invita à entrer.

Des étagères métalliques chargées de livres et de chemises cartonnées couvraient les murs d'un bureau aussi vaste qu'un dortoir. À moitié caché par les piles de dossiers et de papiers divers qui couvraient sa table de travail, les yeux fermés, le dos tourné à la fenêtre, Coventry appuyait un combiné téléphonique contre son oreille.

— Je sais, je sais, je comprends très bien.

Comme il ouvrait les yeux afin de savoir qui venait d'entrer, son teint délicat, type descendant-de-colons-du-*Mayflower,* se fit plus rose. Il me salua d'un geste et me désigna une chaise, avant de dessiner de grands cercles dans l'air avec la main pour exprimer son impuissance devant des difficultés inattendues.

— J'aimerais beaucoup être à même de l'expliquer.

(Il referma les paupières.) Avec tout le respect que je vous dois, le problème ne vient pas de mon organisation. Après tout, j'ai mis cette bibliothèque en... Non, monsieur, il est bien question de la bibliothèque. Les documents sont ici à l'heure où je vous parle. (Je m'assis et tentai de prendre l'air indifférent.) Mr. Hatch, j'ai un visiteur... Oui, je suis responsable de mon personnel... Eh bien, à une autre occasion... Je crois qu'un bénévole a égaré un ou deux dossiers. (Coventry inclina la tête et pressa sa main libre sur ses yeux.) Oui, Mrs. Hatch est venue ici hier matin... Non, elle n'est restée qu'un instant... Oui, si besoin est... Très bien. (Il raccrocha, baissa la tête et se posa les paumes à plat sur les tempes.) C'est dingue. (Il poussa un gémissement, puis releva la tête, se leva et me tendit la main par-dessus son bureau.) Bonjour, Ned. C'est sympa d'être passé. C'est un peu la gare Dunstan, ici, aujourd'hui.

— Vous avez rencontré mes tantes, devinai-je.

— Des dames charmantes. Elles sont venues avec Laurie, mais je n'ai pas jugé utile d'en parler à Mr. Hatch. Mrs. Rutledge et Mrs. Huggins m'ont paru très impressionnées par notre organisation, mais elles l'auraient été encore plus si j'avais localisé leurs photographies. On n'arrête pas d'égarer des trésors de famille, en ce moment.

— Parlez-moi de votre processus de sélection, demandai-je.

Discuter de questions administratives chassait son malaise.

— Vos tantes nous ont envoyé exactement ce que cherchait la commission. Quelques portraits de chaque génération réalisés en studio, des instantanés, et une merveilleuse photographie du Merchants Hotel en construction. Je leur ai retourné ce que je ne comptais pas utiliser, et le reste a fini dans une chemise étiquetée afin d'attendre la sélection finale. Nous étions ensevelis sous les documents, et je voulais être sûr de tout retrouver. C'était à l'époque où nous travaillions encore à l'hôtel de ville.

— Qui s'occupait de la sélection finale ?

— Les deux co-vice-présidentes, Laurie et Mrs. Milton. Deux fois par semaine, je leur envoyais ce que j'avais choisi à leur bureau, au bout du couloir. Elles ont approuvé mon premier tri des photos Dunstan, et les clichés de Mrs. Rutledge ont regagné leur chemise. Vers la fin septembre, on a commencé à manquer de place, alors j'ai tout fait transporter de l'hôtel de ville jusqu'ici, au sous-sol. Quand j'ai voulu jeter un coup d'œil au dossier Dunstan, j'ai retrouvé la chemise, mais pas son contenu. Et à présent, comme vous l'avez peut-être deviné, la même chose vient d'arriver au dossier Hatch.

— Depuis combien de temps a-t-il disparu ?

— Je l'ignore ! Mr. Hatch nous a envoyé les documents en février dernier. Hier matin, il a téléphoné pour annoncer qu'il désirait apporter quelques changements à la portion de l'expo consacrée à sa famille, et j'ai pris note de lui retourner le dossier. Il a rappelé aujourd'hui, vers midi, pour redemander son bien. *Immédiatement.* Je suis descendu et... vous savez ce qui s'est passé. Il était furieux. Stewart Hatch n'est franchement pas du genre à refouler sa colère, si je puis me permettre.

— S'il n'y avait qu'un dossier à ne pas perdre...

— Je ne vous le fais pas dire. Bien sûr, il ne peut pas être réellement perdu. Un des bénévoles a dû le mettre dans le mauvais classeur pendant le déménagement. Je vais le retrouver, et les documents de votre famille aussi, mais ça va être fastidieux. (Il poussa un soupir presque inaudible, puis sa courtoisie naturelle effaça les rides de son front et le poussa à se redresser.) Vous voulez que je vous montre comment nous fonctionnons ?

Il me précéda au bas d'un escalier métallique, jusqu'à ce qui avait été une cafétéria du personnel. Des traces grises, sur le sol de ciment, marquaient l'emplacement du bar et des casiers d'exposition. Les tables avaient été disposées en U au centre de la pièce. Deux femmes aux cheveux blancs, l'une en T-shirt Greenpeace, l'autre en jogging bleu ciel, ainsi qu'un garçon de seize ou dix-sept ans — cheveux roses, anneau dans le nez et *eye-liner* noir — exploraient des piles d'enveloppes matelassées.

— Salut à tous, lança Coventry. Je vous présente Ned, un ami de Mrs. Hatch. Ned, voici Leona Burton, Marjorie Rattazzi et Spike Lundgren. Je dois vous avouer que Mr. Hatch n'est pas très satisfait de nous.

— Ça va prendre un moment, dit Spike. (Il me regarda d'un air indigné et désigna d'un bras malingre les trois murs couverts de dossiers enfermés dans des cartons.) Vous avez vu ça ?

— Je sais que ce ne sera pas facile, l'apaisa Coventry. Laissez-moi vous montrer où ça aurait dû se trouver, Ned.

Il s'empara une boîte d'archivage noire posée sur une étagère. L'inscription *D-E,* tapée à la machine, figurait sur la carte blanche glissée dans son logement métallique. Sous les lettres, on lisait : *Dunstan (Mrs. Annette Rutledge), Dorman (Mr. Donald Dorman, Mrs. George Dorman), Eames (Miss Alice Eames, miss Violet Eames.)*

Posant la boîte sur la table, il en ôta le couvercle. Lettres manuscrites et pages imprimées par ordinateur l'emplissaient à demi.

— Voici la première lettre que nous a écrite Mrs. Rutledge, ainsi que ma réponse. Ensuite, vient une liste des photographies que nous avons retenues et, sur une feuille séparée, les codes qui leur ont été attribués en fonction des époques.

Coventry me désigna un tableau noir divisé en plusieurs sections, dont certaines portant en en-tête l'année, d'autres des mentions telles que « Trafic fluvial », « Croissance urbaine » ou « Accroissement du niveau de vie ». Des listes de noms et de chiffres en couvraient les trois quarts.

— Le dossier photographique Dunstan devrait figurer à la suite de tout ça. Malheureusement, ce n'est pas le cas. Il nous faut donc le trouver. (Il reposa la boîte sur l'étagère.) Les documents de Hatch étaient rangés par là. (Longeant l'étagère, Coventry s'empara d'un carton étiqueté *H — Famille Hatch (Mr. Stewart Hatch).*) C'est encore plus difficile à comprendre que le pépin avec les Dunstan. Là, nous avions deux dossiers séparés, un avec des photos ou des publicités relatives au champ de foire et autres affaires précoces de la famille Hatch, l'autre contenant des portaits réalisés en studio et quelques photos de classe du lycée d'Edgerton. Elles valaient leur pesant d'or.

— C'est celles-là qu'il cherche, hein ? demanda Spike.

Comme Leona Burton et Marjorie Rattazzi le regardaient avec de grands yeux, il leva les bras au ciel et se pencha vers elles.

— Vous n'étiez même pas là quand ces documents sont arrivés, mesdames. Il n'y avait que Hughie-chéri, Florence Flutter et moi.

— Fluther, corrigea Marjorie Rattazzi, celle qui portait le jogging. *Flou-zer.*

— Et quand Florence *Flou-zer* voulait se rappeler si R venait avant ou après S, elle était obligée de réciter tout l'alphabet. Il fallait vérifier son boulot six fois par jour. Si quelque chose a été mal rangé, pas besoin d'être Sherlock Holmes pour deviner par qui. Encore un truc, à propos de Florence : elle se bouchait le nez chaque fois que j'arrivais, mais c'était *elle* qui sentait mauvais.

Coventry, désolé, me lança un regard contrit.

— Mrs. Fluther a travaillé bénévolement à la bibliothèque pendant des années. Nous avons tous apprécié sa collaboration.

— D'accord, dit Spike, seulement il veut les documents des Hatch, non ? Marjorie et vous avez épluché ceux des Dunstan, mais moi...

Sa tête rose pivota, et il m'examina longuement. Le rouge de la confusion lui monta aux joues.

— Vous pensiez que je m'intéressais aux photographies des Hatch ?

— Hugh-chéri, vous n'auriez pas autre chose à me confier ? Je commence à y voir flou.

Coventry l'ayant chargé d'aller reclasser des livres à l'étage, il se hâta de quitter la pièce.

— Ce garçon est loin d'être aussi terrible que je l'ai cru la première fois que j'ai posé les yeux sur lui, commenta Marjorie Rattazzi, mais je ne comprends pas la moitié de ce qu'il raconte. (Elle me sourit.) J'étais ici quand Mr. Coventry est descendu avec Mrs. Hatch et vos tantes. Ce sont de fortes femmes, n'est-ce pas ?

— Elles n'ont jamais perdu un combat, approuvai-je.

102

Assises côte à côte sur le canapé, les mains croisées sur le ventre, leur tête couronnée de blanc inclinée en une féroce concentration, mes tantes se gorgeaient du soap-opera qui s'échappait d'un téléviseur tonitruant. Clark somnolait dans le fauteuil à bascule.

— Heureusement que je ne suis pas un cambrioleur, dis-je.

— Tiens, salut, étranger, renvoya Nettie.

Clark fit claquer ses lèvres et me considéra d'un œil jaune.

— Tu n'aurais pas eu la bonne idée d'acheter un pack de bière en chemin ?

— Désolé.

— Il en reste quelques-unes au frigo. J'en prendrais bien une. Si ça te dit, sers-toi.

— Il y a de la cassolette de thon sur la table, ajouta Nettie. Tu n'as qu'à te préparer une assiette.

— Je voudrais vous parler, mesdames, à toutes les deux.

— Oh, on est déjà au courant ! assura May.

Je sortis deux canettes du réfrigérateur, en dévissai les capsules et revins dans le salon. Clark accepta sa bière comme une tête couronnée accepte une chaise : sans la regarder.

— De quoi êtes-vous au courant ? demandai-je aux tantes.

— On a tout réglé deux secondes avant que tu n'arrives, répondit Nettie. Mes sœurs et moi sommes sûres de faire pour le mieux.

Clark détacha la bouteille de sa bouche.

— Je devrais peut-être suivre Clarence et m'installer auprès de lui. Les tragédies, ça donne à réfléchir.

Je me tournai à nouveau vers Nettie.

— Vous avez déjà eu des nouvelles de Mount Baldwin ?

— J'ai eu une certaine Mrs. Elizabeth Fanteen, répondit-elle. C'est la directrice de Mount Baldwin. Elle voulait te parler, mais en ton absence, elle a été ravie de s'entretenir avec moi. Ça va peut-être t'étonner, mais cette charmante Mrs. Milton a appelé la maison de retraite et y a réservé une place pour Clarence. D'après Mrs. Fanteen, il peut s'y présenter n'importe quand.

— Merveilleux.

— Quand elle m'a interrogée sur la situation financière du patient, je lui ai assuré que ma sœur et son mari étaient démunis.

— Il faudra que j'appelle Creech, dis-je.

— J'ai téléphoné à Mr. C. Clayton Creech juste après avoir discuté avec Mrs. Fanteen, reprit Nettie. Il a sans doute des manières un peu bizarres, mais c'est un homme qui connaît son affaire. Si tu réussis à sortir du lit, il veut que tu ailles signer quelques papiers dans son bureau demain matin à neuf heures.

— Ce qui te donnera tout le temps de présenter nos respects à ce vieux Toby, ajouta Clark.

J'interrogeai Nettie du regard.

— Mr. Creech m'a informée que l'enterrement aurait lieu à dix heures demain matin. Nous aimerions que tu représentes la famille.

— J'y serai, assurai-je.

— Je prendrai un peu de cassolette de thon, enchaîna-t-elle. Je vais te tenir compagnie.

— Je ne refuserai pas une ou deux bouchées, dit May.

— J'en suis, conclut clark. Manger empêche de penser aux malheurs.

J'apportai assiettes et fourchettes puis regardai manger ma famille.

— Tu ne m'avais pas dit que tu avais appelé Laurie Hatch.

— Si, il me semble bien, protesta Nettie. Une jeune femme adorable. Je la plains de tout mon cœur, avec son mari qui est soupçonné de malversations.

— Tu disais que tu *pensais* l'appeler. Tu ne m'avais pas raconté non plus que tu étais allée à la bibliothèque.

Elle me lança un regard noir.

— Mrs. Hatch nous a juste aidées, ma sœur et moi, à tenter de remettre la main sur les photos égarées par Mr. Coverly, un homme qui ne trouverait pas le ciel en étant allongé sur le dos dans un champ.

— Coverdale, corrigea May. Hulk Coverdale. Il ne peut pas être de la région. Les gens d'ici n'appellent pas leurs enfants *Hulk*.

— Hugh, dis-je. Hugh Coventry.

— Il est d'une nervosité extraordinaire, continua May. Quelle tristesse, un homme de ce tempérament !

— À mon avis, c'est Mrs. Hatch qui le rendait nerveux, intervint Nettie.

Un vague début d'idée, presque folâtre, s'imposa à moi, et je lâchai littéralement sans y penser :

— Mrs. Hatch n'a pas fait allusion à d'autres photographies ?

— Je ne me rappelle rien de tel, assura ma grand-tante. On pensait fixer ta fête d'anniversaire à onze heures, demain matin, si ça te convient, avec ton emploi du temps chargé.

— Tu changes de sujet.

— Mrs. Hatch nous a chargées de transmettre ses meilleurs sentiments à Neddie. Je ne te l'ai pas dit, Neddie ? Ton amie nous a demandé de te transmettre ses meilleurs sentiments.

Je souris à May.

— Tu vas me faire croire que tu es sortie de la bibliothèque les mains vides ?

— Seigneur ! Il faudrait être idiote pour laisser passer une occasion pareille. J'ai trouvé un tas de choses très utiles, là-bas. Une boîte complète d'élastiques, *deux* boîtes de ces gros trombones, les *jumbo*, comme on les appelle, et un tampon à dater avec les numéros qui changent. On va pouvoir marquer tous nos livres !

— Tu n'as pas de livres, tante May, lui fis-je remarquer. (Elle eut un sourire de chat.) Oh, seigneur ! Ça vous ennuierait que j'appelle Rachel Milton ?

— Si tu estimes que c'est nécessaire, concéda Nettie.

— Je n'arrive pas à croire que vous ayez agi aussi vite, dis-je quand Rachel arriva au téléphone. Merci.

— En rentrant chez moi, j'ai fait la sieste, et ensuite, j'ai bu deux tasses de café. Liz Fanteen m'a dit qu'elle réglerait tous les détails. Dès qu'il est question de chiffres, c'est un vrai génie. Par ailleurs, il y a environ une heure, Grennie a débarqué ici au pas de course, bon pour la camisole. Il s'est enfermé dans son bureau, où il a passé un petit million de coups de téléphone.

Ensuite, il est ressorti en hurlant qu'il allait voir Stewart. Pour une fois, j'ai l'impression qu'il ne mentait pas. Si tu apprends quelque chose par Laurie, tu veux bien me prévenir ? Ça me serait plus facile de le soutenir si j'étais sûre qu'il doit aller en prison.

Quelques minutes plus tard, je traversais la rue. Trouvant Joy sur le pas de sa porte, je lui parlai de Mount Baldwin. À mon grand soulagement, elle se montra ravie de la nouvelle. Et étais-je au courant ? Il venait de se produire un autre miracle : Toby Kraft était mort en nous laissant à tous une fortune !

103

Il était un peu plus de quinze heures quand je dépassai les vitrines de Fairground Road pour m'engager dans Buxton Place. Le soleil parut mourir d'un coup. Sous leurs toitures gothiques, les pavillons ressemblaient à des nains maléfiques. Je commençais à avoir l'impression d'être attaché à un moulin de misère, si bien qu'un instant, je songeai à rentrer faire la sieste à l'hôtel.

Les fenêtres du 1, Buxton Place ne me dévoilèrent que mon propre reflet. Il en alla de même pour celles de la maison voisine. Je perdais mon temps. Les réponses que je cherchais se trouvaient dans le présent, pas dans le passé, et faire la sieste était la meilleure idée que j'aie eue depuis l'illumination qui m'avait poussé à parler au révérend Swing des goûts musicaux de ma mère. Quelque chose que m'avait dit Star, la description d'un solo de saxophone alto sur « These Foolish Things », pendant un concert auquel elle avait assisté avant ma naissance, me revint, l'évoquant avec une douloureuse clarté. Je repartais déjà vers le brillant pilier de lumière dressé au bout de la ruelle quand un homme portant casquette Kangol noire et chemisette bleue franchit l'angle de cette dernière et pénétra dans l'obscurité. Tandis qu'il foulait les pavés avec un léger claudiquement, il se mit à chercher une clef dans un lourd trousseau. Son visage sombre avait l'absence d'éclat d'une peau trop longtemps privée de soleil.

— Comment allez-vous, Mr. Sawyer ? demandai-je. (Earl Sawyer, surpris, se figea et releva la tête.) Je suis Ned Dunstan. Je vous ai vu aux Soins intensifs, à Ste. Ann.

— Je me rappelle.

Il fit lentement un pas en avant, puis un autre.

— Vous vous sentez mieux ?

Le gardien trouva la clef qu'il cherchait.

— Je me sens très bien. Je suis sorti de l'hôpital le soir même. Au bout de quelques heures, je n'avais plus qu'un vague mal de tête. Jusqu'aux bleus qui avaient disparu. Je ne les ai jamais gardés longtemps. Qu'est-ce qui vous amène par ici ?

— Ma mère est morte il y a cinq jours. Elle connaissait le propriétaire de ces maisons. (Sawyer inclina la tête et attendit des détails.) J'espérais pouvoir lui parler.

Ses yeux changèrent de forme.

— Ils se connaissaient bien ?

— Autrefois, oui, fis-je.

— Comment s'appelait-il, cet ami de votre mère ?

— Edward Rinehart.

— Désolé pour vous, mais vous avez la mauvaise adresse. Je viens ici deux fois par semaine depuis dix ou quinze ans et je n'ai jamais entendu ce nom-là.

— C'est le bon endroit, insistai-je. Qui vous a engagé, Mr. Sawyer ? Le propriétaire ?

— Possible.

— Wilbur Whateley ? Ou Charles Dexter Ward ?

Toute expression quitta le visage de Sawyer, dont les yeux me désertèrent momentanément. Un sourire timide se profila sur ses lèvres. Il examina les portes des écuries, des deux côtés de la ruelle.

— Là, vous me surprenez, mon ami.

— Je m'en rends compte.

Il eut un petit rire.

— Je me disais : ce type s'est complètement gouré d'adresse, et voilà que vous me sortez Charles Dexter Ward.

— Vous connaissez Mr. Ward ?

— Jamais rencontré. (Sawyer se posta à mon côté et inspecta le fond de l'impasse, comme pour s'assurer que nul ne nous écoutait.) J'ai répondu à une annonce dans *L'Echo.* Trente dollars par semaine pour surveiller ces baraques, le mercredi et le samedi. Maintenant, on en est à cinquante. Je crois que je vais garder la place. Vous comprenez ? Cinquante dollars par semaine pour un petit trajet en bus et une visite rapide.

Son hochement de tête disait que c'était plus avantageux et deux fois plus facile que le vol.

— Comment faites-vous vos rapports à Mr. Ward ?

— Il appelle tous les samedis à dix-huit heures tapantes. Il me demande : « Des problèmes ? » et je lui réponds : « Aucun, monsieur. » Le lundi matin, un gamin de Lavender Lane me donne une enveloppe avec cinq billets de dix dollars. Nolly Wheadle. (Il ricana en songeant au garçon qui m'avait tiré de Hatchtown la nuit où Robert s'était montré pour la première fois.). Un jour, il y a des années, j'ai pris un mauvais coup de froid et j'ai manqué un mercredi. Quand Mr. Ward a appelé, le samedi, j'ai dit « Aucun problème », comme d'habitude. Mr. Ward... Disons que j'ai appris à ne plus lui mentir. Dans mon enveloppe suivante, il n'y avait que dix dollars.

— Comment a-t-il su ?

— Là, vous me posez une colle. Il vient ici deux ou trois fois par mois, cela dit. Je retrouve des verres dans l'évier du 1. Une pile de livres différents sur la table du 2.

— Je sais que je vous demande un énorme service, Mr. Sawyer, mais est-ce que vous me laisseriez jeter un coup d'œil à l'intérieur ?

Il plissa les lèvres en agitant ses clefs.

— Votre mère était une amie de Mr. Ward ?

— Oui.

— Comment s'appelait-elle ?

Je le lui appris. Il fit sauter son trousseau dans sa main, méditant la question.

— Une seule chose : vous ne touchez pas aux affaires de Mr. Ward.

Sawyer ouvrit la porte du 1 sur une pièce couleur charbon, sentant le renfermé, où luisaient des formes fantomatiques. Comme il se glissait sur la gauche, j'entendis cliqueter un interrupteur. Un plafonnier jeta une lumière peu enthousiaste sur le salon d'Edward Rinehart. Des étagères vides couvraient le mur sur ma droite. Un ampli Fisher, un magnétophone à bandes Wollensak et un tourne-disque A R — tous éléments de chaîne stéréo qui avaient dû être très impressionnants en 1957 —, s'alignaient sur une tablette près de la cheminée. Une affiche de corrida et une reproduction des *Trois Musiciens* de Picasso étaient pendus au-dessus des appareils hi-fi. Une étagère chargée de disques 33 tours flanquait l'autre côté de la cheminée, tandis qu'au-delà ouvrait une porte étroite. Un canapé et trois chaises que recouvraient des draps à l'aspect langoureux étaient responsables des formes spectrales aperçues de l'entrée.

— La porte donne sur le numéro 2, m'informa Sawyer.

Ici, Rinehart avait donné ses fêtes et ses séminaires officieux. Il avait pris la pose devant cette cheminée en lisant des passages de son œuvre. Il s'était vautré sur ce canapé en murmurant des phrases provocantes. Les étudiants de l'Albertus, ce pauvre diable d'Erwin « Pipey » Leake, et des gens comme Donald Messmer avaient déferlé sur Buxton Place, y apportant leurs passions.

Earl Sawyer gagna le fond de la pièce puis passa dans la cuisine, où une lessiveuse métallique débordait d'ordures. Nous montâmes à l'étage et inspectâmes une chambre meublée d'un lit à deux places, sans draps, d'une commode en chêne et d'une table.

— Vous voyez quelque chose d'intéressant ? interrogea mon guide.

— Tout m'intéresse, dis-je.

J'avais probablement été conçu dans ce lit. Robert sembla prendre substance telle une étincelle près de moi — je sentis sa présence autoritaire —, puis disparut sans avoir été plus qu'une illusion.

— Quoi ?

— Il m'a semblé entendre quelque chose.

— Il y a toujours des bruits, dans ces vieilles maisons, dit Sawyer.

De retour au rez-de-chaussée, il ouvrit la porte qui jouxtait l'étagère à disques. La pièce qui s'étendait au-delà béait telle l'entrée d'une mine abandonnée.

— Attendez une seconde, je vais chercher de la lumière.

S'avançant dans l'obscurité, il devint une ombre épaisse. J'entendis un coup, puis un frottement de bois sur un autre bois, puis un deuxième coup, comme si on avait ouvert puis refermé un tiroir.

— Je me cogne tout le temps dans cette foutue table.

Sawyer alluma une lampe posée sur une petite table. Un mur couvert de livres apparut. Le gardien s'approcha d'une table plus grande, au centre de la pièce, et alluma une deuxième lampe, qu'encerclaient des monceaux de journaux jaunis et de boîtes de conserve vides. De grands rayonnages chargés de livres se profilaient sur toutes les parois.

— Entrez.

Rinehart avait changé ce pavillon-là en bibliothèque.

Les étagères s'étendaient jusqu'au toit, et ce d'un bout à l'autre de la maison. Une échelle en fer coulissait le long d'un rail. Des milliers d'ouvrages étaient réunis. J'en inspectai le dos : H.P. Lovecraft, H.P. Lovecraft, H.P. Lovecraft. M'approchant de l'échelle, je montai un ou deux barreaux. Plusieurs exemplaires de toutes les éditions de toutes les œuvres de Lovecraft s'alignaient là, suivies de leurs traductions en ce qui semblait être toutes les langues étrangères possibles. Éditions originales, poches, semi-poches, anthologies, éditions réservées aux bibliothèques. Certains volumes paraissaient comme neufs, d'autres devaient avoir été dénichés d'occasion chez des bouquinistes. Rinehart avait consacré du temps et de l'argent à se procurer des livres rares, mais il avait également acheté presque toutes les œuvres de Lovecraft sur lesquelles il avait pu mettre la main, qu'il les ait déjà possédées ou non.

— Je crois deviner qui est son auteur préféré, dis-je.

— Mr. Ward considère H.P. Lovecraft comme le plus grand écrivain de l'histoire. (Sawyer longeait les étagères avec un sentiment de fierté par procuration.) Il y a des années, j'ai lu une ou deux nouvelles après mon travail. Mr. Lovecraft y a mis beaucoup de choses, mais pas tout. J'ai eu le temps d'y réfléchir.

C'était là la source de sa fierté : ses théories sur Lovecraft.

— J'espère que vous savez ce qu'est une parabole.

— Je suis allé au catéchisme, dis-je.

Son sourire disparut, comme s'il allait dire quelque chose de très important.

— Une parabole est une histoire qui a un sens caché. On ne le voit pas forcément, mais il est là.

— Certaines ont même l'air d'avoir beaucoup de sens différents, dis-je. Plus on y pense, moins on est sûr de ce qu'elles signifient vraiment.

— Non. C'est parce que vous les lisez mal. Si vous aviez raison, elles ne serviraient à rien. Une parabole n'a qu'un seul sens, mais il faut savoir le chercher.

Avec les histoires de Mr. Lovecraft, c'est pareil : on peut en apprendre beaucoup si on est assez fort pour accepter la vérité.

Le même plaisir se lisait sur le visage des gens qui passaient leur temps à échafauder des théories de conspirations tentaculaires reliant l'assassinat des Kennedy, le FBI, la mafia, le complexe militaro-industriel et les cabales sataniques. Invariablement, la puanteur de la folie les enveloppait.

— Regardez. (Sawyer désigna une étagère chargée d'exemplaires de *De l'Au-Delà.*) C'est un de ses amis qui a écrit ça. Mr. Ward dit qu'il devrait être célèbre, et il a raison. C'est un grand livre. Peut-être mon préféré. (Son regard croisa le mien.) Alors, d'après vous, Mr. Ward et Edward Rinehart ne sont qu'une seule et même personne ? Rinehart serait ce qu'on appelle un pseudonyme ?

Il désirait me montrer qu'il connaissait le mot.

— Charles Ward également.

Le visage maladif du gardien se fit soudain maussade.

Passant devant des rangées de livres, je découvris, logée au bout d'une étagère, ce qui ressemblait à l'édition originale de *L'Abomination de Dunwich.* Je la sortis et découvris la mention *W. Wilson Fletcher, Académie Militaire Fortress, Owlsburg, Pennsylvanie, 1941,* écrite à la main sur la page de garde.

Earl Sawyer se matérialisa à mon côté tel un djinn en colère pour m'arracher le volume des mains.

— Je suis désolé, j'aurais dû vous avertir. (Il remit le trésor en place.) Mr. Ward m'a ordonné de ne jamais toucher à celui-là. On pourrait dire qu'il est sacré. (Il coupa court à mes excuses.) Il faut que vous partiez. J'ai commis une erreur.

104

Une démangeaison évoquant des piqûres d'aiguilles microscopiques s'empara de mes mains tandis que je longeais le sud de College Park. Baissant les yeux, je distinguai le volant sous deux taches floues en forme de mains.

— Comment fais-tu ça ? interrogea une voix, sur la banquette arrière.

— C'est toi qui le fais ! hurlai-je.

— Ne sois pas parano, dit Robert. Regarde : c'est terminé.

Mes mains, parfaitement visibles, se crispaient sur le volant.

— Je pourrais t'expliquer mais tu ne comprendrais pas. (Il me tapota l'épaule.) Qu'est-ce que tu fichais à College Park ? Et quelles nouvelles du front Joe Staggers ?

— Tu ne sais pas ce qui s'est passé ?

— Je ne peux pas me tenir au courant de *tout*. (Robert croisa les bras sur le dossier du siège du passager.) Raconte.

— Joe Staggers, tu peux l'oublier, dis-je, avant de décrire ma visite des pavillons de Buxton Place avec Earl Sawyer.

— Ça me donne une idée. En attendant, emmène-nous à Ellendale. Je crois que Stewart Hatch y a planqué quelque chose qui nous intéresse.

L'idée que Hatch lui-même avait pu dérober ses photos de famille me fit oublier le mystère des limites de Robert.

— Il n'y est pas, continua ce dernier. Stewart a reçu des nouvelles troublantes, aujourd'hui. Grenville Milton et lui sont en conférence au sommet avec leur avocat.

— Je ne vais pas rentrer chez lui par effraction.

— Ce ne sera pas nécessaire. Je rentrerai et je t'ouvrirai la porte.

— Tu n'as pas besoin de moi pour piller la baraque de Hatch, objectai-je.

— Qui sait ? Tu pourrais bien apprendre des choses au sujet de Laurie. En attendant, explique-moi pourquoi je peux oublier Joe Staggers.

Je lui affirmai qu'il ne comprendrait pas.

105

Un pied planté dans l'allée, un genou posé sur la banquette de la Mountaineer, Posy Fairbrother, penchée par la portière arrière, sanglait Cobbie sur son siège-bébé. On aurait dit une silhouette idéalisée sur une frise.

— Dommage que Posy soit trop coincée pour batifoler avec l'amant de son employeuse, soupira Robert. Tourne à gauche, on arrive à Bayberry Lane.

La maison contemporaine anguleuse de Stewart s'élevait sur deux arpents dépourvus d'arbres, au bout de la première rue donnant dans Blueberry Lane. Je la dépassai et tournai au coin suivant, celui de Loganberry Street.

Robert à mon côté, je traversai l'espace vide, vert et chaud, de la pelouse puis montai les marches du perron de bois gris.

— *Momentito,* dit mon frère.

Il traversa la porte de derrière et, après une pause que j'aurais attendue moins longue, l'ouvrit.

— Stewart n'a pas installé de système d'alarme. J'imagine qu'il n'y a rien à voler.

Je contemplai la cuisine.

— À moins d'avoir un Fenwick.

Une cuisinière à gaz se dressait face à un plan de travail en marbre de trois mètres de long qui passait devant un réfrigérateur double et une cave à vin d'intérieur à la porte vitrée. Près de cette dernière, sur des étagères, s'alignaient une demi-douzaine de bouteilles de scotch *single malt* et deux bouteilles de vodka Belvedere attendant sans le moindre doute leur tour d'occuper le freezer.

Une cloison séparait la salle à manger de ce que les gens du milieu de Stewart Hatch appellent « grande pièce ». Les articles disséminés dans cette immensité sortaient d'un magasin de meubles scandinaves, au centre commercial local.

À l'étage, dans la chambre du maître des lieux, un téléviseur monumental faisait face à un très grand lit défait. Des polos et des pantalons kaki étaient étalés sur un canapé. Robert ouvrit les portes du placard. Je fouillai un secrétaire, où je découvris des chèques annulés, des fiches d'hôtels des Caraïbes, ainsi que deux cassettes vidéo étiquetées *Ligotage Pervers, USA* et *L'Amour en chaînes*.

Un livre intitulé *Les Secrets de gestion des anciens seigneurs de la guerre chinois* reposait sur la table de nuit, dans un tiroir de laquelle se trouvaient une boîte de balles à tête en acier et un pistolet 9 millimètres. Le tiroir d'en dessous renfermait en un véritable fouillis : menottes, sangles, ficelles, bracelets cloutés, et un ou deux objets que je ne voulus même pas chercher à reconnaître.

Je jetai un coup d'œil sous le lit, ne vis que la moquette, et rejoignis mon frère dans un placard à peu près aussi vaste que l'ancienne chambre de Star chez Nettie. Une cinquantaine de costumes et de vestes, au moins cent cravates, des dizaines de ceintures et de paires de bretelles pendaient sous de longues étagères de chemises et de pulls classés par couleur et par nuance. Robert tendit la main vers une pile de boîtes des Brooks Brothers et en choisit une, qu'il ouvrit pour révéler une chemise à rayures dans son emballage en plastique. Je songeai à Gatsby.

— Allons explorer le bureau du rez-de-chaussée, suggérai-je.

Robert fouilla dans un placard à classeurs — vide, sinon pour une caisse neuve de Belvedere. Un carton de Bear & Stearns était posé au niveau des yeux sur une étagère étroite, inclinée selon un angle quasi imperceptible. Le repoussant, je découvris une enveloppe matelassée grand format dont je m'emparai.

— La lumière verte au bout du quai.

— Je ne veux même pas savoir ce que ça signifie, soupira Robert en me rejoignant. Ouvre-la.

J'en sortis une chemise emplie de photographies et présentai de muettes excuses à Laurie, ainsi qu'à mes tantes, avant même de m'avouer que je les avais soupçonnées d'avoir subtilisé les documents de Hatch.

— Un ban pour l'équipe locale, lança mon frère.

Les deux hommes figurant sur le double portrait, au sommet de la pile, ne pouvaient être qu'Omar et Sylvan Dunstan. Je crus sentir mon cœur et mon estomac dégringoler de dix ou quinze centimères. M'approchant du bureau, j'y déversai le reste des photos. Un Howard Dunstan de vingt ou vingt et un ans, en strict costume sombre à col montant et à gilet boutonné haut, levait les yeux vers moi. Comme ses filles ne cessaient de le répéter, il était séduisant. De toute évidence intelligent, charmant, turbulent, volontaire — et, me sembla-t-il, à moitié fou : la cruauté et le désespoir commençaient déjà à déformer les traits d'un visage assez proche de celui de Robert ou du mien pour me mettre mal à l'aise.

C'était notre dossier que Stewart avait dérobé aux archives de Coventry, pas le sien.

Une voiture s'arrêta dans l'allée, suivie d'une autre. Deux portières claquèrent. Je me tournai vers Robert, qui haussa les épaules.

— Connard, dis-je.

— Tout le monde peut se tromper. Ne t'inquiète pas.

Je rassemblai les photos et rangeai la chemise dans l'enveloppe. Par la fenêtre, derrière mon frère, je vis Stewart Hatch entrer dans le garage, suivi d'un

Grenville Milton qui le dominait de sa stature. Ils disparurent de notre champ de vision, mais leurs pas continuèrent de résonner sur le sol bétonné.

— Qu'est-ce qu'on fait, maintenant ?

Je les entendis passer dans la cuisine. Me faisant signe de me taire, Robert ferma la porte en silence.

— Ils ne viendront pas ici. Quand le vieux s'en ira, Hatch montera à l'étage. (La voix de Grenville Milton tonnait dans la cuisine.) Et si jamais ils viennent ici, je m'occuperai d'eux.

La porte du réfrigérateur s'ouvrit. Des glaçons cliquetèrent dans des verres.

Posant les mains sur la guillotine de la fenêtre, je découvris un grillage qui me bouchait le passage.

— Attends, m'arrêta Robert.

À la manière d'une impulsion sur l'écran d'un radar, la voix contrariée de Milton dénonça la progression des arrivants à travers la salle à manger, jusqu'à ce qu'il arrivent dans la portion principale de la maison, où leurs paroles devinrent audibles.

— Ces gens-là doivent bien détenir quelque chose, Stewart. Ils veulent nos archives financières depuis 1983. Tu crois que c'est une coïncidence ?

— Fous-moi la paix cinq minutes, riposta Hatch.

Les pas gagnèrent l'extrémité de la grande pièce. Là, les deux hommes se laissèrent tomber sur des chaises.

— Mon avocat de Louisville veut qu'on sépare nos affaires.

— Ces gens-là ne savent rien. Ils ne peuvent rien savoir. C'est aussi simple que ça.

— Je n'ai pas envie d'aller en prison. Ça ne rentre pas dans mon programme. Tu m'écoutes, Stewart ?

— Bien sûr que je t'écoute, soupira Hatch. Je n'ai fait que ça de toute l'après-midi, t'écouter délirer.

— Alors, ouvre grandes les oreilles. Si tu plonges, tu plonges tout seul.

— C'est sympa. Personne ne plongera, Grennie. Ce n'est que de la poudre aux yeux. Si tu sépares nos affaires, tu vas donner l'impression qu'on est tous les deux coupables, et ce n'est pas tout à fait l'image qu'on cherche à projeter.

— Ils se préparent à nous mettre en accusation. Tu trouves que ça nous donne l'air de quoi ?

— Tu veux savoir pourquoi ils s'agitent ? La mère Ashton a recueilli toutes les dépositions possibles et imaginables. Elle a loué des bagnoles, pris l'avion, couché dans de bons hôtels et payé des repas gastronomiques. D'où est-ce qu'elle vient ? Du Kentucky. Là-bas, ils n'avaient aucune idée des frais qu'elle allait engager. Elle rentre chez elle les mains vides, donc....

— Mais...

— La mère Ashton retourne chez les ploucs et leur dit : « Désolée, les gars, je suis bredouille. » Ça, je le *sais.* Son patron lui répond : « Ashton, ma place est en jeu, on ne peut pas se permettre d'abandonner maintenant. » Alors, qu'est-ce qu'ils font ? Ils inventent tes fameuses mises en accusation, Grennie, voilà ce qu'ils font, parce que ça justifiera les dépenses. S'il n'en sort rien de nouveau, ils pourront peut-être obtenir un arrangement. Ils veulent sauver la face, c'est tout.

— Tu ne peux pas contester l'effraction, objecta Milton.

— Mon système d'alarme a eu une panne. Un type est entré dans l'immeuble et a démoli les ordinateurs. Mais il n'a pas touché à nos archives, Grennie, je te le garantis.

— J'espère que tu as raison. Je suis trop vieux pour aller en prison.

— Moi aussi. Sans parler de me faire enculer à sec sur le plan conjugal. Je n'aurais jamais dû nommer Laurie à cette foutue commission. Ça prouve encore une fois qu'il ne faut jamais essayer d'être bon avec les gens. Et Rachel ?

— Elle a posé un cadenas sur mon portefeuille environ un mois avant que je ne lui offre la meilleure chirurgie esthétique du monde, répondit Milton. Je ne la vois pas devenir vindicative. Bon, allez, ça suffit, on tourne en rond. Il faut que je rentre me changer avant d'aller retrouver Ming-Hwa.

— Tiens, si tu as envie de t'inquiéter, voilà un bon sujet, commenta Hatch. Enfin, moi, ce que j'en dis...

— Tu es jaloux de moi, ironisa Milton.

Ils dérivèrent vers la porte d'entrée en répétant la moitié de ce qu'ils avaient déjà dit. Les souliers fantaisie pointure 45 de Milton résonnèrent dans l'allée.

Hatch referma la porte, gagna l'escalier, monta quelques marches, puis hésita — avant de commencer à redescendre. Au bas des degrés, il se tourna vers le bureau. Mon frère m'adressa un clin d'œil et disparut, abandonnant derrière lui un espace vide en forme de Robert.

Le bouton de porte tourna et le battant s'entrabâilla. Je saisis la seule possibilité qui s'offrait à moi en dehors d'une agression : au moment où Stewart entra dans la pièce, je mordis le temps.

Quand ma vue se clarifia, je me trouvais à l'air libre, en proie aux mêmes douleurs qu'après mes voyages précédents, quoique moins prononcées. Des prés déserts composaient un paysage vallonné ; des oiseaux planaient, les ailes étendues, au sein d'un ciel sans nuages. Je marchai dans ce que j'espérais être la direction de la future Bayberry Lane, tentant de me rappeler quelle distance me séparait du coin de la rue. Lorsque j'estimai approcher de la voiture, je me livrai à mon petit tour de magie et me rematérialisai au bord d'une piscine carrelée, dans un jardin. Trente centimètres de plus à droite et je me retrouvais sous l'eau.

Je n'avais pas mal à la tête et mon estomac ne souffrait guère que d'une vague lourdeur. En revanche, la femme en monokini, allongée sur une chaise longue à trois mètres de moi, paraissait sur le point de tomber dans les pommes. Elle se propulsa en avant pour s'emparer d'une serviette éponge.

— D'où est-ce que vous sortez, vous ?

— Je suis aussi gêné que vous, mademoiselle, assurai-je. J'espérais que quelqu'un pourrait me donner des indications. Je suis censé livrer cette enveloppe dans Bayberry Lane, mais je n'arrive pas à trouver la rue. J'espère que vous m'excuserez.

Elle coinça sa serviette sous ses aisselles et sourit.

— Quelle adresse cherchez-vous ?

— Celle de Mr. Hatch, dis-je.

— Stewart ? (Elle me désigna la maison sans lever les bras.) C'est là.

Cinquante mètres plus loin, le perron gris alignait ses marches au-dessus d'une pelouse bien entretenue, d'un vert éclatant. J'étais carrément loin de la voiture.

— Descendez Elderberry, prenez Loganberry sur la droite, et encore la première à droite.

Quand j'arrivai sur Loganberry Street, Robert me souriait, accoudé à la Taurus.

— Va au diable, dis-je.

— Je savais que tu n'aurais pas vraiment besoin de mon aide, mais j'espère que tu vas me dire comment tu t'en es sorti.

— Grâce à mon tapis volant, rétorquai-je.

— De plus en plus mystérieux. Qu'est-ce qu'on fait, maintenant ?

— Moi, je vais chez Laurie. Pas toi. Passe ce soir au Brazen Head.

— Tu ne me ramènes pas en ville ?

— Je crois que tu n'auras aucun problème pour y retourner par tes propres moyens, Robert.

Il se toucha le front en un salut moqueur puis disparut. Comme j'allais ouvrir la portière de ma voiture, j'entendis quelqu'un appeler :

— Monsieur ? (Une femme en short et débardeur me fixait, du trottoir d'en face.) Je ne peux pas m'empêcher de vous poser la question : comment vous avez fait ?

— Mon frère joue à ça depuis qu'on est mômes, dis-je. Ça rendait notre mère complètement folle.

106

Quand Laurie m'ouvrit sa porte, je vis un plaisir pur, sans mélange, irradier à travers toutes les complexités de son beau visage.

— Ned ! Je suis ravie. Entre. (Elle se glissa dans mes bras.) Parle-moi de l'enterrement.

— Ça s'est bien passé. Une vieille amie de ma mère, Suki Teeter, était là. Rachel Milton aussi. On a déjeuné tous les trois, ensuite. Rachel n'est pas si mauvaise, finalement.

— Il faudrait que je l'appelle. Tu veux une bonne nouvelle ? Ashleigh a téléphoné pour dire qu'ils commencent à travailler sur les mises en accusation. Grennie ne va peut-être pas filer très longtemps le parfait amour.

— Même les connards peuvent avoir le blues, dis-je.

— On va fêter ça avec une super-bouteille.

Elle passa dans la cuisine, d'où elle revint avec un cabernet Heitz, Réserve privée, et deux verres.

— Il faut que je me débrouille pour que Cobbie ne vive pas ça trop mal, dit-elle quand je nous eus servis. Je ne sais pas comment on explique à un gamin que son père va en prison, mais je veux le protéger. Au fait, il est sorti avec Posy. Elle l'a emmené voir *Aladin.*

— C'est agréable de te trouver seule.

— J'ai bien réfléchi. (Elle se laissa aller contre le dossier du sofa.) L'université de Columbia a accepté Posy pour son année de doctorat. Cobbie va avoir besoin de plus d'attention qu'il ne pourra jamais en obtenir ici. Ça serait sans doute une bonne chose qu'on parte pour New York.

— Posy resterait avec vous ?

— Elle sauterait sur l'occasion, et en plus, ça serait moins désorientant pour Cobbie. Par ailleurs, j'adore Posy Fairbrother... je ne veux pas la perdre, moi non plus. Si j'achetais un grand appartement, ou une maison, nous aurions tous notre intimité.

— Ça coûte une fortune, ce genre de choses, remarquai-je. Une école privée te reviendrait à dix ou quinze mille dollars de plus par an. Sans compter les cours de musique. Tu pourrais te le permettre ?

— Avec le fonds de dépôt, oui. Je ne vais pas laisser Parker Gillespie diriger ma vie.

Voilà pourquoi Laurie avait appelé Gillespie : elle comptait déjà aller vivre à New York avant de me rencontrer.

— C'est une excellente idée, dis-je. Je veux être là la première fois que Cobbie entendra du Bach. Ou du Charlie Parker.

— Ce serait bien. Cobbie n'a pas besoin que de musique. (Elle sourit pour elle-même, comme si elle en avait trop dit.) Attends, je reviens un peu en arrière. Ça te plairait que je m'installe à New York ? (Elle s'écarta un peu de moi mais, en compensation, me posa la main sur le genou.) Je ne veux pas te mettre dans une situation gênante.

— Bien sûr que ça me plairait, répondis-je. Pense à tous les endroits merveilleux qu'on pourrait visiter !

En m'entendant dire « merveilleux », je compris que je décrivais un fantasme. Je voulais que ce fantasme devienne réalité.

— Quels endroits ?

— Le Metropolitan Opera. Le Frick Museum. L'angle de Bedford et de Barrow dans Greenwich Village. La Deuxième Avenue, le dimanche matin, en août, quand tous les feux passent au vert en même temps et qu'on voit à peine une voiture sur des kilomètres. La grande pelouse de Central Park. L'esplanade de Brooklyn Heights. Le marché aux livres de Gotham. Une bonne centaine de super-restaurants.

— Il faudra trouver notre préféré et y aller une fois par mois, religieusement.

— Quand tu as retrouvé mes tantes à la bibliothèque, est-ce que tu leur as demandé de prendre des photos, Laurie ? interrogeai-je.

— Des photos ? Elles n'avaient pas d'appareil.

On n'aurait pu imaginer réponse plus innocente. J'éclatai de rire.

— Je voulais dire : prendre au sens d'emporter.

La jeune femme me considéra, perplexe.

— Pourquoi aurais-je fait une chose pareille ?

— Laisse tomber. Hugh m'a dit que les photos de famille de Stewart avaient disparu. Il s'en est rendu compte après ton passage en compagnie de mes tantes, qui pourraient fourrer l'Empire State Building dans un ou deux sacs de supermarché sans que personne ne s'en aperçoive. Je ne sais pas : je pensais que, peut-être, tu voulais le secouer un peu. C'était une idée idiote, désolé.

C'était pire qu'une idée idiote : c'était ridicule. Laurie ne pouvait pas savoir que Stewart allait exiger le retour de ses archives.

— Il manque deux séries de photos, maintenant ? Les vôtres et celles de Stewart ?

— Sacrée coïncidence, hein ?

— Tellement que tu t'es dit que j'avais quelque chose à voir là-dedans. Et que je ne t'en avais pas parlé. Ce qui fait que ça ne me donne pas l'air d'essayer d'ennuyer Stewart mais de te cacher quelque chose.

Elle avait raison. C'était bien l'air que ça lui donnait. Je me rappelai ce que m'avait dit Rachel Milton à propos du dossier Hatch, mais Laurie, trop perceptive, avait déjà poussé la conversation au-delà de tous les buts qu'avait eus ma question étourdie.

— Hou là, dis-je. Tu vas trop loin, trop vite. Avec toi, il faut faire gaffe à ce qu'on dit.

— Qui t'a emmené au HAC ?

— Je sais bien.

Une voiture s'engagea dans l'allée et s'arrêta devant le garage.

Laurie m'embrassa sur la joue.

— Rappelle-toi qui sont tes amis.

Cobbie entra en fanfare et poussa un cri aigu de plaisir.

— Ned, Ned, j'ai appris un *truc* !

Posy me sourit, rangea la poussette et déposa deux sacs de courses sur le plan de travail.

— Après le film, j'ai acheté quelques livres et un ou deux des CD recommandés par Ned.

— J'ai appris un *truc* !

Les yeux de Cobbie dansaient. Il sentait le pop-corn.

— Vous me direz combien vous avez payé et je rajouterai ça sur votre chèque. (Laurie serra son fils dans ses bras.) Salut, la puce. Il t'a plu, le film ?

— Oui-oui, et puis...

— Tu veux nous montrer un truc.

— Oui, oui.

Il attendit un instant pour soigner ses effets dramatiques puis chanta une étrange série de notes. Ensuite, il s'écroula de rire.

— Ça me dépasse, commenta Posy. Il n'arrête pas de chanter ça, et ça le tue complètement.

Cobbie entonna à nouveau la curieuse mélodie mais, cette fois, la trouva tellement drôle qu'il ne put arriver au bout.

— Refais-le en entier, demandai-je.

Se postant devant moi, il me regarda droit dans les yeux et chanta la séquence intégrale.

Il me sembla comprendre pourquoi elle paraissait si bizarre.

— Mmm, l'envers à chose quelque chantes tu, Cobbie ?

Il m'avait fallu plus longtemps pour trouver l'ordre de ces mots qu'à lui pour inverser huit mesures.

— Hein ? fit Laurie.

Tout en s'étranglant de rire, son fils trotta jusqu'au piano et tapota les notes correspondantes.

— Maintenant, joue-les à l'endroit.

Il les tapota dans l'ordre inverse et adressa un grand sourire à Posy.

— Oh, Seigneur ! s'exclama-t-elle. Ça vient du film.

— « Wholewide World », confirma l'enfant.

— Ça règle la question, dis-je à Laurie. Quand il sera grand, il sera Spike Jones.

— Est-ce que Ned reste dîner ? s'enquit Cobbie.

— Est-ce qu'il reste ? me demanda sa mère.

— À condition que Cobbie et moi puissions écouter un de ces nouveaux CD, plaisantai-je, songeant qu'après le repas, je retournerais à Buxton Place pour savoir ce qu'Earl Sawyer avait caché dans le tiroir.

C'était un homme déconcertant. Il entretenait l'idée que les œuvres de H.P. Lovecraft décrivaient une réalité littérale, et il avait failli s'évanouir quand j'avais touché l'édition originale portant le nom de son propriétaire sur la page de garde. Je tentai de me rappeler le nom en question : Fleckner ? Flecker ? Fletcher. W. Wilson Fletcher, de l'Académie militaire Fortress, à Owlsburg, Pennsylvanie.

Pendant une demi-heure, Cobbie écouta comme en transe l'essentiel de la *Theresienmesse* de Haydn, se tournant parfois vers moi pour savoir si j'avais remarqué tel ou tel miracle sonore. De temps à autre, il marmonnait « Mmm » pour lui-même. Durant le *Credo*, il me contempla avec une expression aussi ravie qu'interloquée.

— Ça s'appelle une fugue, dis-je.

Il retourna à la musique en murmurant « fougue ». Le mouvement terminé, il annonça qu'il était l'heure des dessins animés et se hâta de passer dans la pièce de la télévision, de l'autre côté de la cheminée.

À l'office, Laurie et Posy s'activaient entre le plan de travail et la cuisinière. La nourrice me demanda si j'avais vu les livres qu'elle avait achetés pour Cobbie, aussi retournai-je au salon. Elle avait trouvé de courtes biographies de Mozart et de Beethoven, destinées aux enfants.

L'ouvrage qui occupait le fond du sac était *Les Meilleurs Récits horribles et macabres de H.P. Lovecraft*.

— Celui-là, vous ne l'avez pas pris pour Cobbie, dis-je en l'apportant dans la cuisine.

— Non, bien sûr. Laurie et moi avons discuté du livre que vous nous avez montré, l'autre jour. Machin Rinehart ? On a fini par parler de Lovecraft et ça a éveillé ma curiosité. Un des mecs de mon séminaire de neurobio est un grand fan de Lovecraft, et moi, je n'en ai jamais rien lu, alors je me suis dit que j'allais y jeter un coup d'œil. Si un nom surgit une fois, c'est un hasard ; deux fois, c'est le destin.

— Mmm, fis-je, avant de réaliser que je m'exprimais comme Cobbie.

— Tu n'as pas le droit de lorgner le personnel, m'annonça Laurie. (Elle me tendit la bouteille.) On sera prêtes d'ici vingt minutes.

Je me versai le reste du vin, allai m'installer sur le canapé, et commençai à lire *L'Abomination de Dunwich*.

L'histoire s'ouvrait sur l'évocation d'une région lugubre, dans le nord du Massachusetts. Coincée entre de hautes et sinistres collines, la ville de Dunwich exsudait le délabrement. Des générations de consanguinité avaient changé ses habitants en dégénérés. La nouvelle présentait ensuite des personnages, notamment Lavinia Whateley, un laideron albinos qui, à l'âge de trente-cinq ans, donnait naissance à Wilbur, lequel avait la peau sombre et ressemblait à un bouc. Il apprenait à marcher à sept mois et savait parler à un an. Bien avant l'adolescence, il acquérait des lèvres épaisses, le teint jaune, des cheveux drus en broussaille et la capacité de provoquer des crises de sauvagerie chez les chiens.

À l'instar d'une particule de nourriture entre les dents, un détail auquel je n'avais par ailleurs pas fait attention semblait s'être logé dans mon esprit. Revenant en arrière dans le texte, je trouvai la phrase suivante : *« Les seules personnes qui virent Wilbur pendant le premier mois de son existence furent le vieux*

Zechariah Whateley, de la branche saine de la famille, et Mamie Bishop, compagne d'Earl Sawyer. »

Quelques pages plus loin, je lus : « *Earl Sawyer, ayant conduit à la ferme reporters et photographes, attira leur attention sur la bizarre puanteur qui provenait du premier étage* [1]. »

La chair de poule me recouvrit les bras. Un nom qui surgit une fois, c'est un hasard ; deux fois, c'est le destin. Les pavillons de Buxton Place avaient été achetés sous des noms empruntés à des personnages de Lovecraft, et leur gardien en portait un aussi. Earl Sawyer adorait Edward Rinehart parce qu'il *était* Edward Rinehart.

— Je crois que j'ai oublié quelque chose là haut, hier, Laurie, lançai-je, avant de savoir ce que j'allais faire.

— Quoi donc ? s'enquit-elle.

— Je reviens.

Poussé par une compulsion malfaisante, je montai les marches quatre à quatre et pénétrai dans la chambre de Laurie. Alors qu'une portion de moi-même m'observait avec horreur, j'ouvris les tiroirs de la commode, fouillai dans les vêtements. Je passai ensuite au placard, fermant les yeux sur mon crime.

— Qu'est-ce que tu cherches, Ned ? me demanda la maîtresse de maison, du bas de l'escalier.

— Mes lunettes de soleil. Je viens de réaliser que je les ai perdues.

— Je ne crois pas qu'elles soient ici. On dîne dans cinq minutes.

Je regardai sous le lit, puis dans la table de nuit. J'inspectai la salle de bains. De retour dans le couloir, je jetai un coup d'œil à la porte de Cobbie, puis m'avançai vers celle de la nourrice. Après avoir envisagé de jeter un coup d'œil de l'autre côté et rejeté cette idée, je me retournai vers l'escalier. Posy se tenait à l'autre bout du couloir, les yeux fixés sur moi.

1. H.P. Lovecraft, *L'Abomination de Dunwich*, trad. Jacques Papy. *(N.d.T.)*

— Merci de ne pas être entré dans ma chambre, dit-elle. Dois-je en déduire que vous me soupçonnez d'avoir volé vos lunettes de soleil ?

— Oh, non ! Posy, je vous en prie. J'étais juste en train de me demander où j'avais bien pu laisser ces saletés.

— Je ne crois pas vous avoir jamais vu en porter, remarqua-t-elle. Quoi qu'il en soit, le dîner est prêt.

Je supportai le repas en aiguillant la conversation vers les dessins animés, sujet sur lequel Cobbie avait de nombreuses observations à faire, et sur la *Theresienmesse* de Haydn, que j'avais assez écoutée pour feindre d'être un expert en la matière. Posy me lançait des coups d'œil soupçonneux. Cobbie, pour qui un dîner avec les adultes était un plaisir rare, nous gratifia d'un ou deux aphorismes d'enfant de quatre ans. (« Cette musique, c'était comme un très très très bon truc à manger », et « C'est chouette quand les notes *dégoulinent* pas, avec plusieurs chanteurs. »). Les deux femmes semblaient décontenancées par mon attitude, et les excuses que je présentai pour avoir fait tout un drame d'une paire de lunettes et être contraint de m'en aller juste après dîner ne détendirent nullement l'atmosphère. Une Laurie interloquée me raccompagna à la porte. Je lui annonçai que je serais occupé durant toute la journée du lendemain, mais que je l'appellerais si je pouvais. Cobbie sortit de la cuisine comme un missile. Je le soulevai de terre et l'embrassai sur la joue. Il se rejeta en arrière, avant de déclarer en insistant sur chaque mot :

— Je-veux-écouter-une-autre-FOUGUE !

107

Je me garai à un bloc au sud du Brennan's et me hâtai de gagner l'étroite Buxton Place. Le crépuscule commençait à se changer en nuit ; le clair de lune se reflétait sur les vitres des anciennes écuries. Comme je m'y attendais, portes et fenêtres des pavillons refusèrent de s'ouvrir. Je donnai des coups de pied dans les pavés jusqu'à en déloger un, que j'enveloppai de ma veste avant de l'emporter près de la fenêtre du numéro 2.

Une main se posa sur mon épaule. Il me sembla que mon cœur allait exploser.

— Tu as perdu l'esprit ? demanda Robert, à deux centimètres de mon oreille. (J'eus envie de l'assommer avec le pavé.) Tu n'as aucune raison d'être encore en colère. Je t'ai rendu service.

— Tu m'as laissé tomber.

— Tu parles ! Tu as disparu une seconde après moi.

— Ah bon ?

Il ricana.

— Mon cher frère, plus tu découvriras de choses en toi, moins on prendra de risques demain.

— Qu'est-ce que tu fabriquais ?

— En parlant de service, je suis allé à Blueberry Lane. (Son sourire moqueur était insupportable.) Il fallait bien réparer les dégâts. Je me suis excusé de ma mauvaise humeur. Je n'avais même pas remercié Laurie et Posy de leur excellent dîner, et j'espérais les convaincre que l'enterrement de ma mère avait un effet terrible sur mes manières. J'avais retrouvé mes lunettes de soleil dans ma voiture, j'étais désolé d'en avoir fait le point focal de mes angoisses, et bla bla bla. Je sais qu'il y a des choses que je ne comprends pas chez les humains, mais franchement, l'affection que tu éprouves pour ce petit garçon me dépasse. J'ai sans arrêt été obligé de le décoller de ma jambe. Si tu n'y fais pas attention, tu vas le pourrir, ce gamin.

— Tu m'as suivi ?

— Non, j'ai eu le plaisir de souper tôt au Madrigal. Julian a flirté avec moi de manière si délicieuse que nous allons boire un verre ensemble aux environs d'une heure et demie du matin. Il en est tout retourné.

— Tu vas coucher avec Julian ?

— Je ne fais pas de distinctions sans objet. À présent que les dames de Blueberry Lane sont calmées, explique-moi pourquoi on va s'introduire dans ce taudis.

— Une fois qu'on sera à l'intérieur, dis-je.

Robert se glissa à travers la porte d'entrée du 2. Comme toujours, on aurait cru un effet spécial de cinéma. Le battant s'ouvrit. Laissant tomber mon pavé, j'entrai à mon tour.

— Vérifie que les rideaux sont bien fermés, intima mon frère.

Je les tirai jusqu'à ce qu'ils se chevauchent.

— Tu y vois clair ?

— Pas tellement plus que toi. (Il gagna à tâtons la table centrale et chercha l'interrupteur de la lampe.) Qu'est-ce qu'on fabrique ici, puisque Sawyer t'a déjà fait visiter ?

— Il ne s'appelle pas Sawyer, dis-je, avant de lui apprendre ce que je savais.

Pour une fois, Robert parut abasourdi.

— Comment est-ce que cette vieille mocheté pourrait être Edward Rinehart ? Il ne nous ressemble pas du tout, et c'est censé être notre père !

— Il y a trente ans, ça devait être notre portrait craché. Il a mené une vie de merde, il a dans les dix kilos de trop et il se nourrit extrêmement mal. Pour ne rien arranger, il est fou à lier, ce qui a tendance à marquer le physique.

— J'aurais pu le descendre dans ce putain de Cobden Building.

— Il ne savait pas qui tu étais non plus. Il ne t'a pas vraiment vu. Mais quand il m'a fait entrer, cette après-midi, il savait qui j'étais, moi. Ce n'est pas possible autrement.

— Pourquoi est-ce qu'il n'a pas essayé de te tuer, alors ?

Je donnai la seule raison qui me parût avoir un sens.

— Parce que tuer un seul d'entre nous ne servirait à rien.

— Tu as tort, dit Robert, complètement tort. Il ignore qu'on est deux. C'est pour ça que je suis encore en vie.

— Maintenant, il est forcé de le savoir. Peut-être qu'il nous a vus, l'autre nuit, à Hatchtown. Il attend demain, parce qu'il compte nous éliminer ensemble. Mais quoi qu'il tente, on a un avantage sur lui.

Mon frère comprit ce que je voulais dire.

— Il ne sait pas que nous, on sait.

— J'espère que c'est vraiment un avantage. En tout cas, c'est le seul qu'on ait.

Le sourcil froncé, il alla allumer les autres lumières.

— Ne crois pas que j'accepterai de faire n'importe quoi.

— On fera ce qu'on a à faire, Robert.

Deux traits parallèles fendaient la poussière recouvrant la table devant laquelle s'était tenu Earl Sawyer lorsqu'il m'avait invité à entrer. L'un mesurait environ vingt centimètres, l'autre pas plus de cinq. Un cadre posé sur sa béquille en carton, songeai-je. Je tirai le tiroir mais n'y découvris que des crottes de souris. Quoi que Sawyer m'ait dissimulé, il était parti avec.

— Et si on secouait la cage ? proposa Robert, qui miroitait littéralement d'enthousiasme. Et si on mettait Edward Rinehart tellement en colère qu'il en devienne incapable de réfléchir ?

— Comment ?

Il se tourna vers les trente ou quarante exemplaires de *De l'Au-Delà*.

— J'imagine qu'il tient follement à ces livres.

— Tu as un mauvais fond, remarquai-je.

— J'ai des allumettes, aussi, mais il nous en faudra plus.

— Là, je crois que je peux t'aider.

— Alors, il ne nous manque qu'un container en métal, à peu près de la taille d'une demi-baignoire. Il faut faire ça dehors, histoire de ne pas foutre le feu à la maison.

— Attends.

Je passai dans le pavillon numéro 1, tâtonnai jusqu'à la cuisine, allumai le plafonnier et retournai la lessiveuse aperçue lors de ma première visite. Les ordures plurent sur le carrelage sali. Chargé de la grande bassine, je retrouvai Robert dans une petite cour cernée de murs de briques, sous le ciel qui s'assombrissait rapidement. Il tourna les talons. Je posai mon fardeau avant de le suivre jusqu'à l'étagère chargée des exemplaires de *De l'Au-Delà.* Il nous fallut trois voyages pour tous les emporter dehors. Je sortis mes allumettes de ma poche puis ramassai un des livres.

— Pas encore.

Mon frère en replia la couverture en arrière et l'arracha. Il sépara ensuite les pages en deux blocs, puis en sections de plus en plus petites. De mon côté, je commençai à démembrer un autre recueil. Des feuilles détachées voletèrent jusqu'au sol bétonné.

Quand environ la moitié des livres fut détruite, Robert s'agenouilla près des débris.

— Maintenant, on va rigoler.

Il craqua une allumette et l'approcha d'un bloc de feuilles. Une flamme jaune s'empara de la première, se transmit à la seconde. Mon frère les retourna. Le feu diminua, perdit un peu de force, puis rampa le long des bords et reprit de l'ampleur. Lâchant la liasse enflammée dans la lessiveuse, Robert en présenta une autre au brasier naissant.

— On se sent à peine coupable de brûler des livres, dans un cas pareil, dis-je.

— Ne sois pas con, renvoya Robert, amusé.

Je déchirai les volumes restants tandis qu'il nourrissait le feu de leurs pages, posant chaque nouvelle section à la manière d'une bûche dans une cheminée, éparpillant les flammes sur toute la surface de la lessiveuse. Des morceaux de papier en combustion s'élevaient dans l'air puis flottaient vers les murs. Certains se consumaient entièrement en vol, ne laissant pas même des cendres. D'autres se changeaient en points lumineux mobiles, en lucioles ; d'autres encore devenaient des oiseaux flamboyants. Quelques-uns continuèrent de monter en tourbillonnant vers le ciel nocturne, tels des messagers, poussés par le vent de leur propre destruction. Les flammes faisaient danser des ombres déchiquetées sur les briques.

Tandis que Robert se penchait au-dessus de la lessiveuse, des reflets orange et rouges erratiques illuminaient son visage — qui semblait presque idéal, ne ressemblait pas plus au mien que le mien à celui du David de Michel-Ange. Les sourcils marqués de mon frère étaient des lignes de peinture noire, d'une épaisseur constante. Ses yeux clairs et lustrés, son nez si parfait qu'on l'aurait juré façonné par un ciseau divin. Des ombres profondes mettaient en valeur la ligne de ses pommettes et sa bouche large, bien définie. Tout ce visage révélait vivacité, assurance, grâce, vitalité — et aussi, tandis que Robert regardait danser les lucioles et les oiseaux de feu, l'appétit pur qui lui faisait aimer la destruction.

— À ton tour.

Il bondit sur ses pieds pour donner la chasse à une aile jaune qui prenait son essor.

Je m'accroupis près de la lessiveuse et y jetai de nouvelles pages, retirant vivement ma main pour la soustraire aux flambées imprévues. Sous les flammes, des lignes imprimées sifflaient, se recroquevillaient. Robert dansa à la suite de son aile jaune en fuite jusqu'à ce qu'elle se referme sur elle-même en une luisante constellation d'étincelles rouges, puis il pivota afin de poursuivre un nouvel oiseau enflammé vers le mur du fond. Il évoquait un fidèle de quelque dieu antique, les cheveux noués à l'aide de sauterelles dorées, atteignant l'extase par l'exécution d'un sacrifice. Non : pas à un adepte mais au dieu lui-même, un dieu qui s'épanouissait dans la conflagration et le chaos.

Il dansa à nouveau jusqu'à la lessiveuse pour maintenir une reliure au-dessus des flammes jusqu'à ce qu'une langue jaune se déroule le long d'une des plaques de carton vert. Ma conviction qu'il était riche d'une expérience à l'insondable profondeur disparut dans, *fut effacée par*, la découverte que son insatiabilité et l'intensité de ses privations l'avaient à jamais emprisonné dans l'enfance. Il m'apparut soudain rapetissé par le poids de tout ce qui lui manquait et, pour la première fois, je compris qu'il était captif d'une demi-vie d'où, seul, je pouvais le tirer. Il avait plus besoin de moi, de manière plus cruciale, plus fondamentale, que je n'avais jamais eu besoin de lui. Enfermé dans le réduit de jalousie, enfumé, qui passait pour son âme, il le savait également, mais il faisait semblant du contraire.

Son beau visage s'assombrit lorsqu'il remarqua que je l'observais.

— Je me disais qu'on était exactement pareils d'une certaine façon et complètement différents d'une autre, expliquai-je, ce qui me valut un autre coup d'œil oblique.

Nous nous remîmes à l'ouvrage jusqu'à ce que tous les exemplaires de l'œuvre d'Edward Rinehart ne soient plus que cendres et liasses de pages à demi brûlées au fond d'une lessiveuse. La cour dégageait la même odeur que les ruines de la pension d'Helen Janette. Des feuilles carbonisées en parsemaient le sol. D'un coup de pied, Robert en réduisit une en fragments.

— Et si on bousillait quelques-uns de ses Lovecraft, aussi ?

— Je refuse de brûler des *bons* livres, protestai-je, mais tu me donnes une idée. (En rentrant, je constatai que j'avais les mains couvertes de suie. Le visage aussi, probablement. Robert, déjà lointain, se tenait dans l'embrasure de la porte. Contrairement à moi, il était immaculé. Je me servis de mon mouchoir pour tirer *L'Abomination de Dunwich* de son étagère.) Je crois que c'est le premier Lovecraft qu'il ait jamais lu. Ça doit être sa bible. (Mon frère manifesta un vague intérêt.) Il sera prêt à tout pour le récupérer.

— Alors, on le fera sauter à travers des cerceaux. (Il

consulta sa montre.) Tu devrais te nettoyer, tu es répugnant.

— Qu'est-ce qu'on fait, demain ?

— Nos aventures commencent en général vers trois ou quatre heures de l'après-midi. Je te verrai avant, où que tu sois. En attendant, ne fais rien d'idiot.

— Toi non plus.

Robert me sourit.

— Ned a un atout dans sa manche. Ned ne mets pas toutes ses cartes sur la table. Laisse-moi te poser une question. *Il* ne sait pas qu'*on* sait qu'*il* sait qu'on est deux. Tu peux m'expliquer comment on va se servir de ça contre lui ?

— De la même façon qu'à Boulder, répondis-je.

Je n'avais aucune intention de lui en dire plus.

— Je refuse.

— Tu n'auras pas le choix. C'est tout ce qu'on a.

Mon frère me considéra avec colère, pris entre ce qu'il savait être la vérité et ce qu'il ne voulait pas admettre.

— Je ne donne mon accord à rien du tout.

Je m'approchai de la table sur laquelle je pensais qu'Earl Sawyer avait escamoté une photo de lui-même, plus jeune.

— Viens ici. (Il traversa la pièce à regret.) Tiens les mains à la lumière.

— S'il le faut.

Il avança la main droite sous la lampe, la paume vers le haut, les doigts tendus. Aucune ligne ne divisait la première et il n'y avait pas la moindre marque au bout des seconds. On aurait juré un caoutchouc remarquablement réaliste.

— Il n'y avait pas assez d'empreintes digitales pour nous deux, précisa Robert. Je ne peux pas dire que ça me manque.

Non seulement ça te manque, mais c'est plus douloureux que tu ne peux te permettre de l'admettre, songeai-je.

— Tu as encore beaucoup à apprendre, commenta-t-il en éloignant la main de la flaque de lumière.

— Au moins, j'ai appris ça, répondis-je.

Il avait déjà disparu.

108

Un gamin dépenaillé était accroupi devant l'entrepôt de Lavender Lane, les mains entre les genoux, une cigarette au bout des doigts. Ses épaules frémirent, la cigarette s'éleva, sa bouche la captura. Il avait mémorisé tous les gestes jamais effectués par Frenchy La Chapelle. Lorsque je me dirigeai vers lui, il bondit sur ses pieds et rentra dans le bâtiment, aussi vif qu'un serpent. Un verrou fut tiré.

— Je veux voir Nolly Wheadle, murmurai-je en posant la main sur la porte. Pas pour lui faire des ennuis. (Ces mots se perdirent dans le silence.) Nolly ? Tu m'as aidé à sortir de Hatchtown, vendredi dernier. J'aimerais te parler. (Ceux-là ne rencontrèrent eux aussi qu'un silence expectant.) Cinq dollars pour toi.

Des pas légers s'élevèrent.

— Dix, fit une petite voix avisée.

— D'accord, acquiesçai-je.

— Passe-les sous la porte.

— Je veux d'abord entendre coulisser le verrou.

— Non, d'abord l'argent.

Je glissai un billet sous la porte qui, une fois le verrou sorti de son logement, coulissa bruyamment de quelques dizaines de centimètres. Je me glissai dans l'entrepôt. Elle se referma derrière moi, sur des ténèbres totales.

— Tire-toi, chuchota Nolly, mais il ne s'adressait pas à moi.

De petits pieds nus s'éloignèrent sur le sol de terre battue. Comme mes yeux s'habituaient à l'obscurité, je distinguai de vagues formes qui prenaient position contre un mur, tels des oiseaux s'installant pour la nuit.

La silhouette tout aussi vague de Nolly se dirigea vers le côté du bâtiment.

— Parle bas.

— Tu te souviens de moi ?

— Ouais, acquiesça l'enfant.

— Deux types nous suivaient.

— Paraît que tu t'es occupé d'un des deux.

Sa voix évoquait de l'air sortant d'un pneu crevé.

— *Quelqu'un* s'en est occupé, dis-je. (Il émit un sifflement que je reconnus pour un ricanement.) Je crois qu'il y avait aussi un troisième larron. Qui nous a vus mais que nous n'avons jamais vu. Que tu connais. Qui te paie pour que tu lui rendes service.

— On rend service, admit Nolly, mais ça ne veut rien dire.

— Je l'ai rencontré, aujourd'hui. Il m'a dit s'appeler Earl Sawyer. (Des chuchotements s'élevèrent au fond du vieil entrepôt.) Il lui arrive de porter un pardessus et un chapeau noirs.

La forme obscure de l'enfant se figea.

Le Tueur Noir, lâcha une voix, au fond de l'entrepôt.

— Fermez vos gueules ! siffla Nolly.

— Vous l'appelez le Tueur Noir ? murmurai-je.

Pour lui, ça va être l'Équarrisseur, Nolly, l'Équarrisseur, chuchota une autre petite voix.

L'enfant se rapprocha de moi.

— Quelqu'un comme toi est pas censé avoir entendu parler de lui, et puis d'ailleurs, t'es pas bien dans ta tête. Tu confonds deux mecs différents qui sont pas le même.

— L'Équarrisseur ? m'enquis-je.

— C'est là qu'on va quand on part pour de bon, chuchota Nolly. Et pas seulement les chevaux.

Il recula. Je l'attrapai par le bas de sa chemise et l'acculai dans un angle. Sa soumission maussade à ma volonté était à fendre le cœur. M'agenouillant, je lui mis dans la main un autre billet de cinq dollars.

— Je sais que tu as peur. Moi aussi, j'ai peur, mais c'est très important.

— Question de vie ou de mort ?

— Question de vie ou de mort.

— Il y a un type dont on peut pas dire le nom, parce qu'il entend à travers les murs, murmura Nolly, si bas que je le compris à peine. Ceux qui le voient quand il veut pas être vu le regrettent drôlement. Ça, c'est le T.N. Tu vois de qui je cause ?

— Oui, chuchotai-je en réponse.

— Il sort la nuit, et il a toujours vécu ici. Le T.N. est pas un vrai être humain. La plupart des autres, là-bas, ils croient que c'est un vampire. Moi, je dis que c'est pas un vampire, mais un démon de l'enfer.

— Il a toujours vécu ici ?

— Il a été fait quand Hatchtown a été construite. Le T.N., *c'est* Hatchtown, d'après moi. C'est pour ça que les choses sont comme elles sont.

— C'est-à-dire ? demandai-je.

Nolly émit un petit son dédaigneux.

— L'eau est mauvaise, les égouts fonctionnent pas. Chaque fois que le fleuve déborde, on se retrouve sous la flotte et couverts de boue. Ça, c'est Hatchtown. Le T.N. est comme nous, sauf que c'est un démon. Si y a un Mr. Hatch, je suppose qu'il a créé le T.N., mais j'aurais préféré qu'il ne le fasse pas.

Je m'adossai contre le mur et me posai les mains sur le visage.

L'enfant se pencha plus près de moi.

— Earl Sawyer, ça sera cinq dollars de plus. (Je lui donnai le billet.) Mr. Sawyer est un vieux grincheux. Il est toujours plus pressé de te filer un coup de pied que de te dire un mot gentil. D'ailleurs, il ne dit jamais de mot gentil.

— Où est-ce qu'il habite ?

— En général, je le vois aux environs de Leather Lane, mais quand il part en chasse, c'est un vrai renard.

— Très bien, conclus-je en me redressant.

Nolly me poussa vers la porte et la fit coulisser. Je regagnai la ruelle où, à ma grande suprise, il se glissa à ma suite. Ce que je distinguais de son visage ressemblait à un gant de base-ball. Ayant jeté un coup d'œil à droite puis à gauche, il murmura quelque chose, si doucement que je vis juste bouger ses lèvres. Comme je me penchais, il approcha la bouche de mon oreille.

— D'après ce que j'ai entendu dire, c'est toi qu'on a vu dans Fish Lane, il y a deux jours, avec Joe Staggers, de Mountry.

— Peut-être bien, admis-je.

Ces gamins-là étaient au courant de tout.

— On ne l'a pas revu, Staggers. Y a eu personne pour pleurer, d'ailleurs. Pas à Hatchtown. Et sans doute pas à Mountry non plus.

— Ce monsieur a été appelé au loin, déclarai-je.

— Ça devait être un appel très puissant.

À quoi jouait Nolly ? Que cherchait-il ?

— Trop puissant pour lui, en tout cas.

— Il y a eu un coup de feu, mais personne n'a été blessé, reprit le gamin. C'est pas comme ça que tu travailles, hein ?

— Tu veux bien me dire une chose, Nolly ?

Il haussa une épaule et remonta la ceinture de son pantalon, déplaça les pieds, agita la tête d'avant en arrière. En une imitation de Frenchy La Chapelle encore meilleure que celle de son veilleur, il tira sur ses manches et plissa les yeux comme pour essayer de voir au-delà du premier virage. Frenchy avait été un de ces enfants, compris-je. Il avait passé ses nuits dans le vieil entrepôt de lavande et parfois rendu des services au T.N., le vampire de Hatchtown. Services qu'il avait continué de rendre durant toute sa misérable existence.

Nolly tentait toujours de regarder de l'autre côté de la courbe.

— Tu connais le Crin ? (Je secouai la tête.) Le Crin est *petit* et il est *sombre.* Le Crin sinue *dans un sens et puis dans l'autre.* Dans le Crin, on peut aller où on veut sans que personne sache qu'on est en route. Les gens normaux le voient jamais, évidemment, parce qu'on voit pas ce genre de trucs. (Il approcha à nouveau la bouche de mon oreille.) *Lui,* il se sert du Crin. Alors, si tu voulais le trouver, ce qui n'a jamais été mon cas, tu pourrais le chercher là.

— Où est-ce ?

— Partout, murmura Nolly. Par exemple *ici.*

Il désigna d'une main douteuse un espace à peine visible, entre deux bâtiments, puis il disparut au sein de l'entrepôt.

109

Je m'avançai dans le boyau. Une venelle sombre et étroite s'étendait sur six ou sept mètres avant de s'incurver vers la gauche. J'eus le sentiment que Nolly Wheadle venait de me montrer le secret à l'intérieur du secret, le clef du véritable Hatchtown. Le Crin m'entraîna jusqu'à Raspberry Lane, puis à la triste petite Barrel Lane et, de là, dans une piste sinueuse qui, je l'espérais, conduisait à Veal Yard. Les bruits qui résonnaient au sein des autres ruelles se répercutaient sur ses murs rapprochés. Une puanteur évoquant celle de la maison de Joy fit surface puis s'enfonça à nouveau dans les briques. Non loin de moi, j'entendis fredonner « Chattanooga Choo-Choo » ; sans doute Piney Woods, en train de tituber le long de Leather Lane. Quand je débouchai enfin dans Veal Yard, je vis que le Crin s'ouvrait à l'instar d'une découpe de papier derrière la fontaine asséchée, et je compris comment Edward Rinehart avait assisté à la première apparition de Robert.

6

COMMENT JE PASSAI MON ANNIVERSAIRE

110

Le lendemain matin, je me souhaitai un joyeux trente-cinquième anniversaire et fis le vœu vivre assez longtemps pour voir le trente-sixième. Ma survie serait mon plus beau cadeau. Après avoir revêtu une chemise blanche propre, un pantalon gris, une cravate en laine et ma veste pour l'enterrement de Toby, je décrochai le téléphone et m'informai du numéro de l'Académie militaire Fortress, à Owlsburg, Pennsylvanie. Qui était ce W. Wilson Fletcher, me demandais-je, et comment Rinehart était-il entré en possession de son livre ? Si Fletcher avait survécu à la Seconde Guerre mondiale, il était sans doute encore en vie et se rappellerait peut-être avoir donné l'ouvrage à un de ses camarades.

Je déclarai au capitaine Lighthouse, du Bureau des étudiants, que je me documentais sur la plus grande collection mondiale de livres de H.P. Lovecraft, pour écrire un article à paraître dans la rubrique Arts de l'*Edgerton Echo*. Un encadré retracerait l'histoire du plus beau fleuron de ladite collection, une édition originale de *L'Abomination de Dunwich*. Je désirais donc m'entretenir avec le premier propriétaire de ce volume, un certain W. Wilson Fletcher, qui y avait inscrit son nom, celui de l'école et l'année, 1941.

— Fletcher a-t-il noté son nom sans la moindre mention de grade, monsieur ?

— Juste son nom.

— Alors, c'était un cadet. Je vais consulter l'*Annuaire des étudiants.* (Le capitaine me mit en attente.) W. Wilson Fletcher ne figure pas dans l'annuaire, ce qui peut signifier deux choses. Soit il est décédé, soit il a été oublié — et c'est le genre d'erreur que nous n'apprécions pas. Vous avez bien dit 1941 ?

— En effet, acquiesçai-je, résistant à la tentation de répondre « Affirmatif ».

— Je vais consulter les effectifs des classes de 1941 et des années voisines.

Je demandai à Lighthouse s'il avait lui-même fait ses études à l'Académie.

— Affirmatif. Classe 1970. Ensuite, j'ai servi mes vingt ans, puis je suis revenu dans ma vieille école pour donner un coup de main. J'adore cet endroit. Vraiment. Alors, voyons voir. 1941. Non, il n'y est pas. Mais peut-être était-il en Artillerie, cette année-là, ce qui le mettrait dans la classe 1942. Oui, le voilà. Wilbur Wilson Fletcher. Pas étonnant qu'il n'ait noté que le W. Je suppose que vous mentionnerez l'Académie dans votre article ?

— Bien entendu.

— Si ça ne vous dérange pas d'attendre un peu, j'aimerais consulter quelques autres sources. Le Tableau d'honneur de l'Académie nous dira si Fletcher a été tué au feu durant son service militaire. Sinon, je m'adresserai au major Audrey Arndt, la secrétaire générale de Fortress. Elle est là depuis 1938. Elle se souvient de tout et de tout le monde. Je ne sais pas ce que nous ferions sans elle. Ça ne vous ennuie pas d'attendre ?

— Pas du tout. Je m'étonne que vous soyez encore sur le campus.

— Mon travail requiert ma présence toute l'année, et le major ne croit pas aux vacances. Ne quittez pas, monsieur.

Le capitaine Lighthouse me fit attendre dix minutes. Il me sembla que j'aurais eu le temps de retapisser ma chambre. J'en déduisis que Wilbur n'avait pas hissé le drapeau à Iwo Jima ni obtenu la Médaille d'honneur du Congrès. Je portai le téléphone sur la table et, pour la première fois, remarquai que quelqu'un avait gravé ses initiales et une date dans cette dernière — avec une grande précision, presque avec minutie. P. D. 17.10.58. Ledit P. D. avait réalisé un travail très élégant. Chiffres et lettres quasi calligraphiés s'alignaient en arc de cercle au bord du meuble, si petits qu'on ne les remarquait qu'en regardant droit vers eux. L'auteur de l'inscription avait dû s'ennuyer prodigieusement. S'était-il agi d'un musicien attendant l'heure d'un concert ?

Il y eut un cliquètement au bout du fil, puis la voix étouffée du capitaine Lighthouse m'annonça :

— Vous avez le major Arndt en ligne.

Un autre cliquètement, puis une voix féminine autoritaire :

— Ici le major Arndt, Mr. Dunstan. Veuillez m'expliquer votre intérêt pour le cadet Fletcher.

Je répétai ma fable.

— J'espérais m'entretenir avec Mr. Fletcher. Je pensais que l'Académie pourrait me communiquer son numéro de téléphone.

— Mr. Dunstan, l'Académie militaire Fortress est enchantée de coopérer avec la presse, mais cette coopération doit être à double sens. Je veux votre promesse que ce que je m'apprête à vous révéler sera utilisé avec tact et discrétion. Vous devez aussi accepter de me faxer une copie de votre article avant publication.

Ma peau se mit à me picoter.

— D'accord.

— Je suppose qu'il s'agit d'une coïncidence,

Mr. Dunstan, mais il se trouve que vous faites allusion à l'événement le plus malheureux de toute notre histoire. Le cadet d'artillerie Fletcher a été agressé par un intrus, peu avant les vacances de Noël 1941, et il en est mort. Le criminel n'a jamais été identifié. En conséquence, notre institution a été exposée à une publicité fort malvenue.

— Ça ne m'étonne pas.

— Je préférerais que vous ne mentionniez pas le décès de Fletcher dans votre article. Ou bien, pour être plus réaliste, je vous demande d'en parler comme d'une regrettable tragédie et d'en rester là.

— Mon article ne m'oblige nullement à déterrer un scandale vieux de cinquante ans, major Arndt, assurai-je. J'ai encore un service à vous demander, et je vous promets que les mêmes conditions s'y appliqueront.

— Allez y, dit mon interlocutrice.

— Le cadet Fletcher ne peut plus m'apprendre comment il a fait l'acquisition de ce livre ni comment il s'en est séparé, mais certains de ses camarades de l'époque en seraient peut-être capables. Si vous consentez à me faxer la liste des effectifs figurant dans votre *Annuaire des étudiants* pour les années 1939 à 1941, je mènerai mon enquête. Rien de ce que je pourrais découvrir sur les circonstances du décès de Fletcher n'apparaîtra dans mon article. La seule chose qui m'intéresse, c'est le livre.

— Ça va vous prendre énormément de temps, Mr. Dunstan.

— À *L'Echo,* major, le temps, on peut pratiquement dire qu'on le mange.

111

Une Ford identique à la mienne dérivait vers la longue ligne de voitures garées sur l'allée scintillante.

Vêtu d'un costume en laine anthracite et d'un chapeau en feutre gris, C. Clayton Creech considérait l'assemblée avec son calme inimitable. Je jetai un coup d'œil à la pierre tombale jouxtant la tombe de Toby. HENRIETTA « QUEENIE » DUNSTAN KRAFT, 1914-1964, VIRTUOSE SANS ÉGALE.

— De vous à moi, Toby était un escroc de quel calibre ? demandai-je.

— Il n'a été condamné qu'une seule fois, dit l'avocat d'une voix traînante. Et c'était une erreur judiciaire.

En contrebas, le double de ma Taurus se gara au bout de la rangée de véhicules. Mr. Tite en descendit et alla ouvrir la portière du passager pour Helen Janette.

— Ça n'avait rien à voir avec ces histoires d'adoption ? continuai-je.

— Hazel l'a fermée.

Creech n'avait même pas jeté un coup d'œil aux arrivants.

— Qu'est-ce que c'était, alors ?

— Une connerie.

Helen Janette et son chien de garde atteignaient le sommet de la pente. Frank Tite fit mine de ne pas voir sa compagne se diriger vers moi.

Creech souleva son chapeau.

— Bonjour, Mrs. Janette.

— J'ai quelque chose à dire à votre ami, Mr. Creech. (Elle m'entraîna à l'écart.) Je veux vous présenter mes excuses pour la manière dont je me suis comportée le soir de l'incendie. Je n'étais qu'une vieille femme désespérée, et je ne réfléchissais pas clairement.

— Ça a dû vous porter un coup terrible, admis-je.

— Si vous perdez un jour tout ce que vous avez, vous apprendrez le sens du mot terrible. Je ne comprends pas pourquoi le petit La Chapelle est devenu dingue comme ça.

— Vous le connaissiez ?

— Frenchy a grandi dans le quartier. Lui et Clyde

Prentiss, ils étaient dans les ennuis jusqu'au cou depuis leur naissance.

Les dernières personnes venues pleurer Toby se joignaient à la foule rassemblée devant la tombe. Toutes, à l'exception de deux ou trois, étaient noires, et toutes s'étaient vêtues pour l'occasion.

— D'abord, il y a *Hatchtown,* reprit Helen Janette. Est-ce qu'on a vraiment besoin d'un palais des congrès ? Stewart Hatch devrait démolir tout le quartier et le rebâtir. Ou au moins rénover les immeubles. Je suis sûre que votre famille apprécierait aussi quelques travaux dans Cherry Street, non ?

— Avec ma famille, on ne sait jamais, dis-je. Mais qu'est-ce que Hatch vient faire là-dedans ?

— D'accord, laissez tomber, conclut-elle avant de me quitter.

Mr. Spaulding se posta près de la tombe ouverte. Le vague murmure des conversations s'apaisa.

— Chers amis et voisins, Mr. Kraft n'a pas souhaité la participation du clergé à ces funérailles, mais il a en revanche demandé à ce que les personnes présentes s'expriment spontanément. Si vous désirez partager vos sentiments, avancez-vous et laissez parler votre cœur.

Il y eut un léger mouvement dans l'assistance, et une femme âgée se présenta devant la fosse. Lorsqu'elle leva la tête, le soleil se refléta sur ses lunettes.

— Toby Kraft n'était pas ce que j'appellerais un ami intime mais je l'appréciais. Il était honnête avec ses clients. Il les respectait. Qui plus est, il avait du cœur. Il lui arrivait de se montrer dur, mais je sais qu'il a par moments donné un sérieux coup de main à beaucoup d'entre nous. (La foule murmura son approbation.) À mon avis, c'était un homme qui contribuait à la vie de la communauté. C'est tout ce que j'ai à dire.

L'une après l'autre, sept autres personnes s'avancèrent pour parler de Toby.

— Il ne donnait jamais l'impression d'être romantique, ni même sentimental, déclara un homme aux cheveux blancs, mais nul ne peut dire qu'il n'aimait pas profondément son épouse.

Je demandai à Creech s'il avait connu Queenie.

— Toby en était complètement fou, répondit-il. Il aurait fait n'importe quoi pour elle. J'ai souvent dîné chez eux, et je n'ai jamais rien mangé de meilleur que la tarte aux patates douces de Queenie, ni avant, ni depuis. (L'avocat sourit, plus pour lui-même que pour moi.) C'est la seule tarte que j'ai vue se soulever de trois ou quatre centimètres au- dessus de la table, comme pour supplier qu'on la mange.

— Mr. Kraft aurait voulu faire croire qu'il avalait des enjoliveurs et des lames de rasoir au petit déjeuner, mais il était de notre côté, déclara la dernière oratrice. Une fois, il m'a dit : « Je suis peut-être un enfant de salaud, Georgia », passez-moi l'expression, « mais prendre soin de vous fait partie de mon travail. » Il m'a aidée à payer les obsèques de mon mari. Quand ma fille est allée à Morehouse, il lui a envoyé de l'argent toutes les semaines et il n'a jamais rien demandé en échange. Moi, je dis que Toby Kraft était un très brave type.

Mr. Spaulding navigua à travers la foule pour serrer la main de ses futurs clients. Les gens regagnèrent leur voiture.

— L'un dans l'autre, Toby était un excellent homme, déclara C. Clayton Creech. (Il me lança un regard de lézard.) Je suppose que vous ne regrettez pas votre décision de l'autre jour ?

— Toby m'aurait approuvé.

— J'ai toujours apprécié son côté fantasque. La plupart de mes clients manquent de fantaisie. Plus le temps passe, plus j'apprécie les gens qui ont de l'imagination.

Nous commençâmes à redescendre la pente.

— Pour quelle raison est-il allé en prison ? demandai-je.

Les clefs de voiture de Creech cliquetaient dans sa main d'un blanc laiteux.

— Je crois qu'il possédait assez d'imagination pour se rendre compte qu'il n'avait pas le choix.

112

Les tantes s'activaient devant la cuisinière. Clark, resplendissant dans sa veste sport jaune canari, leva les yeux de la table.

— Eh, regarde, fiston, je me suis acheté une veste neuve pour fêter ton anniversaire.

— Joyeux anniversaire ! chantonna Nettie avant de me bécoter la joue.

— Ne bouge pas, je vais chercher ton cadeau, dit May.

— J'imagine qu'il n'y avait pas grand monde à l'enterrement de ce pauvre vieux Toby, reprit mon grand-oncle.

— Si, la détrompai-je, beaucoup de gens sont venus. Certains ont parlé de l'amour qu'il avait pour Queenie.

— On ne peut pas lui retirer ça, admit Nettie. Du moment où Toby Kraft a posé les yeux sur ma sœur, il a été comme ensorcelé.

— Il y a quelque chose que je voulais te demander, dis-je.

May revint avec un sac en plastique portant le logo d'une épicerie locale. Elle paraissait presque coquette.

— Quand je t'ai donné les chaussettes et les caleçons, Ned, je gardais un secret pour ton anniversaire.

— Tu m'offres un secret ?

— Ça n'en sera plus un.

Elle tira du sac une veste sport rose qu'ornaient sans ordre apparent des sacs de golf, des clubs et des portions de greens avec de petits drapeaux posés près des trous. Grenville Milton en aurait salivé d'envie.

J'ôtai ma propre veste d'un mouvement d'épaules puis me parai de cette excentricité. Elle était exactement à ma taille.

— Bon Dieu, fiston, maintenant, tu as l'air de quelqu'un qui sait s'amuser, dit Clark.

— Et il y a une autre surprise, annonça Nettie. De la tarte aux patates douces. La mienne est aussi bonne que celle de Queenie, tu vas voir.

— Qu'est-ce qui se prépare d'autre ? demandai-je.

— Des côtes de porc et mes petits pois au beurre noir. May a apporté du pain maison. Il y a aussi la salade de guimauve du *Livre de cuisine des dames de Galilée,* et il reste plein de cassolette de thon d'hier. Pour ce qui est de manger, on n'a pas à s'en faire.

— Après tous nos chagrins, on a bien droit à un festin, dit Clark. Maintenant qu'il est mort, ce vieux Toby me manque plus que je ne l'aurais cru. Est-ce que l'enquête qui doit amener son meurtrier devant la justice progresse ?

— Je ne crois pas.

— C'est Jack l'Éventreur qui rôde dans Edgerton, mais la police ne veut pas l'admettre. Et je vais te dire pourquoi : ça alarmerait le populace.

— Il n'y a pas que Jack l'Éventreur, corrigea Nettie d'une voix sinistre.

— Bien sûr que non. Prends les événements de College Park, hier soir.

J'eus l'impression qu'une guêpe me piquait.

— Quels événements ?

— Vers une heure et demie du matin, les gens ont entendu un bruit du tonnerre de Dieu. Des tas de fenêtres se sont décrochées. Il paraît qu'une grande lumière a recouvert le ciel, et qu'elle était *bleue*.

— C'est un signe, sans aucun doute, ponctua May.

— À la radio, ce matin, un type disait que tout ce

cirque avait été provoqué par un vaisseau extraterrestre. L'idée mérite qu'on s'y arrête.

Je considérai par la fenêtre la nappe en papier et les pichets de soda ou de thé glacé posés sur la vieille table de pique-nique.

— Dommage que Joy ne soit pas là.

— Elle a refusé de me parler, ce matin, m'apprit May. Je ne serais pas surprise qu'elle change d'avis à propos de Clarence et de la maison de repos.

Une démangeaison prémonitoire parcourut ma poitrine, faible encore : il devait me rester trois ou quatre heures avant la crise.

— Mr. Creech était à l'enterrement, continuai-je. Je lui ai demandé pourquoi Toby était allé en prison, mais il n'a pas voulu me le dire.

— Aujourd'hui, il ne faut se rappeler que les qualités de Toby, intervint Clark, pas ses mauvaises actions.

— Qui sont légion, renchérit Nettie.

— Aussi nombreuses que les grains de sable sur une plage, dit May. On commence les festivités ?

De l'autre côté de la table de pique-nique, Clark se battait avec un unique petit pois au beurre noir. Des os s'étaient accumulés sur les assiettes en carton des tantes. Mes signaux avant-coureurs bourdonnaient tranquillement en fond sonore. Tous, nous éprouvions la chaleur, l'expansivité, qui suit un repas satisfaisant. Alors que je songeais à remettre sur le tapis l'incarcération de Toby Kraft, May le fit pour moi.

— Tu te rappelles, Nettie ? Quand Toby s'est retrouvé à l'ombre, Queenie avait toujours son petit frigo, et ça l'agaçait parce qu'elle n'aurait pas le temps de s'en choisir un autre pendant six longs mois. Dès que Toby est revenu, je me souviens qu'il lui a dit d'aller en chercher un neuf.

— S'il n'est resté que six mois en prison, il n'avait rien fait de grave, observai-je.

— Non seulement il n'avait rien fait de grave, mais

il n'avait rien fait du tout, approuva May. Pourquoi Toby Kraft se serait-il introduit chez quelqu'un par effraction ? Si ça l'avait intéressé, il aurait engagé un imbécile quelconque pour s'en charger à sa place.

— Il était chez lui pendant ce temps-là, avec Queenie. (Nettie me jeta un coup d'œil.) Elle a témoigné en ce sens, mais le jury a choisi de ne pas la croire, ce qui revenait à dire qu'elle racontait des mensonges. Notre sœur était l'image même de l'honnêteté. Elle était aussi honnête que le soleil.

— Parfois, elle était tellement honnête avec toi que tu cherchais tes blessures, ajouta May. Je voudrais encore des côtelettes, s'il te plaît, Ned, et aussi de la salade de guimauve des Dames de Galilée.

— Toby n'a pas essayé de se défendre ? demandai-je.

— Non. Il ne voulait pas. Il ne pouvait pas. (Nettie prit le saladier des mains de sa sœur et en fit glisser la moitié du contenu dans son assiette. L'indignation vainquit sa réserve.) Il a à peine parlé à son propre avocat. On l'a accusé d'avoir volé un cadre en argent — tout ça parce qu'un propre à rien de Hatchtown prétendait l'avoir vu traîner autour de la maison.

Tandis qu'une sensation familière, de lancinantes pulsations électriques, se répandait dans mes bras, les couleurs qui m'entouraient devinrent éclatantes. Je n'avais aucun moyen de savoir avec précision combien de temps il me restait. Robert rôdait dans les environs, brûlant de jalousie.

— C'est une merveilleuse fête d'anniversaire, dis-je, mais il vaudrait mieux que j'aille m'allonger un moment.

— Pas de problème, assura Nettie. Si tu devais tomber par terre et te mettre à écumer, je serais la plus malheureuse des pauvres vieilles.

Les vibrations de mes veines s'apaisèrent. Le halo jaune qui entourait Clark en réintégra la veste.

— À l'enterrement de Toby, quelqu'un a fait une

réflexion sous-entendant que Stewart Hatch était propriétaire de vos maisons. J'ai toujours cru qu'elles vous appartenaient.

May fronça le sourcil. Clark adressa une grimace pensive à une miette de viande arrachée à une côtelette. Nettie me tapota la main.

— Tu n'as pas à t'inquiéter pour nous, fiston.

— Ce qui signifie, je suppose, que c'est bel et bien votre propriétaire.

— Notre famille a fait pas mal d'affaires avec les Hatch, au fil du temps. À une époque où nous manquions d'argent, Mr. Hatch a été averti de nos difficultés et nous a rendu service.

— Quel genre de service ?

— Il a l'intention de développer le quartier. En attendant, nous pouvons habiter ici pour le restant de nos jours.

— Et si Hatch va en prison ?

— Quoi qu'il arrive, nous n'aurons pas de problème.

— Nous sommes protégés, ajouta May, et nous ne devons rien à personne. L'argent de Toby n'est que ce que j'appellerais la cerise sur le gâteau.

— En parlant de gâteau, où est cette tarte aux patates douces ? s'enquit Clark.

— Tu attendras que le petit ait eu sa crise, trancha Nettie. C'est son anniversaire, pas le tien.

113

Je traversai la cuisine, sentant à chaque pas sa présence planer au-dessus de moi.

— Montre-toi, Robert, intimai-je. (J'arrivai dans le salon.) Tu savais que Stewart était propriétaire de leurs maisons ? Qu'est-ce que c'est que cette histoire ? Il ne peut pas développer un bloc de Cherry Street.

J'imaginais mon double silencieux debout devant moi, souriant de ma perplexité.

Quatre cent quatre-vingt mille dollars, c'est juste la cerise sur le gâteau ? songeai-je en montant lourdement l'escalier.

Arrivé sur le palier, je me figeai, frissonnant. Howard Dunstan m'observait du bout du couloir, avec une curiosité dénuée de passion. Je résistai à l'envie de me ruer au rez-de-chaussée. Un petit sourire flottait sur les lèvres de mon arrière-grand-père. Il appréciait mon anniversaire. Robert et moi soulagions son éternel ennui en lui offrant un spectacle plus divertissant qu'il ne l'avait cru.

— Sors donc faire peur à tes filles, dis-je. Tu me donnes envie de vomir.

Son expression disait : *Tu ne comprends pas, tu passes à côté de la solution.* Il se tourna de côté, désigna de la tête la fenêtre, derrière lui, puis se dissipa.

Je m'approchai de la croisée et regardai en bas. Quatre joyeux convives étaient assis à la table de pique-nique. Robert, conférant à sa réplique de l'extravagante veste rose une élégance un peu bravache, s'adressait à Nettie, dont des fossettes de ravissement creusaient le visage. Il me sembla incroyablement beau, alors même que m'apparaissait encore en lui la privation rugissante surprise tandis qu'il batifolait parmi les lucioles et les oiseaux enflammés.

Comme je m'éloignais de la fenêtre, mes yeux se posèrent sur la porte entrebâillée d'une chambre, celle de Clark et Nettie. Croyant à peine à ce que j'entreprenais, je m'y introduisis. Deux vitrines voisinaient contre le mur du fond, deux chaises rembourrées de l'autre côté d'un grand lit aux oreillers blancs et au couvre-lit jaune passé, face auquel s'élevait une haute commode. Je me faisais l'effet d'être un violeur. Une armoire occupait l'ensemble du mur de droite.

L'odeur sucrée, un peu poussiéreuse, d'un sachet de lavande montait à mes narines. Les costumes de Clark occupaient la moitié de la penderie, les longues robes amples de Nettie l'autre. Des piles de pulls et de sweat-shirts bien ordonnées couvraient l'essentiel de l'étagère surmontant la tringle. En dessous, à deux ou trois centimètres du bord, reposait une chemise en carton.

Elle contenait nombre de photographies en noir et blanc, qui pouvaient fort bien représenter Nettie et ses sœurs, alignées de la plus grande à la plus petite devant la maison de New Providence Road ; Clark Rutledge prenant la pose, vêtu d'un pantalon à la coupe amincissante ; Star Dunstan, debout près d'un piano de boîte de nuit, chantant « They Can't Take That Away From Me ». Les regarder était le seul moyen de laver les tantes de tout soupçon. J'en sortis trois — et sus aussitôt que leurs sujets, qui qu'ils aient pu être, n'appartenaient pas à la famille Dunstan.

Un jeune homme en canotier s'engageait sur le marchepied de ce qui me sembla être une Marmon. Sur un portrait de photographe professionnel, une jeune fille d'environ dix-huit ans, aux cheveux noirs raides coupés à la chien, portant perles, robe blanche descendant à mi-mollets et bas de soie luisants, souriait à un diplôme roulé. Les mêmes, plus âgés, lui en costume trois-pièces, elle coiffée d'un chapeau cloche, posaient derrière deux petits garçons en costume marin, dont l'un était encore presque un bébé. Je remis ces photos dans la chemise et en sortis une autre, tandis que mes symptômes se rappelaient à moi, me promettant un joyeux tour de manège.

Vêtu pour l'occasion d'une veste apprêtée ornée d'un nœud papillon, un petit garçon coiffé comme sa mère était perché sur un tabouret de photographe, devant un tableau représentant une petite ville des collines italiennes. Son visage était presque identique à celui du Ned Dunstan de trois ans sur le cliché que m'avait donnée ma mère.

Je trouvai ensuite une photo de classe du lycée d'Edgerton, de celles sur les traces desquelles m'avait cru lancé le jeune Spike aux cheveux roses. Vingt adolescents tout juste sortis de l'enfance formaient trois rangées sur un perron d'école. Au bout de la dernière, à l'écart, malheureux, aussi noir que Caliban et regardant l'appareil d'un air maussade, se trouvait un sosie de moi-même à treize ans.

Alors que je quittais la chambre, je trouvai Robert appuyé contre un mur, souriant.

— Nettie et May sont une vraie paire de filoutes. Et je ne saurais assez rendre justice à Clark. Il devrait être au Sénat. Ça ne t'ennuie pas que j'aie profité de ton absence pour faire la connaissance de la famille, hein ?

— Ça changerait quelque chose ?

Il remarqua la chemise que j'emportais et ses yeux s'étrécirent.

— C'est ce que je crois ?

Je la lui tendis.

— Emporte ça à la voiture. Il faut que je retourne au Brazen Head avant ma crise.

— Tu crois que tu tiendras assez longtemps ?

— Je me contrôle mieux qu'autrefois, dis-je.

— On est en train d'acquérir tout un tas de nouveaux talents.

Robert s'empara de la chemise et disparut.

Quand je ressortis dans le jardin, Clark et les tantes me considérèrent avec surprise et ravissement.

— Décidément, tu rebondis plus vite qu'une balle en caoutchouc, déclara Nettie.

— Ce n'est pas encore passé, leur appris-je. Il faut que je rentre à mon hôtel. Mais merci pour ma fête d'anniversaire. Et je raffole de ma nouvelle veste, tante May. (Une question à laquelle personne n'avait répondu me revint.) On parlait de Toby, tout à l'heure.

Il a été accusé de s'être introduit dans une maison de Hatchtown ?

— Tu crois que les habitants de Hatchtown mettent leurs photos dans des cadres en argent ? ironisa Clark.

— Nettie disait qu'un type de Hatchtown l'avait vu traîner dans les environs.

— Un bon à rien, un certain Spelvin, a prétendu qu'il avait vu Toby à Ellendale. Les types comme lui ne traînaient pas à Ellendale, à cette époque-là, pas sans se faire écharper.

— Où ça, à Ellendale ?

Du courant électrique pétillait dans mes veines.

— Dans Manor Street, répondit Clark. Là où on a construit les manoirs pendant les années 20.

— Devant quel manoir en particulier ?

Je connaissais déjà la réponse.

— Celui de Carpenter Hatch. Je ne vois pas comment un jury a pu croire que Toby s'était montré stupide à ce point-là.

Je m'effaçai du jardin sans faire preuve de l'impressionnante rapidité de Robert.

114

— Qu'est-ce qu'elles t'inspirent, ces photos ? demanda mon frère, vautré sur la banquette arrière.

— Toi d'abord.

Il adopta une parodie de ton professoral.

— Ces photographies retracent environ quinze ans de la vie d'une famille du Midwest, de plus en plus prospère. Nous commençons par un lourdaud très malin et la petite beauté qui a le malheur de l'épouser. Avec le temps, le lourdaud se change en dictateur rigide, sa femme en fantôme apeuré. Ils ont deux fils, à sept ou huit ans d'intervalle, qu'ils envoient dans une horrible école de riches pour appuyer leur fantasme d'appartenir à l'aristocratie.

— Autre chose ?

— Le fils aîné nous ressemble beaucoup.

— Il ressemble aussi beaucoup à Howard Dunstan. (Robert attendit.) Le lourdaud, c'était Carpenter Hatch. La fille qui s'est changée en fantôme s'appelait Ellie, diminutif d'Ellen — d'où Ellendale. Leur aîné s'est retrouvé en prison, il a disparu et il est censé être mort. Leur cadet, Cobden, a travaillé pour son père, s'est marié et a eu un fils. Toute sa vie, il a craint que le fils en question, Stewart, ne finisse comme son frère.

— Lequel, par le plus grand des hasards, ressemblait à Howard Dunstan. Et quand tout le monde l'a cru mort, ce coucou dans le nid est revenu à Edgerton, sous le nom d'Edward Rinehart.

— Puis une deuxième fois sous celui d'Earl Sawyer. Un tas de gens ont fait de leur mieux pour m'empêcher de découvrir qu'il était mon père. *Notre* père.

— Ce qui signifie...

— Dis-le-moi, l'encourageai-je. J'aimerais bien le savoir.

— Edward Rinehart était un Dunstan, et toi et moi, nous sommes aussi des Hatch. Notre bon vieux papa relie les deux familles. Et quelle en est la preuve vivante ? Ned Dunstan. Pas étonnant que Stewart ait chipé nos photos et qu'il ait voulu te chasser de la ville. Tu pourrais ruiner la réputation de sa famille. (Robert éclata de rire.) C'est savoureux. Rinehart a bossé pour son neveu pendant quinze ans, et il était tellement ravagé que Stewart ne l'a jamais identifié. Il ne le connaissait que par ces photos.

Et Nettie et May ? me demandai-je. Nettie aurait reconnu instantanément en « Edward Rinehart » le fils illégitime de son père. Mais « Rinehart » avait évité les Dunstan comme il devait avoir évité les Hatch ; il ne s'était même jamais laissé prendre en photo. Pourtant, si les tantes avaient ignoré qui était l'amant de Star, elles n'auraient pas pu faire chanter Stewart Hatch — mais elles n'avaient aucun moyen de le savoir.

Je trouvai une place de stationnement dans Word Street, où la façade de l'hôtel Paris miroitait telle de la lave en fusion. Une démangeaison chaude, électrique, me traversait le cuir chevelu, dévalait ma colonne vertébrale et mes bras. Plus j'apprenais, plus j'étais désorienté. Chaque nouvelle information menait à une nouvelle impasse.

— Monte dans ma chambre, dis-je. Je te rejoins.

— Je ne promets rien.

Robert disparut de la banquette arrière.

Je m'avançai d'un pas rapide parmi le vacarme et les couleurs éclatantes des ruelles, puis traversai Veal Yard au pas de course. À la réception du Brazen Head, le grain du bois semblait remonter à la surface, traversant les couches successives de vernis qui couvraient le comptoir.

— Oui, nous avons reçu un fax pour vous, Mr. Dunstan, m'apprit le réceptionniste.

Avec une explosion tonitruante de bleu estival provenant de sa chemise, il me remit une liasse de papiers gris ivoire.

Je gagnai l'escalier en lisant les lignes noires brillantes du fax que le major Audrey Arndt se faisait un plaisir de m'adresser, et bla bla bli, puisqu'il ne doutait pas que j'avais accepté, et bla bla bla. La signature de l'officier jaillissait de la première page à l'instar d'un boulet de canon. Je parcourus les listes de noms correspondant aux années 1938 à 1942. Le cinquième, pour la classe 1941, était Cordwainer C. Hatch.

Robert se tenait debout près de la fenêtre quand j'entrai dans ma chambre. L'inscription *P. D. 17.10.58,* arc de cercle aussi luisant qu'un joyau, flotta à ma rencontre depuis le bord de la table.

— Tu as reçu un fax ?

— Cordwainer Hatch, annonçai-je. Le frère de Cobden. Je pense qu'il a tué un étudiant, dans une école militaire, pour mettre la main sur le livre que j'ai volé à Buxton Place. (Une lumière bleue jaillissait à la lisière de mon champ de vision ; l'immense pression de l'atmosphère se concentrait en la certitude de devoir agir vite.) Tu sais ce qu'on doit faire, Robert ?

Il leva les mains.

— Tu ne comprends pas. Ce serait plus dur pour toi que pour moi. Je ne sais pas si tu le supporterais.

Je me dirigeai vers lui. Une brume ivoire que je n'aurais pas perçue en temps normal traversait sa peau et demeurait en suspension autour de lui comme de la fumée de cigarette. Une seconde avant de le rejoindre, je pris sur la table *L'Abomination de Dunwich*, que je fourrai dans une poche de la veste rose. Autour de moi, le moindre objet tonnait, détonait. Je refermai la main sur celle de Robert, sachant exactement ce que nous nous apprêtions à voir.

115. Mr. X

Ô Vous, ~~Majestés~~ Cruautés Grouillantes, Qui Donnez d'une main et Reprenez de l'autre... Je commence à voir...

D'abord je dois traiter d'un point ~~plus~~ crucial. ~~C'est seulement maintenant que je~~

Tout cela est amer, amer, d'une amertume que je commence tout juste à comprendre.

À mesure que passaient les décennies — je me suis habitué à me consoler du Fantasme — qu'un Amusement Divin & Ironique — abstrait — dépassant l'entendement du Maître de Providence — m'avait

~~Accordé~~ Chargé de la Tâche — Primordiale — de Tuer l'Antagoniste — ou — je l'ai découvert — *les* Antagonistes — ~~Je ne puis qu'inscrire~~ J'inscris ici que les Horreurs — Perpétrées par ces Derniers — m'ont ~~amené à croire~~ appris que je ne comprenais pas Votre Vraie Nature. Présents et Révélations encourageaient l'Illusion qu'avait Votre Serviteur d'être un Élu Privilégié — Quel ~~inconscient~~ IMBÉCILE je fais.

La nuit dernière — dans l'Obscurité — ma Folie a Pris son Essor — devant la preuve d'une Grande Destruction. La Flamme Sacrée a ~~bouillonné~~ torturé les Cieux — Je me tenais au milieu des Cendres — en-dessous —

Et — avec Horreur & Désespoir — j'ai Reçu le Cadeau.

Je me tenais comme si vous ~~ne le saviez pas~~ l'ignoriez, parmi les Cendres — comme la Fumée qui surgit de la Gueule du Canon — Déchaînant la Rage — & ensuite — Dévorant — la Substance Fondue — Qui est le Temps — & Voyageant dans le Passé — Divin et Congestionné — Jusqu'à l'endroit où j'abattrai encore Ferdy Dunstan, dit Michael Anscombe, et Moïra Hightower Dunstan, dite Sally Anscombe — et Ensuite — Triomphant — Je détruirai les Antagonistes Jumeaux —

L'humour — n'a aucune Place en Votre Royaume — L'Ironie — aussi étrangère que la Pitié. Je me flagelle d'avoir ainsi échoué de peu — de n'avoir pu voir ma Gethsémanie — mon Golgotha...

La berge du Fleuve — a son But & son But — Terrifiant. Douleur égale à la Douleur — Rage égale à la Rage — pas de Triomphe sans Épreuve. Voici mes poignets et mes chevilles Percés — Ici, l'Épée du Centurion s'est enfoncée —

La Crucifixion n'est pas une partie de plaisir, c'est

moi qui vous le dis. Et j'ajoute qu'un Misérable demi-humain Proscrit n'a qu'une résistance limitée ! Je hurle — mon Hurlement atteindra les Cieux — ils ont Détruit mon Œuvre !

Pourtant — au cœur de l'Annihilation — je comprends — Ô Vous, Obscénités Rampantes — & Bénissez mes Blessures & Entailles faites par l'Épée — Ma Grande Perte — & Tourment... annonce le Grand Incendie à venir — Car mon Identité ne peut être Démentie — le Grand Incendie Suit la Fumée qui Jaillit de la Gueule du Canon...

À demi fou de rage — outragé — Depuis la découverte du Crime, le Sommeil m'a fui — Je tremble & je sue, à en tremper mes vêtements & je n'ai pas d'appétit — Ces Bénédictions me sont apportées en un avant-goût de la Fin — où je Périrai — pour gagner l'Éternité...

Mes ennemis me Tourmentent — Je les appelle... comme jadis — l'Avantage est Mien — mon Armée plus Puissante — en Renseignement — une Nouvelle Capacité apportée par le Besoin — & l'Ennemi ignorant de mon Nom Terrestre — Qui plus est — je les connais tous Deux — une Grande Supériorité — Ils ne Soupçonnent pas — Et Leur Montrerai — tandis que je conquerrai le Temps...

Au cœur de la Rage — je Ris — d'observer un tel Jeu...

Je repose la Plume — & ferme le Livre — le *Triomphe* se précipite — Mes Pères Sans Cœur...

116

Une demi-seconde avant d'être projeté à Boulder, Colorado, je fus de nouveau réuni à mon ombre.

Comme durant l'enfance, l'invasion de mon être me

révolta — et, cette fois, je sentis la révulsion de Robert aussi bien que la mienne. Nous avions trente-cinq ans, pas neuf : le choc était nettement plus grand. Toutefois, nous nous ressemblions désormais plus que je ne m'en doutais : les pouvoirs que je venais de découvrir et ceux que mon frère avait connus toute sa vie partageaient une racine commune. Nous vécûmes une nouvelle fois une expansion à couper le souffle qui fit mystérieusement de nous un seul être sans effacer nos individualités. Chacun savait ce que savait l'autre, sentait ce qu'il sentait, mais au cœur de cette symbiose demeuraient un Robert et un Ned. À notre grande surprise à tous deux, il semblait que ce fût Ned qui prît les décisions.

En l'année 1967, vêtus d'une veste sport rose parsemée de greens et de clubs de golf, nous nous tenions sur la pelouse des Anscombe, devant leur maison. La lune pendait au-dessus des montagnes tel un monstrueux bubon. Le parfum des sapins imprégnait l'air. Des flammes bleues brûlaient derrière une fenêtre, dans la portion la plus récente du bâtiment, à l'extrême gauche. Le Mr. X de 1967 traquait son fils. Une flèche de lumière, bleue elle aussi, décochée tel un ironique fanion de bienvenue par *notre* Mr. X, Cordwainer Hatch, jaillit de la fente séparant les rideaux du salon. Sur les escaliers du grenier, nos alter ego de neuf ans se rencontraient pour la première fois. Ni nous ni le démon du salon ne devions être vus des occupants de la maison, puisque nous ne l'avions pas été *alors*.

Une pression bien connue nous poussa vers la porte d'entrée. Vêtue d'un vêtement informe qui lui tombait jusqu'aux pieds, *Bonne nuit, la Lune* en main, les cheveux sales, emmêlés, Mrs. Anscombe contemplait le cadavre de son mari. Notre Mr. X se dressait derrière elle, exhibant un sourire rageur, grotesque, sous son chapeau. La maîtresse de maison pataugeait dans le sang de son mari. Frank Sinatra chantait la rencontre, par une nuit superbe, d'une force irrésistible et d'un objet inamovible.

— Ben, merde, alors, dit Mrs. Anscombe. (Elle se tourna vers nous.) Tu te prends pour Bob Hope, ou quoi ?

Dans la cuisine, incapable de voir l'homme de trente-cinq ans qui s'était matérialisé près de la porte d'entrée, un Robert de neuf ans observait sa prétendue tante. Comme si elle lisait dans mes pensées, elle posa les yeux sur lui, tout en s'enfonçant un peu plus dans la flaque rouge. Une vague compréhension se peignit sur son visage. Son livre s'abattit à terre, dans le sang, avec un bruit mat. Elle détourna à nouveau le regard.

— Pourquoi faites-vous ça ? cria-t-elle. Vous ne comprenez pas que je suis déjà en enfer ?

— Ne vous en faites pas, Mrs. Anscombe, dit Cordwainer Hatch. On s'occupera de vous bien assez tôt.

Elle s'avança d'un pas mal assuré vers la cuisine.

— Merde, j'y suis vraiment, en enfer, s'exclama-t-elle. Seulement il n'est pas ROUGE, cet enculé. Il est BLEU !

Le Tueur Noir des ruelles de Hatchtown dériva dans notre direction. Tandis que sa conscience s'étendait pour engouffrer les nôtres, une vague écœurante déferla sur nous, une vague de rage aveugle, infectée par une folie plus profonde que celle d'Alice Anscombe. Pour la première fois, je sus que je pouvais lui résister. Robert hurla : *Fais quelque chose !* et je lui répondis : *Attends.* L'esprit de Cordwainer martelait le mien comme le vent martèle une porte en chêne.

Ça ne veut rien dire. Bouge-toi !

L'air se solidifia, nous poussa à travers des murs immatériels puis nous déposa dans une petite pièce où s'empilaient nombre de cartons. Cordwainer n'était qu'à quelques centimètres de nous. Il sentait le fond-du-fleuve. Des flammes bleues filtraient depuis le salon, où le Mr. X de 1967 morigénait Mrs. Anscombe. L'autre fit retentir en nous un rugissement outragé :

Espèce de petit vandale destructeur, destructeur, destructeur ! Espèce de monstre ! Il tira un couteau de son pardessus.

Un hurlement furieux et des bruits étouffés nous apprirent la fin de Mrs. Anscombe. La plus jeune incarnation de Mr. X poussa un cri de frustration aigu, passa en trombe dans la cuisine puis se transporta dehors, à la poursuite d'un petit garçon qui, elle le savait, lui avait encore une fois échappé.

— Je parie que tu es fâché à cause des livres, dis-je.

Cordwainer nous empoigna par l'épaule, nous retourna et nous pressa contre son torse. Il enfonça son couteau dans notre gorge.

C'est ça que tu avais en tête ? me demanda Robert. *Désolé, mais je ne vais pas rester à me faire tuer.* Je lui intimai de se calmer.

— On peut dire ça, oui. Je suis fâché à cause des livres. (Il enfonça sa lame d'un demi-centimètre de plus.) Satisfais ma curiosité. Qui t'a appris le nom d'Edward Rinehart ? Ta mère ? Ce vieil imbécile de Toby Kraft ?

— Un tas de gens m'ont parlé d'Edward Rinehart, répondis-je. Où sommes-nous ?

Il ricana tout bas.

— Tu ne te souviens pas des Anscombe ? Boulder, Colorado, ça ne te rappelle rien ? On a remonté le temps, la Substance en Fusion, une matière qui dépasse sans doute ton entendement, afin que je puisse te demander comment tu m'as échappé, cette fois-là. Réponds, s'il te plaît. Je t'assure que ça m'intéresse prodigieusement.

Pourquoi est-ce qu'on ne FAIT *rien ?* hurla Robert. *On va continuer à* DISCUTER *avec un type qui nous enfonce un couteau dans la gorge ?*

La ferme. Laisse-moi régler ça, lui intimai-je. *Il faut qu'on discute avec lui.*

— Je peux te dire qui tu es réellement, repris-je, à l'adresse de Cordwainer. Je te promets que tu vas trouver ça vachement intéressant. Moi, ça m'a surpris.

— Assez de bêtises. Voyons s'il y a d'autres brûleurs de livres qui veulent se joindre à la fête.

Un grand vent se leva dans la pièce, collant la veste rose à notre torse. Des meubles se mirent à glisser sur le sol du salon. On aurait dit que toutes les assiettes et tous les verres de la cuisine jaillissaient de leurs étagères pour se briser contre les murs. La fenêtre, derrière moi, explosa. Comme j'informais Robert d'une partie de ce que j'avais en tête, il ricana.

Tu croyais vraiment que je n'avais pas compris ?

Dans la maison, tout fuyait devant un vent de plus en plus violent. Les vitres du salon se boursouflèrent puis explosèrent à leur tour. Une sorte d'extase s'écoula de Robert.

— Tu cherches quelqu'un ? m'enquis-je.

Tu as détruit mes livres ! C'est une INSULTE ! Où est-il ?

— Je veux te montrer quelque chose, Mr. Sawyer. Les gens vont nous voir, alors si tu as le moindre bon sens, tu vas retirer ce couteau d'où il est.

Son bras se resserra autour de notre torse.

— Je veux bien te faire ce plaisir, concéda-t-il.

La lame ressortit de notre gorge et se planta au creux de nos reins.

Mais qu'est-ce que tu fous, maintenant ? demanda Robert. Je lui conseillai de prier que tout se passe bien, puis nous nous enfonçâmes tous les trois dans le sol, à travers un temps soudain malléable.

117

Je visais un point que je n'étais pas sûr de pouvoir atteindre. Et même si je l'atteignais, je n'étais pas sûr de ce que nous y verrions.

Le monde cessa d'osciller. Nous nous trouvions sur

un chemin de terre battue, près d'une route goudronnée à deux voies. Des carrioles à chevaux et de vieilles automobiles circulaient dans les deux sens. Robert me criait qu'il ne comprenait pas ce qui arrivait. Cordwainer nous enfonçait un couteau dans le dos. La preuve que nous étions au bon endroit apparut immédiatement.

Sur notre gauche, le visage dément d'un Howard Dunstan barbu grimaçait derrière le pare-brise d'une haute voiture qui s'approchait de nous en cahotant dans Wagon Road. La femme du conducteur se languissait auprès de lui. Comme ils se rapprochaient, deux jolies filles, sans doute Queenie et Nettie, apparurent derrière eux. May et Joy, au tout début de l'adolescence, perchées dans le spider, observaient la rue.

Ça ne prouve rien, dit Cordwainer. *Rien. C'est une illusion, un spectacle de foire. Où est ton frère, espèce de petit pervers ?*

De l'autre côté de Wagon Road, dans le sillage d'une carriole chargée de sacs de toile, un véhicule plus moderne et plus luxueux que celui d'Howard Dunstan arriva en vue. Carpenter Hatch, figé en une éternelle attitude de désapprobation vigilante, marmonna une remarque qui fit se recroqueviller une Ellie déjà fanée. Derrière la vitre arrière de leur automobile s'inscrivait une réplique maussade de Robert et de moi-même à l'âge de cinq ans. Suivant les Hatch et se dirigeant inexorablement vers les Dunstan, roulait un troisième véhicule, plus cossu que celui de Howard mais moins impressionnant que le paquebot de Carpenter. Les petites filles installées sur sa banquette arrière montrèrent du doigt mes grand-tantes, qui se trouvaient alors à la hauteur des Hatch. May fixa le visage enfantin grognon de leur fils. Howard regardait droit devant lui. Ellie, que je distinguai une seconde encore, se tortillait sur son siège en contemplant un terrain vague. Une fraction de seconde après que les deux automobiles se furent croisées, Wagon Road se changea en un pandémonium.

Tous les pare-brise et les phares, à cinquante mètres à la ronde, explosèrent dans un éclaboussement de verre brisé. Les pneus s'arrachèrent à leurs jantes et roulèrent sur le macadam. Les chevaux affolés se cabrèrent, s'emballèrent et percutèrent de leurs carrioles ce qui avait le malheur de se trouver sur leur chemin. Des sacs de toile déversèrent des pommes de terre sur la route. Un cheval s'effondra pour disparaître aussitôt sous un tas de décombres, ses jambes grêles battant l'air. La pression du bras de Cordwainer se relâcha ; le couteau retomba.

Les hurlements des bêtes et les cris des hommes perçaient le vacarme des collisions. Tandis que la grande automobile des Hatch faisait un écart pour éviter des débris, les pleurs d'Ellie résonnèrent à mes oreilles comme s'ils s'était élevés à deux pas de moi. Ce n'était pas la femme qui disparaissait dans le lointain que j'entendais, mais sa voix telle que se la rappelait l'enfant assis derrière elle. Robert et moi avions colonisé l'esprit, la mémoire de Cordwainer.

Un rouge-gorge bleu s'abattait parmi les ruines de New Providence Road ; une fille nue de onze ou douze ans titubait sur un sol en ciment souillé, la main pressée sur la blessure sanglante qui marquait sa poitrine ; un jeune Max Edison hochait la tête au volant d'une limousine ; la main tendue d'un garçon en uniforme offrait *L'Abomination de Dunwich* ; un homme, lui aussi en uniforme, prononçait le mot *maladie* ; sous un porche de Chester Street, un couteau perçait le ventre d'une putain ; des monstres de dessin animé descendaient d'un ciel de dessin animé ; un stylo-plume glissait sur une page quadrillée ; quelque chose d'égaré, d'irrémédiablement endommagé, filait à travers les venelles de Hatchtown — et ce quelque chose était Cordwainer Hatch.

Robert cria : *Tue-le, tue-le ! Qu'est-ce qui te prend ?*

Je sentis l'égotisme de Cordwainer, l'illusion qu'il avait de servir une cause sacrée, et je songeai : *Je sais comment ça se termine.*

Les hurlements des chevaux terrifiés, le fracas des collisions retentissaient toujours dans Wagon Road. Je pris le couteau de la main du dément.

Relâche-moi !

— Très bien, je te relâche, acquiesçai-je, avant de le libérer.

Robert poussa un cri de protestation suraigu.

Cordwainer tituba en arrière, hilare.

— Tu es trop faible, tu n'as pas pu me retenir. (Il considéra sa main vide.) Tu crois que j'ai besoin d'un couteau ? Sans ton frère, tu n'es rien.

— Qu'en sais-tu ? demandai-je. Tu t'es vu ?

Il se précipita sur moi. Lorsqu'il me percuta, je me tournai de profil pour absorber le choc et refermai les bras autour de lui. Nous glissâmes tous les trois dans une trappe brusquement apparue sur le bas-côté du chemin de terre.

118

Emporté par son élan, Cordwainer Hatch roula sur lui-même, échappa à mon étreinte et se cogna à la table de ma chambre d'hôtel. Il gémit, les mains pressées sur les yeux.

— Prends ton temps, dis-je.

Baissant les mains, il ôta son chapeau d'un geste brusque et examina ce qui l'entourait. Le spectre d'Edward Rinehart luisait dans son visage dévasté.

— Même la mauviette a un peu d'énergie pour se battre.

Il jeta un coup d'œil par-dessus son épaule puis

recula le dos au mur, pesant les possibilités qui s'offraient à lui.

Tue-le ! me pressa Robert. *Il est désorienté. Il ne comprend pas ce qui lui arrive.*

Il n'est pas au bout de ses épreuves, assurai-je. *Attends un peu.*

— Tu te rappelles ce jour-là ? demandai-je à Cordwainer. Tu sais ce qui s'est passé dans Wagon Road ?

Je le vis prendre la décision de voir où je voulais en venir. Il abaissa son chapeau vers la table en une parodie de diplomatie. Il était ferré, sa réplique suivante le prouva.

— Déclarons une trêve. C'est à peu près la dernière chose que j'attendais, mais chacun de nous a l'intéressante occasion d'écouter ce que l'autre a à raconter. Tu vas me décrire tes illusions. Quand tu auras terminé, je t'expliquerai la réalité. Et crois-moi, ça va t'époustoufler. Compte tenu de ce que tu m'as fait, mon offre est plus que généreuse. Mais tu paieras ton crime obscène, je te le garantis.

Arrachons-lui les yeux, insista Robert. *Faisons-le hurler.*

Il va hurler, rassure-toi, répondis-je. *Il ne va pas tarder à connaître les pires moments de toute sa vie.*

— A priori, je me suis trompé, dis-je à Cordwainer. Tu étais censé être trop en colère pour fonctionner.

— Oh ! tu m'as bel et bien mis en colère. Et tu es plus fort que je ne l'imaginais, je te l'accorde. Mais il est inutile de continuer cette discussion sans ton frère. Tu as gâché l'effet de surprise sur lequel tu comptais, alors appelle-le.

— Je l'ai éliminé ce matin. Il m'encombrait et ne me servait à rien. Puisque tu veux connaître mes illusions, comme tu dis, je vais te montrer une ou deux choses.

Il me scruta avec méfiance. Ce qu'il vit dut le persuader que je disais la vérité.

— Félicitations. Commence donc par me dire ce que tu trouves de significatif à un vieil accident dans Wagon Road.

À cet instant, je me sentais très semblable à Robert.

— Et si tu commençais plutôt, toi, par me parler d'une certaine maison, à l'orée de la forêt de Johnson ?

Le visage de Cordwainer se tordit en un sourire suffisant, sinistre.

— Tu ne comprendrais pas. Tu en serais incapable.

— Je vais te donner quelques informations que tu ignores sans doute. Carpenter Hatch a acheté cette propriété aux filles d'Howard Dunstan. C'est là qu'Howard a passé toute sa vie, et lorsqu'elle a brûlé, il est mort dans l'incendie.

Cordwainer longea la table, posa la main sur le dossier d'une chaise et contempla le plafond. Il avait décidé de ne pas me contrarier.

— C'est absurde. L'homme que je prenais pour mon père a acheté cette terre pour bâtir des logements destinés à ce qu'il appelait la lie montante. Les Dunstan n'ont jamais rien eu à voir là-dedans. Ils se sont agglutinés comme des cafards dans Cherry Street et n'en sont jamais partis. (Il irradiait le même sentiment de triomphe dément avec lequel il m'avait parlé des messages secrets inclus dans l'œuvre de H.P. Lovecraft.) Cette maison était la résidence d'un dieu.

— Howard Dunstan était une sorte de Dieu Aîné, approuvai-je. C'est pour ça que ce qu'il t'a fait est tellement intéressant.

La bouche de Cordwainer s'ouvrit sur une hilarité silencieuse.

— Tu t'amuses bien, remarquai-je.

— Je suis impressionné. Ta mère t'a raconté des mensonges tout à fait étonnants.

Je prélevai dans la chemise la photo d'Howard avec son col montant, son gilet boutonné haut, et la poussai vers mon compagnon. Il la considéra en souriant, dédaigneux.

— Je te présente Howard Dunstan, dis-je. Ton vrai père.

— Tu as tout inventé tout seul, ou bien Star était dingue, elle aussi ?

Je déposai une photo de Carpenter Hatch près de la première.

— De ces deux hommes, lequel était ton père, à ton avis ?

Cordwainer jeta à peine un coup d'œil aux clichés.

— Je ne m'attends pas à ce que tu le comprennes, mais mes véritables pères n'étaient pas de ce monde.

— Il faut que je te parle de ta demi-sœur, Queenie. L'aînée des quatre filles d'Howard. Elle savait lire dans les pensées et se déplacer d'un endroit à un autre en un clin d'œil. Elle ne marchait pas, elle ne se donnait pas la peine d'ouvrir les portes ni de monter les escaliers. Elle se déplaçait, tout simplement. C'est un talent des Dunstan, comme de traverser les murs, et il lui avait été transmis par Howard. Quand May, sa sœur, était jeune, son petit ami a essayé de la violer. Elle l'a réduit à une flaque de liquide vert. (Le visage de Cordwainer tressauta. Ses yeux se relevèrent pour rencontrer les nôtres.) C'est May qui a provoqué l'incident de Wagon Road. À l'instant même où elle t'a vu, elle a su que tu étais le fils d'Howard. Tu lui ressemblais trop pour qu'il en soit autrement. Regarde sa photo, Cordwainer. Tous les pouvoirs que nous possédons, toi et moi, nous les avons hérités d'Howard Dunstan.

— Elle a réduit un homme à une flaque de liquide vert ? (Debout de l'autre côté de la table, il me regardait fixement.) C'est un fait avéré ?

— Je ne sais quasiment plus ce qu'est un fait, avouai-je. Ni toi ni moi n'avons eu énormément de contact avec les faits. La différence, c'est qu'à la place de H.P. Lovecraft, moi, je t'avais.

Les coins de sa bouche se rétractèrent, tandis qu'il

détournait les yeux. Une fois de plus, un reste d'Edward Rinehart remonta momentanément à la surface sur son visage.

— Qu'est-ce que j'ai commis comme erreur ? Me baptiser Earl Sawyer ? Je ne pensais pas que qui que ce soit y ferait attention.

— J'ai bien failli passer à côté, avouai-je.

Cordwainer observa les photographies de plus près.

— Tu veux que je te parle de Wagon Road ? Je me rappelle cette petite fille, dans le spider, qui me regardait. Je ne savais pas du tout qui elle était. Ensuite, notre pare-brise a explosé et tout est devenu complètement fou. Mon père — mon père légal — nous a ramenés à la maison comme si de rien n'était.

— Comment te traitait-il ?

Je fouillai dans les clichés jusqu'à en trouver un d'Howard, à sept ou huit ans, devant un Sylvan assis, aux yeux incandescents.

Cordwainer la posa près des autres.

— Quand il ne me sermonnait pas, il m'ignorait. Je le déprimais. Bien sûr, il avait Cobden, la prunelle de ses yeux. Ce petit salaud ne pouvait rien faire de mal.

— Et Cobden lui ressemblait.

— Passionnant. (Il contemplait à présent les photos.) Je ne dis pas que tu as raison, mais ça expliquerait bien des choses sur mon enfance. Mes parents ne m'ont pas témoigné tellement d'affection, alors qu'ils adoraient mon frère.

— Carpenter n'a probablement jamais admis la vérité, ne serait-ce que pour lui-même. Ça lui aurait paru trop déshonorant.

— C'est presque crédible. (Il sourit.) En fait, je pense que c'est vrai. Ma mère devait être plus audacieuse que je ne l'imaginais. (Il releva la tête.) Et ça expliquerait mon physique. J'ai toujours été beau garçon, comme toi. Mais l'identité de mes parents terrestres, en ce qui me concerne... sincèrement, c'est du pareil au même.

— Howard Dunstan t'a manipulé. Il t'a attiré dans la forêt et guidé jusqu'aux ruines de sa maison. Il t'a *montré* des choses. Il s'est arrangé pour que tu tombes sur un certain livre, et il t'a instillé des fantasmes à propos de H.P. Lovecraft. Mais du début à la fin, il ne faisait que s'amuser. C'était un jeu.

Cordwainer jeta un dernier coup d'œil aux photos puis retourna vers nous ses yeux gonflés, ses traits dépourvus de vie.

— Toute la nature a parlé. Les Grands Anciens ont parlé.

— Tu n'as pas eu le moindre doute ? Tu n'as pas réalisé, parfois, que les choses auxquelles tu croyais sortaient de nouvelles écrites par un homme n'ayant jamais prétendu qu'elles étaient autre chose que de la fiction ?

— J'ai eu des doutes, si. (Il s'exprimait avec une indéniable dignité et, contrairement à Robert, je ressentis un peu de pitié pour lui.) J'ai connu la Nuit Noire de l'Âme.

— Même les faux prophètes doivent avoir leurs mauvais jours.

— Je ne suis pas *faux* ! tonna Cordwainer.

— Non, en effet, dis-je. Tu es un authentique Dunstan. Tout ce que ton père t'a fait croire était à moitié vrai. Howard s'est installé bien confortablement pour te regarder essayer de m'éliminer. Il se moque de l'issue du jeu.

— Visiblement, ce sont mes pères qui ont joué avec toi, contra-t-il. Ils sont impitoyables, je peux en témoigner.

— Qu'est-il arrivé au cadet d'artillerie de Fortress qui s'appelait W. Wilson Fletcher ?

Il nous considéra longuement.

— Tu es une petite abeille industrieuse, hein ?

— Tu as été surpris d'apprendre que May Dunstan avait changé un homme en flaque de bile. (J'avais deviné juste : son visage se changea en saindoux.) Soit

Fletcher t'a montré un certain livre, soit tu l'as vu le lire, un jour, mais il s'est passé quelque chose. Il te fallait ce bouquin, n'est-ce pas ?

Je tirai *L'Abomination de Dunwich* de ma poche. Les yeux de Cordwainer se rivèrent à la couverture. (*Tu l'as eu,* dit Robert. *Il est tiré de l'eau. Il tressaute sur le pont.*)

Une décharge d'émotion traversa brièvement le visage impassible de mon interlocuteur.

— Tu m'as volé ce livre. J'en exige la restitution. Tu n'as aucune idée de sa signification.

— Je te le restituerai quand on aura rendu visite à Howard Dunstan. Il nous attend.

Je posai le volume. Lorsque Cordwainer tendit la main pour s'en emparer, je refermai les doigts autour de son poignet.

119

Nous tombâmes sans résistance dans l'environnement dense, fourmillant de vie obscure — moitié Hansel et Gretel, moitié mystère insondable — d'une forêt nocturne. J'espérais que nous étions en fin de soirée, le 25 juin 1935.

Cordwainer nous empoigna le bras et nous attira à son côté.

— Je ne reconnais pas. Où sommes nous ?

— La forêt de Johnson, il y a environ soixante ans, dis-je. Cette nuit-là, tu es un petit garçon endormi dans une maison de Manor Street.

— Je dormais rarement, à cette époque-là, corrigea-t-il. Ma condition humaine était une torture et je préférais hurler. Je pissais au lit, aussi, délibérément. Comparée à la mienne, ton enfance a été un vrai conte de fées. (Dans l'obscurité, sa tête en boulet de canon se profilait au-dessus de son pardessus noir comme suspendue dans l'air.) Bon, vas-y, ridiculise-toi. Où est la maison ?

— Pas très loin, dis-je, sans savoir le moins du monde dans quelle portion de la forêt de Johnson nous nous trouvions.

Cordwainer nous déséquilibra, nous entoura le cou d'un bras et nous plaqua contre lui. Il était nettement plus fort que je ne m'y attendais. Quand il compressa notre trachée, les puanteurs jumelles de la folie et du fond-du-fleuve envahirent nos narines. Son esprit sondait les abords du mien, ainsi que l'avait fait celui de tante Nettie avant qu'elle ne me soulève de ma chaise, dans la cuisine. Je claquai mes portes mentales. Mon adversaire ricana. Son bras se resserra encore, nous empêchant de respirer.

— Cutieux. Je ne vois pas de maison. Ni de lumière.

Tandis que mes yeux s'habituaient à l'obscurité, les arbres se détachèrent des ténèbres, piliers immobiles, éclaboussés de clair de lune. Devant nous, se dressait un grand érable que j'avais déjà vu — quoique pas à l'état de veille. Comme je poussais un croassement, Cordwainer diminua la pression qu'il exerçait sur notre gorge.

— Tu as quelque chose à dire, petit Robert ?

— La maison se trouve à une trentaine de mètres sur notre droite.

— Tu serais presque convaincant. (La vapeur du fond-du-fleuve jaillissait de ses pores, de sa tête chauve, de sa bouche.) Tu vas continuer longtemps à faire semblant ?

Robert fulminait, prêt à exploser. Quand ma bouche s'ouvrit, ce fut lui qui s'exprima à travers elle. *Cette putain de trêve est terminée, alors ?*

— Oh, non, répondit Cordwainer. Je n'ai pas encore expliqué la réalité. Tu admets que tu mentais ? Tu es prêt à entendre la vérité ?

— Laisse-moi te demander quelque chose en retour, dis-je. Aurais-tu peur de ce que tu pourrais voir ?

— C'est ridicule.

— Très bien, fais-moi plaisir. Retire ton bras de mon cou et accorde-moi encore cinq minutes. (Ce à quoi Robert ajouta :) *Sinon, je termine ce que j'ai commencé dans le Cobden Building.*

— Tu me paieras ça aussi, assura Cordwainer. Cinq minutes, pas une de plus. Vas-y, continue la plaisanterie.

Nous pénétrâmes dans le bouquet d'érables dispersés que j'avais vu en rêve. Devant nous, la cime du chêne massif transperçait la couverture végétale. Quoique lui non plus ne l'ait jamais vu qu'en dormant, Robert connaissait le terrain aussi bien que moi. Il m'apparut qu'après un millier de répétitions, nous avions échangé les rôles : à présent, c'était moi l'ombre qui marchait vers notre destination.

— Je réfute l'idée que tu puisses te déplacer dans le temps, reprit Cordwainer. C'est moi qui nous ai ramenés dans Wagon Road.

— Alors, qui nous a emmenés ici ? demandai-je.

— Je ne doute absolument pas de ta capacité à te déplacer dans l'espace. Ça, tu l'as héritée de moi.

— Regarde sur ta droite. D'ici dix secondes, tu verras une fenêtre éclairée.

Il ricana de mes efforts pour le duper tandis que nous dépassions les derniers chênes. Nous n'avions fait que deux pas de plus quand une lueur jaune apparut entre les troncs.

Cordwainer se figea. Les contours triangulaires d'une lucarne se dessinaient au-dessus des frondaisons indistinctes.

— Tu crois que je vais tomber dans le panneau ?

Il s'avança en terrain découvert, la respiration sifflante, contemplant le portique, la façade tournée vers la forêt, les cheminées dressées vers le ciel.

— Qu'est-ce que c'est que cette baraque ?

— Approche-toi, l'encourageai-je. Il ne nous entend pas, et il ne voit que son propre reflet.

Cordwainer fit deux pas à la lisière du pré puis s'immobilisa.

— Je connais ces murs. (L'effet d'un souvenir malvenu commençait à se lire sur son visage.) Cette fenêtre ressemble bien à celle par laquelle je me suis introduit quand je n'étais qu'un garçon ignorant. (Il pivota pour me lancer un regard noir.) Tu es un fourbe, un vrai fourbe, mais je vois clair dans ton jeu minable. Tu m'as emmené près d'une maison identique à l'autre.

— Attends de voir qui l'habite, dis-je.

— C'est *inadmissible*. C'est un *blasphème*. Mes Pères Glorieux m'ont parlé entre des murs semblables à ceux-là. Cette demeure a été mon *école*.

— Et Howard Dunstan ton professeur. Il se trouve dans la grande pièce, de ce côté-ci. Vas-y, regarde par la fenêtre. Considère ça comme une mise à l'épreuve de ta foi.

— Ma foi a été mise à l'épreuve toute ma vie, marmonna Cordwainer. Et ma patience également, mais jamais autant qu'aujourd'hui.

Nous arrivâmes à trois mètres de la fenêtre éclairée. Au fond de la pièce chichement meublée, une fougère de Boston presque sèche et un renard sous cloche occupaient un manteau de cheminée blanc. Des poids luisants pivotaient de gauche à droite, de droite à gauche, sous le cadran d'une pendule en laiton indiquant qu'il était vingt-trois heures trente et une.

— S'il y a quelqu'un, ici, qu'il se montre, lança Cordwainer.

Aussitôt, Howard Dunstan apparut, le visage ravagé, les cheveux et la barbe blanchis, mais toujours identifiable comme le sujet des portraits et l'individu qui conduisait sa famille dans Wagon Road. Il s'exprimait avec la lenteur inexorable d'un hypnotiseur. Quelqu'un d'autre se tenait juste hors de vue, et je savais qui. Le désespoir et la lassitude du maître des lieux dissimulaient une ruse, un calcul, qui m'avaient échappé jusqu'alors. On lisait sur ses traits qu'il n'avait jamais prononcé une parole sincère, accompli un acte spontané ou révélé plus que nécessaire — la solitude l'avait empoisonné.

Comme attiré par un aimant, Cordwainer Hatch s'avança malgré lui.

Je me vis moi-même arriver dans la scène, en l'année 1935, venu d'une après-midi durant laquelle Stewart Hatch, le bras tendu vers un champ envahi par les mauvaises herbes, avait suggéré sans finesse que son grand-père et Sylvester Milton étaient responsables de l'incendie de la maison. Je savais à présent que Stewart se trompait du tout au tout : Cordwainer m'avait déjà raconté la véritable histoire. Je savais également que deux versions antérieures de Ned Dunstan, âgées de trois et de dix-huit ans, s'étaient matérialisées brièvement quelques minutes ou quelques secondes auparavant, pour disparaître à nouveau parce qu'elles étaient arrivées trop tôt — et seules. J'avais l'air désorienté mais suffisamment irrité pour être capable de me défendre. Lorsque je m'adressai à Howard, il continua de parler. *Que sommes-nous ?* demandai-je afin d'interrompre son discours.

Il secoua la tête et articula : *Nous sommes ce qui s'est écoulé par la fêlure de la vasque dorée,* puis quelque chose que je ne parvins pas à lire sur ses lèvres. Près de moi, Cordwainer eut un hoquet et parut se vider de tout son air. Howard se déplaça jusqu'à se mettre hors de vue. *Il sait qu'on est là,* songeai-je. *Il joue pour ses deux publics, et il ne nous épargne pas le moindre effet dramatique à trois sous.*

Mon compagnon recula vivement d'un pas, tituba un instant, puis s'enfonça dans la forêt avec une rapidité surprenante. Je poursuivis sa silhouette massive qui zigzaguait entre les arbres et ne s'immobilisa qu'en atteignant le bouquet d'érables. Son expression était indéchiffrable.

— Tu crois toujours que c'est un tour de passe-passe ? demandai-je.

— Il a bien dit : *Nous sommes la fumée qui s'échappe de la gueule du canon ?*

Il donnait l'impression de parler en dormant.

— Je crois, oui. Je me souviens de ça.

Cordwainer émit un son guttural répugnant, comme s'il avait tenté d'expulser une substance étrangère de ses poumons.

— Je regardais ses lèvres. Il a parlé d'une vasque dorée. Ensuite, il a dit : *Nous sommes la fumée qui s'échappe de la gueule du canon.*

— Tu as déjà entendu ça ?

— Oui. Oh, que oui ! Un certain nombre de fois. (Sa voix était humide.) Durant mon enfance.

Des pas lourds retentirent soudain, se dirigeant vers nous depuis le cœur de la forêt. Cordwainer se tourna avec gravité, aussi raide que si son cou s'était fondu à sa colonne vertébrale. Une lueur dansante apparaissait dans l'obscurité.

— Des hommes de la ville, expliquai-je. Ils viennent brûler la maison pour l'obliger à sortir. Il y a environ cent cinquante ans, la même chose s'est produite à Providence.

— Howard Dunstan n'a jamais habité Providence.

— Un de ses ancêtres y a construit une demeure qu'on appelait la Maison Maudite. Sylvan Dunstan l'a fait transporter ici pierre par pierre.

La lueur se divisa, révélant trois torches qui progressaient entre les arbres. Mon compagnon me tira à l'abri d'un couple d'érables.

120

Les torches entouraient les arrivants d'un éclat uniforme qui circulait à travers la forêt tel le rayon d'un projecteur. Parfois, un bouquet de feuilles flambait.

Cordwainer s'enfonça dans le sous-bois, visiblement décidé à intercepter les nouveaux venus. Il ne m'accordait plus la moindre attention, se moquant désormais que j'existe ou non.

L'homme de tête était Carpenter Hatch, plus vieux et plus lourd que quand nous l'avions vu dans Wagon Road. Hormis pour sa torche et son expression vindicative, il ressemblait tout à fait au prospère bourgeois de province qu'il avait toujours voulu devenir. Un mètre derrière lui, côte à côte, marchaient deux hommes que séparaient autant leur niveau social que leur antipathie mutuelle. L'individu au crâne dégarni et à l'air sinistre, affichant au moins dix ans et trente centimètres de plus que Hatch, était bien entendu Sylvester Milton ; l'être aux allures de furet qui l'accompagnait était Pee Wee La Chapelle.

Cordwainer et moi nous arrêtâmes derrière un chêne, à vingt pas d'eux. Le souffle court, mon compagnon regarda l'homme qu'il avait longtemps pris pour son père marcher vers nous, le visage flamboyant de haine. La torche de Milton enflamma une nouvelle branche basse couverte de feuilles.

— Attention avec ça, Mr. Milton, dit La Chapelle.

— La ferme, Pee Wee, répliqua l'interpellé.

Cordwainer, d'un bond, leur barra la route. Les trois hommes se figèrent, confrontés à ce qui avait dû, pendant au moins deux secondes, leur sembler être une tête tranchée.

— Fichez le camp ! ordonna Carpenter Hatch, remis de sa surprise. Cette histoire ne vous concerne pas.

— Il nous a vus, remarqua Milton.

— Arrête de trembler, Sylvester, et regarde-le bien, ce vieux, dit Hatch. C'est un attardé. (D'une voix forte, il reprit :) Écoutez-moi, mon ami. Vous ne travaillez plus pour Mr. Dunstan. C'est un homme pervers qui doit être puni. J'ai cinquante dollars dans ma poche.

C'est beaucoup d'argent, je sais, mais il sont à vous si vous vous écartez et si, ensuite, vous la fermez.

Cordwainer laissa échapper un hurlement sauvage et se rua sur eux. Milton et La Chapelle, lâchant leurs torches, s'enfuirent. Carpenter Hatch regarda par-dessus son épaule, bondit en arrière et jeta son flambeau vers son agresseur. Avant même que ce dernier ne l'attrape au vol, il décampait à son tour. Je sortis du couvert à la hâte, ramassai les deux torches tombées et piétinai les flammes naissantes sur le sol. Mon compagnon leva sa propre torche au-dessus de sa tête, prêtant l'oreille à la retraite affolée des incendiaires. Ses épaules se soulevaient et s'abaissaient comme des pistons. Je n'aurais su dire s'il sanglotait ou si, tout simplement, il haletait.

Pivotant sur ses talons, il se précipita vers la maison. Des feuilles s'enflammèrent au-dessus de sa tête.

Lorsque je sortis de la forêt au pas de course, lui-même courait le long du bâtiment en poussant de longues plaintes aiguës. Des larmes brillaient sur ses joues. Quand j'arrivai à deux mètres de lui, son visage s'affaissa, choqué, puis s'éclaira d'une sorte d'illumination. Un rugissement angoissé jaillit de sa bouche molle.

— *Tu sais ce qu'il m'a fait ?*

— Il t'a menti, dis-je.

Empoignant sa torche à la manière d'une lance, Cordwainer gagna la lisière du pré, qu'il se mit à longer, dans un sens puis dans l'autre. Ne comprenant pas qu'il cherchait quelque chose, je le crus tombé dans la démence la plus pure. Au milieu de son deuxième parcours, il s'agenouilla et mit au jour une longue pierre plate couverte de terre. Ramassant son flambeau de la main gauche, il s'élança à nouveau en direction du bâtiment. La pierre, comme propulsée par un discobole, fila vers la fenêtre et en pulvérisa la vitre dans un étincelant éclaboussement de verre brisé. Mon compagnon renvoya à nouveau le bras en arrière pour jeter la torche par l'ouverture.

Il fit alors volte-face en poussant des cris d'exaltation et de douleur. De moi, il vit seulement les deux autres torches, qu'il m'arracha des mains avant de retourner à toutes jambes devant la maison.

La lumière du portique s'alluma. Un verrou glissa hors de son logement avec un claquement métallique tonitruant, et la porte d'entrée s'ouvrit sur un hall désert menant à une pièce où des flammes s'élevaient entre des piles de livres.

— *Où est-il ?* hurla Cordwainer.

Par les fenêtres éclairées de la façade, je vis la silhouette chenue d'Howard franchir une porte, au fond de la pièce où son fils avait suivi ses cours de démence. Une faible lueur apparut à la fenêtre dominant le portique, à l'arrière du bâtiment. J'entendis ou crus entendre des plaintes semblables à celles d'une chauve-souris. De grands rubans de feu dansaient dans le bureau, alimentés par l'air nocturne, et se transmettaient au couloir.

— Il va au grenier, devinai-je. (Cordwainer tourna vers moi un regard furieux.) Là où sont les autres. Tu dois avoir entendu Carpenter et Ellie en parler à voix basse.

— *Une espèce de mélange de pieuvre, de mille-pattes et d'araignée,* articula-t-il d'une voix étranglée.

Reculant d'un pas, nous levâmes les yeux. Les fenêtres du grenier s'éclairaient de jaune pâle.

Ce que Cordwainer fit ensuite, quand je m'attendais à ce qu'il accomplisse sa propre prophétie et se précipite dans la maison incendiée, me stupéfia : il laissa échapper un bruit à peine humain, exprimant la condescendance et la joie intimement mêlées par la folie. Il me fallut une seconde pour comprendre qu'il riait.

— Robert ! Quel dommage que tu n'aies pas eu la présence d'esprit ou la courtoisie de lire mes textes avant de les détruire. Si tu l'avais fait, tu comprendrais notre position. Tout est écrit ! Nous nous sommes emmenés ici mutuellement.

Je cherchai Robert, mais il était parti.

— Écrit ? répétai-je, cherchant cette fois vraiment à gagner du temps. Comment ça ?

— Par la grâce... (Un sourire comblé s'élargit sur ses lèvres.) Par la grâce, je suis ravi de le dire, de mon génie. Quel imbécile j'étais. J'ai renié mon chef-d'œuvre.

Son rire revint par à-coups, haut perché, extatique.

Son humiliation s'était changée presque sans transition en euphorie, ce qui m'effraya plus que tout le reste. Je m'écartai, furieux contre Robert qui m'avait à nouveau abandonné.

— Tu veux dire que tu as parlé d'Howard Dunstan dans tes écrits ?

— J'ai parlé d'un Autre dont j'ignorais le nom. Il m'a trahi, Robert. Tu avais absolument raison, c'est merveilleux !

— Alors, rejoins-le. Si tu l'as écrit, entre là-dedans avant qu'il ne soit trop tard.

— Est-il possible que tu ne comprennes pas ? hurla-t-il. Nous sommes tous les deux destinés à le rejoindre.

En un recommencement des pires instants de mon enfance, une force me souleva de terre telle une main géante pour me précipiter vers la porte ouverte. Exalté, volant dix centimètres au-dessus du sol, Cordwainer se ruait à ma suite. Je parcourus au moins trois mètres dans les airs, avec le feu, derrière moi, qui m'ouvrait les bras, puis je trouvai la force de résister. C'était comme si — avec le recul, il me semble que c'était comme si — j'avais puisé dans une portion résiduelle de Robert. Lorsque je m'immobilisai brutalement, au bord du portique, la chaleur se lovait contre mon dos à l'instar d'un gigantesque animal et menaçait d'enflammer mes habits par sa seule proximité. Mon compagnon se figea également. Debout à deux mètres de moi, il projeta à nouveau l'énergie despotique qui m'avait auparavant manipulé sans merci, et je découvris que je pouvais la contrer. Les poils de mes narines frémirent mais je ne bougeai pas.

Cordwainer hurla de frustration.

Nous nous faisions face, en un équilibre qui se maintiendrait jusqu'à ce que l'un de nous deux faiblisse. Sans Robert, je me sentais handicapé, condamné. Soudain, une porte secrète pivota en moi et, depuis le grand inconnu obscur qui s'étendait au-delà, Star Dunstan déclara : *C'était comme entendre le monde entier s'ouvrir devant moi.* Avec le sentiment de céder à ce que j'avais toute ma vie le plus redouté, dont je m'étais le plus gardé, je franchis la porte — je ne puis exprimer autrement ce qui se produisit. Terrifié mais sachant mon renoncement nécessaire, je pénétrai dans les ténèbres élémentaires, *je passai de l'autre côté.* Des pouvoirs que je n'avais jamais eu conscience de posséder, des forces auxquelles je n'avais jamais voulu commander jaillirent du plus profond de moi et se plantèrent au sein de l'ouragan psychique déchaîné par mon adversaire.

— Tu dois entrer ! rugit-il. Tu ne comprends donc pas ? Bouge-toi !

— C'est toi qui as écrit cette nouvelle, pas moi, répliquai-je en faisant un pas de côté, avant d'envelopper Cordwainer des terribles charmes que j'avais hérités d'Howard Dunstan.

Mon vieil ennemi Edward Rinehart, Mr. X, Cordwainer Hatch, ouvrit la bouche et hurla comme un lapin qui vient de sentir le piège se refermer sur sa patte. J'avais envie de hurler, moi aussi. Au lieu de cela, je le projetai, toujours hurlant, dans le brasier qu'était devenue notre demeure ancestrale.

À l'intérieur, des poutres s'effondrèrent. Un rouge vacillant puis un bleu incandescent apparurent par les fenêtres du grenier. M'écartant de la conflagration, je prononçai doucement, stupidement, le nom de Robert.

Le feu noya ma voix. Un autre chevron s'abattit dans un grand fracas. Comme disparaissaient les flammes échappées du toit dans le voile de ténèbres qui se formait derrière elles, je me retransportai au Brazen Head.

121

Tout mon corps était secoué de tremblements. L'odeur de la fumée s'accrochait à mes vêtements. Je posai les mains à plat sur la table. Quand elles cessèrent de trembler, je sortis de ma poche la bible de Cordwainer Hatch. Elle puait autant la destruction que mes vêtements. Je l'ouvris au hasard et lus la première phrase qui me tomba sous les yeux :

« C'était une espèce de mélange de pieuvre, de mille-pattes et d'araignée, mais il y avait une moitié de figure humaine au-dessus... »

Je jetai le livre sur la table.

La faible lueur d'une lampe brillait sur la fontaine de Veal Yard. Deux heures de mon temps, peut-être, m'avaient amené à la nuit du monde ordinaire. M'étant lavé les mains et le visage, je rangeai les photos dans leurs chemises et descendis dans le hall.

Le réceptionniste de nuit feignit de ne pas trouver ma veste ridicule.

— Un message pour vous, Mr. Dunstan. Je me préparais à vous le faire monter.

— Lisez-le-moi, demandai-je.

Haussant les sourcils, il prit sous son comptoir une feuille de papier qu'il déplia.

— « Joyeux anniversaire. J'ai appelé Nettie pour

savoir si tu étais chez elle, et elle a vendu la mèche. Un joli cadeau t'attend à la maison. Laurie. »

Chacun de ces mots, dans sa bouche, réussissait à paraître obscène. Le réceptionniste replia le papier et me le tendit avec une courtoisie mêlée d'ironie savante.

— Vous désirez conserver ce charmant souvenir, monsieur ?

La 500SL de Stewart Hatch était garée de guingois au bord de l'allée, les roues avant sur la pelouse. Je la contournai, gagnai la porte à la hâte et entrai sans frapper.

Posy Fairbrother, immobile au bas de l'escalier, tenait dans ses bras un Cobbie aussi rigide qu'une hampe de drapeau. Stewart hurlait dans la cuisine mais je ne comprenais pas ce qu'il racontait. Le petit garçon tendit les mains vers moi. Quand je l'attirai contre ma poitrine, je sentis son cœur qui battait à tout rompre.

— Vous croyez que je devrais appeler la police ? murmura Posy.

Dans la pièce voisine, une assiette explosa contre un mur. Stewart lâcha un rugissement d'ivrogne. Une deuxième assiette se brisa. Cobbie se mit à pleurer.

— Je vais m'en occuper dis-je. Tu veux bien retourner avec Posy, Cobbie ? (Il hocha la tête dans mon cou.) C'est parti.

La nourrice le serra contre elle et commença à monter l'escalier.

Je gagnai la cuisine. Laurie, debout près du plan de travail voisin de l'alcôve, se tourna vers moi et me fit comprendre qu'elle avait peur mais qu'elle se maîtrisait. Des fragments de porcelaine jonchaient le sol entre elle et Stewart Hatch — lequel se tenait devant les vaisseliers béants, les jambes bien écartées pour ne pas perdre l'équilibre. Le dos de sa jolie chemise italienne à petits carreaux était trempé de sueur.

— Tu n'en as pas marre de mentir ? hurla-t-il.

Empoignant une autre assiette, il la lança contre le

mur, à un mètre sur la gauche de Laurie. Comme la jeune femme me jetait un nouveau coup d'œil, Stewart regarda par-dessus son épaule. La transpiration collait ses cheveux bien taillés à son front ; le blanc de ses yeux était parsemé de rouge.

— Sortez de chez moi ! (Puis il sourit et s'adossa au plan de travail, rapprochant un peu les jambes.) Oh ! franchement, Dunstan, même vous devriez être assez malin pour ne pas porter une veste pareille.

— Cobbie est terrifié, dis-je. Et si vous rentriez chez vous ?

— Il n'est pas question de Cobbie. Cette salope a ruiné mon existence. (Il agita le doigt dans ma direction.) Mais ça, vous le savez très bien, n'est-ce pas ? (Il avança d'un pas, insinuant.) Vous baisez ma femme et vous m'envoyez en taule, c'est ça ?

— On va vous mettre en prison, Stewart ?

— Ça m'ennuie de le reconnaître, ça m'ennuie *vraiment,* mais il est possible qu'on m'accorde cet insigne honneur. Ashton a réussi l'impossible, et on sait tous comment, hein ? Je suis quelqu'un de raisonnable. J'ai juste envie d'entendre la vérité, pour une fois.

La rage et l'ivresse assombrissaient son teint rougeaud.

Il était sur le point de perdre à nouveau la maîtrise de ses actes, et il en avait envie : il se sentirait bien mieux.

— Je vais vous dire ce qui m'étonne, reprit-il. Cette minable du Kentucky m'a coincé pour des transactions dont elle n'aurait jamais entendu parler si un petit tas de *merde* ne lui avait pas refilé mes documents. Or, ces documents, personne ne savait que je les avais, à part Grennie, et ce n'est évidemment pas lui qui m'a vendu.

Il me sourit, baissa les yeux vers un morceau d'assiette, une moitié presque parfaite, et le repoussa de côté d'un coup de mocassin en cuir tressé, orné de glands. Un ricanement dément, à la Huckleberry Finn, lui échappa.

— Nous sommes convoqués au quartier général de la police demain matin à neuf heures, afin de procéder... (Il releva la tête, cherchant le mot juste.) aux *formalités* préliminaires à un interrogatoire portant sur diverses activités criminelles. Par exemple escroquerie. Fraude fiscale. Détournement de fonds. Plus quelques méchancetés à l'encontre de cette glorieuse institution qu'est la Poste des États-Unis. Grennie en chie des hérissons. À mon avis, il va se faire sauter la cervelle. Je ne suis pas sûr que ça me mette dans une position enviable.

— J'admire votre compassion, dis-je.

— Ouais, moi, j'admire la vôtre. (Stewart se passa les mains sur le visage.) Soyez franc et dites-moi comment vous avez fait. Je suis en plein brouillard. Aidez-moi à en sortir.

— Je ne sais pas de quoi vous parlez, Stewart.

Il se posa une main sur le cœur.

— C'est vous qui vous êtes introduit dans le Building, finalement ? Pourtant, les indices indiquent clairement le contraire.

— Vous êtes un criminel minable, déclarai-je. Vous n'avez même pas eu l'intelligence d'engager C. Clayton Creech.

Il pivota de côté et leva les bras au ciel.

— *Creech !* Mon père aurait changé de trottoir plutôt que de dire bonjour à C. Clayton Creech.

— Mais votre père n'était pas un criminel, lui. Il y avait Cordwainer, pour ça.

Le teint de Stewart franchit une nouvelle étape vers le violet. Il interrogea du regard Laurie, qui secoua la tête.

— Non ? Non, je suppose que non. (Il se retourna vers moi, paraissant tic-taquer à la manière d'une bombe à retardement.) Voyons, mon petit ami, est-ce que je vous aurais parlé de feu mon cher oncle Cordwainer ? Rafraîchissez-moi la mémoire.

— Vous m'en avez parlé, confirmai-je.

— Et j'aurais mentionné son nom ? Je ne crois pas.

— Il est placardé dans toute la ville, son nom. Mais je conçois que vous n'aimiez pas trop le prononcer.

Il recula d'un pas, nerveux.

— Avec qui avez-vous discuté ?

— Tous les secrets finissent par transpirer, ripostai-je. Même les vôtres. Rentrez chez vous, Stewart.

— Vous savez quoi ? Je crois que cette Commission du Sesquicentenaire était vraiment une idée à chier. (Il éclata de rire, un véritable croassement, sec, plein de morgue, totalement dépourvu d'humour.) Peut-être que cette salope avec un tiroir-caisse à la place du cœur — je parle de ma tendre épouse —, peut-être qu'elle ne m'a pas vendu, après tout.

— Ne t'imagine pas que l'envie m'en a manqué, intervint Laurie.

— Dire que c'est ma femme ! (Stewart partit à nouveau de son rire hideux, *croa, croa, croa*.) Vous vous rendez compte ? (Il était au bord de l'explosion qu'il désirait depuis le début.) Parlez-moi de secrets, Dunstan. Je me fais une meilleure idée du tableau. J'ai... comment dit-on ? Un meilleur angle de vue.

— Si vous ne sortez pas, c'est moi qui vais vous sortir.

— Vous croyez que j'ai quelque chose à perdre ? (Il s'avança vers moi, un sourire crispé aux lèvres.) Rien du tout. Mais vous, si.

Il balança un coup de poing maladroit vers ma tête. Je l'évitai en me déportant sur la gauche, avant de le frapper à l'estomac.

— Arrêtez ! hurla Laurie.

Son mari recula en titubant.

— Comme c'est chou, dit-il. Vous connaissez ma règle d'or ? (Je secouai la tête.) Ne jamais se battre quand on est bourré.

Laissant retomber les bras, il fit un pas en direction de la porte de derrière. Alors que je m'approchais de lui, il pivota pour me décocher une gauche rapide, puissante, qui m'aurait brisé la machoire si je ne m'étais pas baissé. Son poing serré percuta douloureusement le sommet de mon crâne. Stewart se préparait à enchaîner par une droite : je le frappai une nouvelle fois au ventre, plus fort, ce qui le projeta contre le plan de travail.

— Uh-huh, marmonna-t-il.

Ses yeux étaient d'un rouge presque uniforme, à présent. Tendant la main derrière lui, il fouilla dans un tiroir et en sortit un couteau à découper.

— J'aurais voulu quelque chose d'un peu plus imposant, ironisa-t-il.

Laurie ébaucha un geste en direction du salon, mais il pointa le couteau vers elle et cria :

— Toi, tu ne bouges pas de là !

Elle me jeta un coup d'œil.

— Je commence à en avoir marre des Hatch et de leurs couteaux, avertis-je. (Trop furieux pour faire preuve de bon sens, j'avançai droit sur lui.) Vas-y, plante-moi, espèce de tête de con de futur taulard privilégié.

Il donna un coup dans le vide pour me tenir à distance, puis voulut s'écarter, perdit légèrement l'équilibre et tenta de le retrouver en fléchissant le torse, non sans frapper à nouveau. Je lui attrapai le poignet, le tirai vers moi et lui fauchai les chevilles. Il s'effondra à plat ventre sur le carrelage, parmi les débris d'assiettes. Hommage au lieutenant Rowley, je lui flanquai un coup de pied dans les côtes.

— *Arrêtez !* cria Laurie d'une voix suraiguë.

J'enfourchai Stewart et me laissai tomber à genoux. Il poussa un grognement tandis que je lui retirais le couteau des mains.

— Ne le tue pas ! supplia son épouse.

— Du calme, Laurie, s'il te plaît, marmonnai-je en tordant derrière son dos le bras droit de mon adversaire, que je forçai ainsi à se redresser. Une autre traction le remit sur ses pieds.

— Vous avez besoin d'être surveillé, Stewart. (Je le giflai sur l'oreille, de la main gauche.) Qu'est-ce qu'on fait, maintenant ? On appelle la police et on dit que vous avez essayé de me poignarder ?

— Si vous ne comprenez pas la plaisanterie, allez au diable, dit-il. Je suis un peu stressé, en ce moment.

Je remontai son bras de cinq centimètres le long de son épine dorsale. Il poussa un cri de douleur.

— Je sais que vous êtes bouleversé, mais depuis que vous m'avez attaqué avec un couteau, je ne peux pas dire que l'idée de vous faire mal me déplaise.

Il me décocha un coup de talon dans le tibia et tenta de se dégager. Remontant de toutes mes forces son bras jusqu'à sa nuque, j'entendis la déchirure des ligaments, le craquement sonore de l'articulation qui se détachait de l'omoplate.

Stewart gémit et tituba en avant.

— Tu lui as cassé le bras !

— Je lui ai juste déboîté l'épaule, rectifiai-je. Dès que notre bon Stewart aura gagné Lawndale et se sera inscrit aux urgences, un gentil docteur se fera un plaisir de la lui remettre en place. Vous pourrez conduire de la main gauche, n'est-ce pas, Stewart ?

— À Lawndale, on ne vous laisserait même pas passer la porte, dit-il. (Je lui assenai une gifle sur l'épaule. Il poussa un cri ; ses genoux flageolèrent.) Je peux conduire.

Le poussant jusqu'au bout du plan de travail, je lui enjoignis d'ouvrir la porte. Nous marchâmes jusqu'à sa Mercedes.

— Où sont vos clefs de voiture ?

— Dans ma poche droite.

J'y plongeai la main et en ramenai le trousseau. Stewart s'effondra sur son siège en cuir puis glissa péniblement les jambes sous le volant. Je lui posai les clefs dans la main gauche. Suant, grimaçant, il parvint à démarrer le véhicule, avant de se tortiller pour empoigner le levier de vitesse de la main gauche. Il passa la marche arrière sans cesser de gémir et recula dans l'allée. Un bruit de métal torturé, de verre brisé, m'apprit qu'il avait également reculé dans ma voiture. La Mercedes quitta la propriété sur les chapeaux de roue et fila dans Blueberry Lane. Un de ses feux arrière pendait au bout d'un enchevêtrement de fils. L'aile arrière droite de la Taurus ressemblait à un mouchoir en papier usagé. Lorsque je me redressai, après avoir récupéré les dossiers sur le siège du passager, j'aperçus Laurie qui m'observait, pensive, par la fenêtre du salon.

122

Sortant sur le pas de la porte, elle me serra dans ses bras.

— Merci, merci, merci d'être venu. Je ne sais pas ce qu'il aurait pu faire, furieux comme il l'était.

Un léger parfum de whisky, pas désagréable, flottait dans son haleine.

— Ça va, Cobbie ?

— Je lui ai dit que tu étais venu aider son père à se calmer. (Elle repassa la porte, soupira, et posa la tête sur mon épaule.) Le pauvre chéri devrait dormir d'ici une minute.

— Je l'espère, dis-je. Il n'avait pas besoin de ça.

Je l'embrassai sur le sommet du crâne ; elle s'accrocha encore un moment à moi.

— Je te suis *vraiment* reconnaissante, Ned. (Elle leva les yeux, souriante.) Tu as eu mon message ?

— Oui. Merci.

— Tu ne m'avais pas prévenue que c'était ton anniversaire. Il a fallu que ce soit Nettie qui me l'apprenne.

— Je ne voulais pas que tu te donnes du mal.

Elle plissa les lèvres pour recevoir un baiser.

— C'était un bon anniversaire jusqu'à ce que tu arrives ici ?

J'éclatai de rire.

— On peut dire ça comme ça.

— Qu'est-ce que tu as fait ?

— Mes tantes m'ont préparé un bon repas. Depuis, je n'ai pas arrêté de bouger.

— Ça devait être un barbecue. Ta veste sent la fumée. (Elle se laissa aller en arrière, les bras toujours autour de moi, et eut un sourire magnifique.) C'est une veste très... *banlieusarde.*

— May l'a volée pour moi, dis-je. Elle te plaît ?

— Bien sûr. Vu la manière dont tu t'es occupé de Stewart, j'ai envie que tu restes de bonne humeur. Tu es magnifique, en rose. Tu devrais toujours porter des pantalons, des chemises et des costumes roses, avec des petits bateaux et des fanions.

L'aisance avec laquelle elle réduisait la scène affreuse qui venait de se dérouler à une plaisanterie partagée m'attira dans son aura privée. Je ressentis le besoin profond de passer ce qui me troublait au crible de la même ironie taquine, dissolvante. Puis je songeai que cette simple envie signifiait que j'en étais déjà détaché.

— Je suis désolé de t'avoir fait peur.

— C'est Stewart qui m'a fait peur. Toi, tu m'as impressionnée.

— Tu sais très bien que tu aurais fini par t'en sortir toute seule. Si ça se trouve, j'ai empiré les choses.

— Sûrement pas. (Elle m'embrassa à nouveau.) Après avoir démoli mon placard à porcelaine, je pense qu'il serait passé aux verres. Tu veux bien m'aider à nettoyer les dégâts ? (Elle jeta un coup d'œil aux chemises coincées sous mon bras.) Qu'est-ce que c'est que ça ?

— Je te montrerai plus tard.

Les ayant posées sur la table basse, je raccompagnai la jeune femme à la cuisine, où nous nous mîmes à balayer les assiettes brisées. Des éclats et de gros morceaux de porcelaine formaient des archipels sur le sol, des îles irrégulières sur les plans de travail. Posy entra, secouée, et commença à ramasser les débris tombés derrière le billot.

— Cobbie a fini par s'endormir, mais j'ai pratiquement dû lui lire tous les livres de sa bibliothèque. Ça va ?

— Ned a été héroïque, affirma Laurie. J'aurais voulu que vous voyiez ça. Stewart a sorti un couteau.

— Un couteau à découper, précisai-je. Il en était gêné lui-même.

Quand nous eûmes transféré tous les débris dans des sacs-poubelle, Posy demanda si elle pouvait encore se rendre utile.

— Non, on s'en sortira, dit son employeuse.

— Je suis heureuse que Ned soit arrivé pour chasser le fauve.

Je m'inclinai, elle m'envoya un baiser et quitta la cuisine. Ses pas légers montèrent l'escalier.

— Tu ne crois pas qu'on mérite un verre ? demanda Laurie.

— Je ne pense pas qu'on puisse rattraper Stewart, mais je veux bien essayer. Je vais avoir une bosse monstrueuse sur le crâne, et j'ai mal à la main. Pas étonnant que les boxeurs portent des gants.

Elle prit un verre sur l'étagère, un autre près de l'évier, les pressa contre le distributeur de glace pilée inséré dans la porte du réfrigérateur puis sortit du bar un litre du whisky favori de feu Tobias Kraft. Elle en versa sur la glace jusqu'à ce que les verres soient aux trois quarts pleins.

— Tu buvais un coup quand Stewart est arrivé, devinai-je.

— Vraiment ? (Je n'aurais su dire si elle avait oublié ou si elle faisait semblant. Je réalisai finalement qu'elle me lançait un petit défi.) Ah, oui. Je t'ai donné un verre propre mais j'ai pris celui-ci sur le plan de travail. Je vois, je vois. Dans la liste de mes défauts, Stewart n'a pas oublié l'alcoolisme.

— Il n'en a pas parlé. Les gens qui boivent autant que lui ne considèrent pas ça comme un défaut.

— Bonne remarque, apprécia Laurie. Allons nous asseoir, bon sang.

Elle m'entoura la taille d'un bras et nous passâmes au salon.

Nous nous assîmes sur le long sofa, devant la table basse. La grande pièce paraissait aussi tristement déserte qu'une aérogare désaffectée.

— Je suis désolée d'avoir crié, reprit la jeune femme. À ma grande surprise, je me suis aperçue que j'avais pitié de Stewart. (Je bus une gorgée de whisky. Elle laissa sa tête rouler en arrière sur le coussin.) Qu'est-ce qui va lui arriver, à ton avis ? Tu crois qu'il va s'en tirer ?

— Tu veux que je te dise ce qui va lui arriver, à ce bon vieux Stewart ? D'accord. Au bout d'un an de taule, il va rencontrer Jésus entre quatre z'yeux et devenir un nouveau chrétien. Pendant tout le reste de sa peine, il organisera des groupes de prières et des ateliers d'étude de la Bible. Une fois sorti, il se fera ordonner par une société religieuse de troisième ordre et il passera quelques années en tant qu'aumônier dans les prisons. Il enverra des communiqués à la presse et un tas d'articles lui seront consacrés. Il ne faut pas se voiler la face : c'est une excellente histoire. Un notable, héritier d'une grosse fortune, sombre dans le crime, trouve le salut en prison et se voue à faire le bien. Il ne peut pas rater son coup. En trois ans, il aura sa propre église et un personnel conséquent. Quand il décrira son passé, Ellendale fera figure de Sodome et Gomorrhe. Steaks premier choix, voitures de luxe, costumes hors de prix, chaînes, cuir et fouets. Sa congrégation quadruplera et il s'achètera un nouvel immeuble, avec une chaîne de télévision privée.

Ensuite, il écrira un livre et il sera invité dans des talk-shows.

Les chaînes et le cuir m'étaient montés spontanément aux lèvres. J'étais surpris de sentir encore tant de colère bouillonner en moi.

Laurie, amusée, n'avait plus les yeux humides.

— Je dois avouer que ça ne m'étonnerait pas. Comment ça t'est venu, cette histoire de chaînes et de fouets ? Il est trop normal pour le sado-maso.

— J'ai balancé ça pour pimenter mon histoire de conversion. Une fois que Stewart sera enfermé, il faudra que je lui écrive que la fiction est nettement plus efficace que la réalité.

Laurie me contemplait avec la même expression pensive que je lui avais vue par-dessus le toit de ma voiture.

— Tu as dit que tu en avais marre des Hatch et de leurs couteaux.

— C'était dans le feu de l'action.

— Ça aussi, tu l'as imaginé ? Combien y en a-t-il, de Hatch, d'ailleurs ?

Oh, non, songeai-je. Le regard de Laurie s'altéra subtilement.

— Comment ça ? Je ne comprends pas.

J'avalai une autre gorgée de whisky, tout en me préparant à ce qui allait suivre. Je n'avais pas envie de me préparer.

— Ned ?

— Tu as raison, dis-je. Il faut qu'on explore quelque chose.

— Tu allais me montrer ces dossiers.

Sa voix sèche relevait superbement le défi. On aurait dit une armée au sommet d'une colline, les gonfanons déployés, les armes prêtes. J'en étais pétri d'admiration.

— D'abord, je vais te raconter mes deux dernières journées. C'est à toi que je les dois. Tu m'as présenté

Hugh Coventry et tu m'as aidé à m'informer sur Edward Rinehart.

— C'est ça que tu veux explorer ?

Les gonfanons volaient au vent, majestueux.

— C'est ça que nous *devons* explorer, dis-je.

123

Je commençai par Buxton Place et Earl Sawyer. Après avoir quitté les pavillons, racontai-je, j'étais venu ici même et j'avais reconnu le nom du gardien dans le recueil de Lovecraft acheté par Posy.

— C'est pour ça que tu es devenu bizarre, d'un seul coup ? demanda Laurie. Posy et moi n'arrivions pas à comprendre ce qui t'arrivait.

— Je sais. Je suis désolé. J'avais besoin de m'en aller pour réfléchir.

— Dieu merci, tu es repassé. Et ensuite ?

— À l'enterrement de Toby, quelqu'un a insinué que Stewart était le propriétaire des maisons de mes tantes, dans Cherry Street. C'était dingue. Depuis le début, je ne comprenais pas pourquoi elles prétendaient ne rien savoir à propos de mon père.

— Moi non plus, admit Laurie, mais je ne vois pas le rapport.

— J'ai fait quelque chose de mal. J'ai fouillé le placard de Nettie. C'est là que j'ai trouvé une de ces chemises. L'autre vient de chez Stewart.

— Tu as fait un casse chez *Stewart* ?

— Je n'ai pas eu besoin de casser quoi que ce soit. J'ai pris la chemise, mais il l'avait lui-même volée. Je l'ai récupérée, point final.

— Il avait les photos de tes tantes ?

— Il ne voulait pas qu'elles figurent à l'exposition.

— Et les autres étaient chez Nettie ? Eh bien, au

moins, ça fait un point de réglé. Elles les avaient prises pour obtenir une rançon. Elles ne sont pas idiotes, Nettie et May.

— Elles savent obtenir ce qu'elles veulent. (Je souris.) La question est : que voulaient-elles ?

Laurie me rendit mon regard, imperturbable.

— Elles doivent beaucoup tenir à ces photos.

— Je peux t'en montrer quelques-unes ?

— Et comment !

Posant son verre, elle se pencha vers la table basse. Je sortis d'une des chemises la photo d'Omar et de Sylvan.

— Rappelle-toi bien ces visages.

Ensuite vint le cliché d'Howard Dunstan que j'avais montré à Cordwainer.

— Il te ressemble. (Elle se tourna vers moi avec un sourire radieux puis regarda à nouveau la photo.) Un peu. Tu n'as pas ces yeux de malade mental.

— C'est Howard Dunstan. Nettie et May sont ses filles.

— Ça devait être un type plutôt compliqué, non ? Et ça, qu'est-ce que c'est ?

Elle tira une autre photographie de la pile. Sous l'œil d'un contremaître trapu en chapeau melon, deux hommes poussaient des brouettes vers un assemblage de poutrelles et de chevrons dressé sur un terrain boueux. Sur la droite du cliché, deux autres traversaient Commercial Avenue, les bras chargés de madriers. Une Ford T et un camion étaient garés non loin du chantier. Un curieux replet, vêtu d'un costume en crépon gaufré et coiffé d'un canotier identique à celui du jeune Carpenter Hatch, surveillait la scène, quelques pas derrière le contremaître. Tous deux adoptaient une posture identique, jusque dans l'inclinaison de leur chapeau, avec la précision de rimes riches.

— Le Merchants Hotel en construction, 1929. Ce sont les sujets de la première photo, Omar et Sylvan

Dunstan, qui l'ont fait bâtir. Hugh Coventry aimait bien cette photo.

— Elle est très bonne, non ? Pleine de mouvement — et les deux types avec les chapeaux ont l'air d'une blague.

— Là, c'est moi, bébé, enchaînai-je en posant sur la table la photo de mon troisième anniversaire.

— Mon Dieu, le bel enfant ! (Plaisir et humour brillaient dans les yeux de ma compagne.) Tous les enfants sont beaux, évidemment, mais toi, tu étais *vraiment* superbe. On aurait dû te faire faire de la pub.

— Ma mère aurait partagé ton avis. Et maintenant, voilà quelques photos tirées du dossier Hatch.

Je lui montrai les clichés de Carpenter exhibant sa voiture neuve et d'Ellen avec son diplôme.

— Qui c'est ? Les grands-parents de Stewart ?

— Tout juste.

— Elle était plutôt mignonne, non ? Lui, par contre, il a dû devenir énorme. Non mais regarde-moi ces cuisses !

Je sortis alors l'image du Cordwainer Hatch au nœud papillon et aux cheveux coupés à la chien.

Laurie se pencha en avant. Elle but une gorgée de whisky — son verre était presque vide — puis se tourna vers moi.

— C'est toi ? Impossible. Tu n'étais même pas né quand cette photo a été prise.

— Ça, c'est la brebis galeuse de la famille Hatch, lui appris-je. Cordwainer, l'oncle de Stewart.

— Il te ressemblait.

— C'est moi qui lui ressemble. Quand les premières photos sont arrivées à la commission pour être sélectionnées, est-ce que tu as vu certaines de celles-là, Laurie ?

Sa lèvre inférieure se glissa sous ses incisives.

— Honnêtement, je ne me rappelle pas.

— Rachel Milton les a vues, elle. Elle m'a conseillé de les chercher.

— Je ne comprends pas. (Son regard n'exprimait qu'une innocente désorientation.) Rachel t'a dit que je les avais vues ?

— Non. Seulement que c'était possible.

— Je les ai peut-être vues. Je n'y aurais pas fait tellement attention. Je ne te connaissais même pas, à l'époque.

— Stewart a su qui j'étais à la seconde où il a posé les yeux sur moi. Pourtant, il n'avait jamais rencontré Cordwainer, qui était censé être mort avant sa naissance. Je suppose qu'on ne lui en a pas non plus montré de portrait pendant son enfance, donc il n'a vu la tête de l'oncle honni que quand il a réuni ses photos de famille pour l'expo. Il n'a pas pu rater la ressemblance avec Howard Dunstan.

Laurie secoua la tête. Ses cheveux glissèrent sur sa joue ; elle les repoussa en arrière.

— Alors là, je dois admettre... (Elle secoua à nouveau la tête.) Je crois qu'il me faut un autre verre. Tu en veux un ?

Je m'adossai au coussin. Je me sentais totalement incertain. Dans mon esprit, une voix disait : *Je veux être incertain.*

La jeune femme revint au salon et contourna la table plutôt que de passer par-dessus mes jambes. S'asseyant à environ un mètre de moi, elle avala une gorgée du liquide ambré réfrigéré.

— J'essaie de comprendre ce qui s'est passé avec ces photos. Tes tantes ont pris celles de Stewart pour les lui revendre, mais pourquoi aurait-il caché les leurs ? (Elle approcha le Cordwainer aux cheveux longs et au nœud papillon du Ned au T-shirt rayé.) Oh... Parce que la brebis galeuse de la famille était ton père.

Je ramassai le portrait d'Howard Dunstan réalisé en studio et le plaçai près des deux précédents.

— Tu ne remarques rien d'autre ? (Penchée en avant, elle contempla Howard, puis moi.) Si tu veux, je peux te montrer d'autres photos de Cordwainer.

Laurie se recula sur le canapé et sourit au grand désert blanc qui s'étendait devant nous.

— Pas la peine. Je crois que j'ai compris pourquoi Stewart voulait dissimuler celles-là.

— Je pense qu'il a donné beaucoup d'argent à mes tantes, dis-je.

Elle éclata de rire.

— Stewart n'est pas vraiment du genre égalitaire. Un lien familial entre les Hatch et les Dunstan ne serait pas pour le transporter de joie. En fait, il ferait son possible pour le dissimuler. (Comme ses yeux reflétaient une idée, elle se rapprocha de moi, irradiant la conviction.) Tes tantes le savaient depuis le début.

— Sans doute, mais elles affirment n'avoir jamais rencontré Edward Rinehart. Et même dans le cas contraire, comment auraient-elles su qui il était ?

— Comment, ça n'a pas d'importance ! Elles le savaient ! Bien entendu, elles ne pouvaient pas le dire à Star — c'était leur secret. Et Stewart a essayé de te faire chasser de la ville avant que tu n'apprennes quoi que ce soit.

— Mais pourquoi aurait-il donné une fortune à mes tantes pour trois vieilles maisons ? Je n'arrive pas à croire qu'il soit si attaché que ça à la réputation de sa grand-mère.

— Il est snob. Faire partie des grands et puissants Hatch lui convient. Il dépenserait une fortune pour protéger ça.

— J'ai l'impression d'être arrivé à la fin de quelque chose, sauf que ça n'est pas *fini*.

Laurie s'installa de côté, une jambe ramenée sur le canapé, le coude posé au sommet du dossier. Appuyant sa tête sur sa main, elle attendit que je continue.

— Je ne sais pas quoi ajouter, avouai-je, ayant passé sous silence tous les détails cruciaux.

— Parle-moi des Hatch et de leurs couteaux.

J'avalai du whisky à l'eau et des éclats de glace.

— Franchement, Laurie, si je te disais tout, tu croirais que je mens ou que je suis dingue.

Son genou se souleva au-dessus du coussin, tandis que son mollet glissait au bord du canapé. Elle se pencha de côté, le menton dans la main. Son visage exprimait à parts égales la détermination et la compassion.

— Tu as rencontré ton père, cet Edward Rinehart. Cordwainer Hatch. C'est ça ? Et il t'a attaqué avec un couteau. Vous étiez à Buxton Place ?

— Tu es vraiment maligne, remarquai-je.

— Je fais attention à ce qu'on me dit. Où est-ce que ça s'est produit ?

— À un ou deux endroits, dis-je en souriant.

— Tu as accompagné ton père à un ou deux endroits, et pour des raisons qui restent à expliquer, ce brave homme a tenté de se débarrasser de toi.

— Je suis vraiment désolé, Laurie, mais tu n'arriveras à rien comme ça.

— Puisque tu es là, c'est qu'il n'a pas réussi à se débarrasser de toi. Dois-je en déduire que tu t'es débarrassé de lui ?

Je lui en appris autant que je le pouvais :

— Il s'est débarrassé de lui-même quand il a découvert qu'il était le fils d'Howard Dunstan. C'est tout ce que je peux dire.

Elle ne bougea pas d'un pouce.

— Le cadavre de Cordwainer Hatch se trouve quelque part à Edgerton ou aux alentours. On finira bien par tomber dessus. Et, peu de temps après, par l'identifier.

— Ça n'arrivera pas, assurai-je. Crois-moi.

La main de Laurie abandonna son menton. Son avant-bras glissa le long du dossier ; son genou atteignit le bord du canapé tandis que son visage se rapprochait du mien — rejet paradoxal.

— Tout ça est tellement *vague.* Tu veux que je te croie, mais tu es de moins en moins crédible. Si tu as confiance en moi, dis-moi où tu es allé.

L'hostilité quasi inconsciente qui était montée en moi me mettait mal à l'aise. Laurie Hatch m'apparaissait comme un ange déloyal et, en cet instant, plus que lui ouvrir les portes secrètes de mon existence, je voulais la punir de sa fausseté.

— Je vais faire mieux que ça, dis-je. Je vais te montrer.

— Me montrer ? Je n'ai pas envie de sortir maintenant, Ned.

Je lui tendis la main, incapable de m'empêcher de commettre une erreur irréparable.

— Pose ton verre et prends ma main.

Lentement, sans cesser de me regarder dans les yeux, Laurie abandonna son verre sur la table. Elle n'avait probablement pas été aussi aveugle aux desseins d'un homme depuis l'époque de Morry Burger. Dès le moment où elle s'était installée avec le Dr. Deering et sa femme, elle avait su deviner du coin de l'œil tout ce qui se tramait sur ses flancs, ou même derrière elle. Par la suite, elle avait toujours vu derrière les angles, et derrière les angles au-delà des angles.

Si tu veux me connaître vraiment, songeai-je, *il faut que tu sois au courant de ça.*

Laurie s'empara de ma main et, avec l'habituelle sensation de choir dans un abîme soudain béant, je l'entraînai au sein d'un monde que, je le savais, elle ne pourrait jamais accepter. Nous arrivâmes au coin de Commercial Avenue et de Paddlewheel Road, non loin du futur cabinet de C. Clayton Creech. Là, s'élevaient encore des maisons individuelles, avec accès privé au parc qu'entourait une haute grille en fer forgé. Juste en face de l'avenue, une Ford T et un camion étaient garés le long du trottoir, près d'un chantier de construction.

Un échafaudage bordait le rez-de-chaussée et le premier étage d'un immeuble qui, plus haut, n'était qu'un squelette de poutrelles. Des ouvriers y évoluaient pour gagner l'intérieur du bâtiment. Devant ce dernier, près d'une cuve de ciment, un homme en chapeau melon hurlait des ordres à deux de ses subordonnés. Face à la grille du parc, de notre côté de l'avenue, deux autres manœuvres déchargeaient du bois d'une carriole. Un type dont le canotier et le costume en coton gaufré ne masquaient pas la ressemblance avec le président Garfield ou Luciano Pavarotti, selon les références qu'on avait, se dirigeait vers l'immeuble, venant de derrière les véhicules en stationnement. C'était une après-midi douce, légèrement couverte, de ce qui ressemblait à la mi-septembre.

À trois mètres de Laurie et moi, debout derrière le trépied d'un appareil à soufflets aussi gros qu'une caisse d'oranges, le photographe s'apprêtant à immortaliser l'instant regardait sa composition se mettre en place. D'une main, il tenait son flash, de l'autre, le voile noir de l'appareil. On aurait dit un magicien.

Laurie s'effondra sur le trottoir, sa main libre pressée contre son front. Je la remis sur ses pieds. *Tu voulais des réponses ?* pensai-je. *Regarde autour de toi.* Elle avait le teint maladif, les yeux vitreux.

— Essaie de ne pas vomir, recommandai-je.

— Je ne vomis jamais. (Elle releva la tête.) Où sommes-nous ?

— Au coin de Paddlewheel Road et de Commercial Avenue, lui appris-je. En 1929. Jette un coup d'œil.

La scène progressa vers l'instant qui serait fixé sur la plaque. Garfield-Pavarotti franchit le coin de la rue et s'arrêta derrière le contremaître, dont les hurlements à l'adresse des ouvriers qui s'éloignaient de la cuve avec leurs brouettes s'entendaient à peine dans le vacarme provenant de l'immeuble. Le photographe s'enfouit sous son voile noir. Les commis de la scierie achevèrent de décharger leur chariot et, soulevant une dizaine de madriers, entreprirent de traverser l'avenue. Les cimentiers s'attelaient à leur tâche tels des chevaux de mine. Le contremaître croisa les bras, bomba le torse et se campa en une attitude de commandement. Le poids lourd au costume en coton croisa les bras, bomba le torse et se campa pour assurer son équilibre. Le photographe, sous son voile noir, écarta les jambes, mit l'œil à l'oculaire. Les commis s'avancèrent dans le champ de l'appareil et levèrent les yeux vers les poutrelles. Une rangée de petites ampoules flamboya dans un éclat jaune, avec un *pop !* sonore, percutant.

Laurie sursauta. Les brouettes s'engagèrent sur une planche inclinée menant à l'échafaudage ; les porteurs de madriers arrivèrent sur le trottoir. Le badaud en canotier contourna le contremaître qui continuait d'aboyer à l'adresse des chevaux de mine. Le photographe émergea de sous son voile, le dos voûté.

— Ned, je ne veux pas... Ned, *s'il te plaît,* murmura la jeune femme.

La gigantesque pièce de Blueberry Lane se rematérialisa autour de nous. Laurie tituba près de la table basse puis tomba à genoux, à trente centimètres du canapé. Se pliant en deux, elle posa la tête sur le tapis, tel Mr. Michael Anscombe lors de ses derniers instants. Je m'agenouillai près d'elle et lui caressai le dos. Elle me chassa d'un geste.

— Je peux t'aider ? demandai-je.

— Non.

Elle rampa jusqu'au canapé, s'y hissa et laissa tout son corps se détendre. Au bout d'environ une minute, elle s'assit, s'adossant brutalement aux coussins.

— J'ai failli briser ma règle d'or et vomir sur le tapis.

— Comment va ta tête ?

— Il me semble qu'elle est encore sur mes épaules.

Elle se pencha pour prendre son verre en main, puis l'appuya contre son front tout en se laissant retomber en arrière. Ses yeux se fermèrent. Alors qu'elle étirait les lignes parallèles de ses jambes, le verre descendit jusqu'à sa bouche.

— Je veux revoir cette photo.

Se penchant à nouveau, elle fouilla dans les clichés. Ses paupières semblaient gonflées.

— Il y a deux minutes, on se tenait juste là.

— À peine plus près, et on aurait été sur la photo, acquiesçai-je.

— Je ne comprends pas, et ça ne me plaît pas du tout.

— Ça ne me plaît pas tellement non plus, avouai-je.

Laurie se renvoya en arrière et redressa le torse.

— C'est pourtant toi qui as *fait* ça. Tu m'as *emmenée* là-bas. Ce n'est pas bon.

— Ce n'est ni bon ni mauvais, mais on peut dire que c'est peu banal. Inattendu.

— Inattendu ? (Son visage furieux était d'un rouge vif uniforme.) Pourquoi ne m'as-tu pas prévenue ?

— Tu m'aurais cru ?

Une intelligence aiguë, observatrice, revint dans son regard. Elle était de nouveau présente tout entière. Même si elle avait l'impression d'avoir de la fièvre, elle voyait tout, y compris la colère à laquelle j'avais été aveugle.

— Tu fais ça souvent ?

— Le moins possible. Je n'aurai probablement plus jamais à le faire.

— C'est un pouvoir que tu tiens de Cordwainer Hatch ?

— De son père, précisai-je.

— Je suis incapable d'en assimiler plus ce soir. Appelle-moi demain.

— Comme tu voudras.

Je rangeai les photos dans leurs chemises. Il me semblait que mon esprit avait été coincé dans un étau et attaqué à coups de marteau. Laurie, les genoux remontés sous le menton, me regarda franchir la porte. Une fois remonté dans la Taurus, je consultai ma montre : mon trente-cinquième anniversaire n'était plus qu'un souvenir.

124

L'agent Treuhaft me regarda contourner la fontaine asséchée comme s'il s'était attendu à ce que je m'enfuie.

— On dirait que j'ai des invités, remarquai-je.

— Le capitaine Mullan et le lieutenant Rowley vous attendent, monsieur.

— De quoi veulent-ils me parler ?

Treuhaft cligna des yeux.

— Je crois que c'est en rapport avec votre visite de ce soir au quartier général, monsieur.

— Ça me paraît logique. Vous êtes ici depuis longtemps ?

— Dans les deux minutes.

À l'intérieur de l'hôtel, le réceptionniste de nuit me fit signe d'approcher. Penché sur son comptoir, il me parla presque sans bouger les lèvres.

— Il y a deux flics dans votre piaule. Si vous voulez vous tirer, la porte de derrière est par là.

Du petit doigt, il désignait un escalier qui descendait vers un couloir étroit.

Je lui donnai un billet de cinq dollars, avant de poser le livre de Lovecraft et les chemises sur le guichet.

— Vous voulez bien me garder ça ?

Il haussa les épaules. L'instant d'après, il n'y avait plus rien sur le comptoir.

Quand j'entrai dans ma chambre, le lieutenant Rowley, installé au bord du lit, se déplia. Le capitaine Mullan, qui occupait une des chaises posées près de la table, m'adressa un signe de tête las.

— Asseyez-vous, Mr. Dunstan, s'il vous plaît, dit-il en désignant le siège qui lui faisait face.

Mes doigts trouvèrent le petit arc calligraphié, *P. D. 17.10.58,* et j'entendis ma mère me dire : *Si je pouvais chanter de la manière dont ce type jouait de l'alto, j'arrêterais le temps et je continuerais à chanter pour l'éternité...*

— Veuillez décrire vos faits et gestes avant votre visite au poste.

Robert n'avait pas perdu son temps.

— Je me suis baladé en voiture.

— Baladé. (Rowley s'appuya de la hanche contre la table.) Vos errances nous auraient-elles emmené à Ellendale ?

J'entendis Star déclarer : *Au début, je n'étais même pas sûre d'aimer l'orchestre. C'était un quartet de la Côte Ouest, et je n'ai jamais été folle de ce jazz-là. Mais brusquement, le joueur d'alto, qui ressemblait à une cigogne, s'est décollé du piano, il a embouché son sax, et il s'est mis à jouer « These Foolish Things ». Oh, Neddie, j'ai eu l'impression...*

— Je crois bien que oui, dis-je.

— Vers vingt-deux heures trente, Stewart Hatch est arrivé aux urgences de l'hôpital Lawndale, reprit Mullan. Il affirme qu'il vous a surpris dans une situation intime en compagnie de Mrs. Hatch et que vous l'avez attaqué avec un couteau.

— Vous avez un couteau sur vous ? interrogea le lieutenant.

— Mr. Hatch affirme en outre que, durant la lutte qui s'est ensuivie, vous lui avez déboîté l'épaule avant de le rouer de coups. Il désire porter plainte.

...d'aller dans un endroit inconnu, où je me serais immédiatement sentie chez moi. Il n'a fait qu'effleurer la mélodie une seconde, avant de s'envoler, de grimper, de grimper, et tout ce qu'il jouait se liait, une étape après l'autre, comme une histoire...

— Je me fous de ce que fait Stewart Hatch, assurai-je. Ça ne marchera pas. Il raconte l'histoire à l'envers.

— C'est Mr. Hatch qui *vous* a déboîté l'épaule ?

— Montrez-moi ce couteau, Dunstan, insista Rowley.

— Je n'en ai pas. (Je leur racontai comment j'étais

allé à Ellendale et m'étais disputé avec un Stewart en état d'ébriété.) Finalement, il a mis la main dans un tiroir et il en a ressorti un couteau à découper. Il a dit un truc du genre : « J'aurais voulu quelque chose de plus impressionnant. » Ensuite, il m'a foncé dessus, je l'ai flanqué par terre et je lui ai déboîté l'épaule. Je lui ai aussi filé un coup de pied dans les côtes, parce qu'à ce moment-là, je n'étais plus de bonne humeur. Après quoi, je l'ai jeté dehors. Il a reculé dans ma voiture de location et il est parti pour Lawndale à environ deux cents kilomètres-heure. Je m'étonne qu'il soit bête à ce point-là. Sa femme a tout vu.

— Son taux d'alcool était quatre fois supérieur à la limite, acquiesça Mullan. Par ailleurs, d'après l'agent qui a recueilli sa déposition, Mrs. Hatch assure qu'en voyant le couteau à découper, son mari a employé le mot « imposant », pas « impressionnant ». « J'aurais voulu quelque chose d'un peu plus imposant. » C'est une bonne réplique.

— Ils ont arrangé cette histoire entre eux, capitaine, protesta Rowley. Mr. Hatch les a surpris au lit et Dunstan a sorti un couteau.

— L'agent qui a interrogé Mrs. Hatch a vu un sac-poubelle rempli d'assiettes cassées. Je crois qu'on peut oublier les accusations de Mr. Hatch.

— Vous êtes déjà passés là-bas ? Je viens de rentrer.

— On bouge très vite, quand on veut.

Oh, Neddie ! C'était comme entendre le monde entier s'ouvrir devant moi. Comme monter au paradis.

Un bruit de tronçonneuse s'échappa de la gorge de Rowley.

— Ce type est partout. Où qu'on aille, on tombe dessus. Personne n'a vu Joe Staggers depuis deux jours, et on sait pertinemment qu'ils avaient un compte à régler. Qu'est-ce qui lui est arrivé, à Staggers, selon vous ?

— Jusqu'ici, il n'a pas été porté disparu.

— Dunstan a toujours un alibi, et c'est toujours une

femme qui le confirme. Les ennuis de Mr. Hatch ne vont pas tarder à se dissiper, et bientôt, Dunstan se dissipera, lui aussi. Ensuite, ce sera le retour à la routine. Qui préférez-vous avoir dans votre camp, capitaine ?

Mullan croisa les mains sur le ventre et contempla le plafond de ma chambre.

— L'un dans l'autre, lieutenant, je crois que vous pouvez rentrer chez vous pour ce soir. Dites à Treuhaft qu'il peut partir également.

— Réfléchissez.

— Merci de votre assistance, lieutenant. Nous nous verrons demain.

Les yeux morts de Rowley passèrent de son supérieur à moi, puis revinrent au capitaine.

— C'est vos oignons, conclut-il, avant de claquer la porte derrière lui.

Mullan me considéra avec le même regard opaque, détaché, qu'il avait accordé à mon plafond.

— Vous êtes un type bizarre, Mr. Dunstan.

— On me l'a déjà dit.

Son sourire sinistre m'apprit uniquement que Robert s'était montré d'une inimaginable insouciance.

— Je pensais que vous attendriez de mes nouvelles.

— Je les attends.

Il ne bougea pas d'un centimètre. Même son sourire glacial demeura en place.

— Vous vous rappelez que je vous ai parlé d'un coup de téléphone anonyme accusant Earl Sawyer de plusieurs homicides ?

— Bien sûr, dis-je.

— C'est ce qui fait de vous un type bizarre. Je ne vous en ai pas parlé.

— Désolé. Il se passe trop de choses.

— Ce ne serait pas vous qui l'auriez donné, ce coup de fil, par hasard ?

— Nullement, assurai-je.

— Mais le sujet vous intéresse.

— Je ne peux pas le nier, dis-je en me frayant un

chemin dans le champ de mines mis en place par Robert.

— Vers vingt et une heures, vous venez dans mon bureau m'informer que vous soupçonnez Sawyer d'être l'individu qui se faisait autrefois appeler Edward Rinehart. (Il haussa les sourcils comme pour demander confirmation. Je hochai la tête.) Ça ferait deux personnes voulant me parler d'Earl Sawyer. Je ne crois pas aux coïncidences, Mr. Dunstan.

— Moi, je croyais que la police recevait sans arrêt des dénonciations anonymes.

— J'aimerais bien. Je connais un vieillard qui n'aurait pas besoin de travailler autant. D'accord, oublions le coup de fil. Arrêtez-moi si je me trompe : pendant notre visite à Ste. Ann, vous n'auriez pas fait allusion à un certain Clothard Spelvin ? Ou Clothhead ?

— Votre mémoire est excellente. Je suppose qu'elle l'a toujours été.

— Au quartier général, vous avez déclaré que votre mère vous avait communiqué le nom de Rinehart.

Son sourire évoquait toujours une carte de la toundra, mais Mullan ne paraissait pas hostile. Il poursuivait un but précis, par une série d'étapes prudentes ; le renvoi de ses deux subordonnés signifiait que la question devait rester entre nous. Je n'avais aucune idée de ce qu'avait pu lui raconter Robert, et je ne pouvais pas me permettre une erreur. En outre, j'ignorais totalement où il voulait en venir.

— Peu avant sa mort, confirmai-je.

Le policier étira les jambes et croisa les mains derrière sa tête.

— Voyons si je saisis bien. Vous avez appris que votre mère était revenue à Edgerton en mauvaise santé. Comment ? Une de vos tantes vous a téléphoné à New York ?

— Oui, mais j'étais déjà en chemin. J'avais des vacances à prendre, alors j'ai envisagé un petit périple en stop à travers le pays. Je sais que ça a l'air dingue, mais l'idée me séduisait. Je comptais rendre visite à mes tantes, dans l'Illinois, puis rentrer en avion. Deux jours avant la mort de ma mère, pendant que Bob Mims, le camionneur auquel vous avez parlé, me faisait traverser l'Ohio, je... Je ne sais pas ce que vous allez penser de ça.

— Dites toujours, m'encouragea le capitaine.

— J'ai eu le net pressentiment qu'elle avait de graves ennuis de santé et que je devais me dépêcher d'arriver ici.

— Alors que votre mère ne résidait pas à Edgerton.

— Je savais qu'elle y viendrait si elle se sentait sur le point de mourir.

— Donc, vous traversiez l'Ohio avec Bob Mims, et vous avez eu l'intuition que votre mère était ici parce qu'elle se pensait à la dernière extrémité ?

— Ça a l'air bizarre, mais c'est effectivement ce qui s'est passé.

— Et ensuite ?

— Mims a fait un détour pour me déposer devant le Motel Comfort, où j'ai rencontré Ashleigh Ashton, laquelle a accepté de me conduire jusqu'ici le lendemain matin.

— Quand vous êtes arrivé à Edgerton, vous avez demandé à la *district attorney* adjointe Ashton de vous déposer à l'hôpital Ste. Ann, pas dans Cherry Street. Un autre pressentiment ?

— On peut appeler ça comme ça. Pourquoi cette conversation, capitaine Mullan ?

— Pour deux raisons. Bon. Vous allez aux urgences. Vous apprenez que votre mère a eu une attaque. Son cœur est en mauvais état. Au plus profond de vous, vous savez qu'elle va mourir, mais au moins, vous êtes arrivé à temps pour la voir et lui parler. La communication n'est pas facile. Chaque mot lui coûte des efforts terribles, et vous avez beaucoup de mal à la comprendre. Tout cela vous donne l'impression que ce qu'elle dit est très significatif. Je me trompe ?

Il regardait toujours dans le vague, les jambes tendues, les mains croisées sur la nuque.

— On croirait que vous y étiez.

— J'y suis allé, dit-il. (Il avança d'un pas supplémentaire vers sa mystérieuse destination.) Votre mère fait alors quelque chose d'inattendu. Elle vous prend la main, et elle prononce le nom d'Edward Rinehart. Elle parvient également à vous donner quelques renseignements à propos de cet inconnu.

Mullan m'en avait dit tout juste assez pour me mettre à l'aise. N'importe quelle affirmation de ma part lui conviendrait. Il se demandait si je savais que Rinehart était mon père. Lui le savait et, si j'admettais que Star avait évoqué l'individu, il me le dirait d'une manière impliquant que j'étais au courant également. Il me guidait au sein d'un labyrinthe, après m'avoir tiré le tapis de sous les pieds et, surtout, l'avoir arraché de sous ceux de Robert. Pour des raisons qui m'échappaient, il voulait découvrir à quel point je m'étais déjà enfoncé dans ledit labyrinthe.

— Elle m'a affirmé que Rinehart était mon père.

— Vous avez donc voulu en apprendre plus sur cet homme. Vous vous êtes dit que Toby Kraft pourrait peut-être vous aider.

— C'est la première personne que j'ai interrogée, admis-je.

— Vous a-t-il aidé ? Je veux dire : indirectement. Par exemple, êtes-vous allé au HAC de Mount Vernon en compagnie de Mrs. Hatch, sur la recommandation de Toby ?

Mullan avait bien fait ses devoirs.

— Il m'a suggéré de discuter avec un nommé Max Edison, et Mrs. Hatch m'a proposé de m'emmener là-bas.

Mullan tourna la tête vers moi sans changer par ailleurs de position.

— J'imagine que vous n'êtes pas au courant, pour Edison ? Ça n'est pas sorti dans les journaux. (Je voyais déjà le cadavre allongé en travers du lit sanglant, la gorge tranchée.) Ça rappelait Toby Kraft, à part qu'il y avait un couteau près du corps. La même nuit. De l'avis général, c'est un suicide. Ce qui me convient parfaitement. Ce type avait trois ou quatre mois à vivre, pas plus, et il a décidé de tirer sa révérence tant qu'il pouvait en prendre la décision. Mais il y a un détail intéressant. Un employé de l'hôpital affirme que, la veille, un détective privé du nom de Leroy Pratchett est venu voir Edison. Un type émacié, avec un blouson de cuir noir. Et un bouc.

— Frenchy, devinai-je.

— Vous êtes du genre soupçonneux, vous, remarqua Mullan. Comment avez-vous fait le rapprochement entre Rinehart et Sawyer ?

Je lui parlai de Buxton Place, lui appris qu'Hugh Coventry avait reconnu le nom des propriétaires, puis décrivis ma rencontre avec le gardien, ma visite guidée des pavillons, ma découverte des livres de Rinehart et de Lovecraft, ainsi que du nom de Sawyer dans *L'Abomination de Dunwich*.

Mullan rapprocha sa chaise de la table, faisant son possible pour feindre de me croire.

— Est-ce que vous seriez retourné à Buxton Place en l'absence de Sawyer ? (Je secouai la tête.) Vous n'êtes pas responsable de la destruction des livres ?

Je réalisai soudain ce qu'il était en train de me dire.

— Vous y êtes allé, vous, à Buxton Place ?

— J'ai partagé ma soirée entre les endroits où j'estimais avoir une chance de trouver Earl Sawyer, Mr. Dunstan. (Il étira les bras et bâilla.) Pardonnez-moi. Je suis trop vieux pour ce genre de conneries. Très bientôt, du moins je l'espère, le cercueil d'Edward Rinehart sera déterré au pénitentier de Greenhaven. On découvrira peut-être qui y a été inhumé. Ce qui est sûr, c'est que ce n'est pas Rinehart.

— J'imagine que ça ne peut pas être lui, approuvai-je.

— Voilà un euphémisme, ou je ne m'y connais pas. Debout, Mr. Dunstan. Nous allons faire une petite promenade, vous et moi.

125

Mullan désigna les marches menant à l'issue de secours, non loin de la réception.

— Par ici.

Le réceptionniste, qui arrivait du bureau, pivota brusquement pour examiner les prospectus entassés sur une étagère, derrière lui.

Je suivis le capitaine au bas du petit escalier, puis dans le couloir bétonné qui rejoignait la sortie. Marchant plus vite que je ne l'en aurais cru capable, Mullan sortit, après avoir poussé d'un coup de poing la porte battante. Attrapant cette dernière au vol alors qu'elle revenait vers moi, je pénétrai dans un étroit boyau aux parois de briques ne pouvant être que le Crin. Le costume gris du policier et ses cheveux blancs disparaissaient déjà dans l'obscurité, sur ma gauche.

Tandis que nous avancions d'un bon pas dans une ruelle qui prolongeait le Crin, il me sembla reconnaître les doubles portes et les bâtiments penchés de Lavender Lane. Mullan s'arrêta. Son visage pâle d'Irlandais, mal défini, se tourna vers moi.

— Parlons un peu de votre nature soupçonneuse. Le soi-disant Pratchett arrive au HAC. Supposons que ce soit Frenchy. Qu'est-ce que ça veut dire ? Prentiss est déjà mort. La nuit suivante, boum, dans la foulée, Edison, Toby Kraft, Cassandra Little et La Chapelle. Comme des pigeons. Entre vous et moi, auriez-vous par hasard une sorte d'explication hypothétique ?

— Si nous parlons hypothétiquement, je pense que oui, répondis-je. Helen Janette m'a appris que Frenchy avait grandi dans ces ruelles. Il est possible que Rinehart — Earl Sawyer — l'ait terrorisé, d'une manière ou d'une autre, depuis son enfance. (Je racontai la fable du gardien à propos de « Charles Ward » lui faisant remettre son salaire hebdomadaire par Nolly Wheadle, et le récit dudit Nolly concernant celui qu'il appelait le Tueur Noir.) Rinehart — ou Sawyer, comme vous voulez — a peut-être envoyé Frenchy au HAC pour savoir si j'y étais venu, si j'avais posé des questions. Les employés ont rapporté que deux personnes avaient interrogé Max Edison, et il est possible qu'Edison lui-même ait révélé qu'elles avaient eu son nom par Toby.

— Durant nos nombreuses conversations, Mr. Dunstan, vous n'avez jamais dit un mot d'Edison ni d'Edward Rinehart.

— Aussi divertissantes qu'aient pu être nos rencontres, capitaine, elles ne semblaient en rien concerner mon père.

— C'est Edison qui vous a parlé de Clothhead Spelvin ?

— Oui, dis-je. Max Edison me plaisait bien. Il méritait mieux qu'être assassiné dans son lit. (Il me revint soudain que nous étions censés parler hypothétiquement.) En supposant que ce soit ce qui lui est arrivé, bien sûr.

— *En supposant ça*, racontez-moi le reste.

— Sawyer s'est occupé de Max et de Toby. Ensuite, il a fallu qu'il se débarrasse de son sous-fifre. Comme Frenchy avait pu en révéler plus qu'il ne l'aurait dû à sa copine, il l'a tuée, elle aussi. Clyde Prentiss, je ne sais pas. (Je me rappelai avoir vu La Chapelle et Cassie Little aux Soins intensifs.) C'était peut-être une sorte d'avance sur salaire. Prentiss se serait épargné un peu de prison en dénonçant son complice, non ?

Mullan se hérissa.

— Earl Sawyer aurait tué quatre personnes pour

vous empêcher d'apprendre qu'il était votre père. C'est bien ce que vous voulez dire ?

— Il s'est senti trahi, affirmai-je.

— Vous avez quelque chose à ajouter ?

— Et vous, vous voulez bien me dire à quoi vous jouez ? Qu'est-ce qui vous a fait penser que je travaillais pour le bureau du DA de Louisville ou pour une agence fédérale quelconque ?

— Disons que je me suis senti trahi. (Un autre sourire glacial apparut sur ce que je distinguais de son visage, puis s'effaça.) Vous allez peut-être contribuer à l'ordre social, Mr. Dunstan.

Il se remit en marche à grandes enjambées.

L'odeur que j'associais à la maison de Joy émanait à nouveau des briques. Au bout d'une vingtaine de pas, Mullan emprunta Raspberry Lane. La ruelle pavée, obscure, formait une vallée encaissée, au fond de laquelle deux agents en uniforme étaient adossés contre un mur, de chaque côté d'une porte condamnée à l'aide de ruban jaune. Ils se redressèrent en voyant arriver le capitaine.

— Ça devrait vous intéresser.

Quand nous atteignîmes la porte, les deux flics en arrivaient à évoquer les sentinelles de Buckingham Palace.

— Filez, ordonna leur supérieur.

Ils me scrutèrent avec une indifférence toute professionnelle, avant de remonter la ruelle comme en flânant.

Mullan écarta plusieurs longueurs de ruban jaune.

— Le téléphone de Sawyer figure toujours dans le bottin au nom d'Annie Engstad, la personne qui habitait ici avant lui, mais le chef de la sécurité de Hatch avait l'adresse dans son fichier. Je n'ai eu qu'à démolir la serrure pour entrer. Si les droits de Mr. Sawyer vous importent, je vous informe que le juge Gram, avec qui je joue au golf tous les samedis, m'a signé un mandat.

Dès qu'il ouvrit la porte, la puanteur du fond-du-fleuve s'imposa à nous tel un mur invisible. Mullan entra et alluma la lumière. J'entendis des rats courir se mettre à couvert.

— Oh, la vache ! m'exclamai-je.

Je découvrais une pièce basse de plafond, mesurant dans les quatre mètres de côté, où semblait avoir explosé une bombe. La dernière résidence de Cordwainer Hatch. Des monceaux d'ordures, certains arrivant à la taille, ondulaient sur le sol. Des journaux froissés soulignaient le bas des murs telle de l'écume de mer séchée. Contre la paroi de gauche, un amas de chemises, de chaussettes et de survêtements sales reposait sur un lit étroit. Contre celle d'en face, des strates de bric-à-brac débordaient d'une table pour partir à la rencontre d'autres strates de bric-à-brac s'élevant de terre. L'énormité du désordre me donnait le tournis. Chiffons, emballages de pizzas, verres, magazines froissés, livres de poche à la couverture déchirée, gobelets en plastique : la marée de déchets léchait les pieds d'une chaise puis déferlait dans la pièce voisine, s'écartant çà et là pour autoriser le passage.

— Le salon et la chambre de Sawyer, commenta Mullan. Ça va vous paraître idiot, mais ne touchez à rien sans ma permission. Une partie de tout ça servira de pièces à conviction. (Il désigna la pièce du fond.) Ça, c'est sa cuisine et ce qu'on pourrait appeler son atelier. C'est encore pire. Avant qu'on n'y rentre, jetez un coup d'œil dans le placard.

Pataugeant dans les détritus, il ouvrit la porte du meuble. L'uniforme de Sawyer, chemise et pantalon, était pendu près d'un pardessus fauve et d'un pantalon kaki. Il restait un cintre inoccupé. La casquette d'uniforme, visière en avant, reposait sur l'étagère près d'une autre casquette, d'une longue torche électrique noire, d'une matraque, et de plusieurs objets à l'extrémité arrondie que je n'identifiai pas immédiatement. Les yeux jaunes d'un rat à l'air batailleur apparaissaient entre les chaussures dispersées en bas du placard.

— Tire-toi ! hurla Mullan en tapant du pied dans les débris. (Le rongeur fila par une ouverture dans le mur pas plus grosse qu'une pièce de monnaie.) Regardez à côté de la matraque.

Enjambant des détritus spongieux, je me dressai sur la pointe des pieds et découvris une rangée de couteaux — des couteaux de cuisine, des couteaux au manche en andouiller de cerf ou en bois, des couteaux dont la lame se repliait dans une poignée en métal noir, des couteaux dont la lame jaillissait d'une garde en acier...

— Regardez de plus près, m'encouragea le policier.

Lorsque je me penchai, je découvris des traces rouille, des empreintes de paume séchées.

— Sawyer aimait les couteaux, reprit Mullan, mais il ne se souciait pas plus de nettoyer ses outils que quoi que ce soit d'autre, tant que son uniforme et un ou deux autres trucs restaient assez présentables pour être portés à l'extérieur.

Je me frayai un chemin dans la fange, derrière lui, jusqu'à une tache en forme d'éventail qui s'étendait dans un coin, au fond de la pièce, où il mit au jour un carton à moitié enseveli.

— Heureusement, il conservait des souvenirs.

Le capitaine ramassa une tige de métal tordue ayant naguère fait partie d'un parapluie et s'en servit pour écarter les rabats de la caisse.

À l'intérieur, j'aperçus un fouillis de montres, de bracelets, de boucles d'oreilles dépareillées, un ou deux trousseaux de clefs ainsi que de vieux portefeuilles — éparpillés parmi de petits os blanchis et un fragment de crâne humain auquel adhérait une pépite de cartilage.

Le policier tapota ledit fragment à l'aide du morceau de parapluie.

— Je ne serais pas surpris que ceci ait autrefois

appartenu à un dénommé Minor Keyes. Vous vous souvenez de lui ?

— Comment pourrais-je l'oublier ? Ma première arrestation pour meurtre.

— Vous voyez ces petits os ? À mon avis, c'est tout ce qui reste des mains tranchées du nouveau-né qu'on a retrouvé au sommet d'un incinérateur, il y a environ quatre ans. On a arrêté la mère le lendemain. Seize ans. Charleen Toomey, une gentille petite Irlandaise. Elle a admis avoir porté sa fille à la décharge, mais juré qu'à ce moment-là, l'enfant respirait. À l'en croire, elle espérait qu'un bon Samaritain trouverait son bébé et lui donnerait un foyer.

— Et à votre avis ?

— À mon avis, elle comptait le jeter dans l'incinérateur, mais elle s'est dégonflée. (Il tapota un des portefeuilles.) Ça, ça appartenait à un ivrogne du nom de Pipey Leake, qui a été battu à mort dans la ruelle longeant le Merchants Hotel, en 1975. Celui là appartenait à un gamin, Phil Doria, qui attaquait les vieux, la nuit, pour les dévaliser, dans le quartier de Buffalo Hill. En 1979, quelqu'un l'a poignardé. Quant à ce bracelet, il ornait sûrement le bras d'une fugueuse, accro au crack, qui se faisait appeler Molly Trottoir pour vendre son cul le long de Chester Street.

— Il ne faudrait pas emporter tout ça au quartier général ?

— Ça sera fait, assura Mullan. Et juste après, Earl Sawyer-Edward Rinehart deviendra un personnage public. Vous aussi, d'ailleurs, Mr. Dunstan. Pour l'instant, on a encore une chance de déterminer quel genre d'histoire sera publié et dans quelle mesure vous attirerez l'attention.

— Qu'est-ce que vous voulez dire ?

Le policier jeta sa baguette métallique dans un monticule d'ordures. Il ne ressemblait plus du tout à un barman.

— Certains aspects des opérations de votre ami

Stewart Hatch vont probablement faire mettre mon service en examen. J'aimerais que le scandale demeure à l'état de brouhaha ténu. Ce sera assez pénible sans ramener en plus Jack l'Éventreur dans le tableau.

— Vous voulez étouffer ça ?

J'étais — un seul mot convenait — sidéré.

— En supposant que je sois assez bête pour essayer, je ne le pourrais pas. On n'étouffe pas une affaire pareille. Même Rowley comprend qu'il pourrait empocher un peu plus d'argent de Hatch en vous poussant sous les projecteurs. Ça ne donnerait pas grand-chose, mais ça détournerait l'attention des gens qui s'intéressent à Stewart.

— Me pousser sous les projecteurs ? répétai-je.

— Il y a environ deux heures, Grenville Milton a bouclé une valise, il a traversé le fleuve et il s'est installé dans un motel à la sortie de Cape Girardeau. Il a réservé deux billets pour Mexico, en première classe, sur un vol qui part de St. Louis à sept heures et demie demain matin. Il avait sur lui cent trente mille dollars et un Ruger .45. Je ne sais pas ce qu'ils ont, les Ruger, mais c'est ce qu'achètent les types de ce genre quand ils veulent une arme.

— Deux billets, répétai-je. De première classe.

— Ensuite, il a appelé une certaine Ming-Hwa Sullivan. Cette Ming-Hwa, c'est un sacré numéro. Elle a refusé de le rejoindre, elle lui a ri au nez quand il lui a demandé de le retrouver à l'aéroport, et comme il menaçait de se suicider, elle a répondu : « Grenville, si tu étais adulte, tu comprendrais que je n'ai pas grand-chose à voir avec cette décision. » *Verbatim.* Elle avait à peine raccroché qu'elle nous a mis au courant et on a contacté Cape Girardeau. Les flics de là-bas avaient envoyé deux unités enquêter sur des coups de feu. Un quart d'heure après, leur capitaine a rappelé. Milton a tiré quatre balles avec le Ruger, dans sa chambre. Il a tué le téléphone. Il a tué la télé. Il a ouvert la fenêtre pour tuer l'enseigne au néon du motel. Ensuite, il s'est assis par terre, il a mis le canon dans sa bouche et il s'est fait sauter le sommet du crâne.

— Hatch est au courant ?

— Pas encore.

— Je ne comprends toujours pas ce que vous cherchez, avouai-je.

Mullan me contourna avec précaution.

— Venez dans la cuisine.

126

D'autres rats et plusieurs nations de cafards coururent se cacher quand il alluma l'ampoule du plafond. Au fond de la pièce, des mouches extatiques bourdonnaient au-dessus de petits tas de gelée verte luisante que divisaient des pistes menant à l'évier, à la porte de derrière et à celle de la salle de bains — assez ouverte pour m'apprendre que je n'avais aucune envie de voir la salle en question avec la lumière allumée.

Telle une clairière dans une forêt, une section rectangulaire de la table, sur la gauche de la cuisine, demeurait libre de tout fouillis. En son centre, reposait un stylo-plume noir et or, parallèle au bord d'un registre similaire à ceux dans lesquels Toby Kraft tenait ses comptes fictifs. Au-dessus des débris, à l'autre bout de la table, pendait une photographie au cadre en argent. Elle avait été délibérément altérée, à l'aide de divers crayons et d'un feutre doré, avant d'être remise en place. M'avançant au sein du chaos qui nous entourait, le capitaine Mullan et moi, je découvris le traitement qu'avait fait subir mon père à un portrait formel de la famille Hatch.

Couteaux et flèches hérissaient telles des plumes Carpenter et Ellen. Leurs yeux étaient masqués par des taches d'encre, et un sourire de vampire effaçait leur bouche. De grands coups de crayon noir éradiquaient le petit Cobden. Une couronne dorée dardant d'étincelants rayons coiffait le jeune Cordwainer, sur la poitrine duquel flamboyait un cœur tout aussi doré.

— Tiens, vous avez remarqué la photo, dit Mullan.

Voilà ce qu'Earl Sawyer avait fourré dans un tiroir, à Buxton Place ; ce qu'Edward Rinehart avait ordonné à Toby Kraft de voler dans son manoir familial de Mansion Row.

— Dites-moi qui est le gamin qui porte la couronne.

— Earl Sawyer, répondis-je. Edward Rinehart.

— Félicitations, Mr. Dunstan. Votre père et celui de Stewart étaient frères, ce qui fait de vous des cousins germains.

— J'ai l'impression qu'Earl n'avait pas tellement l'esprit de famille.

— Attrapez cette chaise et asseyez-vous, m'intima Mullan. (J'obéis.) Nous y voilà, Mr. Dunstan. Juste vous et moi. Le lieutenant Rowley passe des coups de téléphone, il étaye ses murs, il fait de son mieux pour garder la tête hors de l'eau par l'argent ou par la menace, mais ce qui se dit dans cette pièce lui échappe complètement. Est-ce que vous en êtes bien conscient ?

— Qu'est-ce que Rowley sait d'Earl Sawyer ?

Un nouveau sourire hivernal.

— Qu'il a assassiné des gens pendant trente ans. L'amusant petit coup de théâtre qui transforme Earl Sawyer en un Cordwainer Hatch disparu depuis belle lurette n'est pas encore arrivé à son attention.

— Et nous sommes censés le lui cacher ?

— On ne pourra pas empêcher que ça se répande. Et je m'en fous complètement. Tout ce que je veux, c'est minimiser la publicité, classer l'affaire en conservant intactes ma réputation et ma pension. Les journalistes vont débarquer ici de tous les coins du pays. Je vais être obligé de louvoyer entre les micros chaque fois que je sortirai du quartier général. Ça, je m'en accommoderai.

— Alors pourquoi sommes-nous ici ? demandai-je.

— Si vous m'aidez à comprendre ce qui s'est passé, on pourra peut-être tirer quelque chose de ce bordel. Est-ce que vous me faites confiance, Mr. Dunstan ?

— Je ne sais pas trop, avouai-je.

— Très bien. Rien de ce que vous allez me dire ne sera enregistré officiellement. C'est promis. Vous voulez continuer à discuter ?

— Voyons ce que ça donne.

— Il y a sans doute un espoir, finalement. (Mullan observa la photo mutilée, derrière moi.) Vous n'avez pas été surpris de constater que ce garçon était Cordwainer Hatch.

— J'ai appris ce qu'il en était il y a une douzaine d'heures. (Je racontai ma visite au bureau de Coventry, lequel m'avait informé de la disparition du dossier Hatch. Inventant une vague raison de soupçonner Nettie, je décrivis ma mise au jour de la chemise dans la chambre de ma tante.) Dès que j'ai vu ces photos, j'ai compris que Cordwainer était mon père.

— Je suppose qu'il est mort. (Je ne répondis pas.) Ma tâche sera nettement plus facile si je ne suis pas obligé de lancer une chasse à l'homme contre Cordwainer Hatch pendant le procès de son neveu. Je pense qu'il y a eu une sorte de confrontation, aujourd'hui, et puisque vous êtes encore parmi nous, il ne l'est probablement plus. Dites quelque chose. (Je restai muet.) Ça restera entre vous et moi, Mr. Dunstan. Même si vous m'avouez l'avoir tué de vos propres mains, je n'envisagerai pas de vous faire condamner.

— Cordwainer Hatch est mort.

— Vous nous rendriez service à tous les deux en me disant où je trouverai son cadavre.

— Personne ne le trouvera jamais.

Mullan me regarda sans paraître le moins du monde me juger.

— Il ne risque pas d'être découvert par un type en pelleteuse ou un gamin en balade dans la forêt d'ici deux ans ? Ou d'être déposé sur un banc de sable pendant la prochaine crue ?

— Rien de tel ne se produira jamais. C'est à votre tour de me faire confiance.

— Vous l'avez tué ?

— Est-ce que vous avez un micro sur vous ? (Il sourit.) Disons qu'il s'est tué tout seul.

— Laissez-moi vous poser une question totalement instinctive. Les photographies perdues, y compris celle de votre famille, n'auraient-elles pas joué un rôle dans tout ça ?

— Et vous, ne me cacheriez-vous pas quelque chose ?

— Je vais être un peu plus précis. Quand Stewart Hatch vous a accusé de l'avoir attaqué avec un couteau, il a aussi déclaré qu'il vous soupçonnait de vous être introduit chez lui afin de récupérer des photographies qu'il avait sorties par erreur de la bibliothèque. Je me fous complètement que vous soyez allé chez Stewart pour y reprendre un bien de famille. Ce que je veux savoir, c'est si vous avez montré ces photos à Cordwainer Hatch.

Les alarmes qui résonnaient dans tout mon système nerveux s'amplifièrent.

— Pourquoi aurais-je fait une chose pareille ?

Mullan attendit un moment avant de répondre. Lorsqu'il le fit enfin, il m'en fallut un autre pour saisir ce qu'il disait.

— Quand j'étais gosse, un jour, ma mère m'a désigné Howard Dunstan, dans la rue. C'était un vieillard, mais il n'avait pas l'air inoffensif, comme la plupart des vieillards. À dire vrai, il m'a effrayé. Ma mère m'a dit : « Quand j'étais jeune fille, un simple sourire de lui me donnait l'impression que le printemps était là. » Je suppose qu'il faisait le même effet à beaucoup de femmes.

Je le contemplai avec une admiration non dissimulée, à peine mêlée de surprise. Il savait tout — tout ce qu'il lui était *possible* de savoir. Depuis qu'on nous avait laissés seuls dans ma chambre du Brazen Head, le capitaine me guidait vers le point que je tentais de dissimuler.

— Vous êtes trop doué pour Edgerton, remarquai-je.

— Ils n'ont pas d'affaires de ce genre-là, à Cape Girardeau. À la minute même où Stewart Hatch a posé les yeux sur vous, il a voulu vous faire arrêter ou chasser de la ville. Mais il n'a jamais eu la moindre idée de l'identité de Sawyer, n'est-ce pas ?

— Il croyait Cordwainer mort.

— Et Cordwainer n'était pas au courant non plus. Mais j'ai une bonne idée de ce qu'il croyait être. Tournez-vous et ouvrez ce journal, si on peut appeler ça comme ça. Il faut lui reconnaître une chose : il avait une écriture superbe.

Je pivotai, posai les mains sur le registre. Mes doigts tournèrent une épaisse liasse de pages, et je lus : *J'ai moi-même connu mes Judas — en tout premier lieu un certain Clothhead Spelvin, dont j'ai récompensé la trahison par une visite rapide à sa cellule, en prison.*

Un peu plus bas, Cordwainer Hatch affirmait de son écriture calligraphique : *Sans fausse modestie, j'estime que, quoique marqué par les ans, je reste séduisant.*

Sur une page précédente, il déclarait en lettres capitales furieuses : *JE DÉTESTE L'ART. L'ART N'A JAMAIS RIEN APPORTÉ DE BON À QUI QUE CE SOIT.*

Et sur une autre, encore plus près du début : *Si vraiment Vous existez, Êtres Suprêmes, je vous demande à présent un degré de Gratitude proportionnel à mes Services.*

Je passai ensuite aux derniers mots tracés par Cordwainer. *Je repose la Plume — & ferme le Livre — le Triomphe se précipite — Mes Pères Sans Cœur...*

— Est-ce que vous lui avez montré une photo d'Howard Dunstan ? interrogea Mullan, derrière moi.

Je refermai le journal.

— Qu'est-ce que vous allez en faire ?

— C'est une excellente question. Pendant que les agents que vous avez vus à la porte fouillaient la pièce de devant, je suis entré ici, j'ai ouvert ça et j'ai lu un ou deux paragraphes. J'ai ordonné à mes subordonnés de sortir avant de feuilleter le reste. Cordwainer Hatch était persuadé de descendre d'une race de monstres extraterrestres l'ayant mis sur Terre pour préparer leur invasion. Il se disait capable de se transporter à travers l'espace, de pénétrer dans des chambres closes et de se rendre invisible. Qu'est-ce qui se produit si ces choses-là arrivent jusqu'au public ? Un millier de journalistes s'intéressent à ses crimes. La ville tout entière se transforme en *National Inquirer*[1]. Le chef est viré, moi aussi, et je passe le reste de ma vie à fuir des gens qui veulent écrire un bouquin sur le monstre d'Edgerton.

— Vous n'aurez pas besoin de ça comme pièce à conviction ?

— Il y a toutes les pièces à conviction nécessaires dans le carton de tout à l'heure. (Il baissa les yeux vers les ordures luisantes. À un mètre de lui, un rat dodu en émergeait à demi et le contemplait.) Tire-toi de là, toi !

Lustré, bien nourri, ignorant la peur, le rongeur fronça le nez et sortit tout à fait des débris. Mullan tapa du pied. Comme l'animal continuait d'avancer sans le quitter des yeux, il déboutonna sa veste et empoigna son revolver.

— Parfois, on fait par respect de soi-même des choses qu'on sait déraisonnables.

Il releva le chien de l'arme, la pointa vers le rat.

Découvrant les crocs, ce dernier s'élança pour mordre. Le capitaine bondit en arrière et pressa la détente. Une seconde avant d'atteindre le pied qu'il visait, l'animal se changea en une touffe de poils ensanglantée ornée d'une gueule rose béante. J'avais les oreilles qui sifflaient.

— Au moins, je pourrai dire que j'ai tiré en état de

légitime défense, déclara un écho métallique de la voix de Mullan.

Le policier projeta le cadavre dans les ordures d'un coup de pied et rangea son revolver.

— Joli coup, appréciai-je.

J'avais l'impression de parler à travers une serviette éponge.

— Je dois devenir dingue. (Sa bouche remuait, mais seul l'écho de ses paroles me parvenait.) Je crois que ce type pouvait faire ce qu'il disait. Je ne vois pas d'autre moyen d'expliquer les meurtres de Prentiss et de Frenchy.

— Bonne remarque, admit ma voix étouffée.

— Est-ce que vous avez un frère jumeau, Mr. Dunstan ? *Lui,* il affirme que c'est le cas. Il prétend que le frère en question a tué Minor Keyes.

— J'ai un frère. Il n'est pas tout à fait humain. (Mullan me contemplait avec intensité. On aurait dit qu'il voyait en moi plus qu'il ne le désirait.) J'ignorais son existence avant qu'il ne se montre, dans la ruelle.

— Je ne tiens pas à aller plus loin. (Je songeai qu'il aurait bien aimé avoir une bonne excuse pour descendre un autre rat trop audacieux.) Voici la position de la police d'Edgerton : votre père, Cordwainer Hatch, a commis ses crimes poussé par la rage, parce que sa famille l'avait rejeté. Les empreintes relevées dans cette porcherie correspondent à celles prises lors de sa première arrestation. Le FBI a celles de Rinehart dans ses fichiers, et le corps enseveli à Greenhaven est considéré comme une erreur administrative. Frenchy La Chapelle, de même que Clyde Prentiss, s'est suicidé. Les assassinats de Toby Kraft et de Cassandra Little sont attribués à la Mafia. Un témoin actuellement sous la protection de la police a apporté la preuve concluante que Cordwainer Hatch, alias Edward Rinehart, alias Earl Sawyer, est mort au cours d'une bagarre et que son cadavre ne sera jamais retrouvé.

— À moins que vous ne vouliez m'envoyer au

pilori, il faudra que je sois nettement plus précis sur ce point-là.

Nos deux voix auraient aussi bien pu provenir du monde des Dieux Cruels de mon père.

— Taisez-vous et écoutez-moi, continua Mullan. Rappelez-vous bien ce que je vais dire, parce que vous allez être obligé de le répéter une bonne centaine de fois.

127

Je ne le saurai jamais, mais je parierais à trois contre un que le capitaine Mullan était de ces êtres capables d'imaginer de longs récits cohérents. Des années d'enquêtes, en particulier sur des meurtres, développent peut-être le talent de créer des fictions, tout comme s'entraîner dans un gymnase développe les muscles.

Ce que je sais, en revanche, c'est qu'il fouilla dans son imagination et qu'instantanément, sans hésitation, il en tira l'histoire qui nous sauva tous les deux. Çà et là, je lui apportai mon aide ; il m'interrogea pour clarifier certains détails dans mon esprit. Voici ce qu'il me raconta :

Après que ma mère m'avait divulgué le nom d'Edward Rinehart, j'en avais appris l'arrestation en 1958 et la mort durant l'émeute de Greenhaven. Suki Teeter m'avait apporté des renseignements complémentaires. Toujours curieux, j'avais demandé à Hugh Coventry de consulter les registres de Buxton Place, et remarqué que les propriétaires des pavillons portaient les noms de personnages inventés par l'auteur favori de Rinehart. En passant devant lesdits pavillons, j'avais rencontré Earl Sawyer, qui m'avait fait entrer. Ayant appris que je logeais au Brazen Head, il avait déclaré habiter à proximité et m'avait donné son adresse. Le lendemain soir, un inconnu m'avait appelé depuis le hall du Brazen Head pour m'informer qu'il détenait certaines photos égarées de la famille Dunstan. Refusant de dire comment il se les était procurées, il m'avait demandé ce qu'elles valaient pour moi. Nous nous étions mis d'accord sur cent dollars. Quand j'étais descendu, j'avais vu un homme sortir de l'hôtel et je l'avais suivi dans Veal Yard.

— À quoi ressemblait-il ? demandai-je.

Dans l'obscurité, il m'avait semblé avoir affaire à un Blanc d'un mètre soixante-quinze pour soixante-dix kilos environ. Il portait un blouson noir ou bleu foncé, un pantalon noir et des gants. Ayant emporté les photos dans ma chambre, j'avais remarqué ma ressemblance avec Howard Dunstan. Après les obsèques de ma mère, Rachel Milton m'avait conseillé de me pencher sur certaines photographies détenues par Coventry — mais pas celles que je venais d'obtenir. À la bibliothèque, j'avais appris que le dossier Hatch avait été porté manquant peu après une visite aux archives de Mrs. Hatch et de mes tantes.

Il m'était venu à l'idée que ces dernières avaient peut-être pris ledit dossier afin de l'échanger contre le leur, et je l'avais ensuite découvert caché chez ma tante Nettie. La ressemblance entre un jeune homme que je supposais être Cordwainer Hatch et Howard Dunstan ou moi m'avait permis de déduire la véritable identité d'Edward Rinehart.

J'avais ensuite rendu visite à Mrs. Hatch. Je m'étais battu avec un Stewart en état d'ébriété. Lorsque j'étais rentré à mon hôtel, j'avais songé à appeler Earl Sawyer pour lui demander s'il accepterait d'examiner de vieilles photographies. Il pouvait me fournir quelque détail qui me mènerait à son employeur. Puisqu'il n'était pas dans l'annuaire, j'avais exploré les ruelles à la recherche de son adresse. Au bout d'une demi-heure, je m'étais retrouvé devant un bâtiment lépreux. J'avais alors réalisé que, n'ayant rien bu depuis le milieu de l'après-midi, j'étais assoiffé. Toutefois, étant arrivé à destination, j'avais frappé. Sawyer avait sursauté en me voyant. Une fois au courant des raisons de ma visite, cependant, il m'avait fait entrer sans difficulté.

J'avais fait semblant de ne pas remarquer l'état de son logis. Il avait admis que son domicile était un vrai bordel, mais ajouté que si lui y vivait, je pouvais bien m'en accommoder une ou deux minutes.

— C'est compris ? dit Mullan. « Si moi, j'y vis, vous pouvez bien vous en accommoder une ou deux minutes. »

— Pourquoi est-ce si important ? demandai-je.

— Parce que c'est assez précis pour avoir l'air authentique.

Je répétai la phrase et le capitaine poursuivit mon histoire.

Sawyer m'avait reçu au milieu de la crasse de son salon. Il manifestait une étrange courtoisie ironique qui me semblait proche de l'hystérie. Il avait demandé à voir les photos. Lui donnant le dossier Dunstan, je l'avais engagé à regarder le portrait du jeune Howard, ce qu'il avait fait sans paraître en reconnaître le sujet.

Je lui avais ensuite mis le dossier Hatch entre les mains. Il avait contemplé certains clichés avec un intérêt indéniable, avant de revenir à la photo d'Howard Dunstan puis de la poser, quelque peu décontenancé, près de celle de Cordwainer Hatch. Comme je lui demandais de l'eau minérale, il m'avait rendu les deux chemises et s'était rendu à la cuisine. Je l'y avais suivi pour m'assurer que ce que j'allais boire serait tiré d'une bouteille et versé dans un verre propre.

Inconscient de ma présence, Sawyer écartait du pied les débris répandus devant son réfrigérateur. J'avais remarqué la photo pendue au-dessus de la table et m'en étais approché pour l'observer. En voyant dans quel état il l'avait mise, j'avais compris qu'il était Cordwainer Hatch.

Pivotant, il m'avait demandé ce que je faisais. J'avais désigné le garçon paré de la couronne, du cœur flamboyant, et j'avais dit : *C'est vous.*

Et alors ? m'avait-il demandé. *Il y a bien longtemps que j'ai cessé d'être Cordwainer Hatch.*

— Répétez, m'enjoignit Mullan.

— Il y a bien longtemps que j'ai cessé d'être Cordwainer Hatch.

— Ensuite, vous avez dit : « Vous êtes revenu à Edgerton sous le nom d'Edward Rinehart, et, que vous le sachiez ou non, je suis votre fils. » Répétez ça aussi.

Earl Sawyer n'avait pas été surpris de cette affirmation. Il avait acquiescé, m'observant avec l'exaltation vaguement hystérique que je lui avait connue à Buxton Place. *Pour ce que ça vaut, je suppose que c'est vrai. Je n'ai jamais voulu de toi.* J'allais ressortir de la cuisine, n'ayant qu'une envie : retourner dans ma chambre et boire de l'eau saine dans un verre sain. *Je veux te montrer quelque chose,* avait dit Sawyer en me retenant. Il avait ouvert la porte de derrière. *Je te dois bien ça.* Je l'avais suivi dans un passage étroit et sinueux.

— Suivez-moi, Mr. Dunstan, continua Mullan en ouvrant la porte de derrière.

128

Il avançait vivement dans la minuscule venelle, suivant les abrupts changements de direction, prenant à toute vitesse les tournants inattendus, traversant en trois pas des cours minuscules avec l'aisance d'une longue habitude.

— Vous savez comment on appelle cet endroit ? me demanda-t-il.

— Le Crin, dis-je.

— Vous savez pourquoi ?

— Parce que c'est très étroit, je suppose.

— Bonne déduction, approuva Mullan, sur un ton qui me fit me demander si c'était bien la seule raison.

Il prit à droite un passage deux fois plus large que le Crin, se posta de côté, silhouette indistincte, et m'attendit. La ruelle n'était qu'un cul-de-sac de six mètres de long. Là s'achevait le Crin : non pas, comme je l'aurais cru, en rejoignant une des artères qui bordaient Hatchtown, mais par ce bref boyau enchâssé entre un mur de briques et la façade branlante d'une fonderie depuis longtemps désaffectée. Sur cette dernière était inscrit le mot *Équarrisseur*.

— Vous savez ce que faisaient les équarrisseurs, autrefois ?

Je l'ignorais.

Le capitaine désigna l'immeuble que j'avais pris pour une fonderie. Des fenêtres en perçaient les larges doubles portes, identiques à celles des vieilles écuries de Buxton Place. Quand Mullan en poussa une de l'épaule, le bâtiment tout entier trembla. Nous pénétrâmes dans une vaste salle aux murs de guingois, sur lesquels luisaient des crochets. Au beau milieu du sol de terre battue béait un trou d'environ deux mètres de diamètre. Une vapeur froide et âcre s'attaqua à mes sinus, me tirant un éternuement.

Le policier s'approcha du puits.

— Il y a une centaine d'années, on guidait les vieux chevaux le long de cette ruelle pour les conduire ici. La double porte était censée leur rappeler leur écurie.

— Dites-moi ce que faisaient les équarrisseurs, demandai-je.

— Dans la plupart des patelins, ils abattaient les chevaux trop vieux pour travailler et transformaient leurs sabots en colle. Certains les écorchaient et envoyaient les peaux à des tanneurs. Ici, à Edgerton, ils rasaient les queues et les crinières pour les vendre à des perruquiers ou à des cardeurs. Quand un cheval entrait, le boumeur — c'est comme ça qu'on l'appelait — lui balançait un grand coup de masse sur le crâne. La bête s'effondrait, et un autre type, le monteur, la soulevait avec ce machin-là. (Il désigna une longue corde, à moitié pourrie, pendue au plafond.) Les tondeurs récupéraient les crins, et le monteur laissait retomber la carcasse sur un crochet. Le moment venu, il la hissait de nouveau, l'amenait au-dessus du puits et l'y plongeait. Le puits... le puits faisait disparaître le cadavre.

— Il est profond ?

Je baissai les yeux vers une mare noire, immobile, quinze ou vingt centimètres en dessous du niveau du sol.

— Assez. Les bons jours, les équarrisseurs y jetaient dix ou douze chevaux, et aucun n'est jamais remonté. Rien n'est jamais remonté, d'ailleurs, même depuis. Si tous les cadavres qu'on y a censément jetés s'y trouvent réellement, il y a foule, là-dedans.

— Qu'est-ce que c'est ? De l'acide ?

Mullan, s'approchant d'un mur, racla la terre du pied. Il se pencha pour ramasser ce qui ressemblait à un petit morceau de pain. Lorsqu'il le rapporta, je m'aperçus qu'il s'agissait en fait d'un petit pavé.

— Regardez ça.

Le tenant au creux de la main, il le jeta vers le puits. Quand la pierre arriva à cinq ou six centimètres du liquide, je crus le voir s'élancer vers elle pour la recouvrir. Avec un grésillement, un jet venu des profondeurs la fit tournoyer comme un bouchon, tandis qu'un filet de fumée dérivait vers moi, agressait mes narines. Mes yeux s'humidifièrent d'un coup. Le pavé qui dansait au-dessus de la surface en tournant sur lui-même ne mesurait déjà plus que la moitié de sa taille initiale. On l'aurait dit aux prises avec une tribu de piranhas. En quelques secondes, il fut réduit à l'état de caillou tourbillonnant, d'éclat, de miette.

— Ça, c'est ce que l'acide veut devenir quand il sera grand, reprit Mullan. Pendant deux mois, au début des années 30, la ville a eu la brillante idée de s'en servir comme dépotoir d'appoint pour cette portion de Hatchtown. Une fois que la nouvelle s'est répandue, on a cessé et publié les démentis habituels. Quoi qu'il en soit, c'est ici qu'Earl Sawyer a terminé sa carrière. Il vous a guidé jusqu'à ce bâtiment, il a poussé la porte, vous êtes entré derrière lui, et il a sorti un couteau. Vous avez laissé tomber vos dossiers à peu près ici. (Une de ses semelles racla le sol.) Vous vous êtes empoignés. Sans savoir ce qui allait arriver, vous l'avez poussé dans l'Équarrisseur. Adieu, Earl. Sans cadavre, c'est ce qu'on peut faire de mieux. Ça marchera. Personne ne perdra de temps à chercher le corps. Et il faut que vous ayez été emmené ici par quelqu'un qui connaissait les lieux, parce que vous ne les auriez pas trouvés tout seul. La plupart des habitants d'Edgerton n'ont jamais entendu parler de l'Équarrisseur, et les trois quarts des autres pensent que c'est une fable. Terminons-en pour cette nuit.

Il me ramena chez Sawyer et m'enjoignit d'en emporter le journal.

— Je ne l'ai jamais vu. Dorénavant, il n'a jamais existé.

M'avançant à travers les détritus, je récupérai le registre sur la portion dégagée de la table.

— Et maintenant ?

— On va chercher les photos au Brazen Head. Ensuite, je vous escorte jusqu'au quartier général, où vous serez probablement interrogé jusqu'à l'aube. Vous vous rappelez votre texte ?

— Je crois, dis-je.

— On aura le temps de répéter. Vous avez quelque chose à faire avant qu'on s'y mette ?

— Je ferais mieux d'appeler C. Clayton Creech.

— Stewart Hatch aussi.

Mullan verrouilla la porte de derrière et éteignit les lumières avec le même soin que s'il avait été chez lui.

129

Dans la salle d'interrogatoire où le lieutenant Rowley m'avait affirmé être mon meilleur ami, je racontai le rêve du capitaine Mullan devant des publics allant de deux à une demi-douzaine de personnes, encore et encore, à l'instar d'un juke-box ou d'une Schéhérazade ne connaissant qu'une seule histoire et décidée à la répéter tant qu'elle fonctionnerait. Devant moi, curieux, méfiants, indifférents ou las, se succédèrent des policiers de mon âge, hommes et femmes, vêtus de costumes stricts ; des agents en uniforme plus vieux de deux générations, qui fumaient héroïquement cigarette sur cigarette et qui, plutôt que moi, observaient la table avec un cynisme épuisé ; un adjoint au maire ; l'attachée de presse de la police, qui se tapotait les cheveux et adressait des clins d'œil au miroir sans tain ; le chef de la police d'Edgerton, lequel me conseilla de demander un numéro de téléphone sur liste rouge ; ainsi que deux individus au visage parcheminé, dont on ne m'expliqua pas la présence et qui ressemblaient à des fonctionnaires du Kremlin destinés à être bientôt éliminés des photographies officielles. À tous ces gens, je chantai la chanson de Mullan. La plupart du temps, le capitaine lui-même assistait à ma performance dans un coin de la pièce.

Peu avant l'aube, catalogué « informateur protégé », ou quelque chose comme ça, je fus escorté jusqu'à une cellule. Le claquement de la porte me réveilla à sept heures et demie. C. Clayton Creech, qui semblait à son habitude revenir d'une promenade de santé dans un cimetière, se coula au sein du réduit, superbement vêtu de son vieux costume gris, de son vieux chapeau de feutre gris, et porteur d'un porte-documents noir élimé. Perché au pied de ma couchette, il m'accorda un regard où se lisait presque une vague affection.

— Merci d'avoir recommandé mes services à Mr. Hatch, dit-il. Il vient me voir un peu tard, mais je ferai mon possible. Pour parler de choses plus gaies, vous allez sortir *pronto* de ce trou à rats. (Il s'installa dans une position confortable sans donner l'impression de bouger.) Officiellement, vous avez débarrassé Hatchtown d'un parasite et coopéré de la manière la plus spontanée qui soit avec la police.

— Ravi de l'entendre, assurai-je. Et officieusement ?

— Une partie des flics locaux entretient quelques réserves quant à l'inconnu qui a échangé ces photos contre cinq portraits d'Andrew Jackson. Vous m'en voyez désolé.

— En effet.

— Deux choses nous autorisent un certain réconfort. D'une part, compte tenu du soutien que vous apporte notre chef de la police, ces braves gens n'ont aucune chance de donner suite à leurs réserves. D'autre part, Mr. Stewart Hatch ne conteste pas que vous soyez le fils illégitime de son oncle Cordwainer. Apparemment, les photographies que vous avez fournies à nos agents de la force publique corroborent cette affirmation de manière frappante.

— Stewart le savait depuis le début, précisai-je.

— Ce que savait ou ignorait Mr. Hatch n'a aucun rapport avec la présente conversation.

Posant les pieds par terre, je m'adossai à la paroi.

— Qu'est-ce qui en a, alors ?

— Le fait qu'il ait admis la chose. Son épouse refusant de le soutenir pendant son procès, Stewart ne désire plus nier vos droits à l'héritage du fonds de dépôt familial.

— *Mes* droits ? Je ne réclame aucun droit là-dessus. Je n'ai jamais dit que je réclamais quoi que ce soit.

— Que vous le réclamiez ou non ne change rien.

Stewart mijotait quelque chose : il cherchait à m'utiliser pour conserver l'argent du fonds de dépôt. J'étais la passe en trompe-l'œil du prestidigitateur. L'avocat avait sans aucun doute conçu cette machination avec l'habileté froide, impartiale, qui caractérisait tous ses actes.

— Si Stewart est condamné, le fonds de dépôt revient à Cobbie. Je ne vais pas le laisser dépouiller son fils.

Creech faisait preuve d'une patience confinant au sublime.

— Mr. Hatch est éliminé de la chaîne alimentaire. Je pourrai peut-être lui rendre un certain nombre de services, mais pas le mettre à l'abri d'une condamnation. Voici donc la situation : si vous, vous étiez hors course — si, par exemple, vous ignoriez encore vos origines —, Cobden Carpenter Hatch hériterait du fonds de dépôt familial, c'est exact. Dans l'état actuel des choses, toutefois, c'est à vous que l'argent revient.

Je dus l'absoudre de toute complicité. Stewart avait commis une erreur élémentaire.

— Mr. Hatch oublie que la clause qui l'élimine me concerne aussi. Cordwainer Hatch a été deux fois arrêté et condamné. Il est hors du coup, si bien que moi aussi.

— La clause à laquelle vous faites allusion ne s'applique pas à Cordwainer. Son frère, Cobden Hatch, a altéré le fonctionnement du fonds de dépôt en mai 68. L'amendement n'est pas rétroactif.

— Qu'est-ce que vous voulez dire ? demandai-je.

— Qu'il ne s'applique pas aux actes criminels perpétrés avant mai 68.

— Vous rigolez ?

— Je « rigole » rarement, Mr. Dunstan. Ça n'est pas mon genre. (Creech plia la jambe gauche sur la droite, croisa les bras et se contracta en un paquet compact. Un sourire de lézard apparut sur son visage. Il éprouvait à ce moment le seul genre d'extase qu'il connût.) Avant de venir vous rejoindre en ce charmant établissement, j'ai eu le plaisir d'un long entretien téléphonique avec Mr. Parker Gillespie, l'avoué qui gère les biens des Hatch. C'est un homme irascible. Il n'a pas apprécié notre petite causerie mais il n'a pas non plus cherché à se défiler. Cobden Hatch désirait guider son fils sur le chemin de l'honnêteté par la méthode éprouvée de la carotte et du bâton. En 1968, on pensait son frère dépravé mort et enterré. Il n'est jamais venu à l'idée de Cobden que le fonds de dépôt pourrait ne pas revenir à son fils. On peut néanmoins supposer que Stewart a tout compris au moment où vous lui êtes tombé sous les yeux. Cordwainer était l'aîné de sa génération, vous êtes son fils, le fonds de dépôt vous appartient. L'illégitimité n'a aucune importance, compte tenu de la rédaction des articles. Cordwainer Hatch était né de Carpenter et Ellen Hatch. Le nom de Carpenter apparaissant sur son acte de naissance, il en était légalement le fils.

— D'après mon acte de naissance à moi, mon père est Donald Messmer.

— Ce qui n'a aucune importance, puisque Stewart admet avoir été au courant de tout. Il faut vous résigner, Mr. Dunstan : le fonds de dépôt des Hatch va vous revenir.

— Je n'arrive pas à y croire, avouai-je.

— C'était aussi le cas la première fois. (Le sourire de lézard s'élargit devant mon incompréhension.) De temps à autre, il m'appartient de vous informer d'un héritage substantiel. Mon rôle dans votre existence semble être celui d'une espèce de messager céleste.

— Ah, cette première fois-là, me rappelai-je. Désolé.

— Carpenter Hatch voulait empêcher la main morte du passé de restreindre les options financières ouvertes à ses descendants, si bien que la totalité du fonds de dépôt vous revient, nette d'hypothèques. En ce qui me concerne, voir la famille Hatch se faire harponner aussi royalement me procure un énorme plaisir.

— De combien d'argent est-il question ?

— Mr. Gillespie estime le capital actuel à vingt ou vingt-cinq millions, minimum. Il vous contactera aujourd'hui, et je ne doute pas qu'il vous recommande de conserver ses services. Je m'attends à une description poignante des ennuis qui vous attendent si vous déclinez cette proposition.

— J'imagine qu'il va falloir que je lui parle, dis-je, au grand amusement de Creech.

— D'ici là, je vais préparer les documents nécessaires pour couper tout lien entre Gillespie et le fonds de dépôt. Je vous les expédierai à New York par express. Si vous le désirez, je puis aussi faire quelques recherches pour découvrir si mon collègue vous a fourni des comptes exacts.

— À combien est-ce que ça me reviendrait ?

— Mon tarif habituel est de deux cents dollars de l'heure. Si ça vous convient, dès votre retour à New York, faxez à Mr. Gillespie de me faire parvenir une copie de tout ce qu'il vous envoie. Il est probable que mon estimé confrère en souillera son fond de pantalon. À mon avis, vos deux cents dollars de l'heure sont susceptibles de vous valoir deux ou trois millions supplémentaires.

— Vous êtes mon héros, Mr. Creech, déclarai-je.

— Votre argent sera rigoureusement comptabilisé. Puisque j'ai plus l'expérience de votre caractère que Mr. Gillespie, puis-je vous demander quelle portion de cette bonne fortune vous avez l'intention de distribuer ?

Je lui souris mais il ne me rendit pas la pareille. Il demeurait assis au bord de ma couchette, replié sur lui-même, maigre et sans âge, dans son costume et son chapeau gris impersonnels, attendant ma réponse, quelle qu'elle fût.

— Je veux prendre soin de Cobbie Hatch, dis-je.

— Désirez-vous vous occuper de ce garçon en fournissant les fonds nécessaires à son éducation et en allouant annuellement à sa mère une somme qui leur autorisera une existence confortable, ou avez-vous l'intention d'en faire un homme riche ?

— Il aura la moitié de l'argent, décidai-je.

— Vous avez de la constance, apprécia Creech. Je m'attendais à ce que vous divisiez le pot en parts égales. Puis-je me permettre une suggestion ? (J'acquiesçai.) Je vous recommande de créer un fonds de dépôt similaire à celui des Hatch, qui accordera au garçon une certaine somme chaque année, ainsi qu'une rente séparée à sa mère, pour ses frais. À vingt et un, vingt-cinq ou trente ans, comme vous le stipulerez, il recevra le capital. Lorsqu'il aura vingt et un ans, ce dernier devrait être égal à la valeur présente du fonds d'origine.

— Combien de temps vous faudrait-il pour mettre ça au point ?

— Il y en a en gros pour une semaine de paperasse.

— Allons-y. (Je méditai les détails.) Que Cobbie touche un quart du capital à vingt et un ans, un autre à vingt-cinq et le reste à trente. Donnez à Mrs. Hatch deux cent cinquante mille dollars par an pour ses frais.

L'avocat acquiesça.

— Les allocations de Mrs. Hatch seront prélevées sur le fonds de dépôt mis en place pour son fils. Vous vous rendez compte que cet arrangement, qui est extrêmement généreux, requerra mon intervention régulière. Je suppose que vous préférerez que mes services vous soient facturés plutôt qu'à Mrs. Hatch.

— Auriez-vous la bonté de lui envoyer une lettre résumant les termes que nous venons de discuter ?

— Bien entendu. (Creech déplia les jambes et plaça les mains entre ses genoux, ce qui me sembla constituer des préparatifs de départ. Au lieu de se lever, toutefois, il sortit une liasse de papiers de son porte-documents et me la mit entre les mains avec un léger coup d'œil de reproche.) Voici les documents concernant les obligations financières de Mr. et Mrs. Clarence Crothers envers la maison de repos de Mount Baldwin. Nous étions convenus que vous les signeriez l'autre jour, à mon cabinet, mais qu'à cela ne tienne : je les ai apportés. Mrs. Crothers ne sera pas réduite à la mendicité.

Je signai les papiers en lui présentant mes excuses, puis les regardai disparaître dans le porte-documents. Creech se rejeta en arrière sans s'adosser au mur.

— Saviez-vous ce qu'était l'Équarrisseur avant hier soir ?

Dans sa bouche, la question paraissait anodine.

— J'avais entendu des gamins de Hatchtown en parler, mais j'ignorais de quoi il s'agissait.

— Vous a-t-on dit que la ville s'en est servie comme dépotoir, autrefois ? (Je répondis que le capitaine Mullan me l'avait appris.) Elle ne suivait pas cette politique depuis une semaine que la maladie s'est répandue dans Hatchtown à un taux sans précédent. Grippes, désordres intestinaux. Le premier mois, six personnes sont mortes d'infections non indentifiées. À la fin du deuxième, les malformations à la naissance avaient notablement augmenté. Au bout de trois, l'opinion publique a mis un terme à l'expérience. Quand j'étais petit garçon, dans Leather Lane, Mr. Dunstan, je connaissais des enfants plus jeunes qui étaient nés aveugles, sourds, gravement attardés, avec des membres en moins, ou déformés, voire un mélange du tout. L'établissement d'origine était fermé depuis longtemps. Ses propriétaires avaient ouvert un champ de foire. (Je demeurai coi.) À mon avis, les Hatch savaient que ce qui se trouvait dans le puits, qu'ils l'y aient placé eux-mêmes ou non, finirait par s'infiltrer dans les réserves d'eau de Hatchtown. À ce jour, les habitants du quartier ne boivent que de l'eau minérale.

— Je l'ai remarqué, acquiesçai-je.

— Si Cordwainer Hatch est mort dans l'Équarrisseur, il a eu l'honneur d'y rencontrer plusieurs de mes anciens clients.

Il saisit la poignée de son porte-documents et se leva en émettant un son rauque. Je n'identifiai ce dernier comme un rire à la Creech que quand l'avocat eut traversé la cellule pour appeler le gardien.

Un quart d'heure plus tard, un agent nous escortait dans le hall. Quelques flics se détournèrent en apercevant Creech. Nous sortîmes sous un ciel couvert. Il faisait dix bons degrés de moins que la veille au matin. De petites nappes de brouillard dérivaient dans Town Square. Le bout de mes doigts tapota légèrement mon coude, en hommage, songeai-je, à ma liberté retrouvée. Sur un banc, près de la fontaine, les cheveux dorés de Goat Gridwell s'échappaient d'un monticule de couvertures.

— Merci, Mr. Creech, dis-je, avant de me rendre compte qu'il avait disparu.

130

À travers des volutes de brume, je remontai les ruelles, Dove, Leather, Mutton, Treacle, Wax, m'attendant sans cesse à entendre le pas, le rire léger qui annonceraient la présence de Robert derrière moi. Je savais ce qu'il avait fait, et je savais pourquoi. Lui savait aussi ce que j'avais fait — il ne pouvait plus y avoir de faux-semblants entre nous. La menace posée par l'être que j'avais connu sous le nom de Mr. X était éradiquée à jamais. C'est moi qui en étais responsable, moi qui m'en étais chargé. Mon frère et moi avions atteint un équilibre, et je brûlais de lui dire que j'avais donné la moitié de la fortune qu'il complotait de récolter. Chacun de nous avait sauvé la vie de l'autre. Nous étions quittes. C'était *terminé.*

Après avoir traversé Veal Yard, je me tournai vers les maisons étroites et les ouvertures sombres qui s'étendaient derrière la fontaine. Robert planait au-dessus de la scène ; il attendait son heure. En pénétrant dans le hall, je vis Laurie Hatch s'échapper d'un fauteuil en cuir, légère.

Elle m'enveloppa de ses bras et appuya sa joue lisse contre ma joue mal rasée.

— Dieu merci ! (Elle releva la tête pour me regarder dans les yeux.) Comment vas-tu ?

— Je ne sais pas encore au juste.

— Je me sens tellement... je ne sais pas comment je me sens. La nuit dernière, le monde a basculé et tout est parti dans tous les sens. J'avais l'impression d'être assommée. Ensuite, les flics sont arrivés et m'ont posé un tas de questions. Ils m'ont même interrogée à propos des photos. Tu les a vus ?

— Ils m'ont cuisiné toute la nuit, répondis-je.

— Et ils t'ont laissé partir. Tu n'auras pas d'ennuis ?

— Tout ira bien.

Laurie pressa son visage contre ma poitrine. Par-dessus sa tête, je foudroyai du regard le réceptionniste de jour aux yeux globuleux, qui plongea sous son guichet.

— Je suis désolé de ce que je t'ai fait, repris-je. C'était une erreur.

— Non, Ned, s'il te plaît. (Elle posa sa main sur ma joue.) C'est moi qui ai commis une erreur, pas toi. Seigneur, qu'est-ce que j'ai pu m'inquiéter ! Je me demandais si je n'avais pas tout gâché. Je n'arrêtais pas de me retourner. J'avais envie que tu sois près de moi.

Je lui tins les mains tandis que nous montions l'escalier.

Lorsque je refermai la porte derrière nous, Laurie amena tout son corps au contact du mien.

— Depuis combien de temps es-tu au courant ? demandai-je.

— Au courant de quoi ?

Son sourire s'élargit contre mon épaule.

— Tu savais qui j'étais, la première fois que tu m'as vu ?

Le sommet de son crâne faillit me percuter le menton. Elle s'écarta de quelques centimètres.

— Comment l'aurais-je su ?

— Stewart t'a virée du comité parce qu'il ne voulait pas te laisser voir les photos que je t'ai montrées hier soir.

— Laisse tomber Stewart. Tu crois que je t'ai reconnu ?

— Je me le demande.

Elle s'éloigna d'un pas, exaspérée.

— Stewart s'intéresse cent fois plus à sa famille que je ne m'y suis jamais intéressée. Je ne me rappelle pas quelle attention j'ai portée au dossier Hatch. Je l'ai regardé, si c'est ce qui t'intéresse. Il est possible que ton visage m'ait paru familier quand on s'est rencontrés, à l'hôpital, mais je n'aurais pas su dire pourquoi.

— Tu n'as pas appelé Parker Gillespie deux jours plus tard ?

— Bien sûr que si ! (Elle leva légèrement les bras, les mains tendues, paume vers le haut.) Ashleigh était arrivée, tu te rappelles ? Je m'inquiétais pour l'avenir de Cobbie, au cas où Stewart irait en prison. Il était logique que je m'adresse à l'avoué chargé du fonds de dépôt. Ne fais pas notre malheur à tous les deux, Ned.

Je pris sa main dans la mienne et l'embrassai.

— Je ne veux faire le malheur de personne. Je cherche juste des explications. Explique-moi une chose : le lendemain du jour où tu as fait de ton mieux pour m'aider à retrouver Edward Rinehart, tu voulais que j'oublie toute cette histoire.

Laurie me posa la main sur la hanche.

— Tu disais toi-même que tu risquais de nous mettre en danger, Cobbie et moi, chéri.

— Tu ne dois pas être au courant, pour Grenville Milton. (Son regard se fit plus acéré.) Hier soir, il a réservé deux billets de première classe pour Mexico, et il s'est installé dans un motel de Cape Girardeau avec cent trente mille dollars et un flingue. Il a supplié sa copine de partir avec lui. Quand elle a refusé, il s'est suicidé.

L'ombre d'une pensée aussi précise qu'un théorème euclidien passa dans les yeux de Laurie. Elle s'approcha de la table, se tapotant les lèvres de l'index.

— Stewart est au courant ?

— C'est sans doute pour ça qu'il a appelé C. Clayton Creech.

— Il va ruiner le plus de gens possible. Essayer de faire tomber tous ceux qui ont jamais été en rapport avec lui. (Elle tira la chaise en partant de laquelle le capitaine Mullan avait entamé notre cheminement vers une fiction crédible, et s'y assit presque avec lourdeur.) Il va démolir tout ce qu'il pourra.

— Par exemple, le fonds de dépôt, dis-je.

L'ébauche de sourire amenée sur ses lèvres par l'évocation des passions destructrices de son mari disparut. Elle croisa les jambes et attendit ce qui allait suivre. Son visage était aussi transparent qu'un torrent de montagne.

— Il a appelé Parker Gillespie, continuai-je. Il ne pouvait pas savoir que j'étais en train de parler de Cordwainer Hatch à un flic appelé Mullan. Il voulait juste tout foutre en l'air.

— Il voulait tout foutre en l'air, répéta Laurie.

— Il a déclaré qu'il renonçait à ses droits sur le fonds de dépôt. Il a dit à Gillespie avoir découvert l'existence d'un héritier de droit : Ned Dunstan, le fils illégitime du frère aîné de son père. C'était bien dommage pour Cobden Carpenter Hatch, mais les faits étaient les faits. Ça a dû donner quelque chose comme ça.

Laurie se déporta un peu sur sa chaise et remarqua l'inscription méticuleuse gravée au bord de la table. Levant la main, elle la suivit du bout des doigts. Dans l'oreille interne de mon oreille interne, Star murmura : *Il s'est enfoncé de plus en plus dans la mélodie, jusqu'à ce qu'elle s'épanouisse comme une fleur et qu'elle laisse échapper une centaine d'autres mélodies, de plus en plus riches...*

— Je n'ai jamais su grand-chose à propos de Cordwainer, dit Laurie. Il n'a pas été arrêté pour je ne sais quoi, il y a une éternité ?

... et j'étais là, avec toi qui grandissais en moi, et je songeais que c'était comme de magnifiques naissances successives.

— La clause concernant les arrestations et les condamnations ne s'applique pas à lui. Cobden Hatch l'a ajoutée à la fin des années 60.

— Je ne sais vraiment pas quoi répondre.

— Tu n'as pas l'air tellement surprise.

— Tu m'as donné un bon gros indice il y a trente secondes, répliqua la jeune femme. Ça ne veut pas dire que je ne suis pas surprise. Mr. Creech en a discuté avec Gillespie ? Il n'y a aucun doute ?

— Stewart savait ce qu'il faisait.Tu pensais à tout ça, quand tu parlais de déménager à New York ?

Il lui fallut un long moment de silence pour me répondre sans perdre son sang-froid.

— Ça, c'est méchant.

— Je ne pourrais pas te blâmer de vouloir que Cobbie reçoive ce qui a toujours été censé lui revenir.

— Ça *devrait* lui revenir. (Elle me présenta une supplique directe.) Je n'ai pas encore totalement assimilé les nouvelles, Ned, et je n'ai pas eu le temps de réfléchir à la manière dont ça va nous affecter, toi et moi, mais tu te rends bien compte que c'est anormal ? Tu n'es pas d'accord ? Il y a vingt-quatre heures, tu ne soupçonnais pas que l'oncle de Stewart était ton père. Il ne voulait pas hériter du fonds de dépôt, lui. Ce n'était même pas un vrai Hatch.

— Légalement, si.

— Mais toi — *toi,* Ned Dunstan —, tu n'es pas comme ça. Pas comme Stewart. Je veux qu'on vive ensemble à New York. Tu seras un meilleur père pour Cobbie que le vrai ne l'a jamais été ou qu'il n'aurait pu l'être. C'est la vérité. Et je t'aime. Il n'y a aucune raison pour que nous n'ayons pas une vie merveilleuse ensemble. Mais les droits de Cobbie sur le fonds de dépôt sont plus fondés que les tiens. Tu t'en rends compte, n'est-ce pas ?

— Ce dont je me rends compte ou non ne fait pas la moindre différence, répondis-je. D'après la loi, Cobbie ne peut prétendre à cet argent. Avant qu'on commence à parler du reste de nos vies, il faut que tu admettes la situation telle qu'elle est, pas telle que tu voudrais qu'elle soit.

Laurie continua de concentrer sur moi sa totale transparence.

— Qu'est-ce qui se serait passé si Grennie ne s'était pas suicidé ? Si Stewart n'avait pas appelé Parker Gillespie ?

— Tu le sais très bien. Je serais retourné à New York et je t'aurais attendue. Ça me semblait être une excellente idée.

— Moi, je trouve toujours que c'en est une, dit-elle.

— Seulement si Stewart ne lui avait pas téléphoné, Gillespie serait sur le point d'affronter un dilemme terrible.. Cette après-midi, tout Edgerton va apprendre que Sawyer était Cordwainer Hatch et que je suis son fils. Qu'aurait fait Gillespie, à ton avis ?

— Il aurait parlé, c'est évident. Je ne sais pas s'il s'y serait décidé d'entrée, mais ça ne lui aurait pas pris plus d'une heure ou deux. Ensuite, on aurait fêté ça au Madrigal.

— Comme une famille heureuse.

— Est-ce que ce n'est pas ce que tu désires plus que tout ?

— Même Stewart me comprenait mieux que moi-même, dis-je. Toi, tu as vu clair en moi dès le départ.

— J'ai vu l'homme le plus intéressant que j'aie rencontré depuis des années, corrigea Laurie. J'ai commencé à tomber amoureuse de toi quand on a dîné avec Ashleigh. Tu sais pourquoi ? Tu as dit à Grennie que c'était un minable, tu as compris mon sens de l'humour, et tu étais *entièrement là,* Ned, tu me regardais avec ces yeux bruns incroyables et tu étais *là.* Tu ne me jugeais pas, tu regardais mon visage, pas mes seins, tu n'étais pas en train de te demander combien de temps il te faudrait pour m'entraîner au lit. M'intéresser à quelqu'un de nouveau, c'était la dernière chose dont j'avais envie, mais je n'ai pas pu m'en empêcher. Ashleigh a compris ce qui se passait en moins de dix secondes. Si tu ne me crois pas, tu es idiot.

— Moi, j'ai commencé à tomber amoureux de toi dans la boutique de souvenirs de l'hôpital. Quand Creech m'a mis au courant, pour le fonds de dépôt, il m'a demandé combien de cet argent je voulais donner. Lui aussi me perçait à jour, mais C. Clayton Creech lit à livre ouvert dans tout le monde. (Je parlai à Laurie de la division du capital et du nouveau fonds qui serait créé pour son fils.) Toi, tu auras deux cent cinquante mille dollars par an, payés sur sa part.

Le luisant bouclier de son visage ne s'était en rien modifié.

— Tu ne crois pas qu'on aurait pu discuter de ces arrangements ?

— J'étais dans une cellule au quartier général de la police, Laurie. Creech est resté avec moi environ un quart d'heure, avant qu'on ne me laisse sortir. J'ai fait ce que j'ai estimé bon.

— C'est Creech qui t'a convaincu de ce qu'il estimait bon. Il n'est pas trop tard pour changer les choses. (Irradiant un bon sens aussi simple qu'absolu, avec dix-dix en double vue, elle ouvrit la main devant elle comme si le monde avait reposé au creux de sa paume.) Creech n'est pas au courant, pour nous deux. Et il ne connaît rien à New York. Comment le pourrait-il ? Le genre d'appartement qu'il me faut coûte dans les deux millions. Je serai obligée d'organiser des dîners, de rencontrer les bonnes personnes, de faire tout ce qui sera nécessaire. On aura besoin de professeurs, de précepteurs et de leçons en Europe. De combien as-tu besoin pour ne pas avoir à t'inquiéter jusqu'à la fin de tes jours ? Trois millions ? Cinq ? Le reste pourrait être mis au nom de Cobbie, avec une allocation de cinq à huit cent mille dollars par an pour moi. On serait ensemble. Si on se mariait, ce serait comme si tu n'avais renoncé à rien.

— Tu voudrais un contrat de mariage ?

Laurie s'adossa à sa chaise et me considéra d'un regard fixe, sans ciller, un regard qui semblait moins évaluer que découler d'évaluations et de considérations antérieures, jusque là gardées en réserve. Rien de tout cela n'était froid ou calculateur, même de loin. La fermeté de ce regard parlait pour elle — posait les termes de l'immense attraction qu'elle exerçait. Je lisais sur ses traits une tristesse mâtinée d'ironie, et l'idée me frappa qu'avant cet instant, je n'avais jamais seulement imaginé que la tristesse ironique puisse exister. Je ressentis l'attraction d'un avenir ouvert à des nuances hors de ma portée : à ce moment, je n'aurais pu nier ce qui semblait être le principe central de son existence, à savoir que, dans le domaine des émotions adultes, le registre était plus important que la profondeur. Telles de grandes ailes froides, le registre de Laurie s'étendait sur des kilomètres dans toutes les directions. J'avais pris cela pour un bouclier, mais elle ne repoussait ni ne déviait : elle absorbait — et tout ce qu'elle absorbait la renforçait. Elle demeurait assise en face de moi, irradiant le discernement.

— Je déteste la simple idée du contrat de mariage, dit-elle. Quelle belle manière de démarrer une union ! Autant se payer une franchise chez Coca-Cola. (Un sourire indéchiffrable naquit sur ses lèvres.) On ne serait peut-être pas mal à Philadelphie. La vie y est moins chère qu'à Manhattan, et le Curtis Institute est une excellente école de musique. Leonard Bernstein y est allé.

Tout comme C. Clayton Creech, Laurie se réorganisa sans changer de position ni bouger la moindre portion de son corps, puis elle me sourit et se leva.

Ses paroles suivantes précisèrent le « on » qu'elle venait d'employer.

— Tu viendrais nous rendre visite à Philadelphie, non ?

— Tu devrais dire à Posy de s'inscrire à la Temple ou à l'université de Pennsylvanie, dis-je.

— Je pourrai toujours trouver une autre Posy. (Laurie savait qu'elle venait de me choquer. M'administrer ce choc revenait à définir nos nouvelles relations.) Surtout à Philadelphie. Ce qui était dur, c'était d'en trouver une à Edgerton. (Elle m'embrassa sur la joue.) Appelle-moi avant de partir. Il me faut ton adresse et ton numéro de téléphone.

Je la regardai s'éloigner d'un pas tranquille dans le couloir.

131

Des traînées de brouillard dérivaient à travers Veal Yard. Une pellicule de condensation luisait sur le sol.

Dans la lumière grise, les bâtiments qui entouraient la place semblaient au bord d'un grand départ. Derrière la fontaine, reposait un escarpin noir, le talon enfoncé entre deux pavés, comme abandonné quelques minutes plus tôt. Une femme qui partait, qui s'éloignait avec une telle détermination qu'elle en avait laissé pour preuve sa chaussure... Je me rappelai l'éloquence qu'avait déployée Laurie en franchissant ma porte, la clarté intacte de la voix de Star me décrivant un solo d'alto lors d'un concert auquel elle avait assisté pendant qu'elle était enceinte de moi.

D'un coup, le chagrin s'éleva de chaque pavé luisant, de chaque volute de brume, et le monde me parut s'agrandir, gagner en profondeur. *Le chagrin,* songeai-je. *Il est partout. Comment ai-je pu croire que je réussirais jamais à perdre mon sentiment de manque.*

Le visage de mon frère recula dans une ruelle et s'évanouit.

— Robert ! appelai-je. Il faut que je...

Sur le chemin de Cherry Street, je ne cessai de regarder par-dessus mon épaule, persuadé de le découvrir vautré à l'arrière, prêt à faire une remarque drôle et cruelle, mais j'étais toujours seul dans la voiture lorsque je me garai devant chez Nettie. Il était un peu plus de huit heures du matin. Mes trois parents favoris seraient dans la cuisine. Je descendis de voiture et contemplai les fenêtres de la maison d'en face. Les rideaux ajourés pendaient tout droits, immobiles. Il était trop tôt pour que Joy soit à son poste.

Nettie et May s'activaient autour de la cuisinière, préparant des œufs brouillés, du bacon et ce qui, à l'odeur, devait être des foies de poulet. Clark Rutledge m'adressa un rictus par-dessus son bol de céréales.

— Ça fait plaisir de te voir avec cette jolie veste, fiston.

Nettie me demanda si je voulais partager leur petit déjeuner. Répondant que j'avais assez faim pour manger tout ce qu'ils poseraient devant moi, je m'assis près de mon grand-oncle.

— J'ai entendu à la radio que Grenville Milton s'était suicidé, hier soir, déclara ce dernier. Tu veux mon avis ?

— Je suis tout ouïe.

— C'est un coup monté, pur et simple. Les ennemis de Stewart Hatch ne reculeraient devant rien pour le mettre dans une mauvaise position.

— Mrs. Hatch doit vivre un véritable enfer, ajouta Nettie. Et c'est une femme si charmante. N'est-ce pas, Ned ?

— Il n'y en a pas deux comme elle.

May disposa œufs et foies sur les assiettes, tandis que sa sœur tirait du four des tranches de bacon enveloppées de papier d'aluminium. Clark repoussa son bol vide.

— C'est Mr. Hatch qui va porter le chapeau. C'était le but de la manœuvre.

— Quand on pense qu'il a une femme et un enfant, dit May.

— Ils vont recevoir dix ou douze millions d'un fonds de dépôt familial, lui appris-je.

— Ils auront un toit, conclut-elle. Ça me réconforte.

— Moi, ce qui me réconforte, c'est de savoir que vous, vous en avez un, dis-je. Quand Stewart Hatch a appris le suicide de Milton, il a tout révélé sur son oncle Cordwainer Hatch à l'avoué de la famille, Parker Gillespie, si bien que vous n'avez plus à vous inquiéter. (Nettie et May s'attaquèrent aux foies de volaille.) D'ici demain, tout le monde saura que c'était Edward Rinehart.

May se laissa aller en arrière sur sa chaise et leva les yeux au ciel.

— C'est un grand soulagement. Je ne mange peut-être pas beaucoup, mais je parle énormément, et le silence me coûte.

— Qu'est-ce que c'est que ce délire ? demanda Clark.

— Mr. Hatch nous a déliés de notre vœu de silence, expliqua Nettie. Il semble que nous le devions au petit. Tu as été bon pour nous, fiston. Nous te sommes reconnaissants de tout ce que tu as fait.

— J'approuve, admit Clark. Je regrette tout de même que Mr. Hatch aille en taule. Il était d'une grande générosité.

— Stewart vous a donné beaucoup d'argent pour que vous ne parliez pas de son oncle. C'est pour ça que vous ne pouviez rien m'apprendre à propos d'Edward Rinehart.

— Eh bien, on en savait nettement plus sur Mr. Edward Rinehart que n'en a jamais su ta mère, c'est évident, dit Nettie.

— Parce qu'il ressemblait à votre père.

— C'était flagrant, acquiesça May. Mais on ne pouvait pas le dire à Star. On ne parle pas de ce genre de choses à une jeune fille innocente.

J'éclatai de rire.

— Il aurait sans doute été difficile de lui faire comprendre que son petit ami était le fils illégitime de votre père sans le lui dire carrément, mais comment diable avez-vous su que c'était Cordwainer Hatch ?

— Ça, c'est Joy, répondit May. Tu sais qu'elle passe ses journées à sa fenêtre. Un soir, elle m'a appelée et elle m'a dit : « May, je viens juste de voir ce bon à rien de Cordwainer Hatch rentrer chez notre sœur, avec Star à son bras. » C'est la seule et unique fois que ta mère l'a emmené dans la famille. J'ai mis mon plus beau manteau, mon plus beau chapeau, et j'ai traversé la rue aussi vite que j'ai pu. Dès qu'ils sont partis, j'ai rappelé Joy, et je lui ai dit : « Ce jeune homme est sans doute tombé de notre arbre généalogique, mais il ne s'appelle pas Cordwainer Hatch. » Et elle m'a répondu : « Ma chérie, tu te fourres le doigt dans l'œil. Il doit se présenter sous un nom d'emprunt en raison de sa réputation scandaleuse. »

— Comment Joy savait-elle qui c'était ? demandai-je.

— Elle avait travaillé pendant trois mois chez les Hatch, expliqua Nettie. Quand elle avait dix-huit ans. C'était la Crise, tu sais, et même si on était toujours à l'aise grâce à la vente des terres qu'on avait en dehors de la ville, il était très difficile de trouver un emploi. Carpenter Hatch avait passé une annonce. Il cherchait une jeune fille de bonnes mœurs pour se charger de travaux ménagers, et Joy s'était présentée. Elle disait qu'elle voulait s'en aller de chez elle, tu imagines ? À la voir maintenant, c'est à peine croyable.

— Hatch l'a engagée ? m'étonnai-je. Il ne savait pas qui elle était ?

— Si tu veux mon avis, l'idée de faire changer ses draps et nettoyer sa salle de bains par une Dunstan lui plaisait. Joy a commencé fin octobre. À ce moment-là, Cordwainer était en pension. Ses parents avaient été forcés de l'éloigner. (Nettie hocha la tête en une superbe imitation de chagrin et de pitié.) Un jour, pendant qu'elle rangeait la commode de Mrs. Hatch, Joy est tombée sur des photos cachées par sa patronne. Elle a remarqué la ressemblance entre le garçon et feu notre père. Peu après, elle a perdu sa place.

— Hatch l'a renvoyée parce qu'elle a trop parlé ? (Soudain, je compris.) D'accord. Elle n'était pas en train de ranger la commode, elle en redistribuait le contenu. C'était une pie voleuse, comme Queenie et May.

— Mais pas aussi douée, assura May. Cela dit, Mr. Hatch n'a jamais rien pu prouver, mais il la soupçonnait : elle a donc dit adieu à son job.

— Elle vous a raconté ce qu'elle avait découvert et vous avez mis ça de côté. Quand avez-vous eu vos fructueuses discussions avec Stewart Hatch ?

— Quand était-ce, déjà, Clark ? demanda Nettie.

— Vers 1984 ou 85. Mr. Reagan était à la Maison-Blanche. Comme disait l'autre, c'était le matin en Amérique[1].

— Je suppose que vous aviez dépensé tout l'argent qu'avait payé Carpenter Hatch pour la propriété de New Providence Road.

— Clark en avait investi une bonne partie dans les airelles, confirma Nettie.

L'intéressé m'apprit que l'airelle était un fruit d'une remarquable polyvalence. Son jus, délicieux et salutaire, entrait dans la composition de plusieurs cocktails populaires. Utilisée en sauce, elle apparaissait sur toutes les tables campagnardes lors de la fête d'action de grâces. Une note de regret marquait ce récital de vertus.

— Malheureusement, les airelles ne nous ont pas rapporté des millions, conclut Nettie.

— Le type avec qui j'ai traité mériterait le qualificatif de criminel, affirma Clark. Pourtant, il avait l'air franc comme l'or.

— Alors, vous avez eu une petite conversation avec Stewart Hatch...

— Afin de lui proposer une excellente affaire immobilière, termina mon grand-oncle.

— Et l'un des termes de votre accord stipulait que vous ne divulgueriez jamais ce que vous saviez sur Edward Rinehart.

— C'est pour ça qu'on est tellement heureux de pouvoir être francs et ouverts aujourd'hui, dit Nettie. Quand tu es arrivé et que tu nous as lancé le nom de Rinehart, ç'a été un vrai choc. On n'avait pas le choix, fiston. On t'a donné le meilleur conseil possible.

— Je suis carrément impressionné. Vous avez si bien fait chanter Hatch qu'il vous a lâché une fortune.

1. *Its morning in America*, un des principaux slogans de Ronald Reagan lors de sa deuxième campagne électorale présidentielle. *(N.d.T.)*

— « Chantage » est un vilain mot, me reprit Nettie. Nous avons passé un accord commercial, et nous nous en sommes tous félicités, y compris Mr. Hatch.

— Combien avez-vous extorqué à cet escroc ?

Pour une fois, le sourire de Clark n'évoquait en rien un rictus.

— Une somme rondelette.

— J'imagine, oui. (Malgré tout, ces trois vieilles canailles me réjouissaient.) En fait, vous vivez de l'argent des Hatch depuis des années. Vous leur avez d'abord vendu des terres, et ensuite des secrets. Je suis fier de vous. Les Dunstan n'ont jamais vraiment été de bons citoyens respectueux de la loi, mais les Hatch étaient bien pires.

— Neddie ? (May posa son couteau et sa fourchette sur une assiette qu'on aurait crue nettoyée à la vapeur.) À présent qu'on peut être francs et honnêtes, je voudrais te poser une question. Mr. Rinehart, comme on l'appelait alors, est mort en prison. Je ne vois pas bien où tu as pu découvrir son vrai nom.

— À mon tour de vous faire un aveu, dis-je. J'ai été obligé d'emprunter les photos que tante Nettie rangeait dans son placard.

— C'est fascinant, apprécia May. J'avoue que je ne sais toujours pas pourquoi Mrs. Hatch m'a demandé de les voler à la bibliothèque. Cela dit, ç'a été une vraie sinécure. Ces gens-là ne s'apercevraient de rien même si on leur piquait la chemise qu'ils ont sur le dos. Particulièrement Mr. Covington.

— Rappelle-toi, May, intervint Nettie. Mrs. Hatch disait que Ned lui avait parlé de tes talents, et qu'au fond de son cœur, elle sentait que ces photos nous aideraient à récupérer celles auxquelles nous tenions.

— C'est vrai, approuva sa sœur. Mais au bout du compte, on ne les a jamais récupérées. On devrait peut-être retourner à la bibliothèque.

— Les deux séries de photos sont dans ma voiture, leur appris-je. Je vous les rendrai d'ici une minute. Si vous les renvoyez à Hugh Coventry, elles seront en parfaite sécurité.

— Alors ça, c'est mignon comme tout, apprécia Nettie. Mrs. Hatch est une personne très *séduisante.* Elle me fait penser à ces filles, aux infos, qui regardent droit vers la caméra en débitant leur texte : « Ce matin, trois enfants ont été réduits en pièces par des tigres durant une excursion au zoo du comté. Tous les détails après la pub. » Et j'ai trouvé son petit garçon adorable.

— Moi aussi, dis-je.

Elle se tourna vers sa sœur.

— J'ai rencontré le fils de Mrs. Hatch pendant qu'on soutenait Star, à Ste. Ann. Qu'il était drôle ! Ce tout petit bout de chou s'est penché par-dessus le bord de sa poussette et il m'a dit : « Je ne me dépêche pas de conclure, Mrs. Rutledge. » J'en croyais à peine mes oreilles.

— Un gamin comme ça, il faudrait le faire passer à la télé, avec sa mère, renchérit Clark.

— Il m'a dit : « Je ne me dépêche pas... ». Non, c'était : « Je n'ai pas conclu et... » Qu'est-ce que c'était, Neddie ?

— « Je n'ai pas conclu, donc, pour l'instant, je ne suis pas hâtif », répondis-je. Je vais aller chercher les photos, et ensuite, je passerai voir Joy. Je rentre à New York dans la journée.

— Déjà ? s'exclama May. Seigneur ! J'ai l'impression que tu n'es arrivé que depuis cinq minutes.

Clark m'adressa un rictus complice et s'écarta de la table.

— Je t'accompagne.

132

Tandis que nous descendions les marches, Clark me lança un regard d'homme du monde que n'aurait pu surpasser Maurice Chevalier. Le brouillard s'était accumulé en un fin voile gris qui faisait paraître les objets plus éloignés qu'ils ne l'étaient. Quand je tendis les dossiers à Clark, il inclina la tête de côté, prenant un air de conspirateur, comme si des yeux et des oreilles invisibles nous avaient épiés.

— J'ai l'impression qu'il y a eu quelque chose entre Mrs. Hatch et toi.

— Un tout petit quelque chose, admis-je.

Un orgueil paternel éclaira ses yeux cerclés de rouge.

— Je crois que tu pourrais bien être un vrai Dunstan, finalement.

— Je crois que tu as raison. (Me rappelant les yeux et les oreilles invisibles, je regardai de l'autre côté de la rue.) Tu sais si Joy a appelé Mount Baldwin ?

— Elle n'est pas sortie depuis deux jours. Puisqu'on est là, allons voir comment elle va.

Joy ne répondant pas aux coups frappés à sa porte, j'y tambourinai à nouveau. Le front de Clark se creusa de ce qui me sembla être des centaines de rides parallèles.

— Elle cache une clef pour les cas d'urgence ou assimilés. Attends une seconde. Je vais me rappeler où. (Soulevant le bord du paillasson, je ramassai la clef en question.) Ça m'est revenu au moment où tu t'es baissé. Passe-moi ça.

Il ouvrit la porte, agita la main devant son visage.

— Comment peut-on vivre dans une puanteur pareille ? JOY ! C'EST MOI ET NEDDIE, LE GAMIN DE STAR ! ÇA VA ? (Je percevais un bourdonnement haut perché.) TU M'ENTENDS ? (Silence, hormis pour ledit bourdonnement, que mon grand-oncle n'entendait pas.) On ferait mieux d'entrer. (Nous franchîmes le seuil ; la puanteur nous enveloppa.) JOY ! TU ES COUCHÉE ?

— Essayons le salon, dis-je, espérant que Joy n'avait pas succombé à un infarctus pendant qu'elle déposait Clarence dans la baignoire.

Le bourdonnement s'amplifia. Quand nous entrâmes

dans le salon, Clarence nous contempla avec de grands yeux où brûlait un mélange de soulagement et de terreur, puis se jeta contre la sangle qui le maintenait. *Hmmmmmm ! Hmmmmm.*

— Téléphone à Mount Baldwin, Clark. Dis-leur d'envoyer tout de suite une ambulance.

— Je m'en occupe. Toi, essaie de trouver Joy. Cette histoire ne me dit rien qui vaille.

Les signaux en morse émis par Clarence me suivirent dans la salle à manger puis dans la cuisine. Joy avait pris des cours de ménage avec Earl Sawyer. Il lui restait encore beaucoup de chemin à parcourir, mais elle progressait vers le stade de la gelée luisante. La salle de bains s'approchait encore plus des critères de Sawyer.

Tandis que je manœuvrais l'interrupteur installé au pied des marches, j'entendis Clark appeler la maison de retraite. Au-dessus de moi, une ampoule vacillante s'alluma et une lueur jaune visqueuse éclaboussa une porte étroite, entrouverte. Dans le salon, Clark Rutledge grommelait. Un coup sourd semblable à ceux que j'avais entendus lors de ma visite précédente résonna dans le grenier : quelque chose de lourd heurtait une caisse en bois. La première image qui venait à l'esprit était celle d'un ballon aussi gros qu'une citrouille.

— J'attendrai, mais pas longtemps, vociférait Clark. Vous pouvez considérer ça comme un avertissement.

Le temps que j'atteigne le sommet des marches, il répétait tout ce qu'il avait déjà dit à un autre interlocuteur. Derrière la porte du grenier, le gros ballon heurta à nouveau la caisse. Lorsque j'ouvris le battant en grand, je découvris une paire de tennis noires dont le bout reposait sur les lattes du plancher, tandis que les semelles, inclinées, étaient tournées vers le plafond. Deux jambes fines s'en échappaient avant de disparaître sous l'ourlet d'une robe noire.

— Oh, non, dis-je, en m'approchant du cadavre.

Un plateau, une cuiller, un bol renversé et les restes séchés d'une soupe au vermicelle reposaient devant ses bras tendus. Sa peau était froide. Quelques minutes après notre dernière rencontre, Joy avait réchauffé une boîte de soupe, l'avait versée dans un bol, avait emporté son plateau au grenier, et elle était morte.

Un petit lit inscrit dans un encadrement évoquant une caisse reposait contre le mur du fond. Des plaques de contreplaqué d'un mètre de haut avaient été clouées aux pièces de bois servant de montants. Une couchette munie d'une couverture des surplus de l'armée voisinait à angle droit avec le lit enclos. L'occupant de ce dernier, quel qu'il fût, frappait sur l'encadrement.

Je me rappelai les noms gravés sur les pierres tombales, derrière les ruines de New Providence Road. Ce n'était pas une quelconque phobie qui avait fait de Joy une recluse. Clarence et elle avaient été captifs d'une impitoyable responsabilité. Je n'avais pas envie d'en apprendre plus. J'avais envie de sortir du grenier, de redescendre au rez-de-chaussée et de m'en aller. L'être — la *chose* — qui était le cousin de ma mère frappait sur le contreplaqué avec assez de force pour le faire vibrer.

Je dépassai les bras tendus de Joy, les vermicelles éparpillés. Quand j'atteignis le pied du lit, une bouffée de fond-du-fleuve puante, presque solide, m'enveloppa. Je me forçai à baisser les yeux. Allongée sur un matelas, prisonnière, gisait une créature au corps minuscule, informe, lumineux, et au visage d'homme qu'encadraient un buisson de cheveux grisonnants ainsi qu'une fine barbe blanche à la Confucius. Ses yeux bruns extatiques s'écarquillaient déjà, sous l'effet du choc. Les couleurs qui défilaient à travers son corps parallélépipédique, dépourvu de membres, passaient d'un bleu profond ou d'un rose pêche à un violet très vif où naissaient des volutes d'un noir d'encre. La créature m'adressa un regard exprimant de monstrueuses exigences, se tourna sur le côté avec un frisson, et donna un grand coup de tête dans son enclos.

Sans qu'intervienne quoi que ce soit susceptible d'être décrit comme une pensée, je m'approchai de la couchette, sortis un oreiller de sous la couverture de l'armée, et le pressai contre le terrible visage. La chose lutta, se débattit, ouvrant et refermant les mâchoires, tandis que ses dents cherchaient mes mains, que des bandes rouge vif remontaient des profondeurs de son corps jusqu'à sa peau. Finalement, sa bouche cessa de remuer et les couleurs disparurent. Un noir total, opaque, se propagea à la surface transparente du petit torse puis se changea en un gris terne.

Mes bras et mes jambes tremblaient, mais je n'aurais su dire si la source de mon horreur était l'être dont je sentais encore les dents sous une épaisseur de plume, ce que je lui avais fait, ou bien moi-même. Un sanglot inarticulé sortit de ma gorge. Lâchant l'oreiller, je m'appuyai à un des morceaux de contreplaqué. Le sol me semblait ondoyer. J'imaginais le corps de Joy glissant vers moi sur les vermicelles durcis, tordus.

Une voix peu convaincue, plus faible que la mienne, déclara :

— Il le fallait. (Une vague d'hilarité démente me traversa. La même voix dépourvue d'assurance ajouta :) De toute façon, il n'avait pas tellement d'avenir, hein ?

Non, songeai-je, *il n'avait pas tellement d'avenir. Il n'a même pas eu son dernier bol de soupe au vermicelle.*

J'avais aussi dit cela tout haut.

Je regardai mes mains arracher l'oreiller de sa taie, le jeter sur la couchette. La droite plongea dans l'enclos et empoigna un fin cordon de barbe pour soulever la créature que j'avais assassinée. Une substance inerte et loqueteuse, semblable à de vieilles toiles d'araignée, pendait mollement sous le bouc. Ayant fourré la chose dans la taie d'oreiller, je descendis les marches d'un pas mal assuré.

Clark m'attendait dans le couloir.

— L'ambulance devrait arriver d'un moment à l'autre. (Il jeta un coup d'œil à mon fardeau.) Tu as trouvé Joy ?

— Je crois qu'elle a eu une crise cardiaque. Elle est morte. Je suis désolé, Clark. Il faut appeler la police, mais avant, j'ai besoin d'un peu de temps.

Les yeux de mon grand-oncle se posèrent à nouveau sur la taie d'oreiller.

— J'imagine que le petit Mousie est mort de faim.

— Tu étais au courant ?

J'achevai de descendre l'escalier, le dérisoire linceul se balançant horriblement à mon côté.

— À titre personnel, j'en avais entendu parler mais je ne l'avais jamais vu. C'est Queenie et ma femme qui avaient servi de sages-femmes. On peut dire que cet enfant a gâché la vie de Clarence et de Joy. À partir de sa naissance, ils n'ont pas connu un instant de paix.

— Ils n'ont pas pu le baptiser Mousie [1], remarquai-je, me rappelant à nouveau les noms qui figuraient sur les plaques de granit dans New Providence Road.

— Ils ne l'ont jamais vraiment baptisé, répondit Clark. Tu sais que Joy était très fière de son français. D'après ce que j'ai compris, au moment où le bébé est sorti, Queenie a fondu en larmes. Joy a dit : « Je veux le voir. » Quand Nettie l'a soulevé, elle a ajouté *« Moi aussi »*, en français. Elle a tenu Howard pour responsable de l'état de son fils, et elle ne lui a jamais pardonné. Bref, on a appelé le gamin *Moi Aussi*, et c'est très vite devenu Mousie.

— Tu veux lui dire au revoir ?

— La bêche est dehors, derrière la cuisine.

133

Le plus court quoique le plus sinistre des trois enterrements auxquels j'assistai durant mon séjour à

1. De *mouse*, souris. *(N.d.T.)*

Edgerton eut lieu dans l'arrière-cour de Joy, et l'unique personne présente remplit les fonctions de fossoyeur ainsi que de pasteur. Je creusai une fosse de soixante centimètres de côté et d'un mètre vingt de profondeur dans un enchevêtrement de mauvaises herbes, contre la clôture vermoulue. Tandis que j'œuvrais, j'entendais Clark haranguer les ambulanciers venus de Mount Baldwin. Après avoir déposé la taie au fond du trou, je rebouchai ce dernier. Je recouvris ensuite la terre remuée à l'aide d'herbes coupées, sur lesquelles j'en courbai des vivantes autant que faire se pouvait.

— Ce n'est pas que ça ait de l'importance pour toi, Mousie, dis-je, mais je suis désolé. Ta mère ne pouvait plus s'occuper de toi. Même avant, tu avais une vie affreuse. Tu n'as jamais rien connu que le mauvais côté du bâton. J'espère que tu réussiras à me pardonner. Si jamais tu reviens, les choses seront presque obligatoirement meilleures, mais suis mon conseil : reste où tu es.

Je jetai la bêche dans les hautes herbes et regagnai la maison. Clark appela la police. Nous passâmes dans le couloir. Dix minutes plus tard, deux jeunes flics descendaient d'une voiture de patrouille et gagnaient la porte à petites foulées. Je déclarai avoir trouvé la défunte, Mrs. Joy Crothers, la tante de ma mère. La famille s'inquiétant, car nul ne l'avait vue depuis deux jours, mon oncle Clark et moi étions entrés chez elle. Mr. Crothers avait la maladie d'Alzheimer à un stade avancé. Quand nous avions découvert le cadavre de sa femme, nous avions téléphoné à la maison de retraite qui avait accepté de le prendre en charge, afin de l'y faire transporter.

— D'après moi, elle a eu une crise cardiaque en apportant son déjeuner à son mari.

Dans l'escalier, un des policiers finit par mentionner l'odeur.

— Il y a des années que Mr. Crothers a perdu le contrôle de ses sphincters, déclarai-je, et ma tante était âgée. Elle n'avait pas la force de le nettoyer convenablement.

— Ce n'est pas pour vous vexer, monsieur, mais ça sent pire que ça, remarqua le jeune homme.

— Vous ne savez pas ce qui peut arriver au corps humain quand il est laissé à lui-même, les gars, entonna Clark, qui ouvrait la marche. Soyez heureux d'avoir la santé.

— Pourquoi l'avait-elle installé au grenier ?

— Elle se disait sans doute qu'il y serait en sécurité, répondis-je. Elle lui avait fait faire un lit spécial. Vous allez voir.

Mon grand-oncle ouvrit la porte, et nous nous entassâmes dans la pièce. Les deux flics, contournant le cadavre, prirent des notes dans leur carnet.

— Elle est morte en accomplissant un acte de charité, reprit Clark. C'est tout à fait elle.

— De la soupe au vermicelle, soupira un des policiers. Ce n'est pas un homicide, mais il va falloir attendre le médecin légiste pour officialiser la chose. Est-ce que c'est le lit dont vous parliez, monsieur ?

— Elle a posé le contreplaqué pour empêcher mon oncle de tomber, confirmai-je.

Après avoir contemplé le berceau de Mousie, les deux visiteurs se tournèrent vers Clark. Ce dernier ne doutait pas de se montrer à la hauteur des circonstances.

— Elle demeurait à son chevet jour et nuit, satisfaisant ses besoins du mieux qu'elle pouvait. La tragédie, c'est qu'avant-hier, on a obtenu une place pour Clarence à Mount Baldwin. Je crois que l'idée de son départ prochain a joué un rôle dans la mort de Joy. Clarence, c'était sa vie. Témoignez toujours de l'affection et du respect à vos épouses, jeunes gens. Les femmes ont besoin de ce genre de choses.

— Si jamais je me retrouve avec Alzheimer, j'espère que ma femme ne me jettera pas dans un parc en contreplaqué, déclara un des flics.

— C'était un acte de pure tendresse, d'amour, répliqua Clark. Vous aurez peut-être une idée de l'importance de cet homme quand vous saurez que c'est Mrs. Rachel Milton qui s'est occupée de le faire entrer à Mount Baldwin.

Les policiers échangèrent un coup d'œil.

— Allons attendre en bas, décida l'un d'eux.

Clark prit congé pour aller avertir son épouse du drame. Le couple sortit sur sa véranda alors que le médecin légiste se garait devant chez Joy, et traversa la rue juste à temps pour remonter l'allée derrière lui. C'était le même individu las, au teint de champignon, qui avait examiné le cadavre de Toby Kraft. Je me tenais à l'extérieur de la maison ; les deux flics s'encadraient sur le pas de la porte. Nettie rattrapa le médecin légiste et lui barra le passage. Elle évoquait une montagne réputée pour ses chutes de pierres.

— Vous venez examiner le corps ?

— C'est mon travail, répondit-il.

— J'espère que vous allez vous en charger avec respect et nous permettre de régler le départ de ma sœur comme elle l'aurait souhaité.

— Il en ira probablement selon votre désir, Mrs. Rutledge. Je suis ici pour officialiser le décès de Mrs. Crothers et écarter toute hypothèse de crime. Mais pour ça, il faut que j'entre.

— C'est moi qui vous en empêche, peut-être ? renvoya Nettie.

Un des flics mentionna le fait que le cadavre se trouvait à l'étage. Le médecin se tourna vers ma grand-tante.

— Comment expliquez-vous l'odeur qui règne dans cette maison ?

— C'est principalement à cause de Clarence, dit-elle. Une fois qu'il a eu perdu l'esprit, ma pauvre sœur s'est occupée de son hygiène personnelle comme elle l'a pu. Et puis il y a les ordures que Joy a accumulées dans sa cuisine, laquelle est dans un état lamentable.

— Ça ne sent pas les d'ordures. Votre sœur avait-elle des problèmes d'infiltrations, au sous-sol ?

— Docteur, vous avez deux jeunes et séduisants agents qui attendent votre bon vouloir, trancha Nettie.

Le médecin légiste recula d'un pas, faillit me percuter et marmonna des excuses. Les policiers, souriant d'un air affecté, l'escortèrent dans l'escalier.

Ma grand-tante se glissa à mon côté.

— Tu as fait ce qu'il fallait.

— Je l'espère.

— Le fils de ma sœur lui a pompé son énergie depuis son tout premier souffle. Joy te bénira de lui avoir donné une sépulture décente. J'espère que tu reviendras nous voir régulièrement.

— Tante Nettie, dis-je, ne prête pas trop attention à ce que tu liras sur moi dans les journaux. Toutes ces histoires se tasseront quand Stewart Hatch passera en procès.

Nous entendîmes des pas redescendre les marches. Le médecin légiste s'approcha de nous. Nettie me prit le bras et redressa le menton pour l'affronter du regard.

— Je rédigerai le certificat de décès un peu plus tard, Mrs. Rutledge, dit-il, en spécifiant que la mort a résulté d'une crise cardiaque. Vous êtes libre de prendre les dispositions que vous désirez.

— Merci, répondit-elle, glaciale.

— Mr. Crothers était-il de taille inférieure à la moyenne ? Très inférieure ?

— Pas lorsqu'il était en pleine santé, déclara ma grand-tante avec magnificence. La maladie lui a dérobé sa stature d'une manière qui faisait peine à voir.

Le médecin la contourna pour quitter la maison. Elle fixa les policiers de son regard autoritaire.

— Vous nous avez été d'un grand secours dans notre affliction, mes jeunes amis. Il est réconfortant de savoir que des hommes comme vous consacrent leur vie à servir les honnêtes gens.

Une minute plus tard, tandis que l'un montait la garde à la porte, l'autre téléphonait à Mr. Spaulding.

— Vous voulez que je reste un jour ou deux de plus ? demandai-je.

— Je te suis déjà reconnaissante d'avoir passé autant de temps avec nous, dit Nettie. Et tu as retrouvé nos photos ! Ça, ça m'enlève un grand poids. Prends tes dispositions pour ton voyage et n'oublie pas de donner des nouvelles.

— Soigne-toi bien, ajouta Clark. On n'est plus très nombreux, à présent que Mousie est dans la tombe.

134

Le soleil avait disparu au-dessus de Cherry Street. Une brume argentée recouvrait mon pare-brise. Je fis faire un aller-retour aux essuie-glaces afin de dégager deux demi-cercles dévoilant une route tout juste assez visible pour me permettre de conduire.

Revenu dans ma chambre, je réservai une place sur un vol St. Louis-New York partant à dix-huit heures, ce qui me laissait plus qu'assez de temps pour me perdre et me retrouver. Après quoi, j'appelai l'agence de location et déclarai que la voiture attendrait à l'aéroport de St. Louis avec une aile arrière cabossée. Un responsable aussi aimable qu'une porte de prison me fit patienter le temps de mettre au point l'opération avec l'agence de St. Louis, puis il reprit l'appareil :

— Vous vous en tirerez pour cette fois, Mr. Dunstan, dit-il. Quand vous rendrez les clefs, communiquez les circonstances de l'accident, les nom, adresse et numéro de téléphone de l'autre conducteur, ainsi que le nom de sa compagnie d'assurances.

— Toutes ces informations vous seront fournies par Stewart Hatch, affirmai-je. Il a embouti l'arrière de votre Taurus avec sa Mercedes alors qu'il était ivre.

— Étant donné que vous ne ramenez pas le véhicule à l'agence locale, vous devrez verser un supplément de cinquante dollars, conclut-il avant de raccrocher.

Je rappelai l'aéroport pour changer ma réservation : je voyagerais en première classe. D'après C. Clayton Creech, je possédais au moins dix millions de dollars, et ce qui était bon pour Grennie Milton l'était aussi pour moi. Mes compagnons de voyage allaient adorer ma veste rose. En outre, à l'avant de l'avion, on avait droit à un paquet de bretzels supplémentaire.

135

Quelques reliques spectrales erraient à travers le brouillard qui s'épaississait dans Word Street. La bande de néon HOTEL PARIS teintait les pavés d'un rouge tamisé, d'aspect glissant. Je jetai mes sacs sur la banquette arrière et montai au volant. Arrivé dans Chester Street, je pris vers le nord en me disant que je finirais bien par trouver un pont traversant le Mississippi pour rejoindre l'autoroute de St. Louis. Avant que je n'atteigne College Park, les bâtiments des deux côtés de la route s'étaient rétractés en une vague toile de fond, et les phares des voitures qui me croisaient ressemblaient à des yeux de chat. Je me rappelai les dents de Mousie plantées dans l'oreiller. Je revis les éclats de jais jaillir au cœur des bandes d'un rouge profond qui luisaient le long de son corps atrophié. La toile d'araignée sale qu'était devenu ce corps, le crâne dans la taie, telle une boule de bowling. Le campus désert de l'Albertus défila derrière mes vitres, de ce qui me sembla être le mauvais côté. Je continuai d'avancer. Puisque je n'avais pas tourné, je filais toujours vers le nord et suivais la boucle que dessinait le fleuve en direction de St. Louis.

Soudain, il me revint que Chester Street devenait Fairground Road au niveau de College Park, et que Fairground Road ne dépassait pas l'Albertus, s'arrêtant au contraire à la frontière sud du campus. D'une manière ou d'une autre, j'avais réussi à emprunter une rue inconnue vers le sud. C'était moi qui avais bougé, pas l'Albertus. Heureusement, il me restait plusieurs heures pour arriver à St. Louis. Je n'avais qu'à faire demi-tour.

La taie d'oreiller de Mousie atterrissait en douceur, quoique tout de même trop brutalement, au fond du trou, dans le jardin négligé de Joy. Je l'entendis frapper la terre et songeai aux paroles que j'avais prononcées devant la tombe. Elles n'avaient pas été convenables. Le défunt méritait mieux de la part de son assassin. Ç'avait été un vrai Dunstan. Clark m'avait dit que j'en devenais un, moi aussi, mais je n'étais rien à côté de Mousie. Lui figurait au panthéon de la famille, en compagnie de Clarté et de Hurleur. Ce qui s'était échappé de la gueule du canon, de la fêlure dans la vasque dorée, était un être tel que lui. Howard l'avait su. C'était ce qui l'avait empoisonné.

Je ne voyais pas où j'étais, ne savais pas où j'allais. Cherchant un nom familier, je me penchai par-dessus le volant afin de mieux voir à travers le pare-brise. La bannière verte d'un panneau indicateur se matérialisa dans l'opacité, à trois mètres de la voiture, et continua d'avancer. Une inscription runique se glissa derrière moi à l'instant où j'allais la déchiffrer. Aucune importance : je me dirigeais toujours vers le sud alors que je voulais aller au nord. Tout ce que j'avais à faire, c'était tourner à droite, vers l'ouest, à la prochaine rue, puis encore à droite, vers le nord, à la suivante.

Deux autres panneaux indéchiffrables flottèrent près de moi avant que je ne retrouve la bonne direction, parallèle au fleuve. Dans mon esprit, se déployait une carte du Mississippi, encadré par les villes du Missouri et de l'Illinois. Je cherchais Jonesboro, Murphysboro et Crystal City. Au nord de Crystal City, s'étendait Belleville — et St. Louis un peu plus à l'ouest. Le brouillard finirait par se lever. Même si tel n'était pas le cas, j'arriverais à un endroit où il n'y en aurait pas. Tant que je continuais à avancer, je progressais.

À vingt kilomètres-heure, puis dix, je suivis la lueur de mes phares à travers un mur gris perméable. Lorsque je ne distinguais rien d'autre que ladite lueur, je m'arrêtais, allumais mes feux de détresse et attendais que les bords de la route se rematérialisent avant de poursuivre mon chemin. Quand d'autres phares se dirigeaient vers moi, ce qui arrivait régulièrement, je me rangeais sur le côté et ralentissais au point qu'un jogger aurait pu me dépasser. Une heure s'écoula. La brume s'éclaircit un peu, me dévoilant des maisons en deux dimensions agglutinées sur d'étroites pelouses. Une demi-heure plus tard, je pénétrai au sein d'un brouillard luisant qui tombait sur les champs alentour. Il s'épaissit jusqu'à créer une véritable nuit en fusion, laquelle me contraignit à revenir à dix kilomètres-heure.

Soudain, j'écrasai la pédale de frein. Le plastique bleu du volant semblait traverser mes mains, qui disparaissaient à ma vue. Une démangeaison à la nuque me fit prendre conscience d'une présence derrière moi. Hurlant le nom de Robert, je me tournai vers la banquette arrière déserte. J'appelai à nouveau mon frère. De l'hostilité fondait sur moi à l'instar d'une bise glaciale.

— Robert, il faut que je...

Sa présence invisible s'était évanouie. J'étais seul dans la voiture.

— Où es-tu ?

Ma voix ricocha sur le brouillard avant de mourir. Levant les mains, je les découvris restaurées, solides.

Il faut que je te parle ! Il faut que je sache ce que tu veux de moi !

Je me rappelai un visage brûlant au bout d'une ruelle, dans Veal Yard. *Il veut tout,* songeai-je.

Une silhouette aristocratique vêtue d'un dashiki doré, noir jais et rouge sang émergeait de la brume bouillonnante. Je baissai ma vitre. Un brouillard humide et froid s'infiltra dans la Taurus. Walter Bernstein hocha la tête tel un roi accordant une bénédiction.

— Où est-il, Walter ? interrogeai-je. Où va-t-il ?

— Ça, personne ne peut te le dire, mais tu es sur la bonne route. Aussi bonne que possible, en tout cas.

Il s'évanouit à nouveau dans la brume pourpre.

J'enveloppai de la main la poignée de la portière, ouvris un halo de lumière terne assez large pour me livrer passage, et me sortis de mon siège. À l'avant de la voiture, les phares dessinaient les pieds obscurs d'un poteau indicateur. Robert flottait à mon côté, ou bien derrière moi, je n'aurais su le dire.

— Montre-toi, ordonnai-je. Tu me dois bien ça.

Robert estimait ne rien me devoir. Robert était comme Mousie : il s'était échappé de la fêlure dans la vasque dorée, il avait suinté de la gueule du canon. *Moi aussi.* M'approchant du panneau, je me hissai sur la pointe des pieds et déchiffrai les marques blanches tracées sur le métal vert. Un rire sonore m'échappa : j'étais revenu dans New Providence Road.

Je dépassai le poteau. Ma vie dépendant de ma mobilité, je continuai d'avancer. Des pas légers cliquetèrent derrière moi. Lorsque je pivotai, je n'aperçus que deux yeux jaunes indistincts et la lueur qui s'échappait de la portière ouverte. Un silence profond vibrait dans l'air gris.

— Nous y sommes, Robert, dis-je. Fais de ton mieux.

Un pas hésitant résonna, puis un autre. Je fis ce que je devais faire et allai de l'avant. Comme la terre s'élevait à la rencontre de mes pieds, je ressentis une décharge de joie démentielle. Nous nous trouvions à l'endroit qu'à toute force nous avions toujours voulu atteindre. Les pas claquaient à travers le brouillard luisant. Accomplissant le seul prodige dont était incapable mon double furieux, je glissai trente-cinq ans dans mon gosier.

Le dix-septième jour d'octobre, en l'année 1958, je me tenais au fond d'un auditorium plein à craquer, sur le campus de l'Albertus. Des filles en pull — encore d'innocentes étudiantes —, des garçons en veste sport emplissaient les rangées de sièges disposées sur un plan incliné, face à la scène, où un batteur aux verres épais et aux cheveux blonds ras, un bassiste souriant qui aurait pu être le cousin de Walter Bernstein, ainsi qu'un pianiste au regard intense approchaient lourdement de la fin d'un morceau devant être « Take the A Train ». Les mains croisées sur son saxophone alto, un homme aux allures de cigogne, au front dégarni, aux lunettes noires et à la large bouche expressive, appuyé au piano, écoutait les sons produits par ses camarades musiciens. Son mélange de détachement et d'attention me rappela Laurie Hatch.

Baissant les yeux vers le public, je m'approchai de la large allée centrale. brosses, queues de cheval, coupes à la Jeanne d'Arc, chignons ; cheveux courts et luisants, avec raies bien marquées. Quelques mesures avant le terme de « A Train », j'aperçus la tête brune, caractéristique, de ma mère. Elle était là : une Star Dunstan de dix-huit ans, assise à dix ou douze rangées de la scène, à un siège de l'allée. L'inclinaison de sa nuque disait qu'elle avait assez entendu cet orchestre. Je descendis l'allée jusqu'à avoir une bonne vue de son compagnon. Le pianiste plaqua un accord, le batteur annonça la conclusion. L'homme assis près de ma mère leva les mains pour applaudir. Son profil ressemblait nettement trop au mien.

Le pianiste se tourna vers le public et annonça :

— Nous aimerions maintenant jouer une ballade... intitulée « These Foolish Things ».

Il leva les yeux vers le quatrième musicien puis esquissa quelques mesures de la mélodie. Le saxophoniste se décolla du piano, s'approcha du micro installé au bord de la scène et posa les mains sur les clefs de son instrument. Il ferma les yeux, déjà en transe, concentré. Quand l'introduction s'acheva, il emboucha le saxophone et répéta le fragment qui venait d'être joué, lui apportant une toute nouvelle sonorité. Ensuite, il s'éleva avec légèreté au-dessus de la ligne mélodique et souffla une phrase liquide qui disait : *Vous connaissez la chanson, mais connaissez-vous cette histoire-là ?*

Star redressa brutalement la tête. Vautré sur son siège, écoutant sans entendre, Edward Rinehart dissimulait son mépris.

Au début du deuxième couplet, le joueur d'alto déclara : *Ce n'était que le commencement.* Un arc de cercle musical s'écoula du pavillon de son instrument et s'éleva dans l'air, s'y imprima. Comme la mélodie prenait de l'ampleur, le musicien annonça : *Nous sommes partis en voyage.* Tandis qu'il s'installait dans son histoire, elle s'ouvrait sur celles qu'elle recelait, les variations conduisaient à d'autres variations, insoupçonnées. Le saxophoniste atteignait des dénouements passionnés, qu'il laissait se dissiper avant de monter encore plus haut.

Star se tortilla sur son siège, ouvrit la bouche et se pencha en avant. Je sentis des larmes couler sur mes joues.

C'était comme entendre le monde entier s'ouvrir devant moi... Il s'est enfoncé de plus en plus dans la mélodie, jusqu'à ce qu'elle s'épanouisse comme une fleur et qu'elle laisse échapper une centaine d'autres mélodies, de plus en plus riches...

Ce musicien-là ne bougeait jamais rien d'autre que les doigts. Il se tenait les pieds en dehors, les yeux fermés, les épaules nonchalamment voûtées. Serrée sur l'anche de l'instrument, sa bouche ressemblait à une créature marine élastique. Note après note, l'extraordinaire histoire et tous ses détails s'envolaient dans les moindres recoins de l'auditorium, bâtissant sur les fondations qu'elle distillait à partir de son propre sens. Le batteur, la tête inclinée de côté, faisait glisser ses pinceaux sur les peaux tendues ; le bassiste souriant mettait en place les harmonies familières ; le pianiste soufflait un « Yeah » étouffé. Tout cela semblait dépourvu d'effort, naturel, inévitable, tel le long déroulement d'un paysage aperçu depuis le sommet d'une montagne, et cela se poursuivit encore et encore, pendant ce qui aurait aussi bien pu être un millier de couplets.

En une autre époque, la mienne, le brouillard s'épaississait au-dessus d'une route où deux pas différents avançaient vers ce qui allait advenir. Calant les épaules contre un mur, j'écoutai aussi longtemps que je le pus — et le monde entier s'ouvrit devant moi.

136

Pardon ? Ah, vous voulez savoir ce qui est arrivé à Robert ? Je suis désolé, il a déjà été répondu à cette question — répondu autant que faire se pouvait, en tout cas. Dans les longs passages de transit des aéroports, les couloirs séparant les halls illuminés et les bars accueillants de resplendissants hôtels, sur les trottoirs de toutes les villes que j'habite une semaine ou deux dans ma fuite éternelle, le claquement du pas de Robert résonne à mon oreille qui l'attend.

Mais puisque vous m'avez posé une question, je puis bien en poser une à mon tour. Êtes-vous sûr — vraiment sûr — de savoir qui vous a conté cette histoire ?

NOTE DE L'AUTEUR

Les amateurs avertis de Lovecraft auront noté les libertés que j'ai prises avec l'histoire éditoriale de « L'Abomination de Dunwich ». Cette nouvelle a été publiée pour la première fois en volume chez Arkham House, dans le recueil *The Outsider and Others,* réuni par August Derleth et Donald Wandrei en 1939, soit quelques années avant sa découverte passionnée par Mr. X, dans un livre fictif en portant le titre, à l'Académie militaire Fortress. Le recueil intitulé *The Dunwich Horror and Others,* réuni par Derleth pour Arkham House, n'est sorti qu'en 1963.

L'excellente biographie *H.P. Lovecraft : A Life,* rédigée par S.T. Joshi, mentionne brièvement un « fort curieux individu, originaire de Buffalo, New York », William Lumley, qui a pris pour des faits avérés la mythologie lovecraftienne des Grands Anciens et des Dieux Aînés, désormais communément désignée sous le nom de « Mythes de Cthulhu », et qui a persisté dans cette croyance malgré tous les démentis apportés par l'écrivain et son cercle de collègues et amis. Joshi cite le résumé ironique que fit Lovecraft des errances de Lumley dans une lettre écrite en 1933 à Clark Ashton Smith : « Peut-être sommes-nous persuadés d'écrire de la fiction, et peut-être même (idée absurde) ne croyons-nous pas en ce que nous écrivons, mais en fait, nous disons la vérité malgré nous — involontaires porte-parole de Tsathoggua, Crom, Cthulhu et autres charmants gentlemen venus d'Ailleurs. »

Je tiens à remercier Warren Vaché, Ralph Vicinanza, David Gernert, le Dr. Lila Kalinich, Sheldon Jaffrey, Hap Beasely, mon directeur d'ouvrage, Deb Futter, ainsi que ma femme, Susan Straub, pour leurs suggestions, leur soutien et leur assistance durant la rédaction de *Monsieur X*.

TABLE DES MATIÈRES

TABLE DES MATIÈRES

DANS LA MÊME COLLECTION

BARKER Clive	Sacrements
GOLDEN Christopher	Le passeur
HAMILTON Laurell K.	Le squelette sanglant
KOONTZ Dean	Une porte sur l'hiver
MASTERTON Graham	Katie Maguire
MASTERTON Graham	Manitou
STRAUB Peter	Monsieur X
SUZUKI Koji	Double hélice
SUZUKI Koji	Ring
WILKINS Kim	L'envoûtée
WILSON F. Paul	La tombe
WILSON F. Paul	La forteresse noire

Achevé d'imprimer sur les presses de

BUSSIÈRE

GROUPE CPI

à Saint-Amand-Montrond (Cher)
en août 2003

FLEUVE NOIR
12, avenue d'Italie
75627 Paris Cedex 13
Tél. : 01-44-16-05-00

— N° d'imp. : 34751. —
Dépôt légal : septembre 2003.

Imprimé en France